窦志先　著

天有一双手

TIAN YOU YI SHUANG SHOU

新 华 出 版 社

图书在版编目（CIP）数据

天有一双手 / 窦志先著 .
-- 北京 : 新华出版社 , 2024. 10.
-- ISBN 978-7-5166-7710-0

Ⅰ . I267

中国国家版本馆 CIP 数据核字第 2024L1R626 号

天有一双手

作者：窦志先
出版发行：新华出版社有限责任公司
（北京市石景山区京原路 8 号　邮编：100040）
印刷：三河市君旺印务有限公司

成品尺寸：150mm×230mm 1/16　　**印张：**20　**字数：**260 千字
版次：2025 年 1 月第 1 版　　　　　**印次：**2025 年 1 月第 1 次印刷
书号：ISBN 978-7-5166-7710-0　　　**定价：**56.00 元

微店

视频号小店

抖店

京东旗舰店

微信公众号

喜马拉雅

小红书

淘宝旗舰店

扫码添加专属客服

序　　清澈的爱

陈　鹏

一

窦志先副社长的又一部新著即将出版，他取了一个很诱人的书名《天有一双手》，这正是他二十世纪八十年代初在中国文坛颇有影响的一篇作品的篇名。

今年春节期间，我去看望窦副社长时，他提到过出书的想法。前段日子，他把书稿发给我看，并嘱我写几句话用作前言，我诚惶诚恐，迟迟不敢动笔。

二

窦副社长比我年长，是老领导，又是好兄长，还是我的安徽同乡，他入伍早、成名早，在新闻和文学界享誉已久，我一直从内心敬重他。

记得1989年夏天，我从福建空军部队来到报社通联处实习。处长陈志铭是一位非常热心的领导，有一天，他对我说，小陈啊，我带你去认识一下你们安徽定远的老乡吧。

一天下午，在编辑二处的一间办公室里，我终于见到了仰慕已久的窦志先处长。当时他刚届不惑之龄，英俊洒脱、谈笑风趣，待人十分和善，对我这个从基层部队来的小老乡一见如故、非常亲切，不停地问这问那，聊了好长时间，临别时还给我留下了他家中的电话号码和家庭住址，叮嘱我有事常联系。

35年过去了，那温暖的一见，至今难以忘怀。

在报社实习的日子里，最难忘的还是编辑部宽松、平等、包容、友善的气氛。报社新老同志都亲切地叫窦副社长"老窦"或者"志先"，其他领导和同志大都也直呼其名，很少有称职务的。老窦当时并不老，但他风趣幽默，喜欢讲笑话，经常逗得人开怀大笑，跟他在一起，你可以敞开心扉、无拘无束，他那份真诚中的善意、率真中的倔强，透射出那一代老报人的纯粹、宽厚和豁达。

茫茫人海中，相识相知的确是一种缘份。在那个还没有手机、互联网的时代，我们的阅读大都是在报刊上，我们的交流和情感表达，也基本上都在书信里和电话中。那时的《空军报》和《中国空军》杂志是空军广大官兵共有的精神家园。一周三期的报纸一发到部队，我总是从一版读到四版，老一代空军报人的文章，就是引领我新闻起步的范文。那个阶段，窦副社长可谓一笔生双翼，佳作不断，他一手写新闻、一手搞创作，《天有一双手》《这是一条女人的星系》《无字的墓碑》《京门神箭》《树起一座丰碑》《舞动的彩塑》《追求没有休止符》等，都是从他内心深处流淌出来的清澈文字。在春天的故事激荡神州大地的时候，我也从读他的作品中深切感受到空军报荡起了一股清新的风，让我更加敬重那一代空军老报人。

部队老一点的同志都还记得，当年，老窦笔下一个个鲜活的人物跃然纸上，如"试飞英雄"王昂、滑俊，"新医正骨疗法创始人"冯天有，"夜空领头雁"张群治，"时代楷模"阎肃，"探索生命极限的人"国洪章，音乐家羊鸣、词作家张士燮、歌唱家铁金、舞蹈家杨华等等，许多都刻印在读者心里，有的成为军内外广为传颂的先进模范人物，今天读来依然发人深思、催人奋进。

文学是时代的回声。二十世纪八十年代末九十年代初，老窦已是一位比较活跃的部队作家，他和一批思想解放、敢为人先的军旅作家，把创作的触手伸向生活的沃土，用心感受改革年代的思想脉动，冲破禁区、勇立潮头、讴歌时代，成为八十年代军事报告文学的探路者之一。火红的年代、火热的生活给予他丰厚的滋养，使他常有作品问世，时有佳作获奖。

三

从报社回到部队后，我和窦副社长经常有书信往来，有时请他指点和修改文章，有时给他家中打电话问候，每次电话接通后他都非常高兴，在电话那头叮嘱这、叮嘱那，工作生活啥都谈，像是远方一位和蔼可亲的兄长。

在那个最需要关心帮助的时期，他给予我的信心、鼓励和期待，是无比珍贵的。

1993 年一个春光明媚的日子，我接到上级宣传部门的电话通知，说空军报社二处窦处长马上要来部队采访飞行团长张群治的事迹，让我准备一下，一块参加。二处分管军事报道，老窦任二处处长已经 8 年，有着丰富的采写经验。有幸的是在他的带领下，我全程参加了张群治这个典型人物的组织策划和采写过程。我们白天采访、整理素材、研究写作思路，晚饭后，窦处长总喜欢和我们一道散步聊天，一路上说说笑笑，其实聊得最多的还是采访中了解到的新情况。

十多个日夜忙碌，窦处长带着我们采写出了长篇通讯《夜空领头雁》，《空军报》用了几个整版全文编发，一位优秀飞行团长从此走进广大官兵的视野。之后，窦处长又利用业余时间写了一篇散文《夜之鹰》发表在《解放军文艺》上，引起很大反响。

这次跟随窦处长在一线部队采写典型的经历，为我后来成为一名专业新闻记者补上了难忘的一课。他用一名党报记者脱鞋下田、躬身笃行的务实作风，让我懂得了一名党的宣传干部，什么时候都要把根深扎基层的沃土，后来也以此时时提醒自己、教育部属：脚下沾有多少泥土，心中就有多少真情，笔下就有多重责任！

四

1993年11月间，我从江西向塘一个基层部队调往空军报社当记者。那时，老窦已经到总编室当主任。

虽然跟老窦不在一个处室，但在一个楼的相邻办公室上班，这使我有更多的机会当面向他学习请教。他手把手教我们办报办刊，从"政治家办报"的党性原则讲起，到选题、采写、编辑、校对、制版、印刷、发行等每一个环节，他都毫无保留地带教我们。他人缘好，待人真诚、耿直、谦和、实在，喜欢和年轻人在一起，因此，我们几个前后脚调进报社的年轻同志，工作生活上有什么事都愿意跟他讲。

1995年冬，我家属借调到大院里的育鸿学校当老师，人来了，住哪里？我当时住在4人一间的办公楼地下室，家属就只好暂时自费住到蓝天幼儿园招待所，仍像两地分居。有一天，我找到社领导汇报了这一情况。领导劝我先莫着急，想找志先商量一下。

记得那是一个大雪天，老窦头两天上班路滑崴了脚正在家休息，接完社领导电话，二话没说，便踩着厚厚的积雪，一瘸一拐上了办公楼，来到政治部秘书长办公室。经老窦协调，当天我就拿到了房子的钥匙。

那一刻，我家属掉泪了。那个在大院的一间8平米的小屋，就是我们在北京的第一个家，这在当时住房条件普遍都很艰苦的年代，我们终于有了一处安身之所！我的直接领导陆洪记第二天又送给我们一张双人床，还有同事送来一些被褥和生活用品，那份喜悦之情真是难以言表。

许多年以后，每当回忆起这些往事，窦副社长总是微微一笑，并没放在心上。

有一次，我下部队时在驻地遇见一位早已退役的老战友，他问我，你可认识空军报社的窦志先同志？

原来，1975 年 9 月他在《空军报》长空文艺副刊上发表了一篇文章，具体日期也记不清了，转业后因为评职称再找这篇文章时，才知搬家时弄丢了。

因为急用，他抱着试一试的想法，给空军报社写了一封信。1989 年 9 月 4 日，收到窦志先处长的回信。事后才知道，老窦从报社的资料室里把 10 多年前的旧报纸翻了一个遍，终于找到这篇文章，复印后用快件寄给了他。

老战友说，我今年 66 岁了，至今仍珍藏着 30 多年前窦志先寄给我的信和这张报纸。想起不曾相识、也从未谋面的窦副社长，在一个退役老兵遇到困难时的真诚帮助，连句当面感谢的话都没机会说，心里总觉得有些歉意。

五

窦副社长是皖东定远县人。定远，是一个历史悠久、文化厚重、名人辈出的大县，江淮大地的灵山秀水，孕育了他的胸襟和才情，苦难的童年，更是磨练出他坚韧而善良的品格。早些年，我读过他回忆故乡和母亲的散文，那些浓得化不开的乡愁，后来都在他笔下的文字里时时呈现出来。

退休多年了，老窦依然宝刀不老、笔耕不辍，我们也因此常常读到他的新著和得意之作，真是叫人羡慕不已。《周庄的魅力》是他两年前写的一篇游记，古往今来的文人墨客写不尽这个江南水乡，老窦眼里的周庄从哪里看都是一个美，他用多维的视角、细腻而优美的文笔，写出了不一样的周庄。这个"八景十四桥"的风光小镇，在他的笔下"巧笑倩兮、美目盼兮"，真像一位梨花带雨款款走来的姑娘。诚如著名文学评论家黄国柱所言："感谢志先又带着我游览了一次周庄。感叹之余，一韵俱成——《美》：周庄美景志先情，自古江南美女云。英雄美人故事多，功夫了得成美文。"

相识多年，老窦的魅力是什么？依我所见，正是他对亲人、朋友及笔下描写的人和事，怀有清澈的爱。

2024 年 5 月 26 日

（本文作者系空军政治部宣传部原部长）

目 录

MULU

001	**第一辑 魅 力**
002	从甘巴拉出发
006	寻访柳树泉
011	小岛宏图
015	弯弯的山路
018	阵地即景
020	赶 海
022	海上抒怀
024	松花湖拾贝
026	香山赏红叶
029	人鸟情
032	周庄的魅力
042	树起一座丰碑
069	**第二辑 星 系**
070	天有一双手

090 　夜之鹰

105 　能　人

115 　瞧这一家子

127 　"将门"之女

135 　这是一条女人的星系

162 　绿荫深处话狼烟

167 　京门神箭

183 　**第三辑　彩　塑**

184 　舞动的彩塑

201 　阎肃与《江姐》

209 　难忘的小路

226 　黄土高原的儿子

234 　好铁如金

242 　云雀在蓝天歌唱

250 　金达莱之歌

263 　刀下乾坤

269 　从《墓碑》到《星系》随想

278 　飘飞的思羽

288 　追求没有休止符

304 　**跋　著书与读书**

第一辑

魅　力

———————

从甘巴拉出发

飞机像只大鸟，飘然落在贡嘎机场，进入视野的苍茫雪山仿佛没有尽头，瓦蓝的天空蓝得令人感动，五颜六色的经幡在风中摇曳，偶见红墙绿瓦的寺庙外，成群结队的善男信女们或手摇转经筒念念有词，或三步一拜，周而复始，祈愿佛佑。阳光灿烂中我们的车子进入首府拉萨，布达拉宫在夏日阳光的辉映下更加肃穆神圣，拉萨河水欢唱着奔向远方，这里的一切都显得那么的神秘、苍凉、辽远、美丽。2003 年 7 月的一天，我终于踏上了西藏这片神奇的土地。

然而，当我置身海拔四千五百米的乃堆拉山口、五千三百七十四米的甘巴拉山巅，我的感受就完全不同了。那里是人类生命的禁区，冬季的含氧量仅为海平面的百分之四十，紫外线却相当于内地的六倍之多。就在这样极其恶劣的环境中，常年生活着我们年轻的战士。他们个个都是有着七情六欲的血肉之体，却又有着钢打铁铸的非凡之躯。

几天来，头疼，胸闷，呼吸困难，说话迟钝，走路缓慢，典型的高原反应。到亚东，上乃堆拉山口的那天，云雾缭绕，气温骤降，冷得让人浑身打战，哨位上的浙江籍战士小陈，依然持枪警惕地守卫着阵地，那神态宛若阵地旁凌霜傲雪、不畏严寒的大花——塔黄。我情不自禁地走过去，含泪与他合影。在和战士们的交谈中，我时常被他们的事迹感动着。雷达站有一段路不通车，须从两座山之间的一个山坳穿过。虽说不足一公里路程，却浅沟深壑，怪石嶙峋，路窄坡陡，险象环生，被当地人称为"断头路"，意思是两头都无法连接的路。而官兵们日常工作、生活所需的各种物资，都是从这条路上靠肩扛、手提、人抬运上山的。在这海拔四千五百多米的高山上，即使徒手行走也觉吃力，头晕头痛甚至喘不上气是常态，何况还要负重跨沟、攀崖、爬坡，其苦其累、其难其险可想而知。不管白天或是黑夜，只要有任务，一声令下，大家都争先恐后，踊跃参加，自觉把这当成一种锻炼。

次日上午，我们登上了甘巴拉——这个世界上海拔最高的人控雷达站，于1994年6月28日被中央军委授予"甘巴拉英雄雷达站"荣誉称号。一下车我就感觉胸闷，呼吸急促，两只脚像踩着了棉花，一个趔趄差点儿摔倒，我心里清楚这是高原缺氧血压急速升高的反应。来到学习室，稍事休息，站长让人拿来氧气袋，我一边吸氧一边采访。一改以往的采访方式，请参加座谈的每人说一句最想说的话。副站长史永剑来自云南陆良，在甘巴拉一待就是九年，因缺氧，脸色发青，嘴唇发乌，喘着粗气说："我的身体很难受，但我离不开甘巴拉。"话说得质朴，质朴得让人难以置信。技师王进军是山西太原人，二十九岁了，刚与家乡的一位姑娘完婚，在甘巴拉已经战斗了五个年头，他对我说的一句话是："甘巴拉锻炼了我！"在甘巴拉代职的工程师蔡伟，部队驻在条件优越的成都，他却主动找领导申请上甘巴拉，他说："甘巴拉是个苦地方，但也是锻炼人的好地方。"技师吴正军、炊事员蒋春海、油机员何世偈、操纵员杨同军，他们用朴实的语言道出了共同的心声：扎根雪域高原，守卫好祖国领空，做一名甘巴拉人无怨无悔！

下山前，我特意请求吃一顿"甘巴拉饭"——温水泡康师傅方便面。来到拉萨，听说甘巴拉近几年各项条件有了很大改善，但若遇上狂风暴雨或大雪纷飞的天气，山路被封，生活物资的供应就是一道难题，战士们常用温水泡方便面吃。当我吃着温水泡得半生不熟的方便面时，味同嚼蜡，实在难以下咽。在这海拔五千三百多米的高山上，大气压力低，水的沸点也低，所以战士们只能喝这种"温吞水"。当然，这也只是战士们艰苦生活的一个缩影。我吃着"甘巴拉饭"，面对甘巴拉人，心里想的是"甘愿吃苦、默默奉献、恪尽职守、顽强拼搏"的甘巴拉精神。走进官兵们中间，每时每刻都被他们"缺氧不缺志"的精神感动着。

时光如梭，十多年转瞬即逝，而我却时常想起驻守在西藏的官兵们。在部队，他们是守卫祖国神圣领空的英雄；退役后虽脱下了军装，但他们仍然是为祖国现代化建设奉献青春和热血的勇士。对于军人，环境的改变，如同又开辟了新的战场。回想年初新冠肺炎疫情爆发时，全国驰援武汉的数万名战"疫"大军之中，就有逆行而上英勇参战的退役军人的身影。建设火神山、雷神山医院，参加一线医疗救治，为医护人员配餐，收集医疗垃圾，环境喷药消杀，驱车千里运送蔬菜，用交党费、献爱心的名义捐款捐物，他们都在以行动诠释"原先我是一个兵，现在我还是一个兵"！

几乎是同一时间里，遍布于各地的退役军人们坚决听从党的召唤，如燎原之火熊熊燃烧在祖国的大地上！他们视疫情为敌情，吹响了冲锋的号角，自发组织起各种形式的党员突击队、老兵尖刀班、红星志愿者，昼夜不停地奋战在疫情防控第一线，抢重活干险活，像在战场上杀敌一样奋不顾身，有多人在战"疫"中献出了宝贵生命。他们退役不褪色，依然是不穿军装的军人。军人自有军人的信仰：无论何时何地，理想和信念的军魂不变，使命与担当的责任不忘，无往而不胜的精神不丢，积极投身于中华民族伟大复兴的梦想之中，这就是——信仰的力量。

那天在梦中，我又一次来到了西藏这片神奇的土地。我知道，日复一日，年复一年，在乃堆拉山，在甘巴拉哨所，总有一茬又一茬的战士带着梦想而来，在这条蜿蜒的山路上洒下汗水，绽放自己的青春之花，然后又带着对未来生活的美好憧憬从一条条山路上出发，走向更远的远方……

2020 年 4 月 1 日于静远斋

（原载《解放军报》2020 年 12 月 18 日）

寻访柳树泉

早有心到新疆走一走，看一看。有道是，不到新疆，不知道中国之大。今年7月7日，我乘三叉戟飞机离京赴哈密，总算了却我的一桩心愿。

只是，我到新疆不为证实它究竟面积有多大，而是专程去寻访柳树泉。

柳树泉，地处天山脚下，戈壁深处，因生长柳树和涌流地泉而得名。在常年气候干燥、风沙四起、荒无人烟的大戈壁，能有这一处胜景，实属难得，绝对称得上沙漠中的绿洲。有这样一个美丽的传说：一名在炎炎烈日炙烤下的沙漠跋涉者，饥渴难耐，濒临死亡，忽闻前方就是柳树泉，顿觉一片浓荫盖顶，一股清泉濯身，感到神清气爽，终于坚持走完了全程。一个神奇的柳树泉，一个给人以生命的柳树泉。

二十五年前，也是在7月的一天，人民空军的一支人马浩浩荡荡地开进柳树泉，在这里安营扎寨，开办一所航空学院。创业是艰难的。受欧亚大陆气候的影响，这里的温差特别大，早穿棉，午穿纱，晚抱火炉吃西瓜。加之雨水少，风沙多，营区仅有几条尘土扑面的小路，十几棵孤零零的柳树，几间低矮的平房，给部队的训练和生活带来诸多不便。但是，困难面前有军人，军人面前无困难。官兵齐心合力，要用自己的手，开出一片新天地，都顾不得鞍马劳顿，挖井，修路，盖房，仅用九天时间，就拉开了建校后飞行训练的序幕。

上午11时许，飞机在哈密机场降落，接着我们便驱车前往柳树泉。6月的一场山洪冲垮了许多路段，我们乘坐的汽车只好绕道行驶，在正抢修着的搓板路上颠簸了两个多小时，终于到达我朝思暮想的柳树泉。出现在我眼前的柳树泉，昔日的荒凉，已被一代又一代人奋斗的成果所取代，砖瓦房错落有致，水泥路纵横交错，戈壁杨高耸入云，沙枣树新果满枝，教学楼窗明几净，跑道上机声隆隆……变了，柳树泉旧貌换新颜，变得使人倍加青睐了。

然而，当我寻找到了柳树泉的真正所在后，我似乎觉得对它的情愫才有了更深的含义。车到柳树泉之地，我就非常想一睹真正的柳树泉的风采，只因公务在身，当日无奈。这一夜我做了一个梦，兴许应了"日有所思，夜有所梦"的话，梦到一个智慧的神秘的伟岸的柳树泉。翌日，7点半，按时差应是北京早晨5点多，我情有所迫，急急地起床，前往柳树泉，内心里自觉像去拜谒一个神圣的精灵。柳树泉有两处，均在营区内，分为东泉、西泉。我去观赏的是西泉。走到近前，我吃惊不小，这里有二十多棵柳树，粗大的，细矮的，有的直立，有的歪斜，枝干交叉着，绿叶簇拥着，宛若一顶巨大的伞，撑起一片阴凉，将一口石砌的水池围在当中，并不见泉水涌出的迹象，池内仅有的水也被腐殖质沤得发黑变味儿了。我百思不得其解，难道这就是我久已向往的柳树泉吗？觉得有些失望。旁边有幢楼房，是飞行团机关所在地。一位值班的干部见我是远道来的客人，便主动上前搭讪，热情回答我的询问。从交谈中，我解开了疑团，得知这里以往常年从地下涌出清清的泉水，滋润着十数棵柳树，是名副其实的柳树泉。可是，六年前，一场无情的洪水过后，就再也见不到泉水了，大概是泉眼被堵塞的缘故。没有了泉水，柳树日见枯萎，谁见了心里都难受。这一棵棵柳树，是战士们创业的见证。二十个春秋，风风雨雨，它和战士们同喜同乐，同忧同愁，朝夕相伴，情同手足，大家几乎视它为自己的生命。危急之时，一场抢救柳树泉的活动自发地开展起来。训练后，课余间，那些未来的蓝天骄子们，学习前人的伟大发明——挖坎儿井，寻找地下水源，没有奏效，便又披星戴月，运水泥，采山石，流血流汗，用双手砌成了现在这么一座颇具规模的蓄水池，接雨水，储废水。虽然没有往日泉水的清澈明净，倒也使这十数棵柳树起死回生，枝繁叶茂，傲然挺立于戈壁滩上，日晒叶更绿。过后思量，抢救柳树泉，并不亚于抢救国宝大熊猫。今天说起柳树泉，官兵们无不感到自豪。它使我想到，假如没有这一次的抢救，柳树定然无存。没有了柳树，没有了泉水，还有柳树泉吗？当然，作为一个地名它或许永远存在着，但那毕竟是名存实亡，假的。而今却不，它委实是一个真真切切、生机盎然的柳树泉。

置身柳树泉，不由得令人肃然起敬，我庆幸自己不虚此行，寻到了柳树泉，造访了柳树泉的人，更感受到了柳树泉所蕴藏的力量，那就是官兵们所肩负的面对边关、心想人民、国兴我荣、国衰我辱的崇高责任感和由此而激发出的艰苦奋斗的精神。他们把自己和祖国母亲连在一起，并不想有什么惊天地泣鬼神的壮举，只想做个忠诚的儿子，干点平凡的事情。有一次，一场罕见的秒速超过四十米、持续了四十四小时的风魔，直刮得昏天黑地，飞沙走石，推倒围墙，拔走树木，折断电线杆，撕碎飞机蒙布，连机身迎风面的防护漆也被肆虐的风沙打磨得精光，真是惨不忍睹！但是，官兵们骨头硬如铁，意志坚如钢，决不向风灾屈服，而是以超常的毅力，连续苦战七昼夜，从飞机中掏出黄沙七吨多，最多的一架竟清理出沙土二百七十六公斤。有十三名家属自告奋勇地加入抢险队伍，带上干粮，抬着缝纫机，有的还身背吃奶的婴儿来到机场，把被狂风撕碎的蒙布一块块地修补好。就这样，用十天时间便恢复了飞行训练。这难道不是一个奇迹吗？那情景至今回想起来还让人发怵，不过倒也显出了军中儿女的几分豪迈，着实够惊天地泣鬼神的。

可以想见，官兵们在这种环境里驻守确非易事，而要将妻子儿女接来安家则难乎其难。怎样安排他（她）们的工作？如何教育下一代？这些实实在在的困难，谁也无法回避。可是，他们和她们，硬是做到了。为使丈夫军心稳定、安守边关，她们有的宁肯离开繁华的都市生活，丢掉称心如意的工作，千里迢迢来到部队办的小工厂当一名"家属工"，和丈夫同甘共苦，并肩站到了从军戍边的行列里。学校飞行训练处副处长王清华的妻子曹菊，生活在条件优越的京华，工作在中南海门诊部，论舒适讲条件，没得比，但她想到丈夫飞行不能分心，毅然带着儿女来到戈壁，至今已有十五个年头，成了真正的柳树泉人。这使我不禁想起敬爱的周总理生前说过的话：如果说祖国的空中长城是由飞行员同志筑起的话，那么这个长城的一半是他们的妻子。什么是牺牲？什么叫奉献？什么为追求？每个人都可以依照自己的人生观做出判断，而我们从柳树泉人的身上，不难找到正确的答案。

流连于柳树泉边，我面对一棵老柳树出神。这棵树曾遭过雷电轰击，粗大的树干中间至今还留有烧焦的痕迹，但它没有倒下，仍然顽强地生长着，并且又伸展出许多新枝，晨风吹拂，绿叶婆娑，似轻柔的细语声，如诉如泣，如歌如吟。我问这里的主人，此树生长有多少年？回答不详，但从那历经风雨驳蚀的树干上，足见它多像一位饱经沧桑的老人，柳树泉有多么悠远，它就有多么悠远。在它周围生长着的大大小小的柳树，仿佛绕膝的儿孙，一代一代地生衍不息。在这里，我了解到老教员弓晋强，任教二十四年，精心培养出十九期三十八名合格的飞行员。与他同期入伍的战友，有的当了军级领导，带飞出来的学员有的也走上了师团领导岗位，而他仍然是名普普通通的飞行教员。对这些，他毫无怨言，始终如一，脚踏实地，默默耕耘，把一个一个"小鹰"送上了蓝天，同行们称他"蓝天老骆驼"。他先后荣立二等功一次、三等功五次，被评为"全国教育系统劳动模范"。像弓晋强这样具有甘于忍耐的"骆驼精神"、扎根戈壁的"红柳精神"、勇于奉献的"人梯精神"的人在柳树泉滚雪球般愈来愈多，激励着一代又一代人扎根戈壁，建功立业。他们就是戈壁魂。

常言道，种瓜得瓜，种豆得豆，一分耕耘，一分收获。二十五年来，从这个学校孕育培养出各民族飞行学员三千三百三十二名，特别是还把藏族第一代飞行员送上祖国的蓝天。累计飞行六十五万多小时无严重事故，创我军航空兵同级单位安全飞行时间最长的纪录。中央军委两次为他们记集体一等功。奇迹被柳树泉人创造。这是国内外航空史上的奇迹，真正的奇迹。7月8日，在他们安全飞行二十五周年的庆祝会上，总参谋部机关的一位领导欣喜地祝贺说：你们的辉煌业绩，既是空军的荣誉，也是全军院校的荣誉。听罢，飞行员出身的兰空司令员孙景华中将情不自禁，即兴赋诗一首，并亲口朗诵，以示祝贺：戈壁滩上马达声，天山脚下育雄鹰；二十五年如一日，献身尽职在忠诚。

两天寻访，过于短暂。离开柳树泉，回到北京，这些天里，我的心好似还在柳树泉，总想着那树、那泉、那人，甚至做梦也如此。我梦中的柳树泉人——天山雄鹰们，乘着祥和的东风，奋翅高飞，去创造更加美好的明天吧！柳树泉哟，到那时，我还要去寻访的，相信这一天不会等待太久。

（原载《解放军文艺》1992 年第 12 期）

小岛宏图

　　天苍苍，海茫茫，茫茫黄海深处，有一岛，任风吹浪打，它不摇不晃，如钢钉一般钉在万顷波涛之中。

　　在这座远离祖国大陆的小岛上，驻守着空军的一个雷达连。它的前身是中央军委授予光荣称号的"红色前哨雷达站"。1955年建站后，干部战士们在没有人烟、没有土地、没有淡水，仅有0.03平方公里的礁石小岛上，利用下岛探亲、外出办事的机会，捎回一把把、一袋袋陆地上的泥土，在小岛造出一块又一块"巴掌地"，种出绿油油、嫩生生的蔬菜。他们硬是靠这种被广为赞誉的"一把土精神"，坚守小岛，创造出了辉煌的业绩。

　　潮涨潮落，时代变迁，三十多年过去，连队变了吗？

　　带着一个大大的问号，我乘船登上这座岛。连队是十年前调防到这里的，至今小岛的生活条件仍然相当艰苦。

　　岛上，每年从5月下旬至9月下旬的四个月里，几乎天天大雾弥漫，三步开外瞅不清对方面孔，在屋外走路睫毛上能沾满一串串细密的水珠，闪闪发光。床上的毡毛垫子伸手能捏出水，提兜里的衣物不长时间便长出一两寸长的绿毛。那年7月，有个剧团上岛拍电视剧《人·鸟·岛》，一个多月不见阳光，整天价浓雾弥漫，急得剧组的同志唉声叹气，一点也没辙。最难熬的是不能及时收读到报纸杂志和亲人的信件，小伙子们的情书常常被耽搁在海的彼岸，一月两月也没准，魂牵梦萦，那会是什么滋味！更何况还严重缺乏淡水，上下岛晕得死去活来……在这样的环境中生活，不是热爱海岛的人，没有金子般的心，能行吗？

排长万旭平，一米八的个头，四方脸，白白净净，穿一身合体军装，扑闪着一对黑亮的大眼睛，文雅中不失军人的英武，说话便流露出南方人的机敏。他是江南水乡——沙家浜腹地太仓人，是从南京公安干部学校英语大专班毕业后参军，在全国闻名的空军雷达学院学习一年，执意要到艰苦的地方尝尝滋味，便被分配来到这岛上，他是连里墨水喝得最多的人，平时大家都喜欢称他"秀才""学生官"。"秀才"的同学们大都在城市找到了理想工作，有的也成了万元户、企业家，抑或是身穿橄榄绿的人民卫士，建立了幸福的小家庭，而他却"浪迹天涯"。我问他，是否觉得在海岛当兵吃了亏，他摇摇头："不！在这里，我认识到作为一个人存在的真正价值。"说到这里，他笑了，"同家乡相比，小岛实在清苦，在个人的生活上会失去一些东西。可我感到精神上很充实，心里是甜的。"

怪不得连里的干部对我说："小万不光自己把根扎在了小岛上，他还协助做其他战士的思想工作。他知识面宽，道理讲得透，方法又活，战士们都爱听。"小万在大学读过不少心理学著作，对青年战士的心理活动颇有研究，与战士们相处，很合得来。有时候，个别战士想家了，小万就把他领到海边，坐在礁石上，弹唱一曲"大海啊大海，就像妈妈一样……"音调不一定很准，却十分动情，吉他声和海涛声交织在一起，使战士面对海岛想到家乡，又由家乡想到海岛，抒发了爱岛、守岛的情怀，渐渐地由愁变成了喜。什么叫理想？什么叫精神？万旭平的行动，不是很好的回答吗？

在岛上，我见到连里的"碰海人"黄保金。他是志愿兵，有一张黝黑的脸，突出的颧骨，瘦小却十分结实的身板，握他的手好似握一根带杈的树桩，又粗又硬。他酷似渔家的后代，可我万没有料到，

　　　　　　　　　　　　　　　　　　天有一双手

他是1977年从浙江嘉兴入伍，原先也是一个胖乎乎的"小白脸儿"。他家承包了十亩土地，因劳力不够，生活上并不富裕。妻子有意让他回家，可他的回答是："听组织的。海岛需要人，咱哪能说出口呢。"他的雅号不少，以前叫"老黄牛"。他不但有牛的倔强劲儿，更有牛的任劳任怨、甘愿吃草挤奶的奉献精神。当机电员一年后，他就到离连队几里远的海边生产组种菜，三亩多地，两个人种，他当头儿，每年为连里收获各种蔬菜四万多斤。冬天不种菜，他就烧锅炉，下坑道干活，这都是些不起眼的杂活，所以绝无轰轰烈烈、沸沸扬扬之举。

打从前年开始，连队派他下海打鱼，"碰海人"由此得名。海上作业真不是什么好滋味，凌晨两三点钟就出海，吃不上饭，在海上一待就是七八个小时，遇有风浪，小帆船在三四米高的浪峰上颠簸，呕吐是常事，吐胃液，吐黄胆。要吐时，脸发白；吐出后，脸发青。熬不住了，恨不得一头扎进大海里完事。他也直言不讳地说，有时觉得大部分时光耗在茫茫的大海上，实在太累太苦太险。可是，一看到战友们吃着他打的鱼，生活得到改善，不闹情绪，安心守岛，就什么怨言也没了，自己心里比吃鱼还乐。

而今，小岛上的战士，不仅继承了"一把土精神"，并且有了发扬。他们说："要艰苦，但不能当苦行僧。"因此，干部战士铆足了劲，挖山盖房，植树种菜，喂猪养鸡，环境美化了，生活改善了。连队不但有彩电、收录机、洗衣机、照相机，还有和面机、绞肉机、电冰箱、红外线烤箱哩；同时办起了俱乐部、游艺室、图书室，还在山坡上修整了一个标准的水泥球场……

有志者事竟成！变了，人变，岛变，连队变。他们连续被上级评为先进连队，连长宋恩祥严格管理，带兵有方，被领导机关树为"优秀连长"，立了功，还有二十几名干部战士立功受奖。

上岛前，我脑子里的"？"已经被拉直，变成了"！"我惊叹他们的过去，也惊叹他们的今天。于是我想：人民军队正在向现代化迈进，陆海空立体防卫和进攻的武器已经初具规模，改革的大潮正在军营涌动，人的观念在不断地更新，可在一些人的心目中，"一把土精神"被贬值，似乎不怎么吃香了。试问，倘若没有"一把土精神"的传扬，我军会不会有今天的强大呢？我相信，这些小岛战士、海的儿子，用他们的精神创造的未来，必将更加令人惊叹。

　　小岛，它宛若祖国的门户，它无愧于人民的眼睛，它就是安宁的守护神。

（原载《工人日报》1988 年 7 月 31 日）

弯弯的山路

渤海湾东部，有一座小岛。小岛最高峰曰塔山。在塔山顶上有一个雷达阵地。

4月末，一个淫雨霏霏的日子，我们来到小岛，登攀塔山。山上有一条小路，曲曲弯弯，通向山头的阵地。二十五年前参加开辟这条山路的战士王广田，而今已经是所在部队的政委。他陪着我们上岛，领着我们上山。站在路端，登高望远，视野开阔。海风拂动衣襟，宛若在向我们深情地诉说着什么。王政委嘴角浮起一丝微笑，颇为自豪地说："这条小路，有三十二道弯呢。"这时，我再定睛细看，小路果真像一条褐色的缎带，被风卷拂着缠绕在山上山下。啊，小路溢着战士的情！

站在弯弯的山路向远处眺望，隐约可见与雷达阵地隔壑相峙的山头上，有一座已经被风雨剥蚀的碉堡，它像一张贪婪的大口，又像一座古堡的幽灵。王政委指点着它说，那碉堡在日军侵华时，驻有一个日本兵，靠手下豢养的一批本岛的走狗，蹂躏着岛民！仅有一个日本兵，却践踏了一个岛！碉堡成了历史的残迹，成了倭寇罪恶的见证，更是炎黄子民耻辱的标记。战士们把它当作常鸣的警钟，在山路上立下了"爱岛、守岛、建岛"的誓言，要把小岛建成御敌的堡垒。岛上的风大，居于小岛制高点的雷达阵地风更大，平素小风四五级，最大的风力达到十二级，有时胳膊粗的松树被刮断了枝，路上的石头被刮得满山跑，阵地上有两根高十八米、直径十厘米的避雷针，硬是被暴烈的海风刮成弓形。战士们没有被偌大的风吓住，而是在山下挖土石四百多立方，又弄来水泥、沙子，在小路上来回跋涉，一块块、一袋袋地扛上山头，修筑起一道数十米长、一米多高的挡风墙。从此即使遇有七八级大风，天线也能照常转动，没有出现过一次错漏情现象，保证了战备工作的落实。

　　岛上的路酷似一根琴弦，时时弹拨着战士爱的心曲。海岛的生活是艰苦的，食用淡水很困难，他们寻泉打井，一连打了四眼井，汩汩甜水润心田；吃蔬菜不便当，他们在路边的山坡上开荒种菜，春天韭菜、小葱吐绿，夏天芹菜、萝卜、黄瓜、西红柿、辣椒长得水灵灵、嫩生生，瓜菜香气袭人。山路上成群鸡鸭蹒跚而行，"嘎嘎""咯咯"的叫鸣声，使小路充满了生机，平添了乐趣。路上石头多、杂草旺，战士们要改变它。每逢植树季节，人人动手，在路边种了杏树，栽了桃树，植了油松、柞树，移来野花椒、山枣、红枫，还有那金黄的迎春、俏丽的映山红和妖艳的夹竹桃。山路上，春天草青，夏天树绿，秋天枫红，冬天雪白。即使到了七八九月的雾季，氤氲缭绕，迷蒙中，满坡的黄花绿树，却也胜似那"秦淮烟柳"的景致。

　　微风裹着细雨把山路洗刷得分外明净。路两边的奇花异卉，笼在这四月的烟雨里，多像一首诗，多像一幅画。但这如诗如画的小路也含有战士的哀怨和惆怅，寄托了多少思念和遐想。1975年初，从四川农村入伍上岛的小巫，当上了雷达操纵员。可刚干一个月，炊事班缺人，领导就决定他改行当炊事兵。小巫想学点技术，脑子转不过弯儿。那些天，他常常独自跑到山路上，有时一声不响地坐着，有时来来回回徘徊。指导员、老班长在山路上和他散步、谈心。当他听了脚下山路的来历，多云的脸上豁然开朗。当初建连，这荒山野岭没有路，兵器无法运上山，战士们挥锤、握钎、打炮眼、撬石头、平沟、填壑，为修出这条路，多少人风餐露宿，流血流汗，甚至不惜付出生命的代价。每年，小路边的杜鹃花开得如血如霞，格外惹眼，传说就是因为有了这条路，才开出这么美丽的花。小巫被感染了，心想，一个人离开了工作的需要，就谈不上自己的理想。前人为啥子要开这条路？就是要为祖国母亲守好岛、看好门啊。十年来，他在小岛上扎下了根，以精湛的烹饪技术赢得了战士们的爱戴，他多次立了功，受了奖。问他还打算在小岛上干多久，他憨笑："如果需要，阵地在，小路在，我就一定在！"

　　小岛的路哟，似乎是有灵性的。二十多年来，它迎来一批批年轻的战友，送走一个个合格的人才。有多少战士的青春，就是在这条山路上度过。这是一条富有理想的路，充满活力的路。啊，小岛的路，看见它的今天，仿佛就看见了海岛战士的未来……

（原载《工人日报》1985 年 8 月 11 日）

阵地即景

天 线

黄海北部前哨的小岛最高峰，有一部测高雷达。雷达的天线，近看像一艘竖起的小艇，远看似一弯上弦的新月。它始终高仰着头，白天黑夜，不停息地转动。黎明，它转来满天朝霞；夜晚，它转来满天星斗。它抗着风，搏着雨，拨着雾，把密集的电波送上数万米的高空，严密地监视着祖国的神圣领空。

它是天线，它多像战士们布设的天网！

电 缆

雷达阵地，四周是蓊郁的青松林。林中有一束长长的电缆线，它仿佛战士的神经中枢。情报信息，通过它传给指挥所，上报到首脑机关；作战命令，经过它下达到作战部队，凝结于利剑之中。它裸露在光天化日之下，却隐匿着无法公开的秘密。它远离祖国的大陆，被惊涛骇浪包围着，可它每时每刻都和祖国的安危、人民的命运紧紧地联系在一起。

水 井

山坳里，战士们从石头缝里抠出一眼井。当我蹲在井口处，侧耳细听，那"叮咚叮咚"的滴水声，不由使我想起《上甘岭》，想唱"一条大河波浪宽"，也使我想起《黑三角》，想唱"边疆的泉水清又纯"。但这井中的水，毕竟不是来自河来自泉，而是从山脊中一滴一滴渗出的。

岛上淡水奇缺，经常要从陆地用船送水上岛。如果遇到风大雾浓，船不能出海，十天半月没有水洗脸刷牙，也是常有的事情。有一次，吃的水也没有了，只好用海水蒸馒头。那蒸出的叫什么馒头啊，又苦又咸，还咬不动。连长第一个拿起馒头，高声地喊道："为了这小岛，吃！"大家吃，狼吞虎咽地吃。连长看大家吃完"铁疙瘩"，默默地离开饭堂，自己却被感动得流了泪。多好的战士啊！这种精神和意志，仅用金钱就能买来吗？！

有了这眼井，再也无须用海水做饭了。那一滴滴的水，多像母亲的乳汁滋润着战士的心田。山是母亲，战士就是山的儿子！

岩松

风吹，雨淋，日晒。不知道什么时候，有一粒小松子在山头雷达阵地旁萌芽、生根，长成了苗。

小苗儿越蹿越高，长成了树。多少年来，山风摇，它不动；暴雨冲，它不垮；酷暑严寒，它巍然挺立。长年累月，不分昼夜，它就是这样陪伴着我们的战士，坚守在这座小岛上。

真正令人惊叹的是，在它生长的地方，没有一把土，没长一根草。它那坚强、发达的根系，是从一块巨大的岩石缝穿透下去，伸展开来，通向四面八方，又猛地扎进地心，仿佛合力将整个小岛抱在怀中——誓与小岛共存亡！因为战士们崇敬它，就给它起了一个特殊的名字：岩松。

岩松，有战士的性格；

战士，有岩松的品德。

（原载《福州晚报》1985 年 6 月 24 日、《空军报》1985 年 7 月 18 日）

赶 海

大海是诱人的。

常住海边的人，喜爱赶海；初次见到海的人，对赶海的兴致更浓。在北京，不见海，所以对赶海我是梦寐以求的。我来到素有古城、温泉、秀山、丽岛和大海之美誉的兴城，总想着赶海的事。同伴老王邀约我："明天有大潮，一起去赶海。"

"为啥明天有大潮？"我不懂。

"因为是农历初一嘛。"他答。

"为啥初一就一定涨大潮呢？"

"因为月球与地球的相互引力，错过机会就要等到十五了。"

"哦！"我虽然还不甚明白，但已想到与大海有关的许多知识对我都是一个未知数。这样，我对赶海则由好奇变成了渴望，甚至迫不及待了。

晚上，我和同伴们商量，第二天起早赶海。从小在海边长大的老王摇头反对："早晨涨潮，没看头，等下午三四点钟开始落潮，咱们再去，那时候能够捡到许多海货。"我和另外两位旅伴被他说服了，大家也都想捡点海货。

翌日，下午两点半钟光景，我们几个人便整好行装，匆匆向海边奔去。见到海，我们好像都回到了童年时代，你推我搡，在礁石上跳来蹦去，不想停歇。海浪撞击岸礁，溅起两米多高的水柱，发出"轰轰"巨响，动人心魄。浪花打湿了鞋，溅湿了衣，可没谁想要躲避。老王笑着说："常在海边走，哪有不湿鞋，别怕！"

听人家说，海水既苦又咸。眼下，面对湛蓝蓝的海水，脚踏白花花的海浪，我突然想到自己为何不亲口尝尝它的滋味呢。于是，我弯腰掬一捧海水，咕咚一口落肚，咂咂嘴，只觉得有点咸，并没有体味出苦。接着，我又喝了一大口，慢慢地咽，细细地品，果然觉得不但是苦苦的，而且涩涩的，同时还有些许黏黏的。同伴们笑我傻，我却觉得乐滋滋，毕竟我对海水的味儿有了真情实感，这倒也是傻得值得哩。

在水中嬉戏一阵，我们便蹲在退潮的礁石上，用小铁铲和树枝在流水的石缝中敲击着，寻觅着海货。那椭圆形的黑色的海虹，那多角的紫色的海星，那浑身长刺的褐红色的刺果，那紧附在礁石上的壳硬肉鲜的海蛎子……这许多大海中的小生灵们，都是我初次才认识的。不一会儿，我们就捡了半袋子，足有好几斤。老王指着海货热心地向我解释："刺果用来烧汤；海星只能风干后观赏，吃不得；海蛎子肉嫩味鲜，生吃也别有风味。"说着，他拿着石块敲开一只海蛎子，用拇指甲一剜，就将壳内的肉挑出来，放进嘴里，吃得有滋有味……我也学着他的样子，吃了一只海蛎子。"真正的海味！就是有些腥气。"我乐了，同伴们也乐了。

晚霞泼向大海，我望着阔远的、波光激滟的海面，坐在一块突兀的礁石上沉思，真是知识中的海洋，海洋般的知识，今天赶海仅仅见到大海，可远没有认识大海，我怀有一种不满足感。也许我永远不能认识它，可我要永远不停息地去认识它。啊，海！沉思的海，神秘的海，多情的海，富有的海，智慧的海！

有机会，我还要赶海的……

（原载《福州晚报》1985 年 10 月 20 日）

海上抒怀

雾

晨雾迷迷蒙蒙，笼着海。客轮鸣着汽笛，驶入雾的黄海深处。船儿将海面犁开一道深的壑，船尾翻卷着、飞溅着碎玉般的浪花，宛若长长的银色巨龙摇首摆尾，在海上划出一道弧线。海鸥随船翻飞、追逐、嬉戏，倒也乐此不疲。

远远地，间或停泊着一艘一艘的客轮、货轮，在雾中，或像丘，或如山。泊船处，海面是那么的宁静，充满柔情，就像海妈妈敞开胸襟，让奔波辛劳了的船的儿子，酣睡在自己的怀抱中，还疼爱地给它遮上了轻纱帐。

渐渐地，太阳从海的遥远的那一边升起，跳动着、跳动着，可始终没有跳开雾的幔，只好做无力的喘息。

海上看雾，怅然若失；雾中看海，更加神秘。啊，此时此刻，我不禁要问：太阳哟，你有那无际的光焰，怎么会屈从于这海洋中的蒙蒙晨雾呢？

灯塔

傍晚，天阴沉沉，暮霭升腾。站立于后甲板，扶栏远眺，海面上渔火点点。最引人注目的，还是前方那座高高的灯塔。它孤零零地耸立于万顷波涛之中，哪怕寒冬酷暑，风吹雨打，海涛撞击，它都能忠于职守，给南来北往的船只指引航向。历史上，许多海难都是船只迷失方向所致。因而，漂洋过海的人谁也离不开它，每当从它身边经过，无不对它肃然起敬，无比景仰。

可是，当人们完成了艰险的海上航行，胜利地到达了彼岸，心中留下的是骄傲的自己，还是崇敬的灯塔？生活会断然回答：切忌狂妄自大、忘乎所以！

彩色岸

船儿离开码头，开始在涌流湍急的海上航行。舱位少，我们裹着皮大衣躺在甲板上。海风直往脖子里钻，觉得凉飕飕。俄顷，云开雾散，天更高远，海更辽阔，阳光照在身上暖洋洋的。

侧目远看，水天相连，苍苍茫茫，一望无涯。在水天相连处，仿佛镶有一道雾状的花的光环，闪闪烁烁。船儿就在这光环中劈波斩浪，向前游弋。船上的高音喇叭播放着流行曲，在这孕育了人类的大海之中欣赏着流行的曲子，确实别有一番情致。优美的歌声和机器的隆隆声、海涛的哗哗声、海风的呜呜声，组成了雄浑、壮美的大海交响曲，令人振奋！

看着遥远的彩色的岸，我蓦地想到，人生旅途是辛劳的，倦累了，总想找一处憩歇之地。那岸，就有我们对人生炽烈的情爱，有我们对未来希望的火光，那也正是我们幸福的绿色的港湾……

（原载《福州晚报》1985 年 8 月 16 日）

松花湖拾贝

五彩鱼

久闻松花湖的五彩鱼，因其身有赤、橙、黄、绿、白五种色彩而得名。它的肉嫩味鲜，外表美丽，堪称松花湖的一绝。

6月初，我因公赴吉林，部队的一位文友陪我乘船游松花湖。上了船，刚进舱，船上的一位姑娘就把我们领进了一间休息室，她指着窗前的一只玻璃鱼缸说：

"松花湖的湖光山色是一奇，不可不看；而松花湖的五彩鱼是一绝，不看更是一大憾事。"

说真的，我对五彩鱼慕名已久，今日焉有不看之理？缸内四尾寸余长的五彩鱼，在明净的水中摇首摆尾，追逐嬉戏，阳光斜射在缸上，鱼身果然呈现出缤纷的色彩，使人赏心悦目。看着看着，我突然萌生了一个念头：带一尾五彩鱼回北京，让我的朋友们也开开眼界。

姑娘一听，嘻嘻地笑了："你能把松花湖一起带走吗？"

什么意思？我大惑不解了。也许姑娘常遇到我这一类的迷惑者，没等我往下刨根问底，便主动向我解释道：

"五彩鱼离不开松花湖，就像孩儿离不开娘。曾有人把它带到别处放养，起初发现鱼身上的彩色渐渐褪掉，过不多久便死去了。"

天有一双手

"什么原因？"我惊疑地发问。

"说不清楚。"姑娘忖了忖，脸上微露几分羞涩的红晕，说道，"它们大概有些像人的本性，故土难离吧。"

哦，这话多有意思啊！尽管姑娘的回答不一定符合五彩鱼生活的科学道理，但她毕竟道出了一个司空见惯的人类生活的常理：宁做故乡鬼，不做异乡人。这是否也可以谓之"故土难离"呢？

柞 树

在松花湖的湖心有个五虎岛，从游船上远眺，小岛酷似空中坠落于湖面的一颗翡翠，在碧波荡漾的茫茫湖水中显得格外诱人。船刚靠岸，我们便争先恐后地登上小岛，这才看清，那一片绿，原是岛上枝繁叶茂的柞树林，连绵的树冠宛若湖面上骤起的绿色浪峰。大自然真是一位能工巧匠！

当我正陶醉于这一胜景时，迎面走来一位远方游客，手里提着一塑料袋子的泥土，兴致勃勃，好像获得了什么宝贝。经询问，才知道这是从柞树林里挖掘的腐殖质。他不辞辛劳，要把它带回深圳去落户。

深圳，距此遥遥数千里，他不带吉林的"三宝"——人参、鹿茸、乌拉草，却偏要带回这么一袋儿土，派何用场？出于职业的好奇心，对此总想问个明白。

原来，这种褐红色的腐殖质，是柞树叶落归根后，多年风吹雨打腐烂、发酵而成，它松软、肥沃，有良好的排水性，是栽培君子兰的上等肥料。

面对五虎岛上的柞树，我由衷地感叹道：人不是柞树，可又像柞树，叶落终究归根为好哇！

（原载《福州晚报》1984 年 6 月 29 日）

香山赏红叶

久仰北京香山，更慕香山秋色。金秋十月，香山红叶正浓时，在我儿笑颜鼓动下，搭车来到香山。说是赏秋色，实为赏红叶。

站立山脚下，举首远眺，连绵山峦，群峰叠翠，薄薄的云，淡淡的雾，消消长长，沉沉浮浮，游来荡去，若隐若现。红叶于其间显露，一簇簇，一团团，云蒸霞蔚，好像是谁从天边扯来的彩缎飘落山中。沿山石小道登攀，山坡上落叶纷纷，铺积如毯；踏其上，几可没足。漫步红叶间，赏心悦目，仿佛能激发出对大自然的无穷热爱。

山上山下，人头攒动，缕缕行行，挤挤挨挨。游人里，不乏老者，最多的要数孩童。那一条条随风飘拂的红领巾，与一片片红叶相映生辉，更显得孩童的可爱，更添了山野的烂漫。笑颜儿在路边拾得一片红叶，稚声稚气地向我喊叫："爸爸你看，爸爸你看！"那模样很是得意。我看到儿子肉嘟嘟、白嫩嫩的小手举着红叶，像团火、似朵花，便引发了我的感慨：一个不满四岁的孩子，不采路旁粉的花、黄的果，却偏偏捡枚红叶儿，可见幼童也有自己的爱美之心哩，正可谓"爱美之心人皆有之"。

徜徉于林间小径，顿觉心旷神怡，我不禁涌溢诗情，吟哦起杜牧的千古佳句："停车坐爱枫林晚，霜叶红于二月花。"史载，观赏红叶已有二百多年的历史，每年到此时，红叶都将北京的秋色装点得格外妖娆，会引来不计其数的观赏者，像是赶庙会，热闹非凡。

　　　　　　　　　　　　　　　　　　　　　天有一双手

眼前，漫山遍野，人迹所至处，凡有一簇簇的红叶，必有一伙伙的游客。有情侣在红叶前拍照留影，尔后从地上挑拣几片落叶，小心翼翼地夹进绿皮本里，其细心胜似收藏家珍。目睹此景，我暗自思忖：他们带回红叶，是留作"到此一游"的纪念，还是以此作为爱情的信物？红叶，曾有过美丽的传说。相传唐代一宫女，红叶题诗，放进溪中流淌，结果被宫外一秀才拾得，这秀才便也在红叶上题诗一首，也放入溪中，又被一宫女拾得。后有一秀才娶一宫女为妻，两人发现对方原本是红叶题诗之人。红叶倾注了爱恋之情，寄托着美好的憧憬，使有情人终成眷属。而今，斗转星移，沧桑巨变，已不是红叶传书的年代，青年男女不必再用红叶题诗的方法定终身了。文明时代，当有文明之法，自由恋爱、媒妁之言有之，婚姻介绍所、征婚广告亦有之，甚至网上相约来的更直接，何必要用红叶传情呢？但红叶委实能表达人的美好之情、思念之意，且至今仍被视为吉祥如意的象征。

在"鬼见愁"处，我遇见一对美籍华侨夫妇。两位老人漂洋过海四十载，头一次省亲回到祖国，翌日即将乘飞机返回旧金山。仅剩下短暂的时间，老人辞谢了许多活动，却专程来到香山，一定要亲眼看看红叶。他们挽臂拄杖登山，汗流满面，游兴甚浓，还特意从树上采撷了几片叶儿，要带到大洋彼岸，说它能引起乡思。这一走不知道何日再归来，想念祖国、思念亲人时，看看它，就不会忘了自己的根。红叶上溢满游子情哪！

新建成的索道车，可把游客从山下送到山巅，又从山巅接回山下，方便多了，更为游客平添了乐趣。许多游人，乘坐索道车，在空中穿行，犹如游龙戏凤，凌空腾飞，极目眺望，近处远处，高坡深壑，尽收眼底。红叶笼在紫雾之中，从眼前闪过，从脚下流去，似驾五彩祥云，飘飘飖飖，如入仙境一般；居高望远，俯瞰群山，真乃"一览众山小"，蔚为壮观，美丽极了，舒心极了！

落日时分，金黄紫红的晚霞泼洒到树上，林间的鲜花五彩斑斓，地面笼罩着一层红彤彤的反光，空气也被这玫瑰色的光焰照得通红，整个香山仿佛在燃烧。山路上，翠林间，游人往返如织。我牵着儿子的小手，站在幽静处，面对满山坡霞光辉映的红叶，不由地想：随着物质生活和精神生活的不断提高，人们已不满足于吃好穿好、逛马路、捧着手机和坐在电视机前打发时光了；而怀着别样的情致，投身于大自然的怀抱，观赏美景，陶冶情操，强身健体，砥砺意志……虽是历史的沿袭，却又赋予了新的内涵，这不是衡量当代人精神文化生活的重要尺度吗？

　　这一天，兴游香山，饱览秋色。然余兴未尽，归来时，我又带回数片红叶，至今还夹在案头的书本里。书中收藏红叶，心头收藏秋色。

（原载《工人日报》1986 年 1 月 5 日）

　　　　　　　　　　　　　　　　　　　　天有一双手

人鸟情

3月末，一日晚，下班回家，儿子见我，怯怯地说："爸，阳台上有两只小鸟，是同学送我的，让养吗？"

听了，我顿时怒火中烧，斥道："同学为什么要送你小鸟，没说谎？"

"没！"儿子的语气极坚定，"他妈妈说他不好好学习，不准他养了。"

听听，我这就更火了："人家养鸟怕影响学习，你就不怕？立马给我送回，不学好！"

"我怎么啦？"儿子两只黑豆似的眼睛眨巴几下，下雨啦。

看到儿子流眼泪，我的心就发软，没再逼他，但我的脸色不好，样子一定很凶。突然间，我不知怎么的，担心起儿子小小年纪就开始"玩物丧志"，恨不得把它们一股脑儿扔出去！

"那、那我明天就给他送回去吧？"儿子抹着泪，还是怯怯地说。

来到阳台上，笼子里两只鸟儿欢蹦乱跳，像是庆贺自己没被驱逐出境。这是一对小鹦鹉，挺漂亮的，圆圆的头部，喙的上部长呈钩状，下喙短小，羽毛为黄、绿、白相间，十分惹人喜爱。见到这可爱的小生灵，我的气也就消掉许多。

第二天，麻麻亮，我正酣睡，两只小鹦鹉便开始叽叽喳喳地争鸣，吵得我拽被子蒙头找棉球塞耳朵，心越烦，声越大，愈加不能入睡。

索性披衣起床，走上阳台，站在鸟笼前，看它俩正用坚硬的嘴巴相互斯啄对方的羽毛，似乎要一比高低。也许因我这不速之客的到来，显得惊恐万状，立刻休战，歪着脑袋，侧目以视，忽又满笼子飞扑，扇起一片片落羽在我眼前悠悠地飘舞。可气，又好玩。

日日凌晨，它们都照例醒来，照例闹腾。每逢此时，对面楼的阳台上，也有几只家养的鸟儿跟着啼鸣，听着这鸟儿们演奏的晨曲，仿佛别有一番情趣。

此后，我不再向儿子提起将鹦鹉送回的事，反而主动地承担了每日换水、喂食的活计。上班前下班后，喜欢和它们戏耍一阵，有时还耐心地教它们简单的礼貌用语，诸如"您好""再见""欢迎欢迎"之类。天凉时，我翻箱倒柜，找出旧单子，缝成套儿将笼子罩住，怕它们冻着；天热时，我常给它们洗澡，要它们凉爽些；后来，又特地换了一个精致的鸟笼子，好让它们生活得更气派、舒适。可见，倾注了我的一片爱心。就连出差在外地，心里总也惦记着，每回往家里打电话，忘不了嘱咐几句要侍弄好鸟儿们的话。从感情上，我已经把这对宝贝鹦鹉当成了家庭中的成员。

有一回，儿子笑着问："爸，我什么时候把小鹦鹉送回去？"

"去，你这小子！"我两眼一瞪，心想：这不拿老子寻开心吗？

前不久，我从南方出差归来，未顾及满面风尘一身疲倦，兴冲冲奔向阳台，想逗逗两只可爱的小鹦鹉，一别二十多天，怪想的。不料，笼子空空，不见了鹦鹉踪影，忙向儿子急吼："给同学送回去了？"

儿子嗫嚅道："是听你的话给它们洗澡，洗完澡忘了关上笼子门，它俩就偷偷飞走了，也许飞南方找你去了吧……"

都什么时候了，还有心跟老子幽默，我脖颈上的青筋暴跳，斥道："连小鸟都养不住，真没用！"

如今，再看不见小鹦鹉的斯啄，听不到它们争鸣了。每当我面对阳台上空空的鸟笼，心头上总有"人去楼空"之感，不由地涌现出阵阵惆怅……

　　人的好恶，并不是一成不变的，我想。

（原载《中国建材报》1993 年 9 月 21 日）

周庄的魅力

　　光洁的石板路，古朴的建筑群，四面环水，依水成街，临水而居，舟楫往来，古宅水巷驳岸，小桥流水人家。雨后初霁，轻纱般的晨雾渐渐散去，冉冉升起的太阳在碧波荡漾的水面上洒满了金辉，街上的游人也开始喧闹起来……清晨，我乘坐旅游大巴从南京出发，一路风尘来到昆山周庄，开始了一日游。眼前所见正是六月天里周庄的景色，宛若一幅"烟雨江南"的山水画卷，美不胜收。

　　昆山，我早有耳闻，它是人类非物质文化遗产昆曲的发源地；周庄，我也知晓它是千年古镇，有"中国第一水乡"的美誉。位于苏州昆山的周庄，水陆通衢，5A景区，有独特的人文景观，是吴越地方文化瑰宝、江南历史文化名镇，被列为苏州、无锡、常州地区对外开放重点工业卫星镇，引进了来自日本、加拿大、新西兰、美国、澳大利亚等国和我国的香港、台湾等地区的企业数十家。旅游景点有厅、桥、寺、馆、楼、居、堂等古迹，更有"八景十四桥"之名胜。今天，当我置身周庄，映入眼帘的却是别样风景——它比耳闻的真实，比想象的秀美，比纸上的精彩！我眼前的周庄，就是一部立体的彩色电影。当年张艺谋执导，巩俐、李保田、李雪健主演的电影《摇啊摇，摇到外婆桥》，就是在周庄梯云桥（又称唐桥、现为外婆桥）取景；无独有偶，摄影家陈复礼的名作《家家扶得醉人归》，也是在周庄太平桥拍摄。正如艺术大师吴冠中先生所言：

"黄山集中国山川之美，周庄集中国水乡之美。"

　　走进周庄，就是走进了历史；古镇周庄的历史遗存，随处可觅。相传九百多年前，这里名曰贞丰里，春秋战国时期是吴王少子摇和汉越摇君的封地。北宋元祐年间，信奉佛教的周迪功郎捐田二百亩为庙产，后人为纪念他，故将贞丰里改名为周庄。数百年来，历经战乱，饱经沧桑，周庄还是由原来的小镇发展成为颇具规模的商城。今天周庄的建筑多半仍保留着明清及民国时期的风格，既有规模宏大、气象非凡且繁复的官方建造，又有宅院、牌坊、祠堂、园林、戏台、庙宇、路亭、风雨桥等简约精巧的民间修建。周庄的先人图衣食之本、谋安居乐业，开阡陌、重农桑，躬耕不辍；用一砖一瓦、一木一石，建堂馆楼宇，修路桥河渠。历经千年风雨，代代相传，生生不息，终使一座古镇屹立于江南水乡，成为世人瞩目的历史遗存、风光优美的旅游胜地。

　　好奇心驱使，当我漫步在水巷边的石板路上时，被两岸依水而建的阁楼群深深地吸引着。沿岸的阁楼一排排一片片，乍看高矮不一，外观不整，像是随意而建，但若仔细揣摩，又有一种完全不同的视觉享受：白墙灰瓦，古意盎然；飞檐翘角，如燕凌空；开合有度，精巧灵动；散而不乱，错落有致。风格在张扬中内敛，或古朴大气，或富丽堂皇，内含着厚重的江南文化底蕴。许多阁楼的廊檐下悬挂着一串串红灯笼，在风中轻轻摇曳，有的人家在窗棂和楼台上插着一面面小红旗，风吹哗哗作响，不时从阁楼悬窗里传出主人家一阵阵欢声笑语。街道上慕名前来观光的中外游人，行色匆匆，川流不息，不知道从哪里来，也不知道要到哪里去。在游人的视野里，周庄的水巷、楼阁、亭台、庙宇，甚至一块砖、一片瓦、一根梁、一扇窗，都像是有温度会说话的，既诉说周庄古老的历史，又展示周庄美好的未来，更彰显当下周庄人生活的甜美和温馨。

　　临来周庄前我就做过功课，周庄的美丽景点很多，最著名的有

"八景十四桥"，受时间所限，不妨沿水路溯流而上游两座名桥，一是富安桥，一是双桥。我翻开随身携带的周庄旅游指南，按图索骥，先游中市街东端的富安桥，据说这也是周庄的桥中之首。我步履匆匆来到河边，跳上专为游客准备的农家小橹船，刚在船舱席上落座，船已摇离岸边。我扶着船舷任水花溅在手上，倒也感觉清凉惬意。两岸景色诱人，桂树、银杏、香樟下绿草茵茵，一丛丛鲜花开满枝头，引来蜂飞蝶舞，绿树繁花，姹紫嫣红。

船娘一声吆喝，小船靠岸。当我站在心仪已久的富安桥前，远眺近观，气势雄伟，精美绝伦，真是叹为观止。在东侧桥楼前等待照相的人排着长队，首尾不见，另有一群人围着导游姑娘向桥上缓缓挪动，我也跟了过去。导游是本地人，听她的介绍就是一种享受，标准江南普通话夹带着柔美的吴侬软语口音："大家上午好！欢迎大家来到古镇周庄，很高兴能给大家当导游，我是本地人，姓姜，大家叫我小姜好啦！游客们，现在我们来到了富安桥。富安桥始建于至正十五年，取名总管桥，后由富豪沈万三胞弟沈万四重建，改名为富安桥，寓意给百姓带来富贵和平安。有资料记载，富安桥，单孔拱桥，全长 17.4 米，跨度 6.6 米，宽 3.8 米，高度因水的涨落而定……"随着导游姑娘的讲解，我边听边看，边看边想。桥的用料十分考究，桥身用金山花岗岩精工而筑，桥栏、桥阶、桥塪共五块，全用武康石。这种石料江南奇缺，全部采自浙江德清山崖间，石呈深赭色，石面有肉眼很难发现的细小蜂眼，耐磨且防滑，是难得的石品。每一块武康石上都留下了能工巧匠的精美雕刻，图案吉庆祥瑞。

此刻，我站在桥中央放眼望去，桥的四角建有四座二层桥楼，临波拔起，遥遥相对。桥楼飞檐朱栏，黛瓦粉墙，雕梁画栋，古色古香。导游手指着我们近前的一座楼说："每座桥楼内都有茶室、餐馆、商店，游客既可以歇脚又可以赏景，要是有兴趣欢迎大家参观！"

天有一双手

我观看着桥的全貌，深为先人奇妙的构思折服：桥牵着楼，楼护着桥，桥楼相拥，酷似五星连珠，珠联璧合，巧夺天工。这样的桥楼结构在古镇周庄堪称完美，在江南水乡也独占鳌头。传说在富安桥上来回走三遭，便会带来好运。古今听信者趋之若鹜，不乏社会贤士，亦有身份地位显赫的达官贵人。他们有没有求得好运无须考证，但有一点可以确信：这是一种心理暗示，引导人们心存善念、行走正道、向往光明。六百多年过去了，富安桥历尽风雨剥蚀、人踩马踏，又经战火洗礼、地震劫难，至今却傲然屹立，已经成为江南楼、桥建筑史上的一座丰碑，也是周庄人的幸运之桥、镇中之宝。

河面的风徐徐吹来，带有几分清凉。站在桥上往下看，美景尽收眼底。我手扶桥边的石柱，听导游姑娘娓娓道来，不禁浮想联翩：周庄，水网交错，溪流纵横，七成以上的人家临水建楼，择水而栖，橹船已成人们重要的交通工具，离开它真是举步维艰。据统计，周庄各样橹船约有五百多条，结成船队能浩浩荡荡绵延数十里，可谓奇观。到了晚上，夜幕降临，橹船点亮桅灯，闪闪烁烁的灯火流萤似的在溪水中穿行，和茫茫夜空里的繁星遥相辉映，恰如银河落水乡，周庄的夜色是多么迷人啊！"今天我就为大家介绍到这里，后面请游客们自己看吧，要注意安全，谢谢大家！"导游姑娘的吴侬软语，打断了我的遐想。这时，有人开始向桥楼拥去。我看着桥下川流而过波澜不惊的小河，清澈的河水哗哗流淌，有几条橹船轻轻摇来，像鱼儿摇头摆尾，咿呀咿呀的橹声从桥下穿过，又咿呀咿呀地摇向了远方。桥的两岸垂柳依依，柳荫下红男绿女们说笑声不绝于耳。岸边的石板路上，成群结队的游客像过年赶庙会一样热闹。面对这游人如织、笑语声声、古宅石径、水巷轻舟、莺啭芳林、柳绿花红，不禁引起我的联想：古镇周庄，你就是名副其实的"因水而生，因水而美，因水而兴"的东方威尼斯水城。

从富安桥上走下来，我径直来到河边码头，乘坐一条能够遮阳的乌篷船继续溯流而上，游双桥。轻舟踏浪，俄顷抵达，当我站在岸边香樟树的浓荫下，全景式地远望着河面上的双桥，顿时觉得眼前一亮。顾名思义，双桥其实是两座桥，一座名世德桥，一座名永安桥，建于明万历年间，位于周庄镇中心。双桥修建在横竖两条河流的"T"字形交汇处，一座桥横跨南北，一座桥竖卧东西，一座桥孔为圆，一座桥孔为方，因而有人戏言道：三步得两桥，一圆又一方。在两座桥相会的转角处建有一个古式桥亭，非常巧妙地把两座桥连接起来，很像一把古人用的钥匙，故此又被当地人称为"钥匙桥"。虽说双桥没有富安桥壮观，却至今蕴藏着一种无解的密语：难道周庄先民在造桥时已经想到用"天圆地方，阴阳平衡"的辩证思想庇佑着子孙吗？四百多年来，双桥没有被湮没在历史烟云之中，而是像同一个生命体牵手相伴，义结金兰，安卧溪水上，无语向青天，风雨同渡舟，日月伴人间，既是先民造桥智慧的结晶，又给后人留下无以言表的美丽遐想，令人惊叹。

1982年8月的一天，上海旅美画家陈逸飞第一次坐小船和朋友一起来到周庄，当一个弥漫着古风古韵又诗情画意的周庄出现在眼前时，陈逸飞怦然心动，兴奋不已。他包租了一条小船，每天挎着相机在水巷游弋，几乎跑遍周庄的每一个角落，选取拍摄周庄最具特色的景物，为创作积累素材。在他看到双桥后，情有独钟，一下唤起对童年的回忆，灵感和冲动油然而生。在一周时间里，陈逸飞用来拍照的柯达胶卷就装满了一个旅行袋。"周庄是不可多得的财富，站在周庄的任何一个角度看，都是美的！"这是陈逸飞游览周庄后的肺腑之言。陈逸飞把生活中汲取的激情与灵感凝于笔端，经过两个月的潜心创作，终于在同年10月完成了油画《故乡的回忆——双桥》，连同其他三十七幅作品在美国哈默画廊展出，引起轰动。美国《艺术新闻》杂志载文，肯定陈逸飞是"一个浪漫的写实主义者，作品流露出强烈的怀旧气息，弥漫其中的沉静与寂静氛围尤其动人"。美国石油大亨、艺术品收藏家、画廊主人阿曼德·哈默先生撰文评价陈逸飞，"他的画是接近诗的，因为他只在指示而非肯定"，并且花重金买下了《故乡的回忆——双桥》，在1984年访问中国时，将这幅画送给了邓小平同志，使这幅在大洋彼岸轰动的画，同样轰动了中国。转年，在用这幅画制作的首日封上，联合国也加盖了公章，最终使它登上了世界级的殿堂。古镇周庄由此声名远播，走向了世界，每年从世界各地来旅游参观的人络绎不绝，正如周庄老镇长庄春地说的那样："是陈逸飞的双桥油画成全了当年的周庄，他用他的笔、他的画把周庄推介出去，为周庄带来了游客，让老百姓过上了想都不曾想过的好日子！"是啊，双桥是有灵性的，有灵性的双桥不食人间烟火而超凡脱俗，没有生命律动又生机无限，向来沉默无语却每每与子民对话，经数百年风雨磨砺，它坚守在岁月的长河中向一代又一代人讲述着历史与文化、前世与今生；双桥是神奇的，神奇的双桥真是一把"芝麻开门"的钥匙，开启了周庄与世界交往的大门，带给周庄的定然是一个又一个骄人的惊喜。

如今，油画——双桥——周庄，三者之间真像有一条情感和命运的红丝带，把画家陈逸飞与古镇周庄紧密地连在一起。来周庄，必游双桥，游双桥，必念逸飞，就连周庄的门票上，也是以陈逸飞画的双桥为代表性符号。随着路牌的指引，我踏着青砖小路走进了"陈逸飞纪念馆"，又称"逸飞之家"。即便陈逸飞逝世已经十多年了，可周庄人对他的感情依旧，仍在用自己特殊的方式怀念他。"周庄是我的第二故乡！"这是陈逸飞说过的心里话。周庄人早已把他当成了"荣誉居民"，纪念馆就是送给逸飞的一个家。这里是位于双桥桥畔的一处宽敞院落，古朴、简洁、幽静。偌大庭院的地面是一色青砖铺设，和白墙灰瓦的纪念馆楼舍浑然一体，突显了明清老屋的设计精巧和典雅大气。院内石砌的花池中有枝繁叶茂的桂树、四季常青的棕榈和千年名花紫丁香。室内摆放着盆栽，有幽香清远的兰草等格调高雅的绿植和淡香素馨的花卉。呈现我眼前的这一切都在映衬着主人儒雅、飘逸、豪放、柔情的气质与内涵。纪念馆一楼是展厅，展柜里摆放着陈逸飞工作、学习和生活的部分用品，墙上悬挂着陈逸飞多年呕心沥血的画作，高处是亲笔书写的四个大字"我爱周庄"，笔力遒劲，饱满大气，字字如珠玑，凝聚着陈逸飞对周庄的一往情深。二楼为工作室，是陈逸飞创作和会见友人的场所。天有不测风云，人有旦夕祸福。建馆至今，陈逸飞也没能到这里工作或会友，但在室内仍摆放着画案、桌椅、茶具等物，配以柔和的灯光，显得简洁、明亮、温暖，充满高雅的艺术氛围。这一切都在告诉人们：陈逸飞没有离开双桥，陈逸飞还在周庄。

走出纪念馆，我驻足于门前"逸飞之家"石碑旁，仔细端详着陈逸飞半身铜像。阳光照耀着他微侧的脸庞，使得一双深邃的眼睛更显明亮。他眺望远方的神态像是在关注周庄的今天和未来；他微启的双唇又像正在和游人喁喁细语：

"周庄任何一个角度看，都是美的！

"周庄是我的第二故乡！

"我爱周庄！"

……

正午水乡的阳光，感觉不到丝毫的温柔。许多游人走向廊檐、树冠下的阴凉处小憩。我颇有兴致，不顾热浪拂面，开始漫游。踏着光滑的石板路，穿大街、过小巷、逛商店，优哉游哉！当我走到一条巷口，抬头见砖墙上钉有一块木牌，上写"别有洞天"，我有些好奇，索性到此一游。走进巷道不远处，果真是别有洞天，一个面积不大的休闲公园，园子里有几株挺拔的香樟和苍翠的雪松，有一座太湖石堆叠的假山和喷泉，池内盆栽的睡莲叶片优美，花朵清雅动人，莲叶上滚动的水滴珍珠一般晶莹，莲下有鱼儿三五成群游来游去，吸引着众人前来观赏。假山旁的紫藤、葡萄架下，有两位老者在全神贯注下着象棋残局，楚河汉界，排兵布阵，引来十余人围观。令我惊讶的是，这么多的看客，只观战，不帮腔，鸦雀无声，这和许多地方观棋者大喊大叫，甚至动手支招儿形成鲜明对照，我想这大概就是民风，是素养。旁边一张牌桌有几个年轻人在玩"斗地主"，输者在鼻尖上粘了张小纸条，风吹哗哗抖动，引来哈哈笑声。园子西侧有一条红柱绿瓦的长廊，檐上布满了彩画，被一排茂密的翠竹掩映着，不由让我想起宋代诗人王之道的水调歌头："暑雨湿修竹，凉吹入高檐。"东侧有一座六角凉亭，围坐了几位阿婆手摇蒲扇，同声哼唱着江南小调："拔根芦柴花……"听起来实不可与代表传唱人雪飞相提并论，但在周庄能听到此曲我依然觉得余音绕梁，好的歌是会经久传唱的。这里真是别有洞天，让我目睹了周庄人的闲静，也领略了周庄人的雅致。

快到午饭时辰，公园里的人三三两两散去。我的肚子也饿得咕咕作响，便匆匆来到水巷一家叫"江南春"的饭馆，一座二层的小阁楼，木制门栅，庭院绿树成荫，小桥流水潺潺，环境很是幽雅。站在门口的迎宾姑娘把我领进了店内。

"欢迎光临！"一位女士笑盈盈迎上来，细声问，"先生，您是几位？楼上有雅间。"

"不用，就我一人。"说话间我找了张小方桌落座，接过女士递来的菜单，点了一壶西湖龙井、一盘农家小炒、一条松鼠鳜鱼和一碗米饭。

"先生，要不要喝点本店自酿的米酒？不醉人的，解乏。"女士和颜悦色地向我征问。

对酒我有持久的爱好，朋友也这么说。不过下午打算留点时间乘船再游水巷，还是不喝为佳："谢谢啊！"

"听您的。"女士微笑着接过菜单去了后厨。

刚才领我进门的小姑娘悄声说："她是我们的老板娘。"

"哦？"说真的，我没料到她是老板娘，还以为是待客热情的领班。

　　趁等待上菜的工夫，我主动和返回的老板娘攀谈起来。她看上去四十岁出头，秀发披肩，举止优雅，说起话来柔声细语，面带微笑。她说自己从外地嫁到周庄快二十年，眼瞅着周庄的变化太大，有时候都觉得不敢认了。她面含羞涩地说自己能成为周庄的媳妇，很开心。言由心生，我相信老板娘这一番话，绝对是她耳濡目染、亲身经历的真情表达。当我问起她店里的生意，老板娘似乎有聊不完的话题，直言不讳说自己的店开业十几年了，生意一直挺红火，每天晚上客人爆满。她从周庄先辈"君子爱财，取之有道"的儒家经商精神，讲到今天周庄商户"不欺不诈，和气生财"的经营理念，轻声细语，娓娓道来，如数家珍，听得我不停地点头微笑，很少有插话的机会。坐在我眼前的老板娘分明是一个声如燕语、贤淑端庄、聪慧温雅的江南女子。在短暂的交谈中，我得知近些年淳朴善良、精明能干的周庄人仅开发的旅游业，就为上千户人家带来莫大的实惠，衣、食、住、行、游，像一根链条上的齿轮把大家连接在一起，齐心协力共同向前发展。特别是陈逸飞先生的《双桥》画，使周庄在世界扬名，招来了人，引来了钱，如今已经成为商贾云集地、江南富贵乡。

　　说话间，我点的菜送到，老板娘又特意赠我一碟店家秘制的什锦小菜。看到这些美食，我的肚子又咕咕响了，顾不得斯文，我狼吞虎咽，一扫而光，二十分钟就打扫完战场。吃相不雅，却很开心，感觉就是一餐精致可口的美味佳肴：农家小炒微酸甜辣，松鼠鳜鱼焦嫩咸香、酸甜适度，西湖龙井色翠甘洌，水乡的米饭糯里带香口感极佳，连老板娘送的什锦小菜也是咸甜微辛、香脆爽口。而价格又非常大众，相加（赠品未计）不足百元。我这个京城来客还是品尝过一些美味的，今天对店家也得刮目相看，"江南春"经营有方，并非徒有虚名。虽然对它的了解囿于浮光掠影，可也让我有所感悟：从周庄先人"取之有道"的经商精神，到周庄今人"不欺不诈"的经商理念，承前启后，薪火相传，一脉相通，后继有人。

　　顺着老板娘手指的方向，我穿过一条弯曲幽深的小巷来到河边码头。正巧有条坐了游客的橹船像要离岸，我赶紧迈步上船，刚坐定，船娘一声喊："开船喽——"橹船像是跳广场舞的大妈轻摇轻摆着向前划去，在波光粼粼的水面上悠悠而行。我坐在船头，面对清澈见底的溪流，目睹岸上如诗如画的风光，不由突发奇想：周庄，你虽然没有现代化都市里摩天大楼的雄奇与伟岸，你却用自身的魅力证实了唐代诗人、大文豪刘禹锡在《陋室铭》里留下的千古绝唱：

　　"山不在高，有仙则名；水不在深，有龙则灵。"

2020 年 3 月 16 日于静远斋

（收入《原来如此美丽》一书，中国文史出版社 2022 年 1 月版）

树起一座丰碑

一

一轮辉煌的太阳，从 1988 年 9 月 25 日的东方地平线上冉冉升起的时候，一颗璀璨的明珠却自天而降，点缀于首都北三环西路北侧星罗棋布的楼群间。它那乳白伟岸的身躯，同喷薄而出的朝阳相映生辉，格外光彩夺目。这就是令世人瞩目的第十一届亚运会重点工程之一的北京大学生体育馆。

9 月的北京，朝霞如缎，花香袭人。一夜之间，仿佛因为这座宏伟建筑的诞生，而使古城更具风采。

登高俯瞰，整座建筑呈正方形，六十四米见方。四角置四根巨形抗震筒柱，高二十八米，每柱九米见方，八角形状，给人以刚劲挺拔、蒸蒸日上之感。总建筑面积一万二千一百零九平方米，高三层。底层为比赛场地；二三层为看台；内设练习馆和运动员房。宽大的屋面采用彩色轻质复合板，屋顶为三百二十吨重的球形节点钢网架，计时计分用满天星式，有四千一百五十三个可以推拉的活动座椅。顶棚中央采光口隆起，使馆内宽敞明亮。四周有一百零四根钢筋圆柱，用一千四百多块茶色玻璃幕墙镶嵌封闭。馆内装有消音墙。

这是一座用于篮球比赛的多功能比赛场馆，造型美观，既有现代的建筑风格，又有传统的民族气派。从奠基到落成，近七百个日日夜夜，历经春夏秋冬、风霜雨雪，它是勇敢的建设者们智慧的闪光、汗水的结晶、理想的花朵，也是首都的建设者们献给亚运会的一曲圣洁的歌……

二

经过多方努力，争取到了第十一届亚运会承办权的消息由新闻媒介传出时，举国上下无不为之欢欣鼓舞，毕竟这是一次可以在世界人民面前展示自己聪明才智的极好机遇。

然而，当兴奋的情绪从沸点冷静下来之后，许多人又开始犹豫踌躇，窃窃私语：我国目前有能力承办这么大规模的体育活动吗？

并非杞人忧天。

交通、通讯、住宿、安全、各种比赛设施……这些，统统都像是一根链条上的各个环节，环环紧扣，缺一不可。而实际上离要求相差甚远。

这是对国力的检测，这是对民心的衡量。

中国不仅是一个礼仪之邦，中国人民的雄心和胆魄，才是我们这个伟大民族赖以生存的真正脊梁！

要看到差距，要迎头赶上。就在一些人仍然怀疑观望，仍然摇头叹息的时候，确保亚运会如期举行的各项准备工作，已经在一片紧锣密鼓声中拉开了帷幕。

完全没有料及，大学生体育馆——亚运会的重点工程之一，修建任务竟然落到了城建四公司的头上。党委一班人，虽不说欣喜若狂，却也感到受宠若惊，当然也伴有几分不安：四公司是一支年轻的队伍，能否完成这么重大的任务？

会议室里，公司一班人正在召开决战前的形势分析会。窗外寒风飒飒，室内热气扑面。

中国举办亚运会，是多方争取来的！经理林文祥手指下意识地在茶几上轻轻敲击着，说出的话字字千钧：北京市政府领导能把这个任务交给我们，这是对公司全体职工的充分信任，应该感到光荣！当然，这是一个龙头工程，时间紧，任务重，标准高，能否按期竣工，能否拿出一流水平，这就关系重大，责任重大，影响重大！因此，要从我们各位领导的思想上确定这个工程的地位，那就是天字第一号，重点中的重点！

我完全同意！坐在对面的副经理靳连起右臂在胸前有力地一挥，接着伸出两个指头：我讲两个问题，一用人，二组织队伍。干部，要有三不怕：一不怕担风险，二不怕吃大苦，三不怕得罪人。工人，要有四条：思想好，作风硬，守纪律，技术高。而要做到保质量、保安全、保工期、保效益，无论干部或工人，都要求五勤：脑子勤，不能回到家就靠在沙发上看电视、躺在被窝里打呼噜，要时刻多想工程上的事情；腿脚勤，要现场到处走，围着工地转，一根木头一块砖放得不是地方也得管；眼睛勤，要能在现场随时随地看出问题，立即纠正；嘴巴勤，发现问题说出来，不可有私心或隐瞒不说；手头勤，不当甩手掌柜，遇事必须亲自动手干。

他的发言，博得一致喝彩声。

究竟用哪一个队承担这项工程呢？

把九队拉上去，怎么样？靳连起提出这个建议，口气是委婉的询问、试探。可几乎没有一个人投的不是赞成票。

在座的人们，对九队的历史了如指掌。这支年轻的队伍正是当年原铁道兵赫赫有名的"雪山铁九连"的后代。二十多年来，虽然人员换了一茬茬，但英雄连队的本色没有变。那一年，在西山建亚洲疗养院时，他们就以能吃大苦耐大劳、挑重担打硬仗、冲得上拿得下而著称，赢得了很高的声誉，令同行刮目相看。

有这样的队伍应该骄傲，用这样的队伍理当放心。

三

可是，当任务一下到九队时，九队顿时开了锅，各种议论沸沸扬扬，并没有让领导那么放心。

当时，九队正在北郊南小区，为中国科学院承建两幢高层住宅楼。一幢楼的主体结构已建到十三层，另一幢也已闯过难关，干完正负零，就是说基础工程已经完成。

建住宅楼，对九队来说，可谓轻车熟路。况且，整个工程到了这个阶段，就等着抓起大把大把的票子往兜里装。实际情况也是这样，每个月，哪个人的奖金少说也在百八十元。这是一块肥肉，衔在嘴里待咽的一块肥肉。

而亚运工程，资金严重短缺，有的靠集资兴建，有的纯属白手起家，能否拿到奖金不说，光大学生馆的短工期、高质量，就够喝一壶的，实在没有多少油水可捞。分明是放弃嘴里的肥肉，硬塞进一块骨头，这骨头真难咽。

平心而论，如今物价涨得飞快，昨天还是几角一斤的黄瓜，今天就是一元多，到小摊上捏几根香菜，一掏也得块儿八角。衣食住行，哪儿不需要钱？要想再搞点现代化，就更甭提了。在这样一个处处都以金钱为媒介的商品经济的社会里，九队的小伙子们想多挣几个钱，自然也在情理之中。

毕竟，这是一个工程转换伴随着思想转换的关口。队长谢建忠，这个1979年从内蒙古穿上军装来到雪山铁九连的血性男儿，同比他资历深的老成持重的队党支部书记徐联合一合计，立即发动全队职工展开了一场大讨论：80年代的青年人，怎么样为国家做贡献？

犹如在沸腾的油锅里又撒进了一把盐，议论纷纷，莫衷一是。

咱干的活儿，又苦又累，又脏又险，想多挣几个钱，有啥不对？

干多少活儿拿多少钱，这叫等价交换；光干活儿少拿钱，算什么事儿？

社会上也有一种偏见：改革开放，建筑行业繁花似锦，生意兴隆，建筑工人拼命干，不就是为了多拿钱吗？！

不讲钱不现实。谢建忠的话是客观的，但态度也是非常坚定的：只为钱干活儿，这不是我们80年代青年人的追求！

对，国家兴亡，匹夫有责。

思想通了，气顺了，说起话来也就有风度，有热度，有高度。徐联合一看，正是火候，便来个趁热打铁：

这样吧，每个人写一份决心书，就说说愿不愿进亚运会工地，以什么姿态进亚运会工地。

嗨！徐联合呀徐联合，你可是真会搞"联合"！有人手捧决心书，嘴上开玩笑。

愿。

干。

豁出去了。

工程不拿下，不回家亲老婆。

受得了吗，可别想出毛病啊。

去你的，比比看，谁他妈是真正的男人。

没有豪言壮语，有些话近乎粗鲁，但能看得出，每句话都是发自肺腑的，真正心底的声音。在战场上，嗷嗷叫的部队，一定是个胜利之师。

四

发扬拼搏精神，为亚运会献青春，为"七五"计划做贡献，为首都建设添光彩！

当这条大幅标语在工地的上空升起的时候，它向人们庄严地宣告了一个难忘的日子——1986年11月2日，北京大学生体育馆正式开工！

在这一天，二十七岁的队长谢建忠率领着由二百五十四名青年工人组成的承包队，像一队征战的勇士，浩浩荡荡开进了工地。推土机、挖掘机、起重机……隆隆轰鸣，奏响了亚运会工程建设的第一支威武雄壮的战歌。

严冬施工，困难可想而知。朔风怒号，天寒地冻，呵一口热气，胡茬上立刻结一层冰霜。冷风扬起干燥的沙尘，到处飞扬，小伙子们得戴着风镜干活儿。戴着手套作业不灵便，只好光着手，可手背上被凛冽的寒风吹割得裂开一道道血口。临时搭起的工棚，没法生火取暖，送到工地上的饭菜差不多被冻成了冰坨坨。渴了，想找口热水喝也很难。

实在对不住大家。队领导见状，直给大家道歉。

没关系，面包会有的！乐观的小伙子们却大度地说笑着，对环境的艰苦毫不介意。

这就是希望，这就是力量。

常言道：万丈高楼平地起，基础工程最关键。工程正一天一天、一步一步地艰难地向前推进着。就在给馆的四角抗震筒柱打基础时，意外地碰上了两口枯井。这是基础施工的大忌，也是工人们挠头的事情。如不挖，有虚土，影响整个工程质量，甚至影响到子孙后代；往下挖，冰冻如铁，一镐刨下，"咚"的一声响，只在冻土层上留下一道白印。

困难难不倒英雄汉。支书徐联合亲自下到枯井里，带头一镐一镐地刨。干部的行动，是无声的命令。二十多人，编成组，几班倒，人歇镐不停，镐歇人不停。手被冻僵，虎口震裂，一滴一滴的鲜血滴落在奠基的土地上。青年工人龙正才双手多处裂口，疼得掉泪，仍不听劝阻，越干越欢，并自觉以前辈为镜，他说：在修建中尼铁路时，有人不惜流血牺牲，相比之下，我这点伤算不得什么。两个多月连续作战，硬是将两眼深十多米的枯井挖开，掏出一千一百多立方米淤土，接着又推来相同数量的混凝土和回填土，为整个工程的顺利进行铺平了道路。果然，经过艰苦鏖战，全部基础工程，提前六天完成。谢建忠青年承包队，"雪山铁九连"的后代，名不虚传。

从打完第一个攻坚战，副经理靳连起，这个50年代北京青年突击队的队长、今天的现场指挥组的总指挥，似乎有了个令人兴奋的发现：这支年轻的队伍，看来大有希望。

五

当一幢幢高楼拔地而起，现代都市日新月异的时候，人们会发自内心地感叹：建筑工人，了不起！当一家家从拥挤的小屋搬进宽敞明亮的新居，过着舒适美满的小日子的时候，人们也会发自肺腑地感激：建筑工人，真伟大！

了不起！

真伟大！

这并不是廉价的溢美之词，而是建筑工人们用自己勤劳的双手和无私奉献创造出巨大的社会财富才赢得人们由衷的赞颂、真诚的爱戴。

当然，也不是所有的人都这样赞扬建筑工人。

在谢建忠承包队里，至今还有十几个小伙子没有找上对象，都已是大龄青年，被列为困难户。是现代姑娘眼中的"二等残废"？不是。是他们自个儿不想建立一个幸福的小家庭？非也。他们是人，是正常人，是正常的年轻人，年轻人的幻想是美丽的。要是劳累一天，回到家中，哪怕妻子送来一个甜甜的吻，一个妩媚的笑，所有的疲劳都烟消云散，那会是一种什么滋味。节假日，同心上人湖中泛舟，月下漫步，即使看着情人撒撒娇、斗斗气，那也是一种享受。

偏偏，爱情就和他们无缘。没有哪一位多情的姑娘情愿把绣球向他们抛去。如有哪位热心的红娘对姑娘说，嫁给当建筑工人的小伙子吧？姑娘嗑着瓜子，嘴一撇，"呸"的一声连瓜子皮儿一起吐出一串硬邦邦的话来：德行！城市农民，下里巴人，土老冒儿，癞蛤蟆还想吃天鹅肉，嘻！

姑娘，话可不能这么损，你住的房就是这些城市农民、下里巴人盖的。

该！

爱是伟大的，你还不配哩！

我本来就渺小，拜拜。

人与人，思想的沟通，感情的融洽，重要的是相互理解，彼此尊重。但，做到，很苦，很难。技术员李选信，小伙子二十七岁，要技术有技术，要文化有文化，要长相也不差，高高的个头，结结实实，精精神神的。领导和同事们多方帮忙，给他介绍认识了姑娘小 E。经过几次接触，小 E 对他不仅有好感，甚至很满意：这人诚实，而诚实的人不多。姑娘的想法有些偏激，但也不无道理。爱到了偏激的程度，说明了爱的人也很真诚。

只是，在后来的幽会时，小 E 既欣喜，又忧郁。有时，话到嘴边，欲言又止。

有什么心事？小伙子问。

姑娘摇头。

不喜欢我了？

讨厌，瞎猜什么！

家里人不同意咱俩的事？

姑娘犹豫再三，吭吭哧哧地问：能调调工作吗？

干吗？调哪儿去？小伙子不解。

改改行，要不然到公司机关，行吗？姑娘说得很轻，生怕伤害对方的自尊心。

其实，李选信的自尊心已经被伤害，他非常直率地对姑娘说：我是学建筑的，离不开建筑工地。

不能再考虑考虑？

我喜欢这个职业。

就因为它苦，它累，它脏？

是的，可这些总得有人干呀。李选信心里有火，没有发，压住了，心想：姑娘是爱我的，只是对我的工作不喜欢，以后慢慢做做她的思想工作，相信会改变看法的。于是，他嘿嘿地一笑：说真心话，我爱你，也爱我的工作。

我不配！姑娘一扭头，走了，老远，还在身后留下一句话：祝你的事业兴旺发达，雷锋哥哥！

爱情，到底姓什么？李选信看着小E的背影，吹了？失望、愤怒，大吼一声，挥拳砸在梧桐树上，一只小鸟画着弧线飞去，几片落叶随风飘零。是怎么走回宿舍的，他自己也不太清楚。

打那以后，他把所有的爱与恨，都倾注到了工地上。分管的工作，玩儿命地干，用这种方法排遣自己的烦恼。渐渐地，他仿佛内心里感激起那位小E姑娘：也许她是对的，爱情和事业，能做到两全是不多的。

接受上回的教训，又一个姑娘和他相识了。头一次见面，李选信就单刀直入，亮出自己的底牌：我是建筑工人。

听说了。

干我们这行的，又苦，又累，又脏。

听说了。

眼下，我们正在承建大学生体育馆，工程特别紧张，没日没夜地干……

电视上都播了，为亚运会添光彩嘛。姑娘的目光热热的，话语甜甜的：等建好那天，你给我弄张票，我要第一个进去看比赛，行吗？

　　　　　　　　　　　　　　　　　　　天有一双手

你真好！

一个星期天，姑娘给李选信打电话，让他下午 4 点半到公园约会。

好啊！

3 点多钟，李选信西装革履，对着镜子修饰一番，兴冲冲准备赴约，心里一高兴，嘴里哼起了改了词的《小花》插曲：妹妹等哥泪花流，不见哥哥心忧愁……

刚要出门，却被一名钢筋工堵住：不好了，筒柱位移，你老还得亲自出马呀！

去你小子，少给我要贫嘴！李选信一听出了问题，飞身来到工地，登上高高的脚手架，查明原因，组织工人，重新绑扎。

等一切都处理完，已经过了约会的时间，当李选信一路小跑，气喘吁吁地来到公园，早已没有女朋友的身影。

翌日，李选信心里一直感到不安，给对方打电话，说明意外的情况，以求她的原谅。这姑娘大概是个急性子，还没等他把话说完，就生硬地质问：今天你就这么不守信用，赶明儿结了婚，不定会哪样捏鼓呢！得，没法再谈了，您另请高明吧！

啪！断了。

姑娘的爱是执着的，可执着到褊狭、自私的地步，则是不足取的。假若她能多一点儿理解，多一点儿宽容，也许一切都会和谐而美满。

每当说起和这个姑娘分手，李选信都会流露出一些惋惜之情。但是，他也说，如果那次如期赴约，恋人高兴，甚至今天已经结了婚，有了一个美满的小家庭，而工程质量出现了问题，他会为此抱憾终生。

至今，李选信仍然"跑单帮"，在他爱的梧桐树上，何日才能飞来金凤凰？

即使有了女朋友，要想朝夕相伴，形影不离，那也是难上加难。施工时，任务一到，压倒一切，一个接一个，限工限时，绝对不能拖延，哪怕一个人耽误，也可能使整个工程的进度受阻。因此，每到星期六，工地电话间里总是排着长队，多为给女友打电话的小伙子们。

对不起，今晚的电影不能陪你看了，要加班。

明天我有任务，不休息，请原谅。

喂，别生气呀，亲爱的！

平日啥都不怕的大小伙子，现在也不得不变了副腔调说话，柔声细语，甚至带有几分哀求。

在这个行列里，也有队长谢建忠。他的对象是大华衬衫厂的女工小张。两人相爱后，见面机会并不多。小张性格内向，平时沉默寡言，偶尔见面时，说话也不乏幽默：谈恋爱谈恋爱，不谈怎么爱？

那倒也是。建忠憨笑笑：不过，真心相爱的人，不谈也能爱，无心相爱的人，再谈也不爱。

咱俩属哪种？

当然是"真心"喽。

滑头！小张用指头在他鼻尖上轻轻一点：真会找借口！

是的，时间对谢建忠来说，实在太宝贵了，就是变成三头六臂，似乎也不够用。偌大一个工程，千头万绪，身为一队之长，自然就比别人多了一份责任，什么事情都应该想到、看到、问到、做到，所以，白天黑夜节假日，他的心都拴在工程上，有空没空都到工地上转悠。有几次，小张买好电影票约他一起去看，但建忠都因工作忙，不能脱身。好心的朋友劝他：

挤点时间，陪陪人家姑娘吧，免得夜长梦多。

我是豁出去了，理解咱就继续谈，不理解拉倒，反正我没空。建忠的话有些偏，倒也是实情。

小张见别的情侣双双对对，花前月下，相依相随，心头也有过一些惆怅，但从没有公开责怪过建忠，也立下誓言：我也豁出去了，你有工夫了，找我看电影我就看，不找就算。

没找，一个月没找。

没找，一年也没找。

没找，在他们近两年的恋爱中，谢建忠没有和小张一起看过一场电影。

因为，在近两年的时间里，谢建忠就没有休过一个星期天。

是不是有些过分？

不论谁当队长，也得这么干。谢建忠回答。

结婚，是人生之旅的一件大事。今天，二十八岁的赵国范和二十四岁的董迷姣共同栽下的爱情之树，就要开出幸福之花——喜结良缘！

婚礼在下午举行，虽然是一种形式，也是必要的，它既证明这一对夫妻的合法性，又能让大家聚在一起尽情地热闹一番。两间屋装饰一新，前来祝贺的亲朋好友络绎不绝。新娘董迷姣面带微笑，给来宾们拿烟递糖，忙个不停，可她心里却越来越不安，好像揣了一头小鹿。直到现在，新郎还没有露面。

出什么事啦？小董心里纳闷：说得好好的，举行完婚礼，就赶6点半的火车去外地度蜜月，这么大的事，会忘了？

墙上贴着红"囍"字的挂钟，像往日一样不紧不慢地走着，可小董每看一次时间心头就一颤，不是嫌它走得太快，就是嫌它走得太慢。

已经4点半了，国范怎么还不来？

再拖延，上火车就不赶趟啦！

有啥事不能让别人帮？这当新郎就得自己来啊。

嫂子，没关系，大哥再不来，我替他和你拜天地，干不干？哈哈哈！

满屋哄笑。

此时，新郎赵国范比谁都着急。因临近春节，需要他结算班组承包合同单。这事只有他清楚。直到快 5 点，他才满头大汗把合同单结算完，在同事们的催促下，匆匆离开工地。

将近 6 点钟，小董接到国范从北京站打来的电话。放下电话，她来不及和亲友话别，拎起提包直奔火车站。等小两口会面时，要乘的那趟火车早已开出了北京站。

嘿，这婚结的！国范苦笑笑，觉得实在对不住新婚的妻子。

傻样儿！迷姣拽着丈夫的手：咱回家吧。

六

馆体结构，是整个工程的第二战役，1987 年 4 月打响！春光丽日，桃花泛，柳枝绿，和风拂面，撩人心醉，正是施工的黄金季节。

一年之计在于春。指挥组要求，抓紧大好时机，周密部署，缩短工期，长计划，短安排，昼夜不停，流水作业，当天任务当天完，完不成任务不下班。

响亮的口号，一呼百应。

到底是一支英勇善战、打过硬仗的队伍，处处都能看见"雪山铁九连"的作风。

全队二百五十四名职工中，有一百二十多个家在外地，夫妻分居，牛郎织女；一条银河隔两边，相聚的日子不多，这给家庭生活造成了许多困难。特别是节假日或农忙时，矛盾尤为突出。每当这种时候，尽管队领导千方百计予以照顾，可是在重要施工的关键时候，也就力不从心了。

这不，青年工长魏小明，手拿妻子的电报，正左右犯难：

回家收麦

他家住古城西安郊区的农村。两年前，村上分给他家五亩承包地。六十多岁的老母和三岁的孩子，都得靠妻子照料，琐碎的家务和繁重的农活儿都压在妻子单薄的肩上，一个女人家，是多么不易啊！可为了支撑这个家，她起早贪黑，披星戴月，脸朝黄土背朝天，承受的痛苦和艰辛，真是难以名状。

每年一次探亲假，他都留在农活儿最忙的时节，好回家帮帮妻子，她实在太苦了。

今年的麦收季节又到了，妻子老不见他回去，就急着拍来电报催促。

回？工程正进入灌注混凝土框架结构的阶段，自己身为混凝土工长，怎么能离开呢？

不回？到手的麦子，是全家人的命根子，不赶好天抢收完，遇上阴雨天，一旦泡了汤，妻儿老母怎么活？

进退两难，如何是好！

正当他在犹豫不决之时，妻子又拍来第二封电报，还是加急的：

见电速归

领导是通情达理的，支书徐联合对他说：施工是紧张，可你家里的事也不轻松……

家事国事都是事，可总有个大小之分。魏小明二话没说，把电报揣进兜里，转身上了工地。

第二天，他向同乡借了一百五十元钱，连同自己手头上的一百元，一起寄回家。同时，又给妻子写了一封长信，说明原委，请求谅解：

……眼下正是节骨眼儿上，工地上的活儿实在放不下。要是因我回家影响整个工程进度，别人不说，你也会骂我一辈子的。你的老底我清楚，觉悟不算太高，起码也不在我之下。本人郑重声明，这可不是当面奉承……闲话少叙，书归正传，寄上这点儿钱，请人帮帮忙，也聊表我对你的一片爱心……

他想尽量把信写得轻松些，却不由越写鼻子越发酸，泪水和墨水一道在纸上流淌着……

不几天，妻子来了信，问：女儿都快四岁了，至今你到底给过她多少父亲的爱？

这是最简单的问题，也是最难回答的问题。魏小明已经把它深深地印在了脑子里，他盼望着这一天，用行动给妻子写回信。

如果说对爱的理解是广义的，那么，魏小明已经用自己的行动，给了妻子一个圆满的回答。

在工地上，像魏小明这样为工作顾不上家的人，不胜枚举。架子工工长朱吉贤，家中的房子被邻居家倒下的危房压塌，造成严重的财产和精神损害，引起了邻里纠纷。四封电报两封信，带着愤怒，带着悲伤，带着委屈，带着希望，十万火急，从老家江苏飞到大学生体育馆的施工现场，催他火速回去处理。

每当朱吉贤捧着电报或来信，就仿佛听到了母亲和妻子的哭泣声，看见了全家无处藏身的凄凉景象。

回去，不打赢官司，决不回京！朱吉贤怒火中烧，恨不能一步跨进家门。可是，冷静一点，为对方想想，他又觉得不忍心：人家的房子也倒了，难道就不痛苦、不困难吗？将心比心，唉！

在自己痛苦时，没有忘记别人的痛苦，这不正是一个共产党员的可贵品德吗！

见他迟迟不回，全家人愤懑已极，突然掉转枪口，由"外患"转为"内乱"。母亲、妻子、哥哥、嫂子、姐姐、姐夫，团结起来，众志成城，联名给队领导写了一封"告状信"，向朱吉贤下最后通牒：三天之内，如不到家，断绝一切关系！

事态发展，如此严重。

怎么办？领导问。

照理说，我该回去看看。朱吉贤的话是诚恳的：只是，基础结构已完，正转入主体结构施工阶段，脚手架没搭齐，别的活儿没法干呀。

不，立即回去，妥善处理，家里安排好再回来，只有放下包袱，才能轻装上阵嘛。快走，火车票已经帮你买好。

是！他一激动，双脚跟一磕，给队领导敬了一个标准的军礼。至今，他还是一个不穿军装的军人。

刚回到家，迎面就是一场暴风雨：母亲责骂，妻子哭诉，姐姐、姐夫埋怨不休。

嫂子不忍，劝道：人也回来了，都消消气吧，该合计合计家里的大事了。

在家的几天里，朱吉贤的心总是被工程牵挂着。他一天天算日子，想进度，思谋下一步的进展。终于，家里的事刚处理出点儿眉目，他就迫不及待返回北京。

领导和同事们见了，掐指一算，整整提前回来十五天。不知是谁，有甜有酸地骂了一句：

这小子，真他妈革命，嘿！

不错，这样的"革命"不见得轰轰烈烈，委实也不是什么了不起的壮举，只不过小事一桩。可就是这样的小事，却像一个窗口，通过它能够透视出一个人的心灵：高尚？卑贱？泾渭分明。

青年工长重庆，一个藏族人家的后代，巴山蜀水养育了他的敦厚，也养成了他的倔强。家中的老阿妈双目失明，想儿子想出了病，给重庆来信说：

阿妈没眼睛，不能到北京城看你了，你回趟家，让阿妈摸摸你的脸，是胖了，还是瘦了？让阿妈听听你说话的声音，还像不像小时候叫"阿妈"那样好听？

重庆给阿妈写回信，讲了许多好听的话，九九归一：忙。

没有回。

阿妈又给队里拍电报：

母病重速归

重庆，别磨蹭，快回！队长谢建忠手拿电报，催他。人心都是肉长的，老人家想你啊！

重庆一把摘下头上的安全帽，往前指了指：工地上一大堆活，我走了，谁干？

我找人顶替。

一个萝卜一个坑，顶替我的人，他的活儿让谁替？

是实情，工地上，只有多余的活儿，没有多余的人。可你不能伤老人家的心哪，你一人伤她的心，就等于我们全队人伤她的心。谢建忠的话情真意切。

放心，等大学生体育馆建成，我拍张照片带回去，让阿妈一起看看，儿子在北京是干正经事情，干大事情。

好兄弟！谢建忠，一个刚强的汉子，此时眼圈都红了，他为自己有这样的战友而骄傲。但，谢建忠毕竟是谢建忠，他不愿把时间花在磨嘴皮上，有那个工夫，还不如去多干点儿活儿。因此，他的工作方法也就既简明扼要，又简单粗暴。他问：你到底回不回去？

不回！

反了你了！谢建忠铁青着脸，抓过重庆的安全帽，使劲掼到地上：从现在起，不派你的工！

无奈，重庆几乎是被赶着推着回了家，心却留在了工地上。没几日，见阿妈的身体有好转，重庆未等假期满，又一阵风似的卷了回来。登上脚手架，环顾四周，面对紧张忙碌、热火朝天的施工现场，他情不自禁地放声大喊：哥们儿，我回来啦！

　　什么叫真正的爱？一个人可以有十种理解，而十个人绝不会是一种回答。在大学生体育馆紧张施工的日子里，许多工人都未能尽到儿子或丈夫、女儿或妻子的义务。蹩脚的心理学家分析：每天和钢筋、石头打交道的人，久而久之，都将被物化成铁石心肠。甚至搬来例证，以诠释这种观点。不幸的是，在事实面前，这种观点便不攻自破了。

　　党支部副书记徐应实的七十岁高龄的老母亲，不顾炎热，千里迢迢，从广西来到北京，专程看望儿子、儿媳。当然，也想在晚年亲眼看看伟大首都的名胜古迹。

　　走出北京火车站，老人被儿子搀扶着上了公共汽车，开往公司宿舍方向。沿街，各式建筑、大小车辆、熙熙攘攘的人群和绿荫鲜花……宛若一幅流动的画。老人家一辈子也没见过这么美丽的景致，嘴上直念叨：北京城真大，真好看。

　　歇了两天脚，老人坐不住了，总想出去走一走，要把北京城逛个遍，瞅瞅究竟是啥模样儿，心里说：咱一个乡下老太婆，能上北京，福气。

　　可是，儿媳正在月子里，不能出门；儿子整天整天不归家，打个照面也很难，哪天夜间回来都是一身泥一身汗。老人看得出，工地上活儿正忙，不能给儿子再添乱。

　　一天上午，老人家手上的活儿忙完，闲着没事儿，想一个人出外看看好风景。她沿小巷步履蹒跚地来到胡同口，一下子进入了一个花花绿绿的世界，眼花缭乱，连东南西北也分不清，吓得忙转身，踩着刚才的脚印又回到了屋里。从那以后，就再没敢一个人走出小胡同。

这一切，徐应实看在眼里，难在心头：大热的天，老人家来北京一趟不容易，说不定这就是最后一次，要是能抽空陪她逛逛公园商店，看看风景名胜，也了却老人的一桩心愿，尽了儿子的一份孝心。可是，他分管指挥的大学生体育馆的训练馆的工程，正处于结构收尾的关键时刻，实在不能离开啊！尽管他深感不安，甚至非常难过，觉得在感情上欠下母亲的债永远也无法还清，但他还是没有离开工地一步。真乃铁石心肠！古往今来，对自己追求的事业一片痴情的人，对个人的事情常常是不为所动，伟人和凡人，均无例外。徐应实，就是。

世界上充满爱心的人，是母亲；世界上善解人意的人，也是母亲。老人家来京住了二十三天，人生地不熟，徐应实又没能腾出一天工夫陪着上街走一走，连天安门也没有看上一眼。7月30日晚，他把母亲送上了归途。临别时，老人家拉着他的手，语重心长地说：儿呀，妈是一个明白人，你的心思，妈懂！妈老了，不能帮你搬块砖添块瓦，妈也不能拖累你啊！快回吧，工地上正忙呢。

妈，儿子对不起你！

铃声响了，徐应实含着眼泪向母亲挥手告别。他在站台上目送着列车缓缓启动，很快便消失在苍茫的暮色之中。列车带走了他的思念，留下了他的遗憾……

七

龙年春节。春节是我国的传统节日，千家万户，普天同庆；亲朋好友，欢聚一堂。大街小巷，张灯结彩，整个北京城披上了节日的盛装，沉浸在一片欢乐之中。

每逢佳节倍思亲。谢建忠率领的这支队伍，来自二十一个省、市、自治区，真正的五湖四海。百分之九十的外区工人都是两地分居。此刻，哪一位的亲人不正翘首以待，盼望他们早日返回故里，合家团聚，共享天伦之乐？

然而，大学生体育馆的工程正处于攻坚会战阶段，要为下一步的装修高潮创造有利条件。为了抢时间，赶进度，春节虽到，工程却不能停顿。终于，二百多人开进了工地，可龙年的春节却悄悄离他们而去。

大年初一，中午，靳连起副经理和特来给父母拜年的儿女们，坐在一起高高兴兴地吃了一顿团圆饭。推开碗，抹抹嘴，连女儿端上来的一杯刚沏的热茶都还没喝完，就起身要上工地。

老头子，你疯啦？老伴儿在一旁不依，埋怨道：你想想看，都连着几个春节没跟家人在一起过啦？！

想起来的，就有三个春节。

1985年春节，靳连起在丽都饭店工地上度过；

1986年春节，靳连起远离祖国，因工作来到了新加坡；

1987年春节，靳连起站在了大学生体育馆基础工程的现场。

今年的春节呢？

说啥你也要在家好好过个年！老伴以家庭总指挥的口气下令道。

爸爸，再忙也不差这几天，您一年到头连轴转，也该喘口气了。儿女们央求。

靳连起笑呵呵地对老伴和儿女们说：小伙子们都上了工地，我在家能坐得稳？我身为现场总指挥，可总不能运筹帷幄之中，决战工地之外吧？

说着，提起安全帽，走了。

每个人特有的事业心和荣誉感是这个英雄集体的一面镜子。在施工现场，到处可以听到这样一句话：为亚运工程献青春，为首都建设添光彩！如果说这是豪言壮语，倒不如说是行动的准则，一言一行，都要用它去规范。

张荣德师傅从事安全工作已有二十多个春秋，向来一丝不苟，任何危及安全的疑点也不会放过。年初二，一大早，他骑上自行车，顶着刺骨的寒风，早早来到工地上，查看安全设施，自己动手，在工程关键部位架设安全网，加固脚手架，像给出征的战士检查行装一样，对工人的安全帽、安全带逐个进行检查。

一个青年工人，用棉毡加玻璃丝布做管道保温，瘾君子的烟瘾发作，四下里瞅瞅，没人，偷偷地点燃一支烟，有滋有味地吸了起来。

掐掉！不知什么时候，张荣德不声不响地站在他的身后，一声断喝，吓得他猛地回头，失声惊叫：哎哟！

胆大包天！张荣德一把揪住他的耳朵，边拧边骂：安全条例学没学？

学过。

违者？

必究。

那好，写完检查，再罚款。

张师傅，您老人家心明眼亮，我服了！小青工双手作揖，点头如捣蒜：您饶了大侄子这一回，我这就给您老磕头拜年，祝您老人家福如东海长流水，寿比南山不老松！您老心肠好，一定能走大运、发大财、当大官……

少给我耍嘴皮！张师傅对他严厉地批评道：国家三令五申抓安全，咱公司安全工作没少抓，可像你这号主儿，把安全当儿戏，要是出了事，哭都来不及！一粒火星，能烧掉一幢楼，懂不懂？

懂，懂，这叫"星星之火，可以燎原"，师傅，对不？嘻嘻。

少给我嬉皮笑脸！下回再叫我撞见，看怎么收拾你！

好吧您哪！

为了节日施工的安全，张荣德师傅早出晚归，一天不落。家里来了客人，喊也喊不回去。

老伴儿对他既心疼又生气，逢人便说，我家这个死老头子，一天到晚，就知道念他的安全经。

春节前夕，夏明禄收到父母的来信，催他今年无论如何也要回四川老家，过一个团圆年。

夏明禄二十岁参军离家，已经在外工作了十七个年头。前两年春节，都因施工任务紧，没有离得开。这个春节来临前，他是下了决心的，一定赶回家，哪怕能在除夕夜和二位老人一起吃顿年饭，心里也就踏实了。

不料，大学生体育馆的施工进入了紧张关头，他的心又被拴在了工地上。作为突击队的战士，不能在此时当逃兵，给自己的脸上抹黑灰。他暗自思忖：在这个队伍中，不管是谁，只要置身沸腾的工地，登上高高的脚手架，头顶蓝天，脚踏大地，就感到自己与这支队伍融为一体了，只有集体的荣誉是至高无上的，个人的得失统统都算不得什么了。这是"雪山铁九连"过去的历史，也是"雪山铁九连"今天的写照。要对得起"雪山铁九连"的过去和今天，必须从一点一滴严格做起。夏明禄把心里想的，写到信上，寄回家中：

> 亲爱的爸爸妈妈！……三个春节，没在你们身边度过，这不是做儿子的心狠。你们常来信说，我是国家的工人，应该多为国家想想……我们承建的大学生体育馆，是亚运会的重点工程，工期这么紧，我实在不忍心扔下不管啊！你们都是通情达理的人，儿子这样做，不对吗？……

有这样的队员，组成了这样的队伍，打不垮，拖不烂，永远都将立于不败之地。他们承建过许多重要工程，每一项工程都是一部生动的历史，几十年征战的赫赫功绩，都浓缩在其中。

八

大决战的时刻到了。

1988年3月12日下午，城建四公司七百多人，在大学生体育馆里，吹响了冲锋的号角——总公司副经理孔庆彬在誓师动员大会上，号召全体参战工人树立施工紧迫感和为公司争第一的集体荣誉感，提出了"大干九十天，确保大学生体育馆提前竣工"的响亮口号。

士气大振。

工程总指挥靳连起和指挥部的所有成员，又召开了诸葛亮会议，共商大计，制定相应对策，采取保证措施，当即编排出一整套详细的综合进度计划：以日保旬，以旬保月，当天任务当天完；加强组织领导，调集精兵强将，实行交叉作业；落实责任制，一般项目下达任务书，关键部位实行风险承包。

这一套计划，单从字面上看，丝毫不见有什么惊人之处，可是，一旦执行起来，你便跟着它像陀螺一般不停地运转起来。单就"当天任务当天完"这一条，也足令许多人生畏。

但是，站在工地上的每一条汉子，似乎都是用特殊材料制成的特殊的人。他们对待亚运会工程的那一颗赤子之心，用任何美好的文学语言来形容和描绘，也会显得苍白无力。

今年三十二岁的钢筋工班班长刘正军，家住北京西郊玉泉路南石槽村。上班时，从西郊至北郊，途中得倒三趟车。大城市普遍乘车难，北京也不例外。赶在上下班高峰时，乘车难上难。他光是坐车，顺利时得耗掉三个多小时，不顺利呢？那可就没准了。尽管如此，几年来，无论春夏秋冬、风霜雨雪，他都坚持提前一刻钟来到工地上，还和当年穿着军装时一样。一日做到，不难；几年如一日，不易。即使在农忙时，妻子要忙地里的活儿，不到两岁的孩子由他照料，为了不耽误上班，每天清晨，他都早早起床，把熟睡中的孩子抱到相隔半里多地的岳母家，然后再匆匆去赶公共汽车。刘正军仍不愧是一名真正的军人。这正是一个普通共产党员的不普通之处。

有一回，孩子生病，发高烧。妻子刁凤英央求正军陪她一同送孩子到医院看病：孩子的病不能耽误，今天你就破破例吧？

摸摸孩子发烫的额头，看看妻子含泪的目光，正准备离家上班的刘正军犹豫了。做父母的都爱自己的孩子，独生子更是父母的掌上明珠。刘正军视子如命根，孩子有病，哪能不管！

不过，一想到施工，人人都在做最后的冲刺，唯有自己没上工地，倏然间，他又觉得很不安。

上工地？应该。

去医院？没错。

两种想法，同时在他的心头厮扯着。刘正军突然责骂起自己来：没出息，遇上这么点小事，难道就没有了主张？

快走哇！妻子催促道。

凤英，你等着！刘正军飞身出了门。他一路小跑着来到岳母家，见了妻妹，讲明情况，求她伸出援助之手。

对不起，我也要上班。

嗨，妹妹，耽误的工钱，我给你发，怎么样？

得，瞧你没白天没黑夜地挣那俩子儿，还不够我买瓶"斯丽康"哩。妻妹说归说，还是替他解了围。

在赶往工地的路上，刘正军总觉得有一张发烧的红红的小脸蛋儿在眼前时隐时现，禁不住内疚地自语道：乖孩子，爸爸对不起你！

大干九十天，确保提前竣工，已经变为每个人的自觉行动，因此，在大学生体育馆工地上，类似刘正军的"对不起"的事，也就不再寥寥无几了。工程技术人员，他们的付出，令每一个有情者为之动容，难以忘怀。工程师张大为是技术"老总"，工作一丝不苟，审查草图，从不含糊。他离不开工程，工程同样也离不开他。暑假时，他的十二岁的孩子准备升中学，有些课需要辅导，如果他能抽空辅导真是再好不过。可偏遇大学生体育馆抢工期较劲的时候，哪有工夫顾及孩子的功课？在妻儿的"抗议"声中，他灵机一动，以每小时四元钱的酬劳，请了一个老师到家里定期辅导，而自己却清早出门夜晚归来，像钉子一般钉在工地上。

我也有望子成龙的思想，理应为孩子的升学尽一份父亲的责任，可总是想到做不到，没有时间。张大为说时很动情，也很实际：孩子进步和工程建设，都是大事，可我难以两全哪。将来有一天，孩子因为我没尽心而不成器，即使恨我一辈子，我也认了；可工程上如果因我而出毛病，造成国内国际的影响，我还有什么资格面对江东父老！

他说得坦诚。

他做得坦然。

这不就是奉献者的风采吗？

真正的风采！

照理说，谢银根忙乎了几十年，这会儿可以名正言顺享享清福了。没有。自从大学生体育馆的开工炮响之后，他就在工地上和小伙子们扎了堆。他是正经的老布尔什维克，50 年代以技术骨干的身份参加了人民大会堂工程建设大会战。尽管身体还好，技术也精，但毕竟是大大超过了工作的年龄线，从处主任的位置上退了下来。他能想得开：退下来，让年轻人早点儿成熟，也好。当然，他也有想不开的时候——北京城发生的巨大变化，他是见证人、参与者，许多重大工程他都洒下过汗水。一辈子跟泥土打交道，这种恋土情结要一下子解开，真难哪。

正在这时，有几家施工队瞄准了他的一手木工绝活儿，以每月优于他退休金数倍的高薪聘请。尽管时下有人喋喋不休地宣扬"金钱万能"，也有人为金钱煞费苦心甚至不惜用生命做代价，但它并未使谢银根心有所动。他婉言谢绝了多方聘请，毅然来到大学生体育馆的工地上，参加亚运会重点工程的建设。在有生之年，能亲自为中国体育和世界体育运动尽点儿力，这是千载难逢的机会，以后恐怕不会再有了，毕竟年岁不饶人啊。他总是对自己、对别人这样说。

在工地上，每个人都是一根顶梁柱，而谢银根和谢建忠——老谢和小谢，堪称靳连起总指挥的左膀右臂、得力干将。哪里有硬仗，他们就带领着一支队伍出现在哪里。铺设大厅木地板，要用几万块长一点五米、宽四点五厘米的木条拼接，施工质量要求严，偏差只允许三毫米。谢银根主动请缨。靳连起早有预料：没有金刚钻，不敢揽瓷器活儿，这个任务非他莫属。尽管他手下的能人很多，他还是这么想。

木地板施工有三道关键工序：打垫层，钉木龙骨，铺木板。每道工序施工前，谢银根都要给年轻人做示范，精细地测量平直度。这是细活儿，要"蹲功"，一天下来，腰酸腿痛。许多人总见他一只手捶着后腰走路，不忍心，都劝他，别像年轻人一样玩儿命。他的回答总是微微一笑，该干啥干啥。

7月，亚奥理事会单项体联负责人参观了刚完工的木地板后，竖起大拇指，连连称赞：一流的，这是世界一流的！

在大学生体育馆工程的英雄谱上，有功之臣，犹如灿烂的群星：

"材料大王"王世成，为保证工程上材料不短缺，足迹踏遍大江南北；

"质量警察"张有铭，铁面无私，六亲不认，以"信得过的质量检查员"而著称；

至于"革新能手""安全总管""拼命三郎""节约标兵"……如架上的葡萄，一嘟噜一嘟噜，数不胜数，即使妙笔生花，详细道来，也只能是挂一漏万。他们的名字，已经和1988年9月25日竣工的北京大学生体育馆一起，被永久地载入了中华民族的光荣史册。

城建工人们，用智慧和双手，为中华民族建起了一座又一座丰碑。如今，北京大学生体育馆，就是这如林的丰碑中的一座！

国家重点建设青年突击工程——团中央命名；

80 年代优秀青年突击队标杆——北京市命名；

亚运会献青春建功杯——同行业工程评比中获得。

奉献者有所得，耕耘者有所乐。谢建忠被评为北京市优秀青年指挥、北京市劳动模范，他带领的承包队被命名为"谢建忠青年突击队"。

90 年代的第一个春天，谢建忠作为中日友好城市青年参观团的成员，于早春二月飞赴樱花之国参观访问。一天，他在东京下榻处的繁华街头漫步时，为参观团当向导的日本姑娘突然用流利的中国话问谢建忠：先生，此刻你在想什么？

谢建忠感到有些突然，略加思索，笑着指指脚下：我想，就在这里，为贵国建一幢世界最高的大厦。

姑娘笑了，但心中愕然，心想：此人不是一只虎，就是一条龙，龙是会飞起来的。

1990 年 3 月 31 日写就于京西寓中

（原载《十月》1990 年第 4 期）

第二辑

星　系

天有一双手

他叫什么名字

中华人民共和国外交部正在召开一个紧急会议。那些在外交场合多谋善断的最干练的外交家们，也被所讨论的问题弄得束手无策。面对这一棘手问题，会议最后只好做出这样的决定：立即报告周总理，同时求助于卫生部。

出了什么问题，竟如此难以决断？

时值 1975 年，北京百花盛开的季节。国务院副总理李先念应巴基斯坦政府邀请，即将飞往伊斯兰堡做重要国事访问。对于这次访问，新华社和巴联社都提前做了宣传报道。巴基斯坦政府和人民正怀着喜悦的心情等待着中国友好使者的光临。世界上一些国家甚至开动各种宣传机器，对中国这位领导人的不寻常的访问，做出种种猜测性的宣传。

离出访还有七天——这是双方外交家们商定好的日期。

偏偏在这时，发生了意外！李副总理腰部扭伤，病情较重，行动困难，只好卧床治疗。

看来，只有推迟这次访问的日期了。但这并不是单方面所能决定的，需要双方通过外交途径进行磋商。而这样做是非常复杂的，也是极其微妙的，不到万不得已，不可为之。否则，稍有不慎，将可能引起东道国的不满，甚至有些国家的谣言专家们还会趁机蛊惑人心、挑拨离间。国际斗争就是这么复杂。

正在住院的周总理得知了这一情况，十分关心。周总理虽然重病在身，仍在为党和国家的大事日夜操劳。周总理一边接受治疗，一边又亲自过问李副总理的病情。总理指示，要请全国最有经验的医生火速来京参与治疗。他期待着这次能够按时出访，万不能在外交上造成被动局面。真乃迫在眉睫！

时间一天天过去。到了第六天，也就是出访的前一天，李先念同志神采奕奕地走进病房，神奇地出现在了周总理的面前。他坐在总理身边，向他汇报了访问的准备工作。周总理听了，点点头，很满意，然后微微一笑，问道："还有一件事情不明白，你的病怎么好得这么快？"

"哦，交了好运，"他哈哈笑了起来，"我遇到了一位神医。"

"什么神医？"

"空军的一个航医，这是个挺年轻的小鬼，"他兴致勃勃地说，"读了六年军医大学，又去拜乡下一个老太婆为师，就用两只手摸摸捏捏治病，很有点名堂哪！他只给我捏了三次，手到病除，好了。"先念同志说得很激动，索性站起身活动活动腰肢，"好家伙，这小鬼不简单，把给我治病的一些专家教授都镇住了！"

周总理也兴奋起来，两道浓眉微微舒展开，脸上闪现出欣喜的光泽。他侧转身看着落地窗外广阔的天空，沉思良久，高兴地说："妙手回春嘛！太好了，太好了！一个大学毕业生，能够放下架子，向民间的老医师学习，学了就能用，方向对头，值得提倡。最近，中央卫生部要召开全国卫生工作会议，他可以作为特邀代表参加。会上请他谈谈经验；会议之后，再办全国的新医正骨学习班，请他当教授。"总理喝了口水，顿了顿，非常关注地问，"他叫什么名字？"

"冯天有。"

旋起了一代医风

剧烈的腰痛，使他的脸色苍白，嘴变歪了，两只眼珠在痛苦地闪动，声音颤抖地说道："医生总是说，伤筋动骨一百天，既来之，则安之，可我是个搞飞行的，让我在病床上飞一百天吗？真不像话！"

"章参谋长，我……"站在他床前的年轻人，低垂着头，眼睛里闪着忧郁的光，微微嚅着嘴唇，脸上显得一筹莫展，"我是个航医，眼看你这么痛苦，不能参加飞行训练，可一点也帮不了你。"

"小冯，冯天有！"章参谋长洪亮的声音打断了他的话，用手示意他在床前靠椅上坐下，神采也飞扬了起来，"你把我送到这里来，虽然治疗了个把月还没见好转，但也不是毫无收获。我打听到北京郊区的双桥有个罗老太，在民间行医六十年，对治腰腿痛很有办法。她全凭一双手，有些病叫她摸摸捏捏就见效。"

"参谋长，别逗了，让你一吹，神了！"一直默然不语的冯天有，运动员一般高大魁梧的身子动了一下，阴郁的脸上露出了笑容，一对黑亮的大眼睛里燃烧起疑惑的火焰，终于把脑袋像拨浪鼓似的摇了起来，"要是井水都能当液输，还要科学制作葡萄糖干什么？"

章参谋长满脸堆笑，声音压得很低，但态度非常明确："信不信，咱俩去看看，俗话说百闻不如一见嘛！顺便也请她捏捏我的腰。走吧。"看来，这个在空中能够驾驭高速歼击机的人，今天在地面上也不示弱。

一辆北京牌小吉普驶出医院大门，不一会儿便冲上了公路。经过一阵颠簸，他们来到了双桥三间房卫生所。

说是三间房，真正的医疗室只有半间草房。可这里却别有一番洞天：里里外外，前来看病的人络绎不绝，有的是用担架抬来，有的是用平板车、三轮车拉来，有的是拄着双拐走来，也有的是让人搀扶而来……冯天有看到这些心头一热："哟，来这里治病的人真多哇。"

门外的葡萄架下有两排松木长椅，冯天有挂了号，便扶章参谋长在这里坐下等候。出于职业习惯，冯天有见身旁坐着一位中年妇女，便询问起她的病情来。她头扎红方巾，身穿草绿色"得笼"（蒙古长袍），腰系黄绸带，脚套红皮靴，脸膛黑红，体格健壮匀称，只因嘴巴歪斜，破坏了她整个面部的形象。她的名字叫娜尔仁花，是内蒙古草原一个牧区人民公社的党委副书记。有一次，她抢救遇到特大暴风雪的羊群，不慎从马背上摔下，脖颈扭伤，嘴巴歪斜，经常头晕。辗转数千公里，到过许多地方寻医求药，均未见效，这才慕名来到三间房。

"25号！"娜尔仁花跟着女护士进了诊疗室。冯天有想看个究竟，也随后跟进了屋。桌旁站着一位老人，七十有余，身板硬朗，耳聪目明，面带笑容，精神矍铄。她就是罗医师。她在娜尔仁花的脖子上摸摸、捏捏，诊断是"颈椎压缩性病变"，便让她坐在小方凳上，一手按住颈部，一手托着下巴，合力一扳，"咔叭"一声，口不歪眼不斜了。

她转了转脖子，活动自如，顿时判若两人。

"孩子，"罗医师抚摸着她的头，把桌上一面圆镜递给了她，"来，自己照照看。"

她双手捧起镜子，仔细端详镜中的人儿，竟不敢认了。一个有着俊俏容貌的人，由于遭到不幸一度变得丑陋，现经妙手使其回春，似乎显得更加美丽了。娜尔仁花看着看着，激动得扑在罗医师的怀中，哭出了声："老人家，谢谢您哪！"

面对此景，冯天有吃惊不小：摸摸捏捏能治病！真的，实的！不是传奇，不是梦幻！它是活生生的事实，亲眼所见！这么说，自己的想法错了。1960年，他入伍后来到了中国人民解放军第四军医大学读书，宛若走进了一座医学的"大观园"，目不暇接，处处新奇。他爱上了医学这一行，爱得深沉，爱得发狂。他常以唐代大诗人杜甫《题李尊师松树障子歌》中"更觉良工心独苦"的诗句自勉，对医药学细读深钻，苦心孤诣，向成为医学界一流专家的目标奋进。六年中，他系统地学习和研究过基础医学、临床医学、预防医学、军事医学和航空医学……偏偏就没有研究过那个靠两只手摸摸捏捏的"摸捏医学"。可是，他现在却由怀疑别人，转为开始怀疑自己。

按照号头，轮到给章参谋长诊治。罗医师让他坐下，用双手大拇指在他的背上摸了摸，又使劲在他的腰部推推、捏捏，然后叫他站起来，问道："有啥感觉？"

片刻之间，章参谋长一连做了几个弯腰、下蹲、踢腿的动作："嗨！立竿见影，舒展多了！"

站在一旁观望的冯天有看入神了。病人拄着拐杖来，扛起拐杖回；由人背着来，自己走着回……啊，多么迷人的情景呀！他对这位七旬老医师产生了由衷的敬意。他"啪"地一个立正，敬了个标准的军礼，几乎是用央求的声调说："罗医师，请您老人家收我做个徒弟吧！"

1969 年 5 月的一天，晴空丽日，遍野花灿。冯天有像一名出征的战士，风尘仆仆来到了双桥三间房卫生所，拜民间医师罗大妈为师，向她学习祖传的"正骨疗法"。

冯天有在学习中注意到，罗医师待人和气，但也有些孤傲；她对学徒生活中的留意，多于对学习上的教诲。对此，冯天有心如明镜，一清二楚。他曾经这样想过：自己是一个部队干部、大学毕业生，这会不会在有医术、没文化，又是从旧社会过来的罗大妈的思想上产生一种隔阂呢？应当和大妈建立一种新型的师生关系，否则是不会觅到真知的。中午，大妈要小憩片刻，冯天有给她铺床叠被；夜晚，有急诊病人，冯天有主动接诊，让她多休息。她的家离卫生所有三四里地，虽说不算远，可对于一个小脚老太也有许多不便。冯天有写信从天津老家托运来一辆自行车，它成了大妈上下班的"专车"，无论刮风还是下雨，他都准时接送。在工作中，冯天有虚心向她求教。人心是会相通的，罗大妈硬是被感动了，她常常念叨不休：一个军官不像官，大学生没架子，真心恭敬我这大字不识半升的老太婆，说啥也得把自己的绝技都传授给他。

冯天有学而不厌，罗医师诲人不倦。

不久，冯天有感受到：罗医师的正骨医法，看简单，做简便；可是仅凭一双手，隔着皮肉摸筋骨，要摸得准，捏得正，很困难。白天，他跟随罗医师治疗、巡诊，几乎一步也不离，目的是想从她给病人的诊治中，看门道，求经验，学手法。

晚上，夏日的炎热、蚊虫的叮咬，使人生畏。街头巷尾，纳凉的人三五成群，海阔天空地神聊。他不，他把自己关在小屋里，坐在台灯下，手摇一把扇，脚插半桶水，降温驱蚊，坚持写学习心得，记病理资料。通过勤奋学习，冯天有初步掌握了治疗腰部、腿部、颈部和接骨四个方面的正骨医术。但是，他没有止步，他在临床中发现有少数患者治疗后病情反复，什么原因呢？他感到不开阔视野，不博采众长是不行的。

这天，他接到了一封妻将分娩的加急电报。他挥舞着电报，情不自禁地喊出声："我要做父亲啦！"

他回到了天津。跨进家门，从里屋传出了一对婴儿的啼哭声，是双胞胎！两个儿子！儿子用哭声迎接了他，好像在埋怨无情的爸爸为什么姗姗来迟。他喜滋滋地亲了亲爱妻和儿子，算是赔礼赎罪吧。

本来，年轻的妻子要做母亲了，心里自然兴奋无比；可这是生第一胎，心里自然又感到异常紧张。因此，她非常希望丈夫在这时能守在身边。冯天有原可以满足妻子这点小小的愿望，他早已回到天津，可他却没有回家。原来，他有意地生了一场"病"，到两家医院登门求"医"。

人民医院外科主任，大名鼎鼎，他用中西医结合方法正骨，经验丰富，出版过许多著述，冯天有在大学读书时就很仰慕。他便把自己扮作一个"病人"，去找他就诊了。

"哪儿不舒服？"老主任笑眯眯地问道。

"这……大夫，我……"他迟疑了片刻，说出了自己平日所碰到的一些疑难之症，让对方在自己的身上做手法。老主任手法轻重缓急得体，他用心体会揣摸，有了真实感受。

接着，他又到了另一家医院，找到了在医学界闻名遐迩的许教授。许教授早年留学英、美，对人体解剖既有高深的理论知识，又有丰富的临床经验。冯天有诚恳地说明了来意，教授被感动了。看到他，教授仿佛想起了自己三十年前在伦敦、在纽约求学时的情景。教授把他领进了自己的研究室，先让他看几幅最新制作的挂图和人体解剖模型，又回答了冯天有提出的许多疑难问题，最后还告诉冯天有："前天，我给一个病人做腰椎间盘探测时发现，由于体位变动，使突出的髓核还纳了，说明有些椎间盘突出症，完全可以用手法复位治疗。"

这是一个了不起的发现！它使冯天有对治疗腰椎间盘突出症的认识有了新的提高，向前推进了一大步。

妻子微笑着向他轻轻点了点头，她谅解他了。两个儿子静静地偎依在妈妈的怀里，他们幸福地熟睡了。

之后，冯天有又利用各种机会，走访了数十家医院的骨科，拜访了十多位久负盛名的正骨医师。他遨游于知识的海洋之中，广取各家"推、拿、摸、压"之长，创造了"椎体旋转复位"新方法。

啊，他旋转了人的椎体，他旋起了一代医风！

金秋十月，正是收获的季节。冯天有向罗大妈挥泪告别，返回部队。

这不是杜撰的神话

他刚放下背包，章参谋长就歪着身子找来了："哟嗬！你可回来了！"

冯天有扶他坐下，马上给他做检查。说笑之间，冯天有已经为他做了手法复位。

神了！章参谋长前后左右晃动了一下腰肢，只觉痛感减轻："小冯，难道你有了扁鹊、华佗、李时珍的神通？"

他自叹弗如。他景仰祖国医学先驱的渊博知识，他自豪祖国医学宝库的富丽堂皇。他觉得自己只不过像银河之小星、沧海之一粟。他觉得要做的工作很多很多，不管白天黑夜，不分地点场合，遇到病人他就治。难怪有人用赞颂的口吻给他编了句顺口溜："冯天有啊冯天有，冯天有的病号天天有。"一个被他治好病的飞行员，有一回见到他面带病容，既感激又心疼地说："冯医生啊，你治好了我们的身体，自己却累瘦了，别忘了，你自己也有病啊！"不假，冯天有曾患有右心室肥大、美尼尔氏症等病，有几次晕倒在诊疗室，醒来后仍接着给病人诊治。母亲知道了，也不知生过他多少回气，背地里流了多少泪。但他每每总是一句话："生病是不分什么人的，医生也一样！"一笑置之。

自他回部队后，看到章参谋长的腰痛经罗大妈治疗后常有反复，便思考起一个新的问题：为什么大量腰痛病患者都伴有腿痛？会不会是臀部"梨状肌"（即形状如梨的肌肉）损伤引起的呢？他终于做出决定：亲口尝尝"梨子"的滋味。他在自己的身上做破坏性"试验"，背负百多斤的重物，猛一下使劲站了起来，就在起身的瞬间，他感到腰、臀部疼痛难忍。一检查，果然发现"梨状肌"损伤。脸，苍白了。汗，滴落了。在痛苦中，他得到了一个新的认识：有腰椎间盘突出症也可能有梨状肌损伤；有梨状肌损伤的，却不一定有腰椎间盘突出症。在一次临床中，他证实了这一认识是正确的。患者是驻地附近一个农民，被家人抬到部队找冯天有诊治。她腰腿疼痛了五个多月，一直卧床不起，丧失了劳动能力，连生活也不能自理。冯天有检查了她的腰部，并无"突出"症状。接着检查臀部，梨状肌损伤。遂进行手法治疗，病人第二天就可以扶床走动。又用药物配合治疗，不久，她就能下地参加劳动了。这不是杜撰的神话，而是活生生的事实！说它是奇迹，谁还能怀疑吗？

果真有，怀疑的人果真有！他就是上级卫生部的刘部长。他在一次上级卫生部门召开的航医工作会议上，以首长的威严、权威的架势、长者的口气批评道："小伙子，不要异想天开啦！什么'触诊法''理筋法''旋转复位法'的，新名堂倒不少哩！从爬雪山过草地那会儿起，我就跟医药打交道，至今还没听说过！实说吧，我自己的腰疼用手捶捶摸摸，也能舒服一阵子，过后还不一个样！要是摸摸捏捏能治病，还要医院干什么？还要我这个部长干什么？算啦，我能原谅你年轻无知，回去多学点正经的吧！你那玩意儿，不足为训。"

无知的曲解，可以纠正；善意的批评，可以接受；群众的误会，也可以澄清。但是，这些统统不是！他是身居高位的领导，他是颇懂医道的行家，正是他这样的人在怀疑。扶持新的事物不易，铲除旧的观念更难。

长空里，战鹰奋飞，涡轮欢唱。今天是飞行日，冯天有背起药箱向机场走去。一路上，他看到天蓝蓝，草茵茵，水清清，花儿朵朵，蝶舞蜂飞，这是多么迷人的秋色呀！他不再记恨那位刘部长了，他想起当初自己不也同样对"摸摸捏捏"持怀疑的态度吗？而现在却入了迷哩！他不由自主地抬起两只手，细瞅着被磨得又短又粗变了形的拇指，开心地笑了。

华佗再世

总理的指示，很快由邓颖超同志用电话转告了国家卫生部。

冯天有万万没有想到，敬爱的周总理专门为自己做了这么具体的指示。

5月末，冯天有满面春风，出席了全国卫生工作会议。他，是总理特邀的代表。

6月4日，上午，代表们发言。冯天有怀着局促不安的心情登上了讲台，做了《坚持中西医结合的方向，虚心向民间医师学习，积极开展新医正骨疗法》的报告。那天的天气很好，和风暖日，吐红泛绿。会场上更是气氛热烈，群情振奋。冯天有有叙述有论证，越讲声音越洪亮。他从我们伟大民族的繁衍昌盛，谈到了祖国古老医学不可磨灭的功绩；从党中央、毛主席号召创造我国统一的新医学新药学的重大意义，谈到社会主义制度为发掘祖国医学宝库开拓出无限广阔的远景。最后他发自肺腑大声呼吁：为了整个中华民族的健康，赶快行动起来，拯救新医学，拯救新药学！

报告，扣人心弦！掌声，经久不息！他在热烈的掌声中走回到自己的座位上，立刻被一群记者团团围住。

很快，全国各大报纸、电台和许多刊物，集中对冯天有做了持久的宣传。赞誉他是"一代新医""华佗再世""神医天有一双手"……他成功了。

母亲为儿子的成功感到高兴。她捧着儿子的手，摸了又摸，看了又看，不停声地说："哟，总理都知道了我的儿子！你小子真出息了！真是、真是哩！"她乐得合不拢嘴，整天眼睛里闪着喜悦的光彩……

而他呢？我们年轻的冯天有啊，你能经受得住来自各方面的赞美吗？是的，他的报告使他获得了极大的成功。此后不久，他便出版了一本近二十万字的医学专著：《中西医结合治疗软组织损伤》。全书文图并茂，深入浅出，并且提出了一些新的见解，得到了国内外专家的高度评价，受到了广大群众的热烈欢迎。它一版再版，被译成多种文字介绍到国外。此后，中央新闻纪录电影制片厂为他拍摄了彩色科教片《新医正骨》，在全国城乡放映，还被推荐给一些来访的外国医学专家观看。他赢得了更大的荣誉。一封封信，祝贺的，求医的，从四面八方雪片似的向他飞来。难怪有人说他过去名不见经传，现在则名扬四海、誉满五洲了。

然而他——年轻的神医冯天有，经受住了考验。他没有醉于花丛，他没有安于现状。他的声誉虽越来越高，头脑却越来越冷静。然而，在他宁静的心湖中，又泛起了小小的波澜……

他完全没有料到，刘部长在医政处长老徐的陪同下找上门来了，来找冯天有治病！他让老徐架着一只胳膊，蹒蹒跚跚地走进屋，神色有些不自然，问道："冯天有同志，还记得我吗？"

"部长！"冯天有惊讶地瞪大了两眼，"您怎么到这儿来了？"

"没法子，"刘部长歪扭着身子，用拳头轻轻地捶了捶腰背，"下楼梯闪了一下，一疼就是二十多天，请你帮我捏捏看。"

"都做过哪些治疗？"

"唉！我是病急乱投医啊，打针、吃药、电理疗、拔火罐、狗皮膏、热水袋，全试过，瞎子点灯——白费蜡！我是刷牙身不能摇，走路直不起腰，连咳嗽一声都疼得汗直冒。"

"伤得不轻，"冯天有扶他坐下，双手拇指在背后触诊，"棘突偏歪。"说时，他巧施手法，复位旋转，只听"咔叭"一声，"偏歪"矫正了。"部长，试试看，有什么感觉？"

刘部长弯腰、下蹲、踢腿、甩手，一口气重复做了十几遍，没有痛感，活动自如。他捧起冯天有的双手看看，高兴得拍着肚子大笑："没有魔掌，没有魔掌！奇迹，奇迹！年轻的华佗！冯医生，明天我要请你到机关做报告，介绍经验，怎么样？你甭给我'不不不'了！徐处长，你记住，回去通知各有关部门，除去值班和生病的外，医生都到会，特别是主治军医以上的，落下一个也不行，到时候我要亲自点名。"

冯天有愣愣地望着部长，这太突然了，他实在感到诚惶诚恐："让我做报告？不不不！"他为明天的事犯愁了。

第二天，容纳三千五百人的会场座无虚席。与会者中，有赞许的，有抱观望态度的，有持怀疑态度的，不同的心情从不同的脸色中流露出来。

首先发言的不是冯天有，而是刘部长。他摘下老花镜，拿在手里，胳膊支撑在桌面上，抬头环视了会场一周，笑了："很好，坐满了，名我就不点了。借这个机会，我先说几句。头一句：偏见！再一句：偏见！第三句：还是偏见！人有偏见，看啥也不顺眼，黑白都会颠倒的。本来，软组织损伤是个常见病、多发病，也是疑难病。冯天有为了医治这种病，大学毕业的高材生，放下架子去跟一个民间医师学习，而且学有所用，做出了成绩，理当受到重视。

"可是，我这个堂堂的部长就当着他的面泼过凉水，说他'异想天开''自己的腰疼用手捶捶摸摸也能舒服一阵子'。唉，算是报应，前不久我的腰部果然扭伤，痛得我坐不得、行不得，躺在床上不能翻身，连坐在马桶上拉大便都不敢使劲哪！笑什么？这是实情嘛！想了很多办法，没用，最后只好硬着头皮去找冯天有同志。他说说笑笑，只用三五分钟时间就把我的腰痛捏好了。一个人才的成长是多么不容易啊！有的人，自己不行，又不让别人行，嫉妒、偏见！真正可怕的是知错不改。同志们！在认识上，部长有错部长改，在座的哪位有错呢，怎么办？好了，我不要求马上回答我，等听了冯天有同志的报告，再往深处想一想吧！……"

多好的老首长啊，真正红军战士的风骨！冯天有站在讲台上，眼闪泪花，心潮难平。这是一个别开生面的报告会，他感到主讲人不应该是自己，而是刘部长，那一阵阵掌声，那一张张笑脸，不是最好的说明吗！

冯天有啊，他在祖国这个古老医学的宝库里涉猎徜徉，他对新医正骨这门博大精深的学问潜心钻研，他用心血和汗水浇灌的这株芬芳馥郁的花朵，终于怒放了，更加娇艳了。

双手托起了友谊的桥梁

2月，一个美好的春光丽日，冯天有领受了一项特殊使命：受中华人民共和国外交部、卫生部的派遣，到位于西南亚阿拉伯半岛南部的也门民主人民共和国，为总统鲁巴伊先生治病。在他即将飞往亚丁之际，领导告诉他，这一次围绕着为总统治病，许多国家正在展开一系列频繁的外交活动，发动了一次又一次"亲善"外交攻势。其中有"超级"的国家，有"发达"的国家，也有"发展中"的国家。他们都声称拿出世界上最名贵的药品，派出世界上最著名的专家，提供世界上最完善的设备，确保总统早日恢复健康。

但是，这位勤于思索、多谋善断的总统，清楚得很！他知道在为自己治病的背后，将会意味着什么。他权衡了利弊，婉言谢绝了所有的邀请，而是自己发出了一个真诚友好的邀请：接受中国医生治疗。

过去，总统曾先后几次对我国进行友好访问。文明古老的国家、勤劳善良的人民，都给他留下了深刻的印象。特别是在访问过程中，与周总理举行过长时间的会谈，友谊的种子深深地根植于他的心田。"海内存知己，天涯若比邻"，总统在我国访问中常常吟哦中国人民喜爱的诗句。总统回忆起当年访问时的美好情景，终于做出了最后的决定。

没有料到，总统先生的这一重要决定，最终会是他去完成，担子有多重是无法形容的。冯天有连日准备治疗方案，连细枝末节都做了周密思考。他打点停当，望着母亲殷殷期待的目光，起程了。带着具有中国古老传统的医术，带着中国人民的良好祝愿，带着中国政府的重托，乘坐一架巨型客机飞上了高高的蓝天。

傍晚时分，客机在首都亚丁机场徐徐降落。这里属于热带沙漠气候，干燥炎热，加之高空长途飞行，冯天有走下飞机顿觉身体不适，大概还因"生物钟"未来得及调节的缘故吧。一辆"奔驰"轿车，把他从机场载进了中国大使馆。

夜里，亚丁湾和阿拉伯海带有藻味和咸润的海风，穿过月光照耀下的无垠的沙漠，刮进了这个高原之国的首都，比白天倒是多了些凉意。这是人们入睡的大好时光。整个亚丁城一片寂静，好像已经进入了梦乡。但是，冯天有毫无睡意。他熄了灯，拉开二楼宿舍的绿色窗帷，眺望夜空，心潮起伏。他想到自己虽然顺利到达，但能不能凯旋呢？心里还不大有底儿。

月光下，使馆院内高高矗立着一根旗杆，冯天有仿佛看见了五星红旗在那上面飘扬，自己也像置身于祖国大地，偎依在母亲的怀抱，胸中燃起了一团火！他看看手上的表，已经深夜时分，心想：睡吧，明天就要去给总统治病了。

第二天，冯天有在我使馆人员的陪同下，驱车来到总统的官邸。跨进官邸庄严的大门，步入敞亮的客厅，总统仰靠在沙发上等候。他万万没有想到，从中国远道而来的专家竟是这般年轻。总统满面笑容，亲切地握住了他的双手，拉他坐在身旁，拍着他的肩头说："辛苦了！欢迎你，冯博士！昨晚上休息得好吗？气候不大适应吧？有什么要求请不必客气，博士是我请来的贵客。贵国人民非常友好，请转达我的问候。我很敬佩毛主席，敬佩周总理。可惜，周总理不在了！中国失去了一位卓越的领导人，我也失去了一位最伟大的朋友！"总统说到这里，心情显得很沉重。

这里，无须再对治疗的过程做详细描述，可以告慰大家的是，一个星期后，总统就丢开手杖，不用人搀扶，可以自如地行走了。

消息在亚丁传开，犹如亚丁湾和阿拉伯海发生了一次巨大的海啸。许多国家的使馆人员表示怀疑：中国会有这样神奇的医生？不可能！但是，当他们看到总统在一次盛大的宴会上突然出现时，不得不低首自叹。当他们看到总统和年轻的中国医生合影的照片时，更是惊呼在中国卫生界发现了一颗光灿灿的明珠！

冯天有凯旋了！他带着友谊而来，又载着友谊而归！他用一双普通的手掌，托起了一座友谊的桥梁！

正当冯天有乘坐飞机返回祖国的怀抱时，中国使馆的同志已经把他为总统治病的详细情况，通过电波，以每秒约三十万公里的速度从太空传回北京，传到了毛泽东主席的手中。毛主席看了电报十分高兴，提笔在电报上做了重要批示：

看来年轻人大有希望，但不要骄傲

谆谆的教诲，殷切的期望，冯天有牢记在心。他总觉得自己没有什么可骄傲的：一人红红一点，大家红红一片。一朵花打扮不出春天，万朵花争妍才春色满园。

于是，他开始运筹一个宏大的计划：应该把从人民中间学到的医术，再奉献给人民。办学习班，让更多的人掌握这门医术。如果外国人想学，也教，知识不应该受到国界的限制，它是属于全人类的。再说，能够搞点"输出"，这是我们中华民族的自豪！

愿望终于实现了。粗略统计，经冯天有亲手培训的学员近千名，而且他们又带出了成批成批的学员，真像滚雪球一般！其间，他受联合国世界卫生组织的委托，在中国卫生部的具体组织领导下，为世界一些国家开办了三期外训班。这些新医正骨之花，不仅开放在中国大地，也开放在异国的土壤上。

我们的冯天有啊，他虽然还很年轻，可是他却真正称得上"桃李满天下"了！

又一期外训班正式开课。教室里坐着十多个学员，语言不同，相貌各异：肤色有墨一般黑的、棕一般红的、雪一般白的，眼睛有蓝色的、绿色的、黄色的……他们在国内都曾是获得各种学位的医学专家。冯天有进门来，学员们很礼貌地站起身，向他致意。随后，两名护士搀扶着一个女病人缓步走进教室。病人的脸色苍白，后颈僵直，口眼歪斜。头向一侧歪扭着，眼睑不停地颤抖，挪步时两只脚尖不能离开地面，伤势很重！学员们围向了她，想看个究竟。

突然，从学员中走出一个神情淡漠的人。外表上看，他四十上下的年纪，身材高大，棕发，谢顶，高鼻梁，蓝眼睛，名字叫K·布朗，曾经留学英国，是一位很有建树的外科专家。他在翻译的协助下，听了病人的自述，师心自用，旁若无人，立即用"望、闻、问、切"的方法，对病人进行了检查，诊断为"脑外伤后综合征"。他笑嘻嘻地面向冯天有伸出了两个指头，意思是他只需两个星期的时间，就可以治愈她的病。他显得非常自信，一副扬扬得意的样子。

依违两可！冯天有仔细看了病人一张正位和一张侧位的X线胶片，以商讨的口吻说道："片示颈曲反张，颈椎后缘曲线在颈3-4处中断，颈3向前滑移约两毫米……"说着，扶病人坐在椅子上，双拇指触诊，发觉颈4棘突偏右，压痛明显，局部棘上韧带钝厚。诊断是"颈外伤性半脱位征"。

"冯教授，我很遗憾。"K·布朗两手一摊，耸了耸肩，鼓着腮帮吹气说，"教授，请您手法治疗吧。"

其他学员看他当面对教授不恭，表示遗憾，有的甚至斥责他：太随便！太狂妄了！

"好吧。"冯天有谈笑自若，心照不宣。他站在病人背后，用

"先正后松"的方法，右手托住病人的下巴，左手拇指顶住患处，轻轻地旋转，"咔叭"一声响，又揉了揉肌肉和韧带。正了！松了！立时，病人口眼不斜，自己可以在室内走动。神工鬼斧，石破天惊！只消二十分钟，取得如此惊人的疗效，学员们简直佩服得五体投地！K·布朗目瞪口呆，一下握住冯天有的手和他拥抱。他们把冯天有抬起来"嗷嗷"叫着抛向空中，同时跳起了狂欢的舞蹈，尽情地高兴。

头一课，这么个讲法，是冯天有精心安排的。这批学员，都是造诣很深的专家，但其中也有的像K·布朗一样自命不凡。如果他们一开始就不能把自己摆在一个认真学习的位置上，自己不仅学不到东西，回国后再来个反宣传，其危害比那些没有学习过的人，会有更大的煽动性，将造成世界性的影响。他要在一开始就抓住他们的心，让他们相信：新医正骨疗法是科学的，能够治大病的，可以以其独特的风格和世界上治疗同类病的最好方法媲美。他的目的达到了，他们真正被震慑住了。

学习圆满结业，学员们即将离开我国。K·布朗在回国前夜，来到了冯天有的宿舍。他很激动，依依不舍，连眼圈都有点红了，但是，他这次登门不是为了辞行，而是负有特殊的使命。他还是很善于辞令的，先是用许多美妙动人的言辞，表达了对老师的一片崇敬之情。接着，他绞着手指，微微一笑，谈起了对我国的印象，他说："中国政府很友好，中国人民非常伟大，中国是有希望的，但是现在还很贫困，我深表同情。"他喝了一口咖啡，用戴着宝石戒指的手摸了摸自己光亮的前额，眉飞色舞地夸耀起他的国家物质之丰富、精神之文明、科学技术之发达，简直是完美无缺，天衣无缝了。说到这儿，他高兴得笑起来，露出一口雪白的牙齿："冯教授，要是愿意的话，本国政府和人民一定伸出热情的双手拥抱您！请不要误会了我的本意。"

真是胡说！不会误会的！冯天有的脸上突然流露出痉挛性的痛

苦的神色。原来，他是来当说客的！他愤怒之极，但他没有发作。他在同 K·布朗这段时间的相处中，感情是诚挚的、友好的。他这个人很不错。再说，他这番话并不是佛口蛇心，只是他还不了解一个真正的中国人的心。他两眼炯炯，笑着问对方："K·布朗博士，您很爱自己的母亲吗？"

奇怪！问这个做什么？K·布朗使劲地眯着两只蓝眼睛，沉默了片刻，他若明若暗地笑道："当然，哪个儿子不爱自己的母亲呢？你的老母亲、夫人和孩子，我们都欢迎，都欢迎！"

"不，您错了。"冯天有微微摇着头，深情地说，"祖国就是我的母亲。我们中国有一句古话：'儿不嫌母丑。'是的，她现在贫穷、落后，但她有丰富的资源，有十多亿双扭转乾坤的巨手，她有希望，有希望早日强盛起来！"

"哦！"K·布朗紧抿双唇，显得有些尴尬，频频地点着头。他明白了，中国人的民族自尊心，真比钢铁还坚硬，这就是中国的希望所在！他仿佛受到了感染，激动地站起身，和冯天有握手告辞。"您是对的，冯教授！"

"谢谢，谢谢！"冯天有把他送到门外，看了一眼夜空里璀璨的群星，北斗星是最明亮的。他笑嘻嘻地说："博士，正如您所见，我把中医和西医结合在一起，首先得把自己的命运和祖国母亲的命运结合在一起。晚安！"

"晚安，教授！"

深夜，11 点多钟，病房里的空气像凝固了一般。一双温厚的手搭在素白的床单上。轻握着母亲一双布满经络的枯黄的手，看着母亲慈祥、恍惚的目光紧盯着儿子那张写满沉痛悲怆的脸庞。

母亲虽然在弥留之际，可神志还很清醒。刚才院首长接到一个电话，要儿子马上出诊，去给一个外国朋友治病。此时，她多么不想让儿子离开啊!

刚从学习班回家的冯天有,还未来得及掸去一身风尘,就赶往病房守护着垂危中的母亲。他凭一个医生的经验,很清楚母亲的时间不多了。想到老人家就要离去,他是多么想再最后看上几眼呀!可是,那位外宾经中国外交部和上级有关部门深夜来求医,一定病得不轻,这也不可耽搁呀!

值班护士——一个年轻的姑娘看着这母子情深、难舍难分的场面,情不自禁地在一边轻声啜泣。

泪,顺着母亲的眼角,一滴一滴,洒落在洁白的枕巾上。

冯天有用手绢给母亲轻轻拭去了眼泪。母亲的嘴唇微微颤动着,渴了?他把一杯温热的糖水送到了母亲的唇边。母亲没有喝,只是眨了眨蒙眬的双眼,注视着儿子阴郁凄楚的脸。忽然,母亲吃力地抬起双臂向前伸去,一下抓住了儿子的双手,慈爱地抚摸着他的每一个手指头,又轻轻地拍了拍,紧抿的嘴角也颤巍巍地舒展开了——母亲是想笑一笑啊!她的双目似乎也添了些许的光彩。母亲是在想什么?虽然她不能言传,但冯天有似乎全都能意会。因而,他心中感情的波澜也更加翻腾不息了……

"冯主任,大娘需要你守在身边。我去给领导回个电话,请那位外宾改日再看吧?"值班护士悄声说。

蓦地,冯天有感觉到母亲的手痉挛了一下,勉强睁开的眼睛里流露出一线期待的目光。往日,冯天有只要去执行一项重要的任务时,母亲不说话,总是用这样的目光看着他……这时,冯天有好像领会了母亲的心思,朝护士摇了摇头。他起身走向病房门口,又转身摘下军帽,向母亲深深鞠了一躬,挪着沉重的步子出了病房。

天上的星,一颗一颗地隐去;路上的灯,一排一排地熄灭。他乘坐的小车在路上只奔驰了五十七分钟,母亲就停止了呼吸,她终于没能等到儿子回来,就含笑上路了……

车子在夜幕中向宾馆驶去，冯天有拉开车窗的黑色帘子向医院方向凝神张望，不由得两行热泪沿腮帮滚落下来。

但他正从心底呼唤着：好妈妈！儿子是去用双手解除一位外国友人的病痛，编织一个友谊的花环送您老人家远行的啊！……

我们中华民族，炎黄子孙，从猿到人，为了生存、繁衍，由爬行到直立，脚和手逐步有了明确分工，摒弃了刀耕火种，掌握了现代科学。人杰地灵，华萃精英！在绵延的历史长河中，用多少双手发掘、建造了自立于世界民族之林的璀璨夺目的文化艺术殿堂！

茫茫天宇，耿耿河汉，人类要探索它，人类要征服它！而这又将需要多少双这样的手呢？啊！手，天有一双手！……

附言：冯天有为新医正骨疗法创始人、空军特色医学中心副院长、主任医师、教授、博士生导师、空军首席专家、技术一级、少将军衔，享受政府特殊津贴；中央领导保健会诊专家，世界手法医学联合会名誉主席；创立"新医正骨疗法"荣获 1978 年全国科技大会奖、1987 年军队科技进步一等奖、国际疼痛学会金牌奖。

由国家卫生部举办学习班向国内外推广、培养了 600 余名学术带头人，为数百万名患者解除了颈、肩、腰、腿疼痛；先后 30 余次奉命出国承担多个国家领导人的医疗保健任务。

（原载《青春》1982 年第 9 期、2024 年 3 月 1 日补记附言）

夜之鹰

春节刚过，2月27日凌晨2点，46次特别快车喷吐着气浪，从衢州开出，轰轰隆隆地向北京飞驰而去。软卧车厢里，张群治斜倚在被褥上，两眼眺望车窗外匆匆而逝的闪烁的街灯、忽隐忽现的建筑群、路边起伏的丘陵和空旷无垠的原野……那双鹰一般明亮的眼睛，不是在欣赏江南夜晚的景致，而是在捕捉地标、地物，这是他在近二十年飞行生涯中养成的职业习惯。远处的天幕上稀疏地缀着几颗荧荧的寒星，张群治毫无倦意，想到这次赴京的重任，反而愈发地精神抖擞……

夜色浓重，数百名美国海军陆战队员，在一架架武装直升机的掩护下，向诺列加将军领导的国家巴拿马展开了闪电般的袭击……

黎明时分，沉睡中的利比亚首都突然响起刺耳的防空警报，随之传来隆隆爆炸声，总统卡扎菲官邸，遭到美国空军隐形轰炸机猛烈轰炸……

战争是局部的，规模也不算大，但它毕竟向各国军界发出了一个红色警示：空军要发展，空军夜间作战能力要加强。

于是，最高统帅部的一道命令飞向空军：成立夜间截击团。这是1989年9月，一个金风送爽的时节。

张群治，南空某团的飞行副团长，受命为改装夜间截击团团长，时年三十四岁。起步的艰难，可以想见。全团几十名飞行员，大半的人很少飞过夜航；能在夜间搜寻目标而适应夜训的甲飞机只有几架，部队所在机场扩建，无法使用，只能转至赣北某机场与兄弟飞行团穿插训练。这就是说，夜间改装训练必须有的教员、教材、飞机、场道，全部短缺，困难重重。

这是历史给予的机遇。

这是军队建设的大计。

这是军人崇高的荣誉。

此时的张群治，不但习惯于清晨观看天气，也习惯于夜阑人静时遥望星空。寥廓天穹，星光灿烂，仿佛蕴藏着无穷奥秘。想到自己和所带领的团队，今后将与星月为伍，想到空军发展的未来远景，他越发感到这莫测夜空里有无限的诱惑力。

困境中奋飞，那才是真正的鹰。张群治深知"人心齐泰山移"的道理，他同担任"领头雁"的党委"一班人"三次召开"诸葛会"，就面临的任务和困难，各抒己见，献计献策，逐渐形成了共识：在这除旧布新的年代，坐享其成，守住原来的小摊子，已经没有任何出路，军人的使命是什么？逢山开路，遇水搭桥，只有进攻，不可待毙！必由之路是：坚定信念，有所作为，积极进取，迎接挑战！并且在全团叫响"奋斗三年，争创一流夜航团"的口号。

"领头雁"的意志，变成全团人的决心：地上的路都是靠人走出来的，天上的路同样靠人走！虽然装备落后，但灵活多变的训练手段，可以使它产生最佳的训练效能。这是什么？是军心，是烈火般燃烧的军心，有了它就是希望，就能够所向披靡！张群治感到了一种从未有过的惬意。

夜航截击团的大部分训练课目，都需要装有雷达的甲飞机完成，而当时恰恰又是甲飞机少，丙飞机多。假如只用甲飞机训练，那么全团的改装进度将会严重受挫。这时候，有人提出：能不能甲、丙混飞？

张群治两眼一亮：一个很有意思的设想！这是群众智慧的火花，张群治抓住了它。很快，他组织了团里几个夜航经验丰富的老飞行员进行专题研究。他们因人施训，凡遇有攻击、截击课目训练，都由老飞行员驾驶丙飞机当目标，新飞行员用甲飞机攻击。一个《挖掘战斗潜力，力求甲丙同训，相互结合》的训练方案正式出台，果然提高了飞机利用率，使截击改装提纲的训练顺利进行。

长空万里，并不是随意驰骋，战鹰翱翔，要受到区域等各种条件的制约。张群治所在团由于和兄弟飞行团穿插训练，驻地飞行空域小，空间位置少，加之场站保障能力受限，每周差不多只能飞上一两个场次，严重影响训练进度。

身为一团之长的张群治，自然为此千思百虑：这点困难都不能解决，还要我这个团长干什么，还要我们这些军人干什么！一天飞行，张群治坐在塔台上指挥。他眼观六路，耳听八方，将一架架飞机送上蓝天，又将一架架飞机接回大地。蓦地，他望着一架起飞后右转弯的飞机，脑子里突然萌发出一个念头：能否改变一下思维定式，让飞机起飞后向左转弯呢？也就是说，将同一预定航线上的一个空域扩展为两个空域使用。

飞行是一门博大精深的科学，科学来不得半点的虚伪和蛮干。这个想法正确与否，需要做出科学论证。张群治一头钻进了书的海洋，一连数月没顾得上回一次家，飞行之余，不是在图书馆，就是在飞行理论研究室，有时翻书查资料，一坐就是深夜一两点钟，全身心地投入新课题的探索之中。为了夜航，他首先在"飞"求知的"夜航"。一个新方案问世了，取名"双向双层双修正"。《大纲》要求，两批飞机放飞时间间隔不得小于八分钟，新方案采取两架飞机跟进起飞的方法，每架间隔四分钟，起飞后，前一架右转弯，后一架左转弯，为避免空中相撞，一架飞高空，一架飞中空。一架由左向右修正，一架由右向左修正，相互之间不受影响，完全符合《大纲》规定。

可是，由于这个机场自建成使用至今，从来未向左转弯飞行过，许多人面露惊疑之色自属情理之中。有人来到张群治面前相劝："团长，在同一空域里，同时组织两个不同课目的训练，太危险，算了吧。"

"我经过反复计算，只要严密组织，不会出什么问题。"

张群治毕竟是张群治，他似乎稳操胜券。

在师、团党委支持下，经上级批准，张群治亲自驾机，带领一名技术精湛的飞行员首先试飞。战鹰在云海深处翱翔，似乎将尘世间的喧嚣与欢乐、欲望与纷杂一下子全都抛在了九霄云外，顿时感觉是那么的超然。但这绝非世外桃源，他们是在云天探险，在九霄追赶春风，在苍穹开拓新的天地。双机探路归来，圆满成功。

接着，全团按新方案实施。第一个飞行日结束，训练参谋大喜过望地告诉张群治："全天飞行九十二架次，六十九小时十二分钟，比传统方法提高效率一倍多。"

空军高等学府一位从事飞行效率研究的专家，正随同部队做课题研究，在飞行现场目睹了这一切，情不自禁地拉着张群治的手说："这是一个创新，真正的创新！"

傍晚时分，列车在徐州车站加水，许多乘客趁机跳上站台，包围了一辆辆流动食品车，抢购自己所需的饮料、水果、点心等物品。张群治从车窗递出钱，向小贩买了一瓶崂山矿泉水，拧开盖儿，仰脖喝了几口，又捧起单放机，收听体育新闻。广播里正在播放美国芝加哥公牛队的战况，张群治全神贯注，不时击节叫好。躺在对面铺位上的旅客见状，窃窃地乐了。打篮球，踢足球，张群治敢拼敢抢，有时还做点小动作——顶人，往往能够得手得分，好像有一双马拉多纳的"上帝的手"。因此，属下给他起了个诨名，叫"牛队长"。

这倒不仅因为他在球场上有牛劲，还缘于他最喜欢公牛队，因为公牛队的队员个个都是好样的，球艺超群，都想当冠军。开车的铃声响了，黑暗中，列车卧龙似的喘了几口气，继续向前飞奔……

大海卷起了狂澜！

盘旋、俯冲、跃升、大速度，一连串动作都在离海面三四百米进行，滔天海浪舔着机翼，犹如蛟龙闹海。东海某基地指挥所，巨大的荧光屏上，显示着海上夜间低空飞行的情景。

夜间，海上低空飞行，漆黑一片。飞临海岸边，渔船的盏盏桅灯若明若暗，隐约可见。在海面上，飞机发动机的声音突然变小，"嘭嘭嘭"令人胆战。海天一色，茫茫一片，星星好像撒落在海面上，飞机进入海空，就像进入无底的深渊，随时都像要被夜色吞噬。无论对飞行员的胆量、气质、技术，都是严峻考验，稍有不慎，就容易产生错觉，造成海天倒置，葬身鱼腹。

年初制订计划时，人们就为张群治捏了一把汗。

"国外老牌飞行员还把海上夜训当难题，咱们夜航团组建才几天？"

"装备老旧，一旦有故障，海上无法迫降呀！"

"过关课目，中高空适应性飞一飞就行了，何必冒那风险！"人们的担心和劝说，张群治记在心头，作为工作的参照点。可从他担任团长的第一天起，就立志带出一支一流的夜航团，他的眼光始终盯着世界王牌空中劲旅，盯着未来的夜间空战，要让自己的团队成为威震夜空的猎鹰。

"我国有万里海疆，身为飞行员没有过硬的海上截击的功夫，战斗力从何谈起？"1992年8月12日夜，张群治带领全团，在东海某空域实施海上低空夜训的计划。当然，这是经过上级训练部门反复研究后批准的计划，一定要做到万无一失。

海上特点研究，气象资料积累，地面航线准备，一切都在有条不紊地进行。

开飞前夜，试飞第一个架次，战将们纷纷请缨。张群治有力地挥挥手："别争了，我是团长，还是我先上！"

夜幕降临，东海海面上风急浪高，张群治的战鹰轻快地滑离跑道，消失在茫茫夜空，他要率先去吃这一只"螃蟹"。编队，航行，截击。海空的夜晚，总是把最惊险和最妩媚糅合在一起，渔火映照海面，星月装点海空，战鹰翱翔，万种风情，犹如一幅壮美的图画！日复一日，一支全天候、全方位、立体型的夜鹰团队在这里得到磨炼，成为响当当的海空"蛟龙"。

夜间飞行，关掉探照灯，无灯着陆，那难那险，绝不亚于高空走钢丝的杂技演员。

"战时情况复杂多变，我们不能依赖灯光。如果机场电源中断，光靠几盏马灯着陆行不行？平时多练一手功夫，战时就少一份牺牲。"张群治就是用这种标准要求自己的部下。他要把夜航团个个都炼成"火眼金睛"。

去年夏天，疗养回部队的张群治，第一个架次飞恢复课目，指挥员为了保证安全，破例为他开灯着陆。半空中，他看到机场灯光一片，马上向指挥员喊话："请求无灯着陆！"如同白昼的机场，顷刻间一片漆黑，张群治熟练地驾着战鹰降落。"哧"的一声，战鹰划破黑夜的沉寂，平稳地通过滑行道。

一架，一架，空中所有飞机，都按张团长的方法依次着陆。

从1991年以来，夜航团坚持全部无灯着陆，优质安全率达百分之百。

张群治和他的夜航团以敢于创新、敢打硬仗而著称，可他总觉得还缺点什么。有个周末的子夜，他突然从梦中惊醒，一个念头触动了他思维的神经，就再也不能人睡了：如果此时敌人来犯怎么办？

凌晨和拂晓是人最疲倦的时候。"出其不意，攻其不备"，《孙子兵法》上这句话给张群治留下了极深的印象。以色列偷袭乌干达，多国部队突袭伊拉克……不都是发生在凌晨和拂晓吗？作为一名夜航团团长，特有的责任感驱使着他苦心思虑，酝酿新的谋略。

张群治的案头，又摆出了一份新的计划——拂晓训练。

凌晨2点，一道指令，飞行员们紧急出动，奔向机场。

一阵夜风掠过，黎明前的黑暗笼罩着机场，跑道上晨雾升腾，能见度只有两公里。

如果是平时，张群治会立即下令，按夜间复杂气象起飞。可今天拂晓飞行，飞行员生活规律被打破，生物钟倒置，人困马乏，大脑反应迟钝。而飞行是高智能运动，脑中储存的上千种数据，哪怕只有点滴失误，都会出现难以想象的后果，真是险夷莫测。能不能起飞？"我上去看看！"张群治要亲自飞上天观察一下云层变化的情况。

一位飞了几十年夜航的将军，这个夜晚却彻夜难眠，他担心复杂天气会使这帮年轻的"空中骑士"驾驭不住拂晓飞行这匹野马，一颗悬着的心总也放不下，电话直接打到了塔台上。

"短时间内，天气不会有大的变化，可以飞行。"张群治从空中返回，坚定地回答。

他知道自己肩上的分量，自从拂晓训练计划被批准后，军区空军把他们列为拂晓训练的"先行官"，要求他们飞出经验，带动全区的夜航。真是天公不作美，第一个回合就遇上了复杂气象，可他相信自己手下的这一群夜鹰们。

半小时后，张群治手握话筒，及时下令，提醒空中飞行员保持状态。

练兵先练胆，练胆先练心。战鹰奋飞，夜空轰鸣，云絮擦着机翼，好似蜂扑蝶拥，夜鹰们为探索对未来空战有用的新经验，他们用自己的忠诚和勇武，迎来了一个个霞光满天的黎明。二十多个拂晓练兵，张群治率领的夜航团，摸索出了一套成功的经验，为全区部队的飞行蹚出了一条新路。

经过了近三十个小时的颠簸，列车缓缓地驶离天津西客站，距终点站北京，还有一个多钟头。眼下虽然是凌晨3点多，旅客们大多已没有了睡意，抽烟的、闲聊的、洗漱的、整理行囊的，显然都流露着经长途跋涉即将到达目的地的快慰。张群治站在车厢走廊上，弯腰、扩胸，活动活动腰肢，然后坐回到卧铺上，顺手拿起枕头下压着的《未来空战》一书，又仔细翻看起来。时光像列车一样飞快。张群治和他的团队锐意进取，三年迈出三大步，提前一年完成改装训练任务，跨入甲类团行列，成了空军一支技术精湛、作风泼辣的"夜空铁拳"。

张群治，这位喝黄河水长大的硬汉子，中原人的坚韧和睿智，在他身上得到了完美的体现。他当过飞行中队长、大队长、团勤务主任、副团长、军区空军飞行训练科长，也在空军领导机关工作过，既有部队工作的实战经验，又耳濡目染了领导机关的通观全局和果断决策，养成了他爱钻研、好探索的习惯。文学、美学、外语、管理、领导科学类的书籍，他都爱读，当然，最爱的还是军事书籍。每每谈起海湾战争中，多国部队夜间突袭的作战样式，制空权在历来空战中的奇特作用，以及伊拉克空军失败的惨痛教训……分析、比较、论证，俨然一个战略家。置身现实，面向未来，张群治始终有一种紧迫感：人生的意义在于开拓进取，能够在国防现代化的改革振兴中搅动起一朵小小的浪花，让它汇入滚滚的大潮中，那也就问心无愧了！

1991年，空军组织领航知识竞赛。多少个不眠之夜，张群治领着飞行员们查资料，做答卷，结果，他获得个人第三名，团队扛回空军团体第一的奖牌。

然而，最难忘的还是那本他们自己编写的夜航教材。那是在夜航团初创时的训练中，一个难题常常困扰着张群治：在使用的飞行教材中，有关夜航的内容，远不能适应截击部队的需要。新员改装，老员只能凭自己笔记本上记的那点东西讲授。一个大胆的设想在他脑海里萌发：自己动手编一本专门的夜航训练教材！

一星期后，一个由张群治担任组长、"航理尖子"张爱国、"四会教员"王金顺、"开路先锋"王华、"智多星"王涌波等十三名飞行员组成的教材编写组成立。从此，他们就没有了星期天，没有了节假日，经过一个多月的努力，一本三万多字的《歼击 x 型截击机飞行教材》终于在 1991 年 11 月诞生。从此，夜间截击团结束了没有专门系统的训练教材的历史。教材印发后，空军首长和机关对此书给予很高的评价，兄弟部队索要该书的信函雪片般飞来。一位老将军欣然命笔，挥毫写下四个大字："精兵强将。"是他们，掀开了新的一页！

知识，给张群治插上了理想的翅膀，在未来空战这个大舞台上，他立志率领自己的团队，演出一幕幕威武雄壮的活剧。为实现这一夙愿，他总觉得原有的知识不够用，尽管贪婪地学习，也有过一些辉煌，他还是感叹"书到用时方恨少"。因而，即使外训或像现在这样出差，他也手不释卷。

乘务员微笑着走进车厢内，见张群治旁若无人，正埋头在《未来空战》中，便悄悄地整理一下卧具，又轻轻地退出去，在门外对迎面走来的乘务组的小姐妹一吐舌头，操着纯正的京腔说："这人真逗，都打了一路的'空战'了，嘻嘻！"

战鹰呼啸着跃上蓝色的天幕，拖着长长的尾迹，盘旋、侧飞、跃升、改平……飞机被操纵得犹如瘦西湖上的一叶小舟。坐在后舱

天有一双手

的考官尽管一言不发，但心里开始暗暗佩服张群治的飞行技术。当然，这几个动作可不是关键，他手里还捏着另一张"王牌"——看张群治特技飞行的最大载荷能否小于 5.5 个。

又是一阵尖啸，战鹰犹如凌空的利箭，猛地跃上高空。机舱内，张群治握着驾驶杆的手没有松。七千五、七千八、八千……高度表指针颤动着。

突然，张群治握杆的手轻柔地一推，跃升的飞机一个倒扣，在空中画了一个"8"字弧，又恢复了原状。一直注视着载荷表的考官，始终未能看到指针越过"5"的标志。漂亮，一篇杰作！

艺高人胆大，这句话用来形容张群治，再恰当不过。在南空航空兵某师，他的飞行技术有口皆碑。据团里的资料记载，自从改装歼击某型飞机以来，难度最大的仪表课目飞行考核，他全是满分。

这消息被空军机关的一位技术检查主任听到了，今天，他就是来实地考察张群治的，果然不虚此行。

考核取胜，带给张群治的喜悦只是短暂的，在心头萦绕着的却是深深的思索：飞得好，这只是一个飞行员的标准，作为一团之长，你有没有运筹帷幄的指挥艺术？他时常这么拷问自己。

1991 年 3 月 19 日，能见度三公里，云底高三百米，刚刚披上新绿的群山，笼罩在一片薄雾之中，南方难得的一个低气象训练日。

塔台上，担任指挥的张群治不时呼唤空中飞行员的代号，有条不紊地指挥着一架架战鹰起飞、降落。

下午 2 点 15 分，张群治习惯地瞄了一下机场两侧的山峦，那绕山的云似乎在翻滚着朝山的这边涌来。不好，天气要变化，他脑海中掠过一个念头。

老天爷好像故意要考验一下这支部队的天兵们。还没等他指挥完一架飞机降落，远处的浓云竟一团团一片片地向跑道头压过来，一会儿就把整个机场包裹得严严实实。倾盆大雨泼得机场一片浑浊，黯然无光。

空中还有四架飞机准备降落。天气变化虽属意料之中，形势如此严峻却是意料之外。这是本场几十年不遇的特情！

仅仅三分钟，道面上已积起了十多厘米深的水，雨帘挡住了人们的视线，能见度不足一公里，如此恶劣的气象条件，指挥四架飞机着陆，这在平时简直难以想象。刹那间，塔台上的气氛骤然紧张起来，值班首长、参谋、标图员、信号员，几乎全都不约而同地唰地站了起来，雨柱像鞭子一般抽打着每个人的心头。

转向备降场降落？可备降场气象条件也不好，况且飞机油量已不允许。塔台上的空气紧张得像凝固了，凝固得快要爆炸！

怎么办？大家把目光一齐投向了张群治。

张群治脑海中正电闪雷鸣。关键时刻，指挥员需要的是冷静、沉着。他暗暗告诫自己。

他瞄了一眼塔台上一张张焦急的面孔，只轻轻说了声："都坐下。"随即拿起话筒，一副大将风度。此刻，空中四架返场的飞机还在云上飞行，对机场天气骤变茫然无知。这时，耳机里传来了张群治熟悉而果断的声音："注意，机场天气有点变化，能见度两公里，正常着陆没问题，你们严格按仪表操作。"

大雨如注，浓云密布。返场的飞机已飞临机场上空，在塔台上可隐约听到阵阵沉闷的轰鸣声。

"01报告，看不见跑道！"也许是天气的恶劣程度出乎飞行员的意料，语气有点紧张。

"01，严格保持状态，我已经看见你了，按仪表飞行，准备着陆！"张群治镇定自若。

其实，张群治并没有看到飞机，因为连跑道头距塔台不远的那间小屋也在云里雾里。他之所以这么说，首先是相信自己的飞行员的技术，同时也是让飞行员从心理上解除紧张情绪。紧张生出忙乱，而忙乱则是飞行员处理意外特情的大忌。

果然，飞行员坦然多了，他们对团长的指挥是信赖的。飞行员鼓起勇气，严格按平时掌握的参数，徐徐下滑。第一架飞机终于冲破雨帘，随着一声尖厉的呼啸，跑道上腾起一条冲天的白色水龙。

第二架、第三架、第四架，一架接一架在雨幕中鱼贯而下，安全落地。塔台上一片欢呼雀跃！

张群治"背水一战"，果断指挥，使险境中的飞机化险为夷，作为指挥员，这就是胆魄，这就是艺术。若不是亲眼所见，谁能够相信，四架高速歼击机，在电闪雷鸣的瓢泼大雨中，却被他指挥得仿佛在典雅的乐厅演奏华尔兹舞曲，在幽静的林荫道弹唱轻曼的抒情小调，赋予了激动人心的艺术魅力，不愧为大手笔！

那年夏天，部队驻训在长江南岸的一座小城。依山傍水的自然环境，不乏诗情画意，但却给飞行训练带来了意想不到的难点。每到傍晚，四周云层里总不停地划着闪电。一会儿东边雷鸣，一会儿西边电闪，而飞机如果误入雷区，强大的电流会将战鹰撕成碎片。

张群治又在琢磨新的对策：开拓一块冲破气象条件限制的飞行"特区"。

一个飞行之夜，部队刚刚进场，机场四周的云海深处就不时翻滚着隆隆的雷声，远方的闪电像银蛇般在漆黑的天幕上狂舞。张群治驾机看天气回来，就被气象预报员拦住了。

"张团长，今晚的飞行计划要取消，长江北岸的一块雷雨云正向我场移动！"气象预报员的脸色是严肃的，口气也很坚决。

张群治抹了一把额头的汗水，望了望北边的天空，果然，一片乌云夹着闪电正上下滚动。"没事，那片云很薄，而且风向也转了，今晚可以飞！"张群治似乎很轻松。

"不行，这样的气象条件，在我场没有放飞的先例！出了事谁负责？"气象预报员将了张群治一军。

"我负责。"张群治认真回答。

"那，你在气象预报单上签字。"预报员使出了杀手锏。

"好，我签！"作为指挥员的张群治接过预报单，签上了名。随即，一颗绿色信号弹升起，张群治指挥着编队机群跃上夜空。

旋即，那片翻滚的乌云溃退，夜空里一片蓝悠悠的星光挤眉弄眼，显得异常宁静。

闯关，自然包含着风险。张群治不是蛮干，不是在跟谁比大胆，他是凭着对军队训练改革的强烈责任感，对这片空域天候情况的详尽了解，凭着自己的经验、知识和智慧，经过深思熟虑后做出的决策。

为了使夜空猎鹰的翅膀早日硬起来，张群治费尽了心机。驻训机场天候复杂，如果空中有点闪电就停飞，那七、八、九三个月就只有在"地面苦练"而无法"空中精飞"了。作为团长，他有他的胆略，他也有他的智谋，不知多少个夜晚，他站在室外观察山区雷雨的形成和变化。中央和省市电视台的天气预报，他几乎天天收看，时间一长，他的妻子赵萍也养成了一个习惯，不管有多好看的节目，到了天气预报时间，她都会主动把台调过来，陪丈夫一起收看。久而久之，哪些闪电区飞机不能靠近，哪些打雷点只是虚张声势，什么风一刮就会下雨，她都了如指掌。在一个成功的男人背后，都站着一个贤惠的女人。对此，张群治有着特别的感受。赵萍原住在嘉兴市的父母身边，为支持丈夫的飞行，一头扎进了驻地山区的军营，以一个女人柔弱的双肩挑起家庭的重担。每当夜间飞行，赵萍都会为丈夫操心，飞机一响，她就守在屋里等待，一直等到夜航结束才能安下心来睡觉。时间长了，出现了内分泌紊乱，食不甘味，夜不成眠，人越来越瘦，脸色也由白变黄变青，病了！张群治很是内疚。

开辟飞行"特区"，给年轻的夜鹰们创造了大显身手的机会。双机编队，翱翔茫茫夜空；连续截击，夜鹰追星逐月；云中设伏，布下天罗地网……一次次"淬火"，年轻的鹰翅越飞越硬。

1992 年 8 月 19 日，这里正在进行一场近似实战的大机群紧急跨区机动演练。

大地在颤动。上午 9 时 5 分，张群治第一个驾机冲上云天。按照预定航线，十六架飞机编队直扑中原某地上空，长途奔袭，声东击西，待机迎击来犯之"敌"。

当最后一架飞机刚刚着陆，突然接到上级指挥所命令，临时改变航线，飞赴黄海之滨某地待命出击，而着陆机场又是处在气象复杂地区。这是一道意外的难题。全新航线，复杂气象，这对摔打他的团队是一次难得的机会！张群治率先出阵，迎着暮色，飞向遥远的天际。

晚上 8 时，迎接凯旋机群的机场上却是一片黑暗，两架隐蔽在云海深处的飞机正待机出击。

云中设伏拦截，地面无灯着陆，这又是张群治给他的机群出的难题。

这一天，张群治率领他的编队机群跨越五省市、数千公里，对团队的飞行、机务、雷达、通讯、指挥等，做了一次全面检验。"上不受天时制约，下不受地利制约，中不受人和制约"，古人治军之道，能为者，才称得上真正的军事指挥干才。从他那一身的征尘中，从他那晶莹的汗水里，从他那刚毅的面容上，我们读懂了他的心，看到了新一代天之骄子的长空雄风。

毕竟，最高统帅机关慧眼识英才，张群治立足现有装备、大胆改革、锐意进取的精神，正是我军新时期加强国防现代化建设的生动体现。总政宣传部于 1993 年 9 月 4 日上午，召开了驻京主要新闻单位的新闻发布会，介绍了张群治的动人事迹。不久，首都的新闻媒介掀起了宣传张群治的浪潮。

《解放军报》9 月 17 日载文《夜空铸铁拳——空军某夜航团团长张群治抓训练纪事》；

《人民日报》9月19日发表长篇通讯《夜空"领头雁"——记空军某夜航团团长张群治》；

《中国青年报》9月10日报道《鹰击夜空——记空军某夜航团团长张群治》；

《光明日报》10月12日刊登文章《夜空探路人——记空军某夜航截击团团长张群治》；

《中国航空报》11月4日同样以《夜空探路人》为题做了介绍……

中央电视台、中央人民广播电台，都在黄金时间对张群治的事迹做了突出的宣传，真可谓电视有影，电台有声，报纸有名。"领头雁""探路人"，这是对张群治的赞誉，也是对张群治的期望……

"各位旅客，本次列车的终点站北京到了……"这篇文章到此本应该打住，然而，不然。张群治此行，作为航空兵某师副师长，经组织批准，要到空军指挥学院高级指挥班深造。出了北京站口，钟楼上的大钟清脆地敲响六下，新的一天开始了！张群治神清气爽，急急离开拥挤的人群，转乘汽车向坐落于北京西郊蓝靛厂的空军最高学府疾速而去。当汽车驶向长安街，张群治触景生情，不由得想起两句话来："居安思危""国泰民安"……

（原载《解放军文艺》1994年第5期）

能　人

1

背包从身上解开却找不到地方搁。

照理说，走马上任第一天，大小也是个油库主任——一把手的主官，三十多人的一支部队有几个人出来迎接迎接，这是常情，可愣是没有。上任前，领导谈话，明确告诉他要去的是一个正在滑坡的单位。马金田听出了弦外之音，也有一定的思想准备，但无论如何到任的头一天就给他坐了一条长长的冷板凳，这是他所始料不及的。马金田的心头开始发紧。

晚上，马金田找不到睡觉的铺板，也不忍心打扰已经熟睡了的战士，干脆到办公室里打起了地铺。刚刚躺下，就有人"笃笃"地敲门，走进来的司务长小钟，神情不安，面有难色地说："主任，咱油库只剩三十七元钱的家底了，明天连锅都揭不开啦。"

听罢，马金田再也躺不住了，索性起身来到室外，独自一人在库区里转着圈。这是粤东六月的夜晚，已见南国夏的燥热。马金田抹了把额头的汗水，借着粲然星光，双目在四下里搜寻着：整个库区被地方多家小水泥厂包围，到处弥漫着烟尘，乱石遍地没有一条平坦的道路，围墙坍塌，油罐锈蚀……走了一圈又一圈，真是不看不知道，一看吓一跳。眼下情景，可用四个字形容：惨不忍睹！马金田此时的内心比这六月里的天气还要烦躁。

面对困难，马金田想到了退却：这样的单位，基础薄弱，条件太差，纵使自己长有三头六臂，恐怕也很难扭转乾坤，没有金刚钻就不揽这个瓷器活，惹不起我还躲不起吗？

第二天，马金田卷起铺盖来到上级机关，找领导请求辞职。接待他的领导没有点头，也没有摇头，只轻声地问了他一句话："没有困难，还要你马金田去干什么？"

一言千钧！这是莫大的信任。马金田顿时感到无地自容，深深为自己的一时冲动而汗颜。作为一名共产党员，在组织上需要自己的时候，自己却遇着困难绕道走，打起了退堂鼓，这和战场上的逃兵有何区别？记得五年前，自己在某油库当技术股长时，负责洞库翻修工程，因监工不力，第一期工程验收质量不过关，油库不接收。克服了许多困难，重新返工，再次验收，获得好评。这是一次沉痛的教训，自己也从中得到了一个启迪：做每一件事情，都要高标准严要求，百折不挠，勇往直前！第二年，自己又负责洞库的管线改造，按原方案一天只能完成100米，自己和技术小组反复研究，优化方案，提出一天完成150至200米的设想。结果一天完成180米，保质超量，提前完成施工任务……

"真的不想干，就回原单位吧！"领导的话打断了马金田的沉思，"只要有事业心、责任心，相信你一定能干好！"

没有可犹豫的了，马金田当即向领导立下军令状："改变不了这个油库的面貌，我马金田就不离开粤东。"

决心已下，从哪抓起？马金田自有主张，必须踢开头三脚：改造设施、美化环境、整顿纪律。这叫主观客观，齐抓共管。

粤东油库，地处改革开放前沿，吹来的既有香风也有臭气。有的战士抵挡不住诱惑，逛舞厅，进发廊，看黄色录像，深夜不归。被除名劳教的战士就有好几个。马金田了解情况后，每天晚上都骑

　　　　　　　　　　　　　　　天有一双手

上自行车到镇里各舞厅、卡拉 OK 厅巡查；战士熄灯后不归营，马金田就提上小马扎坐在营门口等待，再晚也等，回来就谈话，大道理小道理，讲事实摆危害，苦口婆心，申明大义，直说得违纪战士红了脸，垂了头，心悦诚服。有个广西荔浦籍的战士，脾气暴躁，脏话成堆，经常不假外出，谁说也不听，前边的领导曾有意将他除名。马金田想，除名对于一个战士来讲，这一段当兵的历史就成了一片空白，多半会影响他一生的前程，只要还有一线希望，就应尽最大努力对其进行教育挽救。通过交谈，马金田了解到这个战士因父母离婚而造成思想不稳定，脾气也越来越坏，产生了破罐子破摔的念头，自暴自弃。

解铃还需系铃人。马金田给这个战士的父亲写信，邀请他来部队配合领导共同做儿子的思想工作。人心都是肉长的，当这位父亲看到部队领导这么关心自己儿子的成长，不禁为之动容，便与儿子彻夜长谈，鼓励儿子振作精神，好好干，哪怕只为向领导报恩也得干好。当他返回时，马金田又为他买了车票和途中食品，连预防晕车的药也备上了，使得这个战士深受感动，其后果然变化很大，像换了一个人，不但当上了饲养员，学到一手技术，还转改了志愿兵，成了一名骨干。

这一年，非但没有一个战士再违纪受处分，相反却有五名老战士入党、考学。

起初，油库家底薄，马金田带领十多名党员骨干来到后山采石头。接连二十多天，起早贪黑，利用业余时间，硬是采集三百多吨石头，除部分留作油库砌墙铺路外，还卖得六千多元，对于一个部队来说这点收入只能算是"洒洒水"，但它毕竟是马金田领着官兵们用自己的双手和汗水换来的，因而就包含了非同寻常的意义，就具有了更高的"含金量"。

转眼到了"八一"建军节，属军人们自己的节日，庄重的节日，通常的纪念方式即会餐。有了六千元的底儿，不愁弄不出点儿气氛来。中午，马金田亲自掌勺，待桌上摆满飘香的佳肴，他挥起勺子俨然乐队指挥面向大家，动情地鸣奏着一支心曲："同志们，咱们这顿过节饭超过了左邻右舍，甚至比宾馆里还有味道，为什么？就因为是咱自己挣的，说明人家能干好的，咱们也能干好。请大家记住，从今往后，只要有红旗，咱们就要扛；只要有第一，咱们就要争！"

掌声四起，觥筹交错。这是一次节日的会餐，也是一次精神的会餐。战士们举杯敬向马金田，嘴上喊"干杯"，心里想：神了！

库里有五个大油罐，除锈涂漆的活又脏又累，以往都是花钱雇请地方民工干。马金田把队伍集合起来，讲了一席话："这些活，咱们会干；个个都有一身力气，咱们能干；请民工，要花钱干。会干能干而不干，偏偏花钱请人干，把咱们自己汗水挣来的钱硬往人家腰包装，你们说，划得来吗？"

"划不来！"

"对了！同志们，咱们自己干，省下钱搞搞其他建设嘛。"

粤东的夏日，火辣辣的太阳晒得石头缝里可以煮鸡蛋，马金田第一个爬上约莫四层楼高的大油罐，悬空作业，清除罐内油渣，打磨罐体锈斑，再涂刷上油漆。他身先士卒，种出了一块"示范田"，然后再让大家"照葫芦画瓢"。

行动，就是无声的号令。大家顶烈日，战酷暑，披星戴月，天天一身汗，一身灰，突击大干三十天，完成除锈涂漆任务。仅这一项，就节省资金八千余元。

接着，马金田又带领官兵对从库区到码头的三公里管线外露部分除锈刷漆、包布抹沥青，奋战半个月，节约资金两万多元。

紧接着，马金田又在农副业生产上动起了脑筋。原有几分地，因水泥灰堆积过厚，种菜成活率较低，马金田常在黎明前起床，一个人不声不响来到地里，挥锹翻土。天亮后，战士们起床见了，缕缕行行来到菜地，也都不声不响地跟着干了起来。早早晚晚，他们又从石头岗上开挖出一亩四分地，种上了菜，拉着废油桶做的粪车到镇公共厕所淘大粪施肥。三个月后，官兵们吃的蔬菜50％达到自给。

与此同时，马金田领着大家自己动手垒围墙，修花园，改食堂，建图书室，换新了宿舍床板，配齐了教室桌椅，还盖起一幢两层的家属楼。

经过一年苦斗，库区面貌一新。至1988年年底，油库已经"脱贫"，积攒资金一百八十万元，各项建设大有起色，被广空评为基层达标先进单位，在上级机关的检查中夺得二十六个第一，马金田个人荣立三等功。诚然，一枚军功章并不能包含一切，但至少可以说明一点：人，总是要有一点精神的，总想着扛红旗争第一的人乃有志者，有志者事竟成。

2

时光如梭，转瞬已到1995年5月，马金田奉命到湘南的一个山区油库任主任。这个油库基础好，当时已经连续三十八年保证了政治、业务、行管安全，是空军后勤战线上的一面旗帜。能到这样的单位当一任主管，是给自己的一次机遇，也是对自己的一个考验：是躺在功劳簿上睡大觉，还是踩着前人脚印再创新业绩？是守好摊子，还是再做奉献？马金田心明如镜，头脑格外清醒。在到任后第一次召开的党委会上，他就提出一个响亮的口号：接好前人的接力棒，跑好自己的一百米！"接"过来容易，"跑"下去艰辛，两年中，马金田没有踏踏实实睡过一个安稳觉。构筑输油管护坡，他领着官兵拣石头近万立方米，这一项便节省经费八万多元。他组织攻关小组，对油库加油实行计算机管理，工作效率翻了一番；安装"防爆安全棚"，解决了油库静电起火的难题；研制"内浮顶油罐"系统，减少了油料的蒸发；此外，还先后完成油罐封围、油罐防雷等三十多项优质工程。改造环境，种草种花，经过一年多努力，终于按照总部要求，达到园林化标准，被湖南省、军区空军、驻地市评为园林化先进单位。油库建设跃上新台阶，连续四十年保证了安全，跨进了全军三级油库行列，荣立集体二等功，马金田受到广州军区空军的表彰，空军领导发来了贺电。

有人说，马金田是腿肚子上绑大锣——走哪儿响到哪儿。去年五月，一纸命令，马金田又被平调到鄂西北大山深处的某油库当主任。走进营区，装进马金田视线内的，够不上"满目疮痍"，也着实令他大吃一惊：路边杂草丛生，易拉罐、啤酒瓶走路绊得脚下叮叮当当，地上烟头丢弃如蝗虫似的，树上挂着破塑料袋，风一吹便哗啦啦作响……再到沟里沟外转转，遍地乱石，不见土层，一镐下去，火星迸发……难怪库党委连续两年不沾先进边，是军区空军唯一一个没上等级的油库。马金田看到这里，也就渐渐地在心里盘算出了一个计划，萌发出了一个决心：从改造环境入手，要让所有的人走进营区第一印象就像那么回事儿。说干就干，开荒地，挖石头，清理臭水沟，掏出污泥做肥料。马金田一马当先，带领大伙儿没白天没黑夜地连续苦战两个月，手掌肩头的皮肉磨烂了长，长了再磨，磨了又长，磨出了几层茧，脱掉了几层皮，硬是在荒山坡上平整出四十多亩良田，同时将几座旧工棚翻改成养猪场、塑料大棚，种植了香菇、木耳、蔬菜，开挖出四口养鱼塘，扩建了桃园、橘园、梨园。俗话说，桃三杏四梨五年，马金田懂得这个道理，但他不为当年栽种当年收获，而为了给后人留下一片阴凉，所以他提出常委们人人都要种一分"责任田"，为的是常常想着自己的那一份责任。这一年，油库喂养了二百八十多头猪，产肉一万五千多公斤，基本实现肉菜自给。

人最可贵的是生命，生命的价值在于事业。马金田是一个把自己的生命融于事业之中的人。为打牢油库上等级的基础，他夜以继日地工作，带领官兵完成了新建泵房和库区加油站的收尾工程，改造了附油区三千多米的输油管线，更换了部分输油管线和洞库作业场所的线路，对油库安全设施和消防设备予以更新换代。如今库区内，绿草如茵，花香怡人，林木葱郁，道路翻新，喷泉吐玉珠，飞鸟闹枝头，犹如一幅令人陶醉的天然画卷。

按道理，在这么短的时间内，取得的成绩也够骄人的了，喘口气歇歇脚自属情理之中，无人可以说长论短。但是，马金田没有这么做，而是提出了一个更大胆的设想。这个油库是作为战役后方仓库建立的，其人员的主要职责就是在库区内收收发发。马金田在动员大会上说："后勤部队要实现军委首长提出的'保障有力'的要求，不仅表现在平时物资供应数量质量的增强完善上，还应体现在对战时多种保障环境的适应性上。未来战场上军事斗争的需要，是我们围绕'保障有力'而进行改革的力量源泉。"眼睛盯着未来战场，观念产生新的飞跃，马金田发挥自己专业特长，带头组织科研攻关，改革成果迭出：输油管线被炸，油库着火，燃油泄漏，这在过去一向是"没救"的战场难题，而现在他们创造出了"高架灭火炮扑火""射钉枪堵漏""楔式快速接头""封堵渗油点""气动切割器接断管"等一整套战时应急供油方案，并在演习中得到近似实战的检验。"假如上级命令我们到新战区供油，怎么办？"马金田是个不知疲倦的人，也是个永不满足的人。他又组织小分队，研究用橡皮油罐，开设野战油库，现在也已做到了保证二十四小时的供油。

3

最让马金田牵肠挂肚的，还是油库的安全。这个油库的储油量大，在全空军也是数得上的。那一个个大油罐，稍有不慎，如发生意外，会像火山爆发，重磅炸弹爆炸，后果不堪设想！因而，马金田的妻子董晓兰常向人说："金田怕是得了职业病，睡觉总是睁只眼闭只眼。"

这话一点也不夸张。无论轮没轮到值班，深夜一点或凌晨五点前后，马金田都要到库区各执勤点上走一走，看一看，这已经成为他多年的习惯。即使夜深人静躺在床上，一听到屋外有大的响动，或刮风或打雷，马金田总是下意识地一骨碌翻身坐起，久而久之害得妻子也得了失眠症，多年治不好。妻子有时埋怨："你手下有那么多干部轮流查库，你怎么还不放心？"马金田嘿嘿一笑说："他们查，我相信；自己查，心里更踏实啊！"

1996年夏天的一个夜晚，马金田查库来到山坳的一条山路上，夜色中一不留神踩在路边一条毒蛇身上，被毒蛇咬了左脚小趾。其后，小脚趾肿胀溃烂流黄水，三个月治不愈，成天价奇痒无比，晚上睡觉前就得用手抠，抠了又钻心地疼。脚肿得像馒头，无法穿鞋子，他只好穿了一个多星期的拖鞋。就这样，他穿着拖鞋仍然翻山越岭进库区，照查不误。

是年冬季，山区连降大雪。这一天夜里九点多钟，北风怒号，雨夹着雪，雪裹着风，沸沸扬扬，飘飘洒洒，下个不停。马金田打着雨伞，背着手电筒，握着对讲电话机，一头钻进了风雨之中。他深一脚浅一脚地来到泵房，凭着多年养成的灵敏的嗅觉，闻到有一股淡淡的油味："这味是从哪里来的？"值班员告诉他：是墙外面的煤气站散发过来的煤气味。马金田回到家中，躺在床上辗转反侧，总是放心不下，十一点多钟了，忍不住翻身下床又来到泵房，一处处查找，用了一个多小时才发现是从一处阀门渗漏出的油味。他当即召来保管队、检修所的人员，动手检修。泵房管线埋在水泥路面下，马金田和大家一起冒着风雪挥锹干到深夜一点多钟，挖开一个两平方米的大坑，终于查明了管线的渗油点，等排除了隐患，已经是凌晨四点多钟。马金田任主任的前后十年间，在崎岖的山道上行走不停，穿破了几十双解放鞋，仅特大手电筒就用坏了二十八个，可装两斤半水的大茶杯用坏十四个，每天要走十来里，共走了三万多里路程，边走边看边问边查，经他及时发现和排除的各种事故隐患有二十二起。真正做到了防患于未然！

4

经年累月，超负荷运转，使得马金田在事业有成的同时，也付出了自己的青春和健康。他患有胃病、神经官能症、心跳过速等多种疾病，身体十分瘦弱，一米七二的个头，体重还不足五十公斤。正如战士们说的，在油库里冬天穿件旧棉袄，夏天戴顶大草帽，身体最瘦、皮肤最黑的人，就是咱马主任。正是这样一个人，为了油库的建设，全然不顾医生的劝告，每天工作十多个小时，十年来没有休过一个完整的假日，几次累倒在工地和办公室。按照军官服役条令，他的职务到了顶、军衔到了头，年龄也快到了限，还有什么奔头？况且，他的老家浙江湖州属沿海开放地区，是个富庶之乡，家有资产数百万，前几年哥哥就劝他转业，见他是个人才，有意将自己办的一个丝绸厂交给他管理。但，马金田不为金钱所动，他想到自己能够从一个不懂事的穷孩子，成长为一名正团职军官，全靠党和部队的培养，即使为了回报党和部队的养育之情，也不能抬脚就走。他没按哥哥的意愿解甲归田，还是留在了军营，选择了大山。他说："部队就像我的家，事业比我的生命更重要。"

去年八月至十一月，库里接到收发数万吨油料的任务，比平时的工作量一下增加了几倍。每周几趟专列，每趟专列五十个车皮，几十名官兵分三班倒，连吃饭也在洞库里。马金田也一样，几天几夜没合眼，既指挥大家又亲自动手。一天，他实在支撑不住，再次累倒在阴凉潮湿的洞库里。政委肖中杰立即派人把他送往驻地空军医院，医生要他住院治疗一星期，并开了住院单。马金田找到院长恳求道："关键时候，我不能离开自己的岗位啊！这个时候要我住院，没病也会急出病来的！"院长见留不住，只好放他去。一连几天，他只是见缝插针输了几瓶液，坚持和大家一起把油料收发完。在他的感召下，官兵们风正心齐干劲大，出色完成上级交给的各项任务。1997年底，库党委被军区空军评为先进党委，跨进了先进行列。马金田个人荣立三等功，被官兵们赞誉为"大山里的扛旗人"。

是的，马金田入伍二十六年，转换三个油库，始终与大山为伍，每到一地，都把油库建设视为自己的生命，兢兢业业工作，认认真真做事，成绩卓然，两次荣立三等功，十三次受到嘉奖，八次被评为优秀共产党员，五次获得学雷锋、安全工作等标兵。有一位将军带领工作组来油库检查工作，营区库房山前屋后，找干部谈向战士问，明察暗访，耳濡目染，转悠了两天，临走冲马金田撂下一句话："能人！"

（原载《中国空军》1998 年第 5 期）

瞧这一家子

丈夫：荣鹤杰，现为空军某指挥所特级飞行员，蓝天骄子；

妻子：卫丹，武汉协和医院耳鼻喉科医生，从德国学成归来的留洋医学博士，人人钦羡的"白衣天使"；

儿子：荣强，一个英俊的小伙子，武汉外国语学校的高材生。

一

青年男女，结为伉俪，孕育儿女，完成了人生之旅的一件大事，它是甜蜜生活的开始，也是烦恼痛苦的延续……

剧烈的阵痛，使得卫丹惊恐不安。十月怀胎，一朝分娩，就要做妈妈了，她感到从未有过的幸福和自豪。可是，身为医生的卫丹深知有些年轻孕妇生第一胎时，会有一定的危险。难产？大出血？……可怕的念头闪电般从脑际划过。但愿这样的不幸不会轮到我，她想。

在她的身旁，有几位产妇，正和陪伴着的丈夫喁喁而谈，亲昵地微笑，这使卫丹顿时生发妒意。虽然年迈慈祥的妈妈就在身旁，照料得非常细心，可她的心头还是掠过了一丝凄凉和孤独，豆大的汗珠混合着晶莹的泪水簌簌而落。此刻，她多么思念远方的丈夫，要是他能从天而降，出现在自己身边，那该有多好啊！孩子是他们俩爱情的结晶，有他守候在身边，她会有一种任何人都不能给予的力量，不会害怕。可他毕竟不在啊，她感到从未有过的遗憾。她扭过头，朝窗外望去，那里的天空真高、真蓝。

似乎小宝贝也在思念自己的爸爸，拼命地在妈妈的腹内伸胳膊蹬腿儿，痛得卫丹紧紧抓住妈妈的双手，嗷嗷叫喊。

妈妈和女儿的心是相通的。"丹儿，打电报，让鹤杰回来一趟吧？"

真想，可不能。卫丹望着窗外的那一片蓝天，轻轻地摇着头："妈，他正在飞行，不能分他的心。"

曾亲手抚育了四个孩子的妈妈，理解女儿的心情，没有再提这事。可当她看着在痛苦中挣扎的女儿，心都快碎了。

意想到的可怕的事情，在意想不到中可怕地发生了。在产房里，婴儿呱呱坠地，卫丹还没有来得及听一听儿子的啼哭，便因大出血昏迷，被送进急救室。

也不知道过了多长时间才苏醒，当卫丹艰难地睁开一双迟滞的眼睛，看到高悬的瓶子里殷红的鲜血一滴一滴流进自己极度虚弱的体内，亲朋至友送来鸡蛋、红糖向她道喜，不由一阵心酸，眼泪止不住地涌了出来。

一个月之后，荣鹤杰从部队千里迢迢赶回武汉，看到妻子脸色苍白，身体羸弱，无力地躺在床上，一副病态，深感愧疚，真不能原谅自己。

"对不起你！我……"

"你飞得好吗？是飞夜航吧？"

"是的，好，好。你和孩子好吧？"

"不是都看见了吗？"

当他得知了一切经过，他多希望妻子能在自己的面前痛哭一场，那样他的心里也许会好受些。她偏偏没有哭，却显得很轻松，淡淡地一笑："过来，亲亲你的儿子。"

他弯腰在儿子红红的小脸蛋上亲了亲，又给了妻子一个吻。"哇"的一声，儿子好像很委屈，哭开了，卫丹搂着儿子也哭了。荣鹤杰没有哭，却手足无措地笑了，但他的笑比哭还要难受。

二

十年分居，荣鹤杰和妻子靠鸿雁传书，寄托着深深的眷恋之情。当儿子荣强已经八岁时，他才调回武汉空军某机场工作，结束了长期两地分居的牛郎织女生活。他所在的部队离家只有一个多小时的路程，真可谓当了个"家门口兵"。

全家团聚，喜不自胜。在这个小家庭里，充满了温馨和欢乐。但是，每个人的家庭生活也并不总是那么和谐，矛盾是常有的，关键在于夫妻间的协调。如同两位乐手，高明者善于拨动生活的琴弦，弹奏着一曲曲优美动人的乐章，蹩脚者只能发出不和谐的音律。自幼生长于河北保定地区的荣鹤杰养成了爱吃面食的习惯，而饮江汉之水长大的卫丹却偏爱吃大米。每逢荣鹤杰回家吃饭，卫丹就想方设法给丈夫擀面条、烙油饼，而自己则随随便便吃一点了事。

刚开始，荣鹤杰并没有注意到这是妻子对自己的悉心关照，以为她身体不适，她从生荣强大出血之后，一直贫血。

"病了？"

"没有。"

"那怎么吃这一点点？"

卫丹伸出一只手，用拇指和食指弯成一个"C"形，打趣道："我的胃只长这么一点点大嘛。"

"那就把我的胃割一块给你安上，好不好？"

荣强眨巴着两只黑亮的眼睛，瞅瞅爸爸，又瞅瞅妈妈，乐了："真逗！"

一家三口，笑语满堂。

渐渐地，荣鹤杰每当回家来，都发现妻子变着花样做可口的面食，可她自己却吃得很少。儿子也吃得不多，有时还找妈妈闹着要吃米饭。荣鹤杰恍然大悟，情不自禁地抚摸着儿子毛茸茸的小脑袋，疼爱地、声音颤颤地说："孩子，为了迁就爸爸，你和妈妈吃苦了！"

卫丹在一旁笑道："咱是地上走的，迁就天上飞的，这不越就越高嘛。"

此后，荣鹤杰回家或遇到妻子要上手术时，他都亲自下厨房，淘米做饭，再炒上几碟菜。卫丹吃着香喷喷的饭菜，胸中有感激、有骄傲，有时也嗔怪道："你的身体要紧。飞行是细致活儿，别把精力过多地用在我和强强身上。"

"一家人不说两家话。"荣鹤杰接过妻子的话头，"飞行的活儿是细，你这个耳鼻喉科大夫，给病人做显微镜手术，不也是细致活儿？要是遇到难点儿的，一站就几个钟头，没有好身体，能成吗？"

夫妻之间，生活上的体贴，思想上的沟通，事业上的支持，是通往爱的桥梁，延续爱的纽带。每年天寒季节来临，荣鹤杰的胃部就有些不适。卫丹翻箱倒柜，找出一件旧上衣，特地剪裁缝制一条围腰给丈夫御寒。不过，她在显微镜下能够飞针走线、挥刀自如地做手术，而做起针线活来实在笨拙得要命，小小寸针捏在指间怎么也不听使唤，不是扎破指头鲜血直流，就是歪歪扭扭缝不成行。她缝了拆，拆了缝，一针一线都凝结着对丈夫和对飞行事业的深沉的爱。

幸福家庭，恩爱夫妻，虽有相同的幸福，却有不同的爱的方式。武汉三镇，江帆渔火，湖光山影，春花泛，秋水蓝，那是一对对夫妻和恋人流连徜徉的好地方。但荣鹤杰和妻子既没有花前月下的流连，也没有湖畔绿茵上的徜徉。虽然荣鹤杰回到家门前工作，但部队生活是严格的，飞行部队的生活尤其严格。按规定，每周可以回家一两次，如遇飞行训练或有任务，一次也不能回家，只得割舍和家人的天伦之乐。

身为医生的卫丹，有许多病人排着队等她治疗，还有上学的儿子需要她照料。她总是从医院忙到家中，又从家中忙到医院，她用自己瘦小的身躯，支撑着两片天地，从无怨言。无论多忙多累，她都没有因为家庭琐事给在部队的丈夫打电话求援。她不愿意分丈夫的心，飞行不能分心，她知道。她与他之间，近在咫尺，又远在天涯。有时实在工作太忙，家倒像是个客栈，谁都没空料理，饭菜咸淡，衣着冷暖，也就顾不得那么许多了，但从没有哪一个会为此计较，依然互谅互让，相敬如宾。生活给他们以启迪：没有事业心的爱情是毫无意义的，即使一时热情如火，如胶似漆，那也不可能天长地久，终有一天爱情之花会枯萎凋零。

有一次，小荣强生病住院，正赶上荣鹤杰夜航训练，一个多星期没有回家；卫丹的病人特别多，整天忙得不可开交，也很少去看儿子。一天下班后，卫丹拖着疲惫的双腿走进儿子的病房，进门见他正噘着小嘴抹眼泪，忙问："强强，怎么不高兴？"

半晌，荣强才埋怨道："别人家的孩子，爸爸妈妈天天守着，抱过来亲过去，可我的爸爸总不来，你也只想着给人家看病，不来看我，我也是病人啊……

"乖孩子，爸爸飞行不能来，是妈妈不好……"卫丹扑到床前，把荣强紧紧抱在怀里，哽咽着说不下去了。

夜航训练结束，荣鹤杰回家后听说了这件事，赶紧带着儿子逛了一次商店，还专门买了一架塑料玩具小飞机送给他，既是父爱，又是歉意，歉意也是一种父爱。

三

当祖国辞旧的钟声即将敲响，万民欢腾迎接 1984 年新春到来之际，第一缕春风已经吹拂到卫丹心田——她作为中国和德国两国间医科大学校际交流第二批进修生，被武汉同济医科大学协和医院选派，即将赴德国杜伊斯堡市深造，学时两年。多么难得的机会，命运之神突然降临，她十分欣喜。

晚上回家，当她把这一喜讯告诉了丈夫和儿子后，荣鹤杰高兴得不亦乐乎，连忙倒了几杯水，以茶代酒，鼓动儿子："强强，来，让我们为你妈妈干一杯！"

卫丹既高兴也担心地说："我一走，你要飞行，强强还小，你的担子就更重了。这个家……"

"想打退堂鼓？你可不能自己动摇军心。"荣鹤杰耐心劝慰妻子，"那十年，我不在你身边，你带着强强是怎么过的？不要门缝里看人，放心去吧。假如飞行员是祖国领空的卫士，医生自然就是病人的卫士，究竟能够说谁比谁更重要呢？谁都重要，没有高超的本领，谁也不重要。"

丈夫的话语中满含着深情，是理解，是支持，卫丹获得了力量，打消了顾虑。这一夜，她做了一个金色的梦。

在一个晴朗的日子里，卫丹告别亲友，乘坐我国一架巨型宽体客机，直上万里蓝天。当她看到轻柔的白云擦翼而过，当她看到祖国大地江山如画，心情格外激动、自豪，默念道："亲人们，我一定不辜负你们的期望。"

就在卫丹走后不到两个月，家中发生了一件意外。她的年逾八十的老父亲，不慎摔了一跤，瘫痪住院。起初，老人还能配合治疗，时间一长，变得狂躁不安，常常逢人就骂，见东西就摔。陪伴在病床前的荣鹤杰也不能幸免。

常言道：久病床前无孝子。可是，从老人住进医院直到逝世，在两年多的时间里，荣鹤杰除了飞行训练和外出执行任务，不论白天黑夜，常常陪伴在老人床前，喂饭喂药，端水倒尿，细心服侍。他这是带着自己和远在异国他乡的妻子对老人的爱，他在付出双倍的爱。就连1984年的除夕之夜，他也是在病房里和老人一起度过的。他觉得家庭好比社会中的一个小细胞，要使每一个小细胞都能健康生长，整个社会才能健康生长，这就要从家庭生活的每一件细微小事做起。

两年的时光里，他在部队是飞行员，工作是出色的；在儿子面前是爸爸和妈妈，在老人面前是女婿、儿子和女儿，阖家相处得很融洽。部队工作和家庭生活两副重担，他都挑了起来，他要让妻子在国外安心学习，他用行动证明：军人，什么时候都像个军人。

四

德国，杜伊斯堡市，位于美丽富饶的莱茵河谷地。它始建于公元8世纪加洛林王朝，一千三百年来，沧海桑田，使这座古城堡发生了巨变，以发展重工业闻名于世，成为德国历史的见证和骄傲。卫丹就在这座历史名城中的安娜医院，专攻传导性耳聋耳显微手术。指导老师是著名专家、安娜医院医疗院长勒维宁教授。两年期限，掌握高超的耳显微镜手术，很难，但她充满了必胜的信心。

可是，学习刚开始，竟给卫丹出了一道生活上的难题。双方签订的合同里规定：每月从助学金中扣除饭堂用餐费两百马克。吃不吃，都得扣。

导师勒维宁也郑重地告诫她："必须在饭堂用餐。"他善意地解释，"自做中餐好吃，但要占用很多时间，而时间对于你是多么宝贵。"导师的用心良苦。

头一餐，她就吃得很痛苦。江汉平原的香米白饭是她的最爱，餐桌上却摆满了奶油、面包、水果，五光十色，很好看，不好闻，更不好吃，不对胃口。卫丹一进饭堂，杯中生奶油味儿直冲鼻腔，顿时引起胃肠反应，直想呕吐。她伸手抓起一个水果扭头跑出饭堂，像躲避一场瘟疫。她胡乱垫垫肚子，又走进实验室。

一日三餐，餐餐如此。几个月过去，她本来就不太好的肠胃，终于承受不住，急性胃炎发作了。她被送进了急诊室，在同事的陪伴下度过了一个难熬的夜晚。

翌日，勒维宁教授知道后，被卫丹的勤奋精神感动，关切地对她说："你还是自己做中国饭吃吧，但时间不可占用太多。"导师拍拍卫丹的头，殷殷叮嘱。

本来，她就是一个惜时如金的人。卫丹努力工作，勤奋学习，从没有在做饭上花更多的时间，做一次可以吃几顿。武汉人吃饭很讲究喝汤，她真想喝一次家乡汤。动手做，第一次，烧焦了，一阵糊味把她从书桌前惊醒；再做，喷得满地皆是；第三次做，因参加一个学术会议，忘了，汽车行至途中忽然想起，她不得不在公用电话亭请求邻居帮忙，拔掉电炉子。接连三次，均告失败，弄得她啼笑皆非，也后怕不已。从那以后，她没敢再做一次汤，还想，但不敢。

生活的学问太难做，她承认自己是个弱者。虽然她不想在生活上用更多时间，但它毕竟需要时间。这时，她想到丈夫，决定写封信，让他来身边陪读，帮助料理生活，这是国家对出国留学人员的政策。

在渴盼之中，她收到了丈夫的一封寄自祖国的信：

> ……你过去多次参加飞行员体检，你知道，飞行员因种种情况，淘汰率很高。党培养一名可以参加作战的全天候飞行员，要花费多少心血！我已经飞了二十多年，要我一下离开蓝天，还能做什么呢？卫丹，原谅我吧！你一个人在外学习困难很多，但我了解你的性格，相信你会成功……全家都好，问候你！

信中，老人病瘫，只字未提。他清楚卫丹很爱父亲，一旦得知，精神上非但承受不了这样的打击，很可能还会中断学业，要求回国。爱，有时候也需要用痛苦做代价。这一封信，卫丹看后没有感到失望，相反，却成了她刻苦学习的原动力。

看手术，是卫丹的必修课。那高高的手术台，似乎是外国医院的特色。她站着看还矮一截，就搬来凳子垫脚下，一站老半天，常常两脚站肿，一摁一个圆圆的指坑，穿不上鞋。不在乎，有手术，还是看。她懂得，知识的果实，不是轻而易举就能摘取。

有一次，看做听力手术，勒维宁教授随意地问她："这样的手术，你会吗？"

"会。"她不假思索，回答后又有点懊悔：导师会说我不谦虚吧？不，知识对谁都应当是真诚的。

"好，明天我们一起做。"

导师轻松地笑了。

卫丹却紧张得不行，在德国，有个不成文的规定，任何外国人，哪怕是著名专家，也不能直接在该国病人身上开刀动手术。否则，稍有差池，就要承担法律责任。

"没关系。"导师鼓励道。

"争口气！"卫丹心里说。

信任的力量是无穷的。简单的切口手术，动作娴熟，成功了。高难的耳显微镜手术，动作利落，成功了。

"卫丹，你做过这种手术？"导师有些惊诧。

"是的，不止一次，老师。"卫丹回答得很平静。

接着，她面带羞涩，向勒维宁教授介绍：1980 年，她和几位老师组成的听力小组，成功地将完整的听骨链和鼓膜，移植到一名没有一个听骨和耳膜的先天性畸形病人身上，使病人有了听力，这样的手术共成功地做了十五例。后经著名专家姜泗长、张庆松等教授用现代化检测手段鉴定，认为达到国内先进水平，这就是 1981 年获得中国卫生部颁发的科研甲等奖的"同种异体耳膜和听骨链移置术"。

"没想到！很好，很好！"导师跷起大拇指，由衷地赞叹。

受到真诚的赞誉，需要有真实的才智，特别是在一个有真实才智的人面前。卫丹，以一个东方女性特有的坚强和毅力，仅用九个月的时间，就圆满完成了两年的进修任务。纤纤素女，令人瞠目。她没有辜负亲人们的期望，没有。

在卫丹还未来得及喘息的当儿，已被她的学习精神感动的勒维宁教授，又为她办好了到埃森攻读博士学位的手续。导师是埃森医科大学教授、中德医科大学校际交流基金会总负责人布朗克。卫丹，竟成了校际交流中第一位被允许在著名的埃森医科大学攻读博士学位的中国女性。

博士，是学位，也是知识的同义语。这是卫丹多年来梦寐以求的事情。她想到，我们国家的博士不是太多，而是太少；她甚至想到，作为一名中国军人的妻子，挣个洋博士回国，让世人们看看，"大兵"的家庭结构并不都是那么平庸。为大家，为小家，都要争下这口气。

每天，卫丹要从工作、居住的安娜医院，转坐三趟地铁或公共汽车，用三四个小时赶到埃森医科大学做实验、制标本。寂寞的夏，冷酷的冬，天天奔波于两城之间，她洒下了汗水，她收获着知识和智慧。

为获取撰写博士论文的数据，需要从五十个人脑中制作出一百只耳朵标本。夜阑人静，卫丹总把自己一个人关进摆满尸体的恐怖、阴森的解剖室，在尸体头颅上锯呀、锉呀。高浓度的福尔马林呛得鼻涕眼泪直流，稍有不慎会遭到强酸的烧灼，标本制出后还要注射一种对人体危害极大的新型剧毒液体……她全然不顾！卫丹天生丽质，在医大读书时是学校的文艺活跃分子，能歌善舞，就是胆儿小，有一次在小兔子耳朵上做试验，一刀见血，她差点儿没吓得晕倒。可眼下，居然敢置身于死人堆里，那么大的反差。环境造就着人，环境也改变着人。是的，她用一颗天使般的心，和死人打交道，为活人送去福音，寻觅对生活的期盼。

布朗克教授被感动了，抚摸着她的头说："我的好孩子，害怕吗？以后再来这里，把我也叫来。"

"谢谢，老师！"卫丹的回答是真挚的，"您给了我知识，不怕。"

两年拼搏，精神高度紧张的卫丹真想休息几天，好好放松一下。也真巧，中德校际交流基金会组织中国留学生到柏林观光游览。时间：一周；经费：资助。然而，她放弃了旅游机会。同胞不解："卫丹，不就几天吗？"

卫丹笑笑。要说的话，全都包含在美丽的一笑之中。她要抓紧时间赶制标本、写论文。

不过，有一次，卫丹听说瑞士苏黎世一家大医院要做几例高难手术，征得导师同意，她自费赶去看手术。苏黎世风光旖旎，早以"花园城市"著称于世，而她却无暇游览，就在乘车返回埃森前的两小时，还站在医院的手术台前。

那是1986年11月2日，一个辉煌的时刻！三年来，卫丹用心血和汗水浇灌着智慧的树，今天终于摘到了胜利的果实——两位导师分别在安娜医院和埃森医科大学为她举行了博士帽颁发仪式。她成了杜伊斯堡市的第一名中国女博士。市长克宁士、副市长克林默尔先生分别为她举行了记者招待会和盛大的庆祝宴会，她成了杜伊斯堡市的新闻人物，大小报纸的新闻记者纷纷拍照、撰文，一时间掀起了"中国卫丹女博士热"，她终于名扬海外。

随之而来，三家医疗单位分别派出著名专家当说客，聘请卫丹博士留下工作，待遇自然是丰厚的。在德国，日耳曼民族是高傲的，要想得到人家尊重，首先要自己强大。每一个炎黄子孙都应该高傲地昂起头来，但是，只有当我们的智慧之花在人家的面前开放时，这样的高傲才真正光彩夺目。卫丹是高傲的，她婉言谢绝了邀请："蓝天很高、很大，一眼看不到尽头，可那里有一片属于我的祖国和我的亲人，我不能离开它。"

丹，是红色的，如东方初升的太阳，丹凤也朝阳。

归来吧？归来了！1987年1月20日，卫丹回到了阔别三年的武汉。

她拉着丈夫的手："老荣，吃苦了，你也是博士！"

荣鹤杰这位诚实、敦厚的军人，二十多年来，飞行一千六百多个小时，两次到前线圆满完成飞行任务，一次荣立三等功，并在1986年妻子拿到博士文凭的同时，被评为特级飞行员。要说博士，不也可称他为飞行博士吗？

她亲吻着儿子："强强，没想到，你的学习成绩这么好，你很有抱负，妈妈盼望你今后也成个博士。"

荣强就读于武汉外国语学校，学习努力，堪称学霸，口语成绩在班上名列前茅。三年前，就有一对美国作家夫妇，专程来到武汉外国语学校访问，经校方推荐，采访了他如何幸福地成长。就连卫丹的导师布朗克教授来访时，也是荣强为他当翻译。他才刚满十七岁，小小年纪，已经崭露头角。谁敢说在这个家庭里，今后不会再出现一位博士呢？

这就是江汉平原上一个空军特级飞行员和留洋博士的家庭。

瞧这一家子！

（原载《妇女》1988年第3期、《人民日报》海外版1992年3月14日，2024年4月2日修改）

"将门"之女

妈妈李宗耀，身高一米八一，五十年代就是女篮国手，后为西南女篮的主力队员，现任陕西省少年体育学校的篮球班教练。

爸爸邱祖泰，身高一米九三，曾经是一员篮球场上的骁将，现任《体育报》记者。

这，堪称"篮球之家"了。邱晨，就是出生于这样的家庭，可谓地道的"将门"之女啊！

谁能料到，她天生就不像一个打篮球的料儿——身体羸弱，又酷爱体操和田径。她呀，就真的和篮球无缘了吗？……

立志雪耻

三年前。香港。伊丽莎白体育馆。中国女篮以三十三分之差，败北于南朝鲜女篮，整个体育馆骚乱起来了：有的捶胸顿足，有的泪流满面，也有少数观众挥舞着彩旗为得胜者狂欢……总之，都感到了震惊！

事后，祖国人民有理由埋怨：常胜将军虽然没有，但你们不该输得这么惨！

姑娘们哭了，抱头痛哭！她们感到无地自容。正是在此时，邱晨被选进了国家队。她欣喜若狂，但想得更多的是自己怎样才能不负众望，和大姐姐们一起顽强拼搏，创造出新的成绩，争取早日冲出亚洲，洗刷这一耻辱！……

初试锋芒

1981 年 7 月 24 日，第十一届世界大学生运动会女篮分组赛，在罗马尼亚布加勒斯特市体育馆，中国队对加拿大队正进行着一场激烈的争夺战。身穿蓝色运动衫的 8 号邱晨，在场上拼抢勇猛，传切果断，龙腾虎跃，引人注目。不料，就在她跳起抢断一个篮板球时，面部被对方的一名队员猛击一拳，顿时眼冒金花，鼻孔里鲜血如注，即刻觉得整个体育馆旋转起来，跌倒在地板上。

医生提着急救包飞奔场内，采取应急救治措施，用两团药棉塞进她的鼻腔，才将血止住。

主教练杨伯镛将她扶起，一边为她擦着血，一边关切地问道："替换一下吧？"

她摇了摇头，充满稚气的脸上露出了微微的笑容，轻声而执拗地回答："不碍事。"说着，她晃了晃脑袋，在球场上跑了几步，腾跳几下，又忍痛上阵了。她，像个没事人一样，越打越猛，忽而切入分球，忽而突破上篮，忽而远投命中，看台上的观众，不时地向她报以热烈的掌声和喝彩声。

"嘟——！"终场的哨声响了，电动记分牌上显示出："80：75"，中国队获胜。啊，邱晨！她在这场比赛中，带伤拼搏，一人独得二十多分。

观众沸腾了！一束束鲜花、一缕缕彩带向中国姑娘抛撒，欢呼声不绝于耳：

"中国队——8 号！"

"邱晨——中国队！"

她站在球场上，手举鲜花向热心的观众频频致谢，两眼滚动着喜悦的泪花……

编外学员

“篮球运动，对抗性强。你看你有多瘦弱，还是搞体操或田径吧，打篮球恐怕……”

“不！”还没等妈妈的话说完，她小嘴一噘，哭了，“小看人，我长大了就是要打篮球！”

“身体弱些可以加强锻炼，她有这个倔劲儿就好！”爸爸站在女儿一边。

妈妈点点头，看着她笑了。

她搂着妈妈的脖子，也笑了。

从此她忘了自己，还是个刚满十岁的孩子。她在父母的言传身教、潜心指点下，练起来就没个完，有时连饭都顾不上吃。每天清晨，不论刮风下雨，她都跟着爸爸到操场上练劈叉、翻滚、倒立，练踢腿、冲刺、长跑……这样的训练锻炼了她的柔韧性、弹跳力和耐力，也增强了她的身体素质。

不过，她越来越觉得这样的训练不过瘾了，非常渴望能进少年体校篮球班。当她把想法悄悄地说出来，妈妈一听为难了，编制有限，怎么办？妈妈以“举贤不避亲”的决心，收她当了个“编外学员”。

训练是严格的，容不得半点马虎。有一回，练投篮，规定每人投中十个球，才准许站到一边歇着。小邱晨只投进九个球就站到了得胜者一边，结果被当着小伙伴的面批评了一顿，还让她补课。

下课后，她闷闷不乐。爸爸爱抚地拍着她的头说：“基础训练一定要认真扎实。你还小，今后的路长着哩，起步走不正，往后怎么办？”

她抹着眼泪承认了错误。此后，她再不偷懒了，训练刻苦认真，进步明显，水平和正式学员不相上下。

钦羡球星

她兴奋极了！跟着爸爸、妈妈在西安市观看了一次全国篮球联赛。她十分羡慕国家女篮宋晓波的精湛球艺，三句话离不开这个球星，有一回连睡觉都梦见了这位球星哟！

妈妈鼓励她说："别着急，将来争取和宋晓波一个队打球。"

"我，行吗？"她自己也不敢相信，疑惑地问妈妈。

"行！只要你好好练。"妈妈是话中有话。

她不敢奢望当球星，但她却渴望有一天真的能和球星在一起打球。

然而，她的希冀被动摇了。1977年夏，妈妈带领省少年队赴舟山群岛，全国少年篮球比赛即将在那儿拉开战幕。而她，却连参加比赛的资格都不够，只能留守大本营。

她显得很沮丧。但是，这次，她没有哭鼻子，毕竟是一个十四岁的姑娘哪！她心里不服，小嘴巴一噘，找来几个留守大本营的小伙伴商量之后，立志加紧苦练，等主力们从"前线"归来一决胜负。她还特邀爸爸给她们当"编外教练"，帮助制订训练计划。

当主力队员从赛区回来后，一比试，果然败在她们的手下。妈妈在场外一边鼓掌，一边流泪，她是为女儿的进步高兴。

在舟山,比赛场上,妈妈同空军女篮教练方绮伟谈起了晨晨……

"哦！是真的？"方教练，这位驰骋球坛的老将，执教二十余年，先后为国家女篮输送过七名优秀运动员。她凭着多年发现球坛英才的特有敏感，断想又是一株好苗子，恳切地对邱晨的妈妈说："把晨晨交给我们吧，兴许将来能成才！……"

场上"灵魂"

她考试合格，穿上了军装，当上了空军女篮的预备队员。在首都北京，她眼前展现出一派五彩缤纷的景象，省队、国家队、世界上一支支劲旅，经常云集北京，鏖战沙场。见多而识广，她越发看出自己的不足，也就格外地比以前勤奋了。大姐姐们看电影、电视，她常常挤出空来练球；要不就躲在宿舍里捧着业务书，看呀，想呀，比画呀，反复揣摩。不到一年光景，她一跃成了一线队员，是空军女篮的主要得分手。

上海篮球邀请赛开始了，这是 1979 年。是否起用邱晨做主力后卫呢？

不少人疑虑重重：主力后卫，乃为场上的"灵魂"，年仅十六岁的小邱晨，能行吗？

方教练站出来说话了："打球哪能怕担风险呢？这场球可能会输掉，但是我们可以在实战中锻炼出一个人。从长远看，人是主要的！现在不让她上，将来大战来临，会更被动的。"

大家被说服了，让邱晨上。

结果怎样？上海邀请赛输掉了；紧接着，全国甲级队联赛，空军队又一脚踩空，从甲级队的宝座上跌落下来。

这个代价，实在太大啦！小邱晨的心情沉痛至极，眼泪在眸子里转圈，硬是没有流出来，她坚定地向方教练表示："从我手中丢掉的，要用我手夺回来！"

方教练紧紧地握住她的双手。这表示了信任、力量和希望。

她，正是带着这种信任、力量和希望，跨进了国家队的大门，成了主力队员，打二后卫，这不但自己要进攻，同时还要协助主力后卫组织全队的进攻。她，真的和球星站到了一起，依然是场上的"灵魂"。

如愿以偿

新德里，第九届亚运会，在这里举行。

中国女篮姑娘，对香港伊丽莎白体育馆那饱含泪水的 33 分，一直"耿耿于怀"！赛前大练兵，她们做了充分准备，个个摩拳擦掌，决心为国雪耻。

比赛场上，姑娘们齐心协力，过关斩将，力挫群雄，一路领先。终于冲出亚洲，夺得桂冠，头一次登上了亚洲女篮冠军的宝座。

当五星红旗高高飘扬，雄壮的国歌声在运动场上空回荡的时候，邱晨和她的伙伴们站在领奖台上不是笑了，而是哭了，流泪了。这泪水是心湖溅出的浪花，是萌发新的胜利的甘雨……

1983年7月24日晚，在巴西举行的第九届世界女篮锦标赛上，中国女篮首场比赛，又旗开得胜，击败了世界女篮劲旅加拿大队；又连战告捷，轻取扎伊尔队；8月2日晚，在巴西圣保罗市体育馆，中国队迎战上届亚军南朝鲜队，以72比69获胜。8月6日晚，两队再次相遇。在这场比赛中，邱晨打得非常出色，她突破、空切，连连命中，上半时独得14分。下半时，中国女篮的姑娘们配合默契，防守稳固，进攻凌厉，咄咄逼人，促使对方连连告急。终于，中国女篮以71比63挫败亚洲霸主南朝鲜队，夺得第三名，首次跻身强手如林的世界篮坛的三雄之列。

庄严的五星红旗，第一次在世界女篮锦标赛的赛场上冉冉升起！她们，再次为祖国赢得了荣誉。

国际健将

"国际运动健将"称号，是中国运动员的最高荣誉。国家女子篮球队队长邱晨获得了，这在1987年，是国家体委授予的。

好样儿，邱晨！队友们拥抱着她。

邱晨面带笑容。

解放军英模代表，是全军将士的楷模。国际运动健将邱晨参加了，这在1987年，是作为空军体育界的巾帼英雄被荐举的。

向你学习，邱晨！战士们向她敬礼。

邱晨面挂泪珠。

中国共产党第十三次全国代表大会代表，是最平凡而又最优秀的党员。巾帼英雄邱晨就是这样一员，坐在人民大会堂，和代表们共商党和国家的大计。这也是 1987 年，金秋时节。

你争了光，邱晨！代表们由衷地赞美。

邱晨，笑，没有；哭，不能。荣誉，鲜花，金牌，掌声，此刻似乎变成了一只巨大的球在她的眼前跳动。

"篮球是我的生命。我爱它，因为它总在朝前滚去，它诱出了人生的朝气，叫你不断地向前……"

这就是邱晨的回答、邱晨的追求。她回答了过去，她追求着未来。

过去。出征曼谷，鏖战布加勒斯特，席卷圣保罗，有过几多辛酸，有过几多甘甜。1985 年 5 月，在古巴首都哈瓦那，云集十三支世界女篮劲旅，争夺仅有两张进军第二十三届奥运会大门入场券的资格。中国女篮对澳大利亚女篮，这是最后一仗，澳队已经打疯了，离终场不多的时间，她们还以 54 比 52 领先中国两分，关键时刻，教练杨伯镛换邱晨上场。

出色的队员，就是场上的灵魂。邱晨一上场，气氛顿时改观，姐妹们围着她，前呼后应，攻防得手。邱晨快速突破，准确中投，威力无穷，连中八元。对方筑起的城堡倒塌。69 比 64，中国女篮获胜，第一次取得进军奥运会的决赛权。

热心的古巴观众为中国女篮的胜利鼓掌、欢呼。而邱晨，却一头栽倒在球场边，过度劳累，加上心肌炎发作，她病倒了。

胜利，就是这样得来的。

难怪，连为中国女排立下赫赫战功的国家体委副主任袁伟民得知此事后，不无感慨地赞誉道："中国女篮要有邱晨这样的拼劲，这样的运动员，这样的集体才能拖不垮、打不烂。"

真知灼见！中国女排早已是这样的集体，相信中国女篮也一定能够成为这样的集体，因为有一个邱晨，因为不止一个邱晨。不是吗？

多年的超负荷训练、比赛，邱晨积劳成疾，身患多种病痛。党和人民给予她崇高的荣誉。1987年，她是辉煌的，她获得了三项桂冠！但她终于挥泪告别了球场。无数球迷曾为她倾倒，今天却无不为之失望。信件从祖国的四面八方雪片般飞向邱晨，交织起来就是一个亲切的问号："邱晨姑娘，今后你有什么打算？"

"那圆圆的篮球，是我毕生的追求！"邱晨回答。

1988年1月11日，上午，7点15分。邱晨乘坐一架巨型客机飞往澳大利亚，她是应该国篮球协会邀请去留学的。邱晨，在运筹着未来。

"我准备在澳大利亚先用两年的时间学英语，之后再用四年时间攻读体育篮球专业。学成后就回国，再到球场上为养育了我的空军女篮、国家女篮效力。"在机场上，邱晨看着濛濛晨雾中的北京，对送行的人们深情地说。

时间和距离并没有阻断邱晨对伟大祖国的热爱，身居国外的她愿为中澳友好尽绵薄之力。她与很多老队友一直保持着微信联系，中国女篮去澳大利亚参加国际比赛，邱晨还义务去当球队志愿者。

如今61岁的邱晨和丈夫林辉结婚已经36年，俩人依然甜甜蜜蜜、恩爱如初。

（原载《妇女生活》1988年第5期、2024年3月2日修改）

这是一条女人的星系

少女篇

1

正值芳龄的姑娘，当处富于幻想的年华；十七八岁的少女，每个人更是有一串五彩缤纷的幻想。是成为南丁格尔那样的救死扶伤的白衣天使，还是像居里夫人那样的举世瞩目的科学家？抑或，当一名像冰心奶奶那样的作家，用一支神奇的笔拨动千百万人的心弦……她们对未来充满了美好的向往和壮丽的憧憬。

1982年初夏，就有这样一群少女跨进了航空预校庄严的大门。她们是从黄浦江畔、大明湖边、黄海之滨走来的，眸子里一样带着又是惊又是喜的梦幻般的神情。直到穿上了崭新的军装，她们才相信，梦想真的变成了现实。

看到天空，姑娘们的激情在胸腔鼓荡。这就是从来没有想到过，而今确实做了它主人的蓝天吗？遥远、神秘、诱人、深不可测。它有瑰丽的朝霞，璀璨的繁星，七色的彩虹，洁白的云朵……多像一个迷人的宫殿。从此，她们将与星辰为伍，与日月为伴；她们将追风逐云，驾雷掣电，在谜一样的蓝天上度过一生。这是多么豪迈、多么令人心醉的神奇事业。

然而，她们谁也没有想到这个事业严峻的一面，更没有想到，要成为一个真正的女航空员，是需要付出比男人更多更大更痛苦的牺牲的。

　　来自泉城的姑娘王惠，那年刚十八岁，流盼的双目，闪烁着青春的光芒，额头上覆盖一绺乌黑的秀发，一缕弯曲的刘海更为她的面容增添了几分俊气。她九岁学拉小提琴，琴弦上跳荡着她当音乐家的金色的梦。仰望苍穹，她觉得天幕真像蓝色的乐谱，闪闪烁烁的星星，就是一个个跳动震颤的音符……实在令人向往。可是，第二天，迎来的不是乘飞机上天揽月，而是上操场练习走正步。"分解动作——"年轻教员的口令，标准，威严，如同他黑红的面孔。王惠踢出的左腿不能着地，全靠右腿支撑着身体，有几次，因踢得过猛，重心不稳，差点儿摔倒在地。"注意！踢出的腿，脚背要绷直，步幅七十五厘米，脚底距地面二十五厘米。不能多，也不能少，这样才整齐划一。"教员边说边做示范，吓得王惠心里直发虚。

　　小憩时，王惠嘀咕："我们放弃上大学的机会，是来学开飞机的，要是学走路，还用到这里来吗！真枯燥，没意思！"

　　教员严肃地说："会走才会飞！每一个航空员都是从这里走出来的，要成为合格的航空员，首先要成为合格的军人。你们别光想着当天真的浪漫家。"

　　练走步的"——"，多像一条望不到尽头的跑道，从大地一直通向云端。姑娘们正是由"一"起步，踩着它一步一个脚印走上了蓝天。

　　盛夏，烈日伸着长长的舌头，舔得树叶打蔫，小草枯焦。这时，地面训练也达到了白热化的程度。王惠和姑娘们一起，每天除了必须完成三千米长跑、一百个引体向上、七十个翻转滚轮的体质训练外，还要从三米高的跳台上爬上跳下数百次，练习伞降落地的动作。她早晨刚穿上的衬衣，中午就结了一层白花花的盐霜，肩头磨出一道道血痕；脸被晒爆了皮，汗水一浸，火烧火燎地疼；两腿跳肿了，脚脖子发亮，一按一个深深的小圆坑；手掌心被伞绳磨破了，血肉模糊，露出龇牙咧嘴的嫩肉，一碰就痛得钻心。训练完，王惠走进饭堂，面对美味可口的饭菜，却不想动筷子，毫无食欲。回到宿舍，她倒在床上就哼哼，腰酸背痛。往日的歌声，平素的说笑，都跑得无影无踪。男学员见了直撇嘴："瞧她们惨兮兮的样儿……"王惠一听，嘴唇哆嗦了半天，想反击却又找不出词儿，"哇"的一声哭了。是委屈，是自愧？是失望，是痛悔？

教员一瞪眼睛："你的'下水道'（泪腺）是不是太发达啦？"

她一扭头，哭声更高了。爱哭是姑娘家的天性，也是少女的权力啊。小时候，王惠就晓得，别说受了委屈，就是她真的做错了什么事情，一哭，爸爸妈妈都要围着她转，哄她，给她买这买那的，这时候提出来的要求，没有实现不了的。可是，军队不买这个账，你会哭吗？好吧，请哭吧，你哭得天昏地暗又怎么样？教员会让大家看着你哭，还会哄你？想得美！不过，教员对王惠也真是没咒念了。他吼到后来，长叹一声："唉，你啥时候才能成器哟！"

月光如银，泻进窗内，洒在王惠难眠的脸上，使得本来就有些苍白的脸更加苍白。她侧身看到墙上悬挂着的心爱的小提琴，多日不拉，琴身已经落满轻尘。她不由自主地搓搓两手，指关节已经变硬变粗，还能够奏出那柔曼的《青春的梦》吗？那悦耳的琴声，那热烈的掌声，那辉煌的乐厅……童年的梦真的被现实粉碎，变成破灭的泡影？她咬着被角，哭了，哭得很伤心。"我不是飞行的料，还不如早早回家！"她动摇了。

就在这个时候，学校组织文艺晚会，要她们也出个节目。这种事难不住她们。王惠有了用武之地，她和小姐妹们一合计，联想这一段艰苦的训练生活，调动艺术细胞，展开了想象的翅膀，自己动手编排了一个舞蹈《飞翔》。场灯渐暗，帷幕拉开，在《我爱祖国的蓝天》优美的音乐声中，她们手持银色的飞机模型，如惊鸿，似掠燕，在蓝天白云间翩翩起舞。观众们的阵阵掌声，使姑娘们陶醉了：待明天，一定要在蓝天的舞台上大显身手，一定。

舞蹈是粗朴的，但它可以净化人的心灵。王惠明白了：幻想是美好的，要变成现实还得靠自己的努力，也许这种努力是残酷的。从此，她开始加倍地锻炼。为练俯卧撑，她在腰上扎条带子，让别人拉着她做；拉单杠，手上磨出了血泡，破了的血泡连皮带肉粘在杠子上，痛呀！她又想哭鼻子，想想不对，使劲咬住牙忍了，军人流血不流泪。她扯一条手绢包住手，身子一跃，又吊在了单杠上。闻到汽油就恶心，她索性把花手绢放汽油桶里浸湿，随身携带，有空就掏出来嗅一嗅……

天长日久，大量的运动，加上充足的营养，王惠惊恐地发现，自己的体形在变。本来苗苗条条的，现在变得粗粗壮壮的了。原来肥肥大大的军装，现在却紧绷绷的，这可怎么得了！

和小姐妹们一说，人人都有同感。怎么办哪？

"咱们营养过剩，能不胖吗？咦，有办法，咱们节食束腰吧。"

"可营养跟不上，怎么能保证飞行呢？"

"那咱们就减少运动量，练简·方达健身操。"

"身体素质下降，被停飞淘汰了怎么办？"

她们想出一个又一个充分的沉甸甸的理由来说服自己，又用一个又一个分量更重的理由反驳自己。到头来，谁也没有被说服。祖国的领空放在了肩上，那分量是何等沉重啊。

姑娘们走进军营时，带了那么多的化妆品，粉呀霜呀膏呀，国产的，进口的，数不胜数，拾掇在一起，足可以办一个化妆品展览会。可是，学习任务重，训练时间紧，一天到晚，一年到头，能有多少时间允许姑娘们坐在镜子前面细细梳妆？那些精致的小瓶瓶、小盒盒，像布娃娃一样被冷落了。只有到了星期天，领导允许了，也有时间了，她们才换上心爱的时装，像一片馨香、美丽而又喧闹的彩云，飘出航校的大门，牵拽了无数小伙子的目光……

2

走出航校了，军人更加严峻的生活在等待着少女们。军人离不开牺牲，年轻的女航空员的牺牲，却更为特殊，甚至难与人言。

这年的冬天，一场突如其来的大风雪吞没了大兴安岭一支筑路队的一百多名工人、一百余匹骡马。年轻的机长秦桂芳，接受了指挥员交给的空投救援任务。

秦桂芳的身体有些不适。她脸色苍白，鼻尖上爬满了细密的汗珠，左手扶住炕沿，右手顶住腹部，勾着腰，一动也不动。

领导知道了她身体不适，提出另换一名机长，秦桂芳急了："这算什么！要是打仗怎么办？"

"打仗再说打仗的话嘛。"

"救人如救火，跟打仗有啥两样呢？这样的事也照顾，还有个头吗？"

"那好。不过，支撑不住别勉强，飞行不是儿戏。"

"好的！"她找医生要来止疼药，就出发了。

深夜，严寒袭来，气温低达零下三十多度，飞机无法启动。秦桂芳和机组冒着被冻伤的危险，上机场给发动机加温。风雪肆虐，滴水成冰。脸冻青了，手脚麻木，黑发变成银丝，睫毛结满冰花，没人理会，她们心里揣着一团火，起飞了。

林海雪原，银色世界，没有导航点，根本辨认不清地标。按时间计算，已经到达空投目标上空了。可是，除了一望无垠的雪野外，什么也看不见。她索性驾机在预定目标上空盘旋、搜寻。她的两眼被耀眼的雪光刺痛了，流泪了，依然找不到人影马迹。

就这么返航吗？

她们连续飞行，已经十多个小时没有吃上饭，饥肠辘辘。秦桂芳更觉周身难受。可那些被风雪围困的一张张饥饿难耐的脸，一匹匹奄奄待毙的马，影子般在秦桂芳的眼前变幻着。"下降高度！"她毅然下令，飞机沿着狭窄的山谷向前飞去。被围困的工人闻声跑出峡谷，在一片开阔的雪地上，用红被子铺成空投标记。

"看见了！"秦桂芳兴奋地叫起来。

工人们得救了。秦桂芳不仅饿极了，而且腹痛、恶心、头晕、乏力，反应很大。假如是个工人，她可以不做繁重的体力劳动；假如是个运动员，她可以暂停高难动作的训练；假如是个舞蹈家，她也许不必跳倒踢紫金冠……但是，作为一名女航空员的秦桂芳，驾着银燕，上升，下降，俯冲，盘旋，身体各个部位都要密切协同，剧烈运动。特别是拉杆、蹬舵，一用力，浑身上下，总觉得不轻松、不自在，实在难忍至极。空投时，她把一切抛向九霄，咬牙坚持，不露声色；任务完成了，她才感到腰酸背痛，全身像散了架，瘫坐在座椅上，动也不能动了。

3

姑娘们也有被难住的吗？有。这不，大队长收到一份申请，一份要求停飞的申请。申请人是谁？邵旸。

一天前，邵旸接到一封加急电报：

"父病危，速回。"

她不敢相信自己的眼睛。爸爸是远洋船长，大海的狂风恶浪练就了他一身钢筋铁骨，从她记事的时候起，就没听说爸爸生过什么病。不久前收到妈妈的来信，还说爸爸很快又要远航美国、荷兰，盼她请几天假，回家和爸爸见见面。因为爸爸远航在外，父女已有几年未见，她真想爸爸。

爸爸常年在海上航行，一年有七八个月不在家。为此，她小时候就跟爸爸订了协议，只要爸爸回家了，就是属于她邵旸的了，既不属于妈妈，也不属于远洋轮的。爸爸也真遵守协议，让她骑在脖子上去逛公园、赏花、看动物，带她到码头上看各种船舶，讲海上的传说，讲海里的奥秘，那真是一个神奇的世界。

邵旸曾立志当一个女船长，像爸爸那样走遍大海大洋。她当上女航空员时，爸爸高兴极了："你是和第五大洋打交道喽！咱们同行，看谁干得好！"

有一次，爸爸在船上被绷断了的钢索打翻，额头和膝盖受重伤，送医院抢救。他从昏迷中醒来还叮嘱妈妈千万别告诉邵旸，免得女儿分心，在飞行时出事。妈妈原是上海女排的主攻手，既温柔又刚强，真的没有把这事告诉邵旸。

后来，邵旸听说了，为此痛哭了一场。

妈妈的信紧跟着电报从上海飞来了。

"……你爸爸脖子上长了一个肿瘤，初步诊断为恶性。手术后，一直意识不清醒，每天念叨的都是'旸儿回来了吗？……我还能见到她吗'。妈妈也急得旧病复发，打球时受过伤的两条腿像瘫痪了，站立不起来。女儿呀，回来吧，哪怕待上三五天，让爸爸看看你，他就是有个三长两短也能安心哪！……"

邵旸热泪滚滚，心里头一个劲儿地喊妈妈。

在家的时候，她是妈妈的心头肉，衔嘴里怕化了，攥手里怕飞了。从出生到上学，她都跟着妈妈睡觉，一直没有离开过妈妈温暖的怀抱。有一年，她生病住了院，妈妈没日没夜陪伴在身边，眼泪没见干过，一口饭一口水地喂，精心照料她。当她病愈出院时，妈妈却病倒了，她又来照看妈妈……

邵旸拿着电报和信找领导，要求回家看看。

可是，邵旸这一批女航空员正在进行新机种改装训练，不能因为一个人而影响大家的进度，领导不同意她马上回家。邵旸又气又急，不假思索地写了一份要求停飞的报告。

这天晚上，邵旸彻夜未眠。她想了些什么？她不说，谁也不知道。人们只看见第二天一大早，她红肿着双眼又去找大队领导要回那份停飞申请报告。大队领导告诉她，组织上已经派专人去上海探望两位老人家，希望她安心飞行，完成训练任务。

邵旸迎着朝阳来到机场。她忽然领悟到：飞行要求一个少女做出的牺牲里，就包含着女儿对爸爸妈妈最诚挚的爱。

妻子篇

4

真正的爱情，并不像许多作家写的那么神秘莫测，也不那么罗曼蒂克。爱情，就像春天播撒的种子，遇到适宜的气候和土壤，便会生根、发芽、开花、结果。适合于爱情的气候和土壤，是男女互相的接触和了解。每日里，花前月下，湖畔幽巷，不是常有这样双双对对的情侣吗？挽着一只刚强有力的臂膀，斜倚在男朋友的身上，漫无目的地走着，这是何等的幸福。对当今的青年男女来讲，这是司空见惯的。可是，对那些刚刚陷入热恋之中的女航空员来讲，却是一个可望而不可即的梦。女航空员在航校当学员时，明文规定不准谈恋爱；到了部队，正是飞行的黄金时期，又无暇顾及谈恋爱；等到二十四五岁，可以谈了，行旅匆匆，相聚的时间又那么少。似乎命里注定蓝天就是她们的情人。

王荣莉是1972年当上女航空员的，为了寻求事业上的支撑点，她选择的男友也是航空员，同在本部队。她希望今后的家庭生活，也和蓝天紧密相连。

可是，她和男友，平时都生活在各自的飞行大队，各自执行各自的任务。两人虽然近在咫尺，却又像远在天涯，互相难得关照几句。常常是她刚从云间返回，他却从大地起飞，根本不能像别的恋人那样耳鬓厮磨。

年轻恋人的心相互吸引着，犹如蓝天上的云霞缭绕，相映生辉；恰似原野上的花草，散发着浓烈醉人的芳香。有一次，王荣莉到外地执行任务，好一阵子才驾机归来，她多么渴望飞机快快落地，快快见到他。他也一定想尽快见到我吧？他胖了，瘦了？白了，黑了？训练怎么样，飞得好不好？见到我，他第一句话会说什么？"亲爱的，想死我了！"不，他从来不会这样酸溜溜的。他准是先拿眼睛馋馋地瞅着我，接着把我拥进怀里，急急的热浪在我脸上、脖子上来回地吹动。

她正甜甜地想着，突然从耳机里听到一个熟悉得不能再熟悉的声音："03，出航了！"她心里一揪，这不是他吗？准是他看见自己的飞机要降落了，在跟自己打招呼呢。她心里掠过一丝甜蜜，又泛起一丝苦涩。

中秋节的夜晚，她和他难得地相聚在营院的桂树下赏月。圆圆的月亮迟迟没有升起，他突然接到任务要出航，送一个生命垂危的病人上医院。他回到宿舍拎起飞行图囊刚要走，默默地跟在他身后的王荣莉一把拉住他的衣袖，轻声地说："等一下，吃口月饼吧！"

俩人目光相遇的一瞬，她感觉到了他感情的炽热。他们都不是冷冰冰只会飞行的机器人，而是充满了青春活力的多情男女。在两颗心的深处，掀起了一片甜蜜而又缺憾的涟漪。他没有吃月饼，却在她的脸上重重地、狠狠地亲了一口，匆匆地走了。

"真坏！"她感觉半边脸热热的，那半边却留作了长长的思念。

这时，悠扬的歌声从远处传来，在她耳际萦绕：

愿做蝴蝶比翼飞，

天上人间永相随，

辛勤蝴蝶传花粉，

终身合作不分离。

······

　　这首歌她不知听过多少次，但从没有今天听来令她动情、神伤。不分离，已分离。

　　中秋的月亮升起来了，但不是圆的。皎皎明月，灿灿灯火，千家万户欢声笑语，共度中秋佳节。而王荣莉却孑立路旁，目送心上人出航。月光泻落在她身上，投下一个长长的、孤独的身影……

　　此刻，她千里迢迢归来，还没有见面呢，他就又飞走了。她几乎抵挡不住那阵阵袭来的惆怅和寂寞。她感到特别的饥渴，但不是要甜甜的水，而是要柔柔的情。

　　"03，出航了！"他又说了一遍。

　　虽然只有一句话，王荣莉却听出了他没有说出口的千言万语，她立即向塔台，也是向他报告："04，落地了。"

　　两只银燕擦翼而过，这是一种特殊方式的赠言……

5

　　婚后三天，他们就别离。新郎聂传春回部队驾驶歼击机，参加战斗值班；新娘岳喜翠在运输机部队执行任务，独守空房。新婚燕尔，俩人便开始了牛郎织女的生活。

　　夜晚，岳喜翠凭窗眺望，高远、静谧的天空里，星星挤眉弄眼。那条横亘的宽阔的天河，在皎皎月色中闪着粼粼波光。隔河相望的织女星、牛郎星，像眼睛里滴落的两颗晶莹的泪珠。那古老的传说，是美好的，也是令人心碎的。牛郎织女每年七月七，靠普天下的喜鹊为他们搭桥相会一次；自己和丈夫在天河两岸飞来飞去，是靠一年一度的假期相聚一次，常年可以相见的，只是这一片茫茫的星空。深夜里，当她难入梦境的时候，伸手摸着半边凉凉的空床，心里也是空落落的。岳喜翠最怕到周末，有家的姐妹们，洗澡、修饰，喜滋滋地回去和丈夫、儿女相聚，共享天伦之乐。她常常遥望南天，数日月，数星星，心中不禁涌起阵阵愁情别绪。她和所有的妻子一样，也希望得到丈夫的温存。

人的爱，起源于肉体的吸引，开始于心灵的需要，终归，还是要达到灵与肉的完美结合。爱是随处都存在的，但又是最难以寻觅的，即使夫妻也是如此。

漫长的五年，苦熬的五年。领导关怀，颇费一番周折，才将聂传春调到岳喜翠所在部队，改飞运输机。夫妻二人，从蓝天上飞来，又向蓝天飞去，终于在银河相会。这是每一对长期分居的夫妇所渴求的事情，岳喜翠自然喜出望外。

不过，聂传春在高速歼击机上可以翻筋斗、做特技，犹如天马行空，独往独来，在运输机上飞行却不那么自如了——笨得像头牛。飞行回到家里，岳喜翠常见他皱着眉头，唉声叹气。一问，原来没飞好，挨了教员的训斥。

"你是怎么飞的！"她是个急性子，一听说飞得不好就来气。冷静下来，扪心自问，又觉得对不起丈夫：一个技术精湛的歼击机飞行员，纯系为了和自己相聚，才从头学飞运输机，为了爱，舍弃了爱，也真够难为他的。

夫妻团聚，精神上都得到了莫大安慰，但不知道为什么，她又觉得有些失落感。为自己，还是为丈夫？说不清楚。她只是不想在平庸中度日。她常常在他面前发些无名火。

他也很烦，但从不在她面前发火。一天，吃饭时，岳喜翠试探着和丈夫说："传春，这样下去也不是个事，快奔四十了，年龄不饶人哪。咱跟领导说说，你还是调回歼击机部队吧？"

迟疑半天，传春问道："我刚调来，要是再分开，咱俩难道永远过牛郎织女生活吗？"

这是几年来常讲的话，也是最害怕听到的话。但她要寻找与事业相平衡的精神境界——追求更高层次的道德情操与生活情趣。她心颤颤，泪汪汪，觉得作为妻子，实在没有尽到自己的责任，可哪一个女航空员不是如此？她想的是：只有事业美好，生活才更加美好；离开事业的生活，还有什么实际内容呢？也许人的事业心越强，家庭生活的诗意就越少。于是，她急急地问道：

"你不想飞了？"

"谁说的。"

"那就分吧。"她一句淡淡的话，也是一句斩断绵绵柔情而又包含无限柔情的话，"姑娘们要成器，男子汉也要成器呀！"

"谢谢你，亲爱的！"传春在妻子面前，从没有过今天这么动情，"说真的，飞惯了小飞机，一下改飞运输机，从心理上我就不习惯。一言为定，调走。"

这是心灵的共鸣。他们夫妻二人，需要的既有情感上的热烈拥抱，又有事业上的强烈亲吻。

刚从外地执行任务回来的杨政委听到后，找上门关切地劝阻："两地分居这么久，调一起多不容易。这回又要分开，麻烦事还有个完吗？"话虽这么说，他内心还是被这对夫妻的行为深深感动了。

她微微颔首，但还是坚持个人意见。

真没想到，领导看到报告，欣然同意："冲岳喜翠两口子坚强的飞行事业心，我们特批了。"

冷静的"批评家"听说这件事，不以为然地对她说："岳喜翠，你倒是图个啥？人家夫妻千方百计往一起调，你们夫妻调一起又千方百计往两地分，怪事情！有碗飞行饭吃就行了呗，心还有多高呀？"

听到这种话，岳喜翠心里很难过，可她还要笑着听，跟没事一样，心里就更难过。不过，她在和同志们交谈时说道："干啥事吃啥饭，不干那事吃那饭，当二混子，嘴巴流油，心里也不舒坦。在我们国家，夫妻二人为了事业，天各一方，长期分居的还少吗？我啥也不图，就图和丈夫一起能多飞几年。有人说我是唱高调，那有什么办法呢，这也叫萝卜白菜，各有所爱吧。"

她说着笑了起来。

在她的爱情与事业的天平上，无法等量齐观，也许所蕴含的正是这个特级女航空员的特殊品格。

6

女航空员多数都是等到二十七八岁成了老姑娘，才开始"编队飞行"。艰苦的飞行生活，流逝了的美好时光，悄悄地在她们的额头和脸庞留下了清晰的印迹。当她们刚刚品尝到爱的果实，却一下发觉自己似乎已经苍老了。而当她们一旦有了身孕，连撒撒娇，让丈夫买一捧酸果咀嚼的机会都难得。

后悔吗？不。她们失去了许多爱，她们也得到了许多爱；尽管得到的爱，需要付出更大的爱做代价。

她，张文秀，身材修长，像名字一样文静、俊秀，说起话来也是轻声细语的。可是当我们翻开她的飞行履历，便看出了她是一位成绩卓然的女航空员：科研试飞、人工降雨、海上磁测、空中救护、森林防火……哪里有艰巨的任务，她的情影就会出现在哪里。

不过，在爱情行列中，她却是一个姗姗来迟的人。结婚三年，年近三十，她还没有要孩子。婆婆多次来信暗示：自己的身体越来越不济，真想趁胳膊腿还能动带带孙儿；文秀是不是有啥毛病，看看医生吧；女人家岁数大，难产哩。每次读到这样的信，她都觉得对不住老人家。

有时候,张文秀的心中会倏然间生发出一种隐痛和神秘的渴望。她有健康年轻的躯体,不仅渴望做一个充满柔情的妻子,还渴望做一个充满爱心的妈妈。是的,和自己年龄相仿的在地方工作的同学,有的早已做了妈妈。她们把孩子抱在温暖的怀里,用胸脯上两股生命的甘泉,哺育着从自己体内分离出来的新生命,这是多么惬意,这是一种多么诱人的幸福。那样才是真正的女人,是做一个女人和做一个妻子、母亲特有的幸福和权利。但是,她也害怕过早地做妈妈,牵扯精力,影响事业的发展,才约束着自己。可也不能永远不要孩子呀。为此,她常苦思着。

这几天,不知为什么,吃饭吐,喝水吐,不吃不喝也要吐。她周身不适,难受极了。经验丰富的老大姐见她脸色蜡黄,问道:"文秀,有喜了吧?"

她脸一红:"两个月没来……大姐,可要给我保密呀。"

"三十得子,喜事,保啥密嘛。"

4月初,张文秀奉命要带领机组飞赴宁夏,进行人工降雨。此时,她已怀孕四个多月。

丈夫素来豁达,这回却面有难色。劝阻吧,拖了妻子的后腿,不应该;支持吧,倘若有个闪失,自己失望,妻子也痛苦。他左右为难。

婆婆听说了,火冒三丈:"莫逞能,我不依!"

那几天,张文秀一边好生照料婆婆,以情感化,一边做丈夫工作,串通一气说服了老人。

临行时,婆婆轻轻理着文秀的头发,眼泪汪汪地叮嘱:"秀儿,悠着点。"

这天,银川上空出现了浓积云,这是降雨的绝妙时机。但是,浓积云,空气对流强,有时竟似两列相对而驰的火车在瞬间所产生的气浪那么迅疾,飞机上下剧烈颠簸,这对张文秀的身体损害会是很大的。通常情况下,这种天气也是飞行的绝对禁区。

人们仰望天空求雨，望眼欲穿。水，自然界的生命之源。一想到这些，张文秀便把自己和一个小生命的安危置之度外，毅然起飞，接近云区，捕捉时机，实施降雨。

　　强大的气流，时而将飞机掀起，时而将飞机抛下，整个飞机犹若漂游在汹涌大海中的一叶小舟。张文秀被颠簸得五脏六腑直往上翻，肚子也隐隐作痛。一个念头出现了：流产！又一个念头产生了：降雨！她果敢地操纵飞机，忽而平飞，忽而爬高穿云，撒了催化剂，出色地完成降雨任务。

　　可是，终因强烈颠簸，劳累过度，她觉得身体极度不适，险些造成流产！

母亲篇

7

　　随着时光的延续，许多姑娘成了母亲，有了心爱的儿女。在人们的眼睛里，女航空员的儿女还不像掉进了金窝银窝里？况且，在我国千千万万的家庭中，独生子女被视若掌上明珠、心肝宝贝，饭来张口，衣来伸手。难怪时下人们常叹道：独生子女是父母的"小太阳"，中国的"小皇帝"。

　　然而，不然。

　　"培培，吃饭。"张景荣端着一碗香喷喷的鸡蛋面条，弯腰对女儿柔声地说，"你最喜欢吃的。"

　　不理睬，培培只顾和布娃娃戏耍。

　　"好女儿，你跟妈说，为什么不吃饭呀？"

　　半天，培培喃喃地回答："我，我要回家。"

　　张景荣一愣："孩子，这里就是你的家啊。"

"不嘛！我家有姥姥，姥姥哄我睡觉，给我讲好多好多的故事。"

张景荣伸手将女儿搂在怀里，泪水在眼眶里打转："培培，咱家有妈妈呀，妈妈这就给你讲故事，好吗？"

"不听，不听！"培培把布娃娃贴在脸上，脑袋摇得像拨浪鼓似的，"你又要给我讲云彩啦、飞机啦。我要回家找姥姥、找妈妈。"

"妈妈就是我呀！"

"不是的，不是的！我妈妈在姥姥家的墙上哩。"培培抬起头，两眼习惯性地在屋子四周的墙上找寻着。

"住口！这就是咱们的家！我就是你妈妈！"张景荣情不自禁地吼了起来，声音哽咽、颤抖着。

这一声吼，吓得培培半天说不出话，眨巴着两只黑豆似的眼睛，半晌"哇"的一声哭了："我再不回家了，我听话，在你家，就在你家，你就是我真妈妈。"

母女相见不相识，还有什么能比这更使年轻的母亲柔肠寸断呢。

产假刚满，张景荣就匆匆地返回部队，参加飞行。出生不久的培培留在了山东黄县老家，从此，姥姥每天用牛奶为她充饥。开始，培培不吃，饿极了，她才哭一阵吮几口，哭一阵吮几口，小小生命一来到人间，便受冷受热，忍饥挨饿，嗷嗷待哺。而张景荣在部队常被充盈的奶水鼓胀得疼痛难忍，就关起门，把奶一滴一滴地挤进茶杯里，她望着杯中带着自己体温、飘溢着淡淡香味的奶水，蓦地思念起千里之外的女儿，眼泪簌簌而落。有时在执行任务中，被奶胀得没办法，就在座舱里用手轻轻地按摩，让它细细地流淌，湿了衣衫，疼了心头。蓝天上，不但洒下了一个女航空员的汗水，还洒下了一个年轻母亲的乳汁。

无奈，张景荣从里屋拿出一件早已准备好的礼物送给女儿，一个吹塑的圣诞老人。

培培一见，就喜欢上了这位白胡子老爷爷，高兴地问个不停：

"妈妈，老爷爷背着大口袋干啥呀？"

"圣诞节的时候，老爷爷就把大口袋里的礼物都拿出来，送给听妈妈话的好孩子，懂吗？"

"懂。"

"你听妈妈的话吗？"

"听。"

培培拿来一把水果刀捅破大口袋，里面空空的。她失望了，哭出了声："妈妈骗人！你不是我的好妈妈！"

人心即使是用钢铁做成，现在也会断裂的。张景荣没有哭，不，她哭了，不是流泪，而是流血，她的心里在流血。她回想，这几年，自己差不多已经把飞机当成女儿，朝夕相伴，而给培培的爱太少了，能去责怪她什么呢？

有一天，张景荣陪女儿过家家玩，见她玩得很高兴，就拉着她的手，亲亲热热地问："培培，你说说，你长得像谁？"

"像牛。"

"为什么像牛？"

"我是吃牛奶长大的呗。"

张景荣一怔，睁大眼盯着培培，心酸酸的，猛地将女儿紧紧地抱进怀里，顺手解开衣扣，愧疚、疼爱之情一起涌上心头："孩子，这是妈妈的奶，你吃一口吧，吃一口你长得就像妈妈了。"

培培看着妈妈的胸脯，小脸憋得通红，一个劲儿地往后缩："不嘛！妈妈的奶不能吃。"

张景荣脑袋里一阵轰响，两串泪珠终于止不住地流下来，落在女儿的脸颊上，交融在女儿的泪水里。很长时间，她只是温柔地抚摸着女儿红红的脸蛋，说不出一句话来。

8

1982 年 9 月 20 日上午，华北某地上空。刘晓莲带领机组在执行空运任务。飞机起飞不久，正在七百米的高度上升时，突然受到外来物的猛烈撞击，机组同志来不及弄清是怎么回事，已经被震得昏迷过去。无人驾驶的飞机在疾速下坠。

很快，刘晓莲从昏迷中醒来。她不顾重伤剧痛，一跃而起，抓住驾驶杆，拼命把受了重伤的飞机拉起来。为了所有乘员和国家数百万元财产的安全，她不惜牺牲自己，控制飞机，艰难地寻找机场降落。

长空拼搏五分钟，终于迫降成功。这是辉煌的五分钟，空军党委授予他们"忠于职守勇于献身保证安全的模范机组"称号。刘晓莲荣立一等功，并被选为第六届全国人大代表、第五次全国妇女代表大会执行委员、全国"三八"红旗手，参加了解放军英模报告团。这一壮举，早已闻名于世。提起刘晓莲的名字，人们都知道她是一位勇于献身的英雄，却很少想到她也是一个充满柔情的母亲。

刘晓莲唯一的女儿飞飞，刚出生就留在上海，交给年迈的婆婆照管。她产假休完就只身千里，急急地赶回部队执行飞行任务。

母女一别，整整三年。

世界上最伟大的爱，是母爱；能够专心去爱儿女的，只有母亲才做得到。多少个夜晚，刘晓莲捧着飞飞的照片入眠，又喊着飞飞的名字从梦境中醒来。

一天，刘晓莲和丈夫从幼儿园门前路过，看到许多年轻的母亲抱着、牵着孩子，一路逗笑，顿时动了思女之心，两腿发软，呆呆地站在路边，眼泪啪嗒啪嗒往下掉。

"咱把飞飞接来吧，放幼儿园里，一星期接回家一次，也好培养培养你们母女感情。"丈夫在一边宽慰道。

她凄然一笑。

飞飞一到部队，见妈妈叫"阿姨"，见爸爸称"阿叔"。三个

天有一双手

月过去了，当她刚能分清妈妈和阿姨、爸爸和阿叔的时候，刘晓莲和丈夫同时领受了参加华北军事大演习的任务。一去将是几个月，飞飞怎么办？夫妻俩一合计，只好把飞飞送到北京的姥姥身边。母女刚刚厮混熟，又要分开，刘晓莲实在舍不得，可又不能带着女儿去飞行啊。

没过多久，姥姥生病住院，飞飞又成了无人照看的孩子，只好被再次送往上海，交给了奶奶。直到上学的年龄，飞飞才被送到北京。小小年纪，就已经开始了南征北战。当时，刘晓莲正在北京，刚参加完全国妇女代表大会。飞飞拉住她的手，央求道：

"妈妈，开学那天你送我去学校吧。"

"哪天开学？"

"后天。"

刘晓莲犯了难：向领导请个假，亲自送女儿上学，这是做母亲的责任，对孩子当然是莫大的安慰。可部队眼下飞行任务繁重，难道为送女儿上学校，要在北京等上两天吗？倘若拒绝了女儿的要求，在她幼小的心灵上会有多么大的灼伤。一夜间，背着书包蹦蹦跳跳上学的女儿，在蓝天上翱翔的银燕，交替在她脑海里出现……最终，她还是付出了沉重的感情代价，毅然乘上南下的列车，返回部队。她将自己的爱全都装在飞飞鲜艳的花书包里，让女儿那柔嫩的双肩背走了。

开学那天，飞飞两眼哭得像红桃子。从这一天起，她发誓不再想妈妈。刘晓莲越想越觉得对不住女儿，一封接一封地写信向女儿"赔罪"。心灵上的创伤是难以愈合的，不知过了多久，飞飞终于给刘晓莲歪歪扭扭地写来了回信："妈妈，我恨你！……"

有一次，刘晓莲到杭州疗养。不几天收到婆婆的来信，告诉她飞飞到了上海。飞飞还特地在信中添了一句："妈妈，我想你！"刘晓莲吻着信，就像吻着女儿热热的嘴唇，红红的小脸蛋。"女儿不恨我了！"她情不自禁地在屋子里转起了圈儿。

在这种情绪的驱动下，她突然萌生了回上海看看女儿的念头，而且这种念头越来越强烈，使她吃不下饭，睡不好觉，人在西子湖畔，心却飞到了黄浦江边。她想立即给部队领导拍个电报，就说婆婆病重，要求回家看看。不，那不就是说谎吗？说谎，就不该当军人。她感觉到脸上一阵阵发烧。对，就说回家看望女儿。可是，当时有规定，疗养期间不准请假回家，再说以前老大姐们也没哪个这样做呀。干吗自己要带这种头，影响多不好。"我恨你！""我想你！"女儿的话是滚烫的，像两只小手在揪她的心。

有一天晚上，刘晓莲和疗养员们一起收看电视《这里的黎明静悄悄》，看着看着，她便悄悄地离开了。

第二天，她出现在上海的家中，和心爱的女儿共享天伦之乐……

她虽是一个英雄，但她也是一个母亲。她有能够战胜一切艰险的英雄气概，也有不能战胜某些弱点的母亲情怀。

祖母篇

9

女航空员和人民空军一起成长，同伟大祖国一起前进，她们是中华女儿的精英。她们的志气、胆魄、智慧、爱情乃至生命，都在万里长空凝聚、爆发。

但是，飞行恰似一个人的生命，有开端就有终结。

菜地里，武秀梅脸上泛着红光，躬身劳作，仍不失当年驰骋蓝天的英姿，只是手上握的不是驾驶杆，而是锄柄。

有一天，她从机场飞行完回家，路上迎面走来几个背书包上学的小姑娘，亲热地向她叫道："奶奶好！"她嘴上回答："真乖。"

心里却猛地一怔：怎么，我成了"奶奶"了？这可是头一回听人这么称呼自己呀。

刚走进家门，她放下飞行图囊，就忙照镜子，果然看到一张苍老的面孔，心里不由"咯噔"一下。今天的黑夜来得特别早。

不久，领导告诉她，上级已经批准她停飞。她一下瘫坐在沙发上，真后悔昨天飞行时，为什么不要求多飞几个起落，哪怕一个也好，向蓝天告别。她翻箱倒柜，找出相册，面对一幅珍藏多年的照片落泪……

三十五年前，披红挂绿的汽车载着她离开了古城开封，离开了养育她十九年的热土。她哭了。她觉得对不住慈祥的母亲和善良的父亲。直到上车前，她才像个负罪的孩子，嗫嚅着告诉双亲："我当上了女航空员。"

父亲掐灭烟，不住地咳嗽。

母亲手中的针线落地，泪如泉涌。

她看着体弱多病的爹，又瞅着为操持这个家而累得容颜憔悴的娘，伸手从娘的针线包里拿出剪刀，"咔嚓"一下，铰了一把美丽的发辫，双手捧着跪在爹娘面前："爹、娘，想女儿了，就看看它吧！"

"去吧。这是你的理想，也是为父的光荣！"爹吧嗒吧嗒地抽，烟火一明一灭。

娘两手抖抖地捧着女儿的一束发丝，柔声地叮嘱："秀梅，家乡有句老话，'土盆不算盆，女人不算人'，到部队上，你要听首长的话，为女人争气，为国家争光。"

武秀梅，终于飞起来了。

历史记下了这个辉煌的日子——1952年"三八"国际妇女节。北京西郊机场，停机线上，六架表演飞机整齐排列，武秀梅和姐妹们站在机群前，严阵以待。

机场花团锦簇，人山人海。首都各界妇女代表、各国驻华使节夫人们，都来庆贺新中国的第一批女航空员"三八"起飞典礼。

人民解放军总司令朱德、全国妇联副主席邓颖超检阅了女航空员们。朱总司令用浓重的川音向她们说："新中国妇女们应继续努力，在共产党和毛主席领导下，争取为祖国伟大的各项建设事业做更大的贡献。"

武秀梅和姐妹们眼睛里闪着光荣的泪花。

太阳冉冉升起，一个多么好的天气。

飞行表演开始。隆隆轰鸣的飞机在人群的欢呼声中，一架接一架，滑向起飞线。武秀梅手握驾驶杆，加油门——抬前轮——离地——掠过长长的跑道，腾空而起，开始了她的历史性航行！……当飞机通过天安门上空时，看到十里长街聚集的人们挥舞花束向空中致意，她感到多么自豪。

3月24日，武秀梅和参加起飞典礼的姐妹们来到中南海颐年堂。毛泽东主席、刘少奇副主席和周恩来总理站在她们中间，镁光灯闪烁，历史留下了光辉的一页。毛主席微笑着问道："姑娘们成器不成器？"

刘亚楼司令员回答："成器了，都能独立执行飞行任务了。"

接着，周总理介绍说："她们很有志气，3月8日起飞典礼，全是自己操纵的。她们学得快，飞得好。"

毛主席点点头，风趣地用家乡话夸奖她们："细妹子不简单，飞得好高哟！"

回首往事，从豆蔻年华的少女，到发染秋霜的奶奶，她三十多年来，和第一批女航空员们叱咤风云，成为新中国的开天女杰。生命的长河正在流淌，而飞行的生涯已经终止，从天空结结实实落在了地上。

停飞后，闲在家里无事可做，闷得慌，她就在家门前翻了一块荒地，种种菜，消磨时光。一畦菜地，似乎成了武秀梅的精神寄托。

　　　　　　　　　　　　　　天有一双手

见面时，她搓着沾满泥巴的双手笑了，笑中带有几分凄楚。说起别的事情，她谈笑风生，一说到飞行的事，她就眼圈红红，泪流不止。

几十年来，她都是沿着一条标定的航线正常运转着，猛地停下了，精神上实在支撑不住。她烦躁不安，整天在家里，叮叮当当摔东西，无端地对孩子和老伴儿发脾气；出门买菜常不带钱，买了菜又忘拿回家，要不就一个人站在什么地方直发呆，总像有想不完的心事。

有时，她看到年轻的女航空员穿着飞行服精神抖擞上机场，内心不仅觉得失落、爱慕、向往，还深藏一种嫉妒感："毛丫头，瞧你们神气的！当年……"一想起当年，她的心中又涌起阵阵惆怅。

一天晚上，武秀梅在台灯下读报纸。不知不觉，她捧着报纸小声咳嗽。女儿小莉一惊，忙走到身旁问："妈，您这是怎么了？"

"妈才五十二岁呀……"

"您病了？"

"胡说！妈身体比你壮。"武秀梅指着报纸，"你看，美国女飞行家埃德娜，今年都八十二岁了，从1928年起，飞行三万多小时，驾驶过五十八种型号的飞机，在1984年美国的一次飞行比赛中，她八十高龄还得了七个项目中的四项冠军。比比人家，妈飞了几十年还是没成器啊！"

只要一提飞行，她就十分伤感。

小莉摇着她的肩头嗔怪道："妈，您可真是的！钻那牛角尖干吗呀？"

"小孩子家，你懂什么！"

平时，同事们见她这样，好生奇怪，说她怎么变得神道道的。

她实在忍受不了这种寂寞生活，就和几个同批停飞的老大姐一起给王海司令员写信：

……我们现在就当奶奶在家抱孙子享清福还早了些。党和人民培养一个女航空员不容易，为什么不能让我们多飞几年呢？常言道：飞行员是用黄金堆起来的。过早停飞，个人不觉得啥，国家也觉得可惜呀。飞行是我们的生命，真想毕生为它奋斗啊！……

司令员捧着这封信，犹如捧着一颗火热的心。他亲自给部队打电话说，今后只要条件允许，可以适当延长她们的飞行年限。

如今，一听到天上的飞机声，武秀梅的心就一颤，激起一阵青春的波澜，总有壮志未酬的感觉。但是，当她回想起自己的成长，还是深情地说："我们老了，应该再做一次牺牲：停飞，退下来。后来者不断，通往蓝天的路还长着哩，应该腾出位置，让更多的小鹰飞起来！'落红不是无情物，化作春泥更护花'嘛。每个人迟早都会有今天，我并不后悔所走过的道路。如果人生允许我再做一次选择，我还是要当女航空员！"

武秀梅翕动了几次嘴唇，像有很多话要说，可话到嘴边又打住了。她挽起衣袖走向菜地，去给菜苗浇水、施肥……

10

停飞，张凤云料到会有这么一天，可当这一天真的来临，她又觉得太突然，甚至猝不及防。她走的这条航空之路一头连着大地，一头通向云端，整整三十年啊，美好的年华都在其间逝去，回想起来，不禁潸然泪下。

十八岁那年，张凤云高中毕业，同时接到东北工学院和招飞入伍两张通知书。反复思量，还是选择了航空员。刚到部队时，她思想上有点动摇，怕飞不出来给妇女们丢脸。指导员热忱鼓励："张凤云，你画画不就比别人强吗？因为你喜欢它。只要爱这个事业，有献身精神，相信你一定能干好。上天的路，老大姐已经在前头蹚出来了嘛。"

对呀！她把老大姐的点滴经验记下来，骑车、走路、睡觉，都在想飞行，像是被迷住了。渐渐入了门，渐渐成熟起来，大小任务都能执行了。发射第一颗人造卫星，她冒雨驾机运送监测数据；我国天南地北各个机场，她多次试飞穿云图……

从 1956 年至今，她飞行四千五百多个小时，光荣地当选为全国五届人大常委，和最高领导人在一起共商国家大事。这是崇高的荣誉，这是莫大的信任。但是，若要让她在荣誉和飞行两者之间选择，她会毫不犹豫地回答："要飞行，因为它是我的生命。"

没过多久，部队领导找她征求意见，准备调她到空军杭州疗养院当副政委。张凤云非常感激领导的悉心安排，那可是个好地方，"上有天堂，下有苏杭"。再说，现在全家人都在杭州，能回到家门口工作，不仅可以同家人团聚，也能在风景秀丽的西湖边找个归宿，颐养天年。这样好的事情，打着灯笼也难找。

可是，考虑再三，她还是婉言谢绝："我的大半生都是和飞机打交道，我不能为找块幽静之地养老，离开我相依为命的机场、飞机和战友们！哪儿我也不去。只要能在部队写写飞行总结，到飞机旁闻闻汽油味，做个默默无闻的人，足矣。"

起初，家里人听说她停飞了，都劝她力争回杭州工作，当组织决定她回杭州时，全家欢天喜地像过年似的。没想到，她执意要留在部队，真不可思议。那几天，家信像雪片似的飞来，对她进行"轮番轰炸"。

女儿的信火药味最浓："妈，你好像从来不喜欢我，是吗？要不回来，我就再也不认你这个妈了，好像飞机就是你的女儿，那好，你去跟飞机过一辈子好啦！妈，你要三思而行！"像在下最后通牒。

丈夫来信说："你飞行我全心全意支持，不飞了，理当回家跟我这个老头子编编队了，年轻夫妻年老伴儿嘛。你我二人今生今世不能老像孤雁似的飞来飞去啊！"有深情也有怨艾。

年已八十的老母亲也被请出了山："凤云儿，娘扳指头一算，你也是小五十的人啦，怎还像个孩子由着性子来？三十年你没跟娘说上几句话，娘没怪罪。你上天那阵，刮风下雨娘都提着心过日子。不飞才好呢，回家来娘也有个搭话的人。"母亲的爱不应该补偿吗？

她含泪读来信，又含泪写回信："知我心者莫过于我的亲人们哪。理解和支持比什么都重要，望体谅我的苦衷……"

她终于放弃了舒适的环境，留在了沸腾的军营。

早晨，她跑步去机场，围着飞机转一圈；飞行日，她在停机坪东走走，西看看；平时地面准备，她也和大家一道参加。几十年来，她已习惯于这种生活，纵然停飞了，也不能改变。

慢慢地，张凤云不安分了，她希望担任飞行指挥员："我是全天候飞行员，也是四种气象指挥员，有一分余热就多让我发一分光吧。"

"得寸进尺，真拿你这老太婆没办法。"领导默许了。这一天，女航空员飞编队，由张凤云指挥。她特地换上一身崭新的军装，踏着晨光来到机场。

塔台上。张凤云满面春风，手里紧握话筒，眼观六路，耳听八方，指挥若定：

"01，可以起飞！

"02，开车！

"03……"

银燕腾空而起，一架接一架，编成长长的队形，飞上了蓝天，威武壮观。此刻，她想到自己虽然不能再飞上天了，但能亲手将年轻的女航空员一个一个送上蓝天，又一个一个接回大地，甘当她们成长的梯子，不也是自己的理想和幸福吗？

小小塔台，又成了她的一片蓝天。

张凤云遥望远天的机群在霞光的辉映中，像一颗颗闪亮的小星，组成了星系，巡弋在祖国的领空。这，分明是一条女人的星系……

（原载《中国空军》1987年第2期、《女子文学》1987年第9期、《萌芽》1988年第2期）

绿荫深处话狼烟

盛夏，一个炎热的下午。我来到京西一个浓荫如盖的庭院里访问了小院的主人——老红军、原空军副司令员成钧中将。大概是听到铃声的呼唤，老将军步履沉稳地走下楼来，把我引进了会客室。

"年轻人，坐吧，坐吧！"老将军指着沙发，热情和蔼地对我说。

"首长，我受《中国青年报》的委托，请您向青年们谈谈您亲身经历的抗日战争吧？"

"好、好！"老将军在室内来回踱了几步，在我对面的沙发上坐下，沉思片刻，便用他浓重的湖北乡音谈了起来。他那时高时低、时急时缓的话语，仿佛把我带进了战云密布、弹雨横飞的艰苦卓绝的抗日战争岁月。

他回忆说，1927年，在我十六岁时就离开家乡，投身革命。长征时，我和余秋里同志在一个团，我任团长，他当政委。在贵州，有一次我俩去看地形，途经敌人的封锁线，他说从那儿走危险，我说没事。话音刚落，一阵枪响，余政委伸手抓住我猛地一拉，我躲过了敌人的子弹，他的手臂却负了重伤。后来，他就成了一个独臂将军。他用一条胳膊救了我的一条命呀！老将军深情地回忆了这段往事，是告诉青年人在革命战争中，许多人都曾付出过意想不到的血的代价啊！

接着，他话锋一转，讲起了东进皖东，开辟淮南抗日根据地的光荣革命斗争。"日军侵占我东三省之后，又发动了七七事变，不久又是震惊中外的南京大屠杀！他们妄图迅速吞并全中国，遍地放起侵略的战火。就是在这种形势下，我于1938年1月离开延安，被组织派到皖东地区担任新四军二师五旅旅长兼津浦路东分区和津浦路西分区司令员。"不知是因为天气炎热，还是老将军热烈的话语影响了我，也使我的情绪在热烈地波动着。他说，当时日军勾结伪、顽，在津浦路两侧筑碉堡、修工事，封锁交通要道，岗楼林立，狼烟四起。他们不断采用"蚕食""扫荡""清乡"的战术，推行"三光"政策，阴谋把我军从根据地挤走、吃掉。那时，侵华日军总司令冈村宁次驻扎南京，同我们仅一江之隔，他常派兵增援皖东日军，斗争异常残酷。我们面对着凶恶的敌人，展开了游击战、拉锯战。

顿了顿，老将军背靠沙发，仰面看着窗外悠远的苍穹，天空中有一片云絮遮住了西下的太阳，室内顿觉暗淡。他的语调有些阴郁地说道，部队这段时间受到王明右倾投降主义路线的影响，群众要求参军抗日，我们还不想要。可正值国民党发动第一次反共高潮，蒋介石令鲁苏战区副司令兼江苏省主席韩德勤、第二十一集团军总司令兼安徽省主席李品仙，东西夹击我军；汪精卫积极活动，准备在南京成立伪中央政府，日寇便趁此机会加紧对皖东我军"扫荡"；我军未能在所控制的地区建立政权，给养和兵员补充非常困难，减员很大，处在敌、伪、顽三面夹击之下，在整个皖东我军面临着十分险恶的形势。

他走到窗前，打开电风扇，随着阵阵凉风，便又深情地说道，刘少奇同志受命于危难之中，于1939年11月率中原局来到了皖东革命根据地。少奇同志很快召集干部大会，传达了党中央六中全会的指示，要我们独立自主地放手发动群众，迅猛地扩大抗日力量，不要因怕什么破坏统一战线而不敢发展群众武装，不能被王明的"一切为了统一战线"捆住自己的手脚。少奇同志语重心长地对我们说：

抗战怎么不知道要枪杆子呀？抗战还要一个家嘛！帮助人家（指国民党、日寇）做苦力，出力不讨好，最后把你们赶出来，打你们几个耳光，再踢上你们几脚，还骂你们几个"丢那妈"，有的甚至被抓起来坐牢或处死，使不得嘛！听了好像拨开乌云，重见天日。有了明确的方向，我军积极开展群众工作，许多热血青年踊跃参军，抗日武装力量很快就壮大起来。敌伪顽可急了眼，不宣而战的摩擦战由此更激烈了。

"力量对比，还是敌众我寡吧？"我问道。

他沉吟了一下说，这看怎么讲喽，要说人力，我们有广大群众支持，有少奇同志代表中央的正确领导，力量比敌人强大。但是，从装备上看，我们是落后的，比敌人差远了。老将军情不自禁地挥起了胳膊，提高嗓门说，这时少奇同志指示我们：中国有句老话，叫"舍不得孩子打不着狼"，要集中力量一个一个歼灭敌人，变被动为主动，建立、巩固、扩大抗日根据地。

遵循这一方针，我们集中兵力，在江苏六合的规子山打了一个漂亮的歼灭战。这一仗，日寇出动一个大队的人马，加上伪军共三千余人；我带领四个营、一个地方团，再加上民兵等共计五千多人。战斗是清晨打响的。正当晨曦初露，山野一片沉静，淡淡的雾气笼罩着山头，我尖刀部队就像离弦之箭向敌人阵地靠拢过去。突然，手榴弹的爆炸声，战士的冲杀声，夹着敌人"哇啦、哇啦"的号叫声，响成一片，惊天动地。敌人用重炮、轻重机枪组成密集的火网，把我先头部队压在一片开阔地上。"妈的！太猖狂了，这一回老子要打断你的脊梁骨！"我气得大骂起来。我喊道："机枪掩护，用枪榴弹，狠狠地打！"顿时，浓烟滚滚，火光闪闪，枪炮声震耳欲聋。硝烟中，战士们端着枪，向山头上的敌人发起了猛烈的冲击。敌人仗着武器好、地形有利，负隅顽抗。我一看，这么硬拼不是办法，决定以一个营的兵力从正面佯攻，两个营从侧翼迂回包围，再

　　　　　　　　　　　　　　天有一双手

组织一部分人打伏击、打增援。从早晨一直激战到天黑，冲锋反冲锋，争夺反争夺，战士们以锐不可当之勇、排山倒海之势，不怕牺牲，英勇作战，终于在天黑之前攻下了山头。敌人死的死，伤的伤，彻底失去了抵抗能力，纷纷扔掉武器，鬼哭狼嚎，抱头鼠窜，剩下二百多个日军也夹着尾巴仓皇逃命。

谈到这里，老将军开怀大笑，"这一仗打得很漂亮，歼敌一千多人，俘获好几百，还收缴大批战利品。我亲手收缴一支日本手枪，送给了吴运铎同志，代表全体指战员感谢他制造的枪榴弹大显了神威。"

"哦，我在小学的课本上就读过这个故事。原来那支小手枪就是您送给他的？"

"正是。"老将军笑着点点头，接着说，这一仗打掉了敌人的嚣张气焰，好长时间鬼子都龟缩在据点里不敢露头，这一仗为建立淮南抗日根据地奠定了基础。"不过，我们也付出了很大代价，一位副团长和一位主任就是在这次战斗中英勇牺牲了。"老将军声音低沉，眼睛有些湿润，仿佛陷入了对英烈们的缅怀之情。

"首长，您对广大青年们有什么希望呢？"沉默许久，我向老将军请求道。

"日寇侵略中国，这只是少数军国主义者干的，不是日本广大人民的意愿，他们也是受害者，要区别开。我们现在同日本人民增进友谊是对的，要世世代代友好下去。当然，中国人民和日本人民都不能忘却这段沉痛的历史，特别是青年们，记住它是为了不使那段历史重演。日本也有少数政客不承认这段历史，想否定、翻盘，鬼话！让他们问问中国人民答不答应，世界人民答不答应？"晚风从窗外轻轻吹来，凉爽了一些，我起身告辞。老将军执意把我送到门外，站在树荫下紧紧攥住我的手，满怀殷殷之情说："请转告青年朋友们，前事不忘，后事之师！我们革命斗争的胜利，是无数先辈用鲜血换来的。一定要继承先烈们的遗志，树立远大理想，为振兴中华贡献青春和力量！"

我走出了好远，转身看看将军，只见他还在笑着向我挥手。

（原载《中国青年报》1985 年 8 月 16 日）

京门神箭

三十而立。

1994 年 6 月 6 日，正是空军地空导弹兵某师英雄营而立之年的纪念日。

6 月 21 日，空军在北京召开大会，隆重纪念英雄营命名三十周年。中央军委领导在纪念大会上作了重要讲话，给英雄营以高度赞扬："……英雄营是一支以战斗意志高昂、战术技术过硬、战斗作风顽强而闻名的英雄部队。在五十年代末，部队组建初期，就在国土防空作战中首战告捷，一举击落敌高空侦察机一架，开创了世界防空史上用地空导弹首发命中、首次击落敌机的战例；尔后又先后击落敌 U-2 型战略侦察机三架和无人驾驶高空侦察机一架，为祖国和人民立下了卓著功勋。1964 年 6 月，被国防部授予'英雄营'荣誉称号。命名三十年来，英雄营牢记党的教导和我军的宗旨，保持和发扬我军光荣传统，部队全面建设取得了新的成绩，多次出色地完成了上级交给的任务。尤其是 1986 年被军委确定为开放单位后，英雄营全体官兵顽强拼搏，苦练硬功，以精湛的军事技术、良好的军人仪表、过硬的表演作风，向国内外来宾展现了中国空军地空导弹兵的崭新风貌，为国家和军队赢得了荣誉。实践证明，英雄营不愧是一个敢于斗争、敢于胜利的英雄集体，不愧是一个威武之师、文明之师的突出典型。

"英雄营从她诞生起，就一直受到党中央、中央军委以及各级领导的关怀。早在六十年代，毛泽东、周恩来等党和国家领导人在人民大会堂亲切接见了全营官兵。朱德、贺龙、徐向前、聂荣臻等元帅都先后到英雄营视察，勉励全体官兵苦练过硬本领，建设一流国土防空部队，为完成保卫祖国领空任务而努力。

"当前，建设有中国特色社会主义，是一项前无古人的事业，在前进的道路上必然会遇到许多矛盾和困难。在我军现代化建设的征途中，也面临着许多新的情况和考验，因而广泛学习和宣传英雄营的事迹和经验，大力弘扬革命英雄主义精神，对于贯彻新时期军事战略方针，提高部队战斗力，促进部队全面建设，更好地履行我军的根本职能，肩负起我军的历史使命，都具有十分重要的意义。全军部队和广大官兵，都要向英雄营学习……"

在和平时期，一个营一级的基层部队，缘何引起中央军委领导人的如此厚爱？

寻根溯源。

温故知新。

在世界最雄伟的广场上，共和国三十五岁生日那天，年轻的中国地空导弹兵英雄营，第一次从神秘的历史帷幕中走出来，英姿焕发地踏上神州第一街，接受祖国和人民的检阅。

当无数双黑眼睛、蓝眼睛追逐着这支神箭劲旅时，也许很难窥见，伴随绿色方阵雄浑脚步的，是这样一支神奇的部队：

——她是我军组建的第一支地空导弹兵部队，时于 1958 年 12 月 26 日，序列第二营，代号"543"；

——她首次用地空导弹击落美蒋 RB-57D 高空侦察机，首发命中，开创世界防空作战史上的先例，之后又击落四架敌机；一个营，国土防空作战，打掉五架敌机，辉煌战果，绝无仅有；

——她荣立集体一等功三次、集体二等功一次、集体三等功三次，先后有 216 人次荣立一等功；输送出军、师干部 35 名、团职干部 129 名；

——她受到了老一代军事家的厚爱，在十大元帅中，朱德、贺龙、徐向前、聂荣臻等五位元帅先后到这个营视察；

——她于 1964 年 6 月 6 日，被国防部授予"英雄营"光荣称号。

"这个部队在哪里？我要见见他们。"时隔一个多月，毛泽东主席在中南海里对周恩来总理说。

7 月 23 日，毛泽东、周恩来、朱德等老一辈革命家，在人民大会堂亲切接见了英雄营全体官兵。

如今，这支英雄部队雄踞京门，担负着首都要地防空的神圣使命，他们像一支利箭，威震长空。

五月初，我有幸走进了这支英雄而又神秘的部队采访，练兵场上，一个个战士龙腾虎跃；阵地上，一支支利箭傲视苍穹，我仿佛看到：英雄营雄风犹在，一代精兵再展风采。

"以一当十"，在英雄营已经成为现实

1988 年深秋的一天，渤海湾某靶场。英雄营和数支导弹部队在这里云集。开阔的阵地上，一座座导弹发射架一字排开，利箭昂首指苍穹，盘弓待发射大雕。

一声巨响，火龙腾空。地空导弹部队实弹打靶的序幕由此拉开。硝烟未散，英雄营突然接到命令：撤出阵地，紧急转移。

兵车隆隆，载着余热未消的兵器，在松软、潮湿的沙滩上行驶。沙滩上跑车，对司机的驾驶技术是一个考验，速度太快难以保证安全，过慢又容易熄火陷车，贻误战机，只能保持距离，匀速前进。

到达新的阵地。他们迅速展开兵器，架设天线，开机，调试。一切准备就绪，部队再次进入一等。

傍晚，"敌机"沿着海岸线，趁着暮色，企图低空偷袭我防空

"要地"。

英雄营迅速发现目标，实施打击。导弹呼啸而起，映红海空，随着一声巨响，"敌机"凌空开花。

这不是一次寻常的打靶。历来战争，风云莫测；现代战争，情况更是瞬息万变。以逸待劳，守株待兔，非为上策，远不适应现代战争的需要。早在我地空导弹兵组建初期，便提出了"撤、走、进、打"的作战方法，但以前完成这一全程转换，往往需要几天时间，而英雄营这次却在实弹实战演练中，将这一过程奇迹般地缩短为几个小时。

战斗结束，上级机关给予高度赞扬。这一打法，是英雄营长期摸索，在实战训练中的首创。

英雄营的威名，是在国土防空中打出来的，没有英勇无畏的精神，没有高超的战斗技能，哪来今日英雄营？当年，英雄营的创建者们，为尽快掌握对敌斗争的过硬本领，克服了文化低、条件差、与教官语言不通等困难，勤奋钻研，刻苦练兵，这种革命英雄主义精神，源远流长，延续至今。"武艺练不精，不算二营兵""打仗一分钟，苦练十年功"，已经成为大家练兵的自觉行动。每年营里都要树立一批典型，披红戴花，张榜宣扬，使大家学有榜样，赶有目标，一带十，十传百，众星捧月，遍地开花，滚动式的练兵方法，从而在各个岗位、各种专业，都培养出一批又一批精兵强手。

一连三号车技师滕继和就是其中的佼佼者。车上，仅电子管的脉冲传输、转换数据就有几千个，各种插孔、插座、开关也有数千个，不管你问哪一个参数，他都能对答如流。参加技术表演，蒙上眼睛，也能熟练排除故障。为了练就这一招，他几乎占用了所有节假日和业余时间，晚上睡觉前背，早晨醒来后想，偶尔看场电影还摸黑在膝盖上默画线路图，当兵三年竟没有跨出营门到驻地县城逛过一次。提到滕技师，大家都习惯叫他"活字典""数据库"、难不倒的技术"大拿"。

一剑抵得十万兵，十年方能磨一剑。

1985年，邓小平主席在军委扩大会议上，发出了震撼世界的庄严宣告：中国裁军100万。裁军100万，必须加强军队的质量建设，做到人和武器的最佳结合，走精兵之路。

由于历史原因，部队大练兵曾几度潮起潮落，但是英雄营官兵的练兵热情，始终如奔涌的潮头。快速装退导弹是赢得战机的重要环节，他们经过数千次演练，硬是将时间压缩到原先的一半，多次刷新了训练纪录。

"呼风唤雨，撒豆成兵"，那只是传说中的神话；"一专多能，各有绝招"，这在英雄营确为事实。他们深化训练改革，真正把"走精兵之路"一词，从文件上搬到了练兵场，率先进行换手训练，一人练几招，人人有高招；政工干部懂训练，会操作，能指挥；炊事员、保管员、水电工，各类勤杂人员都能当号手，上岗担负战备值班。三连连长一度不在位，正赶上部队开展岗位练兵比武，指导员周鸿庆二话没说，撸撸袖子，带领全连战士来到赛场，照样夺回团体金牌。由三名炊事员和一名文书组成的操作班，进行装退导弹考核，居然也取得优秀成绩。也是这次比武之前，兄弟营缺一个连长，主动来到英雄营求援。他们虽然人手紧，还是派专业军士占顺友前去代理连长。一到连队，有的战士就跟他打趣说：老占不简单哪，肩上扛着两块蓝牌牌，一下就从士兵到"将军"了。虽然是玩笑话，但占顺友听出了弦外之音。不需要为自己辩解，拿出行动最重要。练兵场上，战士流一身汗，他首先要滚几身泥；平时抓养成，他就从"纠三手""正三相""喊三声"入手，齐抓共管，严格要求，一招一式，有板有眼，头三脚就踢出了英雄营的样子！两个月时间，小占不负众望，把连队带得顶呱呱，各项工作开展得井井有条，还带领全连同志圆满完成一项实兵演练任务，使人不得不刮目相看：

英雄营出来的人，就是不一样！现在全营80%的官兵做到一专多能，技术过硬。"以一当十"，在英雄营已经成为现实。

这一年九月，一个收获的季节。北空赛区，地空导弹部队各路劲旅、诸方武侯，都想一展绝技。参加十五个专业比赛的二百名高手，全是经过层层选拔的顶尖人物，个个摩拳擦掌，决心一决雌雄。"夺金牌，争第一"，这是英雄营的目标，也是其他参赛人员的共同愿望。经过几天的激烈角逐，结果，英雄营力挫群雄，以绝对优势夺得团体总分第一，同时捧回十五个项目中的十二块金牌，果然身手不凡。自1977年以来，每次参加实弹打靶，所有发射的导弹全部命中目标。1986年后，在军区空军以上组织的比武中，夺得一百二十个单项第一，次次拿团体金牌。

英雄营，是名副其实的"金牌营"。诚然，在英雄营众多的金牌中，有一枚格外辉煌。1962年9月9日，第一架敌U-2高空侦察机被我击落后，敌人变得更加狡诈，在机上加装了反地空导弹的预警系统，先后多次窜犯我领空，均逃避了应有的惩罚。怎样对付敌机上的这一"魔鬼"系统？英雄营官兵集思广益，反复研练，终于创造了克敌制胜的战法——近快战法。运用这种战法，诱敌深入，短兵相接，先后击落三架敌机。1978年，这一战法荣获全国科学大会奖。

精锐之师倚天持箭，肯定是一个打胜仗的部队

这支英雄的部队经过二十六个春秋的战斗洗礼，迎来了共和国成立三十五周年盛大庆典。

"打仗练兵是英雄，完成任务是好汉。"受阅部队中的两个由运输装填车载着银色导弹组成的地空导弹摩托化方阵，就是以英雄营为主体，在原师长陈洪猷、副师长张洪安的率领下组成。英雄营脚下行进的每一步路，都是官兵用汗水和热血铺就。早在四月份，他们即开赴指定地点，搭帐篷，睡地铺，开始封闭式训练。骄阳似

火的盛夏，驾驶室里蒸笼一般，温度高达 48 摄氏度。战士个个身着军装，紧扎腰带，一练就是半天，全身上下汗水流得像雨淋，可没有一人叫苦叫累。风雨无阻，夜以继日，英雄营官兵终于以一身过人硬功，在军委总部、北京军区和空军联合组织的八次考核中，每次都被评为四十个方队中的前三名。此时此刻，由一辆辆导弹运输装填车列成的方阵，雄壮、整齐地通过天安门，严整得宛若一块向前移动的钢铁！

精锐之师，锐不可当。

两年后，夏天。英雄营奉命挥戈南下。经过四个昼夜长途奔袭，一到达阵地，官兵们不顾旅途劳顿，未作喘息，连续作战，先头部队只用了通常卸载时间的一半，便完成了任务，连夜展开兵器。翌日黎明，部队提前十六个小时进入战斗状态。兄弟部队称：一看就是英雄营的兵。慑于英雄营的威名，敌机一连十几天"趴窝"，未敢轻举妄动。

五月的南方，正值炎夏。气候变化无常，今天淫雨绵绵，明天就可能炙热难熬。阵地上，蚊叮虫咬，又潮又闷，战士们身上大都长满湿疹，也有的后背被烈日烤脱了皮，新皮未长好又被晒裂，乍一看整个脊背像刚蜕的蛇皮似的。三连汽车司机王顺利，一个多月未能洗上澡，裆部溃烂，行走困难，仍坚守阵地，他还乐呵呵地说："这叫轻伤不下火线。"不久，有不少战士也染上了此疾，环境如此艰苦，但没有一个战士望而却步。"冬向北，夏向南，春秋两季进沙滩；钻山沟，蹲山头，风餐露宿把敌歼。"这首在英雄营流传已久的歌谣，是对老一代艰苦奋斗、不怕牺牲的英雄主义精神的礼赞，也是今天英雄营新一辈官兵以苦为荣的英雄主义精神的真实写照。

阵地前沿，敌情异常紧张。敌机一起飞，我即进入一等战备状态。无规律而频率高，有时一天高达十几次、几十次，甚至一顿饭因跑警报而被分成几次还吃不完。英雄营在某阵地担负战备值班二百五十天，在紧张的战斗生活中，官兵的军事技术经受战火的磨砺，利箭愈加锋利。在空战中，一分一秒都是机会，不是胜利，就是失败。英雄营的官兵想到的只有胜利，没有失败。在英雄营班师凯旋时，上级发出表彰令，为二十二名官兵记功，全营荣立集体三等功。

当历史的车轮滚进二十世纪九十年代初叶，海湾战争爆发，举世为之震惊。思想敏锐的政治家和老谋深算的军事家，同时把目光集中到了一个焦点上：这场战争，将影响到整个世界的政治格局和军事格局。海湾战场，成了当今世界最现代化兵器较量的试验场。轰炸与反轰炸，空袭与反空袭，成为这场堪称真正意义上的现代化战争的主要作战样式。"飞毛腿"导弹打击多国部队，"爱国者"导弹又反击"飞毛腿"。街谈巷议，无人不知，未来战争的国土防空，又一次成为人们关注的热点。甚至在国人的心头也蒙上了一层阴影：假如我们面对这一场战争，会是什么结局？是的，中国军人在思考，英雄营官兵在思索：虽然我们的兵器有了很大改进，但和世界强国比，差距也是明显的。未来战争怎么打？一些官兵的心里没有底，甚至产生某些疑虑，当属情理之中。英雄营营长蒋洪信在一次大会上，给全营官兵讲了两件事。

一件事：1973 年，第四次中东战争爆发，埃及军队曾使用苏制萨姆 -6 地空导弹，重创以色列空军，击落以军一百多架飞机，从而打破了以空军"不可战胜"的神话；而到了 1985 年贝卡谷地之战中，以色列空军却在六分钟内，轻而易举地摧毁了叙利亚设在贝卡谷地的十九个地空导弹营的全部阵地。而叙军使用的同样是最先进的苏制萨姆—6 地空导弹。

又一件事：巴基斯坦空军用于要地防空的兵器，即使有先进的响尾蛇地空导弹和 F-16 歼击机，但仍不放弃使用拦阻气球。作为防空手段，拦阻气球早在1916年第一次世界大战期间就被用来保卫居民点，防止敌机低空突击，第二次世界大战中，英国用两千只拦阻气球，有效地拦阻了德军231枚V-1飞弹。七十多年过去了，巴空军仍在每个机场配置有二十一只气球，遇有情况，三十分钟即可展开，这对敌飞行员将造成极大的心理威胁。

最后，蒋洪信说："有了现代化装备，掌握不好，也不能发挥它的最大效能；老式装备，使用得当，仍然可以发挥不可估量的作用。这也告诉我们，学习掌握高科技、现代化知识，立足现有装备，树立敢打必胜的信心，势在必行。"

很快，干部带头，全营掀起了一个钻研如何打赢高科技条件下局部战争的军事热，现任营长黄清泉1980年入伍，毕业于空军导弹学院，是一个爱学习、爱思考、爱钻研的年轻军官，仅世界各国的军用飞机、防空兵器资料，已剪贴了几大本。当营长后，他深知"强弱在将"的道理，作为一个营指挥员，没有开阔的视野，没有现代化知识的积累，怎么能带领部队面对未来战争？在采访中，我看到他的书架上摆满了诸如《高科技在军事领域的运用及对作战的影响》《现代防空论》《军事谋略学》《外国空军作战史》《孙子兵法》《三十六计》等军事、科技类著作，这是他的必读之物。在交谈时，他对世界各国的防空兵器如数家珍，听了都觉得是一次知识的增值。今年初，他又参加部队组织的军事指挥干部高科技集训班，二十天时间，他如饥似渴地学习了信息论、激光技术、红外技术等现代科学知识，感受最深的是，现代高科技的发展，对提高部队战斗力有着不可估量的作用。知识可以使人明理，变得更加智慧和聪明。通过学习科学文化和军事知识，英雄营的官兵渐渐得出了一个共识：高科技战争，对参战人员要求素质更高，即使有最精良的武器，取得战争胜利，还是要靠具有高素质的人组成的军队。这不是他们的骇世之语，这的确是他们的经验之谈。

不久前，英雄营开赴西北，参与一项以现代高科技手段为先导、近似实战背景的重大演习。接到命令，如大战来临，全营官兵群情激昂。

军列穿山越岭，载着热血男儿，俨然前辈们钻山沟打敌机，开赴演兵场。风雨跋涉五昼夜，来到地处戈壁大漠深处的导弹试验场。"卸载！"随着一声命令，战士们个个都像小老虎，冲下列车，动作娴熟地搬卸兵器。几十分钟后，运载车一辆接一辆安全驶向预定阵地。作为一个训练课目全装兵器的卸载，速度之快，令行家瞠目：这样的部队，肯定是一支打胜仗的部队。

自然环境、工作和生活条件，其艰苦，出人意料。英雄营和其他两个营数百名官兵，统统住在一个大库房里，营与营之间，用纤维板隔开，各睡一个大通铺。每天夜里，甜美的梦呓、酣畅的鼾声，此起彼伏；水土不适，流鼻血，拉肚子，出操时，跑不上两圈就吁吁大喘。不过，人们很快发现，这些困难，在英雄营官兵面前，已经成为一种激励完成这次重大任务的动力。

"以苦为乐，大漠安家"。一条醒目的标语矗立在营区。一日生活条令化，出操、队列、唱歌、打球，内务整洁有序，物品摆放统一，"七平八线"，天天如此。凡有重大活动，远远看去，就知道英雄营在哪个位置；闭上眼睛听歌声，可以辨别出哪是英雄营的队伍。这就叫养成，这就是素质。完全不见临时观念，这里成了英雄营新的练兵场所，也成了戈壁滩上的军中乐园。

演习迫近。不知是长途运输还是地域气候变化的缘故，兵器故障出现高峰。同时，因和即将参与试验的某型计算机网络仿真系统联通，引发出一些故障现象。

兵器天线转至一定角度时便微微颤动，接着又发现无规则"串扰"现象。事关重大，如不排除，将影响导弹发射的精度，甚至不去寻找目标。"故障不过夜"，是英雄营的老传统。六十年代国土防空作战中留下这样一段佳话。大学毕业生技师梅武元，结婚当天接到部队兵器出现故障的通知，立即赶回营地，新婚之夜未入洞房却先上了阵地，连续在机上奋战三昼夜，终于将兵器故障排除。几天之后，该营击落一架敌 U-2 型高空侦察机。为此，梅武元胸前佩戴上了一枚闪光的一等功奖章。

子夜。大漠深处，荧光点点，凉风习习。英雄营官兵还在查找故障原因，他们已连续度过了几个不眠之夜。因为，即使查找一个电阻、电容是否有问题，就要查遍数百或上千电阻、电容；有时一个接触点出了毛病，又得检查成千上万个接触点才能排除。真可谓"大海捞针"！技师张建国因着急、劳累上了火，牙齿疼痛，满嘴起泡，无法进食，只能靠冲奶粉支撑着，坚持上车排除故障。他查屏蔽，割胶皮，一根一根电缆线掰开查找，哪怕只有头发丝粗细也不放过。"英雄营还是过去那个作风！那个脾气！"目睹此情此景，一位将军、随车作业的导弹兵器专家，发自肺腑地感叹道。

经过三天三夜的紧张忙碌，顽敌般的故障，终于在新一代英雄营官兵面前被降伏。

银箭待发。红色信号弹划破沉寂的大漠，我军历史上一次崭新的大规模实弹对抗演习拉开战幕。

警报长鸣。一枚枚导弹箭在弦上，从低空至高空，组成一个严密的火网。然而这目标呈多批次、多层次、多方位、不间断、连续进袭，难度大，实战性强，它仿佛有意给"弓手"出了一道无解的方程。"发射！"大地震颤，火龙腾起。一个个目标灰飞烟灭，映红半边戈壁。英雄营连续发射五枚导弹，发发命中，打了一个漂亮的胜仗！

现场军事记者发回快讯：这次近似实战的大规模演习，检验了我地空导弹部队综合模拟训练系统，它标志着我军现代化防空武器作战训练迈上了新的台阶。

参观群众赠言：祖国领空有您守卫，我们一百个放心

炉火熊熊，钢水奔流，进去的是铁，炼成的是钢。这就是熔炉的作用。英雄营，也是一座熔炉。

靳西斌，1991年3月由外单位调到英雄营，在三连当战士。小伙子人蛮聪明，就是吃不了那份苦，一搞训练，他就"生病"，不是称头痛，就是说犯晕。测体温，量血压，很正常。连队干部一看，心里也就有了数。

这一天，指导员史殿宝推开了宿舍门，见他正躺在铺板上，微闭双眼，嘴巴里轻轻哼着《血染的风采》，一只脚搭在床沿边悠然地抖动着。

"嘿，唱得不错嘛！"

一听指导员的声音，靳西斌噌地从床上跳下，低着头说："我哪会唱歌，哼着玩呗。"显得有些紧张，"指导员，我有病，我是在病休呀！"

"有病就休息嘛。"指导员拍拍他的肩头，"你躺着，中午我叫炊事班给你做碗鸡蛋面。"转身出门。

"指导员，你找我有事？"

"没什么大事，咱俩出去走一走，聊聊天。"

绕着营房，两人四处转悠起来。菜地边，阵地旁，操场前，指导员一边走一边指指点点跟他说："当年，咱们营刚进驻这里的时候，只有一个大河滩，七沟八洼乱石岗，连一棵树都不见。老同志给它编了个顺口溜，'西大荒穷地方，石头蛋子亮光光，不怕艰难和苦累，愿为祖国站好岗。'干部战士硬是用自己的双手，填沙坑，除野草，通过几年的汗水，把它建成了春有花、夏有荫、秋有果、冬有青的优美营区。直到今天，新兵一到英雄营，都要组织他们挖一锹土填坑、搬一块砖砌墙。干什么？这就是传统教育，让他们懂

得前人留给我们的这份'家产'究竟是什么。"

靳西斌一声不吭，听得入了神。

不知不觉，两人转悠到了训练场。连队正在做装配导弹训练。启封、对接、装配、起吊、装车、加注、测试、充气、送弹，各专业人员都在紧张、有序、严细、快速地反复演练。三月的北方，乍暖还寒，可许多人的脸上都挂满了汗珠。

"导弹部队，全营一杆枪，如果装配一关出了问题，后果不堪设想。"指导员好像在向一个前来参观的贵宾介绍着情况。

靳西斌一言不语，脸上却发烫。

在营史馆里，靳西斌面对一幅幅照片、一件件实物，仿佛看到了英雄营的前辈们的身影，八年征战的英姿，敢打必胜的精神，舍家卫国的气节。他边看边想，眼窝子不由得潮了。出了营史馆，靳西斌攥紧拳头，说了一句话："指导员，今后看我的吧！"

有一次部队组织岗位练兵比武，靳西斌真的病了。连里干部强令他休息，不肯，带病坚持苦训，结果夺得比武金牌，被军区空军评为优秀团员，年底立了三等功。

走进英雄营，就意味着牺牲，意味着奉献，意味着责任。受到空军表彰的优秀专业军士、党员李奇梦，父亲失明瘫痪，母亲长年有病，弟弟不慎跌入石灰窑下肢致残，家庭生活的重担全落在妻子的肩上。既然为国家尽忠心，就不能为小家尽孝道。想想前辈的精神，也就知道了自己的责任。他干一行，爱一行，专一行，行行干得都很棒，被誉为"特别能战斗的人"，立功、嘉奖，已成为常事。一次，部队组织实弹打靶，因他有严重的胃病，领导劝他留守。但李奇梦坚决要求参战："实弹打靶，错过一次机会，会让我后悔好多年的！"打靶结束，兵器撤收完，他却倒在了阵地上。火速送往医院，经诊断，胃穿孔，大出血，立即为他做了部分切除手术。病愈后，主治医生说起来还觉得后怕："要是再晚来一步，兴许你已经'光荣'了。"

李奇梦憨厚地笑笑，并没有为自己的行为遗憾，他已经把个人和英雄营这个集体融为一体。他的精神，一直在感召着许多人。两年前，三连副连长何瑞基回广东老家探亲，临归队时买不到火车票，托关系，找门路，都无能为力，几次来到邮局想给营里打长途电话或拍封电报，说明情况，再续几天假。可转念一想：不行。不能严格要求自己，怎么去要求战士？钢铁的军队，应该自觉遵守钢铁的纪律。于是，他自掏数百元钱，买了一张飞机票，按时返回部队。

英雄营里英雄多，继往开来谱新歌。首任营长岳振华，指挥全营击落四架敌机，被国防部授予"空军战斗英雄"称号。毛泽东主席曾五次接见了他，并握着他的手，说："岳振华同志，打得好，打得好哇！"毛主席还风趣地对陪同接见的刘亚楼司令员说："你怎么不让别的营去打仗，都锻炼一下嘛！"继岳振华和参加英雄营击落五架敌机全过程、多次荣立战功的老营长陈辉亭之后，又相继涌现出一大批英雄人物——"十年服役十年红"的汽车司机高炳义，"英勇献身救战友"的技师高政文，"郭兴福式的教练员"李超群，"学雷锋标兵"黄从志，"精武功臣"林直平，"思想红技术精作风硬的好连长"刘明，"好军医"姜建国，"全国抗洪救灾模范"、二等功荣立者吴庆……他们都以忘我牺牲的奉献精神，在英雄营的战旗上，增添了新的光辉！

在英雄营是钢，到地方也不会是铁。老班长郭俭生，是当年受到毛主席接见的功臣，1968年退伍回到家乡江西永丰县，在山区奋斗十九年，把英雄营革命传统带到地方发扬光大，以昔日良好的军人素质和艰苦创业的精神，在革命老区干出了一番了不起的事业，1987年当上了北坑乡党委书记。他对军队一往情深，带领全乡人民开展"双拥"活动，曾被评为全国"双拥"先进单位之一。

二连发射班长陈建都，家住北京市，1982年退伍，从事服装经营。他凭着在部队练就的才干，在服装界闯天下，干得红红火火。去年底，陈建都以北京巴比伦时装有限公司董事长的名义，重返英雄营，见到老领导，开门见山地说："公司初创，急需人才，我想从即将退伍的老兵中招聘几名骨干，到公司当领班或业务主管。"

"摆弄导弹还行，这办公司经商……"

"不，我在部队练武，回到地方练摊，体会最深的一点，就是在英雄营几年，兵没有白当。"陈建都打断老领导的话，接着说："没当过兵，会经商，是人才；当过兵，会经商，是奇才。因为比别人多一分忠诚、勇敢、坚强，甚至敬业精神，也可以说是军人素质。恰恰在这一点上，我最了解咱英雄营的战士。"

一个离开英雄营多年的老兵，这一番话，不正是对英雄营的最好褒奖吗？

前不久，已有四名退伍老战士，成为巴比伦时装有限公司的正式职员。

作为"窗口"部队，英雄营对外开放已近十年。变神秘为公开，一向寂静、封闭的军营，顿时热闹非凡。前来参观的人，络绎不绝。党政机关、各界领导、社会名流、职工、学生，通过参观，才知道在京门还有这样一支神奇的部队，许多人情不自禁地在那一摞摞签名簿上赠言，表达了广大人民群众对这支英雄劲旅的钦佩和爱戴："了不起，英雄营！""英雄营就是英雄！""祖国领空有您守卫，我们一百个放心。"……

这些年来，英雄营还先后接待了来自世界各地二十九个国家的军事代表团。前辈们用长空利箭打出了军威国威，新一代却以精湛的操作表演、良好的精神风貌，展示了中国军人的风采，同样扬我军威国威。1991 年 5 月的一天，某国防空军上将司令，观看了英雄营的装退导弹表演后，连声称赞"中国军队了不起"。他走到一名战士面前，摘下他的作训帽，戴在自己头上，让随行的摄影师拍照，留作纪念。去年 8 月 7 日，美国海军上将亨廷顿·哈迪斯蒂率领的美国防大学将官班军事代表团，一行十四人，来到英雄营，观看了战士们的战斗演练后，连声称赞："我看过许多国家的军队，你们的兵器我早知道，算不上最先进，但你们的军人素质，堪称世界一流！"

眼下正值初夏，营区内桃红柳绿，花香宜人。它寓意着英雄营的官兵，对掌握现代化知识、锻造一代精兵，拥有春天般的美好向往。

现实说明过去，历史告诉未来。英雄营不愧为英雄本色、一代精兵，在追赶现代化的历程中，为培养更多的跨世纪人才所做出的贡献，将与地空导弹兵的发展同在，这是新一代人的光荣与梦想。

（收入《龙吟凤鸣》一书，作家出版社 2015 年 10 月版、2024 年 4 月 8 日修改）

第三辑

彩　塑

舞动的彩塑

在成名的道路上，流的不是汗水而是鲜血，他们的名字不是用笔而是用生命写成的。

——居里夫人

1

场灯渐暗，紫绒帷幕徐徐拉开，两千多双眼睛一齐投向前去。在舞台灯光的辉映下，他们都是什么表情呢？他们不是普通的观众，而是参加全国独舞、双人舞、三人舞比赛的群英。同行们的眼光有时是很挑剔的，今天大概也不会例外。

淡绿色的柔弱的灯光，委婉动人的古曲旋律。在这样一种美妙的诗一般的意境中，她从千年的安详静卧中苏醒，向着向往已久的人间，展臂起舞着走来了。她多么像佛祖释迦牟尼的弟子阿难的容貌，多么像普度众生的观音菩萨的神态，都像又都不是，她却是敦煌艺术宝库中一尊彩塑的神女形象。要不，怎么叫《敦煌彩塑》哩！

给神女注入生命活力的是谁？有的观众正凭借舞台的灯影翻看着精美的节目单，哦，是她——空军歌舞团青年演员杨华。

舞台上，有着抒情诗般的优美动人舞姿的姑娘，舞台下，却有着近于痛苦的磨砺呢——

在学员队，老师爱用期待的目光打量着杨华，她那修长的身材，往哪儿一站，都使人联想起那飘逸的勿忘我花朵。柔嫩白净的脸颊，清澈明亮的眼睛，总好像在幻想着什么、寻觅着什么。天赋条件好，可塑性很强，需要的是扎扎实实的基本功。于是，老师开始了对她的启蒙教育：

"舞蹈是在有限的舞台空间里，通过演员的形体动作、舞蹈塑形、变化无穷的舞姿等手段，表达出人物的思想感情，从而感染观众，这就需要有过硬的艺术功力才能达到。"

于是，练功房里，那光洁的把杆，明亮的大长镜，绿色的地毯，单调而又无休止的琴声……都成了杨华最好的伙伴。琴声响了，她举手，投足，腾跳，旋转……

跳，不停地跳。在她的脚下，也像有英国芭蕾舞电影《红菱艳》中维多利亚·蓓姬穿的那样一双"魔鞋"，走到哪儿跳到哪儿。她有了长足的进步，老师常常在同学们的面前表扬她。而这又变成一种无形的力量，反转来推动着她跳，拼命地跳！有时刚撂下饭碗就去跳，科学的方法不顾了。倒胃、恶心，她终于得了神经性呕吐，还是一边治疗一边跳。她才不在乎呢。

那是 1973 年，杨华年方十四。她苦心孤诣为舞蹈，起早贪黑没命地跳呀、旋呀！渐渐地，她跳没劲，旋无力，四肢瘫软，见油想吐。奇怪，这是怎么啦?

"杨华，你的脸色蜡黄，看看医生吧！"老师十分关切地催促道。她还在犹豫、恐慌，却被老师和同学们推推搡搡拥进了卫生所。

诊断结果，急性黄疸肝炎。她被立即隔离，住进了传染病房。

杨华意识到艺术生命可能到此结束了，于是陷入了极大的痛苦之中。啊，不！多少个日日夜夜的追求，怎么能离开它呢。

杨华仰卧在病床上，用嘴巴轻声哼着伴奏，用心灵在"跳动"，在"旋转"。她是多么迷恋艺术事业啊！

同室的病友吃惊不小，有一回竟悄声对查房的医生说：

"这个小杨华，天天在床上念念有词，比比画画，该不是着了魔吧？"

杨华听了暗自发笑。

这一天，她对着小镜子一看，差点没哭出声来。镜子里的一张脸快变成圆的啦——发胖了。发胖，是一个舞蹈演员致命的弱点。杨华惶恐不安：不准练功，再这样躺着，转氨酶也许下去了，身体恢复得快了，可我艺术的生命就给毁了。"不，我要艺术的生命！"她情不自禁地嚷道，又一次哭了。

"哭有什么用呢？要想得到光明，今后靠自己努力吧，小华。"在她刚刚懂点事儿时，姐姐就这么告诫她了。

那时的小杨华，每每听了姐姐的话，总是扑闪着两只水灵灵的大眼睛，似懂非懂地"嗯嗯"点着头，两个"羊犄角"也随着摇动起来。

渐渐地，她听说了，爸爸是个"日本特务"，而且爸爸、妈妈为此准备离婚。离婚是什么呢？她说不清楚。可她看到邻居家的孩子，父母亲离了婚，有的跟着爸爸，有的跟着妈妈。夜晚，喊妈的，要爸的，那哭叫声有多惨哪！那我去跟谁生活呢？妈妈，还是爸爸？姐姐又怎么办？爸爸那么好，怎么会是"特务"？"特务"是什么样的呢？她去问姐姐。

姐姐阴郁的脸上挂着晶莹的泪珠，凄楚地回答："是坏人。"

坏人！爸爸是坏人？哪能呢？瞬间，泪从她的心里流了出来。天哪！天底下能容得下那么多的家庭，为什么就不能有自己家的一方立足之地呢？生活的阴影过早地投向了她。

命运多舛，她不低头。在那样的年月里，人们能用什么向她施舍呢？除了多数给她以同情和怜悯外，也有少数人在背后叽叽喳喳地议论和投以白眼。

有一天，姐姐突然像瞅着一个陌生人那样瞅着妹妹："小华，学跳舞吧？"

天有一双手

"我行吗？"杨华喜形于色，双臂勾住姐姐的脖子，撒娇地问。"蹦蹦跳跳，挺好玩呢。"

　　"行！"姐姐仰望天空的流云，想得更远了，进一步开导她，"好妹妹，不是为了好玩，是寻找一条生活的路哇！我看，你的体形就像个跳舞的，将来没准能成个舞蹈家哩。"

　　她有些惆怅。在她幼小的心灵中就知道有个跳"白天鹅"的舞蹈家白淑湘，在"天翻地覆"的年月里，吃过许多苦，有人要折断"天鹅"的翅膀，不准她再演戏了。但她为了艺术，白天坐"喷气式"，晚上仍然偷偷练功，从不间断。想到这儿，她仿佛看到一只带伤的白天鹅翱翔天空！她也想学那只白天鹅。于是她挺不好意思地盯着姐姐的脸，咯咯地笑了。她从没有想过要当舞蹈家，现在却真的做起了金色的梦。可是，她又犯愁了：到哪儿去学呢？谁敢教我呢？

　　从那以后，父亲、母亲和姐姐都发现杨华变了，不大喜欢到人多的地方去玩，也不知她从哪儿搜罗来几本破旧不堪的画报，喊来邻居的一个小女友，等大人不在家时把门一关，一起看着画报上的剧照，舒臂、踢腿，没完没了地跳着、比画着。有一回被妈妈撞见了，嗔怒地斥责她："这孩子，真有点儿神神道道！"说完，看着女儿满头大汗，又心疼得泪水盈盈，心想：真是个懂事、要强的孩子啊！可是，做妈的给了她什么呢？……

　　离她家不远处，是一个机关的住宅院，这里有台公用的黑白电视机，每天晚上都开放。在那文艺萧条的日子里，能够看看重复了不知多少遍的文艺节目，也是很幸运的。每逢电视里播放音乐、舞蹈节目的时候，杨华必定去看。她躲在一个黑暗的角落里，随着那音乐的旋律，模仿着荧屏上的演员的舞姿，胡乱地将两只胳膊弯过来伸开去，扭着腰肢，搓着碎步，把脑袋东歪一下，西歪一下……时间一长，人们倒是发现了一个新鲜事：这儿还有个对着画报和电视学跳舞的小姑娘呢。

这个小姑娘，她还那么小，就开始感受到了世态炎凉。但她并不是在昏暗中仅仅寻找自己的出路，她憋足了劲头，要努力奋斗，决心献身于祖国的舞蹈艺术事业！也许，坎坷的命运，培养了她自强不息的性格。她，小小的年纪，就想得那么深，而且敢于向自己的命运挑战了，真正的不简单哩。

她在心田里播下的艺术的种子，终于到了萌芽的季节。1970年，年仅十一岁的小杨华，冒充十三岁（学员最小年龄线）考入了空军歌舞团学员队，穿上了军装，成了一名地道的文艺小兵。多亏了她的老师罗秉玉慧眼识珠，一株新芽拱破了冻土，沐浴着阳光雨露，开始健康地成长……

头一次走进练功房，罗老师面对那明亮的大长镜、绿色的地毯、光洁的把杆，对她教育：

"跳舞可不像跳猴皮筋儿。优美的舞蹈，是在舞台上通过演员的动作、舞蹈塑形和千变万化的舞姿等来表达出人物的思想感情，从而去感染观众，给人以美的享受。这就需要有过硬的艺术功力才行啊。"

认真地听完，默默地走开，杨华不知道说什么好，但她却懂得用什么回答老师了。琴声响了，她举手、投足、腾跳、旋转……

"一——二！一——二！"随着喊声，一双睿智的目光在身后盯着她。

"蹲，半蹲，擦地，小踢腿！"罗老师像练兵场上的指挥员，准确发出每一个口令。

"这么简单的动作。"杨华心想，做得干脆、利落，几乎不用更多的重复就能达到要求。

"射燕，探海，卧鱼，倒踢紫金冠！"老师接着发出一连串的口令。

"啊，这是芭蕾的动作吗？"杨华发怵了，喃喃地说，"难度太大了。"

"要做一个出色的舞蹈演员，应当从难从严，全面加强基本功训练！"

老师的声音怎么这般严厉？瞧，她的双眉都快倒过来了，多吓人哪。"是！我做。"杨华嗫嚅着，出汗了。

一个高难动作，她跳十遍，几十遍，几百遍。汗水，雨点一般，滴答、滴答、滴滴答答。把杆下湿了一块，地毯上湿了一片。

"动作一定要和音乐紧密配合，注意和谐。"罗老师那双睿智的眼睛，在身后盯着她。

跳，旋，和谐，汗水……她练着练着，不知不觉中猛地想起了自己非常喜爱的一本书《约翰·克利斯朵夫》，她希望自己能够具备音乐家克利斯朵夫的许多优点。"唯有创造才是欢乐"，她想到了罗曼·罗兰说过的话。跳，旋，和谐，汗水！"这是不是'创造'呢？"她自问又自答，"反正我很快乐。"

学员们在毕业分配前，须下部队当兵锻炼。杨华和几个小同学被分到空军襄樊医院，当了护理员。医院坐落在半山坡，每天晨曦微露，小鸟儿开始在山林里啁啾，她们就闻着鸟的啼声起床，踏着晨光下山挑水，然后为伤病员们洗刷。当兵三个月，天天如此。杨华虽然年龄最小，可她也担着两桶水，跟小姐姐们在弯弯曲曲的山道上跋涉。肩膀压肿了，脱了几层皮，晚上躺下腰酸背痛，她从不叫一声苦，反而抓紧时机练功，奋力地跳动、旋转。每跳一次，旋一圈，她仿佛都感觉到有一双睿智的目光在盯着自己，疼痛和疲倦也似乎都不觉得了。

跳动，跳"动"！杨华记得美国当代诗人安格尔来中国访问时说过："舞和诗都是'动'的艺术，舞蹈家和诗人闪着同样的念头。不同的是，诗人用文字的语言，舞蹈家用身体的语言。"诗人对舞蹈艺术的见解鞭辟入里。她由此想到，舞蹈演员应该在跳动、旋转中磨炼"身体的语言"，为观众表演出多姿多彩的"动"的艺术。

然而，那毕竟是艺术的美、幻想的美，"真实的最高的美是在现实世界中找到的"。杨华哟，就是一个在现实世界中寻找美的探险者啊……

翌日，清晨，艺术的母亲呼唤她悄悄地起了床，穿一身雪白的病号服向楼下走去。她想寻找一处僻静之地，去跳，去旋。

"杨华，你怎么起得这样早？"楼梯口传来了一个轻柔的女声。

她扭回头，看到是一位比自己大不了两岁的夜班护士，便微笑着向她回答："人家睡不着嘛。"

"那也不能到处乱跑呀。你是传染病人，懂吗？"小护士生起气来更好看，脸上的两个酒窝深深的。

"哟，干吗这么凶呀，一本正经的。"杨华小嘴巴一噘，然后冲护士一吐舌头，嘻嘻笑道，"好姐姐，我想、我想……"

"你到底想干什么？"

"干脆说吧，我是跳舞的，每天必须练功，这也是我们的规定呀。"杨华就像在家里和姐姐撒娇一样，"好姐姐，放我走吧，嗯——"

"好妹妹，听我说，"护士的声调轻柔似水，但态度却不容置疑，"演戏我看你的，治病你就得听我的了。回去躺着吧！"

没有一点商量的余地，杨华被"押"回了病房。这天夜里，她失眠了，仿佛看见艺术的母亲在招手，她是多么离不开艺术啊。她难过极了，抱着枕头哭到了深夜。

哪儿能躺得住哇！一连数日，杨华仰卧在病床上，练举手，打碎了床头柜上的茶杯；练投足，常常蹬掉盖在身上的被子，她只能用嘴巴哼着伴奏，用心默想着"跳动""旋转"。她酷爱艺术，多么不愿离开它呀。

又一天，她从小镜子里再次看到自己越发胖了，她终于忍不住焦急地哭出声来。这可恨的身体，你为什么要发胖，你不知道我是舞蹈演员吗！杨华恐慌极了。医生们哪，你们不准我练功，总让我这么躺着，这样的治疗，这样的爱护，我受不了，受不了啊！不！我要跳，我要旋，我要夺回艺术的生命！为了艺术，少活几年又算什么呢。

到哪儿去练功呢？医生、护士发觉了是不会同意的。因为治疗不好，会拖成慢性病，容易复发，她们也是一片好意呀。这，怎么办？杨华苦思冥想，蓦地想出了一个主意，情不自禁地乐了。这个小姑娘啊，心计还真不少哩。

平时，她积极配合医生治疗，常给同室的病友们讲故事，逗得大家乐呵呵。可是，当医生、护士一离开，病友们读书、看报、聊大天，她就溜出了病房，一到治疗或开饭的时候她又准时出现。

日复一日，一个月过去了。杨华明显消瘦，转氨酶时高时低，医生们很着急，她却满不在乎，整天像只小喜鹊，叽叽喳喳，眉开眼笑。有时，她对着小圆镜，左顾右盼；有时，她又洗洗涮涮，擦窗拖地。医生和病友们都叫她是个"爱干净爱漂亮的小天使"。

事情终有"败露"的时候。这一天的晚上，病人都开完了饭，仍不见杨华的影子。小喜鹊，她又"跳"到哪儿去了？值班的小护士来到拐角处，推开病房厕所的门，里边传出了"一——二！一——二！"的数数声和呼哧呼哧的喘息声。她大声喊道：

"杨华，你给我出来！"

"哟，吓死人哪。"

"吃饭了！"护士假装生气地问，"你在干什么呀？"

"这、这怎么好说呢……"

"嗬，装得还挺像呢！躲进厕所里练功，还让病友们为你保密。其实呀，我早就发现你的秘密了。"护士伸出指头在她的鼻尖上轻轻刮了一下，笑道，"只不过没揭穿，懂吗？"

"我的好姐姐！"杨华被感动了，眼泪簌簌而落。

"真是个小姑娘！平时你那么爱干净，躲在厕所里练功……"护士搂着她，话没有说完，眼泪涌了出来。她看出，在舞蹈中寄托着杨华的理想，倾注着杨华的生命；倘若硬是禁止她练功，这更不利于对她的治疗，弄不好还会憋出新的病来。多细心的护士姐姐啊！她们有一颗相通的心，都在为艺术母亲而流泪吧。

2

优美动人的古曲旋律，飘颤在色彩斑斓的舞台空间。神女在这梦幻般的意境中，动中有静，静时有动，栩栩如生的造型和亮相，使她显得那样善良、文静、端庄、温柔、贤淑，真是东方的"蒙娜丽莎"，具有典型的东方女性的美。

济济一堂的艺术家们，从神女的形象中看到了美的生活、美的典型，憧憬美的过去，呼唤美的未来！美的欣赏、美的感情，拨动了每个人的心弦，震颤出强烈的共鸣曲……

为此，杨华推迟了半个月的出院期。但她毕竟是带着能跳、能旋的身体出院了。她又回到了渴望已久的练功房，像一只海燕经过了一场暴风雨后，又飞回到大海的怀抱，照一照那明亮的大长镜，踏一踏那绿色的地毯，摸一摸那光洁的把杆，听一听那单调而又无休止的琴声……她入迷了，她陶醉了。她又舒展开长长的双臂，像海燕一样高傲地、自由地飞翔了。腾跳、旋转、和谐、汗水……

啊，厄运总是和这个姑娘纠缠不休。正当杨华病体初愈，抓紧练功的当儿，在一次旋跳中半月板扭伤，同时发现膝关节骨质增生。练功时间稍长些，双腿就痛得直打战，有几次下车连站都站不稳，摔倒在马路上。完了，真的就命该如此吗？不，不！一个人的命运是可以改变的，关键在于不向它低头，要有自强不息的精神。

跳，旋，疼痛……她没有向谁吭一声。她想暗暗用自己的痛苦，创造出美的艺术，给别人送去快乐和享受。要再次同病痛做斗争！

她自觉加大运动量，腰部绑上沉重的沙袋，在行人川流不息的路边，在垂柳依依的湖畔，在寒风呼啸的雪野，拼命地跑呀、跑呀。有时被增生的"骨刺"折磨得难以支撑，她还要在脚腕上吊起一摞砖，刻苦地练。过量的训练，使她觉得即将处于崩溃的边缘，随时都有可能倒下去。但是，童年的梦在她脑海中萦绕——做一个舞蹈家。练，不停地练。"如不燃烧，必将熄灭——这就是规律。"她在体痛难忍时，常用奥斯特洛夫斯基的至理名言激励自己，决心不惜一切，把梦想变为现实，要用自己生命之火，去点燃艺术生命之光。

她，又一次战胜了病魔。因而，也就更加珍惜分分秒秒，腾跳、旋转，比从前更加勤奋了。

她终于"跳"出来了！老师决定让她第一次正式登台跳了。演出后，舞蹈界的前辈艺术家们欣喜地发现，空军有个杨华，基本功扎实，男演员的有些高难动作，她也能跳。接着，又让她跳了一个独舞，电视台还转播了，杨华留在千千万万观众的心上啦。

3

矫健轻捷的身影，婀娜多姿的舞步，像风一样轻轻，像云一样悠悠。神女哟，从她的眼睛、动作、表情中，都表现着对人间怀有真诚的爱——这人类最美好的感情。她的心灵是那么美好，不会矫揉造作，没有一丝假仁假义。她，多像一个爱的精灵。

台下，两千多位艺术家的目光被她牵绕，心灵被地震慑。从她表现的美唤醒着美，从她表现的爱感受着爱。

而她，年轻的杨华哟，在舞蹈艺术中全身心地表现着美和真诚的爱，那么，在生活中呢？她也要把美和真诚的爱与所追求的艺术事业紧密地联系在一起。以前，有一些小伙子从舞台上或电视中看到过杨华，触"景"生情，慕名而至，有的写信，有的登门，多以"高干家庭""生活优越""工作时髦"，甚至"相貌英俊"等"高档"条件，大胆地向她求爱，但都被杨华一一谢绝了。她觉得这些人浅薄得也够可以的。一个人只图金玉其表，而精神空虚，缺乏理想，没有追求，生活是很可怜的。没想到，有少数不了解内情的人，爱在背后点点戳戳，议论她清高。听了，笑笑，她并不在乎。随着年龄的增长，关心她婚事的同志也越来越多，但她一点也不着急，非要找一个志同道合的不可。

1979 年，一个阴雨绵绵的日子，杨华告别了辅导她自学英语的老师，来到大街上。当时正下小雨，她也有些饿了，就到商店里买包点心，想等雨停了再走。

可是，老天下个没完。她看看表，索性向公共汽车站走去。老远，她见一个年轻人正冒雨立在站牌旁，深情地注视着她，不由心里一颤："老师，你……"

在相互接触中，她渐渐发觉他有理想、有抱负，特别酷爱自己的天体物理专业，勤奋得有些发痴。不过，她也有些疑虑：酷爱科学的人，对艺术事业是否也支持，也热爱呢？所以，在没有摸准对方的心弦之前，对他送来的爱，杨华总是用回避作为"防范"。此时此刻，此情此景，她心里像揣着金色的小鹿，咚咚直跳。

"你呀……"真是一个痴情的人，杨华终于被感动了，"看你浑身淋得这个湿哟！"

"你不是看过一部电影，片名叫《雨中情》吗？"他笑了。

"哦，叫《雨中曲》吧？"

"不，《雨中情》。"

真是天赐良缘，雨中情。温柔的风，绵绵的雨，尽情地吹吧，尽情地下吧。

她终于接过了"丘比特"射来的"神箭"。

虽然，他们由师生变成了恋人，而杨华还是把他当作自己的老师。花前月下，他们并不满足于卿卿我我，更多的还是对事业的切磋和探讨。他经常对她说："无论做什么工作都要敢于冒尖。一个优秀的舞蹈演员，需要全面加强艺术修养，广泛学习各种艺术，以丰富、充实自己的头脑，通过学、想、练、研究、模仿和探索，尽力塑造好每一个角色。"

真是高山流水遇知音啊。她在他的启发和帮助下，像一只辛勤的小蜜蜂，在历史、政治、自然科学和文学、戏剧、诗歌、美术、音乐、摄影、体育等的百花园中，博采众家之长，广泛汲取丰富的营养，精心酿造着甜美的蜜汁——舞蹈艺术。她买了大量的书画，有唐诗、宋词以及各种中外文学名著，有达·芬奇、徐悲鸿、贝多芬、施特劳斯和聂耳、冼星海，有抽象派、印象派、现代派……她都尽量涉猎，其中有的还喜爱至极。她在学习中还发现，舞蹈和书法也是有关系的，唐代书法家张旭，曾从公孙大娘矫健优美的舞姿中得到启示，使他的草书更加神采飞扬而富有强烈的舞蹈感。姊妹艺术，真是触类旁通。

这一对热恋着的年轻人，正当在一起对事业殷殷求索之时，他要出国了，到加拿大第一大城蒙特利尔深造。这一去将是很久。机场上，飞机旁，亲人相送，情切切，意绵绵，有难舍的拥抱，有难分的哭别……她，杨华，没有拥抱，也没有哭别，而是把深深的爱，惜别的情，变成由衷的祝愿，向登上了舷梯的男友喊道："记住，拿不到硕士学位，就别回来见我。"

小伙子啊，重重地点了点头，"噌噌"地走上了飞机，每一步都显得是那样的有力、自信，难道这不是爱的力量吗？

光阴荏苒，两年过去了。大洋此岸与彼岸，隔不断两颗相通的心。杨华每天都在为"尽力塑造好每一个角色"而勤学苦练。练功房里，琴声如涓涓细流，不绝如缕。腾跳，旋转，和谐，汗水……她今天正在跳一个高难度动作。窗外高高的白杨树梢上有一对喜鹊喳喳喳地欢叫着，也像在为她助兴。跳，跳了几十遍，几百遍，不满足，她要跳上一千遍。

"杨华，你的长途电话，快！"门外有人喊。

啊，真正的长途，横跨大洋，飞越万里，从蒙特利尔打来的。

一只颤巍巍的手抓起了电话："喂，我是杨华……"

"我可以回去见你了！"听得出，对方的声音里流露出压抑不住的兴奋。

"哦、哦……"

"不能说句别的吗？祝贺我的话！"

"哦、哦……"

"你这是怎么啦，光会说'哦、哦'呀？"

"哦、哦……"许久，杨华才从甜美的梦中醒来，又回到了甜美的梦中，"你听到喜鹊在叫吗？我等着你……"

1982 年，杨华结婚了。经团里领导批准，她和丈夫到北戴河度蜜月。那里可是一个旅游的胜地。但是，杨华并无心观赏那芬芳馥郁的奇花异卉。早晨和傍晚，她最喜欢跑到海边，携着丈夫的手，怡然地走着。初升的朝霞，落日的余晖，泼向大海，金色的海浪温柔地舔着他们的脚。海燕陪伴着他们，在头顶上绕来绕去，宛若翩翩起舞的少女。大海啊，是那么辽阔、深邃和神秘，奥妙无穷。它正如一位作家用深情的笔描绘的那样——"世界上再没有比海洋更伟大、更神秘、更叫人向往的东西了。那里有安宁，有风暴，有温柔，有呼啸，有无数财富和生物，有千变万化的奇特景象。"看着大海潮涌浪卷的雄姿，杨华如痴如狂，沉醉在浩瀚的艺术海洋之中，面对大海，她手舞足蹈起来。

丈夫看出妻子想练功了，便站在海边的沙滩上，晃了晃膀子，说："练吧，我给你当'把杆'。"

是的，把杆。杨华扶着他投足、压腿……每天过得都很愉快。可杨华心里还是觉得空空的，特别是一看到大海，这种情绪便愈加浓烈。啊！她是在想着练功房，想着那明亮的大长镜、绿色的地毯、光洁的把杆、单调的琴声……那里也是大海，艺术的大海；她天天都在孕育着自己的儿女，艺术的儿女！那艺术的大海，要比眼前的大海更绚丽、更神奇、更美妙、更令人向往啊。

丈夫很理解妻子的心思："回北京吧，回到你那'大海'的怀抱中去吧。"

回到团里，杨华就投入了紧张的基训和排练。他甘当"模范丈夫"，买菜、做饭、洗衣服，全包下了。每天还要自制冷饮送到练功房或排演场，给妻子祛暑解渴。有一次，他去送水，正逢杨华在排练舞剧《伤逝》，进行和乐。他便坐在台下观看。剧中人物涓生和子君间的思想矛盾和性格差异，用一连串的舞姿和哑剧动作，饱满而深沉的感情，纤细而含蓄地表现了出来。扮演子君的杨华，刚做完被"涓生"托举的动作后，猛地见丈夫提着水瓶愤然退场，心里感到莫名的难过：他是怎么啦？气还不小哩……

"停！"导演在台下吼起来，"杨华，你刚才的动作和音乐不和谐。"

杨华一愣，她意识到自己刚才是走了神儿。要是在演出中，这会算事故的。

"重来！"导演神情严肃，把手一挥，"开始！"音乐声起，如泣如诉……

回到家里，杨华见丈夫已经做好饭菜在等候，心里暗暗发笑。

"吃饭！"他把饭送到她的面前。

"不，我要喝水。"杨华有意气他，"为什么把水提回家，不让我喝？"

"看不惯！"他余怒未息。

"什么看不惯？说呀！"

"艺术应该是美的，我觉得你们那个托举动作不美。"

"那是编导根据剧情设计的，表演是我的工作。我看，你准是……"杨华用指头点了点他的鼻子，"你不能这样，这是我的事业啊！"由此，她敏感地预想到在自己今后的生活中，也许会出现"伤逝"的。

"嘿嘿，因为我太爱你了，"他扶了扶眼镜，说了句笑话，"开始是有点不习惯，不过，放心吧，我不会扯你后腿的。"

第二天晚上，《伤逝》彩排。

吃过晚饭，他收拾停当，说："杨华，我去看看你们的彩排。"

"不行！你看了，又会跟我闹别扭。"杨华不容分说，"哐当"一声把门带上，反上了锁。

"开门，杨华！你这不是让人笑话吗？"

"放心吧，硕士同志，你别说话，没人知道。古得拜！"杨华嬉笑着跑下楼，向排练场走去。

彩排回来，已经快11点钟了。杨华推门进屋，见丈夫没有睡，正在台灯下翻阅一本《鲁迅选集》，神情专注。她忙走过去直赔笑脸："喂，书呆子，又不高兴了吧？"

"是的。"他合上书本，抬起头，托了下眼镜，"鲁迅先生在小说《伤逝》中，通过描写涓生和子君的思想矛盾，深刻地揭示了当时社会的腐朽、黑暗，以及青年知识分子脱离革命洪流、脱离民众，追求所谓个性解放的必然悲剧……"

"你怎么给我说这些？"杨华来了兴致，但她不明白他为什么不直接回答自己的问话。

"可是，你在今晚上的表演中，对子君这个人物的分寸感有时把握得不够准确，所以，就不能很好地揭示作品的主题。"

"我也有这种感觉，但不知道毛病出在哪里。"

"扮演什么角色，就要对她产生感情，深入角色的特定感情之中，表演要深浅有度，这就离不开分寸感。而分寸感则是表明一个

天有一双手

文艺工作者艺术上成熟的重要标志。"丈夫以探询的目光看着她，"小华，你说有道理吗？"

"你为什么不早跟我谈谈这些？"

"你为什么不准我去看你们的彩排？"

"咦，怪事儿，你对今晚的演出怎么知道得这么清楚？"

他从兜里掏出一把钥匙："看，嘿嘿嘿！"

4

音乐声终止，场灯亮了。紫绒帷幕徐徐拉严，又徐徐拉开。独舞《敦煌彩塑》的表演，精彩极了。"神女"站在台前，弯腰施礼向观众谢幕。

"哗哗……"两千多名艺术家们离开座位，站起身，向"神女"报以最热烈的掌声。这掌声经久不息，不正是对她心血和汗水的馈赠吗！

著名舞蹈家戴爱莲热泪盈眶，一边鼓掌一边赞颂道："后生可畏！她是我国舞蹈界近几年培养出来的最好的青年演员之一！"她的话并没有过誉，而是反映了众多舞蹈艺术家的共同心声。大会经过严格评审，杨华荣获了表演一等奖。她童年的梦，变成了现实，终于获得成功。

啊，神女！啊，杨华！你在舞台上创造了一个表现古典女性的《敦煌彩塑》，而在自己的生活中却展现了一个当代青年的精神彩塑。但是，任重而道远，艺术之巅入云端，你在今后的生活中，又将如何去登攀呢？我们正翘首以待啊……

不久，她被挑选到中国艺术团，出访了美国、加拿大。四十多天里，几乎天天有演出。许多侨胞和外国友人通过观看她与同伴们的表演，领略了一个文明古国的艺术所特有的魅力，看到了中国的艺术瑰宝不但可以与世界文化媲美，而且能够令世界倾倒，中华民族不正应该为此而感到自豪吗！

　　杨华没有辜负众望。最近，她又被中央宣传部和中央文化部选调到文艺界的重点工程《中国革命之歌》剧组，担当了领舞、独舞和双人舞的重要角色。不久，我们将能从舞台和银幕上看到她以更新、更美的舞姿出现在大家眼前。

　　彩塑，她在为丰富多彩的生活塑造更多的新人的形象。她，多像一个舞动的彩塑！

　　（原载《文汇月刊》1983 年第 3 期、《漓江》1984 年第 6 期）

阎肃与《江姐》

"阎大腕"

电视观众们或许对《新春乐》《齐天乐》《相聚在龙年》《我爱你中国》《奥林匹克梦》等大型文艺晚会和中央电视台 1990、1991 年春节联欢晚会，还记忆犹新吧？这一台台精彩晚会的艺术指导、撰稿人，就是著名剧作家、空政文工团一级编剧阎肃。

喜爱歌曲的朋友，提起《我爱祖国的蓝天》《中国我可爱的家乡》《今宵月儿圆》《京腔京韵自多情》，大概无人不知吧？这一首首精美歌词的作者，也是阎肃。

对于戏迷来说，《红灯照》《党的女儿》，尤其是歌剧《江姐》，可谓无人不晓吧？这一出出精致剧作的编剧，还是阎肃（其中也有与人合作）。

阎肃的歌，阎肃的戏，阎肃指导的电视文艺晚会，纷纷走进了千家万户。在每个时期，阎肃都有大火大爆的作品问世。

1991 年 6 月 29 日晚，北京西郊，空军机关礼堂内，党中央和中央军委等领导同志观看了空政文工团第四次重排演出的歌剧《江姐》。音乐终止，掌声雷动。首长们走上舞台，同演员亲切握手，并一起照相，高兴地称赞道："演得好，演出非常成功。"此刻，站在首长身边的一位六十多岁的老同志，情不自禁地和演员一起用掌声感激首长的赞扬，他正是《江姐》的编剧阎肃，艺术圈里常称他"阎大腕"。

五名尉官相聚"东来顺"……

东来顺，北京的老字号饭庄。阎肃、羊鸣、金砂、黄寿康、姜春阳，五名尉官，围坐一桌，吃烤鸭，喝茅台。酒过三巡，羊鸣面红耳热，举起杯，碰响，喝尽，说："今天咱哥儿几个吃了《刘四姐》（稿费），不能就这么完了，下回还得再来个什么姐啊，怎么样？"

"我刚看了小说《红岩》，书上有个江姐，可以抽出来写个剧。"阎肃端着酒杯，似饮非饮，微醺的双眼流动着征询的目光。

"主意不错！我也读了《红岩》，"黄寿康手中的筷子在半空里划动着，"江姐看人头，上山，被捕，狱中斗争，那场面一想起来就是戏嘛。"

"干！"异口同声，一拍即合。

酒后，阎肃去了在锦州古塔区防疫站工作的爱人处休假。她每天上班，他每天写戏，顺顺溜溜拿出《江姐》剧本初稿。

虽然只用了十多天时间，但它是阎肃调动三十一年生活积累所得。

那是兵荒马乱的 1930 年 5 月，阎肃在河北保定出生。为躲日本侵略者，全家 1938 年下四川，在重庆遇上大轰炸，片瓦不存，又逃进观音山，在天主教修道院栖身，读小学，上中学。1949 年，阎肃来到了西南工委青年文工团，从此又离开大学，投身革命，参加了土改工作队，剿匪反霸，走川西，到川北，访苏区。在这些日子里，他了解了四川农村的生活，熟悉了四川农村的人物，结交了许许多多的蓝洪顺、杨二嫂，这种收获，是无价之宝。当他一读到《红岩》，就像在读自己的生活，人物、场景，甚至事件，都历历在目，他太熟悉这一切了。细心研读《红岩》，精心抒写《江姐》。

没等假期休完，阎肃就匆匆告别妻子，怀揣《江姐》剧本，回到了文工团。每天，团里的几位主创人员都聚在他的小屋里，读剧本，谈意见，神侃海聊，边议边改。渐渐地，有味了，感人了。横竖一比较，居然觉得当时还没有哪一部歌剧超出了它的水准。

剧本送审。

罗瑞卿大将说："我给你改句词叫作……"

空军领导要求：取材于昨天，立足于今天，放眼于明天，集中力量，精雕细刻，一定要打响，要对观众有教育鼓舞的作用。

上上下下都给《江姐》以充分的肯定，同时提出了更高的要求，也投入了极大的关怀和热情。不少领导同志都亲自为《江姐》出谋划策，提供宝贵的意见，如《绣红旗》中，原有一句唱词"说不出是悲还是喜"，总参谋长罗瑞卿大将看后说："词不够鲜明、肯定，怎么说不出呢？说得出嘛。为表现江姐视死如归的革命乐观主义精神，作者呀，我给你改句词，叫作'与其说是悲不如说是喜'，好不好？"

阎肃很高兴，和演员们鼓掌回答："好，好！"

在《革命到底志如钢》中，伴唱原为"天昏昏哪野茫茫，高山古城也悲伤"。当时的空政副主任王静敏提议将"也"改为"暗"，成了"高山古城暗悲伤"。《五洲人民齐欢笑》一段有"别把这战斗的年月全忘掉"的唱词，也是他提出将"全"改成"轻"，则为"别把这战斗的年月轻忘掉"。仅一两个字的改动，韵味却大不相同，表现力也强得多了。这是一字之师，阎肃深受启发。

身为当时空军司令员的刘亚楼将军对《江姐》的关怀更直接，更具体。有一次，他对阎肃和剧团领导说："我在苏联看歌剧《卡门》《马赛曲》，都有主题歌，给人印象很深。我们的《江姐》也应该有支主题歌，让它贯穿全剧，深化主题，加强效果。"

为写主题歌，阎肃不知道熬了多少个不眠之夜，耗去多少心血。

有一天深夜一点多钟，他突然来了灵感，想出两句歌词，感觉挺不错，一骨碌翻身下床，披着衣服，兴冲冲地敲开羊鸣的门。心有灵犀一点通，不用问，羊鸣已经明白了他的来意，这些天大家都在为主题歌呕心沥血。羊鸣颇有些兴奋地问："是不是找到点儿了？"

阎肃把刚才躺床上想到的词念叨了一遍，满以为"有戏"，不料被羊鸣"毙"了。气得他扭头就走，随手把门摔得山响，怒冲冲丢下一句话："也真他妈的难伺候！"

刘亚楼说："不改出来，我不让你回去！"

骂归骂，写归写。在这个创作集体中，任何一个人都有权对作品发表不同意见，写词的可以否定曲，作曲的也能推翻词，哪怕舞台美术、灯光道具、音响效果，概莫能外。这是艺术的民主，也是艺术的追求。阎肃对此自然是清楚的。从羊鸣屋里出来，他披着月光形单影只地在院子里转悠着。在团部门口，有一株西府海棠的枝干在夜风中挺立，他凝视良久，似有所悟，便急急地回到自己的小屋，拧亮台灯，铺开稿纸，开始了又一个通宵的苦斗……

转天，他来到了刘亚楼司令员的办公室。

"司令员，我们已经写了好几首，不知道行不行？"阎肃从衣兜里掏出笔记本念道，"行船长江上，哪怕风和浪，我们齐动桨哟……"

"嗯，这个不行！"没等他继续往下念，刘亚楼便摇摇头，挥手打断，"没有特色，不可能流行，重写！"

"还有一首，"阎肃又摊开本子，往后翻了几页，"红岩上红梅开，千里冰霜脚下踩，三九严寒何所惧，一片丹心向阳开。红梅花儿开，朵朵放光彩……"

"歌名叫什么？"刘亚楼急切地问。

"《红梅赞》。"阎肃回答。

"《红梅赞》《红梅赞》……"刘亚楼用手中的红蓝铅笔轻轻

敲击着桌子，像在指挥一次战役。思考片刻，倏地站起身，在宽大的写字台前来回踱了几步，又回到座椅上，脸上顿时露出喜悦的神色："好，主题歌就用《红梅赞》！词不错，再配个好听的曲子，一定要让它在群众中间流传。"

经过二十多次修改，主题歌终于确定。一首《红梅赞》，全剧增辉。

江姐被捕后，叛徒甫志高来到审讯室劝降，原先唱词写得很优美。刘震说：没有劲。刘志坚说：江姐形象显得弱。刘少奇说：有些正不压邪。刘亚楼把阎肃叫到家中，语重心长地指示他必须改好。

"司令员，不是我不改，是改不动啊。"阎肃虽有点紧张，但还是申述道。

"我们姓刘的都说不好！我不管，我要关你禁闭！不改出来，我不让你回去！"刘亚楼说完，拂袖而去。

情急可以生智。面对甫志高"你如今一叶扁舟过大江"的无耻劝降，阎肃让江姐唱出"我看你无耻的奴才如何下场"；当沈养斋用"你要三思而行"蛊惑时，阎肃又让江姐高唱"我为共产主义把青春贡献"来回答。

试演时，刘亚楼常常身着便服，坐在观众中间，亲自收听反映。他还诙谐地对剧组说："你们'二处'（剧中一特务组织）的力量要加强，幕间休息，观众上厕所，你们要派人跟进厕所，在厕所里听到的意见是很真实的；散场后，'二处'也要派人尾随观众乘公共汽车收集反映。"

果然，观众有不少很好的意见被吸收进剧本里。第七场，那个怀抱"监狱之花"的女共产党员就义前没有喊口号，有的观众说这样处理缺乏力量。阎肃认为这个意见很可贵，后来，就在她临刑时增加了高呼"中国共产党万岁！""毛主席万岁！"的口号，这样就更体现了共产党员英勇不屈的精神和气概。

在修改过程中，阎肃还和《江姐》的曲作者羊鸣、姜春阳、金砂以及导演黄寿康一行，多次到四川深入生活，参观渣滓洞，访问华蓥山，重游朝天门，同二十多位曾和江姐一起战斗过的老游击队员交谈，搜集补充了许多鲜为人知的生动素材，为剧本的修改增添了大量鲜活的内容。

前前后后，阎肃用了两年多的时间，集思广益，对剧本做了数十次修改，其中大规模改动有四次。真正是字斟句酌，千锤百炼。

深夜，阎肃被拉进一辆黑色轿车……

1964年9月，《江姐》在北京儿童剧场首演，座无虚席。第三天，周总理和邓颖超同志前来观看，演出中总理有时在椅子扶手上打拍子，有时点头微笑，当看到蒋对章那段戏时，周总理捧腹大笑，邓大姐也笑个不止。10月13日晚，毛主席在周总理陪同下来到人民大会堂三楼小礼堂观看《江姐》。当演到第四场时，毛主席特别高兴，哈哈大笑。演出结束，毛主席、周总理和朱德、董必武、贺龙、陈毅、徐向前、聂荣臻、彭真、杨尚昆、陆定一、罗瑞卿等党和国家领导人登台接见了全体演出人员并合影留念。第二天，毛主席接见了剧团的同志，说："看了你们的歌剧，剧本改得不错嘛！"同年冬，《江姐》准备去南方演出，毛主席再次向团里的有关人员说："我看你们的歌剧打响了，你们可以走遍全国了，到处演出嘛！"

1965年1月23日，周末的一个晚上，阎肃穿着一身旧棉衣，脚套一双老棉鞋，头戴鸭舌帽，围条围巾，独自一人从红旗越剧团看完排练回来。未进家门，就被人拉上了一辆黑色轿车，他不解地问："到哪去呀？"

"中南海。"

"瞧我这打扮，也得让我换身衣服嘛。"

"来不及了！"

下车，进屋，眼前一亮，阎肃这才知道自己站在了毛主席的面前。这时，他一下想到自己只不过是一名普普通通的编剧，却受到了毛主席的亲切接见，这是自己的荣誉，也是《江姐》的荣誉！他抬头望着主席，只见毛主席身材魁梧，面貌慈祥。一个真正的巨人，阎肃心想。毛主席微笑着握住他的手，用浓重的湖南口音夸赞说："《江姐》这个戏写得不错嘛……"

阎肃听不大懂湖南话，只好一个劲儿地点头，因没穿军装，不能敬军礼，他就向主席深深地鞠了一躬。

过了春节，党和国家领导人刘少奇、李先念、叶剑英及郭沫若等相继观看了《江姐》。刘少奇同志称赞《江姐》是一部革命悲剧。叶剑英说："很好！二、三、四场都很好，五场好，六场教育意义大。"李先念说："演得很好嘛！词写得好，三场戏很好。《红梅赞》已成了非常流行的歌曲了，包括我们总理在内，经常唱它。"郭沫若欣然命笔，为《江姐》题诗：

江姐天下颂，华蓥分外雄。
胡兰惊再世，一曼吐长虹。
碧血梅花赋，红旗烈士风。
凭教渣滓洞，万古玉玲珑。

阎肃在心里想，以前在重庆看郭老写的戏，今天郭老看自己写的戏，并且还亲笔题诗祝贺，深感厚爱，受宠若惊。

《江姐》一经问世，数百家文艺团体同时移植上演，《江姐》家喻户晓，历演不衰，受到社会各界和军内外观众的普遍赞誉，其中《红梅赞》等主要唱段风靡全国，已在群众中广泛传唱。1992 年"八一"前夕，为庆祝建军六十五周年，在空军党委的直接关怀下，空政文工团第五次复排《江姐》，并且根据空政领导的意见，对剧本精益求精，又做了删改，使其日臻完美。梅开五度，演出时，依然场场爆满，盛况空前。

说不完的阎肃，道不尽的《江姐》。在中国的戏剧舞台上，阎肃与《江姐》，魅力永存！

（原载《作家报》1992 年 11 月 28 日）

难忘的小路

小路啊，一条小路，

曲曲弯弯的小路。

这里布满我的足迹，

这里留下深深回顾；

……

　　他高高的个头，身材魁梧、健壮，只因过度用脑，使得他过早地谢顶，头发现已不多见。他额头宽阔，脸庞红润而富有光泽，鼻梁上架着一副银边眼镜，透过镜片，一双眼睛闪着睿智的光芒。他性格内向，不事张扬，慈眉善目，笑容可掬，给人第一印象：一脸福相。他就是空政文工团编导室主任、著名词作家张士燮。

　　路，漫漫人生的路，每个人都要在这条路上走过，时而平坦，时而坎坷。有的人，因平坦而勇进，遇坎坷而驻足，甚至徘徊、勇退。那么，在这条人生的旅途上，张士燮是怎样一步一步走过的呢？

　　天津，鸿升里，昔日这里是租界。1932年，初春的一个黎明，士燮就在这里诞生了。落地后，第一声哭喊是那么响亮，妈妈居然惊喜得忘却了阵痛。

　　离开母亲的体内，又投进了母亲的怀抱，吸吮着母亲的乳汁，瞪着两只黑豆似的眼睛，他开始见识到了人世间的新奇。

跟着妈妈牙牙学语。

模仿大人蹒跚学步。

走进课堂读书学习。

童年的生活，士燮本该在这天真无邪、无忧无虑中度过。但是，人有旦夕祸福，家庭破碎的阴影过早地笼罩在了他的心头。父母离异后，他与妈妈相依为命，苦度岁月。可在那种世道里，靠一个大字不识的年轻女人给人家做点杂活儿挣得温饱，何等样的艰难。为生活所迫，妈妈改嫁他人。士燮小小的年纪，既同情妈妈的痛苦，又痛恨自己的无能。十三岁时他便进了一家店铺当学徒。买菜，做饭，挑水，拉煤，站柜台，起早贪黑，不会干，学着干，拼命地干。稍不如老板的心意，还得受罚，打、骂、冻、饿，像影子一样伴随着他。为了生存，他不怕。这反而磨炼了他的意志，锻炼了他的性格。他学会了忍耐，学会了咬牙，学会了奋斗。

在他十七岁那年，天津解放，温暖的阳光普照大地，和煦的春风吹拂着海河。翻了身的海河人民，敲锣打鼓，载歌载舞，欢送一批又一批优秀儿女，随军南下，去解救正处于白色恐怖中的江南人民。正是这一年2月，张士燮告别了故乡，参军来到了第四野战军十二纵队。在教导团学生队，行军、打仗、学习，进行树立革命人生观的教育，生活紧张，却有意义，士燮感到有趣、自豪，整天乐乐呵呵。

部队南下到了湖南，学生队扩编为青年干校。士燮被分配在一中队，当上了司务长。每天买菜、担粮，一有空，他还喜欢参加干校的文艺活动，演戏、编戏，也演过自编的小歌剧、现代京剧；扮演过恶霸地主的狗腿子，也塑造过充满柔情的拥军老太太。

在管伙食、演戏的同时，士燮又拿起了笔，学习创作。写快板，写歌词，写歌剧，写京戏，只要能鼓舞战士们的斗志，他都想试着干。一颗艺术的种子，已经开始萌芽。

一年之后的1950年，军干校结业，士燮被分到某军文工团，搞创作。这正是他梦寐以求的事情，他立志在艺术的天地间施展自己的才华。

不久，文工团随部队进军广西，参加剿匪、反霸斗争。十万大山，莽莽苍苍，山高路险，敌情复杂。士燮常随作战小分队翻山越岭，搜索追击敌人，宣传发动群众。火热的斗争生活，引发他创作的激情。他忘记疲劳，甚至不顾与敌人遭遇时的生命危险，总是不忘随身带个小本本，随时记下丰富的斗争生活素材。一天傍晚，小分队同一股土匪遭遇，敌强我弱，寡不敌众，战士们只好边打边撤。攀过一处峭壁，战士们钻进了一片密林。士燮利用喘息的当儿，一摸衣兜，素材本不见了。没容多想，他转身走出树林，沿着原路找了回去。突然，有几个土匪出现在对面的山头上。危在旦夕，急中生智，他一猫腰躲进了路边的灌木丛，趴在地上，一动不动，直到敌人走远，他才起身，继续寻找小本儿。那一天，他终于未能找到它，却找来了领导的愤怒：为了一个笔记本，差点儿丢掉一条命，我要关你三天禁闭！

禁闭自然没有关，这是领导的吓唬，也是领导的爱护，但他还是暗自流了泪，不因领导的批评难过，却因丢失了素材本伤心。本子里有诗有画，有歌有吟，有染红的血浸满的汗，记有斗争的足迹，录有历史的壮歌，也有他生活和生命的缩影，他怎能不暗自神伤？！

就在这一年，士燮在《广西部队文艺》月刊上发表了反映剿匪生活的独幕话剧《天亮前后》。这是他的处女作，也是他走进艺术殿堂的引路作。黎明过后，天将亮，艺术的黎明在呼唤着他。

两年的斗争岁月，士燮没齿难忘。瞬间，到了1952年的春天，组织上一纸命令，士燮所在的文工团被编入了空军某军文工团。他离开了百花盛开的南疆，又来到了千里冰封的北极，脚下的路横跨南北，越走越长。

翌年，士燮随文工团跨过鸭绿江，入朝慰问，体验生活，搜集我志愿军将士抗美援朝的英雄事迹。这时的士燮开始感悟到生活是文艺创作的源泉。

在朝鲜西海岸的山洞里，他一住就是数月。这里的村庄已被美国飞机的炸弹夷为平地，老百姓也都住在山洞里。士燮常到志愿军战士和朝鲜人民群众中，采访中朝人民并肩战斗的动人事迹，编成节目，就地演出。有时上阵地演出，要乘敞篷车走很远的路，途中经常遇到敌机空袭，车上人只好仰望空中，互相交叉监视着，一旦发现敌机，立即停车隐蔽。冒着敌人的枪林弹雨，他们坚持为勇士们慰问演出，走到哪儿，写到哪儿，唱到哪儿，给战士们带去了欢乐，增添了杀敌的勇气和力量。写战士，演战士，他们自己就是战士。

在朝鲜，士燮写出大量作品，底稿就有一大摞。所有作品，发表的阵地，就是山洞、坑道、战壕。

回国后，没隔多久，他就负命进京，到空军文工团任创作员。这里人才济济，艺术的天地更广阔。正因为如此，士燮仿佛感觉到自己的艺术功力不足，生活的根底更浅。刚抖落满身的硝烟，他又打点行装，踏上征程，来到南国广州的沙堤机场，深入生活，和战士们一起维护飞机，保障飞行。当时战备紧张，时常有海峡那边的飞机窜入广州地区上空骚扰。所见所闻所感，他写出了歌词《不是机关炮不听话》，经作曲家朱正本、姜春阳谱曲，很快在战士中传唱开来，并且灌了唱片，这也是他写的第一支歌，第一次灌的唱片。有第一，就会有第二、第三……他想。

真诚的艺术需要真诚的生活。抱着对艺术的真诚，士燮千里迢迢，从北京奔赴西藏高原，深入部队，体验生活。他到过当雄，到过黑河，到过格尔木，还到过西藏的这里和那里。那里，风情奇异，生活多彩，但条件却极为艰苦，高原缺氧，气候恶劣，风刮石头跑，黄沙漫天扬。走路喘不过气，迈着四方小步，连天上的鸟也飞不动，只好像耗子一般在草地上出溜出溜地跑。虽然 1958 年士燮才二十六岁，年轻力壮，但肆虐的山风、稀薄的空气而引起的高原反应使他苦不堪言，呼吸困难，心慌气短，头晕呕吐，高原反应把他折磨得死去活来。可是，每到一地，有了演出任务，他就立刻变成了另外一个人，收集素材，编写节目，报幕唱歌，说相声，等等，一边吸氧一边演，感动得战士拍红了手掌。

自从从事专业创作以后，更好地做一名人民大众的忠实代言人和歌手的强烈使命感，总在驱使着士燮朝着这样一个既定目标迈进：用自己的眼睛去发现生活中的美景；用自己的语言去吟唱人民的心声；用自己的心灵去捕捉时代的旋律；用生活本身的色彩去编织艺术的花环。

这是艺术对士燮的呼唤。

这是士燮对艺术的追求。

达到一定的艺术境界，需要艺术家全身心地投入，而投入了一生的艺术家也未必能达到一定的艺术境界。当然，求之不得，才更能令人求之若渴。士燮文化不高，底子较薄，但勤能补拙，重要的在于后天的努力。为使自己的作品接近更高的目标，他非常注重从姊妹艺术中汲取营养，取人之长，补己之短。当代民歌、古典诗词、舞蹈、美术、雕塑、剪纸，古今中外，不但观赏阅读，还要收集整理。他进城、出差，最爱逛的是书店，自然的、历史的、政治的、军事的、美术的、音乐的、文学的，中国的、外国的……无论哪一类书籍，他都要看要买，即使倾囊也在所不惜，一捆一捆一兜一兜往家里提，数千册书几乎占去了屋内大部分空间。一次出国访问，归来时，他没有买其他什么纪念品，却又一次逛书店，用身上仅有的一点外币，买了一套精装的《毛泽东选集》。有人笑他痴，他说我就有这点爱好。当初薪金少，为买书花掉了他所有的积蓄，连结婚时买喜糖喜烟还是从朋友处借了一百元钱。难怪新婚的妻子面对一架架的藏书，笑他简直像一个"书虫"。士燮对民间艺术的兴趣亦很浓，50年代仅剪纸就收藏了近千种。他对这些不是生吞活剥，而是在创作中融会贯通，巧妙运用，特别能在收集整理过程中潜移默化地陶冶思想和艺术情操。广西、云南、西藏、陕北，这都曾是民间艺术的发源地，士燮每到一处，都不忘到民间采风，收集了大量的民歌民谣。

正是这样的年月，正是这样的情怀，正是这样的生活，士燮写出了在全国城乡经久传唱的具有代表意义的作品：《毛主席来到咱农庄》《社员都是向阳花》。向阳花，向阳花，几十年来开不败，直至今日人们还把她作为劳动人民的亲切比喻和美好象征。

1960年，他领受任务，到湖南、江西一带采访，创作大型歌舞《革命历史歌曲表演唱》的文学脚本。有一天，他踏着红军的足迹来到了一座山寨，找到一位七十多岁的老人，了解当年红军在这里的战斗生活。这位老人，不仅是曾经和红军一起战斗过的赤卫队员，还是远近小有名气的民间歌手。士燮相见恨晚，与老人促膝交谈。从上午到下午再到晚上，老人边讲边唱，士燮边听边记。油灯下，竹床上，两人有长歌有低吟，困乏时，老人抱出一坛自酿的米酒和他对饮，畅叙畅饮，一夜未眠，直至林鸟鸣啭，红日东升。后来，士燮在为其写的《十送红军》《秋收暴动歌》等歌中，那"七送红军五斗江，江上船儿穿梭忙。千军万马江畔站，十万百姓泪汪汪。恩情似海不能忘，红军啊，革命成功早回乡"的词句，如此朴实自然，朗朗上口，娓娓动人，节奏明快，内涵深刻，感情热烈，谁能说不是闪耀着浓郁的民歌情韵的光彩呢？

此剧一公演，立刻引起强烈反响。1964年拍成电影上映后，更是在社会上产生了轰动效应。这种轰动，一下子轰动到了中南海，敬爱的周总理大加赞赏，并指示中央文化部调动全国的艺术家，写一部涵盖面更大的史诗般的作品，这就是士燮有幸参加创作的大型音乐舞蹈史诗《东方红》。

在参加创作《东方红》的文学剧本时，正遇爱妻临产。他是三十一岁结婚，那年月还没有大张旗鼓地提倡晚婚，他和她，为了事业，是自觉的。有了他们第一个爱的结晶，他应该守护在妻子的身边，她也多么需要他！可是，为了集中精力写作，整整一个月，他都未顾得上到产床前看上一眼妻儿。

可敬的是，妻子对此毫无怨言。这位《电影艺术》的编辑，爱儿子、爱丈夫、爱艺术，丈夫所爱不也正是她之所爱吗？两颗相通的心未必相爱，两颗相爱的心必然相通。

《东方红》成功了，红于北京，红遍中华。它凝聚着他的一份心血，它包含着她的一腔情爱。东方红，红了东方。

激情涌动，春潮澎湃，艺术之花在士燮的面前开放，正可谓春风得意。得意的春风，又吹拂到了士燮的身上，1965 年，周总理亲自交给空军一个任务，写一出反映抗美援越的戏。士燮和另外几个人组成的创作班子，通过友谊关，跨过红河，踏上了越南的国土。老街，奠边府，河内，十七度线，所到之处，弹痕累累，满目疮痍，战争带给越南人民的深重灾难，常使他泪湿前襟，怒火中烧。但是，我军将士和越南军民抗击美帝侵略者的英雄壮举，又常使他刻骨铭心，奋笔疾书。一个多月的战地生活，士燮获益匪浅。回国后，他用友爱与义愤交织而产生的动力，昼夜笔耕，和同伴们一道很快拿出一部大型歌舞剧《长山火海》。

遗憾的是，《长山火海》只演出了十余场，"文革"开始了，《长山火海》被迫停演。

小路上洒下我的汗水，

也曾洒下我的泪珠；

洒下过多少理想，

也洒下过劳动的甘苦。

……

　　一向豁达的张士燮，自称为坚定的无神论者、没有入党的布尔什维克的信徒，开始相信每个人似乎都离不开命运的安排。他回想起 1957 年，那时，正当他刚要施展自己的艺术才华，实现自己的艺术抱负时，一场无情的政治风暴席卷了中国大地，反"右"斗争开始。"地、富、反、坏、右"五类分子，是坏人就得进行无情的斗争，否则，无产阶级专政就很难巩固，士燮虽然对这一场斗争感到来得突然，但凭着朴素的阶级感情，他还是觉得，这是在党领导下的斗争，还会有错吗？

　　岂料，天有不测风云。反"右"斗争，反到了他的头上，士燮有些惶惑了：我怎么成了"右派"，我怎么能够反党？更使他费解的是，按照文工团的人头比例，规定要抓三十几个"右派分子"，这是硬指标，要不打折扣，只能超额，不许减少。他就属这三十几个之列。抓坏人哪能按比例，定指标呢？士燮百思不得其解。不得其解，也不用其解。幸运的是，当时的空军文化部部长、"快板大王"毕革飞，爱才如命，不忍心看着这些艺术上的人才、尖子被一个一个打入地牢，推进火坑。他自己是从战士成长起来的艺术家，他清楚艺术家战士是多么需要。可在滚滚而来的政治潮流面前，抗不能，抓不忍，于是便采取了一个拖延战术。他说：文工团的"右派"，兴许一个没有，兴许不止三十几个，这么着，请领导放心，咱彻底过一遍，挨个儿清查，查出一个抓一个，争取一个不漏网。

　　真灵。一查再查，一拖再拖，终于，三十几位同志，大部分都被老部长保护下来。一个领导，可以保护一群人，同样也可以毁掉一群人，关键在于他是为人，还是为己。

　　那次没被打成"右派"，可十年后，一个轮回，还是在劫难逃，被关进了牛棚。罪名：反对林彪、叶群、吴法宪；继续罪名：黑高参、黑笔杆子、黑线人物。

从此，一间屋，九人住。每人一只小板凳、一张床，床头贴着毛主席语录："凡是反动的东西，你不打它就不倒，这也和扫地一样，扫帚不到灰尘照例不会自己跑掉……"在屋里，人人都是坐在自己的小凳上，只准面对墙壁，不准交头接耳互相说话；外出干活儿，不是淘厕所、扫院子，就是卸煤、运粮。士燮也曾在睡梦中出现过天真的幻想，渴望十年前的老部长能够出现在自己的身边。当然，当他醒来时却清醒地知道这毕竟是在做梦。别的士燮还可以泰然处之，可是失去写作的权利，他比万箭穿心还难受。悄悄地，他在用来写思想汇报的纸头上写出一组歌词：《十二月唱党》。他要唱，唱给党。

第二天，看牛棚的人找士燮谈话："有什么话要向党汇报吗？"

士燮未存任何戒心，伸手从兜里掏出了《十二月唱党》，双手捧着恭恭敬敬地递了上去："字字句句，发自肺腑。"

"嗬，张士燮！你不老老实实改造，还在写这些臭歌词，反动立场不改变，你能写什么词？"

"歌颂党？喊，也不撒泡尿照照，你配吗？"

"我……"

"检查！反党分子！"那位"造反派"吹胡子瞪眼，丢下一句话，走了。

反党，反党？！士燮夜里躺在木板床上，辗转反侧，难以入眠，扪心自问，直到东方发白，也没有想清楚在哪件事情上反过党。这个"？"像把弯刀挂在了他的心头：

反党！

反党？《毛主席来到咱农庄》《社员都是向阳花》

反党？《革命历史歌曲表演唱》《把马列主义大旗高高举起》……

反党！

反党？《东方红》《长山火海》……

就凭这一系列的作品，他怎么也想不通，自己怎么会反党？没有对党的一片赤诚，能写出赤诚颂党的作品吗？可是，这理到哪儿去说，又到哪儿能说呢？士燮觉得被嘲弄的不仅是自己，而是整个历史。可历史，终究还是历史。心地坦诚，便什么也都能想得开了。该睡时睡，该吃时吃。蹲牛棚，感冒时，他从衣兜里摸出中药丸，细嚼慢咽，显得十分轻松自如，就连同屋的"灰尘"们也好生纳闷，到底吃的什么这么有滋有味呢？想问，又不便，一直是个谜。

1968 年夏，士燮随一些人下放到河北遵化西铺大队劳动改造。这里是毛主席亲自表扬的合作化的带头人王国藩大队。这里的人们曾走出了一条代表中国农村发展方向的道路。能在这块土地上劳动，接受改造，士燮觉得无上荣光。在农村，士燮无权戴红领章和帽徽，贫下中农心明眼亮，一眼便看出他是被批判的干部。可他任劳任怨，每天帮助老乡挑水、起粪、锄草、收麦子、刨地瓜，什么脏活儿累活儿都干。有一天，房东煮了一锅地瓜，盛了满满一大碗端到他跟前把门倒锁上，亲切地说："吃吧，轻点儿干，别累着。"一碗地瓜一番话，感动得士燮热泪滚滚，一口也咽不下去了，但他还是咽下去了，是把贫下中农的厚爱和自己的眼泪拌着地瓜一起咽进了肚里。他要把这一切，终生珍藏在胸中。

1969 年秋，发出一号令，全国全军进入一级战备，从打仗的需要，也是从防止牛鬼蛇神闹京城的需要。士燮和爱人及六岁的儿子一起，打起铺盖，被疏散到贵阳"五七干校"，举家进行了战略大转移。在干校，学员分两类：正式的、候补的。正式学员准予穿军装，准予参加各种政治活动；候补学员被剥夺了政治权利，不准参加任何政治活动。士燮属候补的。主要劳动是采制茶叶，士燮被安排在制茶车间，是技术性最强的岗位。采茶，杀青，揉碾，烘干，焙炒，待毛茶出来后送精加工车间，分出种类，炮制，拣梗，分装，再将分类后的茶合起来关堆。一整套工艺流程，一道一道工序，他都能虚心地向制茶师傅请教，一遍又一遍地学习、揣摸、操作，虽然不能进行艺术创作，这也是一种艺术劳动。搞艺术的人，毕竟悟性好，经过自己的勤奋钻研，茶厂老师傅鉴定，他可以出师，成为合格的制茶工人了。他感到欣慰：意外收获，歪打正着，即使作为生活积累，也不可多得。

士燮不管是在蹲牛棚，还是在农村劳动，抑或在干校改造，似乎每次运动都少不了他，可他始终乐观、豁达、容忍、宽厚，成天价除了苦于无权写作，不见任何苦恼。有一次，他被从劳动改造的麦庄转送去遵化西铺，途中只有一天时间在家停留。这天晚上，他和妻子聊了一个通宵，第二天又带着全家人逛北海公园，他要抓住点滴时机补偿欠下的对妻儿的爱。没料想，这事被"造反派"发现了，组织群众进行了批斗，说他当"反革命"，还有雅兴逛公园，明目张胆地抗拒改造，是可忍，孰不可忍！士燮却笑了，忍了，是不可忍，孰可忍？妻子忍不下，却发了火，火他对那些人怎么从来不发火。他没有火脾气？不。一年前，他就对妻子发过一次火，而且大得很，抓起暖瓶盖，"啪"地掼到地上，大吼："你心里还有没有我们这个家，有没有我这个丈夫！"为什么火呢？原来，他每天上班前都嘱咐妻子下班时将在单位订的报纸带回来看看，一天两天，一连五六天也没有见到一张报纸，火了，真火了！妻子吓了一大跳，重新瞅着丈夫，平日少言寡语，温顺得像绵羊，今天竟然成了一头愤怒的雄狮。她惊讶。相反，他挨了人家那么多的整，却忍气吞声起来了。她倒真的希望他重新变成一头雄狮，他没有。后来，她逐渐明白这不是丈夫的软弱，而是丈夫的成熟、丈夫的坚强、丈夫的大度、丈夫的宽容，对付那些蛮不讲理的得志小人最好的斗争手段就是沉默软抗。他的忍耐是来自于信念。他自信中国的知识分子对党的感情，无论遇到多大磨难，都是不可动摇的，和党总是息息相关，尽管有过许多坎坷，吃过许多苦头，经过许多风雨，但最终的信念永远都不会改变，总会有出头之日。

1972年，士燮和许多人离开干校，回到北京。之后一年，组织上为他平反，恢复了工作。喜获新生，喜得贵子，老二在这一年出生，妻子问："孩子生下了，起什么名呢？"

士燮不假思索："叫张帆吧，我的艺术之舟被搁浅多年，现在可以张帆远航了。"

既有对儿子前程的期望，也有对他事业的鞭策。"文革"前夕，正是他艺术创作的黄金时代，动乱开始，革职停笔，空悲切多年。生命的青春难留住，艺术的青春可回头。解放了，他心里有说不完的话，犹如关不住的春潮奔流于笔下！

"歌如潮花如海，欢迎朋友四方来。银球万里传友谊，友谊花朵遍地开。啊……"1974年，亚非拉乒乓球友好邀请赛在京举行，张士燮应约写了会歌《银球飞舞花盛开》，作曲家朱正本、羊鸣为它谱上了优美、欢快的旋律，大街小巷，众口传唱，成为当年最有影响的作品之一。后来亦成了拍摄这次盛会影片《万紫千红》的主题歌。

他写了《打倒"四人帮"人民喜洋洋》《歌唱革命老英雄》；

他写了《兰花与蝴蝶》《祝你一路顺风》《南湖船党的摇篮》《我的思念有谁知道》；

他写了《蓝天我飞翔的摇篮》《金色的风》；

他还和乔羽、石祥、凯传合作撰写了音乐舞蹈史诗《中国革命之歌》的文学本。

从20世纪50年代至今的数十年内，在每一个重要的历史时期，都有士燮高亢的歌声，能与时代产生共鸣的艺术家，需要永葆艺术的青春。士燮则深情地说给他的艺术青春注入生命活力的，是亲爱的党。1980 年，他终于实现了自己多年的夙愿，组织上正式批准他加入中国共产党，从此成为一名真正的党的文艺战士了，这是人生的飞跃，也是人生道路新的起点！他始终在心头铭记着那一天——12 月 12 日，一个成双的日子，一个吉祥的日子。

> 小路，你是我青春的路，
> 小路，你是我生命的路，
> 小路，你是我难忘的路，
> ……

功成名就，有人陶醉，有人奋进。士燮早已功成名就，他曾为三代作曲家写词：瞿希贤、时乐濛、牛畅、刘炽、彦克……王酩、施光南、谷建芬、张丕基、朱正本、姜春阳……士心、楚兴元、伍嘉冀……也曾为三代歌手写歌：郭兰英、王昆、张映哲……李谷一、邓玉华、刘秉义……董文华、郑莉、张暴默、朱明瑛、郑绪岚、佟铁鑫、胡月、安冬、金曼……不胜枚举。说句公道话，实在可以辉煌一下了，可士燮从未满足于现状，他对自己所取得的成就淡然处之，只是淡淡一笑：我就做了那么一点儿事。他一刻不忘奋进，总是在艺术的小路上一步一个脚印，孜孜以求。

那一年，共青团中央召开十一大，号召文艺工作者写团歌。士燮写了《青年青年早晨的太阳》一歌，自我感觉不错，蓬勃向上，蛮有点概括力，位居十几个单位联合推荐的十二首歌的榜首。电台播，电视放，也哇啦哇啦热闹了一阵子。有一天，士燮去串门，一个老战友的孩子正是做青年工作，见到他挺认真地说："张叔叔，您的歌团支部规定大家必须唱，可怎么也唱不出去，太严肃，跟唱《国歌》似的。"

"孩子，能听到你的意见，叔叔高兴，感谢你和你的朋友们。"

一个偶然的机会，一次短暂的交谈，却使士燮想了许久许多，从中悟出一个理儿：青年人不喜欢自己的歌，首先是自己的歌没有深入青年人的心里，自己已年过半百，要保持艺术青春，就要保持一颗年轻的心，要不断更新观念，调整创作心态，努力追寻时代，跟上时代的步伐，这就要面对生活，面对现实，研究当代人的审美情趣，尤其是青年人。当然，他心里明白：艺术创作超越自我，难，到了这个年龄就更难，需要有新突破，从自己的小圈子里跳出来，需要做出双倍的努力。

之后，士燮经常通过各种渠道接近青年、关心青年、学习青年，做青年人的知心朋友。舞场，也是一个展示青年人不同精神状态的场所。他称不上舞林高手，但在写作之余，为了多一点儿和青年人接触的机会，倒也常下下舞池。走上舞场，揽着舞伴，他进、他退、他旋，都显得那么干练、稳健、有力度。常言道"文如其人"，不也可以说"舞如其人"吗？在同青年人的交往中，他不但使自己的生活得到了丰富，还从中了解到许多青年人存在的"失学、失业、失恋"的问题，怀着强烈的责任感，构思写出了《朋友，你的心事我知道》："朋友朋友你不要烦恼，你的心事我知道。假如工作没有找到，切不可为此消沉烦躁。朋友朋友你不要烦恼，打起精神不屈不挠。生活大门正在打开，相信工作总会找到。满怀信心，满怀希望，青年的火焰在哪里都燃烧……"歌词真实地反映了当代青年的生活、思想和苦闷的心情，用亲切、同情、劝慰和鼓励的口气，带给了他们温暖，拨响了他们美好、向上的心弦，因而备受青年们的喜爱。

当文艺圈里有一些人热衷于蜗居于一个小硬壳壳里表现自我的时候，张士燮却时刻想着自己作为一名党培养成长起来的文艺工作者所肩负的责任，力争踏着时代的鼓点，与广大人民群众同呼吸、共命运，写出受人民欢迎、被时代认可的艺术作品。1981年、1983

年，国家林业部两次组织作家到福建、云南的林区体验生活，士燮在其中。在云南林区，士燮一路上看到毁坏森林的现象非常严重，一些地区的生产方式极为原始，仍然是烧林开荒种粮，大片劫后的森林像墓地一般阴森、凄凉、可怖。西双版纳，素以美丽的原始森林和盛产大象而著称于世。可是，"文革"几年森林已经破坏，后来提倡发家致富，大片大片的森林又遭劫难，连大象也濒临灭绝。拍摄《孔雀公主》电影时，摄制组用的两头大象在这里无法寻找到，不得不从缅甸重金租借。大象的故乡，竟然失去了大象生存的环境。大象在哭泣，森林在哭泣，士燮也在哭泣：人类在毁坏生态环境，最终必将毁灭自己！

《救救森林》！士燮痛心疾首，用手中的笔，写出这样一篇散文，发出心底的呐喊，《人民日报》很快在《大地》副刊发表。

士燮言犹未尽，又奋笔写出一首寓言式的叙事歌词，《森林与大象》，同行的王酩也有同感，马上谱曲。朱明瑛、刘秉义首唱后，立即被中央人民广播电台选作"每周一歌"播放："在那密密的森林里，有一群活泼的大象，森林是它们的摇篮，也是它可爱的家乡……有一伙无知的樵夫，闯进了大象的家乡，贪婪地挥舞着板斧，把森林全砍光。啊！温顺而可怜的大象，失掉了美丽的家乡，逼得它们走投无路，流着眼泪奔向远方……"

这首歌，不是徒解概念，绝非空喊口号，它是作者对丑陋的鞭笞，对美好的向往，更是对祖国一草一木的无限深情，因而它才能够赢得听众的喜爱，并且风靡全国城乡。

路，人生路，四十多年的艺术路，无论平坦抑或坎坷，经过锲而不舍的拼搏，士燮终于有了今日：中国作家协会会员、中国音乐家协会理事、中国音乐文学学会理事、中国音协创作委员会委员、中国《歌曲》月刊编委。每一个头衔，都是他辛勤耕耘后的一分收获。尤其是他在数十年的创作生涯中，先后获得全国、全军及各项艺术奖励近百种：奖杯、奖状、获奖证书、荣誉证书……这就是对他艺术创作的充分肯定和最好奖赏。奇怪的是，尽管他几乎在用自己毕生精力为繁荣社会主义的文艺做出重要贡献，取得了各样的艺术奖赏，却至今未能在政治上得到什么奖赏，哪怕一个三等功也没有立过。有人为他鸣不平：功劳功劳，"功"离不开"劳"，"劳"理当有"功"。可他自己却对此看得很淡，也从不计较，他说功名利禄都不过是身外之物，自己真正的追求是：

歌，是从心灵到心灵的艺术；

当我的歌变成广大群众自己的歌，并常常流传在人们的口头上时，就说明我和人民的心是相通的；

只有自己的歌有了知音，才是我最大的慰藉和幸福；

写作，对我来说既是劳动也是享受，能写出为人们接受的好歌，是我最大的愿望；

要写成一首好歌，离不开作曲家的会心合作，我以为：词乃歌之魂，曲乃歌之翼，只有词精曲美，珠联璧合，水乳交融，才能使歌飞向人们的心灵。

艺术家的心灵一旦和人民大众的心灵相通，与时代的旋律相合，其作品一定会在社会上产生强烈的共鸣。士燮回顾自己的人生之路，写出了《我的小路》；作曲家谷建芬拿到歌词，一边谱曲一边流泪，一边流泪一边谱曲，因为她就有"小路"一般的经历；歌唱家李谷一看到了歌，在台上一边流泪一边演唱，一边演唱一边流泪，因为她也有"小路"一样的经历。小路正是士燮的写照：

……

小路啊，一条小路，

曲曲弯弯的小路。

这里回荡我的歌声，

这里留下我深深回顾；

小路上洒下我的情意，

也曾洒下爱的雨露；

洒下过多少理想，

也洒下过劳动的甘苦。

小路，你是我青春的路，

小路，你是我生命的路，

小路，你是我难忘的路，

小路，你是我的路……

1991年2月7日夜一稿于京西寓中、2月17日夜二稿于鞭炮声中

（原载《西南军事文学》1991年第4期）

黄土高原的儿子

夜。月色溶溶。

敲错了门，喊。一个壮实的身影站到了楼门外，是听到喊声来迎接我的。

他，就是青年作家乔良。

乔良把我让进了房。这是一间新房。他的新娘子不在家，他们刚度完蜜月，她就到京郊上班去了，一个星期回家一次。这也算是一种近距离、短时间的牛郎织女的生活罢。

他捧出糖盒。喜糖，当然是要吃的。我的嘴里有滋有味地嚼着糖块，眼睛却不住地在室内逡巡。房的四壁张挂着深蓝色的布幔，布幔上悬有几幅世界名画，颇有些艺术味儿。

于是，我们的话题就从艺术上扯开了。乔良十分健谈，而且敞开心扉，不加掩饰。通过灯下漫谈，我看到了乔良一颗裸露的纯洁的心灵。对此，笔者在撰写本文时未加任何粉饰，目的是想让读者认识一个真实的乔良。

爱上了西部文学

乔良的文学根基，是扎在西北那块黄土地上的。在一篇文章中，他这样说过：我离开了黄土高原。我把全部家当都装上北去的列车运往都市。车轮滚动的刹那，我才发现，有一样东西我永远也无法将它带走。我在这片黄土地上整整度过了一打的年岁。当你离去时，什么东西无法装车运走，什么东西就一定最珍贵，最值得你为它写上一笔。乔良爱上了西部文学。西部文学的意识，他是从写中篇小说《雷，在峡谷中回响》开始的。这部作品获 1983 年《昆仑》的文学奖。不过，他酝酿这部作品所用的时间，那就长了，也许在五年前，抑或在十年前。

当许多人都在谈论西部文学时，乔良开始思考：西部文学的精髓是什么？难道仅仅是剽悍、粗犷、勇武吗？不是，不是的。西部文学是和中国的文化历史联系在一起的——始皇帝横扫六合的战车，汉高祖豪唱大风的猛士，倚在驼峰上西出阳关的商旅，打着呼哨、舞着弯刀、浑身酒气的成吉思汗的铁骑，和五千年岁月一道，从这金子样的高原上骄傲地走过去，走过去，直到……外国人窃走了中国西部的文化，但他们也宣扬了中国西部的文化。乔良常有一些独到的见解。

乔良挥动两只手，兴致勃勃地说："今天，每个人都有一条根，就看你往哪儿扎。轩辕柏的根须像无数手指深抠进黄土，扎向地心，伸向无际，用力合抱住整个儿的高原。"他的话中充溢着浓烈的感情色彩：他不是轩辕柏。他是一个人，一个当代的军人。他的根也深深地扎在这古老的、金子一样的黄土高原上。他在黄河边上拉过纤，他在沙漠里长途跋涉过，他也在草原上流连过。当他第一次见到科尔沁大草原，站在成吉思汗庙前看洮尔河从眼前流过，那种感觉至今难忘。

创作，如果仅在一个平面上，就没有多少回旋的余地。从去年开始，乔良的小说有了一点历史纵深感。在《大冰河》里，他写了共和国几十年的历史。这些年，人与人之间仿佛存在着一条冰河。克服冰冻，一切都在渐渐地温暖起来。这部中篇，融进了他对共和国三十多年来历史的思索。

在我们的交谈中，乔良给我的印象是雄心勃勃。他在今年写了三四个短篇小说，有的达到了较高的水准。每篇的表现手法都有所不同。眼下，又有一个短篇"磨"了三稿，他颇为得意，自我感觉是近年来所写的最为满意的一篇，但它，还没有出手，他想以它作为创作的一个新的标志。接下去，他着手写一部长篇小说。在这部长篇中，他要写现实，写历史，写城市，写黄土高原，要把他的文艺见解和哲学观点都糅合进去。他要把西部文学的味儿写足。

有人认为作家就要胆子大。这话太绝对，乔良不赞同。乔良有乔良的文艺观点：文学创作仅仅靠大胆、靠揭露几个人行吗？那不成了比大胆哪？！任何文学都不应该在那儿比大胆、比升格，而要看它能否揭示人们心灵深处的一些东西。恰恰在这一点上，地方上作家写的有些作品已经达到了一个相当的高度，而军事文学却说不出多少来。与此有关的，假若仅把眼泪作为文学批评的要素，也是有失偏颇的。因为它完全可能是一个通俗的催人泪下的题材或故事，但它也可能是一个缺少艺术的审美价值的篇什。

有的同志告诫乔良，说他的作品理念多于生活。乔良由衷地感激朋友的劝告。回想起来，这大概与他酷爱哲学有关。乔良十八岁就接触了哲学。那时认识了一位哲学教师，他是乔良酷爱哲学的启蒙老师。对此，他毫不后悔。他认为，作家不应过多地强调两分法，偏激一些也无妨。他前一阵写了不少诗。诗人可能会偏激一些的。理念，多于形象；深刻，多于生动。尽管他可能不会成为一个成器的作家，但他仍然要有自己的头脑，要有自己的思考，要有自己的追求。为此，乔良在不懈地努力着。

黄土高原养育了他

乔良出身在一个军人家庭。如今，他刚到"而立之年"。三十岁毕竟年轻。虽没有奇特的经历，倒也有不少甘苦酸辛。可能正因为有这些甘苦酸辛，才促成他今天走上这条文学创作的道路。天底下奇巧的事，多得很哩。

他的父亲是北方人，母亲是南方人。他身体结实、性格暴烈，这很像父亲；他个头不高、有些柔情，这很像母亲。他是在山西省忻县呱呱坠地，两岁到临汾，五岁时到四川的姥姥家生活。姥姥是个善良、朴实、能干的人，小时候他听过她讲的许多许多有趣的故事。

后来，乔良又随父母亲"转战南北"。在大同、太原、乌兰浩特、齐齐哈尔等地生活到年满十五岁，他参加了工作，在齐齐哈尔铁路局电务工程段做一名外电线工。干这个行当，架杆，拉电线，风里来雨里去，翻山越岭，到处跑，很辛苦。有一次扛横担木，每根差不多有八十余斤重，超负荷运载，使乔良瘦小的身躯难以支撑，多亏了一位老师傅相帮，才使他在倾倒的横担木下幸免于难。在那动乱的年月里，一样不乏见义勇为的人，这在乔良幼小的心灵深处埋下了一颗对人、对人生的爱的种子。

接着，乔良又当了一年半的气象预报员。他被分配搞长期预报工作，要经常往外跑，收集资料。最北边跑到满洲里，他站在铁桥上看苏联境内，脑子里萌动着一种奇特的想法……

1973 年，在他十八岁时，当了兵，开始了他人生道路上的大转折。他从黑龙江乘坐闷罐车，哐当了五天五夜，来到甘肃的腹地夏官营。接兵的人，一路卖关子，弄得他们这一帮小新兵感到很神秘。一看到无边的荒漠，心都凉了。可是，一走下"闷罐子"，见有大轿车来接，觉得有了一线希望。车子翻过土丘，看到有一片楼房，乔良和大家一样，顿时欢呼起来。在这片荒原中，他终于见到了绿洲。

新兵集训一个月，乔良被分配到了电影队当放映员。他很喜爱放映工作，可以有更多的机会接触文艺书籍，这对他文学气质的养成大有裨益。不料，放了一年多电影，乔良被下放到宁夏某机场当地勤战士。这次下放，表面上是说他喜欢写东西，让他去体验生活的，实际上则是因他同电影队、文化科有的同志的关系问题。为什么？因为没有正经事情时，有些同志爱聚一起扯乱谈、学习"五十四号文件"，而乔良却爱看看书、练练字，不合群。人啊，人！

临行前，有人对乔良说："你再也回不来了。"乔良用手指着脚下的黄土地，回答："放心吧，两年后，我还会堂堂正正地站在这儿。"瞧，他多么的自信。

连队生活是很快乐的。乔良经常和一帮要好的朋友，用星期天、节假日，跑进贺兰山野餐。有时，也和连队的同志谈论国事，为党分忧，讲一讲社会上流传的奇闻怪事。因为这，他没有入上党。就在这期间，他去喂了一段时间的猪。乔良虽然不情愿，但工作倒也很精心，大小猪长得滚瓜溜圆。它们见到乔良就哼哼，表示亲昵，乔良也颇喜爱它们。原来，人与兽也有许多相通的哩。困境中的人，竟也这么容易得到满足哟。

在宁夏，乔良有幸认识了《宁夏日报》副刊的一位老编辑。在乔良的创作刚起步时，就是受到他的热心指点。乔良把刚学写的诗给他看，老编辑见了乔良说道：我看了诗欣喜若狂，你将是宁夏诗歌界的一名新秀。乔良高兴坏了！当他正得意时，老编辑却换了个腔调说：这些诗，你还要改。改就改呗，乔良想。改了一首，他又要乔良改另一首；第二首改完了，他再让乔良回头改一首。这个老头子过于挑剔，近乎苛刻。直改到还剩下最后一个字了，他还不放过，要乔良冷静下来，想好了继续改。诗中有一行"腾云驾雾虎添翼"，他说"翼"字不押韵。但乔良苦思冥想许久，总也改不动。不知怎么，他突然间想到了高尔基与克罗连柯的一个故事。有一次，克罗连柯要高尔基修改一篇作品，高尔基不愿再改，一气之下留个条子走了。但后来，高尔基对这件事很后悔。乔良想：我若像高尔基那样留下条子走了，会不会也有后悔的时候呢？有，肯定会有。但我不能留下后悔！可又无可奈何。在乔良万般无奈时，老编辑挥笔帮他动了一个字，将"翼"改成了"威"。这下既押上了韵，又没有伤害原意。虽说一字之师，也是一生之师！乔良一直铭记在心。

两年，匆匆而过。乔良果然又回到了电影队，仍然当他的放映员。

因为年轻好胜，血气方刚，乔良这期间打过人，也打过狗，为此差一点脱下了军装。毕竟首长爱才，见他还能为部队写点有益的东西，终于教育了他，宽容了他。时常，他在想，应当拿出更好的作品献给祖国，献给人民。否则，怎能对得起养育了自己的黄土高原，怎能对得起培育了自己的人民军队！

对西部文学不倦地追求

目前，乔良已买了三千多册书，各个领域的都买。从1975年至1984年，每年自费订阅杂志有二十几种，如科学画报、地理知识、哲学译丛、经济译丛、世界美术、音乐译丛、外国戏剧、兵器知识、军事学术，真是五花八门。但他特别留心的还是与黄土高原有关的一切资料、书籍，哪怕是一个小纸头的文字记载，只要能搜集到的就绝不放过。艺术，是融会贯通的。高原，是令人痴情的。

乔良的兴趣极广泛。军事学的笔记做了五十余万字，美术、黄土高原风土人情和历史演变的笔记有十几万字，还有一些文学笔记。广泛读书，对他进行西部文学创作的好处是视野比较开阔，变化多，自己不重复自己。如1984年他同时创作并分别在《十月》《昆仑》上发表的中篇小说《大冰河》《远天的风》，在艺术表现手法上就不一样。但这两部作品的共同点是都能使人感受到黄土高原的浓郁气息。尤其是发表于《人民文学》1985年11月号上的短篇小说《陶》，读后犹如置身黄土高原，领略了瀚瀚大漠、浩浩长风！是的，知识面宽了，就能够居高临下，审时度势。当然，真正做到运用自如也不是一件容易的事情。

乔良写东西，不像别人要在情绪冲动时写，而是"冷处理"。常常对作品中的人和事保持一定距离，回头审视，这样做也许和他喜欢哲学有关。他念念不忘哲学；哲学也不会忘记他。

乔良的构思习惯于晚上躺在床上进行，想到一点，马上开灯记在小纸片上。有时没有灯，也可以摸黑记。半夜梦见一首诗，也要写出来。也许灵感总是在人的松弛状态时出现，太紧张却很难有灵感。

乔良的写作时间必须集中。第一页要写得一个字不能改了才接着往下写，有时一个开头要写几十遍。也许这是自寻烦恼，可为了酿造艺术的美酒，乔良觉得这样做值得。

乔良1983年被吸收为中国作家协会会员。现在，他正在鲁迅文学院学习。在文学院，读书、听课、交谈，都有收获，不同程度的收获；都受影响，潜移默化的影响。但乔良觉得收获最大、影响最深的，就是懂得了黄土高原本身就是一部璀璨的文化史，明确了要在今后的作品中反映文化历史，使作品获得一个高的视点。另一方面，即追求完美，拼命地追求。他看那么多的东西，尤其是黄土高原的东西，正是为了追求完美。他说，越看，越觉得自己过去的作品遗憾的地方甚多。当然，追求完美，也要追求变化。尽善尽美的本身就是一个很大的缺陷。人，就是被这种矛盾左右着、推动着前进。完善就是静止，变化就是运动，有运动才有进步。这不？他又把哲学的观点带进了艺术之中。

有更开阔一点的视野、知识面，这对期望在艺术上有更大成就的人来说，无疑是一个先决条件，况且乔良还很年轻哩。当然，是否能登上去，那就另当别论了。就像一个运动员，拿不了单项冠军，可每一项分数都不低，加起来是冠军，全能冠军。不过，乔良既想当全能冠军，也想拿单项冠军。为了拿到这个冠军，他踌躇满志，待从文学院毕业后，再回到黄土高原去寻一寻根。

乔良坚信：人开始局限于自己，最后超越了自己，那他就一定会在一个新的天地间获得了自由，不被自己所束缚的真正的自由。他立下宏愿，要让手中的笔在黄土高原上自由驰骋。

　　这时，乔良突然想起了什么，赶紧拿出纸和笔，独自伏在小圆桌上埋头写开了，旁若无人。他，仿佛已经走进了黄土高原的一个新的境界之中……

　　当他从艺术的幻境中醒来，就接连走上了领奖台：《大冰河》获第二届八一文学奖，《灵旗》获第四届全国优秀中篇小说奖，《城市与老板的编年史》获首届"中国潮"报告文学征文二等奖，与友人合作的大型话剧《人杰鬼雄》获"田汉杯"戏剧奖头奖……奖、奖、奖，每种奖都是他做的一个美丽的梦——冠军梦，虽然是单项的冠军，那么合起来呢？不就是"全能冠军"么！

（原载《青年文学家》1986 年第 3 期）

好铁如金

多么蓝的肩章多么亮的星

多么好的队伍多么亲的兵

今天我见到了你们的面

我有山一样的爱我有海一样的情

……

1994 年 11 月 22 日晚，七点多钟，中央电视台在黄金时间，推出了大型歌舞晚会——"蓝天长城"，这是空政文工团为纪念人民空军成立四十五周年而举办的专场演出。青年女高音歌唱家铁金一曲《多么好的队伍多么亲的兵》，用她那明亮、圆润、甜美的歌喉和充满激情的演唱，抒发了人民群众对参加飞播造林、人工降雨、轰炸冰凌、航测大地……为国家经济建设做出积极贡献的空军广大官兵的一往情深，引起了许多电视观众的共鸣。

一方水土养一方人。1964 年 10 月 21 日，铁金出生在河南许昌一个知识分子家庭。父姓铁，母姓金，她便取名叫铁金。许昌大地赋予了铁金灵秀、坦诚和许许多多对未来的美妙憧憬。身为工程师的父亲，对女儿的期望是将来能从自己的家里走出一个在图纸上构想宏伟蓝图的工程师，抑或在实验室里创造未知世界的科学家。

可是，铁金从小喜爱唱歌，少年时的她就梦寐以求当一名歌唱家。十二岁那年，一个扎着羊角辫的小姑娘，居然凭歌声考上了河南省戏校。《颂歌一曲唱韶山》，她在戏校里就能唱得响当当，令小姐妹刮目相看。1976 年，十三岁的铁金又凭自己的歌声穿上了一身国防绿，来到驻张家口某部队的文艺宣传队，当上一名文艺小兵。出操、站队、叠被子、搞拉练，紧张的生活，严格的纪律，约束了她，也磨炼了她。她能歌善舞，年纪小，挑大梁，经常和同伴们一起上高山、下连队、进哨所，到战士们中间，送去歌声，带去欢乐。部队驻地分散，人员难以集中，铁金和大伙儿不辞劳苦，长途跋涉，送戏上门，酷暑寒冬，风霜雨雪，坚持不断，几乎跑遍了内蒙古大草原，被战士们亲切地称为"军中乌兰牧骑"。因为表现突出，她还光荣地加入了中国共产党，荣耀和责任同时落在了她的身上。

年复一年，三个春秋过去。部队的迎新送老工作开始了，铁打的营盘流水的兵，文艺宣传队解散，铁金脱下军装，依依不舍地告别军营，退伍回到河南家乡，在一座电厂当电热工。整天价，她坚守的"阵地"就是看看仪表，活儿虽不重，这对喜动爱唱的铁金来说，非常不适应，所以她也就特别不安心，甚至为此偷偷地抹眼泪。她要唱歌，她不能离开歌的殿堂。上班看仪表，回家练发声，有时还在妈妈的护送下，到郊外的树林子里像小鸟一样歌唱，如痴如醉。

当工人，一年的时光转瞬即逝，可对铁金来说却如同熬过了漫长的十年。1982 年，一位要好的朋友给她捎话，河北省歌舞剧院广纳贤才，正在招一个唱民歌的演员。这是一个鼓舞人心的喜讯，也是一次十分难得的机会，她去应试了，过关斩将，果然榜上有名。从河南到河北，列车长啸，载着她朝她选择的方向飞奔。

对待艺术事业的追求，铁金特别执着。在歌舞剧院，她如饥似渴，贪婪地求知。她的天赋好、悟性高，加之刻苦钻研，不懈努力，很快成为尖尖小荷，担任独唱演员。

一年后，为了扩大视野，把艺术水平提得更高些，又利用节假日，自费到北京，拜全国最高学府——中国音乐学院的著名声乐教授金铁林为师，苦心研读。她十分珍惜这次学习机会，每天天蒙蒙亮起床，从西郊出发，乘地铁，挤公共汽车，横穿北京城，赶往金教授家上课，然后带着知识带着劳累返回住地，一天又一天，周而复始，即使隆冬季节，寒风怒号，感冒发烧，也不退缩。

精诚所至，金石为开。铁金如醉如痴的学习精神，使金教授大为感动："给你上课，我不收学费。"

春华秋实，1985年河北省举办青年歌手比赛，铁金报名参加，一曲《三峡美》，声情并茂，观众犹如置身江中，饱览了三峡的秀山丽水，评委和观众用掌声把她送上了一等奖的领奖台。付出与收获，犹如一对忠实的情侣。一时间，电台有声，电视有影，铁金向人们大踏步地走来。一个多么好的兆头！

"没名时，要追求，有了名，更要追求，否则，在这个瞬息万变的年代里，很快便会变得徒有虚名。"铁金正是怀着这样的信念，又向前迈进了一步，这一年，她考上中国音乐学院歌剧专修班，成为一名学子。后来，她几经周折，终于再次投奔到金铁林教授的门下，成为一名高足。那时，金教授因授课任务重，还要参加众多的社会活动，常累出病来，但他不顾自己的病体，而对每个学生的一招一式、一腔一调都严格施教，从不懈怠。铁金无不为之感动，她不仅从金老师那里学到了声乐艺术，也学到了做人的品德。为了尽可能多地掌握歌剧艺术的真谛，她全身心地投入，几乎没有了星期天、节假日，所有能挤出的时间都用到了学习上，近乎达到对自己残酷折磨的程度。金老师科学训练、悉心指导，铁金一丝不苟、虚心求教，终于在演唱技巧上不同凡响，有了质的飞跃。三年寒窗，1988年毕业，正赶上华北五省市青年歌手大奖赛，铁金参加了，她唱了《你会爱上他》，唱了《故乡情》，唱了《金秋美》。她又用甜美圆润的歌声、独具魅力的舞台形象，证明了自己的实力，赢得诸位评委的赞赏，获得民族唱法一等奖。的确，这一年的金秋是美丽的。

从音乐学院毕业后，金铁林老师力荐她到空政文工团工作。北京，是国内外艺术人才、优秀节目的荟萃之地，学习观摩的机会也更多，能在这里工作，是她多年的夙愿，当然满心欢喜。此间，有不少地方来人邀请她去演出，并且许以不低的"出场费"，但她都不为金钱所动，每每婉言谢绝。反之，团里组织小分队下基层，为战士演出，无论到边远分散单位，还是去海岛高山连队，她都积极参加。有人不解地问：你这又何苦来呢？听了笑笑，算是回答。其实，一旦了解了她的内心世界，就真正了解了她这个人。她说："人，应该有点精神寄托。我有一个朋友，当了老板阔太太，钱有，房子有，小汽车也有，但她总说很怀念连12寸黑白电视机都买不起的日子，现在觉得特别空虚。有的女孩子，找一个阔老板，浑身打扮得珠光宝气，可走在一起，有共同语言吗？这也叫幸福？"她不怕清贫，她安贫乐道，淡然处之，她在寻找自己的"寄托"，那就是声乐，那就是舞台。

1991年2月19日，春节刚过，文工团接到任务，为庆祝中国共产党成立七十周年，重排歌剧《江姐》，要求"奋战70天，力争5月底成型"。这是第四次重排《江姐》，全团闻风而动。导演冷永铭和团领导反复研究，很快确定三位江姐的扮演者，铁金有幸被选中，只是被排在C角位置，排练时间占百分之二十。

孩提时代，铁金就读过小说《红岩》。共产党员江姐对党的事业无限忠诚的光辉形象一直在她脑海中萦绕，激励着她去工作、去学习、去生活，她非常崇敬江姐。不过，她做梦也未曾想过，有朝一日能亲自扮演江姐。是巧合，还是机缘？常言道：人逢喜事精神爽。铁金此时的心里反而有些忐忑不安。因为《江姐》曾三度公演，前后三位江姐的扮演者万馥香、孙少兰、金曼，都以自己的出色表演，在文艺圈和社会上引起巨大反响。自己将要塑造的舞台形象能不能被观众认可？不！只要演，就得成功，否则就对不住长眠在地下的先烈，也对不住领导和观众的厚爱。即使给她的仅有百分之二十，她也要做出百分之百的努力。于是，她找到了资深女导演冷永铭，积极请战："冷老师，让我试试吧！"

"你是 C 角，A 角不演有 B 角，B 角不演才轮到 C 角，也许你就没有演出的机会了，不怕？"

"能演江姐是我的愿望，演不上，排了戏，也是一次学习的机会。"

"我就要你这句话，"冷导演笑了，"试试吧，我对你充满信心。不过，时间紧，你要会利用，A 角 B 角排练、合成，你也跟着排练、合成，这样时间不就多了吗？"

铁金点点头，感激之情溢于言表。

铁金的丈夫是乐队的吉他手，乐感相当好。这次排练《江姐》，他悄悄地为妻子当场记，导演有什么要求，他就记在小本上回家跟她说，帮助她一起练习。真正的"妇唱夫随"。

经过一段时间排练，铁金自我感觉并不良好。有一天，深夜十一点多钟，排练完，吃了夜餐从饭堂出来，铁金拉住冷导演的手，急得哭了："冷老师，我怎么这么笨呀！这次上不上不要紧，我能跟你学半年戏，也就满足了。"

"想打退堂鼓？"

"我怕让老师白费苦心哪。"

"这可不像你的性格。"冷导演扳着铁金的肩头，为她鼓劲，"抽空把小说《红岩》再读它几遍，要钻进去，置身于那个时代，熟知那时的情景，加深对江姐的理解。我还是那句话，对你充满信心。"月光下，两人肩挨肩，边走边谈。临别时，冷导演又一次语重心长地对她说："错过了这一次机会，你会后悔一辈子的！"冷导演，热心肠。

铁金记住了，刻骨铭心。白天排，晚上练，一天约十数个小时，七十天里，天天如此，节假日也没有休息过一次，有时，她还到团里请老大姐孙少兰、金曼谈扮演江姐的体会，一招一式学习技艺，一点一滴揣摩角色。为把握四十年代白色恐怖下人物思想感情的变化，按冷导演的要求，四十余万言的小说《红岩》，她废寝忘食接连研读了三遍。整个儿要戏不要命。急，累，唱，铁金嘴唇一下子起满连珠般的水泡，打针、吃药也无济于事。医生开假条，要她休息，可属于她的时间本来不多，更得抓紧才是，她暗暗下决心：为了塑造好自幼就崇敬的英雄江姐形象，即使倒在舞台上也义无反顾，在所不惜！假条揣进兜里，她带病走进了排练场。丈夫见状怪心疼的，劝不是，不劝也不是，无奈，只有从台下看着台上的妻子叹息。这就是铁金，有铁一样的性格。

直至 5 月 25 日七场《江姐》圆满合成。空军机关的领导审查了三位江姐的演出，评价：尽管铁金是第一次扮演江姐，但在歌剧民族化上下了功夫，唱功好、音色美，高声区明亮，中声区委婉，吐字清晰，声音圆润，民歌风味浓郁，在表演上力求把导演意图和对角色的理解融为一体，较好地把握了江姐的人物个性，可塑性较强，很有潜力。此次决定由铁金演出重要场次。

"七一"前夕，中央军委首长饶有兴味地观看了空政文工团第四次重排演出的《江姐》。演出结束，首长走上舞台和演员们亲切握手，并合影留念。首长握住江姐扮演者铁金的手，高兴地称赞道："演得好，演出非常成功。《江姐》这个戏告诉我们，今天的政权来之不易，忘记了过去，就意味着背叛。"给予了高度的赞扬。

公演时，北京已进入了夏日。铁金身材略瘦，显得单薄，为了使江姐的舞台形象丰满些，她每次上台都穿一件加厚棉背心。大热天儿，滋味可不好受，几场下来，身上捂出了痱子，一惊一乍，时痒时痛，很难熬，可角色需要这样做，她硬是忍着。

《江姐》演出成功了，铁金同样成功了。之后，《江姐》剧组奉命赴全国六省市巡回演出。9月15日晚，《江姐》在兰州为省、市党政机关各界人士演出。演员谢幕后，省医药公司一位女同志久久不愿离去，她走进后台握住铁金的手说："你演得真好，看这场戏我不知落了多少泪，听你们的演唱真是美的享受，祝你今后更上一层楼，多为人民演好戏。"然而，她并不知道，铁金是带病演完这场戏的。因连日劳累，加上气候反差大，铁金一到兰州就患了病，感冒高烧，嗓子发炎，声带充血，正常情况下是不能再登台演这样的重头戏的。但是，饰演江姐的A角、B角，都因故未能随剧组一同前往，如果她倒下等于整个剧组倒下。铁金毕竟是铁金，她向领队说："作为一个演员，心里可以没有自己，但不能没有观众。"一边坚持着治病，一边坚持着演出，连演六场，圆满完成任务。C角，仅仅是一种分工，也不论他人是怎么看的，要紧的是她在心中找准了自己的位置。她用艺术证明了自己的实力，她用实力证明了自己的艺术。

　　四川，是《江姐》的故乡。10月3日晚在成都举行首场演出，剧组特邀革命烈士彭咏梧和江姐的儿子、现任四川大学党委副书记彭炳忠观看《江姐》。看完后，他激动不已，紧紧握着导演和铁金的手说："看了你们的演出，我作为烈士的儿子感谢你们，作为一名共产党员感谢你们。《江姐》这部戏，我们这一代人需要它，青年人更需要它。"

　　此次重排《江姐》，共演出八十一场，观众达十一万人之多，在全国各界产生了极好的社会影响，使很多人又一次看到了共产党人的凛然正气。一部戏，能掀动起观众澎湃的感情大潮，这是艺术的魅力，也是演员的创造，铁金做到了。因为铁金成功地塑造了江姐的感人形象，组织上才没有忘记铁金创造性的劳动，为她记了二等功。这一荣誉在空政文工团创建以来的四十多年间实属不多见，即使整个文艺界大概也是凤毛麟角。

一枝盛开的红梅，捧在了铁金的手中，但她没有陶醉。1992年 7 月，在中央文化部举办的全国民族声乐比赛上，铁金不负众望，获得"十佳歌手"的美誉；是年岁尾，又在深圳的声乐大赛中荣获二等奖。

靠词曲作家的默契配合，唱着他人写的歌，铁金登上了辉煌的大舞台，她很感激，"没有他们，纵然我浑身铁周身金，又能怎样。"她是真诚的，她依然需要词曲作家们真诚的合作；如今，她又萌发了新的想法，不安于等待了，她开始自己写词作曲，尽管案头完成的二十多首歌曲不能尽如人意，有的还显得稚嫩，但它的意义却远超出这些歌曲的本身。在《新民晚报》、东方电视台、东方广播电台等单位联合举办的"94 上海自然美杯中国新歌征集"活动中，铁金谱曲的新歌《远村》，最近获得了鼓励奖。奖不算很高，但毕竟是鼓励。好铁自当炼好钢，真金在哪都闪光。

这就是铁金，好铁如金！

（原载《中国空军》1995 年第 1 期）

云雀在蓝天歌唱

1983 年的 4 月，首都桃红柳绿、争芳斗奇的百花报告着春的信息。与春花争妍的文艺之花，也正沐浴着春风春雨，竞相开放！继全国优秀短篇小说授奖大会之后，由中国作家协会与中国煤矿地质工会、中国煤矿文化宣传基金会联合举办的"全国煤矿优秀文学作品奖"，又于 16 日揭晓。

有一位手捧奖品的青年，高高的个头，挺拔的鼻梁，两只黑亮的眼睛闪烁着睿智的光芒，一身合体的军装，更增添了他动人的神采。他是谁？在获奖名单上写着："诗歌《早晨，脚下的路》，作者李松涛"。

然而，这里的会议还没有结束，那里，解放军文艺编辑部的电话已经追到会上："松涛同志，去年你在《昆仑》上发的组诗《带韵的边风》获奖啦，请你……"这是真的吗？当他惊喜未定，却又连传捷报——1983 年 2 月，他在《上海文学》发表的组诗《心与枪的奏鸣曲》，荣获首届"空军文学奖"；另有一组军事题材的诗，又获《龙沙》优秀作品奖。

啊，一分耕耘，一分收获。他继荣获《诗刊》"1981 年至 1982 年优秀作品奖"后，在 1983 年的一年内，又连中四奖，真可谓四喜临门啊！当笔者问他有何感想时，这个平常善于高谈阔论的年轻诗人，变得局促不安起来，沉思良久，才红着脸回答：

天有一双手

"只要你忠实于生活，生活就会无私地馈赠于你。"

　　是的，生活的馈赠，的确是慷慨的。在动乱的年代里，松涛从煤城抚顺被一阵风暴卷进了深山。他没有消沉、彷徨，而是在癫狂、迷乱的年月里，执着地寻觅、歌唱着生活中那些最宝贵的——山里人勤劳、质朴、敦厚的美德。一次大热天，在山坡上劳动，李松涛穿着裤衩、背心，双手抱锄，同大爷、婶子和小伙伴们一起耪地、锄草。唠嗑中，那些方言、土话、歇后语，像村里的炊烟袅袅升起，如山涧的溪水源源不断。他，这个生活的有心人，欣喜地掏出挂在胸前的圆珠笔就想记。可是，裤衩、背心没口袋，装不了本子，往哪儿写呢？他只好记在左臂上。一位并肩劳动的大婶扶住锄，看看他乐了："哟！你这是写天书，还是画符呀？"

　　"嘿嘿！"松涛一吐舌头，笑笑，算是回答。而他心里却在想：不，都不！我要写生活，画乡亲，写画出生活在这座大山里的父老兄弟们！这是他的夙愿。

　　收工了，沿着长满荆棘的小道下山。他累了，觉得劳动真苦，像路边的苦苦菜一样苦涩；他笑了，觉得生活真甜，像坡上的谷子一样香甜。今天的收获，真不小哩！他情不自禁地抬起左臂，想看看劳动中得到的收获。呀！蓝色的墨渍，模模糊糊，洇成了一片，满臂都是，像蓝澄澄的小溪，还是绿茵茵的草地？不，那仿佛是他流下的泪水，蓝色的泪水哟！他实在不能原谅自己的粗心，脸上流汗，怎么能用胳膊肘儿擦，擦！从生活中寻觅来的"至宝"，又随着汗水流去了！

　　下山的人群，欢声笑语，松涛却没精打采，懊恼极了，低着头，边走边在追忆失去的那些生活的话语。不料，他一个趔趄，怀抱锄头踉踉跄跄地栽进了路边的稻田里。当他带着满身泥水爬上田埂，却发现肚皮被锄头划出一道长长的口子，殷红的鲜血浸染在白背心上，他赶紧用手捂住，生怕被好心的房东大婶看见，惹来一场心疼的埋怨。从此，他想出一个"高招"：每逢天热下地，他都带上一个小本儿，没有口袋，就顶在头上，用草帽扣住，想记什么，举手可得。生动的语言、创作的素材——那些带着泥土芳香的最鲜活的东西，他记了一本又一本。血，总算没有白流。

生活哺育了他，生活激励了他，生活的画卷在他的笔下展现了！1976 年 1 月，《诗刊》复刊号上发表了他的组诗《深山创业》：

岭上高歌，峰顶欢笑／坡前种谷，渊底栽稻／我们在大山上穿行／云里雾里留下无数小道／我们出工，在小道上走过／晨露含笑，飞鸟问好／我们收工，从小道上归来／野藤牵衣，探问辛劳……

字里行间，浓郁的生活气息扑面而来。著名诗人臧克家怀着激动欣慰的情感，通读了松涛的这一组诗，兴奋地在《文艺报》上写长文赞誉："他带着他诗的色彩、诗的光芒、诗的声音，大踏步地走进了诗的田园，引起了读者的注目。"当时主持《诗刊》工作的李季同志，特意把松涛请到编辑部，详细地询问了他的生活和创作情况，勉励他要继续深入生活，创作出更多反映现实生活的好诗。我国已故诗人郭小川也给李松涛写下了他生前最后一封谈诗的信。

生活的勤奋耕耘者，终于崭露头角，赢得了荣誉。但是，松涛的心里却像湖水一样清澈、平静，他时时不忘诗坛前辈们对自己的殷切期望，也深知未来的路还很漫长。1970 年，他离开深山，回到煤城，在抚顺市文化局创作办公室工作。这儿成了他的新的乐园。他有机会读到那些当时不准读的书：像月光一样皎洁的《月下集》，像红柳一样无畏的《红柳集》，像山泉一样清澈的《山泉集》……他如饥似渴，贪婪地读啊，读！他从中开阔了生活的视野，得到了艺术的启迪。可是，他也更看出了自己的不足——生活的根基扎得太浅。要建造一座诗的大厦是难的，根基不深，那就难乎其难！他决心到生活的底层，他要下矿井，深入八百米深处，到矿工中间去，扑进生活的怀抱。

一次又一次下井，日子长了，好心的老师傅开始对他劝阻道："孩子，哪有你这样深入生活的？都深入地下几百米啦！往后，你要是缺个啥的，咱唠给你听呗。"

"师傅，百闻不如一见嘛。"

"可井下太危险啦！"

"师傅，您在井下干了大半辈子，就不怕遇到危险吗？"松涛谢绝了师傅的好意，依然坚持下井。他不但下巷道，还下到矿井最危险的地带——掌子头，和工人们一起采掘，整天价流一身汗水，吸一腔煤尘。他对采煤工人的感情与日俱增，笔下的诗，也像乌金似的流了出来：

我是煤海弄潮人的后代／我当然懂得——／这条绝对算不得笔直的路上／还留着老一辈没有走完的坎坷／我明白血肉与火成岩构成的逻辑／我清楚汗水与煤炭交织出的法则／我们这一代的责任／就是在坚硬的困难中掘进和开拓／这条路的那头，拴着一块煤田／我用智勇做镰，尽情收割——／为驱赶黑暗，我收割光／为放逐寒冷，我收割热／为照亮未来，我收割燃料／为加热希望，我收割烈火。

感情炽热的诗行，赢得了广大煤矿工人的心！他获奖了。

1978年，一个极偶然的机会，松涛被破格批准入伍到了空军，时年二十八岁。

穿上了军装，成了一个军人，一个军队的诗人，那就要用手中的笔塑造当代军人的形象，责无旁贷！虽然他有许多非军队素材的积累，但是，他忍痛割爱，暂时放下了，他需到一个全然陌生的新的领域中闯一闯，要让自己的诗也穿上军装，力争唱出标准的"军歌"。他清楚要做到这一点，没有捷径可走，唯一的办法，就是继续沿着生活的崎岖之路，去艰难地跋涉。他打点行装，又扑向了军队生活的海洋，到辽南一个条件比较艰苦的航空兵部队去当兵，当维护飞机的地勤兵。

送银色战鹰出航，迎飞行健儿归来，在朝夕相处中，渐渐地，他熟悉了军营生活的多彩，懂得了祖国蓝天的高远。他表示了一个热切的心愿："我想借日、月、星辰的光芒，来映射保卫者的忠心赤胆；我想借云、霞、虹霓的色彩，来描绘振翅疾飞的银燕……"终于，他从地面冲向了云端，像云雀一样在蓝天里歌唱：

我的翅膀，把天空和大地紧连／我的航迹，把生活与欢笑贯穿／来自长空的风中，有我的呼吸／洒向田野的雨里，有我的热汗／太阳和月亮，是我大睁着的双眼／我让它们不倦地转动在苍穹，为的是轮番守护白昼和夜晚。

饱满豪放的抒情，奇异巧妙的构思，清新细腻的笔调！看，就连一位年轻的飞行员为他即将出世的孩子选购礼物，这样一朵小小的生活浪花，在松涛的笔下，也能折射出五颜六色的感情的彩虹：

两块优质的绸缎／一块印花的绿色褥面／一块恬淡的蓝色被面／……给孩子铺一块碧绿的大地／给孩子盖一张蔚蓝的云天／为了哺育一个翱翔的理想／从小就翻滚、呼吸在天地之间！

他以丰富的想象力，写出了如此使人耳目一新的好诗，仿佛把

天有一双手

读者领进了一个美妙、多彩的境界里。难怪这些诗，被许多飞行员们熟背、传抄、剪贴在小本儿上。他终于唱出了激越动听的"军歌"！在这短短几年的军旅生活中，松涛已经写出反映空军生活的短诗数百首，成了深受战士们喜爱的军旅诗人。

云雀啊，他在飞翔中歌唱，他在歌唱中飞翔！云雀在蓝天歌唱！他那诗的鲜花，都是根植在现实生活的土壤，用自己的心血和汗水浇灌而成。

1978年，他像山民在大山里升起了《第一缕炊烟》，立即引起诗坛宿将、新朋的注目，不久就被吸收为中国作家协会会员。接着又当选为作协辽宁分会理事，他是最年轻的理事。一个裁缝的儿子，终于将父辈手中的剪与尺，换成了枪与笔。从昌图县四合公社华家窝棚里，飞出了一只在蓝色天地间歌唱的云雀。

1981年，他像耕夫在大地上留下了《诗的脚印》。那时，他正在中国作家协会文学讲习所学习，但他的脚印还是深深地扎在生活的土壤里。暑假，他又跑军营、下煤矿，如花间的蜜蜂那样繁忙。

1984年，他像云雀在蓝天唱出了《云影与松风》，这正是在他连续领了四奖之后！

生活对松涛的馈赠确实是丰厚的。当他手捧三本诗集，曾有过一时的欣慰——仅仅是一时而已，过去的只能说明过去，未来还能馈赠给自己什么呢？他觉得丝毫不可懈怠，又在进行新的思索了。在诗歌界，当有人主张不须深入生活，只表现自我，自我就是一个世界，足够写一辈子的时候，他对这种论点不敢苟同。"如果说诗是号角，号角只有从社会生活的高台上发声，才能打动人心，激励斗志；如果说诗是匕首，匕首只有在生活的磨石上砥砺，才能锐利无比。"这是他写作的信条，他遵循着；这是他生活的诺言，他恪守着！河西走廊，丝绸之路，闽南大地，内蒙草原，东北林区，高山海岛……都留下过他的足迹。在这些地方，他对闪耀着夺目光彩的古代文化钦羡景仰，对骨肉同胞的思乡之情耳濡目染，对美丽如画的祖国疆土深深热爱！……

深厚的感情和扎实的生活经过凝聚、过滤，化成作品，陆续在《人民文学》《诗刊》《解放军文艺》等刊物上发表出来。他的创作水平又来了一次跃升！为此，《解放军文艺》编辑部、空军文化部，分别召开了李松涛军事题材诗歌创作讨论会，受到了许多诗人和评论家的褒扬，他的力作《心与枪的奏鸣曲》刊发后，不仅在国内，同时也在海外引起回响。从樱花之国日本的川崎市，有位名叫木村春作的老人，给他寄来了一封热情洋溢的信，盛赞："读了李先生的大作，我这个66岁的老人竟然被诗中表达的生活和热情感动了！……"

然而，松涛却更受感动，他腼腆地对笔者说："万万没有想到，我的一组小诗，还能使一个外国老人的心有所动！"

我笑了，反问道："当你写诗的时候，为什么不想到它能够使中国人、外国人的心，都有所动呢？"

"想过，那很难。"

"需要生活，扎扎实实的生活，对吗？"

"你的感觉对头。"他冲我微微点头。

"不过，你做到了。"我紧紧握住他的双手，由衷地祝愿道，"歌唱吧，云雀！愿你在生活的天地间，永远展翅飞翔！"

果然，他连年有新作出版。抒情短诗集《凝固的涛声》《坠果》问世不久，他怀着深沉的爱完成了叙事诗集《没有完成的爱》《女性插翅的浪漫》以及散文诗集《萤灯》，他用对人生的洞察与感悟，抒写了长诗《无倦沧桑》，又全方位出击，结集了小说《夕域》《谜仇》，等等等等，洋洋大观十数部著述。

穿了十年的军装，现在松涛却成了吃军粮而不穿军装的文职官员；但无论衣饰怎么变易，云雀那颗振翅长天而放歌的心定然不移！

今后的日子里，在中国的诗坛上，李松涛的影响将不可估量，我有这种预感。

（原载《文学知识》1985 年第 4 期）

金达莱之歌

相信我吧妈妈

我是你的金达莱

冷岩冻土里扎根

冰山雪岭上盛开

千里北国是我故乡

万顷林海伴我成长

装点春光更明媚

理想花开永不败

啊——

女儿不忘你的深情厚爱

……

坐在我面前的这位歌坛新秀，是个气质、秉性都很特别的姑娘。我们的交谈一开始，她就唱起了这支《金达莱之歌》，委婉动人的旋律、满含深情的话语，不由把我带到了祖国的南疆……

那是 1982 年 12 月 4 日，她随着文艺演出队登上了广西前线的金鸡山，为空军雷达站和陆军哨所的战友们慰问演出。

她一连唱了七支歌，战士们还一个劲地鼓掌："欢迎再唱一支，再唱一支！"部队首长怕她累坏了嗓子，再说前沿阵地一直处于临战状态，危险得很，劝她别唱了。"要不，就进山洞掩蔽所，喝口水，歇会儿再唱。""不要紧，首长。"她婉言谢绝了。她说："当我看着这些和我年岁差不多，曾经在反击侵略者的战场上冲锋陷阵、流血流汗的战士们，就有一股不可抗拒的热浪从心底涌出！我若能用歌声鼓舞起战士们的斗志，狠狠打击来犯之敌，不正是我梦寐以求的吗？我要唱，放声地高唱！"

于是，她流着泪唱，战士们手握钢枪流着泪听。我想象着那是一个多么热烈的场面啊！"金鸡"高唱，山鸣谷应。

"看到这些'新一代最可爱的人'，我就像看到了家乡的父老，再唱三天三夜，也报答不尽对他们的无限深情和爱戴啊！最后，我又给他们唱了《金达莱之歌》。"她显得有些激动。

真没想到，姑娘不但感情丰富，而且还很善于联想，从南疆她一下子想到遥远的北方，想到北方那绿色的森林。

姑娘的名字叫崔贞玉。她从小就喜爱唱歌，这在家乡是出了名的。在小学读书的时候，路上，天真烂漫的贞玉就喜欢对着青山、白云，对着绿林、沃野，对着哺育她成长的蓝色的镜泊湖，高高兴兴地唱，没完没了地唱。

有时唱歌忘了时间，迟到了，挨了老师批评，认个错儿，没过多久，又会迟到，又要挨批。老师生气了，板着脸问她：

"小贞玉，你到底是想读书，还是想当个歌唱家？"

她摇摇头，嗫嚅了半天，回答："不知道。"

这一天，老师领着小同学们围坐成人圈，玩"丢手绢"，谁输了就出节目。随着"咚咚咚……"的击鼓声，花手绢儿在每个人的手上传递着，像彩蝶一般飞舞。

"咚！"一记重槌，鼓声停了，手绢正好落地生根，扎在贞玉的手里。她咬着嘴唇，红着脸蛋儿，被推推搡搡拥到人圈中间，不知是谁喊道：

"老师，贞玉爱唱歌，叫她唱一支歌吧！"

"行！"老师抚摩着小贞玉蓬乱的头发，给她鼓劲，"别害怕，唱一个！"

小贞玉没有推辞，看看老师，瞅瞅同学，放开嗓子唱开了，声音尖亮、动听：

"相信我吧妈妈，我是你的金达莱……"

"贞玉唱得好不好？"

"好！"

"再唱一支要不要？"

"要！"

掌声带着很强的节奏感，像音符一般颤动，令人陶醉。

不知不觉中，高年级的同学们也被她的歌声吸引过来，掌声和叫喊声把小贞玉包围了。

"当当！当当！……"上课的铃声响了，总算给贞玉解了围。

没等同学们走散，班主任拽着贞玉的胳膊来到音乐老师的面前：

"张老师，这是个会唱歌的好苗苗！"

"哦？"年轻的音乐老师将信将疑，伸手拿来二胡，"唱一段，我给你伴奏。"

"唱什么呀？"她仰面望着老师，扑闪着一对黑亮的眼睛，羞答答地问。

"你会唱什么呀？"老师学着她的腔调，笑眯眯地反问。

"……冷岩冻土里扎根，冰山雪岭上盛开……"

"还会唱什么？"

"北风那个吹，雪花那个飘……"

"好！还有吗？"

"洪湖水呀，浪么么浪打浪呀……

贞玉哪里料到，她的歌声已经从广播里传了出去，在全校播放。

同学们轰动起来了，平素谁也没有注意到这个不起眼的小姑娘，歌儿唱得会这么悦耳。

老师可兴奋了："贞玉，以后常来，我教你唱歌。"

"好呀！"贞玉像一朵云，轻轻地飘走了。人生的道路有时就那么奇特地向前延伸着。她连做梦也没有想到，今天"丢手绢"会和她唱歌结下了不解之缘，从而使她有幸登上声乐舞台。当然，这中间还要走一段艰辛的道路。

学校组织晚会，贞玉成了当然的"小歌星"。她的个头很小，只能站在凳子上唱。虽然是一副童声，但非常洪亮，观众简直不敢相信歌声是从她那小小身体和小小嘴巴里飞出来的。

一阵又一阵掌声，一次又一次返场。她已经几次谢了幕，台下的人们还在用掌声伴着呼唤她：

"贞玉，你别走呀！"

"贞玉，再唱一支吧！"

她第一次感受到，歌声能把人和人的感情联结在一起；她真正感到了从未有过的幸福，幸福的花儿就在她心头开放。

可是，贞玉的童年也有不幸。她出生在镜泊湖畔一个朝鲜族林业工人的家庭。尽管那里有着莽莽林海、肥土沃野，但她一生下来就好像营养不足，又瘦又小，爱哭爱闹。

刚满八个月时，妈妈就得了风湿性关节炎、十二指肠溃疡，生活不能自理，只好经单位批准，到外地疗养治病，一去就是半年。

等到她回家时，小贞玉已经牙牙学语，会叫"妈妈"了。可是，这个小瘦丫头偏认不出谁是自己的妈妈，她是吃着姥姥的奶水长的。她听小姨喊姥姥"妈"，也跟着学舌叫一声"妈"，小姨喊妈妈"大姐"，她又跟着学舌叫"大姐"。全家人听了轰然一笑，她笑得更开心、更甜了。

妈妈的笑，则是含泪的笑，总觉得对不住孩子。女儿是那么小，自己却没有尽到一个做母亲的责任。常讲"慈母爱"，我的慈母爱到底在哪儿呀？以往失去的，今后就加倍补偿吧，还来得及。

用什么东西补偿女儿呢？买新衣服？做好吃的？难啊！连姥姥一家共十二张口吃饭，全靠妈妈四十多元薪资。但是，表达爱的方式有很多种。妈妈会唱歌，好听，动人。每天晚上，她都把女儿搂在怀里，不顾一天工作后劳累的病体，唱歌给她听，教她一句一句学着唱。唱《金达莱之歌》，唱《北风吹》，唱《洪湖水浪打浪》《唱支山歌给党听》。

"……我把党来比母亲……"小贞玉唱着唱着偎依在妈妈的怀里，不知不觉地睡了……

门前的小松树长高了一截，小贞玉也能颠颠儿地跟着大人上山采蘑菇、摘野梨、挖山菜了，走到哪儿唱到哪儿，活像一只小百灵。她无忧无虑，快活极了。

实在没有料及，她居然"一举成名"，成了学校文艺宣传队里的一名主要演员。

在这原始的大森林里，工人们有的是力气，缺的是文化生活。特别是冬天，花儿早谢了，鸟儿不叫了，山风呼啸，林涛怒吼，千里冰封，万里雪飘，工人们除了能够进山猎取一点山货外，只有围在火炉旁，靠喝酒、扯乱谈打发掉难熬的严冬。所以，贞玉常跟随宣传队给他们带去欢乐。

在林场演出，工棚里，火炕旁，熊熊的炉火把工人们脸庞炙烤得通红，节目不论好赖，台上和台下，总是不时爆发出一阵阵欢声笑语。此情此景，是一幅美丽的画，是一首抒情的诗，还是一支亢奋的歌？贞玉虽然说不出来，心里却很高兴，老想多唱给他们听。

那时，贞玉正赶上换牙，两颗门牙没了，唱歌时关不住风，吐字也不太清楚。但是，只要她满怀深情唱完一支歌，大爷、大叔和大哥哥们都会使劲为她鼓掌，喊道："小豁牙子，再来一个！"

不唱，就甭想走下台。她感到了快活，一种别人难以体味出来的快活！也许，乡亲们就是用这样的方式对艺术怀着一种渴求心，感染、教育和鼓舞了贞玉，使她在崎岖的艺术道路上攀登不止。

贞玉在舞台上是"主角"，在家里是"总管"。妈妈有病，爸爸常年不回家，她把家务活全都揽过来，洗衣、做饭、带弟弟……样样能干。没柴烧了，她背只小筐，翻山越岭，到木料场捡树皮，看木料的更倌都认识这个会唱歌的小豁牙子，逗她唱几支歌，破例送她一些树皮、枯枝什么的。她笑了：噢，歌声还能换来生活中缺少的东西哩！家里用水，要到井台上担，她个子还没有水桶高，担不起来呀！妈妈出于无奈，给她买了两只旧油漆桶。山路难走，两只水桶悠悠打打的，一不小心摔倒，"咕咚"一声响，水洒光了，可桶儿摔不坏，那是铁的。这时又得重返井台，再提两桶，格外小心地挑回家。

一群小伙伴们跟在身后，一边听她唱歌，一边帮她担水。她又笑了：嘻嘻嘻，这不都是唱歌换来的吗？最初，她对唱歌的认识，就是这样朦朦胧胧的。

毕竟，贞玉太年轻，稚嫩的肩膀担不起一家人生活的重负啊！从晨曦初露，到月落星稀，贞玉上学念书、参加演出、操持家务，晚上躺在炕上，瘦小的躯体连翻身的力气都没有了，腰酸腿疼得真想放声大哭一场。但是，她不哭，也不对任何人说一声累或苦。说了，妈妈会心疼，甚至不让她再去为工人们唱歌了。别的好说，不唱歌怎么行？她实在迷上了唱歌。

粉红的杏花，凋零了；雪白的梨花，绽蕾了。正是在这花落花开的季节，黑龙江省教育工作会议在牡丹江召开。贞玉参加了林业局文艺宣传队，被特邀去为会议演出。

进城，那里是一个花花绿绿的世界，这对常年厮守在偏僻山区的孩子来说，不亚于去赴一个盛会，过一次节日。有条件的姑娘们，在家人或亲友们的帮助下，连夜赶做新衣新鞋，着意打扮一番。

可是，贞玉的妈妈半年前离家到牡丹江林业干部学校进修，无法关照她。姥姥不忍心，翻箱倒柜找了半天，连块像样点的小手绢儿也没翻着，最后只好把小姨头上用旧了的红头绳解下来，给贞玉扎上，聊表全家人的一点心意。贞玉嘻嘻一笑："穿旧点怕啥呀，歌好听就行呗！"就这样，她踏一双露着趾头的鞋，穿一条露着膝盖的裤，离开了家。除了唱歌，贞玉对生活好像一无所求。

在火车上，她快活得像只小鸟儿，叽叽喳喳，又说又笑。同行的韩大姐看她这一身穿戴，心想这样怎么好在大庭广众之下登台演出呢。便从列车员那儿借来针线包，坐在贞玉身边，含着泪帮她补鞋、缝裤子。

到了牡丹江，刚住下，妈妈突然出现在小贞玉的面前，她是接到宣传队领导的电话来的。"妈妈！"贞玉一下子扑到妈妈的怀里，半年没见了，她多么想念妈妈呀！"妈妈，我是来唱歌的。"她话语中带有几分骄傲。

妈妈从头到脚打量完贞玉，一句话没有说，拽着她的胳膊就上了大街，走进一家百货商店。

"请拿一双袜子来，"妈妈对柜台里的服务员说，"颜色鲜亮一点。好，就那双黄的。"又回过头来问贞玉："喜欢吗？"

贞玉全明白了，扽了扽妈妈的衣袖，小声嘀咕："我有袜子，在挎包里。"

"再给拿条裤子。"

售货员选了一条蓝色背带裤子，递了过来。

"这要花多少钱呀？"贞玉噘起了小嘴巴。她懂得一分钱在自己家生活中的作用，可舍不得呀！"妈妈，少买件衣服，给我买本唱本吧。"

妈妈不理她，接着又挑了一件红条绒上衣，一起付了钱，当场就让贞玉换上。

贞玉对着镜子，左照照，右照照，似乎都不敢认自己了："啊，这就是我吗？穿上新衣服，我也有这样好看呀！"她冲着大长镜，嘻嘻地笑。

妈妈站在女儿的背后，左看看，右看看，没有笑，越看泪珠儿越多，好像断了线，总也淌不完……在回去的路上，妈妈又特地领她走进新华书店，买了两本新出版的歌曲集。自从会唱歌，她就没见过什么歌本，今天妈妈一下为她买了两本，她比穿上新衣裳还高兴。

晚上，小贞玉第一次在乐队的伴奏下，用她纯真的童声一连唱了六支歌，当她演唱《金达莱之歌》时，中间几次被观众雷鸣般的掌声打断。她在台上瞅见坐在前边的妈妈，一边看一边抹眼泪，于是，她唱得更加动情了，她要为妈妈唱支歌。

演出后，省教育局的领导接见演员时，把小贞玉举起来，高兴地说："了不起，你是一个小天才嘛！"然后，又对贞玉的妈妈说，"你生了一个好女儿，做父母的应该感到骄傲，你太幸福了！"

听了这一番赞美之词，妈妈的心里酸酸的，眼睛红红的：要是家里条件好一些，这孩子兴许会有出息的。

1977年春天，黑龙江省艺术学校要在牡丹江地区办一个艺术班，招收四十名学员。正在高中读书的贞玉，从音乐老师那儿得到了消息，高兴极啦！她让妈妈给做了点干粮，冒着凛冽的寒风，穿过莽莽的森林，急如星火赶去考试。不料，山路难行，当她走进考场，仅剩下两个在考试的考生了。贞玉走进门内，东瞅瞅西看看，谁也没有注意到她这个瘦小羸弱的姑娘，她鼓起勇气对主考老师说：

"我也想考，行吗？"

老师扭回头，用手托托玳瑁眼镜，打量她一眼，轻声地问："你想考什么呀，小姑娘？"

"唱歌。"

"噢，是声乐。"老师侧转身对坐在旁边做登记的人说。

刚才老师说的专业用语，贞玉头一回听说，觉得挺新鲜的，她想：我要学唱歌，学"升月"干什么呀？我又不是嫦娥！她以为老师听错了，急忙摇手解释："老师，不不！不是考升月，是考唱歌。"

在场的人一听，哄堂大笑。

"傻姑娘，考唱歌，就是考声乐，懂吗？"主考老师目光透过镜片，落在贞玉红云般的脸上，微笑着问，"会唱什么歌？"

贞玉毫不迟疑地回答："什么都会。"

"嗬！口气不小嘛。那就唱吧。"

俨然一个很老练的演员，她没有半点儿怯场，当即唱了《台湾同胞我的骨肉兄弟》，唱了《党的光辉照延边》。最后，应老师的要求，又加唱了她的保留曲目《金达莱之歌》。

歌声一停，主考老师冲她笑笑："回去等通知吧。"

不几天，一张散发着油墨香味的录取通知书飞到了贞玉的手中。她兴高采烈，终于进了艺术学校。她一头扑进了音乐世界，脑子里装满了那些变幻无穷的奇特的小"蝌蚪"。她早起晚睡，练发声，练歌唱，如醉如痴，达到了忘我的境界。

可是，人生无常，世事难料，没到两个月，意想不到的事情发生了。贞玉说话声音沙哑，又过一个星期，嗓子一点声都发不出了。她战战兢兢地来到一家医院，经检查，发现声带边缘长出两个小疖子。医生叹了口气，很惋惜地对她说：

"改行吧，不能再唱了。"

犹如当头棒，不啻晴天雷！多少年来孜孜以求的事业，难道就这样毁于一旦吗？一着急，贞玉只感到嗓子眼儿火辣辣的，更不能发音了，眼泪哗哗地涌了出来。她用颤抖的手拿起笔，在纸上写下：

"医生，我不能离开舞台，我要唱歌，你想办法救救我吧，求求你！"

医生被她酷爱艺术的精神感动了，勉强答应："试试吧。不过，你要配合好，两个月'噤声'，当'哑巴'，连晚上睡觉都不许说梦话，能做到吗？"

她使劲地点头，脸上流露出充满希望的神色。医生当即给她打了针，并在声带上滴了几滴药水，哪怕有一线希望，她也要配合医生做百分之百的努力。她就是争取能有一个唱歌的嗓子！

晚上，她望着窗外朦胧的月光，听着屋外呼啸的山风，辗转反侧，难以入睡。

"一个声乐演员，没有一副好嗓子，还怎么能唱歌呢？唱了又有谁听呢？这些浅显的道理无须多解释。改行吧，我们负责给你安排工作。"校领导无可奈何地对她这么说。

"贞玉，趁着年轻，早改得了！"小姐妹们投来同情的目光。

这几天，八面来风，吹得她无所适从。怎么办呢？听领导和同学们的话，改行？还是坚持治疗，争取重上舞台？路啊，路，到底应该选择哪条路呢？想当歌唱家的梦，真的是一场梦啊！

她想着在学校、工棚演唱时，那种热烈的场面。

歌声能够鼓舞人、教育人，我怎能不唱呢！她终于下了决心：不动摇，不彷徨，遵照医嘱，配合治疗，争取早日治好嗓子，再放声歌唱。

有天早晨，她从树林里出来，踏着晨光往回走。突然，她发现路边草丛里有只小鸟乱扑腾。这鸟的背羽发绿，下体黄褐，白色眼圈形如蛾眉，长得真漂亮。贞玉一眼认出是只被折断了半拉翅膀的小画眉。"多么可怜啊！"贞玉不由动了恻隐之心，把它带回宿舍，放在一个小笼子里养了起来。

平时，贞玉是个特别好动的姑娘，爱说爱笑爱唱歌，猛然要她变成一个"哑巴"，而且一"哑"就是两个月，确实是非常痛苦的。

学校组织文娱晚会，她只能在台下当观众，听别人唱，她的嗓子痒痒的，好难忍啊！那些小姐妹们，一个个都像百灵鸟，整天在一起嘻嘻哈哈、打打闹闹的。贞玉和她们在一起交谈，完全是用打手势或写字表示。有时遇到个顽皮的姑娘，有意摸她的胳肢窝逗笑，但贞玉一边躲闪一边打手势"抗议"，即使憋出了眼泪也一声不吭，这需要多么坚强的毅力。

　　每天，老师上乐理课，别的同学唱歌，贞玉就在一边看歌、想歌，学习方法虽然奇特，毕竟也能从中得到些许的慰藉。

　　漫长的两个月，就这样一天天熬了过来，贞玉却越发感到了恐慌：万一再发不出声，怎么办？她站在门前的树下，面对着鸟笼默默地流泪，是为自己，还是为小画眉呢？画眉本是一种喜斗善唱的鸟儿，不知怎么，两个月来养好了它受伤的翅膀，却从没听到它唱过一声。它是不是也用这种方法同情收养自己的主人呢？贞玉常拿它比自己，又拿自己去比它，越比越觉得和小画眉是"同病相怜"的一对儿。

　　上午，贞玉要去医院复查治疗，这会儿看着小画眉，突然产生一个念头：放了它。它虽然不能再唱歌了，但它应该和别的画眉一样，到一个可以自由翱翔的天地里去生活。她随手打开鸟笼，小画眉扑棱一下跳到树梢上，又回过头冲着贞玉"啾啾"叫了几声，然后就振翅飞远了。鸣声婉转，使贞玉情不自禁地鼓掌欢叫起来：

　　"小画眉，你又能唱歌哪！"

　　啊！贞玉惊呆了，真不敢相信这话是从自己嘴里说出来的！人在悲痛时哭，格外高兴时也哭。她哭着向医院跑去，要把喜讯报告医生，边跑边喊："我能唱歌了，我能唱歌了！"

　　路上的行人见这情形，都停住步，吃惊地看着她，还以为她是个疯姑娘哩。

　　医生两个月来千方百计为她治疗，当今天亲耳听到她能够重新发声了，而且声带上的两个小疠子好得没有留下一点痕迹，却又感到惊讶。过去他曾治疗过不少同类病患者，但大多不能在长时间里进行痛苦的"噤声"，只得半途而废。他重新打量着贞玉，像是刚刚认识她，原来在她这么一副瘦弱的身躯里，却蕴藏着一颗有着如此坚强毅力的心！医生握住贞玉的手，用诗一般的语言称赞道：

"姑娘，你不愧是大山的女儿，镜泊湖的后代，绿林中的金达莱！祝贺你，祝贺你啊！"

"谢谢您！"贞玉不知道怎么感谢这位医生，她深深地鞠了一躬，"等我能够登台时，一定请您去听我唱的第一支歌！"梦，还是会变成现实的。

从此，她改名金曼。金，她不爱金玉的华贵，而爱金石的坚硬；曼，是柔美的，她渴望今后能够为人民唱出更多柔美的歌。

初夏，正是满山金达莱盛开的季节，金曼被推选参加全国少数民族文艺会演。几度耕耘，几度播种，今天能不能收获呢？她怀着忐忑不安的心情，第一次登上了五光十色、富丽堂皇的剧场大舞台，一连唱了四支歌。演唱吐字清晰，感情含蓄，韵味浓厚，娓娓动听，博得了广大观众和艺术家们的喜爱，她获得了优秀表演奖。"啊，也有人承认我了！"她怎么能不激动呢，辛勤的劳动有了喜人的收获啦！

此后，她便被调到空军政治部歌舞团，当了抒情女高音独唱演员，经常到工厂、农村、部队和边疆，为那些战斗在第一线的人们放声歌唱。中国国际广播电台、中央人民广播电台和北京人民广播电台，分别为她举办了音乐专题节目。她演唱了《金梭与银梭》《海之歌》《踏浪》《山间小径》《我们都爱美》等歌曲，逐渐成为广大观众和听众所熟悉的青年歌唱演员，受到音乐专家们的赞誉。

她从绿色的大森林走来，终于登上了首都的舞台，在身后留下了一行行深深的足迹。此刻，最能表达她心情的，不正是她最喜爱的《金达莱之歌》吗!

　　……

　　千里北国是我故乡

　　万顷林海伴我成长

　　装点春光更明媚

　　理想花开永不败

　　……

（原载《天鹅》1986 年第 7 期）

刀下乾坤

这是一个多梦的年月。

一个英俊少年，孤独地站立在黄河岸边，面对浊浪滚滚的黄涛，置身于落日的辉煌，眺望着被晚霞撕扯的遥远无尽的天际，忽发奇想：我要当画家。

白日做梦。

的确是梦。醒来，揉揉惺忪的双眼，想起自己在炮火连天中诞生，在水深火热中煎熬，今天，苦难中的人民站立起来了，他立志要用一支笔表现人民，表现祖国。初中毕业，他十六岁，又和其他十几位同学以压倒两千多人的绝对优势，考入西安美院附中，终于挥动画笔，开始涂抹他的画家之梦。

第一件作品是五幅诗配画，发表在省级报刊上，起点不低。这是1958年，他刚十九岁，处女作是他最好的生日礼物。他又想到梦中的辉煌，也想到了自己的名字就叫"金旭"，洒着金辉的旭日冉冉东升。

翌年，王金旭画了四幅年画，总题为《东风吹到山区来》。有心的人也是有幸的人，长安美术出版社出版了他的这一套年画，并且在全国美术界最权威的杂志《美术》上发表。同时作为献礼作品，参加了陕西省庆祝新中国成立十周年的展览，它和著名画家刘文西的代表作《来到毛主席身边》站到了一起，成为他正在就读的西安美术学院同学们街谈巷议的话题。东风，吹到了山区，也吹到了金旭的心里。

1963 年，金旭以优异成绩从西安美术学院版画系本科毕业，分配在陕西日报社当美术编辑（记者）。搞创作和当编辑，相似而不相同。一张新闻纸，天天要以不同的面貌和读者见面，除文字外，"改头换面"的工作主要靠美编。制题，插图，尾花，甚至连每一条花边都得亲自动手，加班加点，有时通宵达旦，忙，累，但也乐在其中。

报社的一个领导见他文笔不错，善意地对他说：搞美术，今后怕会影响你的发展啊。

所谓"发展"，无非是当官。他想，他要走自己的路。

山路弯弯，崎岖不平，金旭就在这条小道上攀登，走村串户，广泛接触民间艺术，秦砖汉瓦，都成了他搜集的珍宝。陕南的山歌，陕北的窗花，岐山的剪纸，户县的农民画，这些取之不尽、用之不竭的民间艺术的精华，都给他以丰富的营养。

《我们队的饲养员》《葡萄熟了》《果实累累》，金旭以这些散发着浓郁的泥土气息的早期作品，于 1964 年首次参加全国美术展览。他终于尝到了生活之泉的甘甜。

1973 年，金旭参加了我军老版画家宋彦圣组织的一次大型创作活动。之后，他便身背画囊，参军来到空军创作室，当上了专业美术创作员。从此，能一手拿枪一手握刀，成了一名能文的战士，会武的画家。

绿色的军营，一片新的天地，令金旭目不暇接。如何用原来掌握的绘画技法，表现这火热的部队生活，前思后想，他悟出了一个道理：要表现好部队生活，首先要深入部队生活。

高山，海岛，沸腾的机场，边防的连队，留下了他的足迹，洒下了他的汗水。高炮，雷达，飞机，都是他创作的素材。是英雄，自有用武之地。

当然，金旭从未做过英雄梦，他梦中的辉煌是画家。一把刻刀，一块木板，就是他自由驰骋的广阔天地。

　　此时，全国正掀起一场政治风暴，吼声山呼海啸，大有黑云压城城欲摧之势。一张大字报，反映出一个人在政治舞台上所扮演的一个角色。各种大字报，从机关大楼的顶端，直悬至最底层，可谓铺天盖地。金旭不想在这场表演中扮演什么角色。他每天都把自己关在画室中，将一腔的爱和恨倾注在刻刀上，解剖人生，解剖社会，刻画现实，刻画未来，寻觅自己的理想和探索，在浑浊的夜色中，继续做那辉煌的梦。

　　宛若远天惊雷，四架银色战鹰，巡航在蓝天，俯瞰着祖国的壮丽山河。金旭采取大胆新颖的俯视构图，使读者仿佛置身高空，俯视大地，视野辽远，心潮激荡。在色彩上，用钴蓝、湖蓝、草绿、黑和几点提神的红融汇成蔚蓝的调子，使祖国山川大地郁郁葱葱的景象跃然纸上。画家以细腻、准确、多变的刀法，精当地把梯田、水渠、山塘、水库刻画得淋漓尽致；还通过虚虚实实的拓印技巧，使各个色版把大地表现得层次分明，无限深远辽阔。画家调动了各种艺术手段，使画面互相构成一个不可分割的整体，犹如各种乐器协调一致，奏出了优美的和弦。整幅画大气磅礴，与以往有些版画单一、小巧的题材和构图，形成了鲜明的反差。它作于1976年，人民胜利之日，金旭故此给它命名为《喜看旧貌变新颜》。古人云：诗言志。同样，画，不是也可以言志吗？

　　真正有价值的艺术，理当得到广大人民群众的理解和接受。《喜看旧貌变新颜》两次参加全国美展，人民美术出版社出版，八一电影制片厂还以电影的形式把它介绍给更多的观众。其后，金旭创作的版画《艰苦创业》《战鹰之歌》《云海夜哨》《水上云梯》《山城》《转战》《晨》等，在全国、全军的美展上展出，引起人们的关注和好评。

　　成功，有人陶醉于鲜花与掌声之中，有人却默不作声地在选择下一个奋斗的目标。金旭属于后者。他回顾过去的创作，多以细腻、彩色、写实见长。与之相对立的粗犷、黑白、写意，他对此开始了摸索、发展和追求。尤其是从惯用的彩色向黑白发展，金旭达到了痴迷的程度，正如他在一篇文章中所说：黑、白在所有色彩中处于两个极端的地位。它们相互对立，又相互依赖。无黑，也就无所谓白；无白，也就无所谓黑。黑白两色构成的统一画面，能显示出极为分明、醒目的艺术效果，具有一种特殊的形式美。不管周围世界有多少复杂的色彩，就其色彩的明度来讲都在黑白之间。恰当地运用黑白对比，常能给人以不同色彩关系的感受和联想。鲁迅先生说："木刻究以黑白为正宗。"黑白处理看似简单，却是一个画家终生的课题。因为千变万化的世界，就概括在黑白之间，这对画家的艺术功力要求就更高了。比利时当代最负盛名的黑白版画大师麦绥莱勒，堪称金旭心目中的一尊偶像。麦绥氏一生创作了上万幅木刻版画，他对黑白的巧妙处理匠心独运，他的组画《城市》《从黑到白》《回忆中国》等代表作品，给金旭留下了难忘的印象，并以此为目标而努力。勤奋刀耕，笔走龙蛇，1982年，金旭创作完成了反映空军部队飞行、雷达、导弹、空降等生活的黑白木刻组画《钢铁长城》。作品一经问世，立即引起反响，不仅受到行家们的赞誉，还荣获了全军优秀美术作品奖，并被收入中国版画年鉴。探索得到了承认，还有什么能比这更令金旭感到欣慰呢？

　　祖国南疆传来的隆隆炮声，无时无刻不在强烈震撼着画家——不，一个军人不安的心灵。金旭离开北京匆匆奔向战斗的最前沿，和战士们一起坚守在炮位上，还登上直升机救护伤员，目睹了一个个年轻的战士为了祖国的安宁，冒着枪林弹雨，踏着滚滚硝烟，经历着血与火的洗礼、灵与肉的厮杀，他们年轻的血肉之躯排列是铜墙，聚拢是铁拳，前进是箭镞。在国家利益需要、民族存亡的关头，他们不惜自己的血肉之躯，去和钢铁进行较量。这一切使金旭的心灵受到了强烈震撼：战争，塑造了美，铸造了人的肉体和心灵；战争，也破坏了美，毁灭了人的肉体和心灵。他把这种感受凝于刀下，刻出了版画《南疆夜哨》《雾中行》《警惕的眼睛》，参加了南疆前线美展，《南疆夜哨》之一还获得优秀作品奖，被中国美术馆收藏。它是艺术的精品，也是历史的见证。

接着，金旭又创作了组画《边陲抒情》，作品将美丽的边疆和部队生活人格化、诗化，在中国文化部、中国美术家协会、解放军总政治部联合举办的庆祝中国人民解放军建军六十周年展览中，获优秀作品奖，并被中国美术馆收藏。

在这些作品中，金旭求避免过去那一套公式化、概念化的政治说教和图解模式，而是在深刻理解当代军人的精神风貌和审美观念的基础上，解放思想，大胆探索，不断创新。他没有在画面上展示血肉横飞的战争场面，而是通过充满诗情的画面来揭示意蕴丰富的社会内涵。他深深懂得，没有艺术上的不断创新，军事题材的美术创作，很难取得它在美术领域的一席之地。黄河岸边的少年，真正做了一个辉煌的梦。

艺无止境。在一个极其偶然的机会，金旭从路边捡来一块普通的砖头，要为一个展览会刻一枚专用图章。没料想，用砖块刻出的图章，效果极好，并在展览中获奖，这便鼓起了他继续探索的勇气。能够用砖刻章，不也可以用砖刻画吗？不妨捡来红砖绿瓦，一试，结果发现砖刻比木刻更有自然的天趣，浑厚、朴实，还带有金石的味道。这一发现，令金旭感到欣喜若狂。他从工地捡来许多砖块，不分昼夜地舞动着刻刀，刀下出现了北国的雪夜、南疆的雄鹰、东海的灯塔、江边的新城、傣家的新楼、哈尼的山寨、边陲的小镇、长城的雄姿……他先后刻了七十多幅砖刻版画，有些还参加了首都版画双年展，获了奖。《人民日报》《解放军报》《光明画报》《昆仑》《北京文学》等许多报刊都发表了金旭的砖刻版画。他还用砖块刻了许多藏书票，被选送到美国、日本、中国香港、中国澳门等地展出，引起华侨和外国观众的高度称赞。他们惊讶，这一块块普普通通的方砖，在画家的刀下却能变成一个个五彩斑斓的世界！辉煌的梦，已经变成了现实。

当今，美术界各种流派，标新立异，趋之若鹜者甚多。但，金旭却能耐得住寂寞。他认为，搞艺术，切不可急功近利，不能只想着从社会取得什么，而应想着为社会留下什么。失去远大目标，这样的艺术终会跌入深渊。金旭除了酷爱美术外，也非常喜欢文学、音乐、历史及自然科学。艺术是相通的，可以互为补充。这种补充，不是照搬、重复，更不是简单的描摹，而是经过自己的咀嚼、消化，变为丰富的营养。因而，从金旭已经发表的上千幅作品中，可以看出他深厚的艺术功力和独特的艺术风格。版画界的专家说：金旭已把民族的传统、民间的精华、现代的观念融合在自己的作品中，刀法娴熟，结构精巧，每幅画都宛若一首古朴的小诗，充满艺术活力。只有真正耐得住寂寞的人，他才真正不会感到寂寞。金旭正是这样的人。他以自己的人品和文品，被选为全国四届美代会代表、五届文代会代表，被聘为目前正在各地展出的全国第七届美展版画展区的评委。他说，与其说评论他人，倒不如说评论自己，评论自己的学识，评论自己的人格。无论评论什么，他都将不负众望。

现在，王金旭已是中国美术家协会、中国藏书票研究会会员，中国版画协会理事，他的名字已经被载入《中国版画家词典》《中国美术年鉴》《当代中国美术家名人录》。他正沿着弯弯的山路，大踏步地走进了辉煌的艺术殿堂，但他似乎无意流连徜徉，领略无限风光；他背起行装，又走向了黄河岸边，面对滚滚波涛，继续做他辉煌的艺术之梦……

（原载《炎黄子孙》1989 年第 4 期）

从《墓碑》到《星系》随想

《墓碑》随想

1985 年 12 月，我写的中篇小说《无字的墓碑》在哈尔滨《小说林》文学月刊发表，当年获得优秀作品奖，我自然喜出望外。殊不知，就在我暗自高兴之时，编辑部却遇上了一件麻烦事，而这个麻烦还和《无字的墓碑》获奖有关。

按惯例，杂志全年发表中篇小说约十余部，规定只能选出一部为本年度的优秀作品奖。就在《无字的墓碑》被选定为本年度的唯一一部获奖作品之后，当地一位青年作者怒气冲冲地来到编辑部，质问：刊物一年唯一的一部优秀中篇小说奖，为什么给了外地的作者？其中必有猫腻！

真乃天大的冤枉。编辑冤，是因为并不认识作者；作者冤，是因为并不认识编辑。稿件投寄《小说林》，是因为我常读《小说林》杂志上的作品，喜欢，纯属"自然投稿"。要说我内心深感愧疚的事也有，就是《小说林》在发表《无字的墓碑》之前，之后，至今，我也没有登过《小说林》的大门，更没有时下人们常说的"私人关系"。

一天，我突然接到一个陌生人的电话，自报家门是《小说林》的人，去西安办事，路过北京来看看我。我欣喜若狂，亲自到大门口迎接。那时还不兴到外面饭店请客，中午我下厨房炒了一碟花生米，还有一盘凉拌心里美萝卜、一盘炒鸡蛋（当年我待客的三件宝），开了一瓶泸州老窖。我俩推杯换盏，喝得面红耳赤，也聊得十分开心。酒过三巡，兴致正浓，他便酒后吐起了真言，情不自禁地揭秘自己大闹《小说林》的一幕。我完全不知情，像是被打了一闷棍，傻了，愣半天才回过神来，不觉酒有点上头，又跟他碰了下杯，仰脖喝干，话不成句地问："你，干！那，后来呢？后来，怎么样？"

看得出，他也有点兴奋，张口说话酒气直往我脸上喷："破天荒，两部，终于评上两部。"

因为要赶下午去西安的火车，不能再喝了。送别时，他握着我的双手，反复唠叨："没猫腻，见到你，证明那是我想多了。老兄，以后到哈尔滨，你吼一嗓子，我请客！"

看着他远去的背影，似乎有某种熟悉的感觉从我心底里油然而生：此君坦诚、率性，还带有几分文人的痞气和豪气，有点意思！

《无字的墓碑》获奖后，编辑部电话约我写篇短文，作为获奖感言在杂志上刊用。于是，我便写下了如下的"获奖者话"：

　　童年时代，我非常喜欢听妈妈讲故事。夏夜，望着星空，依偎在妈妈的怀中，听牛郎织女的故事；冬天，围在火盆旁，听哪吒闹海、狐仙害人的故事。上学后，我听得更多的是瓦岗聚义、梁山好汉、杨家将、岳家军……从那时起，我就崇尚英雄好汉，立志将来也要当一个刀枪不入、呼风唤雨、摇身可变的好汉。读点书、懂点事了，觉得那些想法未免太天真——人就是人，怎么会变成神呢？人，不会变成神！

　　可是，参军不久，我便遇上了一场造神运动。生活中的英雄成了"走资派"，"样板"中的英雄都是"高大全"……现实变得混沌了，不由得常使我回忆那童年时的梦，怀念童年时崇尚过的英雄好汉。那些好汉都有缺点，鲁莽、贪杯、好色、逞强、意气用事……但我觉得这才更像是七尺男儿、有七情六欲的人，而不是那些不食人间烟火的神。

十年前，有位老红军给我讲了一个悲剧故事。在一次战斗中，有位营长错杀了当地一名群众，打完仗部队已经转移，但领导为了严肃军队纪律，终于派人将这位身经百战的英雄营长押回原地，在被害人的坟前枪毙……他含着泪讲，我流着泪听。

三年后，我在报纸上读到一篇报道，反映一个战士因为对"副统帅"的一些言行提出质疑，结果被处以极刑。而批准判处战士死刑的，正是我所仰慕的一位武功了得、战功赫赫、指挥过千军万马、对领袖忠心耿耿的传奇式人物。

从古至今，由近溯远，孰是英雄，孰是罪人？权大乎，法大乎？何谓铁的纪律，何谓草菅人命？……这些问题经常使我困惑不解。直至1984年春，我用心思考的问题在认识上逐步深化，便动笔写起《无字的墓碑》。

小说多为虚构典型，在广阔的社会生活基础上，用典型化的概括手法选择视角，虚构人物，编排情节，营造环境，讲好故事，以求感染读者，引起共鸣，达到启迪、鼓舞人的艺术效果。《无字的墓碑》中的人物郑大刀，是英雄还是罪人？这应当由读者去评论。我想说的是，这部作品像一个难产的婴儿，经过我十年"怀胎"，今日才得以分娩，而为她迎来新生的正是《小说林》！肯定地说，她是一个有缺点的孩子，但我十分喜爱她，承蒙热心的读者和《小说林》编辑部的厚爱，竟然获奖，这使我深感不安。

今后，我怎样才会不辜负热心的读者和编辑部的期望呢？故此，我更多的不是欣喜，而是苦恼。

《星系》随想

散文侧重纪实抒情、有感而发，除了意境深邃、见解独到、诗情画意外，还要有意趣横生、清新质朴的优美文笔，固有"美文"之称。而"美文"到底怎么美，就是写作者要下的功夫了。我对散文虽有过经营，但多为浅尝辄止，一曝十寒。从书中《这是一条女人的星系》一文，略谈粗浅的写作构想，以便就教于大家。

《中国空军》杂志 1987 年第二期上发表了我写的《这是一条女人的星系》，并在《卷首语》评介说："《这是一条女人的星系》是写女航空员的，作者窦志先饱含深挚的感情，用一支五彩的笔，描绘了新中国五代女航空员作出的不同于、不亚于空中男儿的奉献和牺牲。"接着《女子文学》《萌芽》两家文学期刊相继发表，在读者中引起反响，尤其在空军飞行部队反响更大。云南边境驻军的一位读者朋友来信说"是迄今报道女飞行员生活最有特色的一篇文章""感情深挚，文笔流畅，结构巧妙"。被解放军文艺出版社"当代军人风貌"丛书选入，另有十余家报刊转载。获《中国妇女报》《萌芽》杂志和首都女新闻工作者协会联合举办的"女性与社会"征文优秀作品奖。《军事记者》的编辑约我写一篇创作体会。说实话，我很不善于总结这方面的体会，我觉得文章一旦变为铅字同读者见了面，作者再多的经验、体会，都将变得无关紧要了。但我还是不揣冒昧，将采写《星系》一文的一些肤浅想法端出来与君共勉。

算起来，我入伍来到空军，至今已有二十多个年头了。在这些年里，与工作有关或无关地见到不少女航空员们，时常想着要为她们写点什么文字，但一直未能如愿。

去年初春，偶遇两位作文的朋友，闲聊中谈及女航空员的生活时都有些激动，都鼓动我抓紧写出来。写什么呢？一时也想得不很清楚。

一次，翻阅资料，读到 1952 年 3 月 8 日妇女节，新中国第一代女航空员在北京举行起飞典礼的报道。我当即陷入了沉思，回想从新中国诞生培养的第一代女航空员起，迄今一代又一代，已经有五代女航空员飞上了祖国的蓝天，她们叱咤风云，为空军的建设和国防的强大做出了巨大贡献。这样的人不值得为之讴歌吗？对，要写，写五代女航空员。一股写作的激情不由在我胸中萌动。

　　第一次的情绪冲动有时是虚的，我有意"按下不表"，冷处理一个时期。可是，随着时间的推移，越发觉得欲罢不能，这时感到可以动手写了。于是，我向领导汇报了想法，并得到支持。

　　五代人，每一代人都有许多感人的事迹可以写。我先后到三个部队采访，掌握了大量素材。可如何落笔，拿不准。

　　去年 10 月，空军文化部在北戴河举办《当代军人风貌》丛书笔会，我有幸参加了。起初，我根据素材，梳梳辫子，觉得都很动人，舍掉哪个部分也不忍心，便分出"志气篇""磨炼篇""奋斗篇""爱情篇""荣誉篇"等，拉出一个初稿，约三万余字。经几位同志看后，都说尽管许多材料颇为感人，但整体看来不成形，显得散，最主要的问题还是主题思想不清晰，似乎每一篇都是一个主题，但哪一个方面也没有写深写透，通篇是材料的堆砌。

　　经过反复思索，觉得可以从很多侧面反映女航空员的精神风貌，不过，就我搜集到的材料看，最有特点的还是女航空员们在正确处理生活和事业的关系中所表现出来的牺牲和奉献精神。虽然，过去报刊上宣传军人的牺牲已屡见不鲜，可女航空员们所做的牺牲和奉献还是独具特色的。就这样，找到了文章的"眼"，写起来也就不再"信马由缰"了。

　　自第一代女航空员飞上蓝天，至今已三十多个年头，军内外大小报刊对她们各种形式的宣传不胜枚举。如何不跟在别人的后边亦步亦趋，写出"这一个"来？这是我深为苦恼的。

当然，这五代人有很多不同之处，年龄不同，经历不同，学识不同，素质不同，甚至脾气秉性也不同，各有色彩，这是写作的有利因素。但她们也有很多相似之处，从航校到部队，从地面到空中，从军营到家庭，甚至包括喜怒哀乐。我采访第一代女航空员谈到的某些方面的材料，在采访第二代、第三代直至第五代时，也都谈到了，如在航校学习、到部队执行任务、家庭生活的艰难……似乎没有多大变化，这又是写作的不利因素。

怎么办？面对一大堆材料，反复思考，渐渐使我增强了信心，只要选准角度，构思精当，是可以跳出圈外，写出属于"这一个"的不同文章来的。

在不失其真、不违其实的前提下，我有意将五代人的时空打乱，沿着一个人成长的足迹选裁、组合材料。文章分为四篇：少女篇、妻子篇、母亲篇、祖母篇。乍看像是写一个人的成长，实为记录了一群人。

少女篇，用了学习、生理、家庭三个方面的材料；妻子篇，用了恋爱、分居、怀孕方面的材料；母亲篇，用了母亲难以育儿，孩儿不认母亲的材料；祖母篇，用了停飞后的苦闷与执着地追求蓝天事业的材料。

除此，像战胜病魔、抢险救灾、化险为夷、科研试飞等等，也都十分感人，甚至使我在采访中落泪，但这些材料大都被前人写过，除非实在回避不开而沿用些许外，其余统统割爱。

这样的构思，不是最独特，却是最适合。

任何一篇文章，都是由语言组合而成；不同风格的语言，可以组成不同风格的文章。不过，任何一篇文章，究竟使用什么样风格的语言最为合适？华丽的，质朴的？庄重的，诙谐的？还是别的？这又是很难说得清的。使用哪一种风格的语言，大概都很难离开作者的字斟句酌，精心锤炼。

天有一双手

《星系》一稿，前后推倒重来大折腾了五遍，从初稿三万多字到定稿两万余字，废掉的手抄稿达 15 万字之多。毫不夸张地说，那真叫食不甘味、夜不能寐。累得我耳鸣达半年之久！正可谓：衣带渐宽终不悔，为伊消得人憔悴。每次修改，下功夫最多的还是锤炼语言。我主要做了两方面的努力。

　　求质朴。本来，女航空员的生活是多彩的、浪漫的，如果用华丽一些的散文笔法来写，也能够使文章透出飘逸之气，但我舍弃了这一点。而是选用了生活化的质朴的文字，于质朴中见真情。这样做，对作者的要求是更高了，因为要达到生活化，作者首先必须贴近生活，要采访深入，观察细微，否则，就捕捉不到生活化的语言，很难摆脱"书本语言""学生腔调"。如母亲篇中写道：

　　有一天，张景荣陪女儿过家家玩，见她玩得很高兴，就拉着她的手，亲亲热热地问："培培，你说说，你长得像谁？"

　　"像牛。"

　　"为什么像牛？"

　　"我是吃牛奶长大的呗。"

　　张景荣一怔……猛地将女儿紧紧地抱进怀里，顺手解开衣扣，愧疚、疼爱之情一起涌上心头："孩子，这是妈妈的奶，你吃一口吧，吃一口你长得就像妈妈了。"

　　培培看着妈妈的胸脯，小脸憋得通红，一个劲地往后缩："不嘛！妈妈的奶不能吃。"

　　张景荣脑袋一阵轰响，两串泪珠，止不住地流下来……

　　这段话就是在采访中张景荣对我亲口所说，我觉得很有特点，写作时也没有作什么改动，基本上是实录。虽然这几行文字平平淡淡，但细细琢磨，也许能引发一些联想、回味、思索，说明女儿生下后，同妈妈相隔千里，没有吃过妈妈的奶，每天都是喝牛奶，所以长得像牛。这句活既有孩子的天真，更有母亲的心酸，使人不禁心头一颤。几句质朴的生活化语言，对于刻画人物性格、推动情节发展、深化作品主题所发挥的力量，远胜过作者的大段抒写。

求韵律。时下，有些作者作文，一段话可以数百字、上千字地写下来，中间不断开，据说是新的追求，挺时髦的。读者在阅读时，一句话则要换几口气才能读完。对此，我实在不敢恭维，我认为这是在玩蹩脚的文字游戏，非但不规范化，也不符合广大读者的阅读心理。在写《星系》一文时，我力戒冗长的句式，尽可能多地使用短语。这样，读时上口，有起伏，节奏感强，同时在风格上也和本文的题材协调。因为，现代生活是快节奏的，飞行生活的节奏尤其快，若采用节奏缓慢、句式冗长的语言，读者恐怕是会感到乏味的。例如写蓝天的神秘、诱人，我用了几个排比的短语：

"它有瑰丽的朝霞，璀璨的繁星，七色的彩虹，洁白的云朵……她们将与星辰为伍，日月为伴，追风逐云，驾雷掣电，在谜一样的蓝天上度过一生。"

看，天空色彩斑斓；读，语感节奏铿锵。这或多或少能给人带来一种阅读的快感。

同时，在注重语言的哲理、调动语言的色彩、强化语言的情感等方面，我也做了一些尝试，这里不再赘言。

《星系》一文发表后，收到不少来信，大多给以褒扬，有学校用作教材，有评论家著文赞许，也有读者指出不足。我对每一位读者的批评，都以十分虔诚的心情表示由衷的感激。为什么？这里，我想借用一位战斗在云南前线的读者朋友给我写的信中所说的一句

天有一双手

话，以作回答：

"因为读者是作家的上帝。"

1987 年 6 月 26 日写就

（说明：有关《墓碑》的"获奖者话"刊于《小说林》1986 年第 9 期，《星系》随想见于《军事记者》1987 年第 4 期，2024 年 3 月 16 日修改）

飘飞的思羽

回忆往事，总觉得比展望未来更加美丽。往日里的情怀，像一片片随风飘飞的白色羽毛，面对它，每每被撩拨得心动，引发起遐思……

1965年的岁末，我应征入伍，乘着闷罐车来到素有"上海北大荒"之称的五角场。新兵集训一月有余，又到了古城南京，正式当上了一名身穿国防绿的空军战士。在机场，看到一架架战鹰昂首云天，我心有天高，也想开飞机，翱翔蓝天，一定神气十足。可分到连队才知道，是给飞机站岗放哨。

站岗就站岗，放哨就放哨，反正都是革命工作的需要。在那红旗飘歌声飞处处都是"红海洋"的年代里，想问题就这么简单，不讲任何条件，更不会闹什么情绪。革命战士嘛，只有把"一颗红心献给党"才是。

同时，我自豪而又感激我的淳朴、善良的母亲——共和国黎明的前夕，是她给了我小草般的生命，把我引到了这个世界上。那是皖东一片贫瘠的土地，并且至今也不见有多么丰饶。但那毕竟是一片孕育了无数生命的土地，至今仍在孕育着无数的生命。

我不记得我是从几岁开始记事的，我只记得记事以后有一件事一直不能从记忆中磨灭：1951年夏，一个多雾的早晨，爸爸挑着箩筐前边走，妈妈怀抱着我在后边跟，一家三口向王家圩走去，在那里我们分得了地主家的三间茅屋。茅屋的原主人靠在门旁迎接了我们。那穿着黑裤子蓝灰色上衣的模样俊俏的女主人面无表情，直直地盯着我们看，就这么直直地看，像是痛苦的，也许是痛恨的。我不相信如此冷酷的目光会发自如此俊美的女人的双眼。那一刻，我真希望她变成一个丑陋的女人，如此，我会好奇、漠视、同情。而此时我害怕，直往妈妈的怀里藏。妈妈轻拍着我的屁股，哄劝："乖孩子，别怕，妈妈在。"于是，那女主人的目光便深深地刻进我的脑海里，总也不能忘却。

在我六岁那年，见邻家的孩子换上一身新衣服去报名上学，我也闹着要念书。爸爸不让，说我上了学，弟弟谁来带，家让谁来看。我不干，哭，爸爸不动心；我脑袋撞墙，爸爸心还不动。我索性坐在地上，两只脚丫来回搓动，躺在地上像驴打滚，不一会儿鲜血顺着脚跟流出，一滴一滴，一片一片。妈妈站在一旁，先是笑，后来却哭了，赶紧抱起我，心疼得跟爸爸吵了一架，我终于上学了。

女人的心肠好，做了母亲的女人心肠会更好。嗷嗷待哺，吸吮母亲的乳汁，我接受了母亲博大的爱；这次为求学，我小小年纪又一次感受了母亲精深的爱。在我高小即将毕业的时候，全区十几所学校的学生集中到一起会考，那阵势，整个儿感觉是"兵临城下"。值得庆幸的是，我的语文成绩考了第一名，一时被同学们称作"状元"。我清楚，语文拿高分的正是即兴写的一篇作文，题目是《我的母亲》，这篇作文出自我的肺腑，所以写得情真意切，那是我平生第一次把对母亲的爱凝于笔端。

学到一点文化，也懂得了一些事理。越是懂事，我越是不想上学了：天灾人祸，生活困难，我想退学回家，用我还没有成熟的肩膀，为父母分担一些忧愁。

爸爸摇头。

妈妈反对。

他们都说我是一个读书的好苗子，不能半途而废。

1960 年，安徽大饥荒。人们吞糠咽菜，甚至拿牛骨头烧成灰冲水喝。我家也不例外。这一年中，我的奶奶、爸爸和三个弟妹都被饥饿夺走了生命。至今还记得大弟和小妹在咽气前断断续续地轻声喊着："妈，饿，我饿，给我点饭吃……"

这对我的打击极大，我的心仿佛在滴血，但没有流一滴泪。我再也无心读书了。妈妈抚摸着我浮肿的脸，叹了口气："难关会过去的，你莫忘了小时候是怎样闹着才上的学。去吧，要是能活下来，多识点字，日后会有用的。"

我又多明白了一个道理：一个农家子弟学文化，多么不易，我要加倍珍惜它。

以后的日子里，多亏了母亲用糠菜团，用盐开水，用任何能够填肚子充饥的东西，保住了我一条性命。

十六岁，我以小充大参了军。离家了，妈妈沿着村后的小路送了一程又一程，临别时又向我叮嘱："天涯海角，无论走到哪儿，都要做个本分人，老老实实做事情，要听话！"我点着头"嗯嗯"地应承，眼泪也止不住流了下来。寒风中，妈妈没有流泪，我只看到她随风飘动的衣襟和凌乱的头发，还有那双充满期盼的深情的目光。

分兵时，我总想起母亲的叮嘱和她那双深情的眼睛。

下连没几天，在一个月色朦胧的夜晚，连长把我们这一批新兵带到营区外的荒坡林地，练习"捉舌头"。我们这批新兵多数来自农村，没见过世面，胆小。晚上站岗不敢走夜路，怕"鬼"。这次夜练拉到野外，就是连长的主意，让我们提前进入情况，练胆量，要不单独站岗老怕"鬼"哪成。当时虽觉得有趣，但也十分紧张。演习归来，我周身伤痕累累。连长当众表扬我勇敢顽强，不愿当"舌头"，敢于展开肉搏战，但也批评我粗心大意，哨位选择不当，不利于隐蔽自己。连长姓吴，是个大胡子，为了不影响军容，他平日总是把脸刮得铁青，很威严。他的话使我懂得：真正的军人，机智和勇敢，二者缺一不可。吴连长后来转业了，可一想起他，我就觉得他是我心目中的巴顿。

一年之后，我被从警卫连选调到基地电影组当放映员。这也得感激我的母亲，不是她逼着我学点文化知识，哪会有今天进入这"文化圈"的事呢！

这时候，我对文艺创作发生了兴趣。由放电影，跃跃欲试想到了写电影。"要是悄悄地坐在观众中间，一起欣赏自己写的电影，那心里会是一种什么滋味啊！"除了天真，才疏学浅，最初的创作动机也不能说没有问题。节假日、星期天，除了制作像章（至今还保留着五枚）表达对领袖的忠诚外，剩余时间我总是把自己关在工作房里奋笔疾书。那是提倡革命造反的年代，不是提倡文艺创作的年代，即便有少数作品问世，署名也多为"三结合写作组""工农兵群众""革命造反派"等等，绝对批判成名成家的资产阶级思想。为了不让别人发现，我就在桌子的一边摆着一本红宝书，一有"情况"，马上就把稿子塞进抽屉，正襟危坐学习毛主席著作。

像做特工似的写出了第一部电影文学剧本，根据同名小说改编的《欧阳海之歌》。收获不算小，它成了我大会小会"斗私批修"的一份绝好的材料。"年轻轻的，不安心本职工作，想当作家，不是资产阶级名利思想作祟吗！"剧本当然不会投入拍摄，只够付之一炬的水平，结果惨败。

人的可贵大概就在于失败之后不甘心失败。我又换了一套打法，写小说。电影组隶属文化科，文化科负责全师的图书阅览室，图书室里革命文艺书籍真不少，近水楼台，借阅方便，从那开始知道了曹雪芹，知道了施耐庵，知道了鲁迅，也知道了其他一些作家的作品。

被当作"封资修"清理的书籍就送到造纸厂化纸浆，我曾横卧在拉书的卡车上翻出《林海雪原》《野火春风斗古城》《青春之歌》掖进军大衣里，回来偷偷阅读。冯德英的《苦菜花》几乎被我读烂。

"他能写，我为什么就不能写？！"那时还真不懂得什么叫年轻气盛、想入非非。于是，模仿着写，彻底地撕，再写，再撕。失败是成功的妈妈，我安慰着自己。

"干吗不拣你熟悉的事情写？"一位好朋友提醒我。

短篇小说《领航主任》写成了，这是反映我所在的轰炸机航空兵部队飞行员的生活。斗胆送到了《安徽文艺》编辑部，一位老编辑接待了我，他拽过一条凳子，让我坐在身边，亲手握笔，从头至尾，逐字逐句地修改，然后嘱我回部队誊抄清楚，送有关部门审查，没问题尽快寄回。我一一照办。小说很快在刊物上发表，配了题图、插图，位置还挺惹眼的，头题。当我接到编辑部寄来的样刊，激动得差点晕倒，确乎"得意忘形"。一天中午在灶上就餐，排队买菜时，站我身后的一位老科长拍拍我的肩头，笑眯眯地说："小说诌得不错，蛮像咱部队生活。"我直摇头，嘴上说"闹着玩、闹着玩"，可心里甭提有多高兴，那一刻，真的把自己当成了羊群中的骆驼。

至今我仍不知道那位老编辑的名字，只记得当时听大家都尊称他"余老"，战争年代负过伤，一条腿走路时一跛一跛的，印象中是个精瘦、慈祥、热情、爽快的老人。《领航主任》问世了，余老就是我走上文学之路的第一个领路人。

从此，我做起了文学家的梦。

有心栽花花不成，无意插柳柳成荫。我本想成为文学家，却意外地被调到空军报社当了一名编辑。那是1974年年初的一天，我在师部营门口总值班室里值班。营门外驶来一辆人力三轮车，从车上跳下两位军人，向我打听去师宣传科的路。我说："巧了，我就是宣传科的。"来人自报家门，原来是《空军报》的两位编辑，一位是张炳根，一位叫刘永祥。他们说此行是到部队搞调查研究，为《空军报》复刊做准备。他们每天都开座谈会，我负责召集人。三天后他们返京。后来有一天，接到刘编辑的来信，其中有段话问我在南京找对象没有，如未找，暂时别着急，"年轻人，只要好好干革命，到哪儿不能找对象"。我既好笑又纳闷：这位编辑真热心，怎么关心我有没有"编队"的事哩？不久，师政治部主任突然找我谈话，大意是《空军报》要调你去，命令已到，一星期内报到。3月10日，我便带着全部家当——一只炸弹箱拆做的木箱和一个军用背包，乘14次特别快车离开南京，到北京走马上任。一下车，我就被北京城的漫天黄沙所裹挟，天地间一片混沌，我心里也是一片茫然。瞬间，我仿佛置身异域，猛地又想起了我所钟情的南京——钟山脚下，玄武湖畔，雨花台前，燕子矶头，鸡鸣寺内，秦淮河上……那里留下了我无限的思念！我真不知道能不能适应北方的气候，不知道能不能适应编辑的工作。

好在我的适应能力极强。生活中，喝玉米面糊糊，气候干燥流鼻血，风沙刮得窗户响，这些对一个长期生长在南方的我来说算是一道难题，但难过一阵子便统统不在话下。我最关心的是，怎样才能尽快地当一名称职的编辑？来报社之前，我也曾在驻地报纸上弄出过几篇"豆腐块""火柴盒"似的小文章，但自己当编辑办报纸却是一个门外汉。从门外到门里只需一步，而这一步是要付出许多心血和汗水的。

不懂就学，一切从零开始。我暗下决心。

当时正值"批林批孔"之际，办公楼内的"大字报"铺天盖地，从七楼垂挂、张贴到一楼，琳琅满目。楼上楼下，领导让我看，掌握斗争新动向，但从没写，我不知道要写什么，又没学会指桑骂槐、含沙射影、无中生有。我觉得当务之急是熟悉办报的业务，否则就无法当个好编辑。因而，我系统翻看了《空军报》多年的合订本，向老编辑学习编稿、校对业务，到印刷厂熟悉排字、出版程序。

这种心情，一时没能被理解。一位领导批评我："不关心政治，路线斗争觉悟低。"可也是这位领导表扬我："从编发的第一个版的稿件看，你掌握编辑业务快，思想活跃，很适合办报纸，好好干吧。"

我窃喜，毕竟领导爱才，这是可以聊以自慰的；大凡有才华的领导定然爱才，而不爱才的领导通常就是些庸才。

编辑应当是一个杂家。我既不杂，也不专，深感知识的贫乏。欣慰的是，1981年报社领导向有关部门推荐，让我到中国作家协会文学讲习所（现鲁迅文学院）学习。这期间，我听了数十位专家、教授、作家讲课，系统地读了两千多万字的文学理论和中外名著。那时，我和好友、著名军旅诗人李松涛一同借住于灯市口的一间地下室，在气味刺鼻、令人窒息的环境里谈文学，谈人生，谈友谊，谈古今中外海阔天空，谈历史现实芸芸众生，谈这谈那，无所不谈。从相识到相知，文学使我们结缘，十几年来情同手足，成为至交，关里关外，常常聚首，从鸭绿江畔到渤海之滨，从长城脚下到祁连山脉，都曾留下过我们结伴而行的身影，度过许多难忘的时光。就在那求学的一年间，我虽未脱胎换骨，倒也受益匪浅，感悟最深的是：文学是个美丽的梦，寻觅它却又非常痛苦，而我情愿在痛苦中寻觅。

一张报纸，新闻品种多，编辑不能单打一，应该成为多面手，今天干这个，明天可能又要你干那个，无论干什么，都应该拿得起、放得下。刚到报社，我分管"新生事物"的宣传，所谓新生事物，真叫五花八门：学习无产阶级专政理论、干部下放劳动、支持开门办学、落实"五七"指示、走赤脚医生道路……总之，应有尽有。有人开玩笑叫我"不管编辑"，意思是别人不管的栏目，我都管。当然我也很乐意，因为能到报社当编辑足让我深感荣耀了，哪还有挑三拣四之理。

不久，又要我负责战备、安全、军事训练、后勤工作、军民关系的报道。

天有一双手

直至 1978 年 10 月，为适应新时期总任务的需要，领导把创办"学知识"版的任务交给了我，它的宗旨即是向基层干部战士普及科学文化知识。我在这个版上，系统而有侧重地介绍了与空军建设密切相关的知识，如航空、机务、气象、雷达、导弹、高炮、卫生等。很快，"学知识"在空军部队有口皆碑，成为《空军报》上最受欢迎的版面之一。

大概因为干什么都能干得像模像样，两年后，社领导又交给我一项任务，创办《文化园》。再一年，我又负责编辑《长空》文艺副刊。常言道：人要脸，树要皮。干一行，我就爱一行，钻一行。副刊虽小，五脏俱全，小说、散文、诗歌、报告文学、评论、曲艺，各样文学体裁都有。在大报属于一个文艺部的工作，在小报却由一个编辑承担。我尽己所能，精心编辑，有时还敢说点冒泡儿的话：我是小报大办，《长空》副刊拿出去，敢和什么什么报纸的什么什么副刊一比高低。

这话细想有点放肆，权当冒泡儿，但也不难看出我的追求和志向，干什么工作的标准线瞄得都不低。尤其是我组织的"我爱人民空军"征文活动，在空军部队引起强烈反响。征文历时十个月，收到应征稿件四千余件，光读来稿也够忙活的。我从中精编发表七十余篇，有近十篇被省级以上报刊转载。作品展示了广大官兵热爱空军、建设空军、保卫祖国的高尚情怀和战斗风貌。其中七篇获征文奖，它比我自己的作品获奖更让我高兴。作为一名编辑，当自己编发的文章被读者认可和好评，内心的那种喜悦是无法言及的。有人把编辑喻为裁缝，总是在为他人做嫁衣。我认为，这就是编辑的乐趣！

记得从文讲所学习归来，仍回到报社当编辑，有一次参加空军创作会议时，我和当时的报社领导、作家金为华同志同住一室。有天晚上，我们聊至深夜，其中一个话题即是我提出的想调离报社，到文化部文艺创作室搞搞专业创作。老领导被我说服，表示同意。

不料，翌日清晨起床后，他一边整理卧具一边对我说："你的要求，不能答应，因为报社不能少了骨干。"我无奈地叹气：真是夜长梦多啊！回头来看，那时若真的让我去搞专业创作，文坛上也就多了一个充数的作家，但报刊界绝对少了一个不错的编辑。

一个好编辑，也应该是一个好作家，在编出好稿件的同时也能写出好文章。这对于开阔思路，提高认识能力，磨炼文字功夫，体会作者情感，促进编辑水平提高，都有着十分密切的关系。

我是这样想，也在尝试着做。

根据一位老红军讲的故事，我写了中篇小说《无字的墓碑》，获《小说林》1985年优秀作品奖。《工人日报》《博览群书》和《小说林》均有评论，认为"有新意，很深刻""在表现革命军队英雄形象上，作品有创新，跃入了一个更为深刻的塑造英雄形象的艺术境地"。

《天有一双手》在《青春》上发表后，引起的反响是我在写作时完全没有料及的。编辑部和我收到了甘肃、宁夏、内蒙古、黑龙江、吉林、河北、四川、安徽、江苏、陕西、浙江、山东、上海等二十多个省、市的数百封读者来信，有青年向我求教，有患者向我求医。更使我意想不到的是，一天在大院上班的路上我遇见了空军干部部高厚福部长（后任空军政治部副主任、少将），问我是不是在《青春》杂志上发表了《天有一双手》？我回答"是的。"高部长要我抓紧时间找10本杂志送给他，解释说："空军党委正在研究要不要给空军总医院增设一个新医正骨科，把杂志送上去供首长们决策时参考。"当天我就利用午休时间骑自行车到附近一个路边报刊亭，把20多本《青春》全部买下……《天有一双手》有没有影响到首长决策我不知道，我只知道之后新医正骨科成立，编制为外四科。再后即为空军特色医学中心中西医结合正骨科。温州市体委一位工作人员因颈椎致伤半瘫，生活不能自理，丈夫还闹着离婚，一度轻生，她在上海医院的病床上读了《天有一双手》后给我写信求医，我及时回复。经骨科专家冯天有治疗病愈，她获得了对生活的新的希望，离京前特地登门向我道谢。因之，我更加坚信：文学不但可以兴邦，同样也可以救人。

反映新中国五代女飞行员群像的《这是一条女人的星系》，及时配合了女飞行员起飞典礼三十五周年纪念和"三八"妇女节的宣传。被解放军文艺出版社"当代军人风貌"文学丛书空军卷《蓝天大写意》选入，另有十余家报刊转载。获《中国妇女报》《萌芽》和首都女新闻工作者协会1988年联合举办的"女性与社会"征文优秀作品奖。同年，又一篇报告文学《爱神在忧思》获首届"中国潮"征文二等奖。为此，组织上给我记了三等功。这是奖掖，更是鞭策。纯因写文章立功，这在我所供职的单位里，也算是凤毛麟角。

说起来，承蒙作家出版社、解放军文艺出版社、中国文史出版社、中国社会出版社、中国文联出版社等各家领导和朋友们的错爱，已先后为我出版了小说、散文、报告文学集10余部。在这些书中，既有我童年生活的缩影，又有我从战士到编辑生涯的写照；既有许多值得我回忆的人和事，又有许多值得我怀忆的情和思。

当然，若问我做编辑和当作家到底喜欢哪一行，我会不假思索地回答：做编辑！眼下，我就在主编着一本杂志，叫《中国空军》，是邓小平同志亲笔题写的刊名。许多读者喜爱它，发行量从1996年起不断上升，目前仍然被看好。为了不辜负广大读者的厚望，我和我的同事们不敢有丝毫的懈怠，将竭尽全力，精心编辑。我们不敢奢望期期是精品，篇篇是佳文，但做到不断以新貌问世，总还是有望的。

（原载《解放军文艺》1997年第7期、2024年3月5日修改）

追求没有休止符

1964 年 10 月 13 日，晚 7 时，人民大会堂三楼小礼堂。毛主席在周总理的陪同下，高兴地观看《江姐》。这是新中国成立后毛主席观看的唯一的一部大型歌剧。演到第四场蒋对章被误作"江队长"抓起的那段戏时，毛主席放下手中的茶杯，哈哈大笑。

演出结束，毛主席和周总理、朱老总、董必武、贺龙、陈毅、徐向前、聂荣臻、彭真、杨尚昆、陆定一、罗瑞卿等党和国家领导人，一同登上舞台，十分欣喜地接见了全体演出人员，并且合影留念。

当《江姐》准备去南方演出，毛主席在中南海对空军歌剧团有关人员指示，你们的歌剧打响了，你们可以走遍全国了，到处演出嘛！

1965 年 6 月，李先念副总理说，《红梅赞》已经成了非常流行的歌曲了，包括我们的总理在内，经常唱它。周总理在舞会上经常唱，有时还打拍子叫大家一起唱。

《江姐》轰动了！全国数百家文艺团体同时移植上演。红梅怒放了！全国各族人民同声高唱《红梅赞》。此刻，谁能知道，为《江姐》赋予灵魂的作曲家羊鸣却因创作这部歌剧的音乐时，神经过分紧张，身体超负荷运转，病倒了。耳鸣，头晕，盗汗，心悸，失眠，听不得任何嘈杂声，见了人总想流眼泪。诊断：严重神经官能症。

他还没有举起观众送来的祝贺的鲜花；

他却已经捧起医生送来的住院通知书。

江姐走上舞台；

羊鸣进了病房。

在医院，吃药，打针，按摩，中医，西医，药物疗法，精神疗法……能用的办法都用了，不见疗效，整夜整夜不能入睡，精神恍惚。风声、雨声、歌声，他都听不得，包括护士们哼唱他写的《红梅赞》，一听就落泪。

一天，理发师傅的推子刚在他后脑勺上"咔嚓"出一道白沟儿，他双手抱着脑袋，"噌"的一下从座椅上站起身，直嚷：不理了，不理了！

师傅手里举着推子，愣住了，半晌，嗔怒道：神经病！

羊鸣自觉有些失礼，强作笑脸赔不是：师傅，我的神经是有病呀，你那推子的"嗒嗒"声，就像有一群一群数不清的马蜂围着我的脑袋嗡嗡响，我实在受不了啊。

哦？师傅一下愣住了。发，终于没理完，在头上留下了一片空白。

妻子王颖智到医院探视，给羊鸣带来一本《解放军歌曲》，里面有刚刊登的他病前写的一首曲子《我站在五星红旗下》。她本想给病中的丈夫送去欢乐，岂料送给他的却是痛苦和烦恼。羊鸣两眼直直地盯着杂志发呆。记忆没有了，红旗不见了，剩下一个病恹恹的人，到底站在哪儿？看着想着突然眼泪"哗哗"地流下来，双拳捶打着自己的脑袋，号啕大哭：完啦，我完啦！今后我再也不能作曲了！天哪，我怎么什么也想不起来啦？！

羊鸣暂时是什么也想不起来了。但是，对这位在中国歌剧发展史上做出过杰出贡献的音乐家，人民不会忘记，历史也不会忘记。

一

羊鸣的真名叫杨明。杨明的真名叫杨培兰。确切地说，杨培兰——杨明——羊鸣，都是他现用或曾用过的真名。当我们沿着他先后改用的三个名字寻觅时，便可以发现一个艺术家的成功要历经多少艰辛……

渤海湾里有一孤岛，小岛伸向海湾中的形如雀嘴一般的岩石上坐落着一个渔村，因地形而名雀嘴村。1934年7月31日，夜，潮涨潮落声中，杨家一个婴儿呱呱坠地，取名培兰。虎头虎脑的男娃子，纤纤弱弱的女儿名。平日，爹娘像爱女儿一样疼儿子，爱儿子也像疼女儿，于是，他得到了双倍的爱。

然而，家庭的爱，却难以改变世态炎凉。全家长年累月生活无计，如苦海无边。年幼的小培兰对这一切似懂非懂，时常一个人跑到村头"雀嘴"处的嶙峋岩石上，面对狂荡无羁而又神秘可怖的大海，"噢嗨嗨——噢嗨嗨——"地喊叫着。"雀嘴"会唱歌，他不会唱歌，他要唱歌，这就是他唱的歌。海鸥扇动双翼，带着他最初的歌声飞向了遥远的天际。

七岁那年，为生活所迫，小培兰跟随老实巴交的父亲开始"闯关东"。沿途乞讨，一路风尘，终于来到东北边地安东（今丹东）宽甸县落户。父亲在好心人的帮衬下，做点儿小本生意养家糊口。培兰深知读书来得不易，因而格外勤奋。学习之余，唱歌，跳舞，演小戏，各项文艺宣传活动，身材高挑，英俊潇洒，性格开朗，有着优越的先天条件的培兰，总是积极参加。那时，他虽不是科班出身，也无名家指点，但他做事认真，且又有一股憨劲儿，老师怎么教，他就怎么学，有时还会加进一些自己的理解和创造，每次演出倒也能赢得不少掌声。由此，在他朦朦胧胧的意识里，文艺兴许跟他有缘，他在内心里爱上了文艺。

一晃五年过去，1947年，春天早早地来到了这个祖国北部的边城，宽甸经过长久的冬眠蛰伏而在春阳照耀下的冰消雪融中醒来——培兰的第二故乡解放了。彩霞满天，歌声动地。翻了身的穷苦人民，在党和政府的领导下，掀起了轰轰烈烈的土地改革运动。十三岁的杨培兰，小小年纪就凭着他的满腔热血，勇敢地投身到了这一场暴风骤雨般的斗争之中，并当上了宽甸县西关区儿童团团长，俨然一个小战士。

忠厚胆小的父亲，一生只求能平平安安过日子，生怕儿子的举动会招致大祸，遇有机会就劝说培兰：千万不能莽撞，为自己为全家人想想啊！

他心里十分清楚父亲的用意，听罢，笑笑，该做什么还做什么。是年，11月的一天晚上，培兰突然对父亲说：我要去当兵，做一个真正的战士。

父亲一听愣了：你疯啦！

夜风舞着细碎的雪花扑进门来，给屋内增添了更多的寒意。

培兰参军的决心已定。他轻轻地对父亲说：我什么要求也没有，爹，只求你给我改个名字吧！

为啥？

培兰像个女孩子名，当了兵，扛枪打仗，不好听。

哦？父亲生气，心想：真是儿大不由爹喽。

培兰自有主张，就在离家前的一天晚上，他看着天上的月亮，改名杨明，日月会给人以光明。第二天，他同伙伴们一起，来到征兵报名处。一个军官模样的人手捧花名册，呼叫着每一个人的名字，只是要求十五岁以上的站一列，十四岁以下的站另一列。当喊到"杨明"时，他踮起脚站到了十五岁以上的行列中。

从此，他隐瞒年龄，以小充大，弃学从军来到了安东军区。带兵的干部问他想干什么，他随口便答：我爱唱歌。

带兵干部从头到脚打量一遍，微笑着点点头，对杨明说：你就当个文艺兵吧。

一切都那么简单，甚至简单得不可思议，但，确实如此。他就这么参了军，就这么来到了安东军区文工团。在团里，杨明是最小的演员，加上他的勤奋好学，很讨大哥哥大姐姐们的喜爱，洗衣拆被全不用自己动手，就连过端午节时，他一觉醒来发现大姐姐们已经在他脖子上挂好了香荷包、手腕上系好了红丝线。友情、亲情，更激发了他的热情，演戏、扭秧歌、舞台置景，什么都干，什么都能干。不久，他又学会了打击乐，学会了吹长笛，学会了拉提琴，成为正式的乐队队员。雀嘴村真的飞出了一只会唱歌的金雀儿。

一个人，不可没有信念，也不可没有偶像。在乐队，年轻的队长张西风，才华出众，拉得一手出色的小提琴，还擅长作曲，心眼儿也好。杨明崇拜他，佩服得五体投地。一有空，杨明就屁颠屁颠地跟着队长转。在他看来，音乐艺术神秘莫测，会作曲的人一定莫测高深。好奇心，会使人产生奇妙的思想。杨明突然间萌发了一个念头：我要作曲。

好啊，我教你！队长一听，乐不可支。

不过，你要替我保守秘密呀。杨明犹犹豫豫，脸也红了。不是害怕，而是害羞。

从此，杨明和队长之间，开辟了一条"地下航线"——杨明把习作悄悄放在队长的褥子底下，队长在晚上熄灯前抽出来修改，并在稿子上注明为什么要这么改，以后写作时应注意什么问题，等等等等。转天，杨明取出修改稿，边看边想，仔细斟酌，反复揣摩。逢着节假日，队长拉上杨明找一僻静处，面授机宜，总结提高。

杨明期盼自己作的曲能够早日登台，公开演唱。

杨明害怕自己作的曲一旦被人发现，贻笑大方。

就这样，他开始了自己的启蒙教育。在那些日子里，一个个美妙的音符总在他的脑海里活跃着、变幻着，组合、跳荡、震颤……成为一种又一种旋律在纸上流动。

好景不长，"地下航线"暴露。

咦，小杨明也作曲呢？

人不可貌相，海水不可斗量，不简单呀。

是笑谈？是美谈？为了艺术，杨明都不在乎。一旦公开了就不再需要遮掩，一旦不需要遮掩反而变得轻松了。杨明放开手脚，写，不停地写，写出的稿，一叠又一叠。有一次，他鼓起勇气，拿着自认为写得不错的曲子，去向乐队指挥求教。指挥高兴地捧在手上，左看右看，默唱了几遍，前仰后合放声地笑起来，抬起左手捏着鼻子，喉咙里发出"咩咩"的声音，看着他诙谐地说：小杨明啊小杨明，你这曲子可真像羊鸣了，哈哈哈。

一个善意的玩笑，却使杨明受益终生。他由此看出自己作的曲子何等稚嫩。知耻而后勇，就是成功的曙光。他毫不气馁，向启蒙老师张西风学习的劲头更大，更刻苦。这是个关口，如不坚持，他清楚将意味着什么。

老师诲人不倦，不仅教他如何作曲，同时教他如何做人，张西风常对他说：要想成为人民的音乐家，首先要走到人民中去，了解人民，学习人民大众的艺术，从中汲取营养。西风最早用春风吹启他的心灵。

心灵之窗一旦开启，一切美好的东西都可以收进来。当时，文工团经常到农村和乡镇演出。每到一地，杨明都不忘拜民间艺人、歌手为师，向他们采集民歌民乐，甚至到庙宇搜集和尚道士念经的乐谱，就连小镇上商贩的叫卖声、吹鼓手的鼓乐声，他只要碰上都不错过机会，细细地听，认真地记。音乐的天地广阔，宝藏丰富，博大精深，有心去发掘，总会有收获的。他正在收获着。

苦学两载，转眼到了1949年底，新中国成立后的第一个新年即将来临，一个多么值得纪念的日子！隆冬季节，鹅毛般的雪花漫天飞舞，遍地银装素裹。位于丹东镇江山下的一座小红楼里，炉火熊熊，唢呐声声，全团演员们正在赶排节目，喜迎新年。此情此景，

杨明心情激动，"艰苦奋斗几十年，终于今日见晴天""五千年来第一次，开天辟地头一年"，当调动起亢奋的神经，一些充满激情的词句就从脑海里顺顺溜溜地生发出来，从心底里流淌出来。他立刻拿起笔，写词，谱曲，|656 i6 53 5 | 欢快喜庆的唢呐曲牌，多么熟悉，是他从民间鼓手那里学来的，就以它作为引启句，一首歌一气呵成，斗胆寄给了东北军区《部队文艺》编辑部，居然很快刊载，歌名《庆新年》，作者"羊鸣"。

羊鸣，是对过去的回忆。

羊鸣，是对未来的鞭策。

羊鸣立志从幼稚的"咩咩"的羊鸣声中走向成熟，即使走向了成熟他也不会忘记初始的"咩咩"的羊鸣声。这就是羊鸣。

《庆新年》算不得成功之作，还属"咩咩"之声。但它是羊鸣的起点，它促使羊鸣走上了音乐创作之路，它预示着羊鸣的未来，未来的每一次成功，都能从中发现《庆新年》的影子——中华民族音乐之精神。处女作的问世，给羊鸣后来的创作增添了勇气和信心，播下了希望和追求的种子，同时也逐步悟出了一些真谛：音乐并不神秘，成功也是可能的，只要刻苦、专注、勤奋、努力；稚嫩不要紧，起点不怕低，只要从柔弱的心音开始，学习、生活、实践，定能唱出壮阔的歌；真情实感是写好作品的前提，和祖国、人民的命运连在一起，就会有写不完的情趣，有永不枯竭的艺术生命。

在人生道路上，事业的成功与失败，欢乐与痛苦，往往结伴而行。1950 年，安东军区改编为辽东军区，并进驻沈阳成立了东北军区空军。文工团全部建制改为东北军区空军政治部文工团。羊鸣也随之从陆军转到了空军，如同从绿色草地走向了蔚蓝天空，在文工团正式从事专业作曲，梦寐以求的夙愿得以实现，他满心欢喜，至少说明自己得到了承认。但是，新的环境，新的工作，自然要有新的标准，现有的知识水平远不能适应更高层次的艺术要求了。羊鸣陷入了苦恼、沉思之中。越思，越难解脱。

起步不易，提高更难。

如何向音乐的深度、广度开掘？怎么样解决日常工作和学习提高的关系？提高作曲技能，有没有捷径和窍门可走？

一连串的问题，羊鸣苦思冥想，总也想不出头绪来。烦恼苦闷中，他一下想起自己崇敬的作曲家、正在戏剧学院执教歌剧音乐的马可同志。晚上，他在灯光下伏案写了一封长信，恳切地向马可求教。他要向教授寻求心中的恋人——音乐之神。

> 羊鸣同志：
>
> 你好！
>
> ……深入火热的斗争生活，熟悉工农兵和学习专业理论技巧，是革命的音乐工作者不可缺少的两个基本功。如果条件允许，最好两者兼顾；如不允许，你就先投入到火热的斗争中去吧！在斗争中挤时间学习提高。
>
> 在学习专业知识上，没有什么特别的捷径和窍门可走，只有两个字——刻苦！
>
> 马可
>
> 1951 年 8 月 1 日

无疑是一封启蒙和引路的信，无疑是一封寄托厚爱和期望的信。这就是音乐之神？是的，是做一个音乐家之基本精神。羊鸣照此做了，很快投身到了抗美援朝紧张火热的斗争生活之中。他多次跨过鸭绿江，奔赴朝鲜，深入战地生活，到战场进行慰问，耳濡目染了中朝人民用鲜血凝成的战斗友谊。一部大型歌剧《一个志愿》诞生了，它讴歌了中朝人民同仇敌忾、并肩作战的深情厚谊，羊鸣作曲并担任演出指挥。登上指挥台，摊开乐谱，亮亮的两眼扫视了一下自己的乐队，抬起右臂，举起一根细细的小棒儿，在胸前潇洒地轻轻一拨，宁静的乐队骤然间变成一个有声有色流动的世界，每个人的脉搏似乎都是随着他指挥棒的一起一伏而跳动。这一刻，他陶醉了，像在指挥整个地球的转动。那会儿，他刚满十九岁。

这是他用爱与火谱写的第一部大型乐章；

也是他用情与爱立起的第一块生活之碑。

在此期间，羊鸣还在演出、战斗的间隙，抽空自修和声学等音乐理论，开始接触和研究贝多芬、莫扎特、柴可夫斯基等外国著名音乐大师们的作品。堑壕、山洞、帐篷、机场，都曾留下过他孜孜以求的身影。虽然这样的学习是肤浅的、有限的，但也是必要的、有益的，是他走向成功之路的又一块奠基石，如同在优美的旋律中不可忽视的一个小小的音符。

1953 年，羊鸣以优异成绩考入东北音乐专科学校。它的前身是延安鲁艺，后为沈阳音乐学院。高等学府，一座辉煌的音乐殿堂，曾培养出众多的优秀艺术家，羊鸣渴慕已久。当他跨进校园，一个色彩斑斓的音乐世界便呈现在眼前。如久旱的禾苗逢甘霖，似渴极的羔羊遇清泉，羊鸣怀着强烈的求知欲，在作曲系贪婪地读书学习。和声，复调，配器，曲式，民间音乐，歌曲作法，这些重要的作曲基本理论，他都反复研读。音乐学校拥有光荣的革命传统，办学宗旨就是以毛主席的《在延安文艺座谈会上的讲话》精神为指导，提倡走与工农相结合的道路，强调革命化、民族化、大众化。它培养出来的艺术人才，如傅庚辰、谷建芬等，他们的作曲艺术都具有很强的群众性。羊鸣就是在这样一个艺术的海洋中遨游，如鱼得水，从不懈怠。

时光飞逝，三年的学习生活眨眼过去，毕业时他以优良成绩，被学校评为优秀学生，七个阿拉伯数字，他可以自由倒腾了。丰富了专业知识，如虎添翼，他要大干一场。

两年后，军区文工团宣布解散，羊鸣因祸得福，被调进北京，在空军政治部新成立的歌剧团任创作员。北京的艺术界，人才济济，名家荟萃。不论哪个剧场，只要有新戏演出，他就想方设法去观摩学习，戏票紧张时，买不到，他就到剧场门口"钓鱼"。广采百家之长，开阔自己的艺术视野。

《牡丹江畔》，是羊鸣进京后与他人合作的第一部歌剧，内容反映人民空军初创时的一段艰难历程。满怀信心地参加了全军文艺调演，结果，自始至终没有一点反响，演出简报天天出，可硬是只字不提，就当没有这出戏，报纸上更甭说了。哪怕有人站出来骂几句也好，没有，坐了一个长长的冷板凳，惨兮兮的。身为该剧作曲和演出指挥的羊鸣，心里头的滋味可想而知。演出结束，观众伸懒腰打哈欠，悄悄离开剧场的冷清样儿，想起来就汗颜。有过多年的艺术实践，经过三年的科班学习，为什么还不能有所建树？艺术之峰，真难攀登啊。调演结束，剧组灰溜溜返回团里。羊鸣沉默、孤独，经常躲在一个容易被人遗忘的角落"一日三省吾身"，谁也不见。冷静沉思后，还得面对现实，坐下来，把看人家的许多戏的经验，变成利刃，剜自己的肉！他渐渐明白了《牡丹江畔》落魄的症结——没有真正掌握歌剧创作的艺术规律。能够有这种感悟他才算叩击到了艺术的大门，接近了一种境界。

时隔不久，《牡丹江畔》的原班人马，创作完成了一部新的歌剧《刘四姐》。这个戏一上演，就引起了观众的反响。很快，总政歌剧团上演了，外地一些剧团也上演了。山东人民出版社还出版发行了《刘四姐》单行本。羊鸣在这个戏中取得了一些歌剧创作的经验，也小尝了成功的喜悦。这是他调进北京四年后拿出的作品，虽是迟开的花朵，但它毕竟是花朵，故此和搭档在东来顺举杯庆贺。

二

1962年10月，剧作家阎肃根据小说《红岩》改编的大型歌剧《江姐》，剧本初稿完成，并纳入团里的创作计划。担负作曲任务的羊鸣、姜春阳、金砂三人，立即到四川下生活，羊鸣拿总。他们先后到渣滓洞、白公馆、华蓥山等革命旧址参观访问了二十多位熟悉江姐的战友和老游击队员，学习和感受革命先烈的斗争事迹，同时搜集了四川的地方戏曲曲调和民间流传的音乐素材。

翌年3月，写出了全剧的音乐初稿。三人兴冲冲返回北京。当时的总团领导、作曲家黄河、陆友，再加上其他创作人员，聚集一堂，听他们念曲谱。完全没有料及，念完听完，作者口干舌燥，听者无动于衷，甚至极为冷淡。接着谈意见，电闪雷鸣，大雨倾盆，劈头盖脸地下起来！各种意见，归纳起来有：剧本结构及唱腔安排比较散，不够戏剧化；人物塑造，特别是江姐的音乐形象不鲜明，流于一般化；音乐语汇不细腻朴实，不亲切感人，不能为群众所喜爱；生搬硬套四川音调，不伦不类，古里古怪，多数观众不易接受。领导当即决定：全部推倒，重新谱写。惨败。这是一次彻底否定，连一个音符也没留。他又想起了《牡丹江畔》，想起了"咩咩"之声。

也好，一张白纸，好写最新最美的文字，好画最新最美的图画，好谱最新最美的旋律。

革命化，民族化，群众化。周总理对文学艺术工作的指示，羊鸣、姜春阳、金砂重新进行了学习，认识到惨败的原因是多方面的，但归根结底还是一个创作路子的问题。找准了真正的问题，就等于摸到了成功的大门，跨进大门即是胜利的开端。

4月，羊鸣一行再下四川。他们进剧场听川剧、扬琴、清音，走街串巷向老艺人求教民间音乐、戏曲。有的艺人很守旧，从不轻易将自己的拿手好戏说给外人。没关系，羊鸣也有招，掏腰包，请老艺人上茶馆、下酒店，吃茶喝酒，兴之所至，见对方这般恭敬自己，也就毫无保留地开怀畅饮，开口畅谈了。收获甚丰。《老彭他点起一把火》《吃人的老天太不平》《我们人穷志不穷》《大曲酒开坛喷喷香》《共产党里能人多》，剧中有许多充满了浓郁的四川风味的唱段，就是这样从四川民间汲取了大量的艺术营养而谱写出来的。这正是进行了反刍的作用。

马不停蹄，离开四川，他们又赴上海，观摩越剧、沪剧；奔浙江，学习杭剧、婺剧、滩簧等戏曲音乐。在杭州，三人学习地方剧音乐已经达到了痴迷的程度，常跟随剧团一块儿下乡演出。偏僻农村的交通不便，演出用的服装、道具、行李，有时只得靠肩挑手提、身背车推。羊鸣个子高力气大，哪一回都拣重活儿干，遇上风雨天，一身汗两腿泥，常事。剧团的人也深受感动，把他们当成自己人一样看待，给他们创造了许多很好的采风条件。舞台上，工棚里，每当有演唱，逢场必到，他们的衣兜里都装有小本子，边看边听边记，精彩唱段，一句不落。

满载而归。回到团里，羊鸣一行立即去找团领导，汇报这一趟下生活的重要收获。这一次，我们可找到旋律了！羊鸣满怀喜悦，首先切入正题。

总团政委陆友的脸上露出了笑容，给每人沏了一杯香喷喷的茶，高兴起来。

8月，完成《江姐》音乐第二稿。这一稿，是连续苦战两个月拿出来的，其中还不包括下生活的时间。一部歌剧的成败，除了作为基础的文学剧本而外，音乐的状况至关重要。羊鸣认真吸取了一稿失败的教训，集思广益，提出了二稿的总体要求：以"革命化、民族化、群众化"为最高指导；以着力塑造江姐英雄形象，赋予其他人物鲜明性格为最高任务；以南北嫁接，融会贯通，达到群众喜闻乐见为最高目的。具体构想：江姐既是一个对党无限忠诚、对敌人无比仇恨、胸怀宽广、临危不惧的坚强革命者，又是一个有文化、感情细腻、充满爱心的女人。她的音乐形象应该亲切、优美、动听、抒情，使人或听或唱起江姐的歌曲，便能产生共鸣，激起对她的怀念之情；其他人物的音乐形象，主要的、次要的，正面的、反面的，既要独具特色，又要和谐统一。

在创作中，他们对音乐布局做到了既统一严谨又变化不拘：紧、弛、浓、淡，喜、怒、哀、乐，围绕剧中人物，力求水到渠成，该唱则唱，该白则白。在手法上，也灵活自如，丰富多彩，借鉴戏曲音乐中的板腔，以某一曲调为基础，通过速度、节奏、旋律的扩充或缩减，演化出一系列的板式。如第六场江姐的"我为共产主义把青春贡献"这一段唱腔，即是慢板——紧板——慢板——清板——流板——快板——原板。双枪老太婆在第三场的"干革命后继自有人"的唱段，则是导板——回龙——快板——散板。川剧高腔中的"帮腔"形式，在《江姐》中得到了自由、生动的运用，产生了奇特的效果。特别是民间说唱音乐中"唱里夹白""白里夹唱"，以及近似白的唱、近似唱的白的形式，也在《江姐》中得到了借鉴、运用和创新。

大型歌剧的演出，一般都在两三个小时左右，有差不多四五十个大小不等的唱段。如何做到长而不空、多而不乱，让观众的情绪自始至终进入角色跟着歌声走，是中外作曲家在创作中面临的一道难关。想跨越它，难题有很多，至少应做到充分发挥声乐、器乐的多种表现功能，有独唱、重唱、合唱之分，有调性与调式的变化对比，有富于歌唱性的咏叹调、近似口语化的宣叙调或两者兼而有之的咏叙调的相互搭配，有民歌体、板腔体、多段体的巧妙应用。否则，观众在听觉上必然觉得疲倦、乏味。从某种意义上说，歌剧是用音乐写成的。换句话说，音乐是歌剧的灵魂。那么主题歌音乐就应该是灵魂中的灵魂。因此，羊鸣在执笔写具有象征意义的主题歌《红梅赞》的音乐时，倾注了他的心血，八易其稿，先后修改二十多次。红梅，终于开放了。

二稿，审查，通过，排练。

边排，边改。上自空军司令员刘亚楼，下至参加排戏的每一个演员，都在为《江姐》出谋划策，反复推敲，边改，边排。

又是一个年头过去了。剧本改了十二稿，音乐大反复两次，有的唱段、唱腔、唱词，改动不下数十次，甚至近百次，连一个音节、一个音符也不放过。说它"精心雕琢，千锤百炼"，毫不夸张。1964年9月，终于定稿。

北京灯市口，剧团排练场，内部排练《江姐》全剧。不几天，院内的家属孩子们开始传唱《红梅赞》。羊鸣见此情景，暗喜，思忖：这一定是个好兆头。

首次演出，果然十分成功。

三

《江姐》的音乐创作，倾注了羊鸣的才华、智慧、心血、情爱。难怪，剧组首次排戏时，当排到第二场江姐哭老彭一段，演员情不自禁地哭开了，全场一片抽泣声，使整个戏无法排下去，导演只好宣布暂停。羊鸣写了那么多作品，自己最受感染教育的也是《江姐》，他前后看戏不下百场，可仍然百看不厌，百唱不厌。虽说剧情、唱腔他早已烂熟于胸，可是至今看《江姐》，只要看到第二场江姐哭老彭、第三场江姐含泪扑在双枪老太婆怀中叫"妈妈"、第七场江姐就义前问孙明霞"你看我头上还有乱发吗"，羊鸣每每动情、流泪，有时竟然哭得像个孩子。

妻子王颖智太理解自己的丈夫了。她深深地知道，音乐是羊鸣的生命，离开音乐，羊鸣就没法生活。在羊鸣住院治疗期间，王颖智终日守护着他，安慰着他，鼓励着他，用音乐启迪着他。

音乐的魅力无穷。羊鸣毕竟是羊鸣，齐鲁的豪放，北国的深沉，哺育了他不屈的性格，加上他对音乐的执着精神，也许感动了音乐之神，前后治疗八个月，他竟然奇迹般地恢复了记忆，能够有正常的思维了。只是从此落下了一个后遗症：每天晚上离不开安眠药，即使不服用，也得在小药瓶盖里放几粒摆在床前，两眼看着它入眠。

羊鸣病愈后，又和老搭档上西藏，下江南，跑边疆，登海岛，体验生活，寻找他的音乐之神。收获总是属于辛勤的耕耘者。接着，他又与人合作写出歌剧《风云前哨》《忆娘》《女飞行员》《槐花香》《爱与火的四重奏》等歌剧音乐十余部，舞曲《家家乐》等三部，电视剧《赤橙黄绿青蓝紫》等音乐四部；同时创作声乐曲一千余首，发表和演唱的五百多首，其中不乏脍炙人口之作：《山歌向着青天唱》《我爱祖国的蓝天》《春光曲》《周总理永远活在我们心间》《焦裕禄啊，我们的好书记》《银球飞舞花盛开》《晨风吹过机场的小道》《梦中的白云》《女儿心中的祖国》《我幸福我生在中国》；获全国一等奖的有《人民——战士的母亲》《樱桃红了》《生命的绿》等。——列举作品的题目是很枯燥的，但通过它可以看出一个作曲家对艺术的执着追求，对祖国和人民的一片赤诚。

1987年，在湖南长沙举办的全国五省市歌剧观摩调演中，《爱与火的四重奏》获创作奖。恰在这时，羊鸣的身体状况不好，又有反复。这回他预感到真的要告别乐坛了，《爱》剧是最后一部作品，尽管他对音乐爱得执着，爱得深沉，爱得痛苦，可到这里得打住，该用一个休止符了。他想用奖金请搭档们聚一聚，吃一顿"最后的晚餐"。然而，聚了，但不是最后的休止，而是新的起点。他不想做一个落伍者，他要踏着时代的旋律一起前进，做一名人民群众喜爱的歌手。他在努力着。

那年9月，上海举办了亚洲音乐节歌曲评选，羊鸣作的通俗歌曲《乡音》获奖。有人奇怪地问他：你也对通俗歌曲感兴趣？

我追求艺术歌曲通俗化，通俗歌曲艺术化，所以，我的歌就不会被淘汰。羊鸣说。

各类艺术有许多相通之处。写作之余，羊鸣总爱挎着相机到大自然中摄取美景，如果拍不好，他就说是"配器"没配好：什么取景问题、角度问题、焦距问题、曝光问题；他还爱买爱看烹饪书籍，下厨房做些可口的菜，如果炒不好，他也说是"配器"没配好：什么佐料问题、刀功问题、火候问题，一套一套的。

看起来，羊鸣好像在"玩"，在"吃"，但他绝不仅为了"玩"和"吃"。他要把美景拍出旋律，他要把菜肴炒出乐感。这话听起来似乎有些荒唐，然而，不然。他认为，无论是拍照片还是做菜肴，都应该和创作音乐作品一样，经得起别人的欣赏和品尝。真知灼见！有个性的艺术家，对艺术的追求，不仅热爱，而且必须成癖，成癖者则成正果。

近些日子，羊鸣已经无暇照相和烹饪，他与创作《江姐》的老搭档阎肃、黄寿康、姜春阳，在北京郊区的一个什么地方"猫"了起来。

做什么？

不知道。但，总有一天会知道——

此鸟不飞则已，一飞冲天；不鸣则已，一鸣惊人。

——《史记》

（原载《名人传记》1993 年第 2 期）

跋　　著书与读书

朱孟兰

编入书中的作品是先生从发表的百余篇散文中遴选出来的，可以说这是一个精选本。

自一九七四年三月初，先生被一纸命令由南京调往北京任空军报社编辑（记者），开始了三十年的编辑生涯。

当记者抓新闻必须做到多听多看多想多写，也就是说要做到耳聪目明脑子灵笔头快。为了做到这些，先生登上过海拔五千三百七十四米的甘巴拉（藏语意为"不可逾越的山峰"），穿越过中国最大、自然条件极其恶劣的塔克拉玛干沙漠，参加过边疆万里行，从北国到南疆，从东海之滨到西部大漠，从繁华都市到边陲哨所，都曾留下过他的足迹，经历阅历和资历促使他眼观六路耳听八方，有机会采访到许许多多先进模范人物和普普通通的士兵，获得了大量新闻线索和创作素材，在完成报纸刊物的宣传之外，又利用业余时间创作发表小说、散文、报告文学数百万字，讴歌新时代军人的精神风貌。收入书中的则是其中部分代表作品。全书分为三辑：

第一辑"魅力"，以清新、隽永而又充满激情的文字，生动地抒写了驻守高山、海岛的军人戍边卫国的赤胆忠心、重大工程建设者为了国家利益无私奉献的牺牲精神和建设美丽乡村的无穷魅力；

第二辑"星系"，重彩描绘了军营里的将军和士兵、英雄群体和平凡个人以及男人和女人在不同际遇中鲜为人知的故事。这些人和事宛若天空数不清的星星汇成的星系，群星闪耀，璀璨夺目；

第三辑"彩塑"，是用细腻、优美、深情的文笔，生动地展现了新时代遐迩闻名的艺术大咖和新秀的形象，他（她）们的人和他（她）们的作品如艺术长廊里的彩塑引人注目、惹人喜爱、令人敬佩。

在与先生的朝夕相伴中，亲眼目睹他为了收集、整理、修改这部书稿，真是夜以继日、废寝忘食，除了心疼就是感动：原来写一篇好文、出一本好书并不是件轻而易举、一挥而就的事情！正如唐人韩愈在《进学解》中所说："业精于勤，荒于嬉；行成于思，毁于随。"

其实，我还是有些疑虑的：眼下中国人阅读纸质书呈下降趋势，出书还有意义吗？

近日，中国新闻出版研究院组织的调查数据显示，2023 年我国成年国民人均纸质图书阅读量为 4.75 本，与世界其它国家横向比较是：以色列人均 64 本、俄罗斯人均 55 本、美国人均 50 本、日本人均 45 本；关于成年人年均玩手机时间大数据统计为：中国 2020 年人均每天 100.75 分钟，2022 年人均每天 105.23 分钟，2023 年人均每天 230 分钟（3.8 小时），美国、英国、韩国为人均每天 2 小时。不过，这项冠军不在中国，而是地处南美洲的巴西，人均每天近 5 小时。

当你走进火车站候车大厅，放眼望去，几乎人人都在低头玩手机，不玩者寥寥，似乎"一机在手，生活无忧"。不可否认，手机是高科技的产物，也正在为科技发展和人们的日常生活所用。但是，中国历史悠久，文化源远流长，是一个崇尚读书的国家，而眼下的读书氛围和读书时间，令人堪忧。所谓文化大国、文明强国，不是坐而论道，须作而行之，从认真读书、读好书抓起才是。

今年 4 月 1 日清晨，我和先生乘坐 G65 次高铁前往武汉探亲。列车启动后，见坐在我们前排右座的一位中年男士打开行李包，取出一本厚厚的书籍，旁若无人，凝神阅读。列车行驶了 4 小时 13 分，正点到达武汉，读书男士这才起身取行李下车。著书人遇到了读书人，先生的内心一定感到很欣慰。

当晚，弟弟设家宴款待我们。在弟弟家，先生首次遇见侄孙女小桃子（学名傅侑恩，8 岁）。因为是初次见面，互不熟稔，小桃子并不在意，只顾在一边玩耍。当弟弟从书房取出一本先生刚送的新书《原来如此美丽》，再向她介绍姑姥爷是报社社长、作家时，她突然眼睛放光，赶忙从姥爷手中接过书，坐在高处的台子上，全神贯注一页一页认真地翻看起来。其实，书上有很多字她是不认识的，但她看得却是那么认真，似乎不想轻易放过每一页每一行每一字。看着看着，她突然站到椅子上，有些激动地说："姑姥爷的文化水平太高了，可以打 100 分，甚至超过 100 分！"口气像个小大人，引来满屋笑声。

吃饭时，小桃子不停提醒姥爷给姑姥爷夹菜、斟酒，并在饭后亲手将姑姥爷用过的分酒器清洗干净、贴上名字，留作以后专用。临别时，桃子歪着脑袋仰面望着姑姥爷用大人似的口气说："留个电话呗？"

我笑着问先生："桃子这孩子，兴许是你最小的'小迷妹'吧？"

先生摇摇头也笑了："她迷的是书！"

2024 年 5 月 1 日夜

天有一双手

趣说繁简字

顾易 著

南方出版传媒 广东人民出版社
·广州·

图书在版编目（CIP）数据

趣说繁简字 / 顾易著. —广州：广东人民出版社， 2019.11
ISBN 978-7-218-14036-0

Ⅰ．①趣… Ⅱ．①顾… Ⅲ．①汉字－通俗读物
Ⅳ.①H12-49

中国版本图书馆CIP数据核字（2019）第258662号

QUSHUO FANJIAN ZI

趣说繁简字

顾 易 著

出 版 人：肖风华

责任编辑：梁　茵　陈泽航
责任技编：周　杰　周星奎
书籍设计：赵焜森　钟　清　张雪烽

出版发行：广东人民出版社
地　　址：广州市海珠区新港西路204号2号楼（邮政编码：510300）
电　　话：（020）85716809（总编室）
传　　真：（020）85716872
网　　址：http://www.gdpph.com
印　　刷：广州市人杰彩印厂
开　　本：787mm×1092mm　1/16
印　　张：21.25　　字　数：300千
版　　次：2019年11月第1版
印　　次：2019年11月第1次印刷
定　　价：98.00元

如发现印装质量问题，影响阅读，请与出版社（020-85716849）联系调换。
售书热线：（020）85716826

序

从『繁』『简』字说起

中华文明源远流长、博大精深，汉字是中华文明的基因，是中华民族的一个重要标识。

中国拥有世界上最为丰富、悠久的历史文献，要归功于世界上独一无二的汉字系统。在四大文明古国中，唯有中华文明没有断代，其中的一个重要因素是汉字这一文化纽带使之绵绵不绝，汉字是中华文明传承的载体。汉字在某种程度上已成为华夏文明的代名词，是维系海内外中华儿女的文化纽带和民族认同的重要元素。汉语里的每一个字都有一定的音义，汉字本身有严谨的结构规律，自有其完整的系统性。汉字积淀着历史、文化和心理内涵，是承载着听觉信息、视觉信息和意觉信息的全息符号，集形、音、义于一体，形呈于目，音入于耳，义达于心，三者相互融合，形成汉字独特的认知体系。每一个汉字记录着历史，包含着哲理，承载着文化，展示着美感，创造了世界上一个伟大的文化整体。

繁体字和简体字是汉字的两种书写形态：繁体是指流传下来的汉字正体，它本身是一个完整的文字系统；简体只是一部分笔画比较多的繁体字的简化，简体字并不能独立作为一个文字系统。汉字是表形、表音、表意的文字，繁体字符合六书造字法，较之简体字更具音律与形体之美。尽管有些繁体字间架结构比较繁杂，书写和辨认有些不便，但每个汉字都是一个生命，每个繁体字都蕴含着特定涵义，展示的是一段漫长的汉语文化发展史，体现了华夏先民的造字哲学与智慧，是一笔宝贵的文化遗产。

简体字是针对繁体字而言的概念，是指以笔画较简的字来代替原来通行而笔画较繁的汉字。简体字相对容易写、容易记，对于文字的推广和普及有一定的积极意义。汉字简化采用了省繁求简、增差别形、趋同类化、规范划一的方法，以利书写的简约和方便，具体的方式有：更换偏旁、草书楷化、古字回改、取局部特征、造新字、造符号、偏旁类推、音近合并、同音假借、合并和另造新字等几种方式。简体字的正式推行从1956年算起，至今已逾六十年，影响了三代人。六十年代以后出生的人，很多已不认识繁体字。

回望汉字简化的历程，其教训是深刻的。首先，汉字简化的出发点有偏差，一种看法主张用拼音化取代汉字。"拼音"仅仅是注音符号而不是文字，拼音永远不可能代替汉字。旨在"去汉字化"的"汉字拼音化"，是一种反中华传统文化的错误思潮，是对汉字怀有偏见，是"汉字落后论"的直接产物，其最终目的是要废除汉字、淘汰汉字，是要用拼音文字取代汉字。以简化字为开端进而用拼音取代汉字是对中华文化毁灭性的打击，其出发点和结果对中华文化的严重伤害。大量的同音字很容易造成混淆使用。如今，在电脑和手机上用拼音输入汉字，实际上是在变相地"用拼音代替汉字"。长此以往，必然使越来越多的人提笔忘字，甚至不会写字，使报纸、书籍、电视屏幕上的错别字越来越多。造成这一严重危机的根源，就是人们把"拼音字母"当成了思维和书写的载体，而汉字的灵魂即笔画和结构，却蜕变成汉字的"第二层衣服"，亦即成了"拼音字母"的衣服。这种主客易位、本末倒置的做法，是对汉字的自我疏远，对汉字文化的自动阉割。

其次，汉字的简化，未能遵循传承与创新的原则。汉字不像拉丁字母仅仅只是表音文字，汉字具有表意性、示源性的语素——音节文字，它承载了中国的文化发展与文明进程。以追求书写方便而简化，是对中华文化的割裂。汉字的形体构造，过去都是从"六书"说，即象形、指事、会意、形声、转注、假借，而现在使用的多数简体字已不能用六书的原则进行分析了。如"國"简化为"国"，原来是金戈在手，众人一口，方可卫国；云彩的"云"字，繁体字是"雲"，上为雨字头，下面是个云，一看就能知道云是与雨有关系；聪明的"聪"，繁体字是"聰"，正所谓"耳聪目明"，是表示聰与心、脑、耳相关。简体字成了需要像背英语单词一样去记忆的文字，虽然书写简单但靠死记硬背却使得学习难度更大，这也是速记符号最简单却无法推行的原因。相反，繁体字更有规律，能形象生动地让人会意并牢记，具有更广泛的传播功能。繁体字对于古籍的阅读认识有着相当大的帮助。3000多年来，我国的古籍使用的都是繁体字，繁体字曾在积累和传播文化知识方面功绩卓著。古人作品之所以流传千年、亘古不衰，在于其深厚的文化价值，而繁体字在这方面起到了桥梁的纽带作用。

我国汉字形体的简化虽然坚持尊重历史、尊重习惯的原则，但也存在着简单化、临时性的偏向，未能充分考虑汉字的系统性、科学性以及历史发展和长期使用的问题，存在如下的局限：

（一）简体字破坏了汉字的形体美，抛弃了汉字的优点。

汉字以独特的结构形体美感，在世界文字中独树一帜，形成了独特的书法艺术。从书法的角度来看，繁体字书写十分漂亮美观，而简体字表达则太过于空旷，缺乏均衡结构美感，艺术欣赏的价值大打折扣。有些简体字甚至只是为了节省笔画而破坏了繁体字原有的结构美感，让人看了很不舒服，比如飛（飞）原有"两羽逆风而飞"的形状，简化后变成了折翅而飞；廠（厂）字变得人屋空空；廣（广）变成天广无地黄，广阔天地看不出来了。笔画虽然少了，但是所简化的字结构不协调，为此，书法为追求美感，书写时多用繁体字，以呈现汉字的形体美。著名作家秦牧在杂文《含泪的幽默》里面有段农民对"農"字的解释：种田人，佃农两字简直就是生歪了时辰八字。意即"農"字是由"曲"和"辰"两字合成，而简体字的"农"都无法让人去理解老农民们自侃自乐的这层"含泪的幽默"。

（二）有的简体字丧失了表音和表意的功能。

文字是记录语言的书写符号，汉字要发挥其记录语言的功能，既要保证字与字之间有足够的区别，字体本身也要尽可能提供更多的音义信息。由于汉字简化过程中没有充分注意到汉字结构的系统性，有很多的简体字是通过破坏或者削弱繁体字的表音和表意作用来达到简化的目的，这样就使得很多简体字失去了表音和表意的作用。

一是漠视声符。俗话说"秀才不识字，只读半边音"，汉字声符既显示读音也在一定程度上显示字义。部分简化字违反了汉字这一造字的基本规律，如"又"：艰（艱）、难（難）、汉（漢）、叹（嘆）、权（權）、劝（勸）、观（觀）、欢（歡）、邓（鄧）、对（對）、鸡（雞）、仅（僅）、凤（鳳）、圣（聖）、戏（戲）、树（樹）、双（雙）、轰（轟）、聂（聶），一个"又"取代了13个声符或义符。用"又"字来解释以上的字义是很困难的。

二是漠视形符。汉字形符显示事物的类属，取消部首实际上不是改进而是改退。例如"蒙"字，代替"朦、濛、懵"，消失了形符（部首）；又如坛（壇、罈），两个坛子，一个是土建筑，一个是瓦罐子，其正体字的形符显示其类属；又如历（歷、曆），一是经历、历史，是行进的过程，一是日历、月历，专指日月的运行，两者相去甚远。

三是字不显义。汉字构字无论是象形、指事，还是会意、形声，都以形为基础。简体字在这方面存在着明显的缺憾，简化的"龙"和繁体字"龍"，简化后的"龙"就很难让人联想到龙的样子，简化的言字旁"讠"也看不出和口舌有什么关系；又如華有草木之义，驚因马易受惊，兒是囟门未合的大头娃娃，寺廟是公认朝拜的场所，堯帝是伟大崇高的圣人，而聖人则是言听出众的王者。这些汉字中都蕴含着丰富的文化内涵，而一经简化，信息全无。文化信息是汉字的生命线，如果站在淘汰汉字、废除汉字的立场上看，华、惊、儿、庙、尧、圣这些简化字简直就是毁灭中华文化的一条捷径。

四是顾此失彼。汉字在几千年文化的融合发展中，历经风吹雨打、烟熏火燎，已经形成一个庞大的有机体，其内在有机联系，是任何一种语言都无法望其项背的。汉字简化是在极短的时间内制定和推行的，顾此失彼、随意肢解的现象必然难免。例如卢（盧）、庐（廬）、芦（蘆）、炉（爐）、驴（驢）、沪（滬）、护（護），明明盧字可以统一成卢字，偏偏又把它与户字搅在一起；明明户字可以顶扈字，结果又窜到護字。这种只满足字的读音，而无视字形、无视声符的不同，实际上是汉字拼音化的下意识主导的结果。

五是简化失义。每个汉字都具有浓浓的传统文化色彩，如杜甫的诗句"无边落木萧萧下"的"萧"字，上边草字头表示植物，下边的肃是肃杀之义，秋天肃索凄凉，落叶纷纷。萧萧，既是风吹落叶声，又是落叶飘飘状，给人一种悄悄的飘飘的连绵不断的感觉。破坏了字形，字义也就丧失了，如产不生（产、產）、面无麦（面、麵）、业无根（业、業）、余无粮（余、餘）、亲不见（亲、親）、爱无心（爱、愛）、气无米（气、氣）、脏不净（脏、髒）、笔无手（笔、筆）、进跳井（进、進）等等。

六是声符失恒。汉字演变的过程中，形符往往会变形，如水字旁、木字旁、言字旁等，但声符始终是稳定的。汉字简化虽说很重视声符类推，但也出现很多问题，例如灯（燈）、邓（鄧）、证（證），登字变成了丁、又、正，三个字读音都与登无关，从而打乱了声符；又如运（運）、酝（醞）、层（層）、动（動），这中间已经看不到一点类推的痕迹了。

七是传承受阻。汉字既载录了中华民族五千年生存、繁衍、发展的绚丽多彩的历史和文化，又传承着传统文化的基本遗传信息，如思维模式、审美情趣、伦理意识、价值观念、生存方式、民风习俗。简体字在很大程度上破坏了汉字文化的基因，造成人们与传统文化的隔离。人们把汉字只看成是记录语言的工具，不再认真去感悟它丰富的内涵文化。比如"和"字，原繁体字作"龢"，意思是古人吹着排箫庆贺秋收，由此引申到音乐和谐，再由音乐和谐引申到身心和畅、人事和顺、家庭和睦、社会和谐、世界和平，再到天地之大和，"和也者，天地之达道也"。在汉字简化中，文化传统受阻，留下了许多遗憾。

八是使部分汉字意义走样。如"乂"原本是凶杀、错误或消减之义，现在用于取代部分汉字中的一部分，如"區"简化成"区"，本来是众多人口共同生活的地区，简化之后变成了生活在凶险的区域；又如"風"本指"凡虫活动，借助于風"，简化为"风"后，风就变成了凶风。

（三）出现一简对多繁、一繁对多简的局面。

由于简化汉字时对汉字构字的系统性注意不够，出现了一繁对多简和一简对多繁的现象，这对繁体字和简体字之间的转换以及认读繁体字带来了不便。比如，简体字"发"对应的有两个繁体字，即"發"和"髮"，前者是"射箭、出发、发财"的意思，后者则是"头发"的意思，一个简体字对应的两个繁体字意义完全不同，如果对繁体字不够熟悉或者没有较深的汉字功底，在使用时是很容易出错的。

朝着便于书写的方向发展，是贯穿汉字简化历史的一个出发点。但书写的方便必须注重自然发展和汉字的造字规律，慎之又慎，假如过多地进行人为干预，难免会出现违背汉字自身规律之处。简化虽然是汉字自身功用的要求，但汉字并不是越简化越好，而是要以优化为根本原则。汉字简化的优化原则主要表现在以下几个方面：（1）区别性原则。汉字职能的发挥，有两个不可缺少的环节，这就是书写和认知。就书写而言，人们总是希望符号简单易写；而就认知而言，人们又希望符号丰满易识。然而汉字越简化，就越容易丢掉信息，给识别带来困难；追求信息量大、区别度大，又难免增加符形的繁度，给书写和记忆增加负担。汉字简化必须充分认识到这种矛盾，以保证简化字有足够的区别度，否则就会损害汉字的表达功能。（2）理据性原则。汉字是表意体系的文字，只有保持汉字构形的表意特点，汉字才能显示其存在的价值。汉字简化必须坚持理据性原则，以最大限度地保持汉字的构形理据为前提。（3）系统性原则。汉字在长期的发展过程中，逐渐形成了日益严密的符号系统。对汉字形体的简化，也应该充分考虑系统性原则，而不能单纯追求个体字符的笔画减少。

汉字正体字具有交流性、传承性、稳定性、统一性的特点，启用正体字是弘扬汉字文化的正道。就繁体字和简体字而言，繁体字才是中国的真正精髓和血脉。繁体字有12万之多，而简体字才仅仅3千，繁体字无论在形态美观、文化内涵、历史沉淀上都远非简体字可比拟。其实，指出简化字存在诸多失误，提倡启用正体字，并非要完全取消所有的简化字，也不是对汉字简化作简单的否定。确定正体字，应当跨越繁简的认识鸿沟，繁体并不就等于正体、正体并非不能采用简体。认为全部恢复繁体字，也失之于过激，不符合时代的发展要求。毕竟大量的汉字，尤其笔画繁多的汉字，也非完美无缺，还有待进一步完善。有许多简化字还是简得好的，如：寶（宝）、讒（谗）、塵（尘）、膽（胆）、奪（夺）、墮（堕）等等。汉字不仅是中华民族的宝贵财富，也是世界文化的仅存瑰宝，在奋力实现中华民族复兴"中国梦"的今天，每一个中国人都应维护、优化正体汉字，每一个炎黄子孙理应倍加珍惜、呵护汉字文化。国家如能启用正体字工程，是弘扬汉字文化之正道。假如我们能够实施优化正体字工程，恢复部分简化不够科学的繁体字，使汉字的使用更加规范，不失为传承和创新中华文化之举措。

《趣说繁简字》运用比较的方法，对繁简字的起源和形、音、义进行分析，从哲理思考、美学结构和文化信息去分析繁简之间的优劣，从繁胜于简、繁简两可、繁简失当三个门类分析繁简之得失，一方面是为汉字正体字的选择提供一个依据，另一方面也可以从中得到思考和启迪，让中国汉字的发展回归到一个正确的轨道，也让中华文明得到大力的弘扬。

是为序。

作者于广州东湖畔

2019年10月23日

目录

mulu

序 从"繁""简"字说起

自然之物

陽 & 阳	山地之南，日光照射	002
曬 & 晒	风和日丽，日光普照	006
雲 & 云	气托雨滴，下雾上云	010
塵 & 尘	群鹿奔跑，灰土飞扬	014
葉 & 叶	草本器官，薄如叶片	019
曆 & 历	星月之行，时光飞逝	023

伦理之情

愛 & 爱	爱若无心，必无感应	030
親 & 亲	亲人常见，情感笃深	034
孫 & 孙	香火世系，血脉相传	038
鄰 & 邻	守望相助，以德为邻	042
義 & 义	美善之首，我之威仪	046
鄉 & 乡	乡里有郎，情系故乡	051

仪礼之态

禮 & 礼　起于祭神，源于恭敬　058

聽 & 听　用耳感知，用心倾听　063

懷 & 怀　深深思念，孰心抚慰　067

讓 & 让　言辞谦逊，予人方便　071

觀 & 观　瞪大双眼，仔细瞧看　076

勸 & 劝　晓以利害，使人顺从　080

應 & 应　口念心行，心心相应　084

情感之状

恥 & 耻　耳听批评，心中羞愧　092

歡 & 欢　佳人佳行，欣喜雀跃　096

癡 & 痴　多疑心病，愚钝为痴　100

驚 & 惊　马遇警情，长啸嘶鸣　105

樂 & 乐　演奏歌唱，心神愉悦　110

興 & 兴　同心共举，共谋复兴　114

戲 & 戏　手持戈戟，斗兽取乐　118

状貌之况

醜 & 丑　酗酒成性，面目可憎　　124

總 & 总　统揽全局，心聪目明　　128

實 & 实　家财万贯，殷实富足　　132

舊 & 旧　经久耐用，时隔多日　　136

窮 & 穷　躬身在穴，处境艰难　　140

質 & 质　武力劫持，以求浮财　　144

傑 & 杰　才能出众，领袖群伦　　149

藝 & 艺　扎根沃土，辛勤耕耘　　154

優 & 优　用心则优，担心而忧　　159

雙 & 双　手持两鸟，成双配对　　164

難 & 难　鸟啄为刑，极端痛苦　　168

圣手之术

醫 & 医　以酒消毒，内病外治　　174

館 & 馆　才俊良官，食宿之地　　179

術 & 术　行有行规，术有专攻　　183

筆 & 笔　手持毛笔，笔走龙蛇　　188

產 & 产　生为基础，有生有产　　　　　　　193

導 & 导　引领方向，进退有方　　　　　　　197

嘗 & 尝　用口品味，高尚为要　　　　　　　202

頭 & 头　动物之首，事物之端　　　　　　　207

麵 & 面　磨麦成粉，人之脸面　　　　　　　211

體 & 体　以骨支撑，知书达理　　　　　　　215

进取之径

備 & 备　预先筹划，有备无患　　　　　　　220

劃 & 划　以刀为笔，割分物体　　　　　　　225

進 & 进　勇敢向前，臻于佳境　　　　　　　229

顧 & 顾　用心照料，守护家园　　　　　　　233

協 & 协　众人同心，合力发展　　　　　　　237

動 & 动　负重前行，云凭风飘　　　　　　　241

辦 & 办　不辞辛苦，努力去做　　　　　　　245

廠 & 厂　生产场地，宽敞开阔　　　　　　　249

卫国之举

衞 & 卫　勤于行走，守卫家园　　　256

敵 & 敌　连根拔起，打击要害　　　261

邊 & 边　遥远地方，界限范围　　　266

殺 & 杀　持械攻击，用计杀人　　　270

裏 & 里　衣服内层，居住之地　　　274

夾 & 夹　二人相持，夹缝求生　　　278

車 & 车　以轮行驶，车水马龙　　　281

勝 & 胜　有勇有谋，稳操胜券　　　285

超脱之境

飛 & 飞　鸟儿振翅，翱翔天空　　　292

寧 & 宁　心静则安，有丁则宁　　　296

夢 & 梦　夕阳西下，开启梦境　　　301

層 & 层　重重叠叠，连绵不断　　　306

開 & 开　双手打开，紧闭之门　　　310

關 & 关　合门落闩，玄关妙锁　　　314

【自然之物】

陽
阳

山地之南　日光照射

　　"岁老根弥壮，阳骄叶更阴。"这句诗出自北宋王安石《孤桐》。这两句大意是：年代愈久远，树根愈粗壮；阳光愈炽烈，绿叶愈阴凉。此二句写得很有诗意，将桐树盘根错节的根茎，碧绿青葱的枝叶写得活灵活现，也将王安石变法失败后不气馁，不灰心，以孤桐自喻，立志把变法进行到底的决心和盘托出。可用以赞美桐树或其他老树，或借以颂扬"壮心不已"的老人。

　　"阳"繁体字为"陽"，形声字。

　　"陽"，甲骨文为"𨸏"。左边"𨸏"（阜，山地），右边"昜"（昜，即"暘"，日光照射），合起来指受光的山坡。造字本义：山地受光的南坡。

　　金文"陽"在甲骨文中"昜"（昜，日光照射）的字形上加"彡"（彡，光影），表示日光照射物体产生的投影。

　　篆文为"陽"，字形承续金文字形。

隶书"陽"将篆文的"𨸏"（阜）写成"阝"（左耳旁）。

简体"阳"以"日"代替了"陽"中的"昜"（昜）。

《说文解字》："阳，高、明也。从阜，昜声。""陽"从阜，昜声。"陽"从阜，表示其意义与山有关；"昜"上"日"下"月"，中为"一"："日"为太阳，为白天；"月"为月亮，为晚上；"一"为白天与晚上的分界线。"陽"从阜，从一，从月，意为白天有太阳、晚上有月亮能照到的地方为阳。

繁体"陽"字与简体"阳"字，都有一个"阝"，本义为"阜"，指山；也都有一个"日"字，指太阳。两个字都表达山南面，即向阳面的意思。"阳"最常见的指太阳，如"秋阳以暴之"，即是说曾在秋天的太阳下曝晒过。太阳能发光发热，故引申为明亮、温暖。如"春日载阳，有鸣仓庚"，说的是春日温暖，黄莺鸣叫。阳又指物体的正面、男性。但繁体"陽"为形声字，"昜"（yáng）表示声旁，简化后的"阳"字中的"日"字则丧失了这个功能。此外，简体"阳"字，更侧重于用"日"字来作表义部分，无论在表音、表义和字形上显得有失偏颇。

与"陽"（阳）字有关的成语多与明亮之意有关。"阳春白雪"原本指春秋战国时期一种高雅的歌曲，后比喻高雅的、不通俗的文学艺术；"虎落平阳"指老虎离开深山，落到平地里受困，比喻失势；"不阴不阳"是指态度不明朗，模棱两可；"阳关大道"原指古代经过阳关通向西域的大道，后泛指宽阔的长路，也比喻光明的前途；"阳煦山立"指像太阳那样暖和，像山岳那样屹立，比喻人性格温和，品行端正；"阳奉阴违"指玩弄两面派手法，表面上遵从，暗地里违背；"阴阳怪气"形容态度怪癖，冷言冷语，不可捉摸；"阴差阳错"比喻由于偶然的因素而造成了差错。

繁体的"陽"指明亮之意。古代人们总是看到太阳照在南面的山坡上，所以山的南面叫做"阳"；人们总是看见太阳照在河的北岸，因此河的北岸称做"阳"。《谷梁传·僖公二十八年》："山南为阳，水北为阳。"中国的许多城市因此得以命名，如衡阳、洛阳、辽阳、汾阳、资阳、岳阳等。《周礼·柞氏》："利刊阳木而火之。"《尔雅》："山东曰朝阳，山西曰夕阳。"中国的山大都是东西走向，所以山的东面是太阳升起后照射的地方，山的西面是太阳落下的地方。另外，"阳面""阳坡"中的"阳"也都是此意。

繁体的"陽"还指光亮的、明显的、外露的之意。《诗·豳风》："春日载阳，有鸣仓庚。"意思是春风和煦，阳光明媚，天空中、小路边、田野间，黄莺飞鸣。春天来临，好一派生机盎然的景象！《吕氏春秋》："得时之麻，必芒以长，疏节而色阳。"意思是种得适时的麻，必定带有细毛而且较长，茎节稀疏，色泽鲜亮。曹植《洛神赋》："神光离合，乍阴乍阳。"意思是五彩神光忽隐忽现忽明忽暗。

繁体的"陽"还是中国古代哲学中与"阴"相对的很重要的概念。阴阳是中国古代文明中对蕴藏在自然规律背后的、推动自然规律发展变化的根本因素的描述，是各种事物孕育、发展、成熟、衰退直至消亡的原动力，是奠定中华文明逻辑思维基础的核心要素。按照易学思维理解，其所描述的是宇宙间的最基本要素及其作用，是伏羲易的基础概念之一。阴阳有四对关系：阴阳互体，阴阳化育，阴阳对立，阴阳同根。传统观念认为，阴阳代表一切事物的最基本对立关系。它是自然界的客观规律，是万物运动变化的本源，是人类认识事物的基本法则。古人观察到自然界中各种对立又相连的大自然现象，如天地、日月、昼夜、寒暑、男女、上下等，便以哲学的思维方式归纳出"阴阳"这对概念。一般来说，凡是运动的、向外的、高大的、正面的、上升的、明亮的、温暖的、乐观的、刚强的都为"阳"，反之则为"阴"。

繁简体的"陽"和"阳"均指太阳照到山坡上。阳面是从正对太阳而得名，所以"陽"又引申指太阳。《诗·小雅·湛露》："湛湛露斯，匪阳不晞。"意思是早晨露水很浓重，太阳不出来就晒不干。《乐府诗集·长歌行》："阳春布德泽。"梁启超《谭嗣同传》："少年如朝阳。""皎阳似火"指太阳像火一样燃烧，多形容夏日的炎热；"阳春""阳历""阳光""阳伞"中的"阳"也都是太阳之意。

从以上可知，繁体字的"陽"很全面地表达了"陽"字的含义，简体字的"阳"左边由"昜"变成"日"，虽然也表现了"陽光"和太阳之间的关系，但阴阳变异的意思没有了，阳盛不易了，所以繁简相比，繁体字的"陽"更为合适。

📖 汉字趣闻

李白为岳阳楼题对联

岳阳楼始建于公元 220 年前后，其前身相传为三国时期东吴大将鲁肃的"阅军楼"，两晋南北朝时称"巴陵城楼"，后来世人称其为"岳阳楼"。

据说，最早称"巴陵城楼"为"岳阳楼"的人是唐代大诗人李白。相传，有个游客游览完岳阳楼后，在墙壁上写了"一、虫、二"三个大字。众人不解其意，正巧李白前来游玩，有人便向他请教。李白沉思一会说："这是仙人留下的一副对联。'一'字是指'水天一色'；'虫'和'二'为'风（風）月无边'。"众人叹服，并请李白留下墨宝。李白欣然领命，写下"水天一色，风月无边"八个字。后来，这副对联被刻成雕屏，悬挂在岳阳楼三楼主门上。

曬

风和日丽　日光普照

晒

　　我们常用"三天打渔，两天晒网"指一些人对学习、工作没有恒心，经常中断，不能长期坚持，缺乏毅力的表现。在多数情况下是贬义的。其实，三天出海打渔，回来用两天时间修补晾晒渔网，这是打渔的最佳方式。出海打渔期间是不可能修补渔网的，而每天打渔每天晒网也是不现实的，因此，"三天打渔，两天晒网"也可以理解为做事要有正确的方式，不能照搬，不能蛮干，更不能偷懒，张弛有度，才更利于身心健康。

　　晒，会意字，繁体字为"曬"。

　　篆文"曬"，"日"为日、太阳，"麗"为麗，为鹿角、鹿皮，"曬"表示将鹿角、鹿皮放在烈日下暴晒，以便脱水保存。

　　隶书"曬"将篆文"曬"字形中的"麗"写成了"麗"。

　　《汉字简化方案》以"晒"代替"曬"。"晒"字和"曬"字，都有一个"日"子，表示"晒"东西离不开阳光的照射。但简化后的"晒"（晒）用"西"（西）代替了"麗"（麗）。"西"甲骨文为""，像是用绳带缠绕（""）的装行李的囊袋（""）。因此，"晒"中的"西"字表示包囊，借代所收藏的物品；左边加一个"日"字，合起来"晒"则表示为防潮而将收藏的物品放在烈日下照射。

《说文解字》："曬，暴也"。造字本义：将鹿角、鹿皮以及各种收藏物品放在烈日下暴晒，以避免腐败和利于长久保存。引申表示用强烈日光照射。如晒斑、晒坪、暴晒、炙晒、日晒雨淋等，又如《玉篇·日部》："曬，暴干物也"、《方言七》："暴五谷之类。晋秦之间谓之曬"、《汉书》："白日晒光，幽隐皆照"。

有一个典故叫"郝隆晒书"，讲述的是西晋时期大司马桓温手下的参军郝隆饱学多才，但却未得到重用。于是，他辞去参军的职务回故乡隐居。每年的七月七日当地有晒衣服的风俗，家贫的郝隆便解开衣扣袒胸露腹晒太阳，人们问他何故？他傲然地回答道自己在晒书。因此，"郝隆晒书"形容人腹中诗书，很有学问。而比较少见的"凤凰晒翅"，则是指唐代酷吏所设的一种刑罚，用绳子捆绑犯人手足，让犯人在地上旋转戏称"晒翅"。名字虽美，但实则残忍无比。

"曬"，强调光和热的照射。"曬"字从日从麗，日即太阳，麗通"厉"，为猛烈、强烈的意思，"日"和"麗"在一起表示太阳发出强烈的光和热。因此，"晒"常与农耕联系在一起。《齐民要术·收种》记载："将种前二十许日，开出水淘，浮秕去则无莠，即晒令燥。"大意为：即将播种前20多天，把种子用水淘一下去掉浮秕，然后晒干；"老农背脊晒欲裂，君王犹道深宫热"，宋代词人杨万里形象地刻画了农民劳作的艰辛；"生晒"，亦称"晒青"，乌龙茶的初制工序。清代陆廷灿《续茶经》："凡茶见日则味夺，惟武夷茶喜日晒。""茶采后，以竹筐匀铺，架于风日中，名曰晒青，俟其青色渐收，然后再加炒焙。"按现代制茶理论解释，生晒即为鲜叶之失水萎凋过程。今天，我们要让土地恢复生产能力，必须休耕翻晒，在翻晒的过程中，土壤吸收了太阳的光和热，获得了养分。

"曬"字，强调风和日丽，和煦暖和。"曬"字有"麗"，"丽"为美丽，又为风和日丽，意为健康美丽离不开阳光的沐浴。"蝶衣晒粉花枝舞，蛛网添丝屋角晴"出自北宋张耒的《夏日》，"晒粉"指的是日光照射在蝴蝶多粉的翅膀上。作者以细致的观察，刻画入微的诗笔，把昆虫的活动写得饶有情趣：彩蝶自在地飞舞，好像有意在阳光下曝晒自己的粉翅；蜘蛛忙碌地添丝，趁着晴天在屋角修补毁损的蛛网。

藏族晒佛节，是西藏、青海、甘肃、四川、云南等省、区藏族人民的传统宗教节日，大都在藏历二月初、四月中旬或六月中旬举行。节日期间，各地寺庙将寺内珍藏的著称巨幅布画和锦缎织绣佛像取出，或展示于寺庙附近晒佛台，或山坡或巨岩的石壁之上。这些巨幅布画和锦缎织绣佛像，做工精致、色泽鲜艳，艺术价值很高，前来观瞻者络绎不绝。

简体的"晒"，从日从西。西为西方，是太阳落下的方向。日落西山，西下之日，阳光越来越弱，从何谈"晒"？日落西沉，夕照余晖，宜"收"不宜"晒"。西晒，是指建筑物由于地理位置选取不当所产生的一种危害现象。建筑朝向的选择要满足冬季有较多日照，夏季则要避免过多的照射，根据我国的地理位置，南向及其邻近朝向的建筑较为优。然而，由于地形的限制或者考虑到小区的整体规划和布局，往往很多住宅东西朝向，使得建筑中有部分房间存在西晒的问题，会造成家具、木材加速老化，空调等家电耗电量加大等后果。

繁简的对比，繁体的"曬"有日有麗，既有烈日炙烤之暴晒，又有风和丽日之惬意；简体的"晒"从日从西，简单地取其音，日落西山却与"晒"字之意背道而驰，实不可取。

诗赞大明寺

唐朝时令狐相公镇守淮海，某日与班义等人一起游览大明寺。行至西廊房，忽然看到墙上写着一首诗："一人堂堂，二曜同光。泉深尺一，点去冰傍。二人相连，不欠一边。三梁四柱列火然，除却双勾两日全。"众人驻足观看，揣测了很久不明白是什么意思。忽然，同行的班义说道："'一人'合起来是个'大'字；'二曜'是指'日月'，合起来是个'明'字；'尺一'为'十一寸'，是个'寺'字；'点去冰旁'为'水'字；'二人'相连为'天'字；'不欠一边'中的'不'字少左边的'丿'为'下'字；'三梁四柱列火然'意思是'三梁四柱'遇到烈火燃烧后就没有什么了，故是个'无'字；'两日'除去'双勾'是个'比'字，合起来即'大明寺水，天下无比'。"众人叹服。

雲

气托雨滴　下雾上云

云

　　"拨云雾而见青天"是《三国演义》中的一句话。拨开云雾始见青天，这是指含冤受屈之人得到平反昭雪；也指只有透过现象的迷雾，才能看到事物的本质。作者在此用了一个"拨"字，表明云雾的散开不是自发的，而是被动的。云雾"拨"了才散，说明只有分析、清理各种现象，才能认识事物的本质；只有重新甄别、审理，才能使含冤受屈之人重见天日。可以此句形容重见天日，或看清事物的本质。

　　"云"繁体字为"雲"。

　　云，甲骨文为"𝓭"，由"〲"（二，指天空）和"𝓭"（像旋卷的气流）组成，表示旋卷的气流（"𝓭"）在天空（"〲"）飘移。

　　金文"𝓭"、篆文"𝓻"承续甲骨文字形。

　　籀文"𝓻"省去甲骨文字形中的"〲"（天空），

突出了旋卷的龙卷风形象。

隶书"云"将篆文"亏"字形中表示气流的"己"写成"厶"（厶）。

"云"是"雲"的本字。"云"为象形字，像云在天空回转、飘荡的形状；"雲"为会意字，从雨、从云。为了区别于动词"云"，甲骨文"亏"（雲）再加"雨"（雨）另造名词"雲"代替，突出强调"雲"是带来降雨的天象特征。籀文为"雲"，由上面的籀文"雨"（雨）与下面的籀文"云"（云）组成。《汉字简化方案》以"云"合并"雲"。

《说文解字》："雲，山川气也。从雨，雲象云回转形。凡雲之属皆从雲。"造字本义：飘浮在天空、为地面带来降雨的云团。如云朵、乌云、云雾等。由于云在天空中飘动，又指高，如云梯；云又用于形容多，如"旌蔽日兮敌若云"（《九歌·九歌·国殇》）。云，又指说，如诗云，人云亦云。

与"云"有关的成语多与变幻不定、延绵不尽之意有关。"白草黄云"形容边塞荒漠凄凉的景象；"波谲云诡"比喻事物变化多端，难以预料；"裁月镂云"比喻诗文中辞藻润饰，景物描绘的新巧；"裁云剪水"比喻诗文构思精妙新巧；"大旱望云"比喻渴望解除困境，如久旱盼望下雨一样；"风云变幻"比喻局势复杂，变化迅速，难以预料；"覆雨翻云"比喻反复无常，玩弄手段，也比喻世事变幻莫测；"拨云见日"指拨开乌云见到太阳，比喻冲破黑暗见到光明，也比喻疑团消除，心里顿时明白；"叱咤风云"指一声呼喊、怒喝，可以使风云翻腾起来，形容威力极大。"白云苍狗"出自唐代杜甫《可叹》："天上浮云似白衣，斯须改变如苍狗。"形容天上的浮云像白衣裳，顷刻又变得像苍狗，比喻事物变化不定。

繁体字的"雲"，形象地指出了"雲"是如何形成的。"雲"从雨，云声。"雲"中有"雨"表示云由水化成，并将变化成雨；有"云"则表明其为处于空中的回转之云。云和雨是密不可分的，雨汽化成云，云遇冷气则变化为雨。笼罩在地上的叫雾，升腾向上于天空的叫云。

【自然之物】

繁体字的"雲"，不但揭示了云雨相连，又指出了"雲"的无边无际，飘忽不定。战国时期宋玉《高唐赋》曰："妾在巫山之阳，高邱之阻。旦为朝云，暮为行雨。朝朝暮暮，阳台之下。"这个故事讲的是，楚襄王和宋玉一起游览云梦之台时，宋玉说："以前先王曾经游览此地，玩累便睡着了。先王梦见一位美丽动人的女子，她说是巫山之女，愿意献出自己的枕头席子给楚王使用。楚王就和巫山之女相好了。巫山之女告诉怀王，再想找自己的话，她就住在巫山，早晨是'朝云'，晚上是'行雨'。"

　　"雲"由许多水汽聚集而成，云层由众多云团堆积而成，所以"雲"又有盛大繁多之意。成语"宾客如云"是说来客多得如聚集的云层，形容客人多；"雲会"指如云聚集，比喻众多。"雲"漂于空中，行踪不定，所以有漂泊不定的意思。"雲游"多指僧道漫游四方，无牵无挂，行踪不定。"雲心"指闲散的心。"雲"高浮于空中，所以有些时候也表示"高"。"高天"亦称"雲天"；古时候隐士或僧道住所多在高山之上，故称"雲房"。

　　简体字的"云"在汉字简化前，与繁体字的"雲"意义不完全相同。"云"的本义是指气团在天空飘浮，后来借用为"说"。从字形上看，"云"由"二""厶"组成："二"为两样、有区别、表示变化；"厶"古同"私"，意为自己、自我。"云"意为所说的内容无所不至，无所不包，但表达的终归是自己的见解。

　　可见简体的"云"主要指说，又常为文言动词，如"云谁之恩？""西方美人，岁云暮矣"。"云"与繁体字的"雲"意思相去甚远，是不能混用的。两字比较，繁体字的"雲"能够很好地表现出来云从气态到液态、从液态到气态变化的情况，能够指出"云"与"雨"的高度联系和相互变化，所以繁简相比，繁体字的"雲"更有意义。

汉字趣闻

祈梦释字

有一个人为了求子，向何仙祈梦。梦见有人抱一个西瓜送给自己，又看到西瓜上有半个子露在外面。圆梦的人恭贺道："西瓜子那么多，看来你要子孙满堂啊，可喜可贺。"可这个人到老都没有一儿半女。于是，他认为何仙给的梦并不灵验。有一天，他把这件事情说给一位道人听。道人听后笑着摇着头说道："非也、非也！瓜露半子，不就是'孤'字吗？"此人这才恍然大悟。

塵

群鹿奔跑　灰土飞扬

尘

　　说到"尘"字，脑海里就浮现岳飞的著名词作《满江红》：

　　怒发冲冠，凭阑处、潇潇雨歇。抬望眼，仰天长啸，壮怀激烈。三十功名尘与土，八千里路云和月。莫等闲、白了少年头，空悲切。

　　靖康耻，犹未雪。臣子恨，何时灭？驾长车，踏破贺兰山缺。壮志饥餐胡虏肉，笑谈渴饮匈奴血。待从头，收拾旧山河，朝天阙。

　　"三十功名尘与土，八千里路云和月"，是这首词的名句，意思是说，三十年来风尘仆仆，轻微如尘土，带兵沙场南征北战八千里，看到的只是天上的云和月。在这里岳飞感叹自己多年的劳苦奔波，人海沉浮，但成就低微，一事无成。用"八千里路云和月"自况北行跋涉千里的豪情。

"尘"繁体字为"塵"。

"尘",有的甲骨文为"麤",由两只鹿("鸞")组成,表示群鹿奔跑扬起的尘土。有的甲骨文为"麅",由"麅"(鹿,扬蹄飞奔的动物)和"⊥"(土,土灰)组成,表示"尘"是鹿群快蹄下溅起的土灰。

有的篆文为"麤",承续了甲骨文"麤"的字形,用三只"麤"(鹿)会义。有的篆文为"塵",承续了甲骨文"麅"的字形,上面为"鹿",下面为"土"。

隶书"塵"简去重叠的部分,只保留一个"鹿"。

繁体字"塵"为会意字,从鹿从土,表示鹿群行扬起尘土的意思。现行简化字"尘",从小从土,另造会义字代替,本义为灰尘,意在强调"尘"是颗粒极小的灰土。繁体字"塵"与简体字"尘",都有一个"土",都在会意"尘"必然是与灰土相关的细微颗粒。但繁体字"塵"给人以动感,看到这个字马上会联想到群鹿奔跑、灰土飞扬的场景。另外,古籍中"尘"与"埃"近义,但有所不同,即飞土为"尘",落尘为"埃"。

《说文解字》:"塵,鹿行扬土也。从麤从土。"造字本义:鹿群奔跑引起的飞扬土灰,引申指尘土、灰尘、尘埃等。如唐白居易《卖炭翁》:"满面尘灰烟火色。"

"塵"是很普遍、普通的,因此,通常用指"尘世"。如"边尘不惊"比喻边境安定无战事;"六尘不染"指排除物欲,保持心地洁净;"奔逸绝尘"形容走得极快,也形容人才十分出众,无人企及;"步人后尘"比喻追随模仿,学人家的样子,没有创造性;"超尘拔俗"原指佛教徒功夫深,已超出尘世,后多形容才德远远超过平常人;"出尘不染"比喻身处污浊的环境而能保持纯洁的节操;"风尘仆仆"形容旅途奔波,忙碌劳累;"接风洗尘"指设宴款待远来的客人,以示慰问和欢迎;"看破红尘"旧指看透人生,把生死哀乐都不放在心上,现也指受挫折后消极回避、无所作为的生活态度。

古诗文中常用路上扬起的尘土来表现行人离别的场景。杜甫《兵车行》:"爷娘妻子走相送,尘埃不见咸阳桥。"描写的是出征的队伍浩浩荡荡，扬起的尘土把咸阳桥都遮住了。王维《送元二使安西》："渭城朝雨浥轻尘，客舍青青柳色新。"在这繁盛的都城里，在你我即将分手的客舍前，细雨沾尘，柳色青青，想到你要去偏远的边陲，不免产生离别的惆怅。由于尘很微小、肮脏，又指下贱的人，如"风尘女子"，指从事色情活动的妓女。

　　繁简体的"尘"（塵）的共同点为，两者都与土有关。"土"为地面上沙、泥等混合物，少量的土为"尘"，"尘"浮于土的表面。人生长于土地，世间无处不尘土，故而有"尘世""红尘"的说法，佛家道家称此为人间，和他们所幻想的理想世界相对。

　　繁体字的"塵"从麤从土，指鹿群奔行时蹄子扬起的如烟似雾的粉状细土颗粒，即灰尘。有灰尘就表示不洁净，因此"尘埃"还可以比喻污浊的事物。《楚辞·渔父》："安能以皓皓之白，而蒙世俗之尘埃乎？"这里的"尘埃"是指屈原当时所遭遇的社会现实的黑暗。人们总是渴望没有灰尘的环境，有了灰尘就需要扫除，保持环境的清洁。在精神境界中，人们也常常用扫除灰尘来象征心灵的修养，象征追求精神境界的清净。

　　在南北朝的时候，佛教禅宗传到了第五祖弘忍大师，弘忍渐渐老去，于是他要在弟子中寻找一个继承人，所以他就对徒弟们说，大家都做一首偈子（有禅意的诗），看谁做得好就传衣钵给谁。这时大弟子神秀很想继承衣钵，所以他半夜起来，在院墙上写了一首偈子："身是菩提树，心为明镜台。时时勤拂拭，勿使惹尘埃。"第二天早上大家看到这个偈子都说好，而且都猜到是神秀作的而很佩服，弘忍看到了以后没有做任何的评价，因为他知道神秀还没有顿悟。

　　而这时，庙里的和尚都在谈论这首偈子，被厨房里的一个火头僧——惠能禅师听到了。惠能当时就叫别人带他去看这个偈子，这里需要说明的是，惠能是个文盲，他不识字。他听别人说了这个偈子，当时就说这个人还没有领悟到真谛啊。于是他自己又做了一个偈子，央求别人写在了神秀的偈子的旁边："菩提本无树，明镜亦非台。本来无一物，何处惹尘埃。"这首偈子可以看出惠能是个有大智慧的人，他这个偈子很契合禅宗顿悟的理念。弘忍看到这个偈子后，问身边的人是谁写的，边上的人说是惠能写的，于是他叫来了惠能，当着他和其他僧人的面说，写得乱七八糟，胡言乱语，并亲自擦掉了这个偈子，然后在惠能的头上打了三下就走了。这时只有惠能理解了五祖的意思，于是他在晚上三更的时候去了弘忍的禅房，在那里弘忍向他讲解了《金刚经》这部佛教最重要的经典之一，并传了衣钵给他。

简体字的"尘"，从小从土。"小"为细小、微小，与"大"相对，表示小土为"尘"，"小"在"土"上，表明"尘"浮于土的表面，这样看，简体字的"尘"也是有其造字的道理。繁简相比，简体字的"尘"强调"尘"的小，繁体字的"塵"表现出尘土飞扬的样子，两者都有各自的道理，都是合适的。

汉字趣闻

石铭显兆头

唐宪宗元和九年，淮西节度使吴少阳逝世，其子吴元济叛变。皇帝下令邻近淮西的各路将领，帅兵从四方围攻他。然而围了好几年也没有攻克。元和十三年，又命丞相晋国公裴度率兵去歼灭他。裴度来到淮西，便命令封人（官名）深挖水沟。在挖地时，有人得到一块石头，上面刻有文字为铭。封人把石献给裴度。那铭文写道："井底一竿竹，竹色深绿绿。鸡未肥，酒未熟，障车儿郎且须缩。"裴度得到这块石头后，便拿给部下观看，并叫他们辨别那文字的意思，结果都不能明白。

裴度正在揣度，突然有一名兵卒从队伍中跳起来祝贺道："吴元济逆天子之命，指使狂兵谋反。仰仗天子的圣威，与丞相的贤德相合，今天这个叛逆就要被擒获了。应当庆贺丞相的功劳！"裴度很惊讶，询问他为什么？他解释道："封人得石铭，这是个吉兆。且看'井底一竿竹，竹色深绿绿'是说吴少诚原不过是队伍中的一名小卒，后来拥有了十万兵，成为一方统帅。这是喻说他的荣耀。'鸡未肥'，是说没有肉，如果把'肥'字去掉肉（月），就成了'巴'，相近于'己'字。'酒未熟'，是说没有水，如果把'酒'字去掉'水'，就变成了'酉'字。'障车儿郎'，是说兵革之士，'且须缩'，是说应该退守于自己的驻地。推论这些话的意思，是己酉日才可攻克淮西。假如未到时间，则应该等待。"裴度听后大喜，对左右道："这士兵是一个很有辨析能力的人，令人感叹惊异啊！"这年冬季十月，相国李诉率兵攻入淮西，活擒吴元济，尽除反叛者。裴度于是与铭文核对日期，果然是己酉日。于是裴度越发惊叹那位士兵的辨析之才，便提拔他为副将。

葉

草本器官　薄如叶片

叶

　　提到"叶"字，人们首先想起的是"叶公好龙"的故事。据传叶公非常喜欢龙，衣服上、酒器上、房屋上雕刻的都是龙，天上的真龙知道了就下凡到叶公家查看，头从窗台上伸进来，尾巴伸到了厅堂，叶公见了吓得"弃而还走，失其魂魄，五色无主"。由此看来，叶公并不是真的喜欢龙。后来，"叶公好龙"被用来比喻口头上说爱好某事物，实际上并不真爱好，讽刺那些名不副实、表里不一的人。

　　"叶"，繁体字为"葉"，形声字。

　　"枼"为"葉"的本字，甲骨文为"�֍"，像树杈"✳"上长满小圆形的叶子"◊◊◊"，表示树木的呼吸器官。

　　金文"◊"将甲骨文字形中圆片状的叶子"◊◊◊"改

为长满叶子的树枝"❀"。

篆文"❀"将金文字形中的树枝"❀"写成"❀"，并在"素"基础上加"❀❀"（"艸"），强调"葉"的植物特性。

简化的"叶"的本字为"十"（xié）字。"十"字原本是"协"的省略，是形声字，其中"十"既是声旁也是形旁，表示调和、同步的意思。篆文为"叶"，左边为"ㅂ"（口，说），右边为"十"（十，多），表示众口一词。造字本义：异口同声。由于"叶"字的本义与"谐"相近，后由"谐"代替。

后来，在汉字简化时将"葉"字与"叶"字进行了合并。合并之后，"叶"不读它原有读音xié，而转读被合并字"葉"的读音yè，这是合并简化过程发生的"变读"现象。

《说文》："葉，草木之叶也。从艸，枼声。"造字本义：草木之叶。如杜甫的《蜀相》："映阶碧草自春色，隔叶黄鹂空好音。"苏轼的《木兰花令》："梧桐叶上三更雨，惊破梦魂无觅处。"杨万里的《晓出净慈寺送林子方》："接天莲叶无穷碧，映日荷花别样红。"

"葉"字，揭示了叶的草木属性。"葉"从艸，表示与草木植物有关。"叶"的本义为植物进行光合作用的器官，常常长在植物的茎、干、枝上，如树叶、菜叶、柳叶等。又如成语"一叶知秋"，指从一片树叶的凋落，知道秋天的到来，比喻通过个别的细微迹象，察觉到整个事情的发展趋势；"一叶障目"，意思是讲眼睛被一片树叶挡住，形容看不到事物的全貌。叶绿素是植物进行光合作用的一种色素，因此自然界中的植物之叶大都呈现出绿色，人们也将"绿"与"叶"搭配，"绿叶"也给人一种绿意盎然、勃勃旺盛的强烈生命力。"绿叶"与"红花"常常形成一种鲜明的对比，他们之间的关系常常让人"费思量"，事实上两者都重要，互为依托，相互补充。自然界中有一种花叫"彼岸花"，又称"曼珠沙华""无义草"。相传说彼岸花是生长在三途河边的接引之花，花香有魔力，能唤起死者生前的记忆。它的奇特之处在于，花开时看不到叶子，有叶子时看不到花，花叶两不相见，生生相错，花开开彼岸，与叶永相离，故此称作"彼岸花"，花语为"悲伤的回忆"。

"葉"字，形象地描绘了"葉"扁、薄的形状。《说文解字》："葉，扁也。枼，薄也。"叶子的形状大多数为扁平状，相对比较轻薄，故此"叶"常被用来形容轻薄、轻飘的像树叶一样的东西。如范仲淹的《江上渔者》："江上往来人，但爱鲈鱼美。君看一叶舟，出没风波里。"诗中的"一叶舟"指的是一艘小渔船。作者用对比的手法，通过描写一叶扁舟出没在汹涌的波涛中，反映了渔民劳作的艰辛，唤起人们对老百姓生活疾苦的注意。又如火锅中常见的一种食材叫"牛百叶"，为牛胃中的第三个间隔瓣胃，轻薄成叶片状。以前居民家中常用的一种窗户叫"百叶窗"，用木条板斜叠成片叶状的窗扇，具有开关功能，起到透风、遮雨、蔽光作用。

"叶"是百家姓中很重要的一个姓氏。据考证"叶"姓出自芈姓，为颛顼后裔沈诸梁（又称"叶公"）之后，以封邑为氏。《世系源流考》记载："楚昭王十年死于雍噬之役，昭王哀其忠壮，诏封其子诸梁于叶，是曰叶公。""叶"原本是春秋时期楚国沈诸梁的封地——叶邑（今河南叶县）。据说沈诸梁在治理叶邑期间采取养兵息民、发展农业、增强国力的策略，组织民众修筑了中国现存最早的水利工程，使当地数十万亩农田得以灌溉，极大地改善了当地人民的生活条件，邑人大为称颂。后来，他又在平定白公之乱中立下功劳，受命任楚国宰相。因楚国封君皆称公，故称为"叶公"。其后裔为了纪念叶公，以邑为氏，叶邑成为叶氏祖地，沈诸梁成为叶氏始祖。此"叶公"，正是"叶公好龙"中的主角，出自刘向的《新序·杂事五》。

简体"叶"字，音通"协"，表示调和、同步、齐心协力之意。如"叶律"指调弄声韵使合于音律；"叶韵"指押韵；"叶吉"指和谐吉祥；"叶契"指协和、配合。"叶"从口从十，已经远离了"叶"子的本源，只能理解为"口"是人进食"叶子"的器官，"叶"是人口腹之物，这就远离现实了。

简体"叶"字与繁体"葉"字相较，"葉"侧重强调"葉"的植物属性和扁平、轻薄的特点，字形像一棵枝繁叶茂的大树；简体"叶"在书写上简化了很多，但不知所云，字形像一个孤叶凋零的树枝。简体"叶"字不如繁体"葉"字有强烈的生命感召力，不如后者生动、有趣。

📖 **汉字趣闻**

"葉"字占病，弃世不药

从前，有一个名叫李昼公的人在纸上书写一"葉"字占问其弟的病情。术士看了看"葉"字沉吟道："'世'字在草木之中，预示着要离开人世了，恐怕不是什么吉兆啊！另外，'葉'字的形状与'棄'（弃）字相似，'薬'（药）不成'藥'的样子，将有可能误服汤药而弃世。"过了几天，果然有人来报丧说，昼公的弟弟李玉匙科考后受了风寒，误服补药而亡。这是一个神奇的测字故事。

曆

历

　　历法是推算年、月、日，并使其与相关天象对应的方法，是协调历年、历月、历日和回归年、朔望月和太阳日的办法。回归年约为365又1/4日或12又7/19朔望月，朔望月约为29又1/2日。年长不是月长的整数倍，也不是日长的整数倍；月长也不是日长的整数倍。不同的国家，在协调年月日的时候，采用了不同的策略。罗马人在开始的时候，采用的是每两年插入3/4个月的做法，后来逐渐将每年多于12个月的日子分到各个月里，逐渐演变成宫分历，也即是太阳历。天主教文明影响下的格里高利历，亦即是国际普遍采用的公历，是太阳历；波斯历，也是太阳历。中国人、印度人、犹太人、阿拉伯人则比较重视朔望月的意义，依然采用月份历。其中，中华历、印度历、犹太历是阴阳合历，一年有12或13个月；伊斯兰历是太阴历，一年只有12个月。

阴历是中国传统历法之一，也被称为"殷历""古历""汉历""黄历""夏历"和"旧历"等。阴历在天文学中主要指按月亮的月相周期来安排的历法。以月球绕行地球一周（以太阳为参照物，实际月球运行超过一周）为一月，即以朔望月作为确定历月的基础，一年为十二个历月的一种历法。在历法发展衍变过程中，二十四节气的出现用于科学地指导农业生产，形成了农历（汉历）。

"历"，繁体字为"曆"。"歷"为异体字。

"歷"，有的甲骨文为"𣄰"，上面为"𣏟"（林，灌木丛、山野），下面为"𣥂"（止，表示与脚、行走有关），表示穿过丛林。造字本义：翻山越岭。有的甲骨文为"𣄰"，误将"𣏟"（林，两个"木"）写成"𥝋"（两个"禾"）。金文"厤"在甲骨文"𣄰"的基础上加"厂"（石崖），表示攀崖过岭。篆文"厤"承续了金文字形。

"曆"为"厤"（lì）与"日"的合并字。其中，"厤"是"歷"的省略字，既是声旁也是形旁，表示穿越、经过。"曆"，金文为"曆"，"厤"（厤，穿越、经过）和"日"（日，时光、岁月）合起来表示穿越和经过荆棘、灌木丛林需要花费一定的时间。

简体字"历"将"厂"写成了"厂"，将里面的部分换成了"力"字，另造一个新的"历"字代替。"历"，形声字，从厂，力声，同时"力"字强调穿越丛林、历经岁月，必须付出艰辛的努力方能达到。

《说文解字》："曆，厤象也。从日，厤声。"造字本义：时光流逝，经过一段时间。《史记》通用"歷"。"历"是指推算岁月节气的方法，如："历书""历法""四分历""太初历"，又如《后汉书·张衡传》："天文阴阳历算。"《易·革》："君子以治历明时。""历"也指记载年、月、日、节气等的书册，如："日历""月历""隔年皇历"，又如《孔雀东南飞》："视历复开书，便利此月内。"《旧唐书·卷三十二·历志一》："玄宗召见，令造新历。"

"曆"表示了太阳的运行规律。繁体的"曆"字，从日。日为太阳，指出了太阳的运行法则。历是计算时间的单位，如诗文"山中无历日，寒尽不知年"所描写的，山中没有历志，冷天过完了，也不知一年已尽。有了日历则可知时间长度。《淮南子·本经》曰："星月之行，可以历推得也。"古人注意到了日月星辰和季节变化之间的关系，摸索出了其中的规律，因此才有了"日历""历法"。苏轼在《除夜野宿常州城外二首》一诗中写道："老去怕看新历日，退归拟学旧桃符"，其中"历日"即日历的意思。这两句大意是：年纪大了，怕看到新的日历；退隐归去，想学被换掉的旧桃符。这首诗写于除夕，正是即将启用新日历，换下旧桃符的时候。前一句反映老人的心情，老人总希望长寿，希望年龄增长得慢一些，而日历却标志着岁月的推移，特别到了除夕，随着日历的更新，老人又将增加一岁，所以老人不愿意看到"新历日"。后一句反映了诗人的旷达胸襟，一旦年老退出官场，就像"旧桃符"完成了一年的使命那样安然离去。

"曆"是我们从事农耕活动的依据。"曆"从秝，秝中有禾，指耕种。古代人根据太阳的运行规律划分季节时令，以便于进行农业耕作，根据二十四节气来判断天气及播种、收割、收获，留下了许多脍炙人口的农谚：

清明早，小满迟，谷雨种棉正适时。

谷雨有雨兆雨多，谷雨无雨水来迟。

立夏东风到，麦子水里涝。

小满暖洋洋，锄麦种杂粮。

芒种不种，过后落空。

夏至无雨，囤里无米。

小暑不种薯，立伏不种豆。

立秋无雨，秋天少雨；白露无雨，百日无霜。

处暑种高山，白露种平川，秋分种门外，寒露种河湾。

白露早，寒露迟，秋分种麦正当时。

秋分谷子割不得，寒露谷子养不得。

"曆"字告诉我们，尊重常识、顺应规律才是正道。古人认为日月星辰的变化，对应着人间朝代的变迁和社会事件的发生。"曆"字含有年代、寿命的意思，如《汉书·卷十四·诸侯王表》："周过其历，秦不及期"，周朝气数已尽，而秦国强盛的时机却仍未到来。

　　"曆"强调的是自然的运行规律，告诉我们顺应时变才能吉祥平安。古印度僧伽斯那所著的《百喻经》中有一则寓言：有个富人看见别人建了一幢三层楼房，又高又大，富丽堂皇，便想同人家比美，要工匠为他仿造。当工匠动手给他修建第一层时，他却说："我不要下面两层，只给我造最上面的一层。"工匠回答："没有下两层，怎么造第三层？"富人固执地说："反正我只要第三层，你们就给我造第三层。"缺乏常识，不懂规律，实在可笑。顺应天命并不是宿命论，而是尊重客观规律，按照客观规律办事，同时发挥好主观能动性。反观历史和当下，凡聪明人都是尊重常识、顺应规律的；而世间一切的蠢事，往往都是漠视规律的结果。"心静则明，水止乃能照物；品超斯远，云飞而不碍空"，做人做事回归常识、顺应规律，则能历阶而上，老成历练，方能历久弥香。

　　简体的"历"字把形意字变成了形声字，从力。力为力量，可以理解为人的行动和社会历史的发展都是由于内力和外力的合力推动。但与繁体"曆"字有"禾"有"日"的造字智慧则相差甚远。凡是把形意字变成形声字的，内涵都大相径庭。

汉字趣闻

"天保"只保"十载"

齐文宣帝高洋（526—559年），南北朝时期北齐开国皇帝。东魏武定八年（550年）高洋逼迫东魏孝静帝禅位，遂登基称帝，年号天保，改国号为齐，史称北齐。

当时有一位饱学之士私下对友人说："陛下所用的'天保'这个年号恐怕不妥？寓意不好，唯恐'天保''不保'啊！"友人诧异地问道："兄台何出此言？自陛下改制以来，励精图治、厉行改革、劝农兴学、编制齐律，百姓无不称颂，称其为'英雄天子'。取'天保'年号也是寓意顺天应命，上苍保佑，长久安泰之象也。"士子答道："恭请兄台细看，'天保'二字，拆开便是'一、大、人、只、十'也；同样亦可以拆分为'天、人、只、十'。'一大人'即独一无二的大人物，岂不是皇帝陛下；'天人'亦为'天子'，亦指皇帝陛下。'只十'预示着居尊位不会超过十载。好景不长，可惜、可叹啊！"友人小心翼翼地说道："兄台高见。然切勿多言，谨防隔墙有耳。"二人默然。

果不其然，文宣帝高洋执政后期以功业自矜，纵欲酗酒，残暴滥杀，最终于天保十年（559年）饮酒过度而暴毙，终年三十四岁。

【 伦理之情 】

愛

爱若无心　必无感应

爱

爱情，自古以来就是文学作品表现的永恒主题。在古代文学作品中，《牡丹亭》里的柳梦梅与杜丽娘，《西厢记》里的张生与崔莺莺，《红楼梦》里的贾宝玉与林黛玉，他们都因情意相投、追求自由爱情而感动了无数的人。

法国诗人儒贝尔曾说过，"爱"就是用心去鉴识。"爱"是一个形声兼会意字，"心"加上"受"。什么叫心受？就是用心去感受对方的需要，这就叫"爱"。

"爱"，繁体字为"愛"，从心，旡（jì）声。

"炁"是"爱"的本字。"炁"，金文为"𢖻"，上面是一个"𣥂"字，即"欠"字，象征一个人张着嘴巴，表示喃喃倾诉；下面是一个"𠚏"字，即"心"字，表示用心疼惜、呵护之意。合起来，"𢖻"像一个人伸出双手捧着自己的一颗真挚无比的"心"，喃喃地向对方倾诉自己的欢喜之情，同时"爱"字也表示要将对方始终放在心上。因此，"爱"的本义是，用心疼惜呵护，并喃喃倾诉柔情。

大篆为"𢜤"（㤅），将金文字形"𢙽"中的"𣥂"（欠）字写成"𣥂"。

小篆为"𢜤"，在大篆字形"𢜤"基础上再加"夊"（"夊"，倒写的"止"，表示与脚、行走有关，引申为"奔波"之意），表示因疼惜对方而奔波。"𢜤"字本义为用心疼惜呵护，喃喃倾诉柔情，并为之奔波辛劳。

隶书"愛"，将小篆为"𢜤"字形中的"旡"（欠）写成"爫"，将"心"（心）写成"心"，将"夊"（夊）写成"夊"。

简体"爱"采用行书字形"爱"，依据草书字形"爱"将隶书字形中的"心"（心）和"夊"（夊）简化成"友"。至此楷书由"愛"简写成"爱"，不仅导致金文字形中的"𣥂"形（温柔的呢喃）消失，连隶书字形中的"心"形也消失，失去了"愛"的真谛。

"愛"，是人类主动给予的或自觉期待的满足感和幸福感，其本质是出于内心无条件的给予。所以，"爱"是一种发自于内心的情感，是人对人或人对某个事物的深挚感情。《说文解字·夊部》："爱，行兒。从夊，㤅声。"夊"为脚，"㤅"为爱，心有所系而行为徘徊之意。爱字的字形形象地描绘了依依惜别、行为徘徊之状，情感至深。

从字形上看，繁体的"愛"，"心"字居中，可知字义不出感情范围，心是核心要件。爱，这一自然而美好的情感，源于"心"，也离不开"心"。因此，表达夫妻、情侣之爱的是"心灵相通、心心相印"，表达对子女之爱的是慈心，表达爱他人的是善心、怜悯之心，表达爱国家的是忠心。一切的爱都发乎于心，是心与心的碰撞，心与心的交流。

然而，在汉字简化时，"愛"的"心"却给丢掉了，一经简写成了"爱"。繁体的"愛"与简体的"爱"最大的区别就是一个"心"字。字面上看,简化后的爱只剩下友爱这一种。但无心之爱,虽然减了笔画,但却损了内涵。

没有了心,是怎样的一种爱?父母对子女,要吃给吃,让他饭来张口。要穿给穿,让他衣来伸手。如此无心之爱,是溺爱,是宠爱,自古"慈母多败儿"。乃古人所谓"虽曰爱之,其实害之;虽曰爱之,其实仇之"。其结果是拼娘拼爹,无能又不争气。

"衣带渐宽终不悔,为伊消得人憔悴",这是古人的有心之爱,缠绵悱恻,催人泪下,动人心灵。司马相如和卓文君,梁山伯和祝英台都是"心有灵犀一点通",相爱相依相随。商品经济,金钱对人的影响无孔不入,金钱、门第也成为爱的筹码,结果爱失去了心,剩下的似乎只有物质,只有钱财,甚至于只有交易。有人找对象,不讲志同道合,不讲兴趣爱好,不讲言谈举止。要讲,就讲票子、房子、车子,或者讲老子。一句话,不讲内在的"心"。只讲外在的"物"。品行不是问题,性格不是问题,志趣不是问题,年龄不是问题。问题是钱财如何,家庭背景如何。

爱既无心,人心不古,各人自扫门前雪,哪管他人瓦上霜。经济日益发展,物质日益丰富,人情却在淡薄。老人倒于路边,有人视而不见,只因怕招来麻烦;邻居吵嘴打架,有人充耳不闻,只因怕惹祸烧身;小孩跌落河中,有人避而远之,只因怕赔了自家性命。过度爱自己,只因少了怜悯、同情之心。

缺少对心灵共鸣的追崇,爱不仅会远离纯粹、纯洁,甚至将趋于功利化。从"生命诚可贵,爱情价更高,若为权力顾,二者皆可抛",到"宁可坐在宝马车里哭,也不坐在自行车上笑",爱物质、爱财富、爱权力……唯独没有了心的归属。

唤醒沉睡的内心,找回丢失的真心,把"爱"这种珍贵的感情真正放在心上,不只是为了爱而爱,也不要把它只当作一种形式,让爱回归于心,那样我们才能真正找回心灵深处那一份难得的悸动。

爱,这个字还是繁体(愛)好。

贪官沽名钓誉反遭戏

从前有一个贪官，为了沽名钓誉，自证清白。于是，命人在衙门的上贴了一副对联："上联：'爱民如子'；下联：'执法如山'"。百姓看了甚是不服气。某夜，有人偷偷在这副对联上各加了几个字，变为："爱民如子，金子银子皆是吾子也；执法如山，钱山靠山其为山乎？"众人看后，莫不拍手称快、叫绝。

親

亲人常见　情感笃深

亲

与父母分隔两地，如果你现在30岁，按国人平均73岁的寿命计，双亲长则还能活30年。根据你现在回家的频率算一下，这辈子你还能与父母双亲见上几面？

这是前一阵网上转发量和评论量都非常高的一段文字，读来让人无不唏嘘。当出行因高速公路和高铁的出现而越来越便捷之时，人们离开双亲也越迈越远。亲人大多远隔万水千山，见面也总是遥不可期。

亲，繁体为"親"，形声字。"亲"，既是声旁也是形旁，表示刑罚。

"親"，金文为"親"，左边是一个"辛"，即"辛"字，为受刑、受监之意；右边是一个"见"，即"见"字，为见面、探望之意，表示探监。在古代，无论罪名虚实，一个人一旦被官府定罪入狱，就将终身背负耻辱。因此，在古人看来，只有具有血缘关系或至亲，才能探监慰问，才会不离不弃。故，"亲"原本是作为动词，表示探视狱中受监的家人，引申表达为亲人。

篆文"親"将金文字形中的"辛"（辛）写成"亲"（亲），将金文字形中的"见"（見）写成"見"（見）。

隶书"親"将篆文"親"字形中的"亲"写成"亲"，将篆文字形中的"見"写成"見"。

简体"亲"字直接省去了隶书"親"中的"見"（見）。

《说文解字·见部》："亲，至也。从见，亲声。"本义为亲近。如"皇天无亲，惟德是辅"（《尚书》）、"亲贤臣，远小人，此先汉所以兴隆也"（《出师表》）。亲，一般是指有血缘关系的人，如双亲、亲戚、姻亲等。

親，从立、从木、从见，表示见到立木倍感亲切。一个人在茫茫的戈壁滩上，假如能看到一棵绿色的树木可以说是欣喜若狂。树木、森林，是人类的家园。树木吸取了二氧化碳，排出了氧气，给人类带来了清新的空气，树木不但给人遮风挡雨，还给烈日下的行人带来清凉的树荫。正因为如此，我们见到树木倍感亲切，而家乡的树木更是如此。家乡的一草一木，在我们的童年中留下深深的记忆，远行的游子，见到久违的树木，更是感到无比亲切。因此，"親"字反映了人类亲近大自然的天性，亲近家乡的情愫。简体的"亲"字，去掉了一个见字，很遗憾，去掉了对大自然的敬畏，对家乡的情感。

親，从亲，从见，意为亲人常见分外亲。什么是親，首先是有婚姻关系的，如夫妇。然后是有血缘关系的，如子女。再次就是亲戚关系，姑姨叔伯之类。不管是什么样的关系，要"親"必须经常见。

所谓"亲人常见面，情感日笃深"，古人说："百回信到家，未当身一归。"（唐朝贾岛《客喜》）百信不如一见，无见便不亲，无心难为爱。而今人同样重视见面对亲情的保鲜乃至保障作用。2017年，南京市玄武区法院在处理一对离婚案时，一审判决夫妻不准离。法官在判决书中写了这样一句话，触动了不少人的玻璃心，"亲要见面，爱要用心"。

人活一世，注定难以逃开"亲情"。高兴或者悲伤，都无法跳脱出这种情感所带来的情绪变化。2016年5月，全国各大影院同步上映了一部名为《再见，在也不见》的电影，其中三段故事看似诠释的都是"见"的故事，暗地里却都流淌着一股"不见"的悲伤情愫。

虽然在文学作品中，特别是在古代诗人的名章金句中，亲情不仅不会因为距离和不见面而疏远，反而会因互为思念而加深强化。建安诗人曹植便在诗中做了这样的表达："丈夫志四海，万里犹比邻。恩爱苟不亏，在远分日亲。"但在现实生活里，"亲"长远不见，是会越来越疏远的。

现代社会，信息技术、经济和空间的共同作用改变了传统时空和距离的概念，也产生了全新的流动空间场。因此，有人说，科技改变生活，科技也在拉近距离。

就在近日，一款以视频通话为主要功能的智能座机闯入公众视野。该产品全龄适用，目的就是让老人和小孩等不会使用手机、电脑等科技产品的人群也能享受互联网时代的便利，用简单的方式与远方的家人通过视频面对面沟通。

虽然，我们借助了电子媒体，解决了"亲"不能"见"的问题，但却不能代替面对面的交流。我们虽然可以通过手机等介质与亲人进行实时视频沟通，但没有皮肤的触感，双方无法产生真实记忆。其实，正是由于科技的发展，使人的亲情淡薄。有一句很流行的话说，世界上最遥远的距离，莫过于我们坐在一起，你却在玩手机。

更何况，科技并不能关照到一切群体。从六千万留守儿童，到同样是以千万计的独居老人。他们所欠缺的远不止是一个电话问候。所以，珍惜与父母双亲在一起的时光吧，放下手上并不非常重要的工作，常回家见一见。

要知道亲缘是天生的，而亲人更多的是要靠后天维护的。经常见见，聊聊家长里短，才能成为亲人、亲戚，也是为子女孝亲之道。"親"字还是有"见"为好。

汉字趣闻

"走"字寻亲

以前有个大户人家丢失了儿子，家人很着急，四处寻觅无果。万般无奈，主人叫来两个仆人，在其中一人的手掌上写了一个"走"字，让他们去街头找测字先生占卜一下该去哪个方位寻人。两个仆人找到测字先生，讲了前后事由，并将手掌上的"走"拿给测字先生看。

测字先生看了后，摇着头道："不妙、不妙。你们寻找是徒劳的。其实也不用去找了，这个人可能已经死了。"一仆人立即嚎啕大哭道："你胡说，怎么可能？我们少爷昨天早上还好好的？你凭什么诅咒他？"测字先生道："你先别激动。是你们老爷给我测这个'走'字告诉我的。你看你们两个人一同前来，即双人，双人加'走'字就是'徒'字，说明你们寻找是徒劳的，没有用的。你再看这个'走'字，它由'土''下''人'三部分组成，'土下人'不就是死人吗？"两名仆人悼悼地回家将此事哭着告诉主人。主人仰天长叹道："天要亡我儿也。你们快去找，活要见人、死要见尸。"直到第三天方在一个大堤下发现他儿子的尸体。

孙

香火世系　血脉相传

孙

　　"皤腹老翁眉似雪，海棠花下戏儿孙。"这句诗出自宋滕白《题文川村居》。大意是：心宽体胖的老翁眉白似雪，正在海棠花下和儿孙们逗乐，生活安乐、家庭和睦。这是描写老人安度晚年，与儿孙共享天伦之乐的情状。

　　孙，繁体字为"孫"。

　　甲骨文为"🜚"。左边为"🜚"（子，儿子、子辈），右边为"🜚"（幺，极小），表示比"子"更小的后辈，即儿子的后辈，也即孙辈。

　　金文"🜚"承续了甲骨文字形。

　　篆文"🜚"误将金文字形中的"🜚"（幺）写成"🜚"（系）。

　　隶书"孫"将篆文字形中的"🜚"写成了"子"，将篆文字形中的"🜚"写成"系"。

繁体的"孙",强调的是维系家族世系香火的传承。右边为"系",即"续",表示子女是维系血缘的纽带,繁体字的"孙"体现了儿孙的职责和使命。简体"孙"依据草书"孙"字形,以"子""小"的结构另造会义字"孙",表示"比子小"的后代。两个共同之处在于都有一个"子"字,都会意一种以父系血缘为纽带的亲缘关系。

《说文解字》:"孙,子之子曰孙。从子,从系。系,续也。"造字本义:比儿子更小的后代,即儿子的儿子。

"孙"是中国人"根"的意识和体现。"孙"从系,这是指儿孙心系故土,心系祖国。中国人无论是在异国他乡,还是在天涯海角,都会非常眷恋故园、思念故土,魂牵梦绕的总是故乡和亲人。很多人不得已背井离乡时,往往会带上一杯乡土以示不忘根本。南宋有位著名画家叫郑所南,给别人画了很多画,但每幅画上都是兰花。他说:兰花有根无土,就像我们离开故土的游子,所以,希望大家看到兰花能睹物思乡。国人"落叶归根"的乡土观念是极为强烈的,那些身在异国他乡的海外华人,随着时间的推移和岁月的递增,记忆中的故乡已彻底完美化,乡愁是一湾浅浅的海湾,而寻根的意识也更加强烈。正是这种浓重的眷恋故土的情结,使中国人永远都同自己的故土和亲人保持着一种血脉和精神上的联系。正由于如此,中国人为弄清"自己从何而来",都会寻找溯源。

"孙"是中国人血缘的延续和联结。"孙"字从子,从系,一个家族、一个家庭的传承是靠"子"去维系的。在母系社会由女性去传承。后来到了父系社会,由男性来传承,这体现在中国人姓氏的传承和发展上。今天,中国人的姓氏跟着父姓,也有极少跟着母性的。但一般来说都是靠子去维系的。姓氏依然作为家族血缘传承纽带,对共同祖先形象的塑造,对民族渊源的追述,构成了中华文化多元一体和连续传承的认同基石,它是增强中华民族凝聚力、向心力的桥梁纽带,也是当今海内外炎黄子孙寻根问祖的重要依据。

"孙"是儿子绕膝的天伦之乐。天伦之乐指老一辈和小一辈有血缘亲属关系的乐趣，天伦指老一辈和小一辈有血缘亲属关系。该成语出自唐代李白《春夜宴从弟桃花园序》："会桃花之芳园，序天伦之乐事。""孙"为"子""系"身旁，即体现了这种天伦之乐。唐朝权德舆《览镜见白须》中"一曲酣歌还自乐，儿孙嬉笑挽衣裳"，大意是：有兴时高歌一曲自得其乐，儿孙们高兴地笑闹拉着我的衣裳，描绘了一位老人同满堂子孙尽情享受天伦之乐的场景。父慈子孝，儿子承欢膝下是中国人的传统，《孝经》上说："夫孝，德之本也，教之所由生也。"孝道，是德行教育的根基，如果社会上千家万户的子女们都切实力行孝道，定会给我们社会每个家庭带来幸福康宁，使老人安享天伦之乐。

简体字的"孙"从小，从子。"小子"，在汉语中指宗亲中男性同辈年轻者及后辈，强调的是辈分小的人。把"小子"当孙子，虽然也没错，但却失去了子子孙孙、血脉相传的含义。所以，繁简相比，繁体字的"孙"更能体现出中华文化中家族世代传承、开枝散叶的内涵。

📖 汉字趣闻

崔光巧对

崔光（450—523年），字长仁，北魏名臣。据史书记载，崔光幼年家贫，但天资聪颖，嗜书好学，后为人撰写书稿，以润笔之资赡养父母。后来崔光的才华受到北魏孝文帝拓跋宏的赏识，被授太子少傅、迁右光禄大夫，后又封平恩县开国侯，加授太子太保。

一日，孝文帝对崔光说："寡人给儿子取名为'恂''愉''悦''怿'，都有一个'忄'。'心'者居人身中也，为生命之主宰，寡人希望他们能够遵从本心、一生愉悦开心。爱卿给儿子取名为'励''勔''勉'，皆有一个'力'字，所谓何解？"崔光笑道："诚如陛下所言，微臣犬子的名字中皆有一个'力'字，乃臣下希望他们从小克己勤勉、自食其力，将来凭自己的本领报效朝廷。另外，陛下为诸皇子取名皆有'忄'，微臣为犬子取名皆有'力'，此正所谓的'君子劳心，小人劳力'也！"孝文帝听了后笑道："爱卿之才寡人甚慕之。"

鄰

守望相助 以德为邻

邻

　　"千万买邻"的典故出自《南史·吕僧珍传》："一百万买宅，千万买邻"。南朝时期，平固侯吕僧珍非常有学问，对人谦虚诚恳，很多人都愿意与他交往。有位名叫宋季雅的官员告老还乡到甫袁州后，特地把吕僧珍私宅邻家的一幢房屋买下来居住。一天，吕僧珍问他买这幢房子花了多少钱，宋季雅回答说："共花了一千一百万。"吕僧珍听了大吃一惊，反问道："要一千一百万，怎么会这么贵？"宋季雅笑着回答说："其中一百万是买房屋，一千万是买邻居。"吕僧珍听后想了一会儿才明白，跟着笑了起来。

　　邻，繁体字为"鄰"，形声字。从邑，粦（lìn）声。

　　篆文为"鄰"。左边为"粦"，是"憐"（怜）的省略，表示爱惜、爱护之义；右边为""，邑，村落的意思。合起来""字表示，小村落里住着若干住户，相互关注、互相守护的意思。

隶书""将篆文""的""（邑）写成"阝"（双耳旁）。异体字将"鄰"写成左"邑"右"粦"的"隣"。

简体"邻"，左边借用了"怜"字草书字形，将"粦"（粦）简写成"令"（令）字，再加上隶书的"阝"（双耳旁），组成了现在的"邻"字。

《说文解字》："邻，五家为邻。从邑，粦声。"造字本义为："邻"为古代的一种居民组织，五家为邻。如《广韵·真韵》："邻，亲也"；《左传·襄公二十九年》："邻于善，民之望也"；《资治通鉴》："荆州与国邻接，江山险固，沃野千里"。"邻"引申为前后左右毗连的住户，如芳邻、匹邻、邻居、邻座，又如《礼记·坊记》："东邻杀牛"；《墨子·公输》："邻有敝舆"；《书·益稷》："臣哉邻哉"。

我国传统文化非常注重以道德和伦理处理邻里关系。古语云："亲仁善邻，国之宝也"；"救灾恤邻，道也。行道有福"。晋代诗人陶渊明曾在《移居》一诗中写道："昔欲居南村，非为卜其宅。闻多素心人，乐与数晨夕"，他选择移居南村，是因为这里有很多"素心人"可朝夕相处。诗中还记述了他在南村与邻居的友好关系："邻曲时来往，抗言谈往昔。奇文共欣赏，疑义相与析"，街坊之间互相帮助，和睦的邻里关系使彼此之间受到道德的熏陶，获益匪浅。"邻"亦指邻国，在秦始皇统一中国之前，实行的是分封制，天子分封自己的亲戚和功臣，而亲戚和功臣在自己的领地上又可以继续分封，如此一来，国家可以分成无数个小国，每个国家都和别国相邻。《孟子·告子下》曰："是故禹以四海为壑。今吾子以邻国为壑。""以邻为壑"是指拿邻国当做大水坑，把本国的洪水排泄到那里去，形容只图自己一方的利益，把困难或祸害转嫁给别人。《韩非子·亡征》记载："恃交援而简近邻，怙强大之救，而侮所迫之国者，可亡也。"自恃结交了外援而怠慢邻国，凭借强大的国力而侮辱胁迫别的国家，注定是要亡国的。中国人向来以和为贵：于家，"与邻为善""亲仁善邻"；于国，"协和万邦""泽被四邻"。

繁体的"鄰"字，不但指出了邻里之间所处的地理位置，还指出了邻里之间的道德准则，具有浓厚的人文情怀，对今天我们构建和谐的邻里关系有现实意义。

繁体的"鄰"字，首先强调"选亲不如近邻"。"鄰"中的"粦"可视为"鳞"省字，为鱼鳞之意；"邑"与"阜"均与地域、屋宇有关。犹如鱼鳞之间片片相连接的屋室，所谓"咫尺为邻""三邻四舍""栉比相邻"，"鄰"字形象地传达出邻居之意。宋朝陈造的《泊慈湖北岸》："渔翁家苇间，蜗舍无邻伍"，描写的就是渔翁以芦苇荡为家，像蜗牛一样的小船没有邻居为伍。我们生活在一个社区之中，衣食住行往往与"邻"里相关，免不了在生活中碰到一些难题，这个时候，邻里帮一把，胜过远方的亲戚，因为住相邻，更便捷。为此，有一个典故叫"卜宅卜邻"，意思是迁居时不是先占卜住宅吉凶，而是占卜邻居是不是可以为邻，指迁居应该选择好邻居。这个典故出自《左传·昭公三年》："非宅是卜，唯邻是卜，二三子先卜邻矣，违卜不祥。"

繁体的"鄰"字强调了守望相助的人文情怀。繁体的"鄰"字，意用"憐"，即要"怜惜"。从粦，"粦"从米，这是指粮食的相互救助，从舛，是指危难之间的相助。假如邻里"命运多舛"，要给予稻米的关怀。孔子《论语》曰："德不孤，必有邻。"有道德的人，一定有志同道合的人来和他相伴，"以文常会友，唯德自成邻"；所谓"居必择邻，交必良友"，环境对人有很大的影响。"憐"有"心"，"鄰"也包含一种心灵的感应，如"海内存知己，天涯若比邻""丈夫志四海，万里犹比邻"。

简体的"邻"从邑，令声。"令"为美好之意，古人对于邻居选择甚严，"西邻责言""疑邻盗斧""智子疑邻"皆不可取。所谓"远亲不如近邻"，《三字经》中"昔孟母，择邻处。子不学，断机杼"及成语"断杼择邻""唯邻是卜""千钱买邻"表达的就是"千金只为买乡邻"的美好期待。

　　繁体的"鄰"蕴含字形之美、字义之丰，承载着华夏文明对于真善美的追求与向往，见其字，如观其形，品其境；简体的"邻"字只是简单表达了住所之意，显得相对单薄。繁简的对比，繁体的"鄰"字更有"芳邻""睦邻""欢邻"之意。

📖 **汉字趣闻**

挥霍无度遭邻戏

　　从前，有个王秀才平日里挥霍无度，过年时经常缺油少盐。有一年，临近年关，家里只剩下一些咸菜疙瘩和几斤黑乎乎的高粱面。他便在门上贴了如下一副对联："行节俭事，过淡泊年。"有邻居看了后，想戏弄一下这个穷酸的秀才，便在这副对联的上下联各添了一个字，变为"早行节俭事，不过淡泊年"。众人看后不禁捧腹大笑。

義

美善之首　我之威仪

义

“羊有跪乳之恩，鸦有反哺之义”出自《增广贤文》，小羔羊跪着来接受母亲乳汁的哺育、小乌鸦长大后哺喂它年老的父母，古人以此来说明父母养育之恩当涌泉相报的道理。儒家的《孝经》将孝道提高到“天之经也，地之义也，民之行也”的高度：孝道是天经地义之事，是中华民族传统文化中伦理道德的重要内容，自孔子倡导、曾子着力执行、孟子等后儒提倡与发展以来，它逐渐成为中华民族最重要的一项道德规范。

义，会意字，繁体字为“義”。

“義”是“儀”的本字。甲骨文为“”，上面是“”，为“羊”，代指祭祀时的祭品，同时这里的“羊”也是“祥”的省字，表示祭祀占卜显示的吉兆之意；下面是“”，为“我”，是有利齿的戌，即既是兵器，又是仪仗、仪式。合起来“”，既表示吉兆之

战的正义之举，又表示出征前隆重的祭祀仪式。

金文"義"承续了甲骨文字形。

篆文"義"承续金文字形。篆文异体字"羛"，上面"羊"（羊，即"祥"，祥和、吉兆），下面的"弗"（"弗"，即"不"，休战），表示休战和平乃是一种祥和的征兆，表达了"道义"的另一层含义。另外，当"義"的"仪式"意思消失后，篆文"儀"再加"亻"（人），另造"儀"字代替，表示程序庄严的典礼。

隶书"義"将篆文"義"字形中的"羊"写成"羊"，将篆文字形中的"我"写成"我"。

简体"义"是在"乂"（乂，割、杀）基础上加一点指事符号"丶"，另造字"义"字代替，表示杀得有理、杀得正当。

《说文解字》："义，己之威仪也。从我、羊。"繁体"義"从羊，即与善、美同义。"義"又从我，即谓义出于己，由己决定。造字本义：出征前的隆重仪式，祭祀占卜，预测战争凶吉；如果神灵显示吉兆，则表明战争是仁道、公正的，神灵护佑的仁道之战。《释名》中："义，宜也。""宜"为适宜。"义"的本义为公正合宜的言行或道理，是做人应该遵循的最高道义。义者，德之宜（道德的准则）、事之宜（立身处事的依据）、天理之所宜（顺乎天道自然的法则）。"义"还有情谊、恩谊之意，包括人与人之间的关照、提携。

"义"的本义为神灵佑助的仁道、公理之战，如起义、仁义之师。"义"多用于表示仁道、公理、真理之意，如道义、义务、义工、定义、义卖、义正辞严、义愤填膺等。又如《逸周书·谥法解》："主义行德曰元"、《墨子·公输》："义固不杀人"、《史记·太史公自序》："敢犯颜色，以达主义，不顾其身"、苏洵《六国论》："燕赵之君，始有远略，能守其土，义不赂秦"。

"读书百遍，其义自见"，"義"字可谓言简义丰，帝王社稷、生老病死、为人处世，国学经典中不乏对"義"字的随文释义之笔。"义人在上，天下必治"，出自《墨子·非命上》，国君应实行"义政"，所作所为要符合"道义"，帝王居仁由义、渐仁摩义，国家才能安定；《周易·系辞》曰："君子敬以直内，义以方外"，敬是立身之道，义是处事之道，深明大义、行侠仗义乃君子所为也。儒家把"义"作为君子的重要知行，"见利不亏其义，见死不更其守"出自西汉戴圣《礼记·儒行》，主张贵义贱利。《论语·宪问》也说："见利思义，见危授命"。郭遐叔《赠嵇康诗二首》曰："君子交有义，不必常相从"，君子之交、重在情义，恩高义厚、向风慕义，足矣。以道义严于律己："见义勇发，不计祸福""穷不失义，达不离道"；以情义宽以待人："以言责人甚易，以义持己实难"，乃方圆自在之道也。"人谁不死？死国，忠义之大者"，捐身徇义、以义灭身，唯以为国而死为大忠大义之壮举也。

"义"以善为核心，以"美"为表现。繁体的"義"字采用"我、羊"会义。"義"从羊，"羊"为善良、美好、吉祥，为美善之首，是正义、道义，是善行、美举；"我"即自我，拥有独立人格、具有自我意识、体现自身价值、具备自卫能力。因而，"義"以"羊"之美、善来塑造"我"之人格：朱熹《宋名臣言行录》的"守正直而佩仁义"、墨子《墨子·贵义》的"万事莫贵于义"为仁义道德，主正义；《易经》的"君子于信，义不食也"、范晔《后汉书·班固列传》的"义动君子，利动贪人"为惇信明义，讲信义；苏轼的"养生治性，行义求志"、庾信的"盛德必有后，仁义终克昌"为绨袍之义，重情义。

"義"是我之威仪。"义"同"仪"，《说文解字》曰："义，己之威仪也。"篆文"羛"加"刀"（人），表示程式庄严的典礼。中国自古以来就以"礼义"作为道德标准，重视制度品节，提倡遵循社会规范和道德规范，推崇为正义而献身的操守。因此，中国被称为"礼义之邦"。相对于"礼仪之邦"，"礼义之邦"一词更早见诸正史、政书、地方志、文集等各种文献中，直至今日，依然在使用。类似的还有"礼义之乡""礼义之国"等，其前也有冠以"忠信""忠节""文学"（礼义之乡），或"守节""诗书""衣冠""冠带""文章"（礼义之国）等词。

"義"需举起正义的旗帜去捍卫。"義"中有"我"，"我"为手持戈之意，表达了用武器捍卫正义、和谐的生活或美好的理想，因此，"義"也为捍卫正义。捍卫我们国家、民族、社会的共同的生活准则、追求和谐、美好生活的崇高理想，是符合道义的、是天经地义的：或仗义执言、主持正义，或见义勇为、捍卫正义，或抗击外敌、保家卫国、大义凛然。在今天，"義"字则是告诉我们运用法律的武器，采用合法的手段，要见义勇为，更要见义智为。

简体字形"义"则变化太大。根据俗体楷书"乂"另造指事字"义"，在"乂"上加一点指事符号，"乂"表示割、杀。因此，"义"字表示杀得有理，可理解为用伦理纲常、律法规章铲除恶念、制止恶行，称之为"义"。当今社会，义的信誉每况愈下，世人无不竞相奔利，或许有过大义灭利的真君子，但更常见的是借义逐利的伪君子和假义真信的迂君子。"义"要求人献身抽象的社会实体，"利"则驱使人投身世俗的物质利益，"义"教人奉献、"利"诱人占有。"言必称义"和"行必逐利"，貌似相反，实则相通。"德"与"情"方为价值的原点，行义，必须消除贪欲，特别是防止自私自利。在义与利的天平上，只有增添道义的砝码，才能破除纠结的"心魔"，只有谨记如"羊"之"善"之"美"的自"我"，不忘初心，"義"字当前，方能修身、齐家、治国、平天下。

繁简的对比，繁体的"義"字内涵丰富、富有哲理，为计行虑义、为礼义廉耻、为义无反顾，仁义、忠义、孝义、节义、情义、道义，一切的"義"，"義"的一切，其出发点仍归于"我"，是主观性与客观性的有机统一，是普遍性和特殊性的相互融合，是道德与制度、自律与他律、世道与人道的普世价值；简体的"义"字，为追求书写方便而忽视了字的内涵，言不及义，无"我"无"羊"，只剩一味的铲除、制止，实为无本之木、无水之源。启用正体字，乃善行义举，义正辞严；弘扬汉字文化，乃天经地义，义不容辞。

汉字趣闻

郑仰田测"人"字诓骗魏忠贤

郑仰田,福建惠安崇武乡人,明朝著名的测字名家、预言家、术数家。据传郑仰田是一位奇人,想象力丰富,以测字占卜著称,堪称明代惠安"一绝"。

郑仰田在京游历、访友期间,因其精通测算占卜名气很大,很快这个消息传到了大宦官魏忠贤耳朵里。于是魏忠贤就派差役将郑仰田请到府中为其占卜官运前程。

魏忠贤当时极受宠信,被称为"九千九百岁",他利用执掌东厂的大权,结党营私,专断国政,排除异己,权势熏天,以致人们"只知有忠贤,而不知有皇上"。

魏忠贤说:"本厂今日请先生来,想问问来日官星该应何座,请务必慎重加以推测。"郑仰田说:"承蒙千岁抬爱,但请千岁赐一字,草民将详加推断。"魏忠贤顺手在方形书案上大书一个"人"字,说道:"以此字卜之。"郑仰田看了后,随即故作惊喜,揖手道贺:"千岁大贵有日了,可喜可贺!"魏忠贤高兴又惊讶地问道:"何以见得?"郑仰田答道:"千岁容禀,书案为方形,一人居其中,岂不预示着四国之内唯有千岁您一人位极至尊吗?"魏忠贤听了,觉得很有道理,随即命手下取来重金要赏郑仰田,郑仰田坚辞不受。

郑仰田被请进魏府,友人们都很为他担心,怕他测得不准或者什么言语不当被魏忠贤杀头。郑仰田安全回来后,大伙才长舒一口气,问具体情况如何。郑仰田说道:"我断定魏阉将会成为阶下囚,必死无疑。"诸友兴奋而又诧异问道:"这是为何?"郑仰田笑答道:"书案方形,方框中一个'人'字,合起来不就是一个'囚'么?我说他要位居'四国一人'之尊位,完全是诓骗那个老贼。"

果然,没有多久,明熹宗崩驾崇祯皇帝即位,惩治阉党,治魏忠贤十大罪,魏忠贤畏罪自缢身亡。至此之后,郑仰田名声就更响、更大了。

鄉

乡里有郎 情系故乡

乡

"外面像个村，进村不见人，老屋少人住，地荒杂草生。"这是一首描写乡村空心化场景的小诗，读来令人心情沉重。昔日人丁兴旺的边远乡村，如今剩下的多半是留守妇女、儿童和老人，即人们戏称的"386170"部队。

在城市化进程迅猛向前的今天，乡无郎的村庄所映照的不仅是"空心村"的现实，更有关于乡村社会未来的忧思。有人就感叹，"有故土，没故乡""有乡村，没乡愁"。

"乡"，繁体为"鄉"，会意字。"卿"是"鄉（乡）"的同源异体字；而"鄉"是"嚮（向）"和"餉（饷）"的本字。

鄉，有的甲骨文为"<图>"，两边是"<图>"（两个

"欠"，两个相向而坐、张着嘴巴的人），中间是"□"（皀，食物），表示主宾两人隔着餐桌的食物相向而坐，一同进餐。原始社会，一个部落的人用同一个食器吃饭，故"鄉"成为一个部落范围的代称。有的甲骨文"□"省去两个"□"（口），将表示张口吃饭的"□"（欠）简写成"□"（人），字形由"鄉"变成了"卿"，表示围着餐桌相向而坐、亲密共餐的贵宾高朋。

金文"□"（卿）承续甲骨文字形。

篆文"□"总体承续"□"（鄉）的甲骨文字形，但误将甲骨文字形中表示共同进餐的两个"□"（欠）写成两个"□"（邑），将甲骨文字形中的"□"写成"□"。

隶书"□"将篆文"□"字形中的"□"（邑）写成"□"（乡），误将篆文字形中的"□"（即）写成"□"（郎）。

简体"□"字省去了隶书"□"书字形中本的"□"。对比来看，简体的"乡"字，只是对应甲骨文字形"□"（鄉）中的一个"□"（欠）字，即张口吃饭的人，使得"乡"字中"相向共餐"的本义线索消磨殆尽。

《说文解字》："乡，国离邑，民所封乡也。啬夫别治。封圻之内六乡，六乡治之。"造字本义：主宾相向而坐，亲密共餐。引申为古代相互亲近、彼此宴请的氏族聚落，后来泛指小市镇、小乡村。

"鄉"，从乡，从食，从邑。"乡"为"系"的变形，是丝线纺织，"食"为种植植物，"邑"为区域范围，意即"鄉"就是种桑养蚕、纺纱织布和种植粮食的地方。"鄉"又从良，为良家、良民，寓意乡村里居住的是善良、淳朴和诚实的良民。古往今来，在每个人的心里，都认为家乡是最美好的、最亲切的、最值得怀念的地方。

为此，古人留下了许多乡思浓郁的诗文。"不知何处吹芦管，一夜征人尽望乡"，是行伍之人的思乡；"受命别家乡，思归每断肠"，是仕途之人的思乡；"翩翩马蹄疾，春日归乡情"，是金榜题名者的思乡；"怅望遥天外，乡愁满目生"，是游子的思乡；"骨肉凭书问，乡关托梦游"，是梦中的乡愁；

"独在异乡为异客，每逢佳节倍思亲"，是节日的乡愁。

相比于繁体的"鄉"，简化后"乡"字，从字形看，少了蚕桑、种植的画面写实感。从字面看，少了一个"郎"，却是描绘出了当下一个客观的现实。在一些乡村，青壮年男人外出打工赚钱，远离家乡，"乡"确实"郎"少了。

2017年，河南一家研究机构的调查显示，26.2%的农民工一年或超过一年才回家一次。他们中，绝大多数是年富力强的青年人。当被问及丈夫长期不在，情感是否感到孤独时，70.0%的被访妻子回答感到孤独。

无郎、少郎的乡村，甚至"一个人的村庄"，早已不是诗人的浪漫想象，而是记者、学者笔下的真切写实。乡无郎的"空心村"不仅表现为居住空间废弃、村落经济衰退、人口流失，还表现为家庭婚姻的淡漠，老人、妇女和儿童保障与社会支持系统的缺失，人际关系的疏离，公共服务供给不足等众多深层次的社会问题。

我们的乡村正在经历一场前所未有的更迭。这场浩大的社会变革，给了乡村人走出土地束缚的机会，却也由于国家对乡村基础设施投入的不足，就业渠道的狭窄，让许多走出去的人们无法"回归乡村"。屋顶升起袅袅炊烟的乡野，多少人已经只能在梦中怀恋，又有多少个魂牵梦萦的故乡，已经闻不到、看不见，也"回不去"了。

值得欣喜的是，党中央已经重视这个问题，开展了"美丽乡村"建设行动，提出了"乡村振兴"战略。从改善乡村环境入手，培育乡村特色产业，复兴乡村文化，发展乡村旅游。"郎"要回乡，成为时下一些青年人的选择。只要乡村有了人气，资源便会回流，生机定能重现。因此，应该让乡村成为"郎"愿意回得去的大后方。

当然，呼吁"让郎回乡"，并不是要开历史的倒车，而是让乡村的发展回归重业重质的轨道，让改革发展之光照亮乡村前行之路，实现城乡共同富裕、文明、和谐发展。

今天，在"万众创新，大众创业"大浪潮中，我们就看到了这样一群人，他们曾是进城闯荡的打工郎，曾是现代时尚的"弄潮儿"，如今主动放弃城市高节奏的生活，重新回归乡村创业；他们对乡土有特殊感情，他们要让农村享受发展的红利，享受改革创新带来的机遇……

毋庸置疑，这将是一条崎岖而漫长的路，但已经有人走在路上，步伐坚定而有力，"乡"无"郎"，将会成为过去。"郎"回"乡"的那一天，也就是乡村振兴之日。"留住乡愁"，希望在于"郎"。为此，"乡"还是有"郎"好。

汉字趣闻

皇帝赐名戏臣下

贺知章（约 659—约 744），字季真，唐代诗人、书法家。武则天证圣元年（695 年）中乙未科状元，授予国子四门博士，迁太常博士，后历任礼部侍郎、秘书监、太子宾客等职。

唐玄宗天宝元年（742 年），贺知章上书告老还乡。唐玄宗十分敬重他，对他诸事待遇更是优于他人。贺知章对玄宗的格外礼遇也深表感激。临行前，贺知章哭着向玄宗辞行。玄宗关切地问："爱卿你还有什么要求吗？"贺知章答道："微臣感念陛下隆恩！只是臣知章有一犬子，尚未有定名，若陛下能赐名，老臣回去后可以荣耀乡里了。"玄宗想了想说道："'信'乃道之核心。'孚'者，信也。《周易·系辞》有言：'履信思乎顺，又以尚贤也，是以自天佑之。吉，无不利也。'爱卿之子名为'孚'为宜。"贺知章再次拜谢玄宗隆恩，随受命。

很久以后，贺知章越来越觉得玄宗恩赐犬子的名字似有不妥。他暗自忖道："皇上陛下为什么要跟我开玩笑呢？'孚'字是上面一个'爪'字，下面一个'子'字。我是吴地人，大家都将'孚'叫作'爪下子'。陛下赐我儿'孚'字，难道要把我儿叫'爪子'不成吗？"但皇帝赐名又不能不用，因此小儿只好委屈叫"贺孚"了。

【仪礼之态】

禮

起于祭神 源于恭敬

礼

　　"礼之用，和为贵"这句话出自《论语·学而》。本句大意是：礼的作用，以遇事处理得恰当、适中为可贵。这是孔子弟子有若说的话。孔子曾说过："中庸之为德也，其至矣乎"（《论语·雍也》），意思是：中庸之道，应该是最高的道德标准了。儒家讲究中庸，即处理大事小事都要不偏不倚，不过分也无不及，恰到好处。所以有若说："礼之用，和为贵。"现在人们在处理人际关系时，常用"和为贵"表示要讲团结，讲友谊，以和气为重。有时也贬称在原则斗争中搞调和折中为"和为贵"。

　　"礼"繁体字为"禮"。

　　"豊"是"禮"的本字。"豊"的甲骨文为""，最上面的""像许多打着绳结的玉串，下面是""（"壴"，有脚架的建鼓），合起来""表示击鼓献玉、敬奉神灵之义。

金文"豊"承续甲骨文字形。当"豊"作为单纯字件后，有的金文字形为"禮"，在"豊"的基础上再加"示"（示，祭祀）另造"禮"代替，强调"禮"的"祭拜"含义，同时误将"玉串"（"玉串"）和"壴"（"建鼓"）构成的金文"豊"，拆写成"曲"（"曲"）和"豆"（"豆"），"玉"和"鼓"的形象消失；有的金文为"醴"，在"豊"的基础上再加"酉"（"酉"，酒）另造"醴"字代替，表示以美玉、美酒敬神。

籀文"礼"将金文字形"禮"和"醴"综合，采取金文字形"禮"中的"示"（"示"），采用取金文字形"醴"中的"酉"（"酉"），并以"水"（"水"）代替"酉"字，大大简化了字形。

篆文"禮"承续金文字形。

隶书"礼"误将籀文"礼"字形中的"水"（水）形写成"乙"（乙）形。

简体"礼"字承续隶书字形。

《说文解字》："禮，履也。所以事神致福也。从示从豊，豊亦声。"造字本义：动词，击鼓奏乐，并用美玉美酒敬拜祖先和神灵。"示"的甲骨文是祭台的象形，"禮"从示，表示与祭祀有关；"豊"是"禮"的本字，其甲骨文像在高脚盘中盛放着玉器用来敬神，古人把通灵玉器敬祭神灵以求多福，故而奉神之事为之"禮"。

与"礼"有关的成语多与"敬奉"有关。如"傲慢无礼"指态度傲慢，不讲礼貌；"导德齐礼"指用道德诱导，用礼教整顿，让百姓归服；"俭不中礼"指节省太过而不合于礼；"礼仪之邦"指讲究礼节和仪式的国家；"彬彬有礼"形容文雅有礼貌的样子；"分庭抗礼"原指宾主相见，分站在庭的两边，相对行礼，现比喻平起平坐，彼此对等的关系；"敬贤礼士"指尊重品德高尚、学识出众的人；"克己复礼"儒家指约束自己，使每件事都归于"礼"。

"禮"发端于祭祀。"禮"从示，"示"的甲骨文是祭台的象形，表示与祭祀有关。甲骨文像在高脚盘中盛放玉器以奉神灵。古人把通灵玉器敬祭神灵以求福，因此，礼是拜神致福。礼开始于祭祀。为什么要祭祀？《礼记·祭义第二十四》说："天下之礼，致后始也。"意思是说，世间所有的礼仪、礼节、礼德都是为了找到本源，找回本源，不要忘本。《礼记》中说："礼，不忘其本。"礼的本义，就是不忘祖先、不忘本、不忘自己是从哪里来的，不忘我是谁，找回你自己。《礼记》："万物本乎天，人本乎祖。"人要找到自己的本源，不仅要问祖，更要问天，所以，祭祀不仅要祭祖，还要祭天、祭地、祭鬼神。祭祀必然要有一套仪式、祭品，因此，礼就产生了。

"禮"内发自崇敬之心，外表为丰厚的物品。禮除了要用虔诚的心，崇敬的心以外，还要用特定的礼品来表达。"豊"是"禮"的本字，其甲骨文像在高脚盘中盛放着玉器用来敬神。因此，"禮"有礼品之意。古人说："礼尚往来"，因此，受他人之礼，一定要回礼。但礼品不是越贵重越多越好，如果以钱物为标准，则有交换的味道，甚至有行贿之嫌。礼品关键在于合适和受主人喜爱，俗话说："礼轻情义重。"唐太宗笑纳鹅毛礼的故事，就是重情义轻价值的佳话。

唐贞观年间，西域回纥国派使者缅伯高带一批珍奇异宝来朝见，其中最珍贵的要数一只罕见的白天鹅。一路上，缅伯高亲自喂水喂食，一刻也不敢怠慢。这天，来到沔阳河边，缅伯高打开笼子让白天鹅喝水，谁知天鹅趁机飞走，缅伯高只抓住了几根鹅毛。怎么办呢？缅伯高决定继续东行，他用绸子小心翼翼地包好鹅毛，并题诗一首："天鹅贡唐朝，山重路更遥。沔阳河失宝，回纥情难抛。上奉唐天子，请罪缅伯高。物轻人意重，千里送鹅毛。"来到长安后，唐太宗接见了他，缅伯高献上鹅毛。唐太宗听了缅伯高的诉说，非但没有怪罪他，反而觉得他诚实，重重赏赐了他。从此，"千里送鹅毛，礼轻情义重"的故事流传开来。送礼，是一种人情世故，探亲访友，假如空着一双手，是一种失礼。但假如带着一种功利之心，以交换作为目的，则会使"礼"变了味，是不可取的。

"禮"循于天理。"禮"音通理，意为循于天理人伦。儒家认为"礼乐"从于"理"，周敦颐说："礼，理也。乐，和也。""万物各得其理然后和，故礼先而乐后。"朱熹也说："礼者，天理之节文也。"他认为"礼"是"天理"的体现。"禮"的结果是换来丰厚的回报。"禮"的甲骨文，从豐，是代表谷物，含丰收之意。豐也是丰厚、丰富。这意味着知礼、守礼、行礼通常可以换取丰厚的回报。

　　简体字的"礼"从示，从乚。"乚"形似一个跪着或弯曲的人形。"礼"最早是礼神，是以虔诚之心，恭敬之心，去顶礼膜拜。古代祭祀的对象主要有天神、地祇、人鬼三类，祭品主要是牲畜和醴酒，其要素包括礼法、礼器、礼仪等。我们去西藏经常看到信徒在朝圣的路上五体投地、几步一拜的场景，这就体现了虔诚和敬仰之心。

　　繁简体的"礼"字相比，其相同之处为两者都从示，表示祭祀、敬奉。繁体字的"禮"强调礼节、仪式、礼品，简体字的"礼"强调虔诚跪拜。强调礼敬，两者各有可取之处，从书写简约的角度看，这个简化还是有可取之处。

王鏊智对

王鏊，字济之，号守溪，晚号拙叟，明代名臣、文学家。王鏊自幼聪颖异常，八岁能读经史，十二岁能作诗。

据说，王鏊六七岁时跟着舅舅读书。一天有个小侍女送茶进来，王鏊调皮地拉着她的手不松开。其舅发现后觉得太不合乎礼仪规矩，但又觉得王鏊只是个小孩子，直接严厉告诫未免有些不妥。于是灵机一动，对王鏊说："济之啊，我想到一个对联，我出上联，你来对下联怎么样？"王鏊松开小侍女的手，摇晃着小脑袋说："好啊！好啊！但请舅公示下。"其舅曰："'奴手'为'孥'，此后莫孥奴手。"王鏊想了一阵，笑着对道："'人言'是'信'，从今毋信人言"。其舅听后，不禁啼笑皆非，但更觉王鏊果然聪慧异常，好好培养以后定能成为可造之才。于是，从此以后其舅便抽出了更多时间教育和引导王鏊，为王鏊以后成长为一代明臣打下了坚实基础。

聽

用耳感知　用心倾听

听

"在哪里说得越少，在哪里听到的就越多。只有很好听取别人的，才能更好说出自己的。"这是美国心理学家斯坦纳的话，被称为"斯坦纳定理"。它揭示的是这样一个道理：虚心倾听别人的意见，是一个人进步的必要条件。

"听"繁体字为"聽"。

有的甲骨文为" "。左边" "，像耳朵的形状；右边" "，像两张"口"，会意很多张嘴。合起来" "像一只耳朵（" "）介于许多嘴巴（" "）之间，表示倾听众人发言，即洗耳恭听众人之言。有的甲骨文为" "，将" "简化为"一口一耳"，表示竖起耳朵聆听别人说话。

金文" "承续甲骨文字形。有的金文" "在

"🖼"（"一口一耳"）的基础上"🖼"（"十口"）和"🖼"（"土"，为"壬"的误写），表示在远古时代，听是人类明察、判别、选择的重要能力。

篆文"🖼"省略"🖼"（口），加"🖼"（德），强调倾听是重要的品质。

简体"听"字，原本为"听"（yín）。"斤"为"听"的本字，既是声旁也是形旁，又是"欣"的省略，表示开心。"听"的篆文为"🖼"，左边"🖼"（口，张嘴），右边为"🖼"（"斤"为"欣"的省略，表达开心之义）。合起来"🖼"表示张大嘴巴笑。造字本义：因高兴而张大嘴巴。但后来在汉字简化时，将"听"与"聽"合并，用"听"字代替"聽"字，表示竖起耳朵倾听的意思。但"听"不再读它原有读音"yín"，而转读被合并字"聽"的读音"tīng"，这是合并简化过程发生的"变读"现象。

"聽"，从耳、从心、从德、从目。意思是，一要用"耳"，"耳"是倾听的工具；二要用"心"，即专注，不能心不在焉；三是善于倾听是一个有德之人；四是不但"听"而且"侧目""十目"看，听其言，观其行。

有句俗话说得好，老天爷给了人类两只耳朵一张嘴，其目的就是希望人们要多听少说。很多人都把倾听当作理所当然的事情，认为不需要教也会，因为每个长了耳朵的人都应该会听。但是，在人生的路上，其实很多时候光用耳朵去感知是不够的，还需要用心去倾听。

用心去倾听朋友的一个善意提醒，一句严厉批评，会使你改正错误不至偏离原来的目标；用心去倾听父母的一次唠叨，一次对话，你将会明白，生活之中处处充满关爱，使你在爱的润泽下健康成长。一次倾听，有时不仅是一次收获，而且是一种情怀。

简体的"听"，把听的器官变成了"口""斤"，意思是说话如利斧。这一含义，完全背离了听最原始的内涵。在现实生活中，独断专横的人的确是"无心听""无耳听"，即便听，也不虚心只用"口"，结果，还没听完、听懂，"口"就变成了一把伤人的利斧。

如此一来，就像是在一个闹腾腾的房子里，每个人都在放大喉咙喊叫。为了让人听到自己说的话，每一个说话者只好比其他人还大声。于是，就没有人知道其他人在讲什么。

因此，开口之前，先要学会用耳朵和心去倾听。生活中需要倾听，在各种嘈杂的声音中倾听，需要我们用耳朵和心灵去排除干扰。"大音希声"，需要我们练就一双敏感而聪慧的耳朵，更需要一颗宁静而明澈的内心。

伏尔泰说，耳朵是通向心灵之路。其实，耳朵也是心灵成长的必由之路。倾听，是一种尊重。耐心倾听，表达尊重。认真倾听，感受认同。微笑倾听，赢得信任。倾诉是表达自己，倾听是了解别人。用心倾听是一种尊重，更是一种理解和关怀。

谁都希望自己讲话时，别人能够静静地倾听。同样，别人也希望，你能静静地倾听他的讲话。只有彼此站在对方的立场上，耐心倾听，才能赢得尊重。放而远之。为政之人要善于听民声，才能让群众的要求在决策中得到更加充分的体现；为人父母要善于倾听孩子的心声，才能让孩子真正感受到父母的爱健康成长……倾听，凝聚着信任，交织着关爱，传达着鼓励。

倾听，是一种智慧。成语有云："兼听则明，偏听则暗。"汉朝王符在《潜夫论·明暗》中说："君之所以明者，兼听也；其所以暗者，偏信也。"所谓"兼听"，即多方面地听。一个人的智慧是有限的，通过倾听可以从他人的见解中吸取合理、有益的成分，以弥补自己的不足。

世界上的事情错综复杂，人们受自身知识、经历、观念、涵养等局限，难免在见解上有所缺失。只有把多种意见集中起来，综合、比较、鉴别方能更加公正合理。

倾听是一种境界。拥挤的世界，浮躁的时代，静下心来倾听内心，感受脉动，回归真实的自己，体味生命的普通与深刻，感悟"山外青山楼外楼"。

会倾听的人是宽厚的，会倾听自然的人是纯净的，会倾听内心的人是丰厚而智慧的。城市的快节奏让心灵浮躁不安，我们不妨适时停下来，当一回虔诚的听众。

"聽"用"耳"用"心"，是一个贤德贤能的人。"听"，用"口"用"斤"，是一个专断、愚蠢的人。"聽"明显地优于"听"。

汉字趣闻

以姓相嘲

唐朝初期，有一位叫甘洽的人和一位叫王仙客的人，两个人是非常好的朋友，经常开玩笑。有一天，甘洽打趣地说道："兄台，我觉得你不应该姓王，而应该是姓'田'。"王仙客笑道："兄台何出此言？"甘洽答道："因为你很无赖，所以'田'字去掉两边的两竖，正好是你的'王'字。"王仙客听了哈哈大笑，随后说道："如此说来，我觉得兄台应该姓'丹'才对。因为你的头不会打弯，所以把你的两只脚安到了上面。"甘洽听后，笑道："田兄台无赖得紧，甘某自愧不如。"

懷

深深思念　孰心抚慰

怀

　　"进退维谷，冰炭在怀。"这句话出自唐代刘禹锡《为杜司徒让度支盐铁等使表》。大意为：处境极其艰难，进退都有危险，因而心中十分矛盾，痛苦不堪。以"进退维谷"比喻艰危的困境，以"冰炭在怀"形容焦虑的心情，都很形象，可用来描写处于困境时的心情。

　　"怀"繁体字为"懷"。

　　"褱"是"懷"的本字。"褱"的金文为"🦅"，外面"👁"（衣，环绕、环抱），里面"🔥"（罧，流泪），表示将哭泣流泪的孩子抱在胸前加以安慰，以示爱护与安慰。

　　篆文"褱"将金文"🦅"字形中的"👁"写成"🔥"，将金文字形中的"🔥"写成"🔥"。当"褱"作为单纯字件后，篆文"懷"再加"心"（"心"，慰藉），另造"懷"字代替，强调大人慰藉伤心的幼儿。

隶书"懷"将篆文字形中的"心"（"心"）写成"忄"，将篆文字形中的"褱"写成"褱"。

俗体楷书"懐"将正体楷书字形中的"褱"简写成"衺"。

简体"怀"依据类推简化规则，将正体楷书字形中的"褱"（褱）简写成"不"（不）。

《说文解字》："懷，念思也。从心，褱声。"造字本义：父母将哭泣流泪的幼儿抱在胸前加以安慰。如《楚辞·九章·怀沙》："怀瑾握瑜兮，穷不知所示。"《春秋左传·桓公十年》："周谚有之：'匹夫无罪，怀璧其罪。'吾焉用此，其以贾害也？"

"懷"是心中无限的思念。繁体字"懷"从心，表示其意义与心脏、心思相关；"懷"即人体表面心脏所处的部位，意为胸前、胸怀。"懷"由心而生，是无限的思念。

李白，唐代大诗人，世称诗仙。杜甫，比李白小十一岁，晚去世八年，唐代大诗人，世称诗圣。李杜诗篇万口传，李白与杜甫齐名，号称李杜，代表了唐诗的最高成就，李白杜甫的交情也尤为深厚，二人中年时在洛阳相见，结为知交，此后长期分别几乎没有机会重逢，但两人却相互怀念，友情历久弥珍。杜甫怀念亲友的诗中，以怀念李白的最为突出，从与李白分手直到晚年，写下了不少追念或谈到李白的诗，表现了他对李白的情谊，字里行间充满作为知己对李白最深的理解和认知，杜甫在诗中说"白也诗无敌，飘然思不群"，还有诸如"昔年有狂客，号尔谪仙人。笔落惊风雨，诗成泣鬼神"这样字字千钧的评价更是成为文学史上对李白诗风的定论。唐肃宗年间李白被流放夜郎，杜甫对李白的生死存亡魂萦梦系，写下《梦李白》两首，流传千古，"故人入我梦，明我长相忆"，悬挂叮咛，切切思念，一往情深。这首诗完全是深切思念和默契友情凝结而成，被誉为"笔笔神来"，具有极高的文学价值，也将杜甫对李白的怀念之情深深印在了后世文人的心中，赢得了"千秋万岁名"。可见"懷"是无限的思念之情。

"懷"是贴心的抚慰。"懷"字左为"忄"，右为"褱"，

"襄"为贴身衣物夹衣，"懷"既贴身又贴心，给人以贴心的抚慰。

游子探亲期满离开故乡，母亲送他去车站。在车站，儿子旅行包的拎带突然被挤断。眼看就要到发车时间，母亲急忙从身上解下裤腰带，把儿子的旅行包扎好。解裤腰带时，由于心急又用力，她把脸都涨红了。儿子问母亲怎么回家呢？母亲说，不要紧，慢慢走。多少年来，儿子一直把母亲这根裤腰带珍藏在身边。多少年来，儿子一直在想，他母亲没有裤腰带是怎么样走回几里外的家的。

"懷"是无微不至的关怀。"懷"字左为"忄"，右为"襄"，"襄"为夹衣，为人所穿，紧贴身体，给人以无微不至的温暖。

黑川利雄是日本著名的内科专家，在癌症治疗方面卓有成效。他有个保持了多年的习惯：每到冬天，他就在口袋里放一个手炉，保持手总是热乎乎的。有人问他为什么这么做，他说，到癌症研究所来治疗的，都是些饱受病魔缠身之苦、抱着极大求生希望的癌症病人。面对医生，他们心中的忧虑及期望之情可想而知。如果他们一来就握到了一双温暖的手，就会让他们重新燃起生活的希望，树立起战胜病魔的信心和勇气；而假如握到的是一双冰冷的、毫无生气的手，病人的心也就会发凉，因而对生命失去希望。

那是一颗无微不至的心，与病人握手的细节都能想到；那是一双充满了神奇魔力的手，它把坚定的信念和无声的关怀默默地传递给了那些身患绝症的病人。

简体字"怀"，从心，从不，取"坏"音。从结构看，表示不怀好心，或者没有心，这与关怀、抚慰之意相去甚远。繁简相比，显然，繁体字的"懷"意义更深刻而有内涵，简体字的"怀"则不可取。

"今"字问生育

从前有一位富甲一方的大商，取了四房姨太太，可是接连生了8个孩子，全都是女儿。富商很是焦虑和着急，希望能添个儿子以便继承自己的家业。

幸赖某日，一妇人又怀身孕，富商便重金请来一位在方圆数百里有名的测字术士，帮其卜算怀的是男是女。富商在纸上写了一个"今"字交于术士。术士看后揖手称颂："恭喜官人，此胎必为男子。"富商兴奋地问道："如何解？"术士解道："'今'字为'人''一''丁'也，预示着怀着一个男丁，岂不是男孩？"富商又问："那何日能生呢？"术士说道："'今'字含'丁'，即要逢'丁'才生。另外，'今'为'念'字头，便在'念日'可生，'念日'为'廿'，即'丁月''念日'便可喜迎贵子。"后来，果然一男婴于丁月廿日出生，众人叹服。

讓

言辞谦逊　予人方便

让

"度德而让，古人所贵。"这句话出自晋代陈寿的《三国志·魏书·袁绍传》。这两句大意是：考虑自己的才德，把位置让给胜于自己的人，这是古人所看重的行为。度德而让，有自知之明，是一种美好的行为和高尚的品德，是古人所宝贵的，也会得到时人的敬仰。那种嫉贤妒能的人才是最可鄙的。这两句可用于让贤。

"让"繁体字为"讓"，形声字，"襄"既是声旁也是形旁，表示佐助。

篆文为"讓"，左边"讓"（言，许诺），右边"襄"（襄，佐助、襄助），表示许诺、佐助、襄助之义。

隶书"讓"将篆文"讓"字形中的"言"（言）写成"言"，将"襄"写成"襄"。

简体"让"字依据草书字形"**ì**"将楷书的"**言**"简化成"**讠**"，并用字形简单的声旁"**上**"（"上"）代替"**襄**"（"襄"）。

《说文解字》："让，相责让也。从言，襄声。"襄，既是声旁也是形旁，表示佐助。造字本义：许诺退位，协助对方获得。又引申为不争、退让、谦让、礼让、禅让之义。如《小尔雅》："诘责以辞谓之让。"《左传·襄公十三年》："让者，礼之主也。"

和"让"有关的成语多与"不争"之意有关。"寸步不让"，形容丝毫不肯让步、妥协；"当仁不让"，形容遇到应该做的事就积极主动去做，不推让；"让逸竞劳"，形容安逸之事互相谦让，劳苦之事互相争抢；"廉泉让水"，比喻为官廉洁，后也比喻风土习俗淳美；"推贤让能"，形容举荐贤人，让位于能者；"让枣推梨"，比喻兄弟友爱；"桃羞杏让"，形容女子比花还要艳丽动人；"让礼一寸，得礼一尺"，比喻以礼相让，事虽微而获益必大；"泰山不让土壤"，比喻人度量大，能包容不同的事物。

"让"的行为表现为多种形式。有积极的"让"：让名、让利、让位是"大让"；让礼、谦让是"小让"。有消极的"让"：如谈判时作出的"让步"，全部或部分地放弃自己的利益、权力与意见，便是一种权衡利弊后的无奈之举。

好言相待是"讓"的表现。繁体字"讓"，从言，从襄。"言"为语言、言辞；"襄"意为"包裹"、"包容（异物）"。"言"与"襄"联合起来表示"包容性言论""充分考虑了对方意见的言论""妥协性言论"，简而言之，即为"和言""好言""善言"，以语言相互扣合的意思。"让"是以言为先，以言为本。忍让就在一句话，当彼此有口角发生或有纠纷时，往往"让"到了，纷争也就停止了。

越是伟大的人物，往往越是礼貌待人。毛泽东是上个世纪影响最大的人物之一，他从小养成了对长辈有礼貌的美德，后来当了国家主席，仍然能以礼待人。一九五九年，毛主席回韶山，曾专门邀请亲友的老人吃饭，毛主席给老人敬酒，老人们说："主席敬酒，岂敢岂敢！"毛主席回答："敬老尊贤，应当应当！"

包容成全是"让"的核心。让，繁体字"讓"，从言，从襄。"襄"意为"包裹"、"包容（异物）"，表示用语言或行动帮助他人，予人方便，不争执，以别人为先，如让步、禅让、礼让、谦让等。一个谦让之人，处处受人欢迎，其高尚的德行风范，也能深入人心，流传千古。

让有大让、小让之分。年幼的孔融将大梨辞让给兄长，自己却拿那只最小的，辞让的美德成为千古美谈。这是小让，相信只要能控制自我意识，人人都应该能做到。再说春秋时的鲍叔牙，齐桓公欲任用他为相，但他坚决辞让，说自己的才能不及管仲，并举荐管仲为相。他的辞让，不仅让管仲免去了牢狱之灾，更让齐桓公得到良才辅佐，得以逐鹿中原，成就霸业。这是大让，鲍叔牙把万人争夺的职位拱手相让，胸怀是何等宽广！

向上迈进是"让"的收获。简体字的"让"，也可理解为是"言"字旁加一个上等人的"上"——谁在言语上谦让，谁就是上等人。古谚有云："你敬我一尺，我敬你一丈。"谦让能够让原本相距遥远的心靠得很近，谦让能够给人以阳光般的温暖，谦让更能够让人收获以退为进的喜悦。

钢铁大王卡内基在修筑宾夕法尼亚铁路时，为了争得铁轨的独家生意，他把自己新建的炼钢厂以宾夕法尼亚铁路公司董事长汤姆生的名字命名。这一招果然奏效，不费一分钱，汤姆生就宣布无条件地购买卡内基工厂生产的铁轨。从此，卡内基的事业很快就兴旺起来。卡内基之所以能够顺利地争得铁轨生意，靠的是主动让名，这里面实际上就是一种退让的智慧。让出自己的名声，得到的却是更大的利益。

善良大方是"让"的基础。简体字的"让"，从上，上音通"善"，谦让、礼让的人，都是以善良、慷慨、大方作为基础的。一个凡事只想到自己的人决不会谦让的，一定是寸利必争。

1953年5月29日人类首次登上珠穆朗玛峰，这是一个闻名世界的事件。在这个事件的背后有一个谦让的故事：当时，有一张照片记录了这一事件，尼泊尔向导丹增·诺尔盖站在峰顶手举一块冰，上面插着随风飘舞的旗子。而给诺尔盖拍这张照片的，是新西兰登山家埃德蒙·希拉里。希拉里把"登顶珠峰第一人"的荣誉拱手让给了他的向导丹增。据说，他们在距离珠峰顶还差一米的地方停了下来，希拉里对向导说："这是你的土地，你先上吧。"年轻的向导不明白希拉里话中的深意，只是按照他的手势向前迈了几步，丹增·诺尔盖没有意识到，希拉里让他先走的那几步路把他带入了登山史册，让他成为人类历史上第一个登顶珠穆朗玛峰的人。希拉里让生活在这片土地上的人得到了本该属于他们的荣誉，他的这一"让"，体现了他善良的品质和宽广的胸怀，令人敬佩。

　　繁体、简体的"让"字，都从不同侧面告诉我们应当如何处理人际关系。让，是内在修养的外在体现，是一种境界，一种修为，一种智慧。繁简体的"让"都体现出了这样的境界、修为和智慧，都是有其道理的。

📖 汉字趣闻

"字"释前嫌

从前在苏州有两个官宦人家钱某和郭某,起初二人十分要好,后来因一点小事生出嫌隙。以至于某日二人因田地纠纷闹上公堂打官司。节度推官袁某对他们的争议进行了裁决,但二人仍不服气。

于是他们二人共同要好的一个朋友李某,便摆酒为二人化解恩怨,并邀请推官袁某作陪。席间,行酒令。郭某首先借酒令诉说自己的不满,说道:"'良'字本为'良',加'米'也是'粮'。除去'粮'边米,加'女'便为'娘'。俗话说:'买田不买粮,嫁女不嫁娘'。"暗指钱某要求过分。钱某听后不甘示弱,愤愤地回敬道:"'其'字本是'其',加'水'也是'淇'。除却'淇'边水,加'欠'便成'欺'。俗话说:'马善被人骑,人善被人欺'。"袁推官赶忙劝道:"'禾'字本是'禾',加'口'也是'和'。除却'和'边口,加'斗'便成'科'。俗话说:'官无悔笔,罪不重科'。"意思是判词已经写定就不应再悔恨,同一个罪也不应再重复责罚,以前的不愉快又何必再提起,不如让他们翻过去。二人闻听此言,面面相觑露出歉意。李某忙插言打圆场,说道:"'工'字本是'工',加'力'也是'功'。除却'功'边力,加'系'便成'红'。俗话说:人无千日好,花无百日红。"言罢,钱、郭二人抱拳互致歉意,把酒言欢、重归于好。

觀

瞪大双眼　仔细瞧看

观

　　我们常说"耳闻是虚，眼观为实""当局者迷，旁观者清""眼观六路，耳听八方""听其言而观其行"……"观"是人们认识事物、分析问题和把握规律的重要方法，发挥着不可替代的作用。

　　观，形声字，繁体字为"觀"，从见，雚声。

　　"雚"是"觀"的本字。雚的甲骨文为" "，" "是一只大鸟的形象，" "表示夸张醒目的" "（"眉毛"）下面睁着" "（"两只大眼睛"）。"雚"整个像一只头顶长有毛角瞪着两只大眼睛的猫头鹰，本义为瞪着双眼的猫头鹰。

　　金文" "基本承续甲骨文字形。"雚"的"大眼睛猛禽瞪大眼睛察看"本义消失后，有的金文" "在" "的基础上加"见"另造"觀（观）"代替。"见"的甲骨文为" "，像一个人睁大眼睛在看，本义为看、视，看见、看到。强调猛禽夸张的大眼"无所不见"的洞察力。合起来"觀"就是瞪着锐利双眼的猫头鹰警觉地仔细观察周围的环境，即"观察""观看"。

篆文"觀"承续了金文字形。

简体"观"字，在简化时用"又"字代替了"雚"字，强调反复、多次之义；"见"字简化时从见。简体"观"合起来表示瞪大眼睛，反复认真仔细看。

《说文解字》："觀，谛视也。从見雚声。"造字本义：仔细看。如《周礼·冬官》："嘉量既成，以观四国。"《庄子·秋水》："今尔出于崖涘，观于大海，乃知尔丑。"《离骚》："览相观于四极兮，周流乎天余乃下。"

"觀"字，表示观察、观看、审查之意。"觀"从雚、从见，"雚"为瞪大双眼的猫头鹰，"见"为眼，强调观的过程要用"眼"仔细看。相传中华文化的总源头——《易经》，是伏羲盘坐卦台山巅认真观察山川河流、日月星辰和人类自身，苦思宇宙奥秘的杰作。《易·系辞下》："古者包牺氏之王天下也，仰则观象于天，俯则观法于地，观鸟兽之文与地之宜，近取诸身，远取诸物，于是始作八卦，以通神明之德，以类万物之情。"《易经》的第二十卦就是"观卦"，讲观察之道，强调要"眼观"更要"心观"，要透过现象把握本质、掌握规律；要"近观"更要"远观"，既要眼中有树木更要心中有森林；要"观进"更要"观退"，要审时度势、小心谨慎，做到进退有度；要"观己"更要"观人"，要像"九五"爻和"上九"爻那样，无论是"观我生"还是"观其生"，都能做到"君子无咎"。

"觀"字，表示景观、景色、景象之意。繁体"觀"，从雚，"雚"为"灌"省，指灌木，强调所观察的对象，意会为景象、景观。如范仲淹的《岳阳楼记》："衔远山，吞长江，浩浩汤汤，横无际涯；朝晖夕阴，气象万千。此则岳阳楼之大观也。"寥寥数语，写尽洞庭湖之大观胜概。周密的《观潮》，用"大声如雷霆，震撼激射，吞天沃日，势极雄豪"，绘就了钱塘江大潮"海涌银为郭，江横玉系腰"的雄伟景观。王安石《游褒禅山记》："而世之奇伟、瑰怪、非常之观，常在于险远，而人之所罕至焉，故非有志者不能至也。"道出了要领略妙景奇观须意志坚定且花费较大气力才能得偿所愿，也激励人们要有不畏艰险的积极进取精神。

"观"字，表示观念、观点、见地之意。繁体"觀"和简体"观"都从见，"见"为见解、看法，强调观的结果是要达到一种真知灼见、形成一种牢固的观念，因此"观"被引申为观念，如世界观、价值观、人生观等。观念是人对外界事物的感知在精神世界所营造的心象；一种相对固定的、更深层次的、不易改变的观念我们称之为"价值观"；而对整个世界以及人与世界关系的总体看法和根本观点，我们称为"世界观"。世界观决定人生观和价值观，决定了一个人的眼界和高度。有一个成语叫"坐井观天"，出自韩愈的《原道》："坐井而观天，曰天小者，非天小也。"字面意思是坐在井底看天，认为天只有井口那么大，天很小，比喻眼界小、见识少。因此，人们常说"一个人的眼界，决定了他的事业高度"。

简体字"观"，将繁体字"觀"中的"雚"简化为"又"，变为"观"，从又、从见。"又"为手，表示行为、动作、行动，也表示反复、重复、再次之意；"见"为看、视，也表示见地、见解、看法。合起来"观"是指仔细观察、反复查看，由表及里把握事物本质，进而形成对某一事物深刻的见解和看法。

繁体"觀"和简体"观"相比较而言，繁体"觀"从雚、从见，侧重于强调"觀"的动作（瞪大眼睛仔细看）和对象（景观）；而简体"观"从又、从见，侧重于强调"观"的过程和结果，即"观"既要反复观察、仔细察看，又要把握事物本质和规律形成观点或观念。简体的"观"字不仅写起来简单一些，还要求仔细看，更强调"观"要透过现象把握事物本质和规律。因此，简体的"观"更深刻、更有文化价值内涵。

汉字趣闻

王戎识李

　　《世说新语·雅量》里面讲了一个"王戎识李"的故事。王戎，字濬冲，琅邪临沂人，魏晋时期名士、竹林七贤之一。时年七岁的王戎曾与同伴在路边玩耍，看到路旁有结满李子的李树。其他同伴都争相去摘，唯独王戎不动声色。有人疑惑地问他为何如此？他回答道："树在道旁而多子，此必苦李。"有人尝了之后果然如此。众人对善于观察、勤于思考的王戎佩服不已。假如李子甘甜，早就被人摘光了。正因为李子苦，无人问津。

勸

晓以利害 使人顺从

劝

俗话说："听人劝，吃饱饭。"意思是说一个人虚心听取别人的意见，就能促成自己更加全面客观地认识事物，从而获益匪浅。这虽然是妇孺皆知的道理。然而，生活中并不是每个人都能虚怀若谷、从善如流，都能正确对待别人的劝解、劝导和劝告，正所谓"忠言逆耳""良药苦口"。

劝，形声字，繁体为"勸"，从力，藋声。

金文为"𦰩"，由"𦰩"（藋）和"𠠛"（力）组成。

篆文"勸"承续金文字形。

简体字"劝"，将"藋"简化为"又"。"藋"为"權"（权）的省略字，表示权力、权威、权衡；"力"为力量、气力、精力。合起来就是通过说明道理、讲清利害，说服对方，使对方听从自己的意见建议，引申为劝导、劝勉、劝告、劝诫等意思。

《说文解字》："勸，勉也。从力，雚声。"造字本义：上级勉励下级，使人听从。如《易经·井卦》："木上有水，井；君子以劳民劝相。"《周礼·丧祝》："劝防之事。"《管子·权修》："劝之以庆赏，振之以刑罚。"

"勸"中有"雚"，繁体的"勸"强调劝导他人，必须晓以利害。"雚"为"權"的省略字，作为"勸"的一部分不仅表音，而且有权衡、比较之意。意为晓以利害，劝导从善。劝说别人要"以理服人""以利导人"，要从做与不做正反两个方面的结果出发，讲事实、摆道理，对比分析、权衡利弊，进而给出具有明确的倾向性意见，引导对方听从自己的意见建议。《鬼谷子·权篇》："言其有利者，从其所长也；言其有害者，避其所短也。"又如《劝学》："三更灯火五更鸡，正是男儿读书时。黑发不知勤学早，白首方悔读书迟。"唯有讲清道理、说明利害，这样的"劝"才不会是空洞的说教，才能"走心"、才能达到预期效果。

繁体的"勸"和简体的"劝"都有一个"力"字，表示要劝说、说服对方其实需要有一定的实力和精力。劝说、规劝往往有两种情况，要么是劝说别人去做某事，要么是劝阻别人不要去做某事。之所以要"劝"，往往是由于对方的行为或者想法与自己所期望的不同，甚至内心还有抵触情绪。因此，要想成功劝说、说服对方还需要两个条件：一则是劝说者要值得对方尊敬，在内心有一种亲近感，起码与劝说的对象而言要有一定的老资格、老关系，如上级领导、权威专家、亲朋好友等，这样说出的话、提出的建议，对方才会信赖、才会重视、才会考虑。二则是劝说、劝告需要花费一定的精力，要晓之以理动之以情，即需要用思想、精神和感情的力量去打动对方、感化对方。《鬼谷子·权篇》："故口者机关也，所以关闭情意也。耳目者，心之佐助也，所以窥间见奸邪。故曰：'参调而应，利道而动。'"意思是说，在游说、劝说中，人的嘴是增长感情和表达心意的关键，耳朵和眼睛是心灵的辅佐和助手，只要做到心、眼、耳三者协调呼应，就能沿着有利的方向前进。

简体的"劝"字强调要劝说、说服对方最后还需要一定的技巧和耐心。简体字"劝"由"又"和"力"组成。"又"有两层意思：一是"又"的本义是手，引申为手段、方式、方法，劝说别人要采取恰当的方法，并给出切实可行的意见建议，否则只会白费口舌。《战国策》的名篇《触龙说赵太后》就是一个讲求方式，成功劝谏的案例。故事主要讲述了战国时期，秦国趁赵国政权交替之机大举攻赵，左师触龙用"爱子则为之计深远"的道理，因势利导，以柔克刚，说服赵太后让其爱子长安君质于齐，换取救兵，解除国家危难的故事。二是"又"还有重复、反复、不断的意思，劝慰、劝说、劝解要有耐心。人都有逆反心理和自我保护的心理机制，你越强迫他这么想、这么做，他偏不愿意这么想、这样干。正如"触龙说赵太后"的故事中，触龙面对有严重抵触情绪的赵太后，他采取迂回战术，先去关心赵太后，消掉她一半怒气，再拿自己孩子说事，慢慢引到正题，这样便于对方接受，最终达到事半功倍的效果。因此，规劝一定要有耐心，要"顺说"而不"逆说"，不断同意对方直到对方同意自己为止。

繁体"勸"和简体"劝"相比较而言，繁体"勸"从雚、从力，侧重于强调说服和规劝别人要权衡利弊；而简体"劝"从又、从力，侧重强调说服和规劝别人要讲求方式方法，要有耐心。繁体"勸"字写起来复杂一些，简体的"劝"字简单一些，两者均表达了"劝"就是要讲明事理使人听从的意思，各有千秋，相互补充，各有可取之处，皆可通用。

苏东坡字戏王安石

苏轼，字子瞻，又字和仲，号东坡居士，世称苏东坡、苏仙，北宋著名文学家、书法家、画家。王安石，字介甫，号半山，北宋著名的思想家、政治家、文学家、改革家。二人均为北宋著名的文学大家，互相欣慕对方的才华，但也经常开对方玩笑。

有一次，苏东坡听闻王安石的《字说》一书刚刚写完。一日正巧遇到王安石，苏东坡调侃道："以竹鞭马为'笃'。以竹鞭犬为'笑'，是为何故？"王安石反问道："'鸠'字由'九''鸟'组成，可有何凭据？"苏东坡笑着答道："《诗》云：'尸鸠在桑，其子七分'，加上爹娘，不就是九个吗？"两个人听后都哈哈大笑。

應
口念心行　心心相应
应

　　"铜山西崩，洛钟东应"出自刘义庆《世说新语·文学》。西汉孝武皇帝时，未央宫前殿钟无故自鸣，三日三夜不止。孝武帝下诏问太史待诏王朔，王朔说恐怕有兵气。孝武帝不信就问东方朔，东方朔说："臣听说铜者山之子，山者铜之母，以阴阳气类来说，子母相感，山恐怕会有崩塌，所以钟会先鸣。《易》说：'鸣鹤在阴，其子和之。'这是非常准确的。这件事应该在五日内发生。"三天后，南郡太守上书说有山崩发生，波及二十余里。后来以"铜山西崩，洛钟东应"表示重大事件间彼此互相影响。

　　应，会意字，繁体字为"應"。

　　金文"𦥑"，原为"雁"字。"𦥑"字上面是一个"𠂤"（"人"字形），下面是一个"𠃟"（鸟）字，表示以"人"字队形飞行的候鸟。本义指大雁在迁徙时有一种息息相通的共鸣，自觉地彼此配合，彼此影响，以"人"字阵形整齐飞行。

金文"應"误将"�"（"人"）字形写成"𠂇"（"广"），并另加"𠆢"（"人"）字和"心"（"心"）字，强调彼此间"内心的共鸣""心心相应"，突出"应"的主观性。

篆文"應"基本上承续了金文"應"字形。但误将金文中的"�"（"人"）形写成"广"（"广"）字形。

简体"应"字根据草书"应"字形简化而来。

《说文解字》："應，当也。从心。""雁"是声旁。本义：该、当，又引申料想理该如此，即"应当""应该"之义。如《诗·周颂·赉》："文王既勤止，我应受之。"苏轼《念奴娇·赤壁怀古》："故国神游，多情应笑我。"

"同声相应，同气相求"语出《周易·乾》，指世间万物具有"各从其类"的特性，同样的声音能产生共鸣，同样的气味会相互融合，引申为志趣相同的人会自然地走到一起。同声相应，从物体因振动而发声的物理特性看，是因物体振动频率相同或相差一定倍数所发之声可使另一物体产生共振，这是一种物理的声学现象。早在汉代的《淮南子·览冥训》中对同声相应的现象就有形象的记载："今夫调弦者，叩宫宫应，弹角角动。此同声相和者也。"

"應"字强调"應"是一种心的感应。"應"从心，感应是一种心的反应。光影的折射为"映"，强调客观性；对某一事物的反响为"应"，强调主观性。心灵感应真实地存在于爱侣、亲人或挚友之间，"第六感"让人们深切地体会到了"情感"的伟大力量。父母与子女、兄弟姐妹等有血缘关系的人们之间，都存在着一定的心灵感应，特别是双胞胎之间最为显著，其次是父女、母子之间比较明显。

相爱的两个恋人达到了默契的境界就会出现心灵感应。恋人间的心心相应，不管在多么遥远的地方，都会诚心相待，息息相通，两个人的心彼此为对方敞开的。心与心的相应，没有假话，没有欺骗，没有二心，没有猜疑，没有冷漠，没有瞎想。两人的内心世界都是清澈见底，没有条件和理由，这是因为用心在爱，这会产生心灵感应。

"應"字的核心元素是以"心"为重，强调思想、感知、情感上的共鸣，对他人而言，表示答应的事一定要履行。应，也是用心应答，慨然应诺。答应意味着责任，意味着信用。心是一个人的翅膀，心有多大，世界就有多大。所谓"言不可轻说，言不可轻诺，若应诺更改，不如不诺"。

在纽约的河边公园里矗立着"南北战争阵亡战士纪念碑"，每年有许多游人来祭奠亡灵。美国第十八任总统、南北战争时期担任北方军统帅的格兰特将军的陵墓，坐落在公园的北部。格兰特将军的陵墓后边，更靠近悬崖边的地方，还有一座小孩子的陵墓。那是一座极小极普通的墓，在墓碑和旁边的一块木牌上，记载着一个感人至深的故事：故事发生在两百多年以前的1797年。这一年，这片土地的小主人才五岁时，不慎从这里的悬崖上坠落身亡。其父伤心欲绝，将他埋葬于此，并修建了这样一个小小的陵墓，以作纪念。数年后，家道衰落，老主人不得不将这片土地转让。出于对儿子的爱，他对今后的土地主人提出一个奇特的要求，他要求新主人把孩子的陵墓作为土地的一部分，永远不要毁坏它。新主人答应了，并把这个条件写进了契约。这样，孩子的陵墓就被保留了下来。沧海桑田，一百年过去了。这片土地不知道辗转卖过了多少次，也不知道换过了多少个主人，孩子的名字早已被世人忘却，但孩子的陵墓仍然还在那里，它依据一个又一个的买卖契约，被完整无损地保存下来。到了1897年，这片风水宝地被选中作为格兰特将军陵园。政府成了这块土地的主人，无名孩子的墓在政府手中完整无损地保留下来，成了格兰特将军陵墓的邻居。一个伟大的历史缔造者之墓，和一个无名孩童之墓毗邻，这可能是世界上独一无二的奇观。

"應"字告诉我们做人做事要做到一诺千金、言而有信。"應"从心从应，意为心口相应。用心守护承诺就是尊重人生的价值，这是对良知的敬重，是对灵魂的尊崇，是对责任的担待，是对道义的信守。夫妻守护承诺就是守护爱情，子女守护承诺就是守护孝心，朋友守护承诺就是守护友谊，邻里守护承诺就是守护安宁……"人无信不立，家无信必衰，国无信必危。"守诺守信，用心对待，方能赢得尊重与信赖，自能"出门应辙""应付自如""得心应手"。

清代乾隆年间，南昌城有一点心店主李沙庚，以货真价实赢得顾客满门。但其赚钱后便掺杂使假，对顾客也怠慢起来，生意日渐冷落。一日，书画名家郑板桥来店进餐，李沙庚惊喜万分，恭请题写店名。郑板桥挥毫题下"李沙庚点心店"六字，字迹苍劲有力，只是"心"字少写了一点。李沙庚请求补写这一点，郑板桥却说："没有错啊，你以前生意兴隆，是因为'心'有了这一点，而今生意清淡，正因为'心'少了这一点。"李沙庚豁然感悟经营人心的重要性。从此以后，痛改前非，又一次赢得了人心，赢得了市场。人心是一笔无形资产，是一笔不可忽视的巨大财富。对于企业、商家而言，经营人心是事业健康、持续发展的关键，对于普通人来说，经营人心则是人生幸福、快乐的关键。从"心"出发，虽远必达。

韩愈《祭裴太常文》曰："赠必固辞，求无不应。"这两句诗的大意是：别人赠送给自己的一定坚决推辞掉，而别人对自己的请求则不能不应允。不接受别人的馈赠，不拒绝别人的求助，在通常情况下是一种良好的品德，但有时也须区别对待，特别当别人有求于自己时，应留心区分所求者是否正当，对不正当的请托也应"固辞"或"婉辞"，不能"有求必应"，更不能"胡乱应付""混应滥应"。因此，做人要内外如一，处事要知行合一，说话要言行一致，行为要表里如一，要做到"心心相应""表里相应"，不能"口不应心""虚应故事"。

由"應"简化成"应"，核心是"应"无心。当今社会，有的人的承诺缺乏了真心，逢场作戏、虚情假意，已经不需要对"心"负责，而是一切以"利"为目的。理想理想，有"利"就想，前途前途，有"钱"就图。为谋取一己私利而放弃诚实的做人根本，唯利是图，见利忘义。世俗的社会中，人的"心"被各种欲望所遮蔽或者扭曲，被一个个社会角色所规范所裹挟，我们为名为利奔波忙碌，对外在的无休止的追求致使忽视了内心的需求和修为，在追求所谓成功的路上，搞得自己身心疲惫，苦不堪言。在当今的社会环境中，各个领域大量充斥着背信弃义的现实案例：经济领域的假冒伪劣；文化市场中的盗版侵权、伪科学、伪技术乘机泛滥；人际交往中的相互不信任；更可怕的是在社会政治领域中，以权谋私、钱权交易、以权代法、贪赃枉法、索贿受贿等。可见，"应"失去了"心"，其结果是严重的，造成人们之间信任的危机、冷漠，以至于使人感到"活得累"。

繁简的对比，繁体字的"應"字表达了相互的配合、影响，强调了内心的共鸣，更能凸显"应"字的内涵，而简体去掉了"心"实为不妥，只为方便书写而淡化了文化的沉淀。

汉字趣闻

对联咒贪官

从前有一个官员李某，他在任期间经常巧立名目，搜刮民脂民膏，百姓无不对其恨之入骨。一天，该官员乘船过江，不慎失足溺亡。闻讯后，他治下的老百姓无不欢喜雀跃。期间，有人做一对联戏谑、诅咒道："早死一日天有眼，再留三日地无皮。"

【 情 感 之 状 】

耻

耳听批评　心中羞愧

耻

　　"知耻近乎勇"出自《礼记·中庸》。字面意思：知道羞耻就接近勇敢了。儒家所说的"知耻近乎勇"的勇是勇于改过。这里把羞耻和勇敢等同起来，意思是要人知道羞耻并勇于改过是一种值得推崇、夸奖的品德，是对知羞改过的人的这种行为的赞赏。

　　耻，繁体字为"恥"。会意字。

　　金文为"🖼"。左边"🖼"为"耳"，表示听的意思，右边"🖼"为"心"，强调内心的感受、感觉。在古人看来，耳朵和良心都是敏感的器官，能分辨是非。因此，合起来"🖼"则表示耳听到批评之语，内心感到非常羞愧。

　　篆文"🖼"承续金文字形。

　　隶书"🖼"误将篆文的"🖼"（心）字写成了"🖼"（止）字。

《说文解字》："耻，辱也。从心，耳声。"字形采用"心"作偏旁，"耳"作声旁。本义：耻辱，羞愧，羞辱，可耻的感觉或事情。如《谷梁传·襄公二十九年》："君不使无耻。"《论语》："行己有耻。"

繁体字的"恥"，左边"耳"右边"心"，强调耻是耳中听到的批评所带来的内心的羞愧感，是由耳入心，触及灵魂的内心感受。这样的耻才能触动心灵，督促人做出改变。

楚庄王三年（公元前611年），楚国发生大饥荒。巴国东部的山戎族趁机袭扰楚国西南边境，一直打到阜山（今湖北房县一带）。楚国组织防御，派部队在大林一带布防。东方的夷、越之族也趁机作乱。短短三年间，各地的告急文书雪片般飞往郢都，各城各地都开始戒严，空气中弥漫着一种紧张的气氛。天灾人祸逼得楚国几陷崩溃。而少不经事的楚庄王，却一如既往地躲在深宫之中，整日田猎饮酒，不理政务，朝中之事交由成嘉、斗般、斗椒等若敖氏一族代理，还在宫门口挂起块大牌，上边写着："进谏者，杀毋赦"。

过了几个月，楚庄王依然故我，照旧钟情声色犬马。大夫苏从忍受不住了，便来见庄王。他才进宫门，便大哭起来。楚庄王说："先生。为什么事这么伤心啊？"苏从回答道："我为自己就要死了伤心。还为楚国即将灭亡伤心。"楚庄王很吃惊，便问："你怎么能死呢？楚国又怎么能灭亡呢？"苏从说："我想劝告您，您听不进去，肯定要杀死我。您整天观赏歌舞，游玩打猎，不管朝政，楚国的灭亡不是在眼前了吗？"楚庄王听完大怒，斥责苏从："你是想死吗？我早已说过，谁来劝谏，我便杀死谁。如今你明知故犯，真是愚蠢！"苏从十分痛切地说："我是傻，可您比我还傻。倘若您将我杀了，我死后将得到忠臣的美名；您若是再这样下去，楚国必亡。您就当了亡国之君。您不是比我还傻吗？言已至此，您要杀便杀吧！"楚庄王听了，羞愧满面，幡然醒悟。忽然站起来，动情地说："大夫的话都是忠言，我必定照你说的办。"随即，他便传令解散了乐队，打发了舞女，决心要大干一番事业。楚庄王终于同意伍举、苏从等人的建议，决定此后远离酒色，亲自处理朝政，楚庄王开启霸业自此始。这就是一例知耻而后勇，在羞耻感下做出巨大改变的典型事例。

简体字的"耻"，左边"耳"，右边"止"，耳朵听到批评就到此为止了，说明把事情只是听听就算了，当耳旁风，没有真正深入心灵，没有采纳和反省。

前秦建元十九年（383年）苻坚伐晋，群臣大多数反对，建议其不要伐晋，而苻坚却没有听进去。在君臣认识不一的情况下，苻坚于五月下达了进攻东晋的命令。随后调集九十多万兵力，陆续向东晋进发，大军旗鼓相望，绵延千里。东晋孝武帝虽然昏庸，但其宰相谢安是很有才望的政治家。在前秦大军压境的情况下，内部矛盾得到缓和，上下齐心，同仇敌忾。他们趁前秦大军尚未完成集结之际，主动在淝水决战。交战前，苻坚急于求胜，在未经核实敌情，不明东晋意图的情况下，不听部将的劝阻，盲目同意退军决战。中了东晋的圈套，一退而不可收拾，导致淝水惨败。不仅前锋统帅苻融被杀，苻坚自己也被流矢射中，落荒而逃。

当然，"耻"也可以理解为听到正确的批评，感到耻辱而停止做坏事。但不管如何理解，繁体字的"恥"更能表现出由耳入心的羞耻感，更能触动心灵，更能表现出耻的真正含义。

📖 汉字趣闻

杨修聪明反被聪明误

杨修（175—219），字德祖，太尉杨彪之子，曾为曹操的主簿。据记载，杨修知识渊博，记性非常好，而且聪慧过人。

有一次，曹操选址修建花园，临近竣工时，曹操前往视察。看完之后，曹操没有说好，也没有说不好，只是取出笔在门上书一"活"字转身离去。众人都不清楚曹丞相这是何意。杨修笑着说："'门'内添'活'字，乃'阔'字也，丞相嫌园门太阔了。"于是，众匠人重筑墙围，改造停当后，又请曹操来看。曹操看后大喜，并问这是谁猜到他的意思的。众人回答曰："主簿杨修也。"曹操听了，嘴上虽是称赞，但心里很是不高兴，有些嫉妒杨修的才能。

又一次，有人给曹操送了一盒酥。曹操在盒子上写了"一合酥"三字，置于案头没再理会。杨修进来时看见了，径直取来与众人分食。曹操发现后问为什么私自把酥分给大家。杨修答曰："盒上分明写着'一人一口酥'，岂敢违背丞相之命？"曹操听后虽然脸上挂着笑容，但内心里却对杨修生出了厌恶之情。

公元 219 年正月，刘备击败曹操的部将夏侯渊，攻占了汉中。三月，曹操亲自带兵来夺汉中，刘备坚守不战。相持了几个月，不能取胜，眼看战局不利，曹操想把军队撤出汉中，但又恐被蜀兵耻笑，心中犹豫不决。一天傍晚，大将夏侯惇入帐，奏请夜间口令，刚好厨官送上鸡汤，汤中有鸡肋，曹操便随口说了声："鸡肋！"杨修见军中号令为"鸡肋"二字，当即吩咐随行军士收拾行装，准备归程。有人将此事报告夏侯惇。夏侯惇大惊，便将杨修叫到帐中问这是何故？杨修答曰："以今夜号令，便知魏王不日将退兵归也。'鸡肋'者，食之无肉，弃之有味。今进不能胜，退恐人笑，在此无益，不如早归。来日魏王必班师矣。故先收拾行装，免得临行慌乱。"夏侯惇随向曹操请示。曹操大怒，以惑军心之罪将杨修推出去斩了。

歡

佳人佳行　欣喜雀跃

欢

　　成语"菽水承欢"出自《礼记·檀弓》："孔子曰：'啜菽饮水，尽其欢，斯之谓孝。'"菽（shū），豆类的总称；菽水，豆和水，指最平凡的食品；承欢，博取欢心，特指侍奉父母。用豆子和水来奉养父母，博取父母的欢心。后遂以"菽水承欢"指身虽贫寒而尽心孝养父母。

　　"百善孝为先"，我国民间就以"菽水承欢"作为践行孝道的习俗延续下来。孝敬父母不一定要锦衣玉食，关键在于礼敬、尽心。孔子告诉人们，在贫困的情况下，即使用豆子煮汤去侍奉双亲，使得父母欢悦，也是尽孝。古人事亲，有以酒肉养志者，有以菽水承欢者，均不失为大孝。对父母尽孝并不在乎所供物质的贵贱，关键是有一份爱心，承欢膝下，父母自然会感到安慰、欢欣。

欢，繁体字为"歡"。形声字兼会意字。雚，既是声旁也是形旁。

金文为"灌"。左边"雚"（雚），雚的甲骨文为"雚"，"雚"整个像一只头顶长有毛角瞪着两只大眼睛的猎鹰，锐目利爪。"欠"，甲骨文为"欠"，像一个人"人"张大嘴巴"口"，在此引申为因兴奋张大嘴巴欢呼。"灌"的本义为猎鹰发现猎物时张大嘴巴兴奋、激动大叫的情形。

篆文"歡"承续了金文字形。

隶书"**歡**"承续了篆文字形。

简体"欢"字，在简化时用"又"字代替了"雚"字。

《说文解字》："歡，喜乐也。从欠，雚聲。""欢"指因快意、兴奋、喜乐之义，如欢喜、欢唱、联欢、寻欢、欢天喜地、欢欣踊跃、贪欢逐乐，又如《韩非子·说林上》："许子而大欢，彼将知君利之也。"《庄子·渔父》："饮酒则欢乐。"《礼记·曲礼上》："君子不尽人之欢，不竭人之忠，以全交也"。

"歡"字有"雚"，"雚"为灌木，"隹"为鸟，鸟在花草树丛中叽叽喳喳，快乐无比，是为"歡"。歡不仅形容文静平和的喜悦，也形容激昂热烈的雀跃，"欢聚一堂"则"相得甚欢""欢呼鼓舞""载欢载笑"。

"歡"字强调欢的本质是真、善、美。繁体的"歡"中有"隹"，隹为佳意、佳言、佳行，也即所喜所欢皆为真、善、美也。"南山一树桂，上有双鸳鸯，千年长交颈，欢庆不相忘。"鸳鸯，古称"匹鸟"，雌雄偶居不离，常用以比喻夫妇。这几句大意是：南山的一棵桂树上，栖居着一对鸳鸯。它们两颈依偎，千年厮守，欢乐相处，永不相忘。这首诗是汉人流传下来的最早的吟咏鸳鸯忠于爱情的诗篇。其实，在动物界很多动物都恪守着一夫一妻制，成双成对地生活在一起。据动物学家研究：野生的灰雁，当雄雁有了自己的配偶，绝对忠贞不二，甚至丧偶后，多半也不另寻新欢，宁愿独守其身；水獭也是一夫一妻制的好例子，它们共同筑巢、猎食，抚养小水獭，一旦有其他水獭闯入，就会全力赶走它；英格兰的大脚鹅，乌干达的羚羊也是忠于配偶的模范，可惜它们没有像中国的鸳鸯那样，并被赋予"爱情之鸟（兽）"的美名。因而，成语"百年之欢""燕婉之欢"多用于比喻夫妻间的和谐欢乐。

宋代文学家刘过在《赠术士》中提到"退一点行安乐法，道三个好喜欢缘"，退后一步行走，是平安快乐的；称赞人家三个好，更能体现出喜欢的缘分。巴金说过，"真正纯粹的生命执著地追求着真善美"，诚实比一切智谋更好，"真"是春风，拂去心灵的微尘，欢适也；"善"如春雨，浇灌出生命的花朵，欢谐也；"美"若春色，大善至美，大美至真，欢敬也。真善美，是人性亘古不变之血脉，因真而欢、因善而欢、因美而欢。幽人清事总在自适，如《菜根谭》所道："酒以不劝为欢，棋以不争为胜，笛以无腔为适，琴以无弦为高，会以不期约为真率，客以不迎送为坦夷。"为人处世若能如此，方为"歡"矣。

"歡"表现为欢呼雀跃。"歡"字中有两个口，欢表示满足口腹之需，又表现了欢呼的情形。人的欢呼，欢喜其形态是多样的，既有物质的丰实、生理的满足，也有精神的愉悦、人生的感悟。诗仙李白"欢言得所憩，美酒聊共挥"，这是酒肉之欢；"文采双鸳鸯，裁为合欢被"，洞房花烛为燕婉之欢，男欢女爱结百年之欢，这是婚嫁之欢，俗语曰："帝王之欢，游龙戏凤；君子之欢，怜香惜玉；文人之欢，寻花问柳；市井小民之欢，偷鸡摸狗。"这些"欢"主要是生理需要的满足。但也有人追求的是精神之欢，心情的愉悦，"唯闻念佛心欢勇""人间有味是清欢"，王维以"花迎喜气皆知笑，鸟识欢心亦解歌"道出其被赦罪复官时的喜悦和兴奋，王勃借"酌贪泉而觉爽，处涸辙以犹欢"表达其为官之清廉，为人之乐观；"童孺纵行歌，斑白欢游诣"，孩子们纵情地放声歌唱，白发人欢乐地到处游玩，这是陶渊明在其《桃花源诗》里道出理想境界中人民生活的写照。

"欢"其实也包含着悲，成语"悲欢离合""乐极生悲"表现悲欢相系，互相转化。因此有"人有悲欢离合，月有阴晴圆缺"，岁月蹉跎，世事变迁，人生总有"欢娱嫌夜短，寂寞恨更长"的无奈，也有"欢笑情如旧，萧疏鬓已斑"的感慨。白居易《琵琶行》中的"今年欢笑复明年，秋月春风等闲度""醉不成欢惨将别，别时茫茫江浸月"，虽言"欢"字却含"悲"意。

繁简的对比，繁体的"歡"字不仅生动地展示了欢欣踊跃的情景，同时也告诉我们，追求"真、善、美"才能得到真正的欢乐。相比之下，简体的"欢"不仅废弃了汉字的内涵，还扭曲其字义，实在令人汗颜。

汉字趣闻

秀才农夫成绝对

秀才张某恃才高傲。一天，在田埂上偶遇一挑泥的农夫。由于田埂比较窄，两人又不愿让路，于是僵持着谁也过不去。过了一会，农夫笑道："我有一联，你若能对，我愿下田让道。"秀才一听是对对联满心欢喜，便满口应承了下来。只听农夫说："上联为'一担重泥遇子路'（寓意为'一旦仲尼遇子路'）。"张苦思冥想，无言可对，只得下田让路。三年后的一个傍晚，张秀才看到疏浚河水的河工三三两两有说有笑地往回走，忽有所悟，方才续上前联："两堤夫子笑颜回"。

癡

多疑心病　愚钝为痴

痴

　　"不痴不聋，不成姑公。"这句话出自《宋书·痎炳之传》。这两句的意思是：没有一点痴呆和耳聋，是当不成公公婆婆的。家庭矛盾是常有的事，特别是姑嫂、婆媳之间常会有口角发生。做公公婆婆的倘若没有一点涵养，鸡毛蒜皮的事斤斤计较，那就有生不完的气，吵不完的嘴。因此，无关宏旨的事，当公婆的有时来点装聋卖傻，睁只眼闭只眼也是必要的。南朝宋文帝时，吏部尚书庾炳之违犯了不得留宿吏部官员的规定，遭到弹劾。左丞孔万祀在文帝面前为庾炳之解说以求文帝宽容时，引用了这句话。后人常引用类似的话说明要宽容下属的小过失，才能使别人乐于和他共事，不能老掀下属的小辫子，硬给小鞋穿。"不痴不聋，不成姑公"不失为一种领导艺术。也可用以赞美宽厚待人的长者。

"痴"繁体字为"癡"。形声字。从疒（chuáng），疑声。

篆文为"𤷾"。"疒"为"疒"，表示疾病、生病、病态之义；"𩇕"为"疑"，困惑无知之义。合起来"𤷾"，表示心智障碍的意思。

隶书"癡"将篆文"𤷾"中的"疒"（"疒"）写成"疒"，将"𩇕"写成"疑"。

简体"痴"用既表义又表声的"知"（智）代替隶书"癡"中的"疑"（"疑"），表示"痴"是心智存在问题，同时大大简化字形。

《说文解字》："癡，不慧也。从疒，疑声。"疑，既是声旁也是形旁，表示困惑无知。造字本义：心智有障碍，反应迟钝，缺乏判断力，即不聪慧、迟钝义。

与"痴"有关的成语大多与不慧和固执有关。如"痴男怨女"指爱恋极深但感情上得不到满足的男女；"痴人说梦"原指对痴人说梦话而痴人信以为真，比喻凭借荒唐的想象胡言乱语；"痴心妄想"形容一心想着不可能实现的事，也指愚蠢荒唐的想法；"假痴不癫"形容外表看似愚钝，而心里却十分清醒；"如痴如醉"形容神态失常，失去自制；"小黠大痴"形容好弄小聪明而实际上很愚笨。

繁体字的"癡"的根源在于"疑"，"疑"为疑而不决、疑问、疑惑。里面的疑可以视作"礙"省"石"，"礙"即"碍"的繁体字，表示障碍、阻碍，意为执着。"癡"就像一块顽石，不但不开化，还挡住道路，意为不觉悟，无智慧。愚蠢的人往往固执己见，不懂得变通，其结果非常可悲。

从前，有两个樵夫在山里发现两大包棉花，当下各背了一包赶路回家。走着走着，一名樵夫眼尖，看到山路上扔着一大捆布，他就和同伴商量，扔下棉花，背布回家。他的同伴认为自己已背着棉花走了一大段，到了这里丢下棉花，岂不枉费，坚持不愿换布。又走了一段路，背布的樵夫见不远处的地上散落着数坛黄金，赶忙用挑柴的扁担挑黄金。他的同伴怀疑黄金不是真的，仍不愿丢下棉花。刚走到山下，就下起雨来，两人被淋了个湿透，棉花因吸饱了雨水，重得背不动，那樵夫只能丢下，空着手和挑金子的同伴回家去了。

灵活的人得了两坛黄金，愚痴的人却两手空空。在人生的关键时刻，只有灵活变通，放弃无畏的固执，才能做出最正确的选择，走向通往成功的坦途。

"癡"表明敢于质疑则智，沉溺于多疑则痴。三国时曹操因多疑而错杀了恩人吕伯奢一家，因多疑而放弃了治疗自己头风病的机会，杀掉了一代名医华佗。这些因疑而痴的故事，说明痴是多疑之病，而且病得不轻。"癡"看起来不聪明、迟钝，但有时确是智者的一种自省自嘲。痴迷之人表面上看起来似乎蠢笨、呆傻，但实际上往往内心藏有超出常人的智慧。正所谓"大智若愚，大巧若拙"。大智在俗人的眼中显得无智，实际上是超凡脱俗的更高境界。那种如痴如醉、似癫如狂的感受也只有身入其中的人才能体会到。黄庭坚《木兰花令》："心情老大痴成就，不复淋漓沾翠袖。"到了一定年龄以后，很多人情世故已经看透，有时表面看来似痴呆一般，但实际上这种淡然的心境正是人生的大智慧。古往今来有很多以"痴人"自居的学者文人，他们追求的正是这种超越的境界。曹雪芹于悼红轩中著《红楼梦》，"满纸荒唐言，一把辛酸泪。都云作者痴，谁解其中味"。这种"痴"实际上是一种超凡脱俗的表现。

简体字的"痴"外为"疒"，内为"知"，"疒"为"病"，"知"为智能，痴就是痴呆，愚昧。俗话说："人病有药医，人蠢无药医。"痴呆、愚蠢的人比外貌丑陋的人更为可怕，因为这是心灵的一种扭曲。在中国历史上，有许多典故讲述痴愚的故事，如刻舟求剑、守株待兔等，有的是不懂得事物的本质，有的是不懂事物发展的规律。除此之外，还有一种痴，就是不善于灵活变通。

春秋战国时，有一个鲁国人扛着一根长竹竿进城，走到门口时便犯愁了：把竹竿竖起来，竹竿比城门高出一截；把竹竿横起吧，竹竿又比城门宽出一截。他比划了半天，搞得满头大汗，就是进不了城门。这时，一个老头路过，非常自信地对他说："我虽然不是什么圣人，但一生经历的事情比你多。既然是竹竿长、城门小，你为什么不把竹竿从中间截成两段再进城呢？"鲁国人于是找来锯子，将竹竿锯成两段，进了城门。可是在城里转了一天，竹竿就是卖不出去，因为锯短的竹竿用途不大，几乎成了废品。

这则寓言讽刺了鲁国人的愚蠢可笑，更嘲笑了那个自以为见多识广、好为人师的老头，两个人一样的痴愚。

可见，繁体字的"癡"是疑惑不定、优柔寡断、缺乏自信的痴，简体字的"痴"是智能出了毛病，不知灵活变通的痴，从形意变为形音字，如果以意和音去考量，简体的"痴"更好一些。

汉字趣闻

谢石测字知命数

谢石，字润夫，四川成都人，两宋时期著名的测字人。谢石测字屡屡奇中，早年在成都测字就很有名气，后来他来到京城汴梁（今河南开封）开了一个测字馆，京城达官贵人慕名前往，他的名声也越来越大。名气很大，甚至传到了宫里。有一天，宋高宗微服出行，路遇正在测字的谢石。混在一群人中，用拐杖在地上画了一横，让谢石测测。谢石一惊，随让宋高宗再写一个字看看。宋高宗又用拐杖在地上写了一个"问"（問）字，但由于地面不平"问"字的两竖向左右两边倾斜。谢石更为吃惊，立即跪拜："吾皇万岁万岁万万岁！"

宋高宗感兴趣地问道："你怎么知道我的身份？"谢石答道："前一个字为'一'字，'一'字写在地上，地为'土'，'一''土'为'王'；后一个'问'（問）字，两竖向两边倾斜，左右看都是一个'君'（'君'

小篆体为'鬲'）字。'君王'驾到，您一定是皇上。"
宋高宗说道："别再说了，明天召见你。"

　　第二天，宋高宗召见谢石，写了一个"春"字让谢
石测测看。谢石跪奏："秦头太重，压日无光。"高宗
没有说话，重赏了谢石便安排他离开了。当时的权臣秦
桧得知此事后，勃然大怒，暗中找了个借口，将谢石发
配到岭南。

　　谢石发配岭南途中由一名士兵负责押送。走到半路
上遇到一个人。此人依山站立，手里举着一个测字的招
牌。谢石于是上前，写了一个"谢"字给他看。那个人
笑着说："你也是相字的术士啊？"谢石问："何以见
得？"相士笑道："'谢'字为'寸言中立身'，不是
相字的术士又是什么。"谢石又写了自己名字中的"石"
字给对方。对方摇头道："不妙啊。不好。'石'遇'卒'
则'碎'。"转问为押解的兵卒姓什么。兵卒答道："我
姓皮。"相者悲伤地说道："'石'遇'皮'则'破'。
你这次发配岭南，恐怕是回不来了。"谢石仰天长叹：
"这是命中注定，躲是躲不掉的。看来您也精通此道，
不妨写一个字，我给你算算？"相者笑道："我站在这
儿不就是一个字吗，还写什么呢？"谢石暗暗思忖道：
"'人'字旁边一个'山'字为'仙'字。难道是神仙？"
相者笑而不语，转眼间消失了。后来谢石果然客死异乡，
再也没有回来。

驚

马遇警情　长啸嘶鸣

惊

　　"惊鸿"一词多用于形容女性轻盈如雁之身姿，出自曹植《洛神赋》中的"翩若惊鸿，婉若游龙"，将美女轻盈体态喻作翩翩疾飞的嬉水之鸿，使人顿觉新鲜惬意，美不胜收。南宋诗人陆游怀念前妻唐琬的名诗《沈园》中也用过"惊鸿"："城上斜阳画角哀，沈园非复旧池台；伤心桥下春波绿，曾是惊鸿照影来。"陆游曾在沈园偶遇已改嫁他人的前妻，此后他旧地重游，桥下春水仍泛绿波，曾映照过心中最爱的"惊鸿"倩影，而今却一切皆无，着实感慨万千。

　　"惊鸿一瞥"意为只是匆匆看了一眼，却给人留下极深的印象。"惊鸿一瞥"的"惊鸿"与"惊弓之鸟"的"惊鸟"是完全不同的鸟儿。虽说"惊弓之鸟"也有个"惊"字，但它形容的是稍有动静就吓得半死的一副可怜相；而"惊鸿"却并非受惊之鸿，而是指姿态轻盈飘逸、样貌佳美的女子。

惊，繁体字为"驚"，会意字。

"驚"金文为"𩣡"。左上方"𦫼"是"敬"的变形字；"敬"，又是"警"的省略字，即警觉、示警、告警之义；右下角"𩡧"为"馬"，表示马受刺激高度警觉。合起来"𩣡"表示马等动物警觉到有危险，害怕而狂奔不受控制的情形。

篆文"驚"承续了金文字形。同时将金文字形中的"𩡧"写成"𩡧"，为"马"，代指动物；"𦫼"为"敬"，即"警"的省略，意为警觉危险。"驚"字表示马受刺激高度警觉。

隶书"驚"将篆文"驚"中"𦫼"写成"敬"；将"𩡧"字的四只足写成"灬"，即"𩡧"写成"馬"。

简体字为"惊"。另造"忄"形、"京"声的形声字"惊"代替，强调"驚"的惧怕、惊惧心理含义。

《说文解字》："驚，马骇也。""驚"是马警觉危险、举足不前，"骇"是马遇警而嘶鸣。"惊"是指由于意外刺激而神经紧张，如惊愕、惊慌、惊讶、震惊、惊心动魄、惊世骇俗、处常不惊，又如《吕氏春秋》："莫敢直言，其生若惊"、《易·震卦》："震惊百里"、钱起的《送征雁》："云开见月惊"、苏轼的《石钟山记》："闻人声亦惊起"。

惊蛰，是二十四节气中的第三个节气，农历书中记载："斗指丁为惊蛰，雷鸣动，蛰虫皆震起而出，故名惊蛰。"惊蛰是指春雷乍动，惊醒了蛰伏在土中冬眠的动物，谚语云："惊蛰过，暖和和，蛤蟆老角唱山歌。"惊蛰是春耕开始的日子，如唐代文人韦应物有诗记曰："微雨众卉新，一雷惊蛰始。田家几日闲，耕种从此起。"

在中国的古诗词中，"惊"字的使用频率是很高的。有以拟人的手法表达大自然之美的"惊"，如方干《新月》的"潭鱼惊钓落，云雁怯弓张"、王维《送征雁》的"月出惊山鸟，时鸣春涧中"、辛弃疾《西江月·夜行黄沙道中》的"明月别枝惊鹊，清风半夜鸣蝉"；也有形容速度之快的"惊"，如苏轼《念奴娇》的"乱石穿空，惊涛拍岸，卷起千堆雪"、傅玄《惊雷歌》的"惊雷奋兮震万里，威凌宇宙兮动四海"、杨思圣《飘风行》的"猎猎寒风杀气高，惊沙扑面利如刀"；有表示诧异的"惊"，如李白《古风》的"丑女来效颦，还家惊四邻"、戴复古《论诗十绝》的"有时忽得惊人句，费尽心机做不成"、褚载《鹤》的"沙鸥浦雁应惊讶，一举扶摇直上天"；也有形容害怕的"惊"，如夏言《狮》的"金眸玉爪目悬星，群兽闻知尽骇惊"、李白《答王十二寒夜独酌有怀》的"曾参岂是杀人者，谗言三及慈母惊"。

"驚"字强调"惊"是轻率造成的。"驚"有"苟"有"马"，苟为草率之意，轻率骑马，结果只能是马受惊而狂奔不受控制。人受"驚"，不但心跳加速，而且心神不安，是一种失常的心境。人生最好的心境，是静心和沉稳。苏轼在其《留侯论》中写道："天下有大勇者，卒然临之而不惊，无故加之而不怒。"心静者不浮躁，沉稳者不轻浮，不轻不浮则不惊。"静则心不妄动，然后能定"，静是一种功夫，静不是闲居无事时的木讷少言，而是身临险境时的处变不惊。"宠辱不惊，看庭前花开花落；去留无意，望天上云卷云舒"是一种境界。淡然，是一种处变不惊的智慧，是一份荣辱不惊的沉稳，人生随其然，生活何其烦。如若终日相惊得失，得之若惊，失之也惊，结果只能是惊风扯火、鱼惊鸟散。人要不惊，必须沉稳、冷静，不要有轻率之举、轻率之言。

"驚"强调要常怀敬畏之心。繁体的"驚"字有"敬"，只有常怀敬畏之心，才能懂得"驚"，也才能做到处变不惊。"敬则心常清醒，然后能得。"所谓持敬，即是指对万物存一颗敬畏之心，使自己时刻保持清醒而不混沌。曾国藩在家书中写道："敬则无骄气，无怠惰之气"，敬是一种修养的功夫。只有心存敬畏，才能时刻提醒自己谨言慎行、见惯不惊，于惊涛骇浪中保持平和的心态，不死寂，亦不昏沉，清醒自如地应对万事。"太山在前而不见，疾雷破柱而不惊"出自欧阳修的《六一居士传》，人若有所追求有所慎敬，就会产生坚定的信念与无穷的智慧去战胜艰难险阻。语惊四座的发言，惊起梁尘的歌声，游云惊龙的书法，走蚓惊蛇的国画，惊采绝绝的文笔，无论是"语不惊人死不休"的高昂，抑或"不鸣则已，一鸣惊人"的含蓄，都离不开对个人修养、对知识学问的一颗敬畏之心并付诸以钦敬之忱的努力与实践。"欲赋生来惊人语，必须苦下死工夫"，元代学者顾德润一语道之。

简体的"惊"字把形意字变成形声字，音同"京"。"惊"从"忄"，表达内心对某种事物的畏惧、害怕，强调的是心理活动。"京"指高台，意为居高心惊。有"恐高症"的人，站在高处往下望，常常会两脚发软，故心惊胆战。成语"胆战心惊""惊心丧魄""惊魂未定"等都形象描绘了内心担惊受怕的样子。"惊"为七情之一。七情，即喜、怒、忧、思、悲、恐、惊等七种情志变化，人皆有之：如遇可心之事则欣然而喜，见不平之事则愤然而怒，闻伤心之讯则泣然而悲，逢惊怖之事则惕然而恐。惊则气乱，是指突然惊吓而致气机的紊乱，一般多归咎于胆气不壮而引起心神不宁，虑无所定。清代医学大师叶天士说："惊则伤胆，恐则伤肾。大凡可畏之事，猝然而至谓之惊；若从容而至，可以宛转思维者，谓之恐，是惊急而恐缓也。"传统中医认为，"惊"是突然遭受意料之外的事引起心神欠稳或脏腑机能失调，之后又遇到异物异声而产生的伴有紧张惊骇的情绪体验。"惊"是一种对人体十分有害的情志因素，"思克恐，以防惊恐"，可利用情志相克趋避之。因此，人只有保持平和的心态，才能更好地应对突发情况而不被惊吓所伤。

繁简的对比，繁体的"驚"字形象展现了受到惊吓时的表情、动作及心理，同时也告诉我们，只有沉稳、敬畏才能战胜"惊恐"；而简体的"惊"字则强调"惊"是一种心理活动。简体的"惊"字与繁体的"驚"字，各有所长，两者皆可。

郭沫若巧对免体罚

郭沫若（1892—1978），原名郭开贞，字鼎堂，号尚武，现代文学家、历史学家、新诗奠基人之一。

据说，郭沫若从小聪明过人，6岁时就能吟诗作对。一次，郭沫若和私塾的小伙伴偷偷溜进学校后面的寺庙里，偷吃了老和尚种的桃子。老和尚发现后，找到私塾反映情况。私塾先生非常生气，想狠狠地惩戒一下偷桃的学生，但无论如何追问，却无人承认。于是，先生缓和口气说："我出一副对联的上联，谁能对出下联就可以免罚。上联是'昨天偷桃钻狗洞，不知是谁？'"郭沫若站起身，大胆地问："若是对得工整呢？"先生挥着戒尺，眯着眼睛说："要是对的极为工整，可以全免，一个也不罚。"郭沫若听后，高兴地说道："他年攀桂步蟾宫，必定有我。"私塾先生听后，惊喜万分，自己也信守承诺，对于偷桃子的事情不予追究。

樂

演奏歌唱 心神愉悦

乐

　　"窈窕淑女，钟鼓乐之。"这句话出自《诗经·关雎》。这两句的大意为：温柔美丽的好姑娘，我将敲钟打鼓迎娶她，使她快乐。这两句在原诗中是承接着"窈窕淑女，琴瑟友之"而来的，描写那个男子想象着如果"窈窕淑女"接受了他的爱情，那么他便敲着钟、打着鼓去迎娶她，和她结成幸福的伴侣。可用于描写婚礼，也可用于形容经过努力，有情人终成眷属。

　　"乐"繁体字为"樂"。

　　甲骨文为"♈"。"♈"为"丝"，丝弦；"✗"为"木"，木架子，代指琴枕。"♈"字形像木枕上系着丝弦的琴具。

　　金文"♈"承续甲骨文字形。有的金文"✵"加"●"（白，说唱），强调弹琴伴奏歌唱，和着演奏歌唱。

　　篆文"✵"承续金文"✵"字形。

隶书"樂"将篆文"樂"字形中的"丝丝"写成"丝丝"，将"白"写成"白"，将"木"写成"木"。

简体"乐"依据草书字形"乐"整体简化而来。

"樂"首先是一种弦乐器。乐器通过演奏产生音乐，故"乐"又指音乐。音乐给人以精神上的快乐愉悦，所以"乐"又为快乐、心情愉快、使人快乐的事情。

《说文解字·木部》："樂，五声八音总名。""五声"即宫、商、角、徵、羽五个音阶，"八音"指金、石、土、革、丝、木、匏、竹八类乐器。相传舜作五弦之琴，以歌南风。后周文王、周武王各加一弦，才成了今天的七弦琴。乐的本义为乐器，如"故竽先则钟瑟皆随，竽唱则诸乐皆和"。后引申指音乐，"金石丝竹，乐之器也"；也引申指快乐、安乐、喜好，如"有朋自远方来，不亦乐乎！""乐不思蜀""乐极生悲""先天之忧而忧，后天下之乐而乐"等。"乐"这个字告诉我们快乐之道、快乐之源、快乐之法。

"樂"表达了音乐是如何演奏的。繁体字的"樂"可视为由"丝""白""木"构成。"木"表示乐器的质地，"丝"为乐器的丝弦，"白"为明示、表白。三者相合为"樂"，表达了音乐的三个基本元素。即器乐、乐谱、乐人，寓意音乐是用乐器表达曲作者和演奏者的心声。

音乐是快乐之声。"樂"的第一个读音是yue，第二个读音是le，同音字是悦，音乐使人喜悦、快乐、乐观，"樂"体现了音乐旋律的优美，是乐曲。音乐是作曲家的灵魂，优美的音乐可以陶冶情操，净化心灵，愉悦身心。演奏音乐的人快乐，同时，也给他人带来快乐。音乐是快乐的催化剂，欣赏音乐使人身心愉悦。喜欢填词、作曲、演奏和唱歌的人既快乐自己，又快乐别人。优美动听的音乐总能唤醒人们喜悦快乐的心境，给人带来生活的乐趣，心灵的乐趣。高山流水使知音相遇，弄玉吹箫可以引来凤凰，一曲梁祝将一个爱情故事演绎成千古绝唱。

大音乐家贝多芬就有这样一个由音乐带来快乐的故事。贝多芬的一生是伟大的，也是充满苦难的。世界不曾给过他什么欢乐，而他却创造了永久的欢乐献给了世界。当人们感到忧伤的时候，贝多芬会悄然来到他们身边，在琴弦上唱出他那隐忍的心曲，安慰着那些哭泣着的人们。贝多芬二十几岁时的一个冬天，一个寒冷的圣诞节之夜，贫困、孤独的青年音乐家一个人徘徊在维也纳的街心。空气中飘过了富人们餐桌上的烤鹅和苹果的香味。突然，他看见一位身体单薄的小女孩，匆匆地从教堂的那边走过来。她的脸色那么难看，仿佛正因为什么不幸的事儿而感到绝望，她的弱小的身体在寒风中哆嗦……原来，小女孩叫爱丽丝，她的一位邻居雷德尔老爹正病得厉害，他身边一个亲人也没有，唯一的小孙女上个月也得伤寒病死了。雷德尔老爹哭瞎了眼睛，正躺在床上发着高烧。他有一个愿望——想到阿尔卑斯山再看一眼森林和大海，在这个愿望没有实现之前，他是不能死去的，否则，他的灵魂就不能升入天堂。贝多芬知道后，在这个寒冷的圣诞之夜，毫不犹豫地随着小爱丽丝来到了老画家的身旁。他轻轻地打开了老画家的那架旧钢琴的琴盖。他坐在这架旧琴前，心中似有一种神秘的激情涌起，他的手指轻轻地按动了琴键。雷德尔老爹听完演奏后说："先生，感谢你让我在圣诞之夜看到了我想看到的一切——我终生热爱的大自然。"贝多芬站起身："不，是你那仁慈的心灵在召引我，在驱动着我，还有您，美丽可爱的，天使一般的爱丽丝！是您把我引到了这架钢琴前……请允许我把这首曲子献给您吧——可爱的小爱丽丝。"贝多芬难以忘怀那位善良、美丽的小女孩爱丽丝。他不假思索地把这首钢琴曲题名为《致爱丽丝》。

明白是快乐之道。繁体的"樂"字，有一个"白"字，本意是指演奏，其实还包含着明白事理、活得明白、乐天知命的意思。这是一个人快乐之道。现在，我们的物质生活日益丰富，但越来越多的人却快乐不起来，这是为什么呢？这是因为不明白事理，不明白活着为什么，不明白人生的真正价值是什么，那么，人要如何才能快乐起来呢？关键是要知足常乐。一个人要快乐，不是财富多而是欲望少。古人说："布衣桑饭，可乐终身。"知足常乐本来是人的天性，但当我们慢慢长大以后，功名利禄之心渐起，便开始不停地追求和索取，而在追求名利的道路上是没有终点的，结果离快乐就越来越远。

简体字的"乐"与繁体的"樂"字已经没有任何内在的联系，从字形看，已经看不到快乐之源和形态。

而繁体字的"樂"既表达了乐器的组成元素，又告诉了我们快乐之声、快乐之道的意义。繁简相比，繁体字的"樂"的意义更加丰富和深刻。

📖 汉字趣闻

刘贡父善对

刘攽（1023—1089），字贡夫，一作贡父、赣父，号公非，北宋史学家。据记载，刘贡父喜欢游历名川大河，且擅长对对联。一次，在外出游玩时偶遇著名文学家、改革家王安石，二人相谈甚欢。王安石暗中想试试刘贡父的学识，便笑着说道："鄙人偶得一上联，下联请刘兄不吝赐教。"刘贡父一听是对对联，便来了兴致，笑着说道："荆公请！"王安石说道："三代夏商周。"刘贡父想了一会对曰："四诗风颂雅。"因为雅分为《大雅》《小雅》。王安石听后肃然起敬，大赞道："真乃天造地设之绝对！"

興

同心共举 共谋复兴

兴

　　"天下兴亡，匹夫有责"，出自清代顾炎武的《日知录·正始》，意思是说国家的兴盛或衰亡，每个普通人都有一份责任，这其中饱含着拳拳的爱国之心和赤子之心。陆游是一个以天下为己任的人，曾在《平昔》中写下"残年已任身生死，一念犹关道废兴"的诗句，直到风烛残年，他还想着国家的兴亡。爱国主义、家国情怀是中华民族的传统美德，也是我们中国共产党人不懈的精神追求，正如党的十九大报告指出，中国共产党人的初心和使命，就是为中国人民谋幸福，为中华民族谋复兴。

　　兴，繁体字为"興"。会意字，从舁，从同。舁（yú），共举；同，同力。合起来表示众人同心协力共同把重物抬起。本义是指兴起、起来的意思。

甲骨文"🐾"，"🐾"为不同方向的四只手，"📏"为多柄夯具，"🔲"为唤着劳动号子，表示众人和着号子一齐举起多柄夯具夯地。有的甲骨文"🐾"将夯具"📏"（凡）写成"井"（井），突出沉重夯具的多柄特征；有的甲骨文"🐾"，增加了一个口字形，意味着大家喊着嘹亮的号子协同劳作，生动地描绘出一个热火朝天的劳动场景。

金文"🐾"承续了甲骨文字形。

篆文"🐾"将金文"🐾"字形中的夯具"📏"（凡）和"🔲"（口）合写成"🔲"（同），强调齐心协力，心往一处想，劲往一处使。

隶书"🔲"将篆文"🐾"字形中下部的两只手"📏"连写成"🔲"。

《说文解字》："興，起也。从舁，从同。同力也。""興"字的造字本义：众人喊着号子一齐使劲，用多柄夯地桩夯地。又如《诗经·卫风·氓》："夙兴夜寐，靡有朝矣。"《易经·同人》："九三，伏戎于莽，升其高陵，三岁不兴。"《管子·君臣下》："为民兴利除害，正民之德。"

"興"字，揭示了一个地方、一个国家的兴衰存亡之道。首先，"興"是以同心协作为前提的。繁体的"興"，前后左右四只手，虽然方向不一，但同心、同力，共同把物体抬起。"众人一条心，黄土变成金"，"人心齐，泰山移"。兴旺发达是以同心同向为基础的，特别是官民一心，张养浩在《潼关怀古》中说："兴，百姓苦；亡，百姓苦。"意思是说，王朝兴盛的时候，大兴土木，徭役赋税，老百姓苦不堪言；王朝衰亡的时候，连年征战，尸横遍野，百姓也是苦不堪言。老百姓苦不堪言，不可能同心协力，必然走向衰败。

其次，"興"表现为愉悦的心境。"興"是众人喊着号子在愉快地劳动，不但人气旺，心气足，而且志同道合，情绪愉悦。"興"字非常形象地表达了劳动者的心情愉悦和高昂的兴致。一个团队加入能保持高昂的兴致和愉悦工作的心情，必然具有战斗力和凝聚力。一个人只要是心情愉悦地工作，即使体力上很疲惫，却不会感到累，甚至会以苦为乐、乐此不疲。这是因为拥有共同心愿和目标。

简体字的"兴"将繁体字"興"上面的两只手"ʡ、ʄ"和一个中间共同托举起的方形器物"冋"简化为三点"ⱳ"，头重脚轻，现"兴"起很难。更为重要的是缺少了"志同道合、同心协力"意思。

"興"与"兴"的繁简体相比较，后者书写上固然简化很多，但也使其丧失了集合众人之力、同心同德、共同托举或抬起某个重物的本义，缺少了"兴旺""振兴""复兴"所需的群策群力基础，成了单打独斗的"兴"，繁体字"興"更具有思想和文化内涵。

"用"字诗迷

　　古时有一姓王和一姓李的书生，两人为好朋友，经常在一起，吟诗作赋，猜谜打趣。某夜，两人对月饮酒，触景生情，突然王姓书生望着一轮圆月吟诵道："云母屏风烛影深，长河渐落晓星沉。嫦娥应悔偷灵药，碧海青天夜夜心。"李姓书生吟道："玉颗珊珊下月轮，殿前拾得露华新。至今不会天中事，应是嫦娥掷与人。"吟毕，两人不禁哀伤起来，良久默不作声。

　　过了许久，王姓书生说道："广寒宫的故事凄美哀婉，然你我爱莫能助。我最近听到一个与'月'字有关的一诗迷，思之数日，未得其解。敢请兄台教我？"李姓书生答曰："愿为一试！"王姓书生说道："迷曰：'一月复一月，两月共半边。上有可耕之田，下有长流之川。六口共一室，两口不团圆。'打一字。"

　　李姓书生想了大约一盏茶的功夫，突然兴奋地说道："应为'用'字。"王姓书生问道："如何解？愿闻其详。"答曰："第一句'一月复一月，两月共半边'即两个'月'字合在一起，且共用同一边，岂不是'用'字；'用'字上半边正好是一个'田'字，下半边为三竖，正是一个'川'字，岂不是应了第二句'上有可耕之田，下有长流之川'；另外，'用'字正好把内部分为六个区域，且左右相互阻隔，岂不是第三句之意。"听毕，王姓书生站起身来向着李姓书生深鞠一躬，并称赞道："妙哉！王某受教了，请受小弟一拜！"

戲

手持戈戟　斗兽取乐

戏

　　"鱼戏莲叶东，鱼戏莲叶西，鱼戏莲叶南，鱼戏莲叶北。"这首民歌出自乐府古辞《江南》，脍炙人口、千古流传。这几句大意是：鱼儿在莲叶间四处游动，追逐嬉戏，久久不肯离去。从鱼儿的清晰可见天气晴朗、池水澄澈，从鱼儿的迅捷游动之姿及欢乐嬉戏之状，也衬托出采莲女心情的欢快戏适。东南西北四个方位词和四个叠句的铺排运用，不但不使人感到重复累赘，反而更觉文情恣肆，节奏轻快，充分显出了民歌的特色，被人誉为"奇格"。

　　戏，繁体字为"戲"。会意字。

　　金文为"🝰"。其中的"🝰"为"戈"，武器；"🝰"像虎头的样子，借代猛兽；"🝰"为"鼓"，表示打击乐器。合起来"🝰"的本义为古代宫中的残酷娱乐游戏，即让死囚或奴隶手持戈戟，在鼓号声中与虎豹猛兽进行搏斗，用以取乐。

古钵字形"𢽻"对金文"𢽤"的结构进行了调整。

篆文"𢾷"基本承续了古钵字形。

隶书"戲"基本承续了篆文字形。

简体"戏"字，将隶书"戲"中左边简化成了"又"字。

"戏"字的本义为奴隶或死囚在宫中表演斗兽，如《国语·晋语九》："少室周为赵简子之右，闻牛谈有力，请与之戏，弗胜，致右焉"；"戏"也指有鼓乐伴奏的舞台表演，如戏班、演戏，又如陆游《出游》："云烟古寺闻僧梵，灯火长桥见戏场"；"戏"多引申为娱乐、玩笑之意，如戏弄、调戏、戏言，又如《论语·阳货》的"偃之言是也，前言戏之耳"、《史记》的"以戏弄臣"、《世说新语》的"门外戏"等。

中国古典戏曲是中华民族文化的一个重要组成部分，与古希腊悲喜剧、印度梵剧并称为世界三大古剧。中国古代戏剧因以"戏"和"曲"为主要因素，所以称作"戏曲"。戏曲的形成，最早可以追溯秦汉时代。成熟的戏曲从元杂剧算起，经历明、清的不断发展成熟而进入现代，历八百多年繁盛不败。中国戏曲是中国民族戏剧文化的通称，如今共有360多个剧种，主要包括宋元南戏、元明杂剧、传奇和明清传奇，也包括近代的京戏和其他地方戏的传统剧目。

"戲"字揭示了戏剧的三个源头。"戲"字从虍、从豆、从戈。"虍"为虎皮，代指狩猎；"豆"为祭器，代指祭祀；"戈"为兵器，代指战争。"戲"起源于对狩猎、战争场面的模仿和祭祀时献给神灵的舞蹈，"戲"的字形中包含了这三个源头。所谓"人生如戏、戏如人生"，俞樾在《齐物诗》中写道："戏场也有真歌泣，骨肉非无假应酬"，以本是假戏却有真情，衬托本应真情却出假意，寄托了深沉的感慨；"矮人看戏何曾见，都是随人说短长"出自赵翼的《论诗五绝》，"矮人看戏"的比喻形象生动，为人处世需有独到的见解，不能人云亦云。

"戲"的异体字是"戯"，"戯"中有"虚"。繁体的"戲"字中，虎皮是做戏之人身上的服装，亦可理解为唱戏之人装扮若虎，给人以凶猛之威；"豆"可视为戏剧场面中的道具，穿戴上符合戏剧情节的服装、面具，再布以各种道具、画上各式脸谱，这是"戲"的场景；古代的戲，其内容多是狩猎、战争场面的再现，表现的是兵戈之事，以动作为主，故"戲"中有"戈"。"戲"是虚构的，笑歌戏舞是人们的娱乐方式，因而"戲"亦为玩耍、游戏。杜甫《江畔独步寻花》的"留连戏蝶时时舞，自在娇莺恰恰啼"、郑谷《鹧鸪》的"暖戏烟芜锦翼齐，品流应得近山鸡"等诗词中均以"戏"字状之，画面极富动意；"皤腹老翁眉似雪，海棠花下戏儿孙"出自滕白的《题文川村居》，一个心宽体胖、须眉似雪的老翁，正在海棠花下与儿孙们戏耍逗乐，可见其生活安乐、家庭和睦；"疑是月娥天上醉，戏把黄云揉碎"出自向子諲的《清平乐》，桂花有黄、黄白、橙黄等色泽，故以黄云为喻，怀疑因月宫嫦娥喝醉了酒，戏弄着把天上的黄云揉搓成碎末撒向人间，游戏笔墨，却入木三分。

　　简体的"戏"字亦为会意字，从又，从戈。"又"是"手"的古字，与人的动作、行为有关。"戏"是人类的一种模仿活动，是人类才有的行为，动作是"戏"之生命。皮影戏，又称"影子戏"或"灯影戏"，是一种以兽皮或纸板做成的人物剪影以表演故事的民间戏剧，最早诞生在两千多年前的西汉。表演时，艺人们在白色幕布后面通过控制人物脖领前的一根主杆和在两手端处的两根耍杆来使人物做出各式各样的动作，同时配以打击乐器和弦乐，用当地流行的曲调讲述故事，具有浓厚的乡土气息。在中国，不少的地方戏曲剧种都是从皮影戏中派生出来的，而皮影戏所用的幕影演出道理及表演艺术手段，对近代电影的发明和现代电影美术片的发展都起到了重要的先导作用。

　　繁简的对比，"戲"与"戏"均有"戈"，表示战争、冲突，矛盾冲突是戏曲、戏剧的重要因素。因为有了矛盾冲突才能推动戏剧情节的发展，环环相扣，跌宕多姿，引人入胜。繁体的

"戲"字，让人如入观戏之境，或演独角戏或唱对台戏，或游戏三昧或逢场作戏，戏笑生活之趣，戏言人生之玄；简体的"戏"则强调动作的重要性，体现出"戏"为动作与内容结合的特征。繁体的"戲"字渊源于中华传统文化的积淀与传承，相比之下，则更能引人入戏。

📖 **汉字趣闻**

狄仁杰戏同僚，反遭同僚戏

狄仁杰（630－700），字怀英，并州太原（今山西太原）人，唐代武周时期政治家。狄仁杰在掌管邢狱时，有一次同一个名叫卢献的同僚开玩笑说道："足下姓'卢'（盧），加上一个'马'（馬）字即为'驴'（驢）。"卢献说道："明公姓'狄'，从中一分为二，便成'二犬'。"狄仁杰笑道："不对。'狄'字为'犭'加一个'火'字也。何来'二犬'？"卢献诡异地笑答："明公所言甚是！犬旁有火，是为烤熟的狗肉。"此言一出，两人不禁哈哈大笑。

【状貌之况】

醜

酗酒成性 面目可憎

丑

　　"丑女来效颦，还家惊四邻"这句诗出自唐代李白《古风》其三十五。大意是：丑女来模仿西施皱眉的媚态，益见其丑，回到家里，惊跑了四邻。这两句本是李白讽刺那些亦步亦趋，只知道简单模仿，艺术上毫无创造性的文学家，认为他们的作品丑陋得就像效颦的东施一样，能把四方邻居吓跑。据《庄子·天运》描绘：越国美女西施因心口疼而常常捧住心口微蹙着眉头，病态美的样子十分姣好。东邻丑女也跟着模仿西施的捧心蹙眉，使本来丑陋的长相显得更加丑陋可怕。邻居们望而生厌。这就是"东施效颦"典故的来历。于是，东施和西施，作为丑与美的典型，一直活在人们的口头和笔下。

　　"丑"繁体字为"醜"。形声字。酉，既是声旁也是形旁。

"醜"，甲骨文为"🍶👹"。左边为"🍶"（酉，即"酒"，是"酒"的本字，指令人兴奋陶醉的饮品）；右边为"👹"（鬼，面目可憎）。合起来"🍶👹"表示酒醉后面目可憎的丑态。

金文"醜"有所变形。

篆文"醜"将甲骨文"🍶👹"字形中的"🍶"写成"酉"，将甲骨文字形中的"👹"写成"鬼"。"醜"作形容词，表示滥醉呕吐、一身臭气、面目可憎的样子。

隶书"醜"将篆文"醜"字形中的"酉"写成"酉"，将篆文字形中的"鬼"写成"鬼"。

简体"丑"字是"扭"的本字。丑，甲骨文为"🤚"，是指事字，字形在"🤚"（又，抓）的三（以三代五）根手指指端，各加一短横指事符号"ˋ"，表示与用手指拧、扭、搓、转的动作。当"丑"的"拧、扭"本义消失后，后人再加"手"另造"扭"代替。

"醜"在《汉字简化方案》中，用"丑"合并代替了音相近、笔画复杂，但含义毫无关联的"醜"字。

《说文解字》："醜，可恶也。从鬼，酉声。"造字本义：酒醉后疯狂而可怕可恶的神情。如《大戴礼记·易本命》："耗土之人醜。"《楚辞·橘颂》："姱而不醜兮。"《礼记·曲礼》："在醜夷不争。"

与"丑"有关的成语多和难看、可憎有关。"当场出丑"指在大庭广众露出丑相，丢脸；"丑态百出"形容各种丑恶的样子都表现出来了；"丑声远播"指坏名声传播得很远；"出乖露丑"指在人前出丑；"跳梁小丑"比喻猖狂捣乱而成不了大气候的坏人；"丑态毕露"形容丑恶的形态彻底暴露；"恶直丑正"指嫉害正直的人。

繁体字的"醜"为形声字，从鬼，酉声。"酉"是"酒"的本字，酒能乱性，喝多了不能自持。"醜"为酒鬼，酗酒成性，无德无行，惹人讨厌，故"醜"为可恶。"醜"字像鬼喝酒形，鬼本来就相貌怪异、性情凶恶，喝酒过量脸色更凶，出言更恶，动作更狂，行为更乱，故"醜"引申为令人厌恶、憎恶或丑陋。

一个人假如喝酒过量，行为难以自制，往往会丑态百出，有胡言乱语的，有谩骂打斗的，也有酒后乱性的。有一位老师名叫夏传寿，借用《陋室铭》的写作技法，描绘了酒鬼的丑态："度不在高，是酒就行。菜不在精，没有都成。一闻曲香，垂涎生津。中午干八两，晚上灌一斤。若是遇知己，一瓶又一瓶。待到来了劲，创祸根，或恶言谤同僚，或无辜伤亲人。张口就是吐，倒头便是哼。观者云：'哪像个人！'"虽然喝酒能够造气氛，但必须节制，否则会失态，出丑。"人"变成了"鬼"，这就是"醜"字告诉我们的道理。

简体字"丑"是"爪"的本字，如《顺克盨》铭文："干害王身做丑牙。"这里的"丑牙"指的就是爪牙，比喻王的得力助手。后借指天干地支中地支之一，并成为"丑"字的主要用法。可见，实际上汉字简化前"丑"和"醜"的意义不同。简体的"丑"字已经看不到"丑"态的表现，已经与繁体的"醜"没有任何内在联系，相比之下，繁体字"醜"字内涵丰富，形象生动，能够更好地表达"醜"的内涵。

"丑貌神童"贾嘉隐巧对两大臣

唐朝初年,有一个人名叫贾嘉隐,相貌长得丑陋。然而,他非常聪明,七岁就能吟诗,有"神童"的美誉。

因为很有名气,贾嘉隐受到皇帝的召见。英国公李勣和赵国公长孙无忌见贾嘉隐相貌十分丑陋,并且小小年纪受到皇帝召见心中不悦,想借机戏弄贾嘉隐一番。

英国公李勣依靠在一棵松树上问贾嘉隐:"我所依靠的是什么树?"贾嘉隐答道:"松树。"李勣立刻板着面孔说道:"明明是槐树,你为何要乱说?"贾嘉隐从容不迫地答道:"大人是英勇神武的英国公,'公'字靠在'木'字上,不就是'松'字吗?故为松树。"李勣见其回答得如此礼貌而又巧妙,笑笑不说话了。

赵国公长孙无忌看到这种情形,心中更为不满。于是,便靠上一棵槐树问贾嘉隐:"我靠的又是什么树?"贾嘉隐说:"槐树。"长孙无忌板着脸诘难道:"根据你刚才的解答,应该是松树才对。你为什么说是槐树?"贾嘉隐镇定自若地回答道:"刚才国公大人是'公'靠'木',故为'松树'。如今是有人心怀鬼胎,'鬼'靠'木',岂不是'槐'字吗?故为'槐树'。"

两位国公听了后,从心底里不得不佩服贾嘉隐机智聪敏,顿感羞愧,沉默不语,不再多言。

【状貌之况】

總

统揽全局 心聪目明

总

　　"以少总多，情貌无遗。"这句话出自南朝刘勰的《文心雕龙·物色》。这两句大意是：用简单清楚的语言概括丰富的内容，把事物的情态状貌表现无遗。这两句的原意是赞美《诗经》的语言虽极其简练，却具有很强的表现力。在这两句之前，作者还举了很多例子，如："'灼灼'状桃花之鲜，'依依'尽杨柳之貌，杲杲为日出之容，'瀌瀌'拟雨雪之状，'喈喈'逐黄鸟之声。"确实是"以少总多"，把桃花、杨柳之状貌，黄鸟之声情，绘声绘色地刻画出来了。现在可引用"以少总多，情貌无遗"以说明文学作品言简意赅的重要性，或用于赞美某些作品的言约意丰。

　　"总"繁体字为"總"，异体字为"緫"。形声字，"悤"既是声旁也是形旁。

　　"總"，金文为"**緫**"。左边"**⻖**"（糸，系、

束），右边"恖"（悤，是"聰"的省略，表示善于分辨、心思敏捷，即心智成熟）。合起来"總"则表示心智成熟的少年的束发仪式。束发需要把四散的头发聚拢、归总到一起，故"總"引申为聚拢、汇总在一起。

篆文"總"承续了金文字形。

隶书"總"将篆文"總"字形中的"帛"（糸）写成"糸"，将篆文字形中的"悤"写成"悤"。

楷书异体字"緫"将正体楷书字形中的"悤"（悤）简化成"总"。古籍多以"總"代替"緫"。《汉字简化方案》将楷书异体字"緫"省略成了"总"。

《说文解字》："總，聚束也。从糸，悤声。"造字本义：少年束发仪式，告别童年、进入少年时代的男孩将散发系扎成一束。"聚"为聚集、聚拢，"束"为捆绑、束发：束发是把散乱的头发拢聚于一处，用丝线束缚，所以"總"为聚束、系扎。

状貌之况

与"总"有关的成语大多与众多、聚拢之意有关。"林林总总"形容众多；"总而言之"指总的来说；"总角之交"，总角是古时孩童头发髻，指童年时期就结交的朋友；"总角之好"指小时候很要好的朋友。"总"做动词时，意为集中、聚集之意。如总萃、总集、总聚、归总、汇总、拢总等，既可以表示汇集、归拢的行为，还可以表示聚合在一起的状态。具备总揽全局的权力和能力的人往往属于领导阶层，故"总"也延伸出统领、统帅之意。"总"常用在职务中表示负责领导全面、全局工作，例如总裁、总经理、总领事、总队长、总监、总理、总统等。

繁简体的"總"（总）的共同点为，两者都与"心"有关。"心"为心脏，其大无边、其小无类，中医认为是神之居、血之主、脉之宗，是人一身的神气血脉聚集之所，被称为"君主之官"，古人认为是思想的器官。要把复杂的东西聚合起来需要"心"来思考，要总揽全局，使顺从其管理，仅仅凭借能力和素质有时是无法真正使人心悦诚服的，唯有以心想民之所想，急民之所急，才能总理事务，甚至总理天下。

繁体字的"總"从糸，从囱，从心。"糸"的篆文像一束丝，丝线是散乱的东西，可以扎束在一起；"囱"为烟囱，烟是无形易散的气体，可以聚拢于烟囱之中，"心"为"心脏"，是统领全身的器官。丝是有形之物，烟为无形之体，心为思想器官，繁体字的"總"包括了有形和无形、物质和意识的总和。"總"为统领、统管，统领者既要用脑力（囱），又要费心血（心），把千头万绪（糸）的事情整理出来，统一进行管理。

围棋起源于中国，以追求全局行棋的总体效益、利益和胜利为根本目的，既用脑、又用心，还要将千头万绪的变化归总，反映在博弈思想上，就形成了特别重全局、顾大局的战略意识，即大局观。战略意识和大局观，是围棋博弈思想的核心，它要求对弈者始终围绕总体目标，根据全局需求来进行筹划、计算和处置。古代围棋没有总体战略和大局观的概念，但却饱含总体战略和大局观的思想。东晋桓谭《新论》把围棋分为上中下三等："上者，远其疏张，置以会围，因而成得道之胜。中者，则务相绝遮，要以争便求利，故胜负狐疑，须计数以定。下者，则守边隅，趋作罫，以自生于小地。"意思是说，上等水平的弈者，远离对手从宽大处张势布局，靠会围取地，这样可成"得道之胜"。中等水平的弈者，则相互分断阻隔作战，以争便宜求利益，造成形势错综复杂，胜负难以判断，需要数目计空才能确定。下等水平的弈者，只能据守边角，趋向局部，在小地方自己存活。

简体字的"总"可以视为从兑，从心。"兑"为兑现之意，"总"也可以理解为兑现承诺，可以服人心，才能总揽全局。繁简体相比起来，繁体字的"總"意义更加丰富，也更能体现出其统揽大局的涵义，简体字"总"的含义就显得牵强和单薄许多。

辛未状元

南宋辛未年间，各地举人赴京参加会试。时有江阴举人袁舜臣作诗一首，工工整整地写在马镫上。诗云："六经蕴藉胸中久，一剑十年磨在手。杏花头上一枝横，恐泄天机莫露口。一点累累大如斗，掩却半床何所有。完名直待挂冠归，本来面目君知否？"起初，人们看了之后原以为只是一首普普通通的诗，并不在意。后来，这首诗被苏州的刘瑊识破，他解释道：第一句"六经蕴藉胸中久，一剑十年磨在手"中的"六""一""十"合在一起为"辛"字。第二句"杏花头上一枝横，恐泄天机莫露口"中的"杏花头"为"木"字，"杏"字"莫露口"亦为"木"字；"木"字上加"一"横为"未"字。第三句"一点累累大如斗，掩却半床何所有"中的"一点"（"、"）加上"大"字为"犬"字；半"床"（牀）为"爿"；"爿""犬"合为"状"（狀）字。第四句"完名直待挂冠归，本来面目君知否？"中的"完"字去掉帽子为"元"字。所以，诗的谜底是"辛未状元"。众人听罢，无不叹服。

實

家财万贯　殷实富足

实

　　"千虚不如一实。"这句话出自明朝冯梦龙《警世通言·王安石三难苏学士》。大意是：一千件虚假的，不如一件真实的。法西斯德国的宣传部长戈倍尔曾说："谎话说得多了，便成为事实。"成语中也有"三人成虎"的说法，但假的毕竟是假的，谎言永远不能成为事实，可以此告诫弄虚作假的人。古人还有"千虚不搏（抵）一实"的说法，意为空想一千次也不抵实践一次，与千虚不如一实意思相似。

　　实，繁体字为"實"。

　　金文为"⬚"。上面"∩"（宀，即"家"的省略），中间"⬚"（亻物柜），下面"⬚"（贝，钱财）。"⬚"合起来表示家藏有宝贝，引申指家中殷实富有。有的金文"⬚"误将亻物柜"⬚"与"⬚"（貝）写成合"⬚"（貫），表示钱财万贯。

篆文"貫"承续了金文的字形。

隶书"實"承续了篆文的字形。

简体"实"依据草书字形简化而来。

《说文解字》："实，富也。从宀，从贯。贯，货贝也。"造字本义：家境富裕，柜中藏贝。如《素问·调经论》："有者为实，故凡中质充满皆曰实。"《孟子·梁惠王下》："而君之仓廪实，府库充。"《管子·牧民》："仓廪实而知礼节。"

与"实"有关的成语多和实力、扎实有关。"避实就虚"原指避开敌人的主力，攻击敌人的薄弱环节。或指谈论问题回避要害。"春华秋实"指春天开花，秋天结果，比喻人的文采和德行。也比喻事物的因果关系。"浮而不实"形容知识浅薄，基础不扎实；形容作风浮泛，不深入不踏实。"揽名责实"指观其名而考其实绩。"按名责实"指按照事物名称，要求与实相符。"查无实据"指查究起来，没有确实的根据或证据。"笃实好学"指认真踏实，爱好学问。"荷枪实弹"形容全副武装，准备投入战斗。

繁体的"實"字表示"家中有万贯家财"，这符合"实"字的造字本义。家财万贯、家底丰厚是真正的"实"，财富多了，抗风险的能力就强，古时就有家藏珍宝、富可敌国的故事。

西晋石崇是有名的大富翁。有一次，皇帝的舅舅王恺要和石崇比阔气。他特地请石崇和一批官员上他家吃饭。宴席上，王恺得意地对大家说："我家有一件罕见的珊瑚，请大家观赏一番怎么样？"

大家当然都想看一看。王恺命令侍女把珊瑚树捧了出来。那株珊瑚有两尺高，长得枝条匀称，色泽粉红鲜艳。大家看了赞不绝口，都说真是一件罕见的宝贝。只有石崇在一边冷笑。他看到案头正好有一支铁如意（一种器物），顺手抓起，朝着大珊瑚树正中，轻轻一砸。"咣唧"一声，一株珊瑚被砸得粉碎。

周围的官员们都大惊失色。主人王恺更是满脸通红，气急败坏地责问石崇："你……你这是干什么！"石崇笑着说："您用不着生气，我还您就是了。"石崇立刻叫他随从回家去，把他家的珊瑚树统统搬来让王恺挑选。不一会，一群随从搬来了几十株珊瑚树。这些珊瑚中，三四尺高的就有六七株，大的竟比王恺的高出一倍。株株条干挺秀，光彩夺目。至于像王恺家那样的珊瑚，那就更多了。周围的人都看呆了。王恺这才知道石崇家的财富，比他不知多出多少倍，也只好认输。

简体字"实"，上为"宀"，下为"头"，意为家中人口众多，人丁兴旺，人口众多，家中的劳动力就多，家族的势力就会强大，是人丁的殷实。

刘半城，不是人名，是一段绵延400余年的刘氏宗族史，史实之源起于明朝。据说，刘氏祖先来自山东诸城大树下刘家，明时到浙江定海当武官，清朝初期已在状元桥下竺家弄繁衍成族。

清顺治八年（1651年）九月初二日，清政府派兵围剿设在定海的明鲁王朱以海小朝廷，血腥屠城。屠到竺家弄刘家时，公鸡受惊嘶鸣，清兵以为天亮了，放下屠刀，刘家人虎口余生，以不食鸡肉报答公鸡救命之恩。此故事屡屡见报，在定海几乎家喻户晓。据定海老人传说，屠城后，定海城中只留七姓人家，"刘"为第一姓。顺治十三年（1656年）八月，宁海大将军伊尔德攻克舟山，次年正月，朝廷以舟山"不可守"为由，再次实行海禁，将居民尽迁内地，刘家也不例外。康熙二十三年（1684年），朝廷颁"展海令"，开海禁，一些外迁的定海百姓，逐渐回归故里。

乾隆年间，刘氏返定海谋生，那时，人少地多，用草绳圈地要多少就多少。刘家人多，圈了竺家弄以东大片土地，几乎占了半个城邑，被人称为"刘半城"。刘氏祖先陆续在竺家弄、东管庙弄和马河桥一带建了许多房子，儿孙们多居于斯。如竺家弄刘家、东管庙弄刘坤记贯器店、东大街马河桥下刘家。状元桥下存德堂原也是刘家房产，中华人民共和国成立前仍由刘氏收取房租。东管庙弄徐祥裕屋后建有刘氏祠堂。祠堂里挂有一块刻有"天志成运大道维昌传宗继庆保国延方……"48字的匾额。

刘氏人丁兴旺，太公生六个儿子，其中五子六子迁入近郊农村务农，即洞岙村五份头、六份头。现洞桥六份头约有50户刘氏后裔。山东诸城刘氏已在定海传承了十一代，"刘家不食鸡肉"成为过去时，世上能讲刘氏历史的老人寥若晨星，而刘半城的宗族史仍会千秋万代地绵延下去。

繁体的"實"字表示"家中有万贯家财"，简体的"实"则认为"家中人丁兴旺"，各有所侧重，一个讲财富殷实，一个讲人丁的殷实，也指头脑的充实，从这个意义上看，简体的"实"，更有长远的意义，没有人丁的殷实，财富的殷实是没有意义的，而且财富的殷实往往也取决于人丁的素质。因此，"实"的简化似乎更有道理。

📖 汉字趣闻

杨大年妙对

杨大年（974—1020），名亿，字大年，北宋著名文学家和史学家。据说，杨大年7岁能文，11岁能赋诗，被乡邻称作"神童才子"。

一天，擅长诗文属对的宰相寇准与幕僚在一荷花池边散步，见一轮红日倒映荷花池中，十分赏心悦目。寇准联兴大发，当即出一上联"水底日为天上日"，要众幕僚答对下联。众人暗自思忖，这个上联用字虽然不多，看似简单，但状物述境，奇妙至极，"天上日"与"水底日"，是形与影、实与虚的对应。众幕僚沉思默想良久，皆无人能对。适逢杨大年前来找宰相禀告事情。得知上述情况后，思索了片刻，对曰："眼中人是面前人"。此联一出，众人皆喝彩。

舊

经久耐用　时隔多日

旧

人们常说"衣不如新，人不如旧"，通过"新"与"旧"矛盾关系的对比，用以重点强调朋友还是旧的比较好。这是因为旧友、故人、老朋友，交往时间比较长，彼此了解，关系可靠，更值得信赖。

旧，会意字，繁体为"舊"，从萑，臼声。"萑"的甲骨文为"🐦"，是鸟栖息于草丛的形象；"臼"原本指舂米的器具，用石头或木头制成，中间凹下，这里指的是鸟巢。合起来就是鸟栖息于巢穴的意思。栖息意味着长久停留，引申为"久"，长而久也，久而"旧"也。

"舊"的甲骨文为"🐦"，上面是"🐦"，为高冠的鸟，下面是"〇"（凵），为地面凹洞，合起来就像一个有冠羽的鸟"🐦"栖息在巢穴"〇"中。有些鸟类不筑巢，选择土墙或土壁上原有小洞空为巢。

金文"𦥔"将甲骨文冠羽状的"ᙁ"写成丷，上半部分变成了"萑"；同时误将甲骨文的土洞"ʊ"写成"凵"，下半部分变成了"臼"。

篆文"舊"承续金文字形。

隶书"舊"承袭了篆文字形。

楷书"舊"依据草书字形"𦾓"将隶书"舊"字形中的"臼"（臼）简化成"旧"（旧）。

简体"旧"直接省去了"舊"的绝大部分保留了"旧"。

《说文解字》："舊，鸱鸺也。从萑臼声。"造字本义：不筑巢的鸟类栖息在原本存在的土洞中。意指时间久，引申为古老、陈旧，原来的、过去的等意思。如《离骚》："陟升皇之赫戏兮，忽临睨夫旧乡。"《淮南子》："苟周于事，不必循旧。"王安石《元日》："千门万户曈曈日，总把新桃换旧符。"

"舊"，从萑、臼声。"萑"有两个意思，一是指鸱鸺，即猫头鹰，这种鸟习惯长时间在一处停留，故"萑"引申为时间久的意思；二是指一种芦苇——萑苇，古时常被用来编制草席，经久耐用，也引申为时间久的意思。"臼"为舂米的器具，由石头或坚韧的木材制成，经久耐用。故此，"萑"与"臼"均表达了经久耐用之意，合起来"舊"则表达了长久、耐久、陈旧之意，引申为时间久，造字本义已经消失。

"舊"意味着经历了久远的年代，历经了时间的洗礼和岁月的沉淀。"舊"音通"久"，有长久、古老之意。清代纳兰性德在《浣溪沙》中写道："杨柳千条送马蹄，北来征雁旧南飞。"中国是四大文明古国之一，我们的先祖曾创造了辉煌灿烂的中华文明，而中华文明又是唯一从未中断的古老文明，作为中国人我们感到骄傲和自豪。如"甲骨文"，它某种意义上埋藏和孕育了中国文脉，在尘封和等候数千年后，被王国维等国学大师揭开殷商文明的神秘面纱，将中国有文字的历史一下子向前延伸了近千年。又如毛公鼎、云梦睡虎地秦简、快雪时晴帖、清明上河图等历史文物，无不历经岁月沧桑，逐渐成为中华文化的一种载体。

一般而言时间越久、物件越古老，价值也就越高，这种"旧"成了文化积淀，成了文化经典，成了文化名片。

"舊"，具有历史印记。"舊"，久也，有陈旧、过时之意。"新""旧"这组矛盾相较而存在。万事万物随着时间的流逝，会不断被磨损并刻上岁月的印记，"新的"会逐渐变成"旧的"（陈旧），有的甚至会被消耗殆尽，变为"破旧"而遭到淘汰。"陈旧"既有现实生活中具体事物的"旧"，如旧家具、旧电器、旧衣服等，这里的"旧"往往指的是被使用后而有所损耗；也有抽象意义的"旧"，如旧观念、旧思想、旧习俗等，又如成语因循守旧、旧调重弹，这里的"旧"往往指的是不合时宜的观念和价值取向。新旧的对比往往给人造成巨大的心理落差，尤其在感情方面容易出现"喜新厌旧"的情况，如《诗经》的"其新孔嘉，其旧如之何？"和杜甫《佳人》的"但见新人笑，哪见旧人哭？"均贬斥了对爱情的不专一，折射出了世态人情。值得注意的是，"新"不能与"好"直接画等号，"旧"也不能直接与"不好"画等号，"新"与"旧"这对矛盾，要辩证地看，不能一概而论。就像中国传统社会旧的东西之中，既有精华也有糟粕，要批判地继承，要善于除旧布新、革旧鼎新，而不能因循守旧、旧调重弹。

"舊"，表达时光的流逝。久也，有原来的、过去的意思。过去的时日称"旧日"，如李白《古风》之九："青门种瓜人，旧日东陵侯。"杜甫《九日》诗之二："旧日重阳日，传杯不放杯。"以前的老朋友叫"故旧""旧友"，意指交情很深的好朋友，如陶渊明《答庞主簿》："相知何必旧，倾盖定前言。"以前的部属又称"旧部"，如陈毅《梅岭三章》："此去泉台招旧部，旌旗十万斩阎罗。"故国又称为"旧邦"，意指历史悠久的国家、故土，如岳飞《满江红》："待从头、收拾旧山河，朝天阙。"李煜《虞美人》："小楼昨夜又东风，故国不堪回首月明中。"

简体字"旧"，字形变化较大，已经看不出与"舊"字有何联系。"旧"，从丨从日。"日"为太阳，古人依据太阳来推算时辰，引申为时间；"｜"像时间前后的一条分界线，将过去与未来隔开。"旧"，"｜"后有"日"，"｜"之前代表已经流逝的日子，即隔日为"旧"。"旧"字主要是从时间的角度去划分，强调旧日的时光。不过，隔日为"旧"，也"旧"得太快了。

繁体"舊"和简体"旧"相比较而言，繁体"舊"在字形上保留了"鸟"（萑）栖息于巢穴（臼）的形象，而简体"旧"在字形上已被消磨"破旧"，同时也使得具有历史沧桑感的"舊"变成了一日之"旧"、隔夜就"旧"、隔日就"旧"。繁体"舊"字，写起来复杂一些，内涵丰富一些，但简体的"旧"字，也表达了"旧"的意思，书写方便一些，各有千秋，皆可通用。

📖 汉字趣闻

卜字知人病亡

在《徐文长集》中记载着这样一件事。新安有个男子生了重病，家人非常着急，于是就找来占卜的人卜算病情。得到"三春"两个字，大家都认为这个病应该没什么，因为"春"往往寓意生机勃勃，"三春"更就没问题了，生命力旺盛，疾病肯定会痊愈。可谁曾想，才过了九天这人竟死了。这时人们才恍然大悟"三春"二字，拆分开来就是"三、三、日、人"，意思是"九日人"（只能活九天了）。

窮

躬身在穴　处境艰难

穷

　　"士穷乃见节义"出自唐朝韩愈《柳子厚墓志铭》。子厚是柳宗元的字。本句大意是：士大夫在穷困的处境中才能表现出节操和道义。这句话用以赞扬柳宗元的操守。当时，柳宗元被贬为柳州刺史，刘禹锡被贬为播州刺史。播州在今贵州遵义，条件十分艰苦，柳宗元认为那里"非人所居"，而此时刘禹锡老母尚在，不宜远离，又断无母子同往之理。柳宗元"不忍梦得之穷"，向朝廷提出愿以柳州与播州交换，即使为此得罪朝廷，死而无憾。对这种行为，韩愈十分赞赏，认为"士穷乃见节义"。可见此句在原文中本指柳宗元能在朋友患难之时舍己助人，现可泛指在艰苦的考验中能识别一个人的品格。

　　"穷"，繁体字为"窮"。形声字，从穴，躬声。

　　金文为"▨"。上面的"∩"为"穴"，表示洞穴；下为"𢭆"为"躬"，弓着身体的样子。合起来"𥤀"表示人在洞穴中，无法站直的情形。

篆文"𥤀"承续金文字形。

简体"穷"以"力"（力）代替繁体中的"躬"（躬），另造一个会意字，表示有力施展不开、无能为力的情形。

《说文解字》："窮，极也，从穴，躬声。""躬"，既是声旁也是形旁，表示弓身屈体。造字本义：身居洞穴，身体被迫弯曲、不自由。"穴"为洞穴，是上古时一种有顶的半地下坑穴；"躬"为身体弯曲。人只能弓身屈居于矮小狭窄的地穴之中，是财物少到了极点，境遇窘困到了极致，即缺乏财物、处境贫困。因为有窘困到了极致之意，"穷"字也常作"尽、穷尽"之义。

与"穷"有关的成语大多都与窘困、极限有关。如"安富恤穷"指安定富有者，振济贫苦者，是统治者治国安民之道；"黩武穷兵"形容滥用兵力，任意征讨；"道尽途穷"指走到路的尽头，形容无路可走，面临末日；"皓首穷经"指一直到年老头白之时还在深入钻研经书和古籍；"后患无穷"指以后的祸害没有个完；"计穷力竭"形容计谋、力量都用尽了；"君子固穷"指君子能够安贫乐道，不失节操；"民穷财尽"指人民穷困，国家财富也消耗完了。

"穷"为躬身弯曲在洞穴中，形容困境无以复加，而贫困、缺少财物正是这种困境的直接表现。"穷"是比"贫"更窘迫、更艰难的一种境地。《荀子·大略》："多有之者富，少有之者贫，至无有者穷。"财物多的是"富"，财物少的是"贫"，一点财物都没有的是"穷"。人穷的时候，由于没有良好的条件和有利的环境，因此志气和志向就难以实现，所以"穷"又有不得志之意。《史记·屈原贾生列传》："人穷则反本。"人一旦穷到了极点，就会因不再有所顾忌而作出极端的事情来。俗话说："人穷志短马瘦毛长""穷在闹市无人识"。"穷"为躬身在洞穴中，很形象地表现出人穷则会低三下四，战战兢兢，不敢抬头，丧失了志气和拼搏的勇气。

有一个穷人很穷，低声下气去求一个富人让他也富起来。富人发了善心，就送给他一头牛，嘱咐他好好开荒，等到春天来了，撒上种子，秋天就可以远离穷苦日子。

穷人满怀希望开始奋斗。谁知没过几天，牛要吃草，人要吃饭，穷日子比以前还过得艰难。这时穷人就想了：一头牛吃我家三口人的口粮，这事不能干！不如把牛卖了，买几只羊，先杀一只吃，救救急，剩下的还可以生小羊，小羊长大了拿去卖，可以赚更多的钱。

穷人的计划如愿以偿，只是吃了一只羊之后，小羊迟迟没有生下来，日子又艰难了，忍不住又吃了一只羊。穷人想，这样下去不得了，不如把羊卖了买成鸡，鸡生蛋的速度要快些，鸡蛋立刻可以赚钱，日子立即可以好转。

穷人的计划又如愿以偿了。但日子并没有改变，等不到鸡生蛋，日子又艰难了，又忍不住杀鸡吃，终于杀得只剩最后一只鸡时，穷人的理想彻底破灭。他想：我命该穷，今生富裕是无望了，还不如把这最后一只鸡卖了，打一壶酒，三杯下肚，万事不愁。

春天很快来了，富人带着种子兴致勃勃地来帮穷人播种，一看穷人就着咸菜喝稀饭，牛早就没了，地没有开一分，房子依然如故，失望地转身走了。穷人呢，依旧过着他的穷日子，只是再不可能有肉吃、有酒喝了！这就是人穷志短的典型例子，平时低声下气，没有自信，有了机会却没有规划，所以一直贫穷下去。

简体字的"穷"，上为"穴"，下为"力"。更多地讲"穷"的原因。首先，在洞穴里出力，天地太小，难有大的作为；其次，只懂用力，不懂用脑、用心，难以致富，特别是现代社会已经进入知识经济社会，知识和创造已经成为财富产生的最重要途径，如果只知道出蛮力、出苦力，不发挥聪明才智，还是要被时代所抛弃，摆脱不了贫穷的命运。

繁简体相比，简体字的"穷"固然有其一定道理，但是繁体字的"窮"更能够生动表现贫穷窘困的情形，所以繁体字是更有道理的。

"贵"字问前程

汪龙，新安（今安徽）人，为宋代四大测字家之一。他在测字方法中融入中国古代传统的阴阳五行的观念，大量采用八卦、天干地支、阴阳五行学说，丰富了测字学说。

据记载，某天四五个举子进京赶考，路遇到汪龙。众人都写了一个"贵"字，请汪龙测一测此行的运气如何。汪龙回答说："好，必中！"当这几个人正要离开时，他让其中一独眼举子单独留下，私下对他说："你们几个人进京赶考，只有相公你一人能中，其余的人都不行。"独眼人问其原因。汪龙说："你不见'贵'（貴）字是'中一目人'吗？"意思是说，从字形来看"貴"字由"中、一、目、人"四部分组成，故这个"贵"预示着只有一只眼睛的人能考中。后来放榜，果然这几个人中唯有这位独眼举子高中。

質

武力劫持　以求浮财

质

孔子在《论语》中有几句经典的话："质胜文则野，文胜质则史。文质彬彬，然后君子。"意思是说：质朴多于文采则未免会粗野，文采多于质朴就易流于浮夸。只有质朴与文采配合适当，才是君子。在这里，孔子描述的君子形象是"文质彬彬"，文质相得益彰。文与质是外在表现和内在修养的关系，一个人内心仁厚、淳朴，但不善言辞，难免粗俗。而内心阴暗、品行不佳，即使能花言巧语，把稻草描绘成金条，一样显得虚伪、浮夸，令人生厌。为此，质朴与文雅相称，才是一个君子的风度。

质，会意字，繁体字为"質"，从貝从所。

金文为"𣂪"。"𠂉"为"人"；"貝"为"贝"，表示钱财；"𠂤"为斤、斧，代表武力。合起来"𣂪"表示武力劫持以求财。有的金文为"𣂩"误将早期金文的

"𣂇"写成"𣂤"（斤）字。

篆文"𧵣"承续了金文"𦣻"的字形，只是将左右结构调整成了上下结构。

《说文解字》："質，以物相贅。"造字本义：以刀斧劫持人员作抵押，以求赎金，即今天我们常说的"人质"。质的本义是抵押，如质押、质卖、质当、人质等，如《战国策·赵策》："于是为长安君约车百乘，质于齐，齐兵乃出。"《后汉书·班超传》："遂纳子为质。"质库，又称质肆，指当铺。在古代，当铺与典当者之间凭当票取物、兑钱时，会有一番询问、验证，因而，"质"又引申为诘问、核实、核对之意，如质问、质辩、质验等，如《太玄经》："爰质所疑。"《礼记·曲礼上》："虽质君之前，臣不讳也。"

"質"强调物质是客观实在的，不以人的意志为转移。"質"字有"斦"，"斦"本义为行斩刑时用的垫板，引申为砧板，是用来锤、砸或切东西垫在底下的器具，经得起反复敲打、锤击。因此，"質"字强调了物体具有实实在在、不可改变的特性，是独立于意识之外的。列宁曾说过："物质是标志客观实在的哲学范畴。这种客观实在是人通过感觉感知的，它不依赖于我们的感觉而存在，为我们的感觉所复写、摄影、反映。"这个著名的物质定义中所讲的"客观实在"，概括了一切具体形态和具有不同结构的物质的共性。客观存在的事物是具体的、多变的、易逝的，不同事物有不同的存在状态、不同的性质和特征，而客观实在是物质的根本特质和唯一共性，是意识以外万事万物的共性，是绝对的，不变的，永恒的。

洗尽铅华，唯有本质。一个人只有做到金玉其质、文质彬彬、悃质无华才称得上品质好、素质高，而人世间"美"的真本质就是朴质、真质、丽质。宋代诗人陈与义在《酴醾》写道："雨过无桃李，唯余雪覆墙，青天映妙质，白日照繁香。"暮春雨过，桃李花已凋谢净尽，只余下酴醾花宛如白雪覆墙，青天映衬出它美妙的姿态，白日照耀着它散发出浓郁的芳香。虽然春色已晚，却仍可于酴醾的白花繁香里感受到春天的气息，无怪乎人们送给它一个芳名叫"独步春"。苏轼在《三月二十日多叶杏盛开》中采用自问自答的方式形容杏花的天生丽质原本就是美艳清丽的："芳心谁剪刻，天质自清华。"《红楼梦》中的林黛玉有感于自己在贾府中"一年三百六十日，风刀霜剑严相逼"的险恶处境，于春末之时又勾起伤春愁思，不由得感花伤己，哭出一首《葬花辞》。她以花喻己，表示要保持自己身心的纯洁，决不教世俗的泥淖污染："质本洁来还洁去，不教污淖陷渠沟。"

"質"强调质量决定价格，品质成就价值。"質"中有"所"，"所"为两个"斤"，表示在质量上要斤斤计较；"所"又是两把斧头，表示对品质要严格把关；"質"中的"貝"为价格、价值，因此，有质才有量，货真价实才能物有所值。所谓质量，质以量为前提，有质一定有量，有量不一定有质。一个企业想在市场上立于不败之地，产品的品质是关键。质量好坏事关企业的生死存亡，是企业的生命。为什么一些知名企业的产品价格即使比同行高出许多，人们却仍然愿意去购买呢？理由很简单，就因为他们的品质做得好。

为人亦如此，人生的本质是对人性的尊重，自尊是人格的价值，只有品德高尚的人才能获得别人的尊重和社会的认可。静心之路，自我修行；不忘初心，方得始终。人格是人的尊严、价值和品格的总和。《淮南子·说林》一诗则以石头和兰草比喻人的美好品质："石生而坚，兰生而芳，少自其质，长而愈明。"唯有知耻，才有自尊。一个没有自尊的人，很难得到别人的尊重，在生活中，相信自己，看得起自己，尊重自己，才能通过自己的努力拼搏，找到自己的人生价值，感受自尊的快乐。自尊是对人生尊严的捍卫，更是对自我价值矢志不渝的追求。一个人开朗、豁达，就会感受到自尊的快乐。无论是自己对自己价值的肯定，还是他人对自己价值的肯定，即自尊与被人尊重，都是快乐的。尊重自己是人生的底线，保持自我是人生的亮点，自尊无价；而尊重他人是人生的一门学问，是人生的一道风景，尊人优雅。"質"字告诉我们，只有认清人生的本质，才能彰显生命的价值。

简体的"质"字，"斦"简成"斤"，"貝"变成"贝"，缺斤少两，不重视质量，价值也就大打折扣。追求质量一定要付出代价，但若不追求质量，付出代价会更高。"诚者，天之道也；思诚者，人之道也"，当今社会"缺斤少两"的失信问题却越来越突出。大到市场行为中的坑蒙拐骗，小到日常生活中的缺斤少两，甚至还有象牙塔内的弄虚作假，行政活动中的欺上瞒下……"守信者吃亏、失信者占便宜"，在这样的环境里，信用社会只能是"水中月""镜中花"。"人无信不立，国无信则衰"。由此可见，诚信的缺失并非只是关乎私德的小问题。《荀子·儒效》写道："习俗移志，安久移质。"习俗风尚能改变人的志向，长期安居能转变人的气质。荀子在《劝学》也提到："君子居必择乡，游必就士，所以防邪僻而近中正也"，说明环境可以改变人的志向、性格、品德、气质。人是社会的人，离不开其周围的客观环境，必然会受到客观环境的影响。好环境可以让一个坏人变好，而坏环境可以让好人变坏。勿让失信成为"社会毒瘤"，则需以道德的力量和法治的力量"劝善抑恶"。诚信是公民的第二个"身份证"，切忌溺心灭质，蜕化变质，诚信为上、淑质英才、怀质抱真才是做人之本、长久之策、民族之魂。

繁简的对比，繁体的"質"强调本质、质量、品质，简体的"质"字虽然也有"斤"有"贝"，但缺斤少两，分量没有繁体重，还是繁体的質字更有文化内涵。

客舍题诗兆兴亡

董昌，杭州临安人。唐末任义胜军节度使，割据两浙，乾宁二年（895年），董昌在越州自立为帝，国号大越罗平，改元顺天。乾宁三年（896年）五月，钱镠攻破越州，董昌被俘在押赴杭州途中投江自杀。

先前董昌未败之时，有一狂人屡屡题诗四句于旗亭客舍道："日日草重生，悠悠傍素城。诸猴逐白兔，夏满镜湖平。"大家不知道是什么意思，直至董昌败后，方才明白"草重"为"董"字，"日日"为"昌"字；素城是越州城，为隋越公杨素所筑也；"诸猴逐白兔"中的"诸猴"谐音"诸侯"，"逐白兔"指追逐、讨伐、捉拿董昌，因为董昌属兔；"夏满"为六月，"镜湖平"为在镜湖平之。果然，董昌于六月败死于镜湖中。

傑

才能出众 领袖群伦

杰

　　"识时务者，在乎俊杰。"这句话出自晋代陈寿《三国志·蜀书·诸葛亮传》裴松之注引《襄阳记》。时务：客观形势。俊杰：英俊杰出之士。这两句大意是：正确认识眼前客观形势，在于英俊杰出之士。这是奉劝别人认清形势，顾全大局的名句。此话精粹、简约，话中有话，而又通俗易懂，因而使用率很高。但在后来的流传中，一般将两句合而为一，简作"识时务者为俊杰"。

　　杰，繁体字为"傑"，形声字，从人，桀声。

　　"桀"为"傑"的本字，金文"🐓"（桀）像两个鸡或者鸟爪"⺇、⺾"抓在"米"（木，树木或木桩树）上。古代用以表示鸡或者鸟栖息在高高的木桩或树枝上的样子，会意与众不同、高超不凡。后来篆文"🐓"

149

中的鸟爪"⺈、ㄒ"演变为人的两只方向相反的脚"舛"（舛，chuǎn），表示人站在高处，会意超群、优秀、杰出。

当"桀"表示"鸡或鸟高高栖息在木桩上"的本义消失后，金文"𤯍"在"桀"的基础上加"亻"（人），另造"傑"字代替，强调"傑"是指才智、能力超群的人。

篆文"𤯍"基本承续了金文的字形。

简体"杰"字在简化时省略了繁体"傑"字中的"亻"，保留了"木"字，同时将原本表示两只脚的"舛"字，简化为"灬"。

《说文解字》："傑，傲也。""傑"从人，表明与人的行为有关，"桀"的篆文为两只脚站在树顶上的样子。"人""桀"为"傑"，表示人身居高处，超越万众，借此表示才能出众、能够领袖群伦。"傑"的本义指才智出众的人，后引申表示卓越、突出、超出一般。如《汉书·高祖纪》："子房、萧何、韩信，三者皆人杰也。"

"傑"是一个站得高、看得远的人。繁体字的"傑"，从舛，表示左右脚的象形，下"木"，即树木。"桀"的图像表示脚站在树上，"傑"表示人身居高处，有超出常人的见识和视野，杰出的人站得高，看得远，具有远见卓识，古今中外伟大杰出的人士莫不如此。

孙中山先生在从事革命事业的同时，以广阔的世界眼光观察国际大势，主张实行"开放主义"，"发扬吾固有之文化，且吸收世界之文化而光大之，以期与诸民族并驱于世界"。孙中山先生亲手规划设计的中国现代化发展蓝图，体现了他的雄心壮志和远见卓识。孙中山为实现国家统一，民族独立，建设政治修明，民主富强的国家而不懈奋斗，期望中国能迅速成为世界强国。1921年，孙中山总结三十年之革命经验，通过大量调查研究，结合国情，制定了建设中国现代化的第一份宏伟规划《建国方略之二（实业计划）》。《实业计划》阐述了开发中国实业的途径、原则和计划，集中地体现了孙中山关于全面发展中国国民经济，迅速赶超世界先进水平的理想，为中国的现代化制订了宏伟的方案。《实业计划》共分六大计划，是一个包含了港口、铁路、公路、航运、城市、水利、工业、农业、林业、矿业等方面建设的计划，这六个计划规模都非常庞大，各项计划相互联系，以交通和基础设施建设为重点，使海洋与大陆连成一体，是一个以海洋国家和大陆国家相统一为目标，交通为经济建设之动脉，具有世界眼光的全面规划。孙中山所阐述的建国思想、建设原则和计划至今仍有重要的现实意义，这正是一个伟大杰出人物所具有的宽广视野和远见卓识。

简体的"杰"字强调热情。简体字的"杰"从木，从火："木"为木头，"灬"为"火"做偏旁时的写法，意为火焰。"木""灬"为"杰"，意为火上烧木，表明早期人类发现火后，利用钻木取火等方法，掌握了人工取火这一强大技能，从而增加了改造自然的力量，摆脱了茹毛饮血的生活，开始向文明社会前进，奠定了其作为万灵之长、万物之杰的地位。同时"木"在火上为"杰"也表明，火势愈燃愈旺盛，借此强调能力超群、气势强大，无人能敌。因此简体字"杰"表示燃烧自我，位处强势，热力四射，受人瞩目。

杰出的人总是在寻找"火源"，做勇者。"这'火种'并不难得。它可以是一部名人的传记，一本有启发性的书，一部电影里的故事，一个好朋友的几句话，一位好老师的指引，一次愉快地旅行，一段神圣纯洁的恋爱，或一些意外的刺激。"只要有心，"火种"是不难寻找的。清朝武官张曜就是一个身边找"火源"，就近拜妻为师，燃烧自我的人。

据载张曜是个大老粗，但却骁勇多谋，作战屡建功绩，因而提拔为河南布政使。因没有文化，御史刘毓楠硬把他改任为总兵。降格使用，张曜觉得委屈，旁人也抱打不平，刘毓楠坚持不改，说他"目不识丁"。张曜难忍大辱，便发愤要读书求学。可到哪里去找老师呢？最终他瞄准了妻子。妻子有文化教养，他便求夫人教他读书。妻子是个很有个性的人，虽答应却要他行拜师之礼。张曜求知心切，强按心头之火，穿起朝服，对妻子"三跪九叩"，随后跟夫人专心致志读经史，并将"目不识丁"刻成印章佩在身上自警。功夫不负有心人，数年后，张曜终于"淹通国史，诗文日有古法"，成为一个有学问的人。后出任山东巡抚，皇帝还以他勤奋好学，赐予他"勤果"二字。张曜是个求师的勇者，他的求学故事告诉我们：杰出的人会"自己去找"，不"放弃任何一个可以引发自己潜力的机会"的意愿。杰出的人有志向、有抱负，会受外力的推动，引发"对学问或事业的热情与冲力"，会得到"一种勇往直前的力量"，会"一旦之间"点燃自己，获取学业和事业上的成功。

繁体字的"傑"从远见卓识方面描述杰出人才的特质，而简体字的"杰"从燃烧自我、发奋图强方面解释，两者都有一定道理。

汉字趣闻

"俭"字史话

王安石，字介甫，号半山，封荆国公，北宋著名思想家、政治家、文学家、改革家。王安石一生致力于改革变法，政绩卓著，他虽身居高位，可是在平日生活中却是出了名的节俭。

一次，王安石儿媳家的亲属萧公子前来汴京，兴致勃勃地拜访相府，心想肯定可以在此美餐一顿。王安石处理完公务，果然邀请萧公子共进午餐，结果只是上了几盘家常便菜，主客共饮薄酒。萧公子半天没有等来珍馐佳肴，大失所望，最后只好随便挑拣几片饼的馅心下肚。王安石见后，语重心长地说："萧公子啊，这顿饭看来不合你的胃口。其实我知道你是嫌我招待你的饭菜不好。你也是读书人，大道理不用我给你讲。我就跟你分析一下这个'俭'字。你看'俭'（儉）字，一人立，三人坐；两人小，一人大，其中更有一两'口'等着吃饭。这就像一个家庭、一个国家，如果不懂得节俭，一味骄奢淫逸必然会衰亡，正所谓'俭节则昌，淫佚则亡'。"

王安石说完便默不作声地把萧公子剩下的饼皮夹到自己碗中，从容吃下，骄纵的萧公子见此羞愧难当。王安石这样不肯浪费一粒粮食的节俭举动，以身作则教育萧公子，最后成了一段历史佳话。

【状貌之况】

藝

扎根沃土　辛勤耕耘

艺

　　对于勇于作危险表演的技巧，人们常用"艺高人胆大"给予赞叹。凡是那些技艺纯熟，达到出神入化境界的能人，常常没有什么可畏惧。人们也常说"艺多不压身"，是指技艺多了不会把身体压垮，比喻人学会的技艺越多越好。可见，"艺"作为一种技能、技艺、技巧不但是我们生存、生活必备，也是为国家、为社会作出贡献和实现个人的自我价值所必须。

　　艺，会意字，繁体为"藝"。

　　"埶"为"藝"的本字，从坴，从丸。"埶"甲骨文为"图"，左上"图"为"木"，表植物、幼苗；右边"图"为"丮"，双手执握，即人用双手培土的动作。合起来"图"是种植花草树木的意思。"藝"最早是指园艺。种植植物不仅仅是一个简单的体力劳动，还需要一些技巧、技能，因此"藝"又被引申为技艺、技能。

金文""将甲骨文""字形中的""（木）写成""（屮），表示种植草本花卉。有的金文""加""（土）、加""（女），表示女子培土种植。

篆文""将金文字形中的""（木）写成""。

当"埶"的"种植"本义消失后，隶书"藝"再加""（芸）（"耘"，锄草）另造"藝"代替，表示栽种植物、培土锄草。

简体字"艺"省去了正体楷书字形中的""（埶），并依据草书字形""将正体楷书字形中的"云"简化成"乙"，另造"艺"字代替。对早期的农业社会来说，种植是一项事关生存的极其重要的技能，因此"艺"也代表"技"。

《说文解字》："埶，种也。从坴、丮，持亟种之。""埶"后演化为"藝"，造字本义：种植庄稼草木，培土锄草。如《诗》："王事靡盬，不能艺稷黍。"《孟子》："后稷教民稼穑，树艺五谷。"《资治通鉴》："命营田使邓懿文籍逃田，募民耕艺出租。"

"藝"字首先讲的是园林艺术。"藝"从艸、从坴、从丸、从云。"艸"为草，是花草树木等植物的统称；"坴"为大土块；"丸"的甲骨文形象为手执工具的样子，亦代表"弹丸之地"，即狭小的空间；"云"为耕耘的意思。组合在一起就是手执工具的人在一个狭小的空间精耕细作、侍弄花草。在狭小的空间内精耕细作，不同一般的庄稼种植，更需要一定的技巧、技能，劳动的过程就像一个艺术创造过程，成果就是一件艺术作品。"藝"还引申为技能、技术、才能、才艺、艺术等。古人常说"六艺"，通常有两种解释：一种是指"六经"，即《易》《书》《诗》《礼》《乐》《春秋》；一种是指礼、乐、射、御、书、数六种技能，是周朝贵族男子应熟识的礼法、音乐、射箭、驾车、读写、算法六种技能。事实上，我们生活中许多技能均与"艺"密切相关。如：蔬菜、果树、花卉、食用菌、观赏树木等的栽培和繁育的技术叫"园艺"；将原材料或半成品加工成产品的工作、方法、技术叫"工艺"；歌舞的技艺叫"乐艺"。

"藝"字强调艺术源于生活和民间。"藝"有"草"（艸）、有"土"（圥），表明艺术来源于生活，好的艺术作品一定是根植于民间、服务于人民，只有这样才能永葆艺术的生命力。如舞蹈源于对狩猎的动作模仿，音乐源于对声音的模仿，绘画是现实生活的再现。如果脱离生活谈艺术，那就是缘木求鱼，艺术之树也必将枯萎、凋谢，丧失活力和创造力。我们只要深入生活，就会发现艺术在民间，特别是工艺美术，很多大师的作品令人惊叹。岭南潮州的镂空木雕、珠绣、手拉壶，汕头的微书，广州的"三雕一彩一绣"，其艺术水平都很高。艺术来自人民群众在生活中的创造，艺术家只不过是去发现、加工、提高。艺术家只有到现实生活中去，到群众中去，到民间去，才有灵感，才有激情，才有传世之作。

　　"藝"字强调艺术是一种创造。艺术以创新和融通为生命。"藝"音通"易"。"易"是自然变化的规律，天地万物的法则，为"藝"之道，以平衡、和谐为美。艺术本身就是遵循"易"之道的物我交融创作过程。中国的舞蹈就是易字太极图的生动表现，在舞蹈中许多造型体现了各种姿势的不同空间层次的圆周运动。书法也是如此，优美的书法讲究神形兼备，骨肉并重，贯气连笔，要笔断气连，迹断势连、形断意连，连贯为一，一气呵成，这就是书法家的心意一体，表现为阴阳交错。绘画同样如此，清代画家郑板桥作画讲求"外师造化，中得心源"，是对易学的体会。对于画竹的创作，他曾提出三个阶段："眼中之竹""胸中之竹""手中之竹"，形象地说明了主观与客观、现实和想象、真实和艺术的界限，使创作出来的作品，既源于生活，又高于生活，达到"趣在法外"的境界。

　　"藝"字强调艺术高峰必须付出辛勤的耕耘才能达到。"藝"中有"云"，云的一个特点是变幻莫测，这就像艺术品所构建的文化意境，不同人生阅历和文化背景的人对同一件艺术品的感受往往也千差万别，正如人们常说的"一个万人眼中有一万个蒙娜丽莎，一万个人心中有一万个哈姆雷特"，艺术作品因人们的审美情趣差异也就像云一样变幻莫测；云还有一个特点是远离地面、高高飘扬，就像艺术在普罗大众的眼里是高高在上的，就像在云端一样，遥不可及。"藝"从芸，即耕耘。凡是可以传世的优秀艺术作品，一定是精雕细琢、一丝不苟、精益求精、耐心专注的结晶。这也就是我们常说的"工匠精神"。在追求"短、平、快"的当下社会，只有秉持和弘扬这种"工匠精神"，才能创作出思想精深、艺术精湛、制作精良的艺术精品。

简体字的"艺"依据繁体字"藝"的草书字形"**藝**"进行了大幅度的简化。"艺"字去掉了种植所需的"土"（坴）和工具"丸"，即去掉了"埶"；同时将"云"简化成为"乙"。由此，简体"艺"，从艹、从乙，"艹"代表草根、民众，从象形字变成了形音字。可以理解为艺术来源于生活、来源于人民群众。艺术在民间，高手在民间。但"乙"，其形同"乞"，假如艺术变成了向资本金钱"摧眉折腰"的"文化乞儿"，那将是文艺的悲哀。

繁体"藝"和简体"艺"相比较而言，"藝"本身就是一个复杂构造的"艺术品"，它各组成部分体现了艺术源于生活又高于生活、根植人民又服务于人民、需要方法技巧更需要工匠精神的深刻文化内涵；但繁体"藝"字写起来太过于繁杂，简体"艺"音同"乙"，也有可取之处。生活本身也是一门艺术，需要人们用心去体悟，有时纷繁复杂巧夺天工给我们的是一种"藝"术震撼，有时化繁为简返璞归真也给我们一种的"艺"术感动，故二者皆可用。

"月"字趣迷

从前有张王二秀才十分要好，经常在一起吟诗作赋，猜谜打趣。某夜，二人喝到兴起。王秀才对张秀才说："兄台，近日得一字谜，百思不得其解。敢请兄台指教。"张秀才笑曰："指教不敢当，何不说来你我一起参详？"王秀才道："正合我意！兄台且听。迷曰：'肩上有，背上有，胸上有，腿上脚上都有；头上无，面上无，耳上目上无，手上指上俱无。'"

张秀才苦思冥想了大约一盏茶的功夫，拱手道："是为'月'字。"王秀才诧异地问道："何解？愿闻其详。"张秀才解释道："'肩'字、'背'字、'胸'字、'腿'字和'脚'字都有一个共同的'月'字，也即肩上有，背上有，胸上有，腿上脚上都有；相反'头'字、'面'字、'耳'字、'目'字、'手'字和'指'字，都没有这个'月'字。故谜底应为'月'字。"听毕，王秀才站起身来向着张秀才深鞠一躬，并称赞道："妙哉！王某受教了，请受小弟一拜！"

優
用心则优 担心而忧
优

　　成语"优昙一现"比喻事物或景象稍现即逝，难得见到。优昙花，是梵文的音译，全音译为"优昙钵罗花"，为佛教祥瑞灵异之物，意为"祥瑞灵异之花"。《法华经·方便品》曰："佛告舍利弗，如是妙法，诸佛如来时乃说之，如优昙钵花时一现耳。"优昙钵花如莲花十二瓣，一开即敛，传说此花生长在喜马拉雅山，三千年一开花，开花后很快就凋谢。优昙花的学名叫山玉兰，落叶乔木，木兰科，叶革质椭圆形或卵椭圆形，花大而白，芳香，仿佛焚檀香木的气味。

　　"优"，繁体字为"優"，从人，从憂，会意字。憂，既是声旁也是形旁，表示思虑重重。

　　金文为"優"。"亻"表示人，为演员；"憂"为"忧"，意为思虑重重、掩面迟行。合起来"優"表示古代舞台上多愁善感的美貌演员。

篆文"優"承续金文字形。

隶书"優"将篆文的"優"写成"憂"。

简体"优"用"尤"（尤，特别的、与众不同的）代替隶书"優"字形中同音的"憂"（忧），同时淡去"忧愁"的含义，强化"特别""与众不同""杰出不凡"的意思。

"优"，既是一种职业名称，也是最早的滑稽戏的名称。不过，这种所谓"滑稽戏"不是真正的戏剧，可能是兼有竞技和调笑内容的游戏。作为一种职业，"优"是国君的近臣，有家奴性质，与"倡""俳"相通。

《说文解字》："优，倡也。"段玉裁注："倡者乐也，谓作妓者，即所谓俳优也。"据《史记·滑稽列传》记载，优孟是春秋时期楚国著名的杂戏艺人，常以谈笑旁敲侧击地劝说楚王。楚相孙叔敖死后，儿子很穷，优孟就穿戴了孙叔敖的衣冠去见楚庄王，神态和孙叔敖一模一样。庄王以为孙叔敖复生，便让他做宰相。优孟以孙叔敖的儿子很穷为辞趁机对楚王进行规劝，庄王受到感动，封了孙叔敖的儿子。因此，成语"优孟衣冠"比喻假扮古人或模仿他人，也指登场演戏。

"優"也指优伶、俳优，"憂"是"忧"的繁体字。俳优，指古代演滑稽戏杂耍的艺人，《韩非子·难三》："俳优侏儒，固人主之所与燕也。"在古代，俳优社会地位处于底层，靠四处卖艺为生，过着居无定所、四处漂泊的生活。他们带给人们的是欢乐，留给自己的却是低贱和屈辱，故为命运而哀叹、忧患，因此，"優"带有忧虑、发愁之意。

"優"字告诉我们，优秀的人才是用"心"磨炼出来的。繁体的"優"中有"心"，意为表演者要用心体会角色，把自己的心情表达出来。作家三毛曾写过名句："春花、秋月、夏日、冬雪，你若盛开，清风自来。"每年不变的景象，你若用心感受，曼妙情趣则不请自来：树在长高，草在变绿，鸟在飞翔，不变中亦有变，得优游自若之境。庄子曰"乘物以游心"，王阳明的"心即理"，那便是剥去看得见的皮，观察看不见的肉，器物之妙，终究还是要落实于"心"。世间的一切，用心看透所见所闻，方能发现美、创造美，而"致良知"。用心才能优秀，想他人之所未想，及他人之所未及。一个认真工作的人，只能称作称职；而一个用心工作的人，才能企及优秀。二战时期，一个苏联人抓住了一个德国间谍，只是因为他蹬脚的节奏让他想起了一首德国民歌。"用心"不单单是两个字的排列，其含义实则为一个"爱"字，用心去工作在于情感的融入、责任的担当，勤思考、多创意、敢超越；"用心"，是一种态度，一种境界，一种品质。应付敷衍、一心二用还是专心认真、一心一用，这是为人处世的态度，也是用心的力度。从平凡到优秀，秘诀实则只有一个，那便是"用心"二字。

　　"優"字告诉我们，优秀的人拥有理想并乐于探索、实践。"優"从人，"憂"的"頁"为头部，可引申为意识、想象，为梦想、理想；"夂"的甲骨文是"脚"的象形，可引申为行动、动作，为探索、实践。知是行的主意，行是知的功夫；知是行之始，行是知之成。知行合一，行"优"于言。世界上有许多发明和创造，都来自于梦想与实践。人们在梦想与实践中，不断地探索和创新，从无到有，从低往高地不断渗透、延伸、发展。自古以来，人们都在寻找各自的梦想并不断地探索和创新。东汉时，我国有位著名的科学家，名叫张衡。有一年，都城洛阳发生了特大地震，地面陷裂，房屋倒塌，百姓家破人亡……张衡心情万分的沉重，作出了一个重大决定，就是要设计和研制出一种能预测地震的仪器。经过多年的精心设计和反复试验之后，张衡终于在公元132年发明了世界上第一台能预测地震方位的仪器——地动仪。梦想，是走向优越与成功的第一步，是体现人生意义和价值的重要筹码，而梦想只有通过付诸实践才有希望达成。理想充满了生机，充满了活力，如精灵一般在人的大脑自由地遨游。曾几何时，或者为生活所迫，或是被担心所拖，又或是自甘堕落，人们偶尔会对理想感到迷茫、陌生，模糊地辨不出本来模样。但优等的人总会坚持，梦想经过记忆的检索、冲洗，又会像阳光一样照亮整个内心世界，因为理想不幻不灭、从未褪却，迫切的渴望人们去付诸实践、理性追求。兵家之士有一句座右铭叫"拳不离手，曲不离口"，练武的人关键是靠平时多练习拳脚功夫，不能只是夸夸其谈。那些大发言论而不付诸日常实践的人绝不能学到真本事，只能是"绣花枕头"，中看不中用，与"優"字距离十万八千里。

"優"强调"優"是一种优裕、优越。《说文解字》："優，饶也。""優"也有丰饶、充足之意，如《诗·小雅·信南山》："既优既渥，既沾既足，生我百谷。"苏洵《上韩枢密书》曰："天子者，养尊而处优，树恩而收名。"做皇帝的处于尊贵的地位，过着优裕的生活，靠树立恩惠而获得好名声。成语"养尊处优"也用以形容那些高高在上，不劳动，不工作，而又过着优裕生活的人。孔子《论语·子张》主张"仕而优则学，学而优则仕"，"优"是有余力的意思。做官了，有余力便去学习；学习了，有余力便去做官。孔子的本意是强调学习、做官应兼而得之，学习永无止境。后世对此条的理解发生了一些变化，所谓"学而优"的"优"，不再作"有余力"的解释，而把它训释为"优异"，并且把学习优异就可以做官作为封建教育的指导思想之一，这一点与孔子的本意是有差别的。

简体字的"优"字由"人""尤"组成，"尤"为尤其、特殊之意，因此"优"引申为最佳、优良，与"劣"相对，如诸葛亮《出师表》的"优劣得所"，类似的成语如"优胜劣汰""学优才赡""材优干济"。王充在《论衡·书解篇》提出："人有所优，固有所劣；人有所工，固有所拙。"这几句的大意是：人有优点，也必有缺点；人的技能有智巧的一面，也必然有笨拙的一面。人的优点与缺点、巧与拙是相对存在的，因此待人要一分为二，不能求全责备。

此外，"优"字有"忧"，表示忧心、柔弱，如成语"优柔寡断""优柔不断"。《管子·小匡》："人君唯优与不敏为不可。"优柔寡断的人，往往就是过分强调计划的重要性，过分纠结因而迟迟作不了决定，结果只能是空留遗憾。所谓"德不优者，不能怀远；才不大者，不能博见"。一个心忧天下的人，是优秀的。不过，太过忧心的人，比如"杞人忧天"却是一种心理疾病，则是不可取的。与其"忧心如焚""忧劳成疾""替古人担忧"，不如"优哉游哉""涵泳优游""优游恬淡""优游卒岁"。

　　繁体的"優"意为充足的、富裕的，强调"心"与"行"。汉字的神奇，原因在于汉字具有全息性，每一个汉字，都是形、景、理的有机结合，浓缩着不同时空的相应信息。汉字则如同一面"镜子"，能够随着时空的变化，"映射"出所代表的相应信息的变化情况。古人的造字智慧，由此可见一斑，了解"優"字的演化过程，也不失为对生活多一点的感悟与思考。而简体的"优"字意为很好的、特别的，则淡去了"忧愁"含义，与"優"字的造字本意差别较大。

📖 **汉字趣闻**

苏小妹对联戏人反遭戏

　　佛印和尚（1032—1098），宋代云门宗僧，法名了元，字觉老，俗姓林，饶州浮梁人。据记载，佛印和尚自幼学习儒家经典，三岁能诵《论语》、诸家诗，五岁能诵诗三千首，长而精通五经，被称为神童。

　　佛印和尚为苏东坡之方外至交。一天，佛印和尚去拜访苏东坡，苏小妹代为引路。佛印和尚一路宣扬佛力广大、佛法无边。苏小妹听了一会觉得没趣，有意开他的玩笑，笑着说道："大师，小女子偶得一上联，您可愿对下联？"佛印和尚笑着说："阿弥陀佛！贫僧愿为一试，施主请出上联。"苏小妹笑道："人曾是僧，人弗能成佛。"佛印和尚听了后，也反戏她一联道："女卑为婢，女又可为奴。"苏小妹瞬间脸红了。

雙

手持两鸟　成双配对

双

　　"双燕复双燕，双飞令人羡。"是诗仙李白《双燕离》中的名句，描写了雌雄双燕历尽艰险，生死不渝的爱情。"双"与"单"对应，大多数青年男女向往"成双成对"而拒斥"形单影只"，"双"意味着"两个""一对""相伴相随"。

　　双，会意字，繁体字为"雙"，从又、从雔。

　　篆文为"雙"。"ヨ"（又）是手的形象，本义为手，表示持有、持之；"隹"（隹）是鸟的形状，"雔"（雔）为两只鸟，合起来表示手持两只鸟，即一只手托着一对鹰隼在行猎。

　　简体字"双"，省去了两只鸟"雔"（雔），将一只手"ヨ"（又）变成了一双手"双"，表示一对、两份、两倍等意。

　　《说文解字》："雙，隹二枚也。从雔，又持之。"造字本义：手持一对鹰隼行猎。如《公羊传·宣公五年》："其诸为其双双而俱至者与。"《孔雀东南飞》："中有双飞鸟，自名为鸳鸯，仰头相向鸣，夜夜达五更。"

"雙"首先有两个、一对的意思。繁体的"雙"字有两只"隹"，代表两只鹰隼；简体的"双"字由两个"又"组成，代表一双手。两者都蕴含着"双"代表两个、一对的意思，与"单"相对应，而且往往是对称的"一对儿"。如李商隐的《无题》："身无彩凤双飞翼，心有灵犀一点通。"曹雪芹的《葬花吟》："愿侬此日生双翼，随花飞到天尽头。"卢照邻的《长安古意》："双燕双飞绕画梁，罗帷翠被郁金香。"中国传统观念以"双"为美，认为事物一般成双配对即圆满、美好。《仪礼·聘礼》有云："凡献，执一双。"崇尚对称、讲究和谐，"双必喜"逐渐演化成中国人重要的审美心理特征。如：形容夫妻感情融洽恩爱的成语叫"比翼双飞"；形容两方面同时进行或两种方法同时采用以期取得圆满结果的成语叫"双管齐下"；形容美好的事情同时到来的成语叫"好事成双"。

"雙"其次有双份、两倍的意思。繁体"雙"和简体"双"均从又，"又"为重复、再次的意思，表示在数量上为"双份""两倍""成倍"，如"举世无双""国士无双"。《饮马长城窟行》："客从远方来，遗我双鲤鱼。"柏拉图的名言："不知道自己的无知，乃是双倍的无知。"日常生活中我们也常用"双"来表示两倍的意思，如"双薪"指比原来工资多一倍。

"雙"再次有"偶数"的意思，与"奇数"相对应。二、四、六、八、十等能被二整除的整数为偶数；相对应的一、三、五、七、九等不能被二整除的为奇数。在《易经》中，奇为"阳"，偶为"阴"。《易传·系辞上传》："易有太极，是生两仪，两仪生四象，四象生八卦。"其中与偶数有关的"两仪"通常是指"阴阳"，也有人认为是"天地""奇偶""玄黄""乾坤""春秋"等；"四象"通常指"太阳、太阴、少阴、少阳"，也有人认为是"东、西、南、北""青龙、白虎、朱雀、玄武"等；"八卦"为"乾、兑、离、震、巽、坎、艮、坤"八个基本卦象。我们日常生活中也常用"双"来表达偶数的意思，如：双数、双号、双日等。《宋史·礼志》："唐朝故事，只日视事，双日不坐。"苏轼《元祐三年春贴子词·太皇太后阁之二》："一声双日跸，春色满皇州。"在民间，办婚嫁迎娶、乔迁新居、满月喜宴等喜庆事宜，喜"双"而忌"单"，送礼或礼金也喜凑成双数，意喻好事成双。

"雙"最后有"匹敌"的意思。"双"基本意思为"一对""一双"，表示两个高度相似、般配的事物形成一对完美的组合，那么"无双"则表示"不匹配""不匹敌""独一无二"等意思。故此，"双"被常用作"匹敌"的意思。如：《史记·淮阴侯列传》："至如信者，天下无双。"《资治通鉴·唐纪》："或言寿王妃杨氏之美，绝世无双。"《孔雀东南飞》："指如削葱根，口如含朱丹。纤纤作细步，精妙世无双。"

繁体"雙"与简体"双"相比较而言，"雙"从又、从雔，本义是手持双鹰行猎，生动再现了人类社会早期的生活场景；"双"从又，本义是"一双手"，强调"两个""一对""重复""再次"的之义。简体的"双"字用以表示"双"的意思，写起来简便一些，为此，还是简化字好一些。

📖 汉字趣闻

酒令送陈询

陈询，字汝同，明朝官员，永乐十六年（1418年）授翰林院庶吉士，后任翰林院编修、侍讲学士、大理寺少卿、国子监察酒等职。

陈询生性刚直，遇到看不惯的事情或者别人过错时，便要当面指出，为此得罪了不少人。友人也曾多次规劝其随和一点，但作用不大。明英宗时，太监王振擅权，陈询不但不附阉党，而且因耿直的性格开罪了王振，被王振找了个借口贬为安陆知州。

临行前，友人们为陈询送行，酒过半酣，有人提出行酒令。酒令规则为，每人说两个字，其中第一个字由三个相同的部分组成，第二个字与前一个字的组成部分押韵，最后用一句诗进行阐释并以第二个字结尾。陈询说："'轰'（轟）字三个'车'，'余斗'成'斜'字；车车车，远上寒山石径斜。"一友人说："'品'字三个'口'，'水酉'成'酒'字；口口口，劝君更尽一杯酒。"另一友人说："'犇'字三个'牛'，'田寿'成'畴'字；牛牛牛，将有事乎田畴。"陈询又接着说："'矗'字三个直，'黑出'成'黜'字，直直直，焉往而不三黜。"在座的人听了，这不是陈询在拿自己耿直的性格开玩笑嘛，大家不禁会意地笑了。

難

鸟啄为刑　极端痛苦

难

　　"患难见真情"出自明代东鲁古狂生《醉醒石》第十回："浦肫夫患难之交，今日年兄为我们看他，异日我们也代年兄看他。"后来民间衍生出"患难见真情"的说法，意思是指只有经过共同的患难才能看出自己的知心朋友。经后人拼凑后有了"岁寒知松柏，患难见真情。路遥知马力，日久见人心"的句子，几个成语的出处不一，但是意思相同或接近，句式相对，经常被引用。

　　难，繁体字为"難"。

　　金文为"[图]"。左边"[图]"为"莫"，表示绞刑或火刑的极刑，右边"[图]"为"隹"即"隼"，表示食肉的猛禽。合起来，"[图]"表示捆绑受刑者，让猛禽啄食而死。为古代一种酷刑。"難"为鸟啄之刑，是一种长时间痛苦的刑罚，"[图]"字强调"苦難"是对人的一种长期折磨。

篆文"𩁟""𩁞"基本承续金文字形。

隶书"難"将篆文"𩁞"字形中的"堇"和"隹"进行改造。

简体"难"字，将隶书"難"字形中的"堇"（莫）简化成"又"（又），强调一次又一次的波折，会意"不容易""困难""艰难""苦难"。

《说文解学》："難，鵜也。从鸟，堇声。難，鵜或从隹。"造字本义：鸟啄之刑，极端痛苦漫长的过程，引申为"不容易""困难""艰难"之义。如李白《蜀道难》："蜀道之难，难于上青天。"王褒《灵坛碑文》："桓谭作论，明弱水之难航。"《资治通鉴》："今寇众我寡，难与持久。"

贝多芬是世界著名的音乐家，也是命运最苦难的一个。童年，贝多芬是在泪水浸泡中长大的。家庭贫困，父母失和，造成贝多芬性格上严肃、孤僻、倔强和独立，在他心中蕴藏着强烈而深沉的感情。他从12岁开始作曲，14岁参加乐团演出并领取工资补贴家用。到了17岁，母亲病逝，家中只剩下两个弟弟，一个妹妹和已经堕落的父亲。不久，贝多芬得了伤寒和天花，几乎丧命。贝多芬简直成了苦难的象征，他的不幸是一个孩子难以承受的。尽管如此，贝多芬还是挺过来了。他对音乐酷爱到离不开的程度。在他的作品中，有着他生活的影子，既充满高尚的思想，又流露对人间美好事物的追求、向往。对美丽的大自然他有抒发不尽的情怀。

说贝多芬命运不好，不光指他童年悲惨，实际上他最大的不幸，莫过于28岁那年的耳聋。先是耳朵日夜作响，继而听觉日益衰弱。他去野外散步，再也听不见农夫的笛声了。从此，他孤独地过着聋人的生活，全部精力都用于和声疾苦战。

贝多芬活在世上，能理解他的人太少了，而唯一能给他安慰的只有音乐。他作曲时，常把一根细木棍咬在嘴里，借以感受钢琴的振动，他用自己无法听到的声音，倾诉着自己对大自然的挚爱，对真理的追求，对未来的憧憬。他著名的《命运交响曲》就是在完全失去听觉的状态中创作的。他坚信"音乐可以使人类的精神爆发出火花"。"顽强地战斗,通过斗争去取得胜利。"这种思想贯穿了贝多芬作品的始终。

"灾难"是极端的痛苦。"難"为一种极端的酷刑,唯有巨大"灾难"中的生离死别才会给人带来这样痛苦的感受。

撕心裂肺的痛苦,莫过于灾难生离死别。汶川地震时一位十来岁的小姑娘因失去亲人,想要钻入掩埋现场。空降兵士官李武一面阻拦她进入,一面好言好语安抚她。小姑娘情绪失控,抓起李武的胳膊猛咬,还拔出衣服上一枚胸针,对着他的胳膊狠狠扎了下去。鲜血迅速染红了他整条胳膊。

但李武就像没有感觉一样,继续安慰着小姑娘,脚下还是一步不退,在场的所有老百姓都被这一幕惊呆了,有的当场就哭出声来,一位老大爷走出人群,轻轻拉起小姑娘,"孩子啊,叔叔的心也疼着啊,我们回家吧。"

小姑娘凝视着李武汗流满颊的面容,止住了哭泣,默默随着老大爷向后退去……空降兵某团黄继光生前所在连的一级士官李武手臂上一排深深的牙印,格外引人注目。

后来战士们掩埋遗体时,就再也没有过群众冲撞警戒的情况。李武后来告诉记者,"当时真正痛的不在手上而在心里,小小年纪一下子失去了亲人,能不伤痛吗,只要我的伤痛能减轻她的一点伤痛,那就让她咬吧!"

简体字的"难",左边为"又",右边为"隹",是又一只猛禽的意思,很难体现出难的本义。相比之下,繁体字"難"内涵更加丰富而有意义。

苏小妹洞房三难秦少游

苏东坡有个妹妹，人称苏小妹。她博学多才，决心非嫁个才学出众的如意郎君不可。词人秦观，字少游，才华过人，他听说苏小妹不但相貌端秀而且工诗善词，久有爱慕之心。

后来，两人彼此爱慕对方才华，又在亲朋好友撮合下两人喜结良缘。但大婚之夜，苏小妹又想出题为难一下秦少游，于是紧闭洞房大门，出三道题，让少游在外面答，答出来才能进屋。前两道题都没有难住秦少游，于是苏小妹第三题出了一个对联，上联云："闭门推出窗前月。"秦少游初看并不觉得为难，但仔细一琢磨，却犯了难。他在荷花池前徘徊，苦苦思索，但直到三更天还是对不上来。苏东坡来探视妹夫，得知这个情况，想提示少游，但又不好直接开口讲出来，便急中生智，捡了一颗石子，扔进荷花池中。秦观听见投石击水"砰"的一声，立即有了灵感，大声吟出下联："投石冲开水底天。"苏小妹听闻后非常高兴，这才开了门，让少游入了洞房。

【圣手之术】

醫

以酒消毒　内病外治

医

　　"匿病者不得良医。"这句话出自汉朝董仲舒《春秋繁露·执贽》。本句大意是：隐瞒自己疾病的人，得不到好医生治病。再好的医生，总得知道病人的症状，才能诊断病情，对症下药；如果隐瞒自己的疾病，医生不知病情，如何诊断？病人当然也就得不到良好的治疗了。同样的道理，人如果隐瞒自己的缺点错误，别人无从知道，也就得不到中肯的批评和指点，无从改正缺点。本句可用来告诫人们不能讳疾忌医。

　　"医"繁体字为"醫"，形声字，医，既是声旁也是形旁。异体字为"毉"。

　　"医"甲骨文为""。"匚"（匚，筐子）和""（"矢"，箭只、箭头）合起来成""，表示用筐装着箭只、箭头的样子，指盛箭的筐篓。篆文""承续甲骨文字形。

趣說繁簡字

醫，古鉢"医"。其中"医"为"医"，指箭筐；"殳"为"殳"，指持械打击；"酉"为"酉"，指药酒。合起来"醫"表示用药酒为箭伤、殳伤等外伤消毒，引申为治疗、医疗伤口。

篆文"醫"承续了金文字形。异体字"毉"篆文"毉"用"巫"（巫）代替了"酉"（酉），表明了古代巫、医同源的一面。

《说文解字》："醫，治病工也。殹，恶姿也；醫之性然。得酒而使，从酉。王育说。一曰殹，病声。酒所以治病也。《周礼》有醫酒。古者巫彭初作醫。"造字本义：用药酒为战斗中的箭伤消毒、治疗，引申为治病、治疗、救治、治病的人等。如《国语》："上医医国，其次疾人。"

与"医"有关的成语大多与治疗之意有关。"讳疾忌医"指隐瞒疾病，不愿医治，比喻怕人批评而掩饰自己的缺点和错误；"久病成医"指病久了对医理就熟悉了，比喻对某方面的事见识多了就能成为这方面的行家；"上医医国"指高贤能治理好国家；"死马当活马医"比喻明知事情已经无可就药，仍然抱万一希望，积极挽救，也泛指做最后的尝试；"头痛医头，脚痛医脚"比喻被动应付，对问题不作根本彻底的解决；"俗不可医"指俗气已深，不可救药；"病急乱求医"指病情危急不审医术好坏就去就诊，比喻事势危急盲目求援。

繁简体的"醫"（医）的共同点是：借助医疗器械治疗身体的疾病。"匚"为"区"的省略，为区域范围；"矢"为箭矢，引申为医疗器械。治疗疾病要使用医疗器械，有的放矢，对症下药。

针灸，就是中医常用的治病方法。中医有"一针二灸三按四推拿"的说法。故"醫"字可以看到针灸是最早的医疗手段。"醫"是借助工具对内病外治。繁体字的"醫"从殳，"殳"是治病时的叩击声，"殳"中有"殳"，为拍打、点穴、推拿、按摩等动作，这些都是医疗的手法，非药物的外在治疗方法在医疗中占有很大的比例。

"酒"是医疗之药。繁体字的"醫"从酉，"酉"本义为酒坛子，代指熬药或酿药酒用的罐子。"酉"也可以视为"酒"字的省略，酒与"醫"密不可分。因酒常用作中药的药引或针灸消毒的酒精，故而"醫"从酉。"殹""酉"为"醫"，指通过推拿或用酒作药引的辅助方法给人治病，表明了治病的方法。

繁体字"醫"中有酒，自古酒就与医术密不可分。酒的药用，使远古人类医术前进了一大步。人们发现酒不仅有特殊的香味，而且还有助于消化食物，祛除寒气，活血化瘀，酒还有麻醉止痛的作用。周代人们就已经知道用酒给伤口消毒了。另外，酒能促进血液循环，使药物迅速发散到全身，于是人们又在酒中加入中草药，制成药酒。中国古代神医华佗发明的"麻沸散"中就有酒的成分。

一次，华佗在鲁南地区为一个胳膊上生了毒疮的小孩动手术。那孩子连蹦带跳，疼得死去活来。这件事深深触痛了华佗的心。他想："要是制成一种药，先让病人服下，然后动手术时既不痛苦，又能治好病，那该多好！"

有一天，几个小伙子抬来一个昏迷不醒的汉子，求华佗医治。华佗问："这人伤在哪里？""他和人打架，让人打断了肋骨！"一个小伙子忙说。华佗给伤者解开衣服一看，左胸下血肉模糊，肋骨都露出来了。他让小伙子们按住伤者，然后忙用药水擦洗伤口，开始动手术。

这时，华佗才发现，整个手术过程中，那人不仅没有挣扎，连一声呻吟都没发出。忽然，一股酒气扑鼻而来。一问，原来那伤者喝得酩酊大醉，这时还酣睡在梦中呢。这一例手术给华佗启发极大。只要制成一种药让病人服下后像喝醉酒一样睡着，手术就顺利得多了。

华佗开始研究麻醉剂。经过一次次的试验、改进，一种用浓酒配制的中药麻醉剂——麻沸散制成。

一次，一个船夫肚子痛得直打滚，经华佗诊断是他的脾溃烂了，必须割掉。船夫同意后，华佗取出一包麻沸散，放到酒里搅匀后让他喝下。不多会儿，船夫就迷迷糊糊失去了知觉。华佗切去了他溃烂了的脾。船夫醒来之后，肚子就不那么痛了。又经华佗精心调治一个月左右，病人恢复了健康。

　　繁体字"醫"为治病之人，如医生、医师等。医者仁心，"大医精诚"。《大医精诚》出自唐朝孙思邈所著之《备急千金要方》第一卷，乃是中医学典籍中，论述医德的一篇极重要文献，为习医者所必读。《大医精诚》论述了有关医德的两个问题：第一是精，亦即要求医者要有精湛的医术，认为医道是"至精至微之事"，习医之人必须"博极医源，精勤不倦"。第二是诚，亦即要求医者要有高尚的品德修养，以"见彼苦恼，若己有之"感同身受的心，策发"大慈恻隐之心"，进而发愿立誓"普救含灵之苦"，且不得"自逞俊快，邀射名誉""恃己所长，经略财物"。

　　繁简体相比，简体字的"医"更多地体现了西医的特点，"西医是治人的病"，是局部、精准的治疗。繁体字的"醫"全面反映了中医学的内涵，即医疗的诊治方法、药物等，"中医是治有病之人"，繁体字的"醫"解释了医的渊源，内涵更加丰富一些。

汉字趣闻

蒋焘切瓜巧对

蒋焘，明代文学家，从小就才思敏捷，擅长作诗，对对联，蜚声乡里。

一天，家中来了客人。此时窗外正下着小雨，客人想考考他。于是便出一个上联："冻雨洒窗，东两点，西三点。"蒋焘仔细思忖着，自言自语道："这个'冻'字拆开是一个'冫'和一个'东'字，故'东两点'；'洒'字拆开是一个'氵'和一个'西'字，故'西三点'。合起来组成对联确实很巧妙，对起来有一定难度。"正在这时，只见仆人从屋里抱出一个大西瓜，将瓜切成两半，其中一半切了七刀，另一半切了八刀。蒋焘忽然来了灵感，爽朗地笑道："有了。下联为：'切瓜分客，横七刀，竖八刀。'"

蒋焘见客人纳闷不解，补充说道："'切'字拆开左边一个'七'字、右边一个'刀'字，故曰'横七刀'；'分'字拆开，上面一个'八'字、下面一个'刀'字，故曰'竖八刀'。"此语一出，客人惊叹不已，众人赞不绝口。

馆

才俊良官 食宿之地

馆

　　"馆职"是宋朝官制中特设的一种官职，简单地说，"馆职"是指在"馆阁"中供职。宋初沿袭唐代制度，置史馆、昭文馆、集贤院，合称"三馆"，都在崇文院内，后来又在崇文院内增建秘阁，另置官属，三馆和秘阁总称崇文院。三馆有直馆、直院、修撰、检讨等官，秘阁有直阁、校理等官，这些官都称为馆职，掌管三馆、秘阁典籍的编校。北宋的馆职要求很严，一般文士要经过考选才能授职。北宋太宗、真宗、仁宗三朝君主都采取重文政策，优礼儒臣，大兴文治，馆阁翰苑文人学士荟萃，盛极一时。其中，仁宗时期馆职素质尤高。《古今源流至论》后集卷八引宋高宗语曰："太宗置三馆养天下之士，至仁庙人才辈出，为国名臣。"馆职是宋代的"干部储备部"，一任馆职便升迁有望，因此馆职很为当时士大夫所企望。由进士高第荐试馆职，由馆职选任两制词臣（翰林学士与知制诰），由两制拔擢辅相，是宋代文人仕宦荣显的最佳途径。馆阁为培养贤俊，储备人才之所，宋代名臣及文章大家多由此出身。范仲淹、欧阳修、王安石、司马光等都是这一时期出现的名臣。

馆，会意字，繁体字为“館”。

金文为“”。左边“”为食，表示食宿、食物；右边“”为官印，指官府、官署。合起来“”指古代接待官吏或名流食宿的地方。

篆文“”加“”（“宀”），突出客居的主题。

简体“馆”字根据草书“”简化而来。

《说文解字》：“館，客舍也”。本义为客馆、馆舍。古代的“館”通常为官办。如《诗·郑风·缁衣》：“适子之馆兮。”《诗·大雅·公刘》：“于豳斯馆。”又如负责管理馆舍招待宾客的人为“馆人”，接待宾客安置于馆舍为“馆客”，馆舍驿站为“馆驿”，邸第为“邸馆”，正宫之外供帝王出巡时居住的宫室为“离宫别馆”等。

“馆”字在日常使用的过程中，其意义范围逐渐扩大，凡是铺陈华丽、设施完备的场所，包括官署、学塾、书房、商坊、展览处所等都可命名为馆，例如“旅馆”“学馆”“文化馆”“理发馆”“展览馆”“歌楼舞馆”等，又如《周礼·司巫》的“及蒩馆”、龚自珍《病梅馆记》的“辟病梅之馆以贮之”。

《周礼·遗人》记载：“五十里有市，市有候馆。候馆有积。”五十里有集市，集市上有馆舍，馆舍里有粮食，用以接待朝拜、问候的宾客。春秋以后，大小诸侯国交往频繁，使节往来穿梭。诸侯国为款待上宾或他国使节，在都城内社里专门的房舍供其休憩居住，称为“使馆”，在使馆里接待陪伴外国使节的官员称为“馆伴”。现代的“使馆”则是外交使节在所驻国的办公场地。

诗文"可堪孤馆闭春寒，杜鹃声里斜阳暮"出自秦观的《踏莎行》，馆是指旅舍。这两句大意是：孤独的旅舍中闭锁着重重春寒，在"不如归去"的杜鹃声里夕阳斜照，时已日暮，此情此景，叫人怎能忍受！这首词是秦观寄居旅舍时写的，作者待罪郴州，独处孤馆，那料峭的春寒，使他倍感凄凉。一个"闭"字，不仅指春寒不散，也指他幽闭馆中，无人交往，益发显出处境的孤独悲凉。此时，耳中又听到杜鹃"不如归去"的悲鸣，眼中又看到日暮时西下的夕阳，这正是人们回家团聚的时刻，可是，作者何时能归。此情此景，确实不堪忍受。

"館"，意为为官员提供食宿的地方，也指良人之官舍。"館"，从食从官，又从良从人，为良人之官舍。一个人只有先成为一个良人，即好人，才能进一步成为一个好官。做官是一时的事，而做人是一辈子的事，为官必须要学会做"人"，实实在在地谋事创业。在此基础上，再通过学习实践，提高人格魅力，成长为"才"。"若为良人则尽其才，若为人才则尽其用"，为官者，需常怀自律之心，行得正，坐得直，敢于大刀阔斧开展工作，方能成就一番事业，造福一方百姓。同时，"館"也应是为良人服务，而不应该为坏人所用。曾几何时，隐藏在高楼大厦、风景点、私人住宅里面的私人会馆、高档餐馆一度猖獗，"私人会馆的歪风"已成了贪官的"私人订制""温情港湾"，变成腐败的新场所，与真正的"館"相差甚远。

繁体的"館"与简体的"馆"的差别在于饮与食，这是节俭和挥霍的差别。繁体强调的是食，用五谷杂粮吃饱；简体则强调饮，饮酒是奢侈的，花天酒地吃喝是一种浪费，也带坏了风气。相传，明朝朱元璋当皇帝那年，恰逢全国各地发生天灾，百姓缺衣少食，生活非常困难，一些达官贵人却仍花天酒地，沉醉于歌楼舞馆。出身贫苦的朱元璋对此极为不满，决心要自上而下地加以整治。于是，他和马皇后想出了一个巧妙的办法。

在马皇后生日的那天，满朝文武官员都来祝贺。宫廷里摆了很多酒席，大家坐定后，朱元璋吩咐上菜。第一道菜是一盘烧萝卜。朱元璋说："萝卜上了街，药店无买卖。愿众卿吃了这道菜，百姓都说官员上了街，我们笑颜开。"那些吃惯了山珍海味的大臣们，虽然不爱吃，却没人敢违抗皇命，只好大口大口地吃起来。第二道菜是烧韭菜，朱元璋接着说："小韭菜，青又青，长治久安定人心。愿各位吃了这道菜，在你们管辖之地，百姓安居乐业，长治久安。"而第三、四道菜则是两碗青菜，朱元璋说："两碗青菜一样香，两袖清风好丞相。拿朝廷的俸禄，为百姓办事，就要像这两碗青菜一样，清清白白。"最后是一大碗葱花豆腐汤，这时朱元璋又说："小葱豆腐青又白，公正廉洁如日月。寅是寅来卯是卯，吾朝江山不变色。"

宴席后，朱元璋当众宣布：从自身做起，今后宴客最多四菜一汤，违者从严惩处。从此，用"四菜一汤"招待客人便从宫廷流传到民间。

繁简的对比，繁体的"館"字强调了"良人馆舍"之"館"、"节俭自律"之"館"，包涵的文化信息更为丰富一些。

📖 **汉字趣闻**

谢石以"申"断命

一个人生病了，写了一个"申"字问谢石，自己的病情会怎么样？书写时，这个"申"字的中间带有燥笔（用墨含量甚少）。客人走后，谢石对在座的人说："丹田既然一团燥火，此人必死无疑。"有人问："几日应验？"谢石说："过不了明天申时。"后来果然如此。

術

行有行规　术有专攻

术

有一个典故叫"不学无术"，这是一个悲剧的故事，出自《汉书》。据记载，汉代的大司马、大将军霍光，由于放纵了妻子，结果导致了灭门之灾。汉宣帝刘询刚刚继承皇位的时候，霍光的妻子想把小女儿成君嫁给刘询做皇后，以提高自己的地位。可是，刘询早已立许妃为皇后。霍光妻子便与女医淳于衍趁许妃生病时，下毒药将其谋害。后来，事情败露，霍光的家族、近亲都受到牵连，有几千户人家遭诛杀。史学家班固在评价霍光时，指出霍光对家人缺乏严格的管教，过分宽松、放纵，招致灭门之祸。班固还指出，这是霍光不学无术、不明白大道理的缘故。"不学无术"指一个人没有学问和办事的本领。

"五术"是中国传统文化中极为重要的组成部分，是对庞大复杂的道术（秦汉前称方术）系统的最主要分类，一般认为包括山（仙）、医、命、卜、相五类："山"，是通过食饵、筑基、玄典、拳法、符咒等方法来修炼"肉体"与"精神"，以达充满身心的一种学问；"医"，是利用方剂、针灸、灵治等方法，以达保持健康、治疗疾病的一种方法；"命"，是透过推理命运的方式来了解人生，以穷达自然法则，进而改善命运的一种学问；"相"，一般包括"印相、名相、人相、家相、墓相（风水）"等五种，以观察存在于现象界形相的一种方术；"卜"，包括占卜、选吉、测局三种，其目的在于预测及处理事情。

术，繁体字为"術"。会意字，从行、从木、从"丶"。

"术"的本字为"朮"（zhú），甲骨文为"𣎆"。其中，"𠂇"（"又"，抓）、"八"（"八"，即"扒"，分、剥离）。合起来"𣎆"表示抓住而剥离，即用力抓、扒树皮，使之脱落、剥离，用作绞绳或编篮。

金文为"𣎆"。"𠬝"（"又"，抓）、（"中"，剥皮的植物）、"八"（"八"，分、剥离）。"𣎆"侧重强调"术"作为剥离植物茎秆上的青皮的含义。

篆文"𣎴"将金文进行了简化。在"𠬝"（"又"，用手撮）下方加"八"（八，分、离），会意分离。

后来当"术"将植物茎上剥下青皮编织竹篮的本义消失后，另造篆文"術"（"術"）代替。其中，"行"（行，通道、小径）、"𣎴"（"术"，用植物皮编织）。合起来"術"表示用竹木编扎通道两边的篱栅。

简体字"术"直接采取了古字"朮"（zhú）和"術"（shù）的共同部分"术"，只是不读它原有读音zhú，而转读被合并字"術"的读音shù。古人称利用竹木支撑搭屋为"技"，称剥离植物青皮绞绳编篮为"术"。

《说文解字》："術，邑中道也。"造字本义为：园圃中用竹木交错筑成篱栅的通道。如《礼记·月令》："审端径術，善相丘陵。"《汉书》："归空城兮，狗不吠，鸡不鸣，横術何广兮，固知国中之无人。"

"术"为"安全的途径，有效策略"之意，如术士、权术、战术。又如《礼记·文王世子》："不以犯有司正术也。"《战国策·魏策》："臣有百胜之术。"

　　"术"又有"技艺、专业"之意，如术语、武术、不学无术。又如《广韵·术韵》："术，技术。"《淮南子·人间训》："近塞上之人，有善术者，马无故亡而入胡。"

　　繁体的"術"字，蕴含"行有行规、术有专攻"之意。左有"彳"右有"亍"，构成"行"。"行"为行业，意为三百六十行，行行都有"术"；"朮"为十八，可理解为十八般武艺，"朮"在"術"中，表示每一门技术都有成系统的、专门的工具或手段。如道士有黄白之术，医者有回春之术，谋者则有单复之术。韩愈在其《师说》写道："闻道有先后，术业有专攻。"所谓"闻道"，是领会某种道理，包括形而上道或形而下道，上到宇宙生命究竟之道，下到各学科学问之道，做人之道，做事之道，农工商各行各业皆有各自之道；所谓"术业"，包括各种学术、技术、专业、行业、事业、职业；所谓"专攻"，就是专门下功夫于某一门学问或技术，做到干一行，通一行，精一行。

　　欧阳修在《详定贡举条状》中说："取士之方，必求其实；用人之术，当尽其材。"选才，要注重真才实学；用才，要做到人尽其才。欧阳修同时也强调，用人要专而不疑。"用人之术，任之必专，信之必笃"出自其《为君难论上》。"任之必专"，不可三心二意，心存疑惑；"信之必笃"，要坦诚恳切，坚定不移。这样所用的人才能放开手脚，大胆前进，充分发挥自己的能动性，成就一番事业。这是人才学上的至理名言，无论古今中外，都有其重要的社会意义。

　　"術"中，"朮"形似"手"，"行"亦为行走、践行之意，"術"字告诉我们，从事任何学术技艺的研究一定要脚踏实地去研究、实践，强调一种动手能力。临渊羡鱼难有收获，要秉承着严肃认真的态度，不能急于求成，对于一门学术的研究都不是一蹴而就的，若想有所成就，就需要一个漫长而艰苦的过程，必须脚踏实地、砥砺前行。所谓"十围之术，始生如蘖"，基础是要一点一点打牢的，"道"需心灵"手"敏，"路"需稳步前"行"，基础还没有打牢就想要研究高层次的内容无异于空中楼阁。"不学无术"，何意也？乃"不学"之故，故"无术"，也即是贪劣顽痴，不求上进，事业无成之表象。那些做事投机取巧、虎头蛇尾的人往往一事无成，纵观古今中外，在学术、事业上有建树者无不如此。

简体的"术"，"木"为树木，指大自然，"、"为"灵光"，指人的思想、创意。"、"在"木"上，可理解为凡称"术"者，必有诀窍、关键，必有以简驭繁、四两拨千斤的巧妙之处，蛮力刻苦的拼命只会身陷"分身乏术"之境，讲求法则与技巧则更为关键。刚为硬，柔为软，二者犹如矛和盾，利刃刚强方能吹毛断发，化柔弹指之间，柔韧才能克刚，四两拨千斤。于"刚"与"柔"间游刃有余方显人生大智慧：刚为火，柔为水；刚为燥，柔为温；刚为开朗，柔为矜持；刚为率性、果断，柔为持重、老成；刚为春雷惊梦不留痕，柔为细雨润物悄无声；刚为坚强、不服输、乐观向上，柔为平和、易满足、适可而止；刚为秋风扫落叶，博征广引，镌刻浓浓写意，柔为冬雪韵山河，东迁西就，辉洒淡淡清新。此可谓人性之术也。

术亦有正邪，或有坏人之术、心术不正、弃道任术、堕其术中，或有回天之术、登龙有术、神术妙策。"腐术不可以为桂"为用人之术，无德无才的人不可委以重任；"明治病之术者，杜未生之疾"为良医之术，良医不单能治疗疾病，而且能预防疾病，否则"良医不能措其术，百药无所施其功"；法方为善良公正之术，如《韩非子·大体》所曰："寄治乱于法术，托是非于赏罚。"治国安邦之术在于推行法制，刑赏分明。

繁简的对比，繁体的"術"字多了"行"，为行规之术，亦为践行之术，为思通造化、随通而行之意，相较于简体的"术"，更具形体之丰美，意境之深远。简体的"术"字，去掉了"行"字，表示"术"不行了，不可行了，不必行了，这种"术"一定是"花拳绣腿"，毫无用处。

镜铭藏"生辰"

据传北宋时期，有一书生得一古镜，样子十分稀奇，好似一口铜钟。但镜面和镜钮都比较大，而且镜钮上镶着一环。环上铸有13个隶书字："一牛有十口，前牛无角，后牛走口。"

书生琢磨几个月没弄明白镜铭是什么意思。于是，他四处求教，但过了几年始终都没有人解开这篇铭文。后来遇到一位回乡探亲的举人，研究了很久，方才解开。原来这十三字的镜铭是关于这面镜子铸造年代的一个谜语。有人问怎么解释。举人向众人解释道："第一句'一牛有十口'中的'十'和'口'字组合起来为'甲'字；第二句'前牛无角'中的'牛'字去掉角便为'午'字；第三句'后牛走口'中的'牛''口''走'字合起为"造"字。因此，说明这面镜子是'甲午（年）造'的。"众人听罢，皆以为然。

笔

手持毛笔　笔走龙蛇

笔

　　有一个典故叫"妙笔生花"。这个歌典故出自王仁裕的《开元天宝遗事·梦笔头生花》："李白少年时梦见笔头生花，从此才华横溢，名闻天下。"比喻笔法高超的人写出动人的文章。传闻大诗人李白一天深夜于朦胧睡意中随风飘到了一座海上仙山，四周云海苍茫，花木葱茏。一支巨大的毛笔耸出云海，足有十多丈高，犹如玉柱一般。李白心想："若我能得此巨笔，以大地为砚，蘸海水为墨，拿蓝天当纸，写尽人间美景，那该有多好。"就在他浮想联翩之时，忽见五色光芒从笔端射出，一朵鲜艳的红花于笔尖绽放。眼见生花之笔飘然而来，李白便伸手去取，而当快要碰到之时却不觉惊醒，才发现只是黄粱一梦。后来，李白云游到黄山，见有一孤立石峰，形同笔尖朝上的毛笔，峰顶巧生奇松如花，不觉失声大叫："我梦中所见生花妙笔，原来就在这里。"据说，自从李白见到"梦笔生花"后，名诗佳句便源源而出，一发而不可收。

笔，会意字，繁体字为"筆"。"聿"是"筆"的本字，古代"聿""筆"通用。

聿，甲骨文字形"𦘒"像手持"𠃌"末端撮兽毛的竹管"𡿨"在写字。

金文"𦘦"承续甲骨文字形。

篆文"聿"，将"彐"（又，表示抓）和"巾"（竹，表示笔）连写。后来再加"竹"（竹）另造"筆"（筆）代替，强调"笔"的竹子材质。

籀文为"𥬶"。"竹"为竹，表示小竹管，"𣭈"为毛，意为兽毛，强调毛笔以竹管和兽毛为材料制成。

简体"笔"字依据草书"笔"简化而来。

"筆"，从聿，从竹。造字本义：手握由竹管和兽毛制成的软性书写工具书写。笔，是指手握撮毛的竹管书写，如笔法、笔迹、笔误、口诛笔伐。又如《史记·孔子世家》："至于为《春秋》，笔则笔，削则削，子夏之徒不能赞一辞。"笔又指由竹管和兽毛制成的软性书写工具，如笔杆、笔墨、调墨弄笔，如《礼记·曲礼》："史载笔，士载言。"

"笔语"，也称书面语言，较生活化的口语而言，笔语更加正式、严谨。例如，提笔撰文叫"命笔"、自己写的文字叫"亲笔"、写作中断叫"辍笔"、别人口述写的文字叫"代笔"、集体讨论一个或几个起草的文字叫"执笔"、练习性的文字叫"练笔"、特别精彩的文字叫"妙笔"、体现文章写作技巧的叫"文笔"、文章中预作提示或暗示，使之前后呼应的叫"伏笔"、寓意含蓄不便直叙的文字叫"曲笔"、与题无关的文字叫"闲笔"、特别细致的描绘叫"工笔"、令文章臃肿的文字叫"费笔"、作品中写得不好的叫"败笔"、无拘无束的写作叫"信笔"、随手笔录，不拘一格的文章叫"随笔"、正文结束后的补充性文字叫"余笔"等。

"筆"字形象地描绘了笔是一种书写工具。古代的笔，由

"竹"简和"兽"毛制作而成。关于笔的历史，我国素来有"恬笔"之说，《史记》记载："始皇令（蒙）恬与太子扶苏筑长城，恬取中山兔毛造笔。"这是认为笔是由秦国大将蒙恬所造。战国时，各国对毛笔有不同的叫法，如楚国叫"聿"，吴国称"不律"，燕国则为"弗"等。文字和符号是中华文明的重要载体，而笔作为书写文字、记录符号的工具，它在文明进程中所具有的重要意义是不言而喻的。几千年来，无论文字的载体是竹简是绢帛还是纸张，毛笔一直就是中国传统的书写工具。毛笔是我国的国粹，在"文房四宝"的笔、墨、纸、砚中位列第一。而随着时代的发展，笔的种类也越来越多，有铅笔、毛笔、钢笔、便签笔、荧光笔、圆珠笔、勾线笔、蜡笔、水笔等。

"笔"字指出了书写的正确方法应是心、手、笔融为一体，下笔之时，手中有意，心中有形，意在笔前，力透纸背。繁体的"筆"，从聿从竹，"聿"意为一只手握着笔的样子，"竹"为均匀挺直的竹竿，"筆"形象地说明了手执笔的方法。所谓"心手会归"，就是指心和手的同步协调。书写之前，心就是心，手就是手，是分开的；运笔书写，手受心的支配，书从心发，手随心动，手、笔、心是协调一致的统一体。唐代书法家虞世南的著作《笔髓论·契妙》中说："字有态度，心之辅也；心悟非心，合于妙也。借如铸铜为镜，非匠者之明；假笔转心，非毫端之妙。必在澄心运思，至微至妙之间，神应思彻，又同鼓琴轮指，妙响随意而生；握管使锋，逸态逐毫而应。学者心悟于至道，则书契于无为。苟涉浮华，终懵于斯理也！"古代大师们在挥运毛笔时感悟到了某种表达其审美理想的可能，这使文字书写跃过单纯的美而成为一门独立而蕴含极深的艺术。因而，"筆"不再只是简单的记录工具，同时也是文字发展为艺术的催化剂。

"笔"字还强调艺术的书写之道，即书法必须遵循规律。"筆"从聿，这是指"规律"，就是书写升华为书法。

书法是指用毛笔书写汉字的方法和规律，包括执笔、运笔、点画、结构、布局等内容，例如，执笔指实掌虚，五指齐力；运笔中锋铺毫；点画意到笔随，润峭相同；结构以字立形，相安呼应；分布错综复杂，疏密得宜，虚实相生，全章贯气等，有所谓"意匠如神变化生，笔端有力任纵横"。书圣王羲之说过，"意在笔前，然后作字"，书法家在动笔之前，不仅要对每个字的形体大小、笔画粗细、用墨浓淡、运笔急徐进行充分酝酿，设计笔墨畦径，而且还要对整幅作品的结构布局有通盘的考虑，"笔所未到气已吞"，而后形之笔墨，方能笔走龙蛇、笔墨横姿。

五代后梁的荆浩在《笔法记》中指出："气者，心随笔运，取象不惑；静者，随迹立形，备遗不俗。"下笔时要把握好精神实质，才能涉笔成雅、笔冢研穿、"笔阵独扫千人军"，达王维于《画学秘诀》所述之境："咫尺之图，写百千里之景。东西南北，宛尔目前；春夏秋冬，生于笔下。"

刘勰在《文心雕龙·养气》提到："意得则舒怀以命笔，理伏则投笔以卷怀。"要写出好的作品，需要有灵感，光凭冥思苦想是写不出好文章的。俗语说，"读书破万卷，下笔如有神"，只有博览群书，洞若观火，如李白一般"兴酣落笔摇五岳，诗成笑傲凌沧洲"，方能下笔便就、鸿笔丽藻，自然也就"信手拈来世已惊，三江滚滚笔头倾"了。

古代有对联曰："笔为人用，为人用笔，用笔为人，用人为笔。"心正则笔正，想做到"笔落惊风雨，诗成泣鬼神"，最根本的还是要重视个人品质修养，如王充的《论衡·佚文篇》所提到的，"文人之笔，劝善惩恶也"，不忘本心，切勿屠毒笔墨，才能"传神文笔足千秋"。

简体的"笔"字从竹、从毛，回到结构简单、会义逻辑明了的籀文字形。"毛"为兽毛，笔头多以鸟兽毫毛制作，书写时通常是笔头朝下，因此，"毛"在"竹"下为"笔"。考古发现，早在新石器时代，我国就已经出现了毛笔。毛笔是由一根细小而均匀的竹管做笔杆，竹管的一端装着一束柔滑的毛，有羊毛、兔毛、鸡毛等。根据所选用的毛质，毛笔有软毫、硬毫、兼毫之分：软毫是指羊毫、鸡毫、胎毫等，这种笔蓄墨充足又圆转自如，适合写行、草之类一气呵成的书体；硬毫则有兔毫、狼毫等，这种笔蓄墨少而劲健，容易写出棱骨，多用于书写篆、楷、隶等书体；兼毫由软硬二毫各取几分制作而成，刚柔相济，兼二者之长。如七紫三羊，即七分紫毫，三分羊毫，此笔行草隶篆无所不能。

从对比中可以看到，繁体的"筆"道出了"笔"是以竹制作而成的书写工具，运笔之法应是手、笔、心的协调统一，书法艺术之妙在于"运笔"等"意在笔外"的丰富内容，而简体的"笔"字则只是简单表达制笔的材料，相比之下，此"笔"则更似李白梦中之"妙笔"也。

汉字趣闻

神童杨慎

杨慎（1488—1559），字用修，明代著名文学家，明代三才子之首。相传他五六岁的时候，在江边学习游泳。正巧这时，县令路过，他是小孩子不懂得回避。县令得知此事后有点恼怒，但鉴于对方是小孩子又不便发作。于是，命人把杨慎的衣服挂到一棵古树上，然后对杨慎说："本官出一副对联，如果你要是能对得出来，我就把衣服还给你，并且饶恕你的不敬之罪。"县令给出的上联是："千年古树为衣架。"杨慎顺口说道："万里长江做澡盆。"县令听后忍不住连连夸赞杨慎为"神童"，随即不仅饶恕了他，还赏了他一套文房四宝。

產

生为基础　有生有产

产

　　有一则寓言，讲了这样一个故事：国王凤凰安排乌鸦和喜鹊担任监工，督促臣民建造安全家园。喜鹊对工作认真负责，铁面无私、不讲情面，乌鸦对工作松松垮垮。一段时间后经喜鹊监工的巢窝完好无损，而乌鸦监工的却七零八落，于是喜鹊被捧为祥鸟，处处受到欢迎，而乌鸦则遭到唾骂，被认为是丧门星，到处被驱赶。

　　这个小故事告诉我们一个简单的道理，生产工作必须尽职尽责。面对生产这样一项关乎大家生命财产安全的任务，来不得半点马虎，更不能凭借手中的职权而徇私枉法，贪污腐败。否则，不但危害到大家的生命财产安全，自己也终会受到惩罚。

　　产，繁体字为"產"。形声字，从生、彦省声。

金文为"𠂤"。"产"为"彦"的省略，即"谚"，古谚，表示狩猎、农耕经验；"屮"为"生"，指草木萌发。合起来"𠂤"表示依据农谚耕作庄稼。

篆文"產"承续了金文字形。

隶书"產"误将篆文"產"字形中的"产"（"彦"）写成"产"。

简体"产"省去繁体字形"產"中的"生"。

《说文解字》："产，生也。从生，彦省声。"本义指古人利用农谚耕种作物，也指怀孕之人或动物生产的后代，是出生、生育的意思。如《周礼·大宗伯》："百物之产。"唐朝柳宗元《捕蛇者说》："永州之野产异蛇。"从字形可以看出，產，以生为基础，有生才有产，这在传统农业社会是一条规律。"產"字里体现了传统的生产方式。

传统的生产方式，最基本的有两种，一种是物质生产方式，特别是农业生产方式。《周礼·大宗伯》："生其种曰产。以天产作阴德，以地产作阳德。""天产者动物，地产者植物，谓九谷之属。"这种生产是人类赖以生产的基础。又由于各地的自然条件不同，物产也是迥异。西晋张华《博物志》："东南之人食水产，西北之人食陆畜。"假如没有动植物的生长，是不可能产出的。可见，"生"是"产"的源头。

传统的生产方式，还有一种是人口的再生产。古代由于生产力水平较低，劳动力的再生产是生产发展的重要因素，因此，传统社会在人口自身的生产繁衍上，倡导多子多福，鼓励生育。

秦朝的人口约为2000万人，但秦末汉初，天下大乱，"方之六国，无损其二"，三分之二的地方都发生了战乱，生灵涂炭。汉初，人口下降为1200万人。汉惠帝时，实行休养生息，人口逐渐增加。汉惠帝实行鼓励生育政策，规定民间女子15岁到30岁未出嫁的，要罚款5算（120钱为1算）。

唐朝为了鼓励生育，甚至把"婚育状况"作为地方官政绩考核内容之一。唐太宗李世民即位的第一年，即627年，他下诏书要求地方官奖励民间婚嫁，男子20岁，女子15岁以上，连同寡妇、鳏夫，都要结婚生育；对于无钱娶妻的光棍，亲戚和乡亲中的富人必须给予资助，并把"婚姻及时、鳏寡数少"作为地方官政绩考核内容之一。

由此可见，繁体的"產"字，阐述了人类两种再生产的规律。

简体字的"产"从繁体的形声字转变为会意字，"产"字中已经没有生，产和生之间已经失去了原有紧密的联系。在当今社会，有两种现象：一种是有生无产，有些人违反自然规律和经济规律盲干，只有投入，没有产出，甚至是负产出，这种"产"是很常见的。还有的坑、蒙、拐、骗，更是违背了生产规律；另一种是无生有产，则是体现了社会的进步要求，如商贸交易，在商贸活动中，虽然自己没有生产产品，但在交换过程中，产品升值了，获得了产出和回报。

现代市场经济是商品的经济，各类商品的流通，促进了全社会的资源优化，满足了消费者的需求，反过来又促进了生产，是一种良性的循环，从这种意义上来说，简体字的"产"是有其一定道理的。

除了商贸活动，随着科技和文化的发展，也出现了信息产业、物流产业、文化产业，以及"虚拟经济"，这种生产，比过去的"实体生产"，所创造的价值往往不知要大多少倍。又如"文化创意"，往往也是"无中生有"的，一个符号、一个概念往往会催生一个产业，这种"产"是现代产业更高级的形态，其科技含量和知识含量会更高。但我们要看到，物质生产归根到底必须以"实体经济"为基础，如果离开了"实体经济"这个基础，必然会产生"泡沫"，这些"泡沫"一旦刺破，必然会造成"灭顶之灾"，这已经为世界上的"经济危机"所证明。

解缙敏对

解缙（1369—1415），字大绅，一字缙绅，号春雨、喜易，明代大臣，文学家。传说他小时候聪颖绝伦，有"神童"之称。

据说，之前解缙家门口正对着一个富豪家的竹林。竹林郁郁苍苍，重重叠叠，煞是好看。一年除夕，解缙看着竹林忽然来了灵感，提笔写下"门对千竿竹，家藏万卷书"的春联，并命仆人贴在门上。竹林的主人富商见了，便想为难一下谢缙，遂叫人把竹子砍掉。解缙领会到他的意思后，于是在对联的上下联各添了一个字，变为"门对千竿竹短，家藏万卷书长"。富商见了更加恼火，便下令将竹子连根挖掉。解缙看后暗中不禁一笑，又在上下联各加了一个字，变为"门对千竿竹短无，家藏万卷书长有"。富商看后气得目瞪口呆。

导

引领方向　进退有方

　　"滞者导之使达，蒙者开之使明。"这句话出自宋代欧阳修《夫子罕言利命仁论》，大意是：对思想阻滞的人，要尽力开导使他豁达开朗；对蒙昧不明的人，要认真启发使他明白开化。欧阳修在这里提出了一条针对后进者的教育原则。对于思想阻滞、不明事理的人，教育者的义务不是嫌而弃之，而应是开而导之。只有使"滞者""蒙者"也能明达，才算是真正实现了教育的意义。

　　导，繁体字为"導"。形声字，从寸，道声。

　　"道"是"導"的本字。"道"的金文为"鬱"。其中，"彳"为"行"，像四通八道大路的交叉口，即十字路口；"峕"为"首"，借代人体；"屮"为"又"，表示抓持之意。合起来"鬱"表示在路口拉人引路。有的金文字形为"鬱"将"峕"（"首"）简化成

"𝄢"（"眉"）。

篆文为"𔔕"。其中，"𔔕"（辵，行进）、"𔔕"（首，头，方向）、"𔔕"（寸，抓持），强调带路行进。

隶书"導"将篆文"𔔕"的"𔔕"（"辵"）写成"𔔕"。

简体字"导"另造"导"，会义字。其中，"巳"为"巳"，是"人"的变形；"寸"为"寸"，抓持之意。"导"表示抓住对方的手为之领路。

《说文解字》："導，引也。从寸，道声。"造字本义：在十字路口抓住对方的手引路。明朝马中锡《中山狼传》："虞人导前，鹰犬罗后。"《汉书·司马相如传》："导一茎六穗于庖。"

英明的领袖决定了团队的生死存亡。繁体字的"導"从首，表示在一个团队中领袖起着举足轻重的作用。群龙无首必然是一盘散沙。同时，这个"首领"应当胸怀大局，智慧刚毅，真正成为"主心骨"和统帅，特别是在每一个转折关头，领袖决定了团队的存亡。

1935年长征期间的遵义会议是我们党历史中非常重要的一次会议。1931年1月，以王明为代表的"左"倾冒险主义者在共产国际代表的支持下，取得了中共中央的领导地位，开始推行"左"倾冒险主义的方针政策。王明"左"倾冒险主义在党内统治达四年之久，使党的白区组织几乎丧失了百分之百，红军和革命根据地损失了百分之九十，直接导致了第五次反"围剿"的失败，不得不进行"二万五千里长征"。1935年3月中旬，在贵州鸭溪、苟坝一带，成立了由毛泽东、周恩来、王稼祥组成的新的三人军事指挥小组，负责指挥全军的军事行动。

遵义会议是在紧急的战争形势下召开的，集中解决了党内所面临的最迫切的组织问题和军事问题，结束了"左"倾教条主义错误在中央的统治，确立了毛泽东在红军和中共中央的领导地位，中国革命的航船终于有了一位能驾驭其进程的舵手！这次会议，在极端危急的历史关头，挽救了党，挽救了红军，挽救了中国革命，在中国共产党和红军的历史上，是一个生死攸关的转折点。以毛泽东为核心的党中央，制定了一条正确的政治路线和军事路线，屡遭挫折的红军从此有了从胜利走向胜利的保证！

在一个地方、一个单位，第一把手往往起着关键的作用，有人把"第一把手"称为"第一生产力"，这个说法虽然有点夸张，但说明了"领袖"的作用不可估量。历史上一个开明的皇帝决定了社稷的兴衰。今天，一个地方的第一把手决定了地方的成败。这是"导"字首先要强调的一个道理。

英明的领袖引领正确的前进方向。繁体字的"導"从道，领导的主要作用是在团队中指引方向，带大家走上正确的道路，道路正确，方向正确，团队才能不断前进取得胜利。一个称职的领导，身先士卒是值得称道的。但是更重要的是要把方向、出思路，这才是领导应当承担的主要职责。

朱元璋是明朝的开国皇帝，曾是一介草民，当他起兵攻打下现在的南京后，他采纳了朱升的建议：高筑墙、广积粮、缓称王。

正因为高筑墙、广积粮后，这"家无立锥地，身如蓬随风"的人，发展生产，扩充军备，徐图缓进，短短二十年功夫，由一个和尚变成皇帝，建立大明王朝。

朱元璋的九字真经"高筑墙、广积粮、缓称王"其实就是在保证生存的前提下，发展自己，壮大自己。高筑墙是做好预防工作，不让别人来进攻自己；广积粮是做好准备工作，准备好兵、马、钱、粮；缓称王是韬光养晦，积蓄力量，等待时机，不让自己成为别人攻击的目标。正是由于朱元璋善于把握正确的方向，才巩固了大明王朝。

英明的领袖必须处世有方。繁体字的"導"从寸，即用手牵引走上正途。"寸"既表示处事有分寸，也包含着处世有方，具有高超的领导艺术和才能。领导要成为一个团队的核心，除了拥有高尚的品德以外，还要有领导艺术，让团队的人跟着自己走。这个术包括驭驶下属，协调多方，用人之长等。

汉高祖刘邦是一个深谙权术的人。他说："运筹帷幄，在千里之外一决胜负，我比不上张良；平定国家，安抚百姓，供给军饷，保障后勤供给不断绝，我不如萧何；率领百万之众的士兵，打仗就一定胜利，攻城就一定能拿得下，我不如韩信。但这些人都为我所用。"原因何在？这是因为刘邦拥有高超的领导艺术。刘邦手下的文臣武将，大都来自不同的社会阶层。曹参是沛县的区区小吏；樊哙是宰狗的屠夫；夏侯婴是马车夫；周勃以编席为业，兼当吹鼓手帮人办喜丧之事；灌婴是布贩；娄敬是车夫；郦食其是穷书生；彭越、黥布是强盗。而韩信呢？在他寄食于南昌亭长和漂母之家时，也受尽了豪门阔少的欺凌侮辱，有"使出胯下"的丑名。

就是这些看来出身不好的人，有的甚至称得上"鸡鸣狗盗"之徒，"负污辱之名，有见笑之耻"，但都能为刘邦所用，"卒能成就王业，声著千载"。

刘邦的精明之处在于用人如使器，取其所长，避其所短。张良，韩国贵族，生活于高层，擅长权谋；萧何，沛县吏，基层工作经验丰富，极富行政组织才能，故负责粮草；韩信，"项梁、项羽起事，仗剑从之"，有带兵之勇。此"三杰"，正是刘邦用其所长、各得其所造就的。此外，樊哙，少以屠狗为业，跟随刘邦南征北战屡立奇功。于是，刘邦手下，谋臣如雨，猛士如云，一时蔚为壮观。这就是领导处事有方，善于引导分配工作的领导艺术。

简体的"导"则由形声字变为会意字，"巳"为"巳时"，是一个时间概念，表示引导要掌握分寸，恰到好处，强调要瞄准时机，把握时机。做到适时、适地、适人。

对于领导来说，把握时机至关重要，事后控制不如事中控制，事中控制不如事前控制，可惜有些领导未能体会到这一点，往往贻误了时机，造成了不可弥补的损失。

繁体"導"与"导"的比较，繁体"導"的内涵更为丰富一些，简体的"导"则简单化了。

谢石测"也"字

谢石，两宋著名的测字人。有一次，有个朝廷命官的夫人怀了孕，但过了产期依然不生。孕妇很着急，便写了一个"也"字，让她丈夫拿去找谢石求测。谢石看了后说："这是您夫人所写的吧？"这名官员纳闷不解，问谢石："为什么这样说？"谢石回答道："'也'字是一个预期助词，与'焉''哉''乎'类似。由此可知，为您夫人所书。另外，敢问先生令夫人今年可是三十一岁？"官员吃惊地不停点头答道："是的、是的。可先生您是怎么知道的呢？"谢石说道："'也'字的上半部为'三十'（卅），下半部为'一'。然而，先生前来却是为了问自己的前程，是想谋求官位，看能不能再升迁吧？"官员答道："我正为此事烦心呢，劳烦师傅帮我看看。"谢石道："'也'字注'水'为'池'，有'马'则为'驰'。今池运则无水，陆驰则无马，你怎么可动呢？另外，您夫人的父母、兄弟、姐妹等近亲也不在了吧？因为，'也'字加'人'，则是'他'字，今独见'也'字，而不见'人'，所以这样。再有，妻家的家财也所剩无几了，'也'字加'土'为'地'字，今不见'土'，只见'也'。可是这样？"官员说："真如先生所说。但这不是我所要问的。我妻怀孕已过月份，至今未生，所以想问什么时候能生？"谢石说："想来应该要十三个月才能生。'也'字中间有'十'字，加上两边的两竖和下面的一横，正好为'十三'。"最后，朝廷命官的夫人果然于怀孕十三个月的时候产下一子。

尝

用口品味　高尚为要

尝

　　"尝粪忧心"是"二十四孝"中的一个故事，讲述的是南朝时期孝子庾黔娄的孝行。庾黔娄，南齐高士，母亲早逝，留下父子两人相依为命。虽家境贫寒，但庾黔娄刻苦求学，博取功名，出外为官，而庾父则坚持留在老家。庾黔娄刚到任孱陵县令还没满十天，忽觉心惊肉跳，满身流汗，他感应到家里可能有大事发生，遂立即弃官归家。果然，当时庾父已生病两天。医生嘱咐说："要知道病情吉凶，只要尝一尝病人粪便的味道，味苦就好。"庾黔娄于是就去尝父亲的粪便以探寻父亲病情的轻重，发现味甜，内心十分忧虑。"到县未旬日，椿庭遘疾深。愿将身代死，北望起忧心。"庾黔娄夜里跪拜北斗星，烧香祈求上天的保佑，宁愿自己减寿来给父亲增寿。几天后父亲不治身亡，庾黔娄安葬了父亲，并守制三年。

　　尝，繁体字为"嘗"，异体字为"嚐"，会意字，从旨。尚，既是声旁也是形旁，表示高级的、流行的。

金文为"🉑"。上半部分"🉑"为"尚"，指高级的、流行的；"🉑"为"旨"，表示品味的意思。合起来"🉑"品味高级美味的佳肴。

篆文"🉑"承续了金文字形。

《说文解字》："甞，口味之也。""尚"表示希望，"旨"表示味道鲜美。造字本义：辨别滋味，品尝。《诗·小雅·甫田》曰："尝其旨否。"因此，尝的本义是辨别滋味，品味时希望食物是甘旨可口的。

成语"卧薪尝胆"，意为睡在柴草上，吃饭尝苦胆，形容人刻苦自励，发奋图强；"尝鼎一脔"出自《吕氏春秋·察今》："尝一脔肉而知一镬之味，一鼎之调。"意为只要在大鼎中捞出一块肉能知道整镬味道的好坏，比喻以小见大，从细微处入手而推知事物的全部。

诗句"哑子尝黄柏，苦味自家知"出自冯梦龙的《喻世明言·金玉奴棒打薄情郎》，大意是黄柏味极苦，哑巴尝了黄柏，一样能品出其苦味来，只是他说不出来而已。所谓"如人饮水，冷暖自知"，身经其事，是非曲直自然很清楚，有些人善于讲出来，有些人则不善于讲出来，而不讲出来并非不知道。诗句"藜羹麦饭冷不尝，要足平生五车读"出自宋代诗人陆游的《读书》，藜是一种草本植物，嫩叶可食，用藜做成的菜粥称为藜羹。这两句大意是：为读书而屡忘进食，一心要实现学富五车的平生目标，塑造了一个为追求知识而废寝忘食的形象。

"尝"是用口去品味。口是辨别滋味的器官，尝从口，强调入口品尝之意。如试食物的味道为"尝食"，祭祀的时候品尝新酒的滋味为"尝酎"，晚辈在尊长进食前先尝饭菜是否甘美为"尝膳"，古代御厨中专司品尝食物的官员为"品尝官"。在清朝，筵宴中要献过汤才开始演戏，因此称正本以外先演的短戏为"尝汤戏"。《礼记·月令》记载："农乃登谷，天子尝新，先荐寝庙。"晚秋时节，谷物成熟，先请天子尝新，而天子要先祭祀过宗庙后才能自己食用。美食当然是帝王先尝新，而御药则需由臣子先行尝试。《礼记·曲礼下》："君有疾，饮药，臣先尝之。"古时君王若不幸染病，服药之前臣子要先去品尝，唯恐遭人暗算。

相对于"品尝"一词，"品赏"强调对内容的欣赏，侧重用眼看的过程细细体会其中的优点；"品味"的本义是有品尝味道的意思，强调用口和吸气，侧重气味对嗅觉作用和本身对气味的感受，但现在更多的是指一个人的品质、趣味、情操、修养等意境观念；而"品尝"则强调用口去品，指细致地辨别滋味，侧重食物对味觉的作用。

"嚐"以追求高尚为宗旨。"嚐"中有"尚"有"旨"，是崇尚美味，追求高尚。"嚐"是一个从味觉到心感的过程，我们常说，人生百味，人有味觉之酸、甜、苦、辣正如人有情感之哀、乐、喜、悲。味觉是最易存留在内心的东西，味道能传递情感，总有一道菜、一道香味、一种浓度、一种独有的味道承载着珍贵的回忆。"咬得菜根，百事可做"曾为民国时南京高等师范学校的校训，浓缩于格言谚语之中的味觉经验，不仅仅是对一种日常食物的肯定，更是将这种生活方式建构为"社会心理空间"，生命的记忆只有纳入这一空间中才能获得意义，得到解释。在二十世纪中国文人的怀乡散文中，"故乡的食物"总是抒写不竭的主题之一。乡愁与食物的天然联系是情感与感官记忆的特殊关联，从周作人、梁实秋到汪曾祺、贾平凹，写故乡吃食的文字，蔚为大观。现代文人离乡背井，漂泊异地异域，因而寄乡愁于食物，叙写自己的味觉记忆，这构成了一种颇具独特意味的文化现象，也造就了品"嚐"之美学。依林语堂的说法，对故乡的眷恋与忠诚，多半体现为对儿时味觉的留恋，中外皆然。"美国人对山姆大叔的忠诚，实际是对美国炸面包圈的忠诚；德国人对祖国的忠诚实际上是对德国油炸发面饼和果子蛋糕的忠诚。"许多身居异国他乡的美国人时常渴望故乡的熏腿和香甜的红薯，但他们不承认是这些味道勾起了他们对故乡的思念，更不愿意把它们写进诗里。而中国的文人则坦率地歌咏本乡的"鲈脍莼羹"，毫无愧色地视这种记述为风雅之事，具有诗情画意，乃至将此作为辞官归故里的最有力理由。

"嘗"以辨别美味为乐趣，以追求高尚为宗旨。品尝美味是一种高级的生活情趣，在英国有一个说法："当时钟敲响四下时，世上的一切瞬间为茶而停。"在英国人看来，"下午茶"代表的不仅是精致和高雅，更是一种处事不惊的生活态度。上流社会邀朋友喝"下午茶"，仅次于设宴，成了一种社交礼仪手段，也有借此抚今追昔，重温大英帝国当年称霸世界的梦幻。那时，大不列颠王国拥有广大的殖民地，拥有足够的产品和原料市场，收入比别的国家丰厚，有能力享受安逸生活；品尝英式下午茶也是一种生活方式，一边尝着西式糕点喝茶，一边看着街头匆匆的脚步，或是悄然独坐，或是三两好友闲谈，如梦浮生中不免增添些许温暖，品尝着一种生活的情趣，这就颇得源自遥远的维多利亚时代的下午茶的真义。

一个人，只有有了真正高尚的追求，才会找到自己心灵的归宿，才能淡然品尝生命中的风霜雨雪。"何时眼前突兀见此屋？吾庐独破受冻死亦足！"是杜甫的追求，忧国忧民是杜甫的心灵归宿；"落红不是无情物，化作春泥更护花"是龚自珍的追求，失意而不忘国是龚自珍的心灵归宿；"苟利国家生死以，岂因祸福避趋之"是林则徐的追求，舍己为国是林则徐的心灵归宿。正是他们有了高尚的追求，他们才找到了心灵的归宿，他们才被后世人景仰。在有限的生命中，用高尚的刀镌刻自己的灵魂，这是人生理所应当的追求。高人一等并不等于高尚，真正的高尚是超越原来的你。而人不必都追求成为什么伟人或什么家，假如一个平凡复平凡的人的灵魂在经历人生的锻造中被铸造成了钻石或金子，那也会在层层的历史迷雾中闪烁出耀眼的光芒。

而简体的"尝"字从云，品尝没有目的，没有主意，如云里来雾里去，不知所云；或者是人云亦云，没有主见。

繁简的对比，繁体的"嘗"字有"口"，有"尚"，有"旨"，包含了品尝"行""意""境"，能"啐尝"更多的文化，"谙尝"更多的信息。而简体的"尝"字味同嚼蜡，尝也等于白尝。

汉字趣闻

测字寻玉

　　《红楼梦》第九十四回记载：那天贾宝玉把那块命根子灵玉给弄丢了，为了找到这块宝玉，贾府管家林之孝上街找刘铁嘴测了个字。写了个"赏"字占卜。刘铁嘴问道："是丢了东西吧。另外，这个'赏'字上头一个'小'字，底下一个'口'，这件东西很小，应该能放进嘴里，想必是个珠子或宝石。还有你看'赏'字底下的'贝'字，拆不成一个'见'字。可不是这东西'不见'了吗？"林之孝连忙点头称是，接着问道："那应该去哪里找呢？"刘铁嘴说道："不妨再赐一字。"林之孝又写了一个"人"字。刘铁嘴说快到当铺里去找，因为"赏"字加一"人"（"亻"）字，可不是"偿"字？只要找到当铺就有人，可不是偿还了吗？也许是这位刘铁嘴修行还不到家，或是天机不可泄露，当然在当铺里是找不到的。实际上这块玉石是当年女娲补天留下来的，如今俗缘已满，被一和尚遣回天界了。

頭

动物之首　事物之端

头

　　"举头望明月，低头思故乡。"这是诗仙李白《静夜思》中的名句，从"举头"到"低头"，形象地揭示了诗人内心活动，仰望天空一轮皓月，陷入了对家乡无限的眷恋，生动地勾勒出一幅月夜思乡图。"头"既是人身体最重要的部位之一，也是人的外貌和神态的表现，又是人丰富内心活动集中呈现的窗口。

　　头，象形字。繁体字为"頭"。

　　"頁"的甲骨文为"𦣻"，由"𦣻"（首，头部）和"𠂊"（人）组成，表示人的头部；"豆"的甲骨文为"豆"，像高脚器皿"豆"，内部和上面各加一横"一"，表达了用圆鼓状的高脚器皿盛上东西盖上盖子的样子。

　　"豆""𦣻"为"頭"，合起来再现了远古人类用器皿盛上人或动物头颅祭祀的场景。

金文为"𩑋"。

篆文"頭"承续金文字形。

隶书"頭"承续篆文字形，只是将篆文中的"𩑋"写成"頁"。

《说文解字》："头，首也。从页豆声。"造字本义：人的头部、脑袋，后也泛指各种动物的头部、头颅、脑袋。如：杜甫《兵车行》："去时里正与裹头，归来头白还戍边。"胡令能《小儿垂钓》："蓬头稚子学垂纶，侧坐莓苔草映身。"白居易《卖炭翁》："半匹红绡一丈绫，系向牛头充炭直。"

"頭"字，指出了"人头"的位置，处于人的最高处，有"顶端""末梢""开端"的意思。"頭"从页，"页"的甲骨文为"𩑋"，像一个突出了头部的人形。为此，"头"泛指事物的顶端或末梢，如肩头、桥头、船头、笔头等。又如李白《清平调》"若非群玉山头见，会向瑶台月下逢"中的"山头"指的是山的顶部；毛泽东《沁园春·长沙》"独立寒秋，湘江北去，橘子洲头。"中的"洲头"指的是橘子洲的一端；祖可《小重山》"谁向江头遗恨浓，碧波流不断，楚山重"中的"江头"指的江河的"源头"。有些"头"不一定为具体的实指，如李清照的《一剪梅》："此情无计可消除，才下眉头，却上心头。"这里的"眉头"指眉梢，"心头"则为虚指。由于"头"有顶端的意思，常被引申为"开头""起头""头一次""开端"等意思，如"万事开头难""头次碰面""从头再来"等。

"頭"字非常形象描述了头颅的形状，犹如一颗"豆"圆鼓鼓的。"豆""頁"为头，人头是椭圆形的，与豆粒的形状类似，代指头部之意。自然界中大部分哺乳动物头都是圆球状的，在遗传生物学看来，这是长期生物进化的结果，主要有以下两方面的原因：一则是在三维几何构造中，表面积相同的前提下，球体的体积是最大的，空间大便有利于大脑的充分发育；二则是圆鼓鼓的头颅表面比较平滑，在受到外力时力会沿着平滑的表面分散，不容易受伤，空气阻力也相对较小，方便运动。因此，圆鼓鼓的脑袋是自然选择的结果，也表明生物进化往往会不自觉地沿着优化方案的方向前进，这也正是大自然的神妙之处。

"頭"字，强调"頭"是人指挥行动和思维的器官，有"头领""领导""领头"的意思。"头"不仅是五官的载体，而且还是大脑的所在。大脑又是人体进行思考、发出指令的器官，主导思想和行为。故此，人们常把一个组织、一个团队的负责人或上级称为"头"。一个部落的首领称呼其为"头领"；一个群人中的领导者称呼其为"头目"。其实，在一些动物群体中，我们也常用"头"来形容发挥关键作用者，如羊群中体格最健壮、跑得最快、听力最好、思维最为敏锐的羊叫"领头羊"，雁群飞行时在前面带领方向的大雁叫"领头雁"，后来这两个词均被用来形容在众人眼里有一定的号召力、领导力和榜样力的人物。"头领""领头"暗含着身份特殊、与众不同的意思。因此，"头"常常也被引申为上乘的、上等的、顶级的意思，如"头等舱""头号客房""头牌"等。

"頭"字强调头脑灵活、自由思想。繁体"頭"中含有"豆"，可以理解为豆苗从土里发芽露出地表向上伸展的一片嫩叶即为"頭"，体现了古人对自然与生命的最原初思考与感触。由自然之物而引发的联想、推论和感触，是人脑所具备的独特机能，故此许多伟大的学者对"自由思想"尤为看重。历史有两个墓志铭对后世人类的思维影响颇为深远。一个是康德的墓志铭："有两样东西，愈是经常和持久地思考它们，对它们日久弥新和不断增长之魅力以及崇敬之情就愈加充实着心灵：我头顶的星空，和我心中的道德法律。"另一个是一代国学大师王国维的墓志铭："惟此独立之精神，自由之思想，历千万祀，与天壤而同久，共三光而永光。"后来"独立之精神，思想之自由"逐渐成为中国当代知识分子共同追求的学术精神和价值取向。

简体"头"，从两点"⼆"、从大"⼤"。两点"丷"代表人的两只眼睛，"大"像人伸展开四肢的样子。从字形上看，两点"丷"在"大"字的左上角，象征着眼睛在人的头部。"大"字还表示空间体积大，至少是与参照对象而言具有数量或空间上的优势，两点"丷"作为眼睛，表示眼睛大，同时更衬托出头"大"的这一显著特征。因此，简体"头"字比较抽象，也很生动形象，但两点"丷"位于"头"的一侧，成了"偏头""歪头"，从美学的角度来看，不够对称、不够美观。显而易见，"頭"字比"头"字更有文化内涵。

📖 汉字趣闻

卓文君《白头吟》唤回夫君

　　《白头吟》是汉代的一首乐府诗，为汉代才女卓文君的作品。据说，西汉著名的辞赋家、诗人司马相如发迹前有一次在四川临邛富豪卓王孙家作客，偶然见到卓王孙新守寡的女儿卓文君很美貌，于是弹奏《凤求凰》表达自己的爱慕之情。文君被司马相如的情谊打动，与之相爱并私奔。后来，司马相如发迹后，渐渐耽于逸乐，日日周旋在脂粉堆里，直至欲纳茂陵女子为妾。卓文君得知此事后忍无可忍，写了一首诗叫《白头吟》："皑如山上雪，皎若云间月。闻君有两意，故来相决绝。今日斗酒会，明旦沟水头。躞蹀御沟上，沟水东西流。凄凄复凄凄，嫁娶不须啼。愿得一心人，白头不相离。竹竿何袅袅，鱼尾何簁簁！男儿重意气，何用钱刀为！"然后把这首《白头吟》送给司马相如。司马相如看过后，忆及当年恩爱，愧悔难当，立即打消了娶妾的念头，回到文君身边。因为这首诗，司马相如与卓文君的故事传为一段爱情佳话，为人津津乐道，其中《白头吟》的"愿得一心人，白首不相离"更是成为千古名句。

麵

磨麦成粉　人之脸面

面

　　《史记·项羽本纪》记载，垓下之战后，项羽被刘邦打败，自领八百人马突出重围，来到乌江江畔。这时，乌江亭长劝项羽赶快渡江，以图东山再起。可是，项羽却笑着说："天之亡我，我何渡为！且籍与江东子弟八千人渡江而西，今无一人还，纵江东父兄怜而王我，我何面目见之！纵彼不言，籍独不愧于心乎！"于是，拔剑自刎而死。

　　一代枭雄给后人留下了一个"以死护面"的悲情故事，对此，有人赞叹，认为项羽有骨气，爱面子，无颜见江东父老，以死报答；也有人扼腕叹息，英雄何妨卧薪尝胆，留待他日东山再起。这个故事反映了两种不同的"面子观"。

　　繁体的"麵"，形声字。从麦、从丏，面声。

　　"面"为"麵"的本字。甲骨文为"
"，是指

事字，字形在眼睛"👁"外加一指事性的线框"◯"，代表脸廓、脸庞。篆文"面"误将甲骨文"👁"字形中的"👁"（"目"）写成"首"（"首"），强调脸在头部。隶书将"面"将"首"（"首"）和"目"（"目"）混合成了"面"字。

"麵"的篆文为"麵"。其中"麦"为"麦"，指麦粉、小麦；"面"为"面"，指圆片状物。"麵"表示用麦粉制作的圆片状食品。

隶书"麵"将篆文的"面"写成"面"。

《说文解字》："面，颜前也。"而简体的"面"，从丆，从囬。"丆"是页字头，可视为头部；"囬"中有"目"，字形象是突出了眼目的脸。故而，简体的"面"从字形到内涵与甲骨文"面"更为趋近。

繁体的"麵"字，侧重于植物意义的解释；而简体字的"面"字，侧重于人体部位的解释。两字的用途原来是不一样的。

面子可以说是一个人尊严、气节的体现，凡是人都应该重面子。俗话说，"人爱面子树爱皮"，假如人不爱面子，就会奴颜屈膝，厚颜无耻。这个面子是自尊、自爱、自重，是重视"颜值"，是仪容的端庄，也是一种风骨、志气。从这个意义上看，"面子"体现了一个人的气度和品格，这是从个人上讲。从大的方面讲，可以扩大到国家层面，这就是国格和国际形象了。国人对汉奸的深恶痛绝，是一种正义的"面子观"的体现。

在繁体的"麵"字中，可以看到"面"从"麦"中来，是麦子磨成了粉。它告诉我们一个道理，没有麦哪有面，没有里子就没有面子，面子必须有实力的依托，否则，就成为"海面""虚面"，是不自量力、虚荣、虚假、虚伪。

当然，虚荣心每个人多多少少有之，女人比男人更甚。当今社会爱虚荣，攀比风流行。大到城市建设，小到吃饭穿衣，动辄国际名牌，张口世界第一。有人把住豪宅开好车当脸面，却不顾公德，肆意违章；有人把豪爽仗义当脸面，却自不量力，无视法纪；还有人把衣着光鲜当脸面，却谈吐粗俗，举止轻浮，即使没有钱也会打肿脸来充胖子。

　　还有，在许多贫困的农村地区，凡是办丧事、做法事、请乐队、修坟墓，全家举债，表面上看是行孝，实则不孝。"厚养薄葬"才是真正的孝行，表面风光，实则难受。假如举债办了一个白事，今后的生活必须背上了重负，这种要"面子"大可不必。

　　人生在世，饭是一定要吃的，面子也不能不要。所以，也不能全盘否定面子的作用，毕竟适度的讲面子还是有好处的，但面子一定要有"里子"支撑，什么样的面子值得维护，什么样的面子该舍弃，一定要把握好这个度。

　　"麵"是指由麦子磨成的麦面粉，"面"是人的脸面，虽然音同，但义相差甚远，还是分开使用为好。

乾隆皇帝对联趣闻

爱新觉罗·弘历，清朝第六位皇帝，年号"乾隆"，史称乾隆皇帝。据传，乾隆皇帝擅长对对联，且常常借此戏人。

有一次，他乔装打扮后与文华殿大学士兼吏部尚书张玉书到一家酒楼饮酒赏曲。席间，乾隆乘着酒兴指着一姓倪的歌姬出了上联让张玉书对下联。上联曰："妙人儿倪氏少女"。这上联将"妙"字拆为"少""女"二字；将"倪"二字拆为"人""儿（兒）"两字，形成巧妙的拆字联。张玉书苦思良久，一时半会对不上来。恰在这时，歌姬在一旁随口答道："大言者诸葛一人"。将"大"字拆为"一""人"二字，将"诸"拆为"言""者"二字，正好对上。

乾隆大为赞赏，命张玉书赐酒三杯。不巧酒壶里的酒正好喝完了，只倒出几滴来。歌姬见状，笑着对乾隆说："'氷（冰字的异体字）凉酒一点两点三点'，下联请先生赐教"。乾隆暗自思忖，这上联既暗含前三个字的偏旁"水"，又冠以数字，乾隆皇帝一时半会也答不上来，窘得自己面红耳赤。幸好此时楼下走过一个卖花人。张玉书灵机一动，代为对答道："'丁香花百头千头万头'。"这个下联中的"丁"字像"百"字上半部分、"千"字是"香"字上边的一部分，"花"字的上半部分"艹"正好是"万（萬）"字的上半部分，故组合起来为下联，这才算为乾隆皇帝解了围。据说，从此以后乾隆皇帝再也不轻易用对联戏弄人了。

體

以骨支撑 知书达理

体

"居移气，养移体"这句话出自《孟子·尽心上》。这两句大意是：所处的环境可以改变人的气度，所受的奉养可改变人的体质。孟子认为安居会改变人奋斗不息的气质，使人变得懒惰，安于现状，不求上进。养尊处优更会使人变得娇贵，经不起风吹雨淋。因而人应不断地奋斗，有所追求，这样才能精力旺盛，自强不息。这两句说明优越的环境和生活条件有时也会给人带来一定的不利因素，人们应当善于利用优越条件，而克服其可能带来的消极影响。

"体"繁体字为"體"。古代"体""體"是两个字，"体"是"劣"，又指粗笨。身体本字是"體"，形声字，从骨，豊（lǐ）声。

"體"金文为"𩨉"。其中，"𨈟"为"身"，"豊"

为"豊"指盛器中的珍品。"體"用以比喻分布在身子里的诸多重要器官。

篆文"體"用"骨"（骨）代替金文的"身"（身），强调"骨骼"对"身子"的支撑作用，以及"骨腔"对"脏器"的保护作用。

隶书"體"用"月"（肉）代替篆文"體"中的"骨"（骨），强调"体"的"肉质"特征。

简体"体"另造会义字"体"代替，从人，从本。"亻"为"人"，代指身子、身体；"本"为"本"，代指主干、躯干，会义"人之本"，即躯干。

《说文解字》："體，总十二属也。从骨，豊声。"豊，既是声旁也是形旁，表示装在器皿中祭祀的珍品。造字本义：骨腔和诸多内脏组成的躯干。

和"體"有关的成语多与"躯干"之意有关。"赤身裸体"指大部分身体或全身裸露；"遍体鳞伤"指浑身受伤，伤痕像鱼鳞一样密，形容受伤很重；"称体裁衣"指按照身材剪裁衣服，比喻根据实际情况办事；"躬体力行"指亲身体验，努力实行；"魂不附体"形容极端惊恐或在某种事物诱惑下失去常态；"身体发肤"本指身躯、四肢、须发、皮肤，后亦泛指自己身体的全部；"体贴入微"形容对人照顾或关怀非常细心、周到；"心广体胖"原指人心胸开阔，外貌就安详，后用来指心情愉快，无所牵挂，因而人也发胖。"五体投地"，两手、两膝和头一起着地，是佛教一种最恭敬的行礼仪式，比喻佩服到了极点；"衣不蔽体"衣服破烂，连身子都遮盖不住，形容生活贫苦。

繁体字的"體"，左为"骨"，右为"豊"。"骨"为骨头，脊椎动物身体里面支持身体的坚硬组织。"豊"字上"曲"下"豆"，"曲"表示屈伸，"豆"的甲骨文为盛器形，表示支撑、支柱。故而，"豊"为能屈能伸、可转折、可支撑的部位。

"骨"是支撑人身体的物质基础，是本体；"豊"为"礼"的古字，是知事达礼、通情达理，亦是伦理。"豊"是支撑人身体的精神基础，如果无礼，则只剩骨，人则为行尸走肉。所以有

"骨"有"豊"方为"體"。

"曾子避席"出自《孝经》，是一个非常著名的故事。曾子是孔子的弟子，有一次他在孔子身边侍坐，孔子就问他："以前的圣贤之王有至高无上的德行，精要奥妙的理论，用来教导天下之人，人们就能和睦相处，君王和臣下之间也没有不满，你知道它们是什么吗？"曾子听了，明白老师孔子是要指点他最深刻的道理，于是立刻从坐着的席子上站起来，走到席子外面，恭恭敬敬地回答道："我不够聪明，哪里能知道，还请老师把这些道理教给我。"在这里，"避席"是一种非常礼貌的行为，当曾子听到老师要向他传授时，他站起身来，走到席子外向老师请教，是为了表示他对老师的尊重。曾子懂礼貌的故事被后人传诵，很多人都向他学习。曾子对老师有礼貌，践行了礼的精神，所以行为才可称得上"得體"，人若没有礼做精神支撑，身体就只是堆枯骨而已。

简体字的"体"从人，从本。"人"由头、躯干、四肢组成；"人""本"为"体"，表示"体"是人之根本，是人的魂魄、活力托付之所。人体是由功能各不相同的多个部分构成的，故"体"为肢体，是身体的某一部分。《集韵·止部》："体，四肢也。"

繁体字的"體"强调骨骼为支撑，礼仪为精神，骨骼和礼仪相结合，才能成为完整的"體"；简体字的"体"强调以人为本，体是人的根本。两者都有一定道理，但繁体字的"體"更能体现其完整意义，相比而言，更合适一些。

📖 汉字趣闻

"奸"字巧对获轻罚

从前有三个女的与一男的通奸，被人告了官。在封建社会通奸是极其伤风败俗的事情。被人告到官府一般都要受到严惩，且犯人也少不了要受皮肉之苦。

但在对簿公堂时，审问的官员发现这三位女子中的一位，不仅颇有姿色，而且谈吐不俗，颇有几分才气。于是，审问的官员心生一计，便把奸的繁体"姦"离析为三个"女"字，并给出一个对联的上联曰："三女为姦，二女皆从长女起。"意思是委婉地询问三人中是谁起的头，既委婉地审问了案情，又在问话中暗考了她们的才学。

其中那位才貌出众的女子立即心领神会，对曰："五人张伞，四人全仗大人遮。"这个回答十分巧妙，她也借用离析的方法，把伞的繁体"傘"离析为五人张伞，然后还委婉地表达了四人要全靠大人庇护，为自己和其他的两女一男共四个人求情。"四人全仗大人遮"，既生动地表现出了"傘"字的形象，又委婉地表达了当前他们希望得到审问官员庇护的心理。审问官员听后，甚是感慨，出于对才女的同情和怜惜，遂决定对他们从轻处罚。

【 进取之径 】

備

预先筹划　有备无患

备

　　诸葛亮在《将苑·戒备》中说"不备不虞，不可以师"，大意是对敌情没有准备，对意外事变没有预见的人，不可"统领三军"。常言道："人无远虑，必有近忧"。作为领兵的将领，要有未雨绸缪的先见之明，要有对敌情的准确预料，否则，敌人突至，将措手不及。身为将领，必须有勇有谋，有备能虞，否则只能算是匹夫之勇。

　　"备"的繁体字为"備"，会意字。

　　"备"，为"備"的本字，甲骨文为"🏹"，像"🏹"（箭）插在箭筒"⊔"中，表示预先存在箭筒里的箭支，会意古人时刻保持高度警惕，事先将战斗和捕猎的弓箭准备好，随时准备出击，引申为"预备""防备""准备""筹备"之意。

　　金文"🏹"变形严重，箭矢与箭筒的形象模糊难辨。

篆文"𢎁"误将甲骨文"𢎁"中的箭筒"𠙹"与箭头"𑇐"合写成"𤰇"（"用"）；受金文"𢎁"影响，将甲骨文的箭尾"𑁦"写成"𑁤"草字头，并加两个"人"（𠆢、𠂇）。

简体"备"字根据"𠤳"草书字形简化而来。

《说文解字》："備，谨慎。"本义：预存在箭筒里的箭支，随时保持谨慎和警惕。引申为预先筹划，准备、预备，周到、全面的意思。如《左传·襄公十一年》："居安思危，思则有备，有备无患。"宋朝沈括《梦溪笔谈·活板》："有奇字素无备者，旋刻之。"

繁体"備"字有"人"、有"供"、有"用"，充分体现了人本思想。"备"的内容是多方面的，包括资源、物资、资金、人才等等，在这些要素中，最核心最主要的是人才的储备。汉朝桓宽《盐铁论·险固》："有备则制人，无备则制于人。"意思是说打有准备之仗，打击敌人时才能"攻其无备，出其不意"，一举获得成功；没有准备，就会被动挨打，被人制服。当今社会，高水平的人才储备才是一个国家发展的力量和后劲所在。从某种程度讲，美国最强大的东西不是经济，而是他的科技力量和人才培养储备。美国将教育视为国家发展基础和人才培养关键，把发展教育作为国家的战略重点，先后出台一系列培养高素质人才计划。美国高等教育投入占全球高等教育投入的40%，其世界一流大学的数量和整体大学质量均位居世界第一。当前，全球化加快了人才的国际化流动，美国是全球人才竞争中的最大受益国，据2014年的统计数据显示，硅谷的约300万人口中，亚裔人数超过60万。美国通过提供奖学金等资助政策接受各国学生及学者赴美学习，不断充实美国"科技人才储备库"。据美国国家科技基金会统计，25%的外国留学生学成后定居美国，并被纳入美国国家人才库。美国只培养了全世界40%的诺贝尔奖获得者，却拥有70%的诺贝尔获奖者在美工作。绿卡、入籍制度是引进顶尖人才的根本保障。

中国历来重视人才在兴国中的作用，留下了许多美谈，如周文王与姜太公、管仲与鲍叔牙、刘备三顾茅庐等。但依然总有"千里马常有，伯乐不常在"的感叹。只有将伯乐变成制度，而不是具体的个别领导人机遇性的慧眼选择，才有可能发现人才、人尽其才。"備"字首先指出，备最主要的是有可供开发和利用的人才资源。

"備"字强调人才必须拥有有用的技能和知识。繁体的"備"，从人、从供、从用，意为"供""人"有"用"的技能和知识。而这种能力，全靠平时的勤奋和努力。世上没有哪一种成功，不是有备而来。"台上三分钟，台下十年功"，舞台上才华横溢的演员，他一定很努力很认真准备了很长时间，下了很多苦功。机遇总是偏爱有准备的人。命，是失败者的借口；运，是成功者的谦词。聪明是一种天赋，美丽是一种天赋，会唱歌是一种天赋，会画画是一种天赋，可是所有天赋中，最耀眼的一种是努力。命运，不是什么神秘的力量，而是自我的花开出的果。只有保持努力的状态，才能迎接悄悄地来到你身边的机会。林肯是美国历史上最著名最伟大的总统之一，同时他也是这些总统中命运最悲惨的一个。他从小就历经磨难与挫折，命运坎坷，却从未改变过自己的追求，勤奋学习，顽强工作，厚积薄发，等待机会的来临。可以说，他的一生是苦难的一生，奋斗的一生，同时也是辉煌的一生。林肯就是用他的一生告诉我们：只有苦难才能铸就辉煌，越努力才能越幸运。世上没有哪一种成功，不是有备而来，人生，越努力，越幸运。

"備"字还强调必须注重军事准备。甲骨文的"備"字，是在箭筒里预存箭支。箭是古代的兵器之一。这是指一个国家要有安全保障，必须有强大的军事装备，有战略战术的储备。古语云：以己之长攻敌之弱，知己知彼百战不殆。

战争更取决于战略、战术的储备。古代战争第一要素就是战术战略，以己之长攻敌之弱，知己知彼百战不殆。《孙子兵法》《虚实篇》第六曰："吾所与战之地不可知；不可知，则敌所备者多；敌所备者多，则吾所与战者，寡矣。故备前则后寡，备后则前寡，备左则右寡，备右则左寡，无所不备，则无所不寡。寡者，备人者也；众者，使人备己者也。"

这段话的意思是：我与敌交战的地方，事先不可使敌人知道；敌人不知道，防备的地方就多；防备的地方多，那么同我作战的敌人就少了。所以，防备前面，后面就寡弱；防备后面，前面就寡弱；防备左边，右边就寡弱；防备右边，左边就寡弱；处处防备，就处处寡弱。之所以寡弱，就是由于防备敌人而使兵力分散所致；之所以显得众多，乃是由于迫使敌人分兵。

简体的"备"字相比繁体的"備"字，变化较大，主要是物质的准备，"田"为土地、庄稼、粮食，指充足的物质。古语"备于粪桑，轻于壅田"的意思就是重视桑蚕这一类的丝织业，轻视了农业。在我国历史上，很多皇帝把"以农为本"作为治国安邦的方略。中国古代的最高统治者为了表示对农业的重视，往往要示范扶犁耕地。明清两朝，每年仲春亥日，皇帝便率百官到先农坛祭祀先农神并亲自下田耕种，以示对农业的重视。"备"字带有传统农业自然经济社会的特征。

繁简对比，繁体的"備"更有战略眼光，更有丰富的内涵，更符合当今社会发展的要求，不但强调人的储备，而且是有用的人的储备；不但要注重人才储备，而且要注重军事储备，这样才能建成强国，才能实现中华民族的伟大复兴。简体的"备"字，说的是"各"有其"田"，停留在自然经济的年代，缺乏时代性。

图谶曹丕当皇帝

曹丕，魏文帝，曹魏开国皇帝。在曹丕代汉前，群臣为了劝进，找了各样的资料，说明和论证曹丕代汉是上应天意、顺应时势的顺天应人之举，具有道统上的合法性。《三国志》中有这样一段记载："孝经中黄谶曰：'日载东，绝火光。不横一，圣聪明。四百之外，易姓而王。天下归功，致太平，居八甲；共礼乐，正万民，嘉乐家和杂。'此魏王之姓讳，着见图谶。"这里的"日载东"寓意一个"曹"字，因为"曹"的金文为"𣊫"、篆文为"𣊫"，均为"日"字上有两个"东"字，后来隶书"曹"将两个"东"（𣒨）简写成"曲"，因此"日载东"也就是"曹"字；而"不横一"，即是个"丕"字。前两句已经将曹丕名字明确地揭示出来了。后面主要意思是讲汉朝已历经四百余年，气数已尽，该是曹丕"易姓而王"的时候了。

劃

以刀为笔　割分物体

划

　　"与其守成法，毋宁尚自然；与其求划一，毋宁展个性。"这句话是中国近现代著名的民主革命家和教育家蔡元培的名言。大意是：与其墨守成规，宁愿崇尚自然而为；与其追求一致，宁愿发展自己的个性。做人做事不要人云亦云，在遵守法规、制度的基础上，还要具有自己的个性和自己的思想。

　　"划"，繁体字为"劃"，会意字。

　　"劃"，金文为"䤵"。左边"畫"为"画"，表示划线、划界；右边"斤"为"斤"，表示割、切割、割断。合起来"䤵"表示分界、分割、区分、划分之意。

　　篆文"劃"基本承续了金文"䤵"字形，只是用"刀"代替了"斤"。

　　简体"划"字依据"畫"字形简化，并另造会意字代替。"划"左边"戈"为带锋刃的长柄武器，右边

"刂"为"刀"，切割的工具。合起来"划"字会意用刀或其他东西把物件分开，引申为分开、划界、划分之意。

《说文解字》："劃，锥刀画曰劃。"造字本义：分界、分割。"劃"，会意字，从刀，从畫，畫亦声。即以刀等尖利之物为笔如作画般在物体表面分割物体为"劃"，如"划一道口子"；也指从表面擦过，如"划火柴"。

与"劃"有关的成语多与"分界、分割"有关。"出谋划策"指制定计谋策略，为人出主意；"划一不二"指按照定价卖出，不打折扣，形容做事刻板；"指手划脚"用手指，用脚划，形容说话时用手脚示意，也比喻瞎指挥，乱加指点批评；"坐地自划"指就地不动，自定范围，比喻固执一端，排斥其他。

繁体和简体的"劃"字共同的一点都省"刂"即刀，"刀"是划的工具。繁体字"劃"的本意为戈刺刀割。《广韵》："划，锥刀刻。"清代潘耒《游天台山记》："峭壁百寻，雷轰刀划，悬瀑自其肩落注于苍池。"表现出大自然的鬼斧神工。

"劃"引申为"分界、分割"之意，比如："划定""划分"等。"划分"是把一个整体按照一定的方式、比例分成若干部分，是对"划"字本义的抽象引申。现在我们说某件事情有非比寻常的历史意义，还会说成具有划时代的意义，这里"划"的意义就是进一步的引申了。唐代孟浩然《行出东山望汉川》："万壑归于汉，千峰划彼苍。"这句诗的意思是汉水流过千沟万壑，而水边高耸的山峰则把苍天分成了一块又一块。其中"划"用比喻的手法，把山高挡住了人的视线比作天被分成了很多小块。

繁体字的"劃"字强调用刀作画，我国传统的版画就是先用刀刻，然后再加以拓印的。我们现在作规划，犹如作画，划出美好的蓝图，由此，"劃"还有"筹谋"的意思。比如"出谋划策""筹划"等。分割实物相对容易，要处理复杂的问题，把握全局，就要有预见地进行谋划、策划，完成重大任务，就不是轻而易举的事了，需要进行统筹安排，兼顾各个方面。繁体字的"劃"还可以作象声词，形容水声、风声等，如"划然""划划"。

中国古代也有与"劃"字相关的名人故事，"划粥割齑"就是讲宋代范仲淹的故事。范仲淹年轻时在应天府书院读书，生活条件非常艰苦，他等粥冻结后把粥划成若干块，咸菜切成碎末（划粥割齑），当作一天的饭食。

一天，范仲淹正在吃饭，他的同窗好友来看望他，发现他伙食非常糟糕，于心不忍，便拿出钱来，让范仲淹改善一下伙食。范仲淹很委婉，但十分坚决地推辞了。他的朋友没办法，第二天送来许多美味佳肴，范仲淹这次接受了。

过了几天，他的朋友又来拜访范仲淹。他吃惊地发现，他上次送来的鸡、鱼之类的佳肴都变质发霉了，范仲淹连一筷子都没动。他的朋友有些不高兴地说："希文兄（范仲淹的字），你也太清高了，一点吃的东西你都不肯接受，岂不让朋友太伤心了！"

范仲淹笑了笑说："老兄误解了，我不是不吃，而是不敢吃。我担心自己吃了鱼肉之后，咽不下去粥和咸菜。你的好意我心领了，你千万别生气。"朋友听了范仲淹的话，更加佩服他的人品高尚。

一次，有人问起范仲淹的志向，范仲淹说："要么当个好医生，要么当个好宰相。好医生为人治病，好宰相治理国家。"这就是我们常说的"不成良相，便为良医"。这种不为个人升官发财而读书的伟大抱负，让周围的人非常敬佩。后来，范仲淹当了参知政事（相当于副宰相）提出许多利民富国的措施，实现了自己当年的志向，成为一代名人。

简体字的"划"，在汉字简化前仅指将桨切入水中刮水之意，如"划船""划桨""划艇""划水"，从戈从刀，两者都是兵器，"划"是"一刀两断"，与繁体"劃"意思大不相同。简化之后，没有"劃"字如作画般分割的含义。两个字本各自有不同的用途，还是不混用为好。

📖 汉字趣闻

崇祯测字

明朝末年，崇祯皇帝眼看大明天下已是日薄西山、朝不保夕，于是忧心如焚，寝食不安，遂遣一宦官出宫打探民情。宦官来到一个测字摊前，想拆个字，预卜一下国运。

宦官先写个"友"字，测字先生说是"反"贼出头。宦官暗惊，再测"有"字。测字先生说"有"字也不吉，乃"大"字掉了一半，"明"字去了半边，"大明"岌岌可危。宦官听得满身是汗，忙说前面两字写错，实欲测"酉"字。测字先生说，此字更为不祥，"尊"字去头去尾，皇帝至尊快完了。三个同音字测下来，皆是明王朝亡国之兆。是年，崇祯皇帝在景山上吊自尽。

進

勇敢向前　臻于佳境

进

"起来！起来！起来！我们万众一心，冒着敌人的炮火，前进！冒着敌人的炮火，前进！前进！前进、进！"每当耳畔响起雄壮的国歌声，我们的内心都会升腾起一股民族的自豪感。

在革命与战争的年代里，国歌曾被赋予英勇无畏的内涵，鼓舞了无数仁人志士的革命斗志，坚定了四万万同胞争取独立解放的理想与信念；在激情燃烧的建设与改革岁月里，它又被赋予艰苦奋斗的内涵，提振了一个民族的信心与凝聚力。世易时移，国歌一直激励并将继续激励一代又一代中华儿女勇敢前进。

进，繁体字为"進"，会意字，从"辶"，从"隹"。

"進"，甲骨文为"𨗩"。上面"𢓅"为"隹"，像小鸟形，指鸟雀类；下面""为"止"（趾），即"脚"，表示"行走"。由于鸟的脚只能前进不能后退，故用以表示前进、向上、向前移动之意。

金文""基本承续了甲骨文字形，并在""加了一个""（"彳"，行走）。

篆文""承续了金文字形。

隶书""将篆文""中的""（辵）写成""。

简体"进"用"井"代替楷书""中的""（隹）。

《说文解字》："進，登也。从辵，閵省声。"本义：向前、前进，与"退"相对。"進"，从"隹"。含义有三：其一，甲骨文的"隹"是鸟的象形，意为前进应如鸟一般轻捷，放下负担，全新进去；其二，"隹"与"佳"形同，意为努力向前，进入佳境；其三，"隹"可视为"难"的省字，意为前进、上进、进步是件难事，需要付出汗水和艰苦的努力。

古语有云："百丈竿头须进步。"进步是在原有基础上的继续提升，进不止是超越对手，更是超越自己。因此，即使一个人修行到了极高的境界，也还需继续修行，因为前边有更高的境界等待你去攀登。《庄子·养生主》有曰："道也，进乎技也。"意思是，前进之目的在于取技术之上的道。因此，放下包袱坚定前行，便能进入个人乃至超越个人之外的上佳之境。

在漫长的人生路上，我们一直在前行，有的人走得举步维艰，有的人走得轻松愉快。差别就在于所背负的东西，假如途中为功名利禄所累，前进必然不轻盈。只有舍弃那些身外之物，追求内心的快乐，才能像小鸟一样飞得高、飞得远，才能锐意进取，进入佳境。

简体的"进"，将"隹"变成了"井"，把会意字变成了形声字。"井"为"进"的读音，"井"也是"阱"的省字，是山野地面控射林兽的陷坑，其寓意是，在前进的道路上充满了陷阱，警醒人们前进时要小心陷阱别掉下去。从"佳境"变"陷阱"，其义大相径庭，不过从"警醒"的角度看，"进"字的繁体简化，是将一种鼓舞转化为了提醒，也有一些可取之处。

在今天，由"熟人社会"向"陌生人社会"的转变过程中，由于社会契约关系和法治社会的不健全，确实存在谎言和坑蒙拐骗的现实。"熟人社会"也变为"防人社会"。可以说，是荆棘遍布、陷阱重重，前行之路往往险象环生。特别是诈骗花样百出，防不胜防。不过，只有善于审时度势、明辨危机，正确决策与善用智慧是可以绕开陷阱继续前进，以至臻于佳境。

如何识别陷阱，避免踏入陷阱是很重要的，也是相当不容易的，因为陷阱都是经过精心设计伪装的，虚虚实实，真真假假。同时，陷阱大多是根据人的弱点而设。人性自身的弱点最容易让人迷失理智，丧失原本的判断力，因此更容易被利用，踏入陷阱。

为此，为防止掉进陷阱，一是不要贪，牢记"小贪吃大亏"的古训，千万不要相信天上会掉下一个馅饼；二是要防，俗话说："害人之心不可有，防人之心不可无。"不能太轻信，多问一个为什么；三是要慎，警惕花言巧语，用智慧去看清伪装。

不断精进当然是可贵的，但前进并不意味着只是一直猛冲向前，还要守，有时还要退。老子说"功成身退"才是明智的。在人生的道路上，有时需要停下来慎思明辨，有时甚至还需要向后退几步。这时，行动上的退，它可能是自我修养与能力的完善，是智慧上的进，道德上的进。更为重要的是，当我们一点一滴慢慢铲除那些障碍弱点的时候，我们就会发现，进步乃至于更高层次的佳境离自己越来越近了。

一个是走向佳境的"進"，一个是走进陷阱的"进"，还"進"字为好。

📖 汉字趣闻

苏东坡与佛印和尚趣对

　　苏东坡与佛印和尚是至交。一次，苏东坡去找佛印，见他正与三个木匠为庙顶设计一只木质的小狗。四人围在一起，对着木狗品头论足。苏东坡灵机一动，随即出口吟道："四口围犬终成器，口多犬少。"佛印一听，心想这是一副拆字联，四"口"围着一只"犬"，正是一个"器"字，而且四口对一犬，可不是口多犬少吗？佛印正苦苦思索，忽然看到两个人抬着一根木头走了过来，于是眼前一亮，随即吟道："二人抬木迈步来，人短木长。"苏东坡听罢，暗自思忖道，这个下联的谜底是一个"来"字，因为"来"（來）的繁体字是"木"字与中间两个小"人"的组合，木头长，人短，上下联组合在一起真可谓天衣无缝的绝对。

顧

顾

有一个典故叫"伯乐一顾"，出自《战国策》，比喻受人知遇赏识。古时候，有个卖骏马的人，他牵着马接连三天在集市上兜售却无人理睬。于是他找来以相马闻名的伯乐帮忙，伯乐只是绕着马转了几圈，看了看，临走时又回过头去看了它一眼，一天之内，骏马很快就以比原来高十倍的价钱卖了出去。如今看来，伯乐此举有点"马托儿"的意思，足可见名人的影响力之巨大。

顾，繁体字为"顧"，会意字。"雇"是"顧"的本字。

雇，甲骨文为"　"。上半部分"　"为"户"，指门、家园，引申指候鸟一段时期内相对固定的活动区域；下半部分"　"为"隹"，指鸟雀、候鸟。合起来"　"表示迁徙的候鸟不时转头回望自己生活过的地方，即"回头看"，同时也表达了"顾盼""顾念"

之意。

篆文"雇"将甲骨文字形的上下结构调整成半包围结构，将甲骨文字形中的"日"写成"尸"，将甲骨文字形中的"鸟"写成"隹"。同时篆文再加"頁"（页）另造"顧"代替，着重强调"顧"与"头"有着密切的关系。

隶书"顧"将篆文字形中的"雇"写成"雇"，将篆文字形中的"頁"写成"頁"。

简体"顾"字依据草书字形"顾"简化而来。

《说文解字》："顧，还视也。"造字本义：回头看，通常也泛指看，如回顾、顾盼、顾及、顾虑、顾念、顾此失彼、奋不顾身、顾左右而言他等，又如《史记·项羽本纪》："大行不顾细谨，大礼不辞小让。""顾"也为观看、访问之意，如顾客、惠顾、顾名思义、顾影自怜、三顾茅庐等，又如《三国志·诸葛亮传》："此人可就见，不可屈致也。将军宜枉驾顾之。"另外，"顾"还有照看，悉心照料之意。由于在天人合一的思想普遍流行的远古时代，纯朴的先民将以"人"字阵形迁徙的候鸟视为"天鹅"加以崇拜，相信它们有特殊而神奇的力量，每当候鸟停落在家的周围，先民则给水喂食，用心照看。因此"顾"也有照看，用心、细心照料之意。

在古诗词中，"顾"字道出作者眼中顾盼神飞的大美风景，如黄庭坚《鄂州南楼书事》的"四顾山光接水光，凭栏十里芰荷香"，凭栏四望，水光山色，交相辉映，十里荷花，四处溢香；苏轼《望海楼晚景》的"海上涛头一线来，楼前指顾雪成堆"，一条白线由远而近，可是指点顾盼之间楼前已是雪浪成堆；龚迟《水仙花》的"娉婷玉立碧水间，倩影相顾堪自怜。只因无意缘尘土，春衫单薄不胜寒"，用拟人的手法描绘"凌波仙子"，亭亭玉立的风姿，轻盈娇俏的倩影，冰肌玉骨的气质，弱不禁风的神韵，凌波吐蕊的芳馨，无处不像娉婷的女子，引人遐想；"昔闻李供奉，长啸独登楼。此地一垂顾，高名百代留"则出自王世贞的《登太白楼》，垂顾为俯视、光临之意，"一垂顾"和"百代留"的强烈对比，引发人们对李白的无限崇敬和对太白楼的向往之情。

繁体的"顧"字有"隹"，隹为候鸟。带有"顾"字的成语很多跟动物有关，如"狼顾鸱张"形容凶暴、嚣张；"补牢顾犬"比喻对出现的失误及时设法补救；"鹰视狼顾"形容目光锐利、为人狠戾；"熊经鸱顾"则是古代一种导引养生之法，状如熊之攀枝，鸱之回顾。跟动物有关之"顾"在古诗词也较为多见，"自顾影、欲下寒塘，正沙净草枯，水平天远"，出自宋代张炎的《解连环》，孤雁欲下难下，只得顾影徘徊，孑飞哀鸣，自叹自怜；"柔情似水，佳期如梦，忍顾鹊桥归路"出自秦观的《鹊桥仙》，牛郎织女一年一度相会的佳期非常短暂，"忍顾"二字将依依惜别之情表达得既含蓄又充分，那"鹊桥归路"连看都不忍看，想都不愿想，更何况说踏着它归去。

"顧"字描绘的是不忘本心、顾盼生辉。"顾"字有"户"有"家"，"顾"是回顾、顾恤、顾思，是顾影自怜、劬劳顾复，是回顾初心，回望走过的路。为人处世需常回顾本心，不失本来。世间繁华，过往云烟、白驹过隙，烦恼之时，常回家一顾：回清静的居住之家、回洒脱的心灵之家。回首愈深邃，前瞻愈智慧，"众里寻他千百度，蓦然回首，那人却在灯火阑珊处"。"顾"是一份淡然，一种智慧，是顾内之忧、思前顾后，更是指顾从容、义无反顾。

"顧"字强调用脑、用心。"顧"字从页，"頁"是指头脑，"顾"的行动受"脑"的指挥，只有用心、用脑，才能照顾入微，瞻前顾后，防微杜渐。刘向在其《说苑·敬慎》中提到："得其所利，必虑其所害；乐其所成，必顾其所败。"在庆祝成功时，一定要想到潜伏着的危机，考虑到失败的可能，戒骄戒躁、谦逊谨慎，才能立于不败之地；苏轼在《荀卿论》中写道："喜为异说而不让，敢为高论而不顾。"告诫人们要善于独立思考、勇于提出独到见解；而刘向的《战国策·楚策四》中的"见兔而顾犬，未为晚也；亡羊而补牢，未为迟也"，则说明有错要及时改，不可固执错误，否则会造成更大的祸患。

简体的"顾"字，依据草书字形"顾"将正体楷书字形中的"雇"（雇）简化成"厄"（厄）。厄有困苦、险阻之意，"顾"可理解为遇到险阻而回头。如李白《行路难》的"停杯投箸不能食，拔剑四顾心茫然"，李白是一个有远大政治抱负的诗人，在受诏入京时候却被"赐金放还"，变相撵出了长安。这两句写的是在友人送别宴上的情况，"停""投""拔""顾"四个连续的动作，形象地展示了他内心的苦闷、抑郁和激愤，相顾无言、顾虑重重。

繁简的对比，繁体的"顧"字具有很强的家园意识，不但是对候鸟的精心呵护，也表达了用心、用脑地照顾，充满着人文精神。"顧"字是统筹兼顾、不忘本心、堕甑不顾、收放自如；而简体的"顾"则强调了遇到困厄而回头、退缩。相顾之下，繁体的"顧"显然更有内涵。

📖 汉字趣闻

巧借典故戏人婚

据传，民国初期有一政要妻子病故后，又娶其妻妹为妻。有一好事者赠一联云："一顾倾城，再顾倾国；大乔同穴，小乔同衾。"

这个上联用的是汉代李延年荐妹于汉武帝典故。据记载，李延年为将其妹推荐给汉武帝，曾在侍奉汉武帝时起舞歌曰："北方有佳人，绝世而独立，一顾倾人城，再顾倾人国。"而"一顾""再顾"在此引申为一娶再娶。下联化用三国二乔典故，即大乔为三国东吴孙策之妻，小乔为周瑜之妻。

协

众人同心　合力发展

协

通常是"众人拾柴火焰高""人多力量大"，但也并非都如此，也有"一个和尚有水喝、两个和尚抬水喝、三个和尚没水喝"的现象。这其中的根本原因是否形成团队的力量，也即齐心协力。

作为一个领导者和管理者，协调能力是一个很重要的能力。古代的帝王除了自己品德高尚以外，还要具有协调组织能力。尧帝就是这样的一个圣人。《尚书·虞书·尧典》赞赏他，"百姓昭明，协和万邦"。大意为帝尧既能够明察有才有德的人使同族人亲密团结，又能明察表彰有善行的百官协调诸侯各国的关系，进而使民众也变得友善和睦起来了。虽然中国传统社会注重君王的道德修养，但也很重视统御之道，而协调就是必不可少的重要方法。马克思讲"人的本质在其现实性上是一切社会关系的总和"，协调和处理各种关系就显得尤为重要。我们讲坚持党的领导，一个重要的原则就是要保证党始终发挥总揽全局、协调各方的领导核心作用。

协，会意字，繁体字为"協"，从劦，从十。劦亦声。劦（xié）表示同力。十，表示众多。合起来表示众人同力。本义是指和睦、融洽的意思。

協，甲骨文字形为""，或从""（口）或从""（力），表示一齐呼喊或一齐发力。有的甲骨文从"口"（），在"口"（）（劳动号子）上加一竖（），表示众人劳动时一齐喊号子，以达到力量的集中暴发；有的甲骨文从""（力），甲骨文""，从""（三），表示众人一齐发力；有的甲骨文""综合字形""（叶）和""（劦），强调统一号子与众人发力的关系；有的甲骨文字形为""，从""（劦，众人一齐发力）、从""（众多猎犬），表示众人合力围捕猎物。

金文字形为""，""表示一齐""发力""。

篆文""，""为心、想法，""为劦，即一齐发力，表示万众一心，目标一致，合作努力。

"協"字的造字本义：众人喊着劳动号子，以一致的节奏使劲。如《资治通鉴·魏纪》："岱时年已八十，体素精勤，躬亲王事，与逊同心协规，有善相让，南士称之。""协"字生动形象地描绘了一幅劳动协作的场景。

《说文解字》："協，众之同和也。"如协作、协商、协定、协和、协调，又如《史记》："协气横流，武节飘逝"《尚书·微子之命》："上帝时歆，下民祗协。"《国语·周语》："实有爽德，协于丹朱。"

繁体字"協"字强调"众之同和"，即众人根据号声统一发力，引申为动词"协调、使一致"，进一步引申为副词"协调地、一致地、同步地"。与"协"有关的成语大意都是为了同一目标而共同努力、相互协作的意思，如：齐心协力、同心协力、辑志协力、同德协力，等等。繁体"協"左边是个"十"、右边是三个"力"，可以理解为把众人之力和智聚合起来，为了共同的目标而奋斗。从某种意义上讲，繁体"協"更侧重于强调"多"与"一"的关系、"部分"与"整体"的关系、"异"与"同"的关系。就像交响乐演奏，偌大的一个乐队，如果没有或者不听统一的指挥、号令，每个乐师各行其是，各自突出自己、彰显自己的个性，组合在一起一定会是一团糟。几十种乐器，能和谐共鸣，奏出美妙的乐章，关键就在于协作、在于统一号令。所以，我们在工作中既要发挥自己的特长，又要服从集体意志，要与同事同心同德、相互协作、取长补短，做到补台而不拆台、补位而不越位，才能形成工作合力，才能产生1+1＞2的效果。

　　简体"协"将繁体"協"的两个"力"省略成两点；左边"十"的甲骨文"凵"是指事字，是"叶"的本字，而"叶"是"谐"的本字，取其音，另外"十"字代表联系四面八方，整合方方面面的资源；右边为"办"字，合起来的意思就是各方共同合作、真心协商，采取相向而行的措施，心往一处想、劲往一处使，就没有办不好的事情。从字形上看，"协"字从办，这既要有力，又要流汗。"办"字左右两点，象征人出力时流出的汗水。从某种意义上讲，简体字"协"更侧重于认识论与实践论、"知"与"行"的统一，如《朱子语类》的"知之愈明，则行之愈笃；行之愈笃，则知之益明"、王阳明《答顾东桥书》的"致知之必在于行，而不行之不可以为致知也"。一个团队要完成一项任务，不仅要统一思想，更要共同努力，一起奋斗，立志笃行，实实在在，一步一个脚印，踏踏实实去奋斗。小到一个团队是这样，大到一个地区、一个国家亦如此。正如习近平总书记强调："中华民族伟大复兴，绝不是轻轻松松、敲锣打鼓就能实现的。全党必须准备付出更为艰巨、更为艰苦的努力。"

　　繁简的对比，仅从字形上来看，繁体"協"更侧重于协调人与人之间的关系，形成统一意志，汇集众人之力；简体字"协"更侧重于知行统一，突出笃行的重要意义。相较两者，繁简字各有特点、相互补充、相得益彰。想要成功既需要众人同心"协"力，求同存异，统一思想，凝聚众人力量智慧，也需要脚踏实地，知行合一，埋头苦干，奋发有为。

汉字趣闻

日月争光，风云际会

相传明朝开国皇帝朱元璋与军师刘伯温经常在一起对弈，谈古论今。一天两人对弈时，朱元璋出了一个上联："天作棋盘星作子，日月争光。"刘伯温沉吟片刻对道："雷为战鼓电为旗，风云际合。"上下联的内容非常契合君臣二人的各自身份，用词绝妙，是为绝对。

動

动

负重前行 云凭风飘

　　我们常说"生命在于运动"；孔子讲"知者乐水，仁者乐山；知者动，仁者静"，马克思讲"劳动创造世界"……事实上，"动"是生命体征最重要的标志，一个人还有心脏跳动、大脑活动，会认为他还活着。同时，人要活得好，活得久，也要经常活动。可见，"动"无论是对于身体健康、个人修养，还是对人类社会发展都意义重大。

　　动，会意兼形声字，繁体为"動"。从力，从重，重亦声。合起来的意思是用力搬动重物，使之改变原来的状态，本意是指劳作、劳动的意思。

　　"动"有"動"和"連"的两个金文。金文"動"，上半部分"東"为被刺瞎眼睛的男奴，下半部分"重"为"重"，大包袱的意思，合起来表示男奴负重驮物；金文"連"，左边"辵"为"辵"，行进的意思，右边

"𝕰"（重，大包袱），合起来也是负重前行的意思，只是突出了负重行进中的"运输"的意思。

篆文为"𝕰"，左边为"𝕰"（重，大包袱），表示用力把东西背起来，右边为"𝕰"（力），强调"动"要使用体力。

《说文解字》："動，作也。从力，重声。𝕰，古文动从辵。"造字本义：使用体力，负重劳作。如《周易》："坤至柔而动也刚。"动又指为实现某目标而行动，如《论语》："子曰：'非礼勿视，非礼勿听，非礼勿言，非礼勿动。'"《孙子兵法》："非利不动，非得不用，非危不战。"动还指情感起反应，如"天子为动，改容式车""感天动地"等。

"動"，从重，从力。"重"（𝕰）是一个头上带有标志的人身背一个大包袱，会意物体之重；"重"又表示物体的重量、分量，与"轻"相对应。"力"为力气、力量，用力、使劲的意思。"重"与"力"合为"動"，表示要使一个沉重物体移动位置，必须要花费很大的力气；也喻义要取得成就、成功，必须付出艰辛的劳作和劳动。

繁体"動"和简体"动"共同的地方都有一个"力"字，表示"力"是"动"的源泉，运动是力的竞技，其文化意象主要有如下的几个方面：

首先，美好生活由劳动创造。"動"，从重、从力，有劳作、劳动之意。劳动是创造美好生活的主要手段，但要"劳有所获"就必须付出艰辛的努力。因此，劳动在某种意义上与辛苦、辛劳紧密相关，尤其在阶级社会，统治阶级无偿占有别人的劳动成果是被统治阶级苦难的根源，如李绅的《悯农》："春种一粒粟，秋收万颗子。四海无闲田，农夫犹饿死。"白居易的《卖炭翁》："卖炭翁，伐薪烧炭南山中。满面尘灰烟火色，两鬓苍苍十指黑。卖炭得钱何所营？身上衣裳口中食。可怜身上衣正单，心忧炭贱愿天寒。"但在消灭了剥削的社会主义社会，劳动人民自己当家做主，劳动是光荣的，我们热情讴歌劳动、赞美劳动，如高尔基讲"只有人的劳动才是神圣的"、佛夫那格说"劳动的成果是所有果实中最甜美的"。在生产力高度发达的共产主义社会，"劳动已经不仅仅是谋生的手段，而且本身成了生活的第一需要"，在这个时候我们人类社会将共享"各尽所能，按需分配"的共产主义荣光。

其次，运动是生命的特征。"動"包含着物体位移的意思，有运动、变化之意。"动"与"静"相对，"运动"与"静止"相对，世间万物无时无刻不处在运动变化之中，运动是绝对的，静止是相对的。运动一般有三层含义：一是物体空间位置发生变化，如机械运动、行星运动；二是社会活动，如"宗教改革""十月革命""五四运动"；三是修身健体运动，如体育运动。"动静"是一组奇妙的组合，中国古代养生、修身、健体之道，不像现代社会所侧重强调的外在的体能训练，而是注重内外兼修，动静结合。即心宜静，体宜动。其实，不仅个体的修身养性要"动""静"结合，治国理政也是这样，就是要像老子《道德经》中所讲的"我无为，而民自化；我好静，而民自正；我无事，而民自富；我无欲，而民自朴"，做到"有所为"而"有所不为"，推动国家趋向善治。

再次，运动是事物变化的普遍规律。世上万事万物每时每刻都在运动变化，赫拉克利特说："人不能两次踏入同一条河流。"人在变动，物也在变动。"動"，有活动之意。李白《梦游天姥吟留别》"忽魂悸以魄动，恍惊起而长嗟"中的"动"是人心的惊动、震动。贾岛《宿姚合宅寄张司业籍》"松枝影摇动，石磬响寒清"中的"动"是万物的摇动、晃动。《坛经》："至广州法性寺，值印宗法师讲《涅槃经》。时有风吹幡动，一僧曰：'风动。'一僧曰：'幡动。'议论不已。惠能进曰：'不是风动，不是幡动，仁者心动。'众骇然。"这里的"动"既有现实世界中"飘动、摇晃"之意，又有抽象内心世界的"心动、妄念"之意。众人听了慧能的阐释后之所以"骇然"，就在于慧能指出外界的变化一切根源在于人的内心动了"妄念"。人一旦太过执着于名利的"妄念""执念"，就只会一味追逐风幡色尘，痛苦而不能解脱。

简体字"动"，变"重"为"云"，从云、从力。"云"既指云朵、云彩之意，又有"曰、说"之意；"力"，为力量。结合起来可以理解为，云遇风力则动。"动"缺少了繁体"動"中"重"的含义，"动"变得轻飘飘；另外，这里的"力"也不再是发自于自身的内在的"力"，而是来自于"云"的外力抑或是"曰"嘴上的功夫。"动"，从云、从曰，语言本身就含有鼓动性、感染力，既可使人积极向上，如动人心弦、娓娓动听；也可使人消极懈怠，如惊心动魄、动怒。"动"，从力、外力，这就丧失了劳动、行动的积极性，容易产生等、靠、要等不劳而获的消极思想。

"動"与"动"的繁简体相比较，后者书写上固然简化很多，但也丧失了自力更生、艰苦奋斗的文化价值内涵，由"主动"变为了"被动"，避重（"重"）就轻（"云"），摒弃"辛勤劳作、负重前行"拼搏精神的"动"，收获的成果必然不及"動"来得踏实、自在和从容。

汉字趣闻

"工""人"可顶"天"

1921年年底，毛泽东以走亲访友的名义，从湖南长沙来到安源煤矿调查工人运动情况。一次，在专为工人子弟办的一所学校里，毛泽东在黑板上写上一个"工"字，解释道："'工'字上边的一横线是'天'，下边一横是'地'，中间的一竖代表工人阶级自己；另外，把'工'字和'人'字合在一起就是一个'天'字。因此，'工人'原本就是站在地上，顶天立地的劳动人民。只要我们团结起来，'工''人'可顶'天'。"

辦

不辞辛苦 努力去做

办

　　"火到猪头烂，钱到公事办"出自冯梦龙的《醒世恒言》，大意为形容钱能通神，不管办什么事，都必须用金钱打点贿赂才能办成。封建专制社会的官场最为腐败，贿赂可以打通各种关节，这就像煮猪头一样，火候不到就煮不烂，火候到了就烂了，而办事的火候就是钱。以"火到猪头烂"比喻"钱到公事办"，形象地勾画出了旧社会官场的丑恶嘴脸，并带有尖锐的调侃和讽刺意味。

　　办，繁体字为"辦"，会意字。

　　篆文为"辦"。"辡"为"辡"，表示诉讼，代指法律；"力"为"力"，表示强力。合起来"辦"表示根据法律的判决，强力执行。

　　隶书"辦"基本承续了篆文字形。

简体"办"省繁体"辦"中的"辡"（辡），在"力"字上加两点"丶丶"代替两个"辛"的"辡"。

"辦"字的造字本义为：依法行刑或强力执罚，如办案、惩办、严办，又如《三国志·费祎传》："君信可人，必能办贼者也。"《说文解字》："辦，致力也。"如办公、办理、主办，置办，又如《管子·中匡》："民办军事矣，则可乎？"《资治通鉴》："卿能办之者诚决。"《后汉书·彭宠传》："趋为诸将军办装。"

陈维崧在《念奴娇·送钱础日归锡山》中写道："槊上功名难办取，且自弄他文笔。"其中"办取"为取得之意；李渔的《风筝误·冒美》："苍头充办吏，老妇代司阍"中"办吏"则是指办理杂务的吏役；"办"也为准备、操办之意，如王维的"中厨办粗饭，当恕阮家贫"、白居易的"如何办得归山计，两顷村田一亩宫"；"军井未达，将不言渴；军幕未办，将不言倦；军灶未炊，将不言饥"出自秦末汉初黄石公的《三略·上略》，这几句大意是：部队宿营时水井尚未挖成，为将者不可先嚷口渴，军营的帐篷尚未支好，为将者不能先叫困倦，军灶还没有举火做饭，为将者不应先说肚饥。将帅应是士卒的表率，在艰苦紧张的行军作战中，应严于律己，体谅部下，与士卒同甘共苦，安抚军心，鼓舞士气，此乃将领为人办事之道也。

"辦"意味着艰辛。"辦"从力从辛，"辛"代表辛苦、艰辛，两个"辛"意为加倍辛苦。一分耕耘，一分收获；一份辛苦，一份辉煌。要想做一件事情、实现一个目标，就必须有不怕辛苦、尽心尽力之精神。做人像水，做事像山，低调做人，高调做事。胜者有计划，败者有托词；胜者常说：虽有困难，还是办得到；败者常说：虽然办得到，但是太困难。身体力行，含辛茹苦，办事成败之关键也。

"辦"意味着公正，"辦"从力从辡，"辡"指法律、诉讼，为公平公正之意。为人办事要公事公办、秉公办理，不能一手包办，更不能包而不办、凭空取办。公道正派，秉公用权，善于兼听明辨，敢于仗义执言，谓之秉公之德。德之于人，如气之于人、脊之于人。无论身居何位、身处何境，德高者望重，为人能透出一种气节、气魄，处事能办出一股正气、硬气。

简体的"办"字将"辛"字简化成两"丶"，两点水可一为辛苦的"汗水"，一为心酸的"泪水"。一滴汗水一分收成，汗水是记录，泪水是领悟，人生之初，就是伴着泪水、汗水、血水呱呱落地。人生之路荆棘载途，唯有坚定地为达到目标而艰辛努力，不被挫折吓倒，以汗水冲洗脸上的泪水和伤口的血水，方能迎来胜利的酒水。

繁简的对比，繁体的"辦"字强调一股力量、一种辛劳，包含一份公道、一缕刚正；而简体的"办"字则强调要花费力气，要办事应付出汗水和泪水。相较两者，想来成功更需这样来"辦"事吧。

汉字趣闻

程敏政敏对结良缘

程敏政（1446—1499），字克勤，明朝南京兵部尚书程信之子。据说，程敏政自幼聪敏，读书过目成诵，有"神童"之称。他十余岁时随父亲在四川藩郡参政，巡抚罗绮很欣赏他，以"神童"把他推荐给朝廷。明英宗经过几番测试后对程敏政的才学非常满意，下诏让他破格到翰林院读书。时任翰林院大学士李贤、彭时硕儒亲自给他讲课。后来，李贤见程敏政十分聪慧，有意把女儿许配给他。一天李贤在家设宴招待程敏政，席间李贤想考考程敏政，于是指着席上果品给出一个上联："因荷（谐何）而得藕（谐偶）。"程敏政略加思索，立即对出下联："有杏（谐幸）不须梅（谐媒）。"在座的人都被程敏政的聪慧和机制所折服。李贤大喜，随即把女儿许配给程敏政。

厂

厂

"人生是一个永不停息的工厂，那里没有懒人的位置。工作吧！创造吧！"这句话是法国思想家、文学家、1915年诺贝尔文学奖得主罗曼·罗兰的名言，道出了人生奋斗不息的真谛。人生就像在工厂中工作一样，永不停息，不断向前，是一种创造的过程，创造自身价值的过程，用爱去创造，在创造中寻找乐趣和意义是工作的最高境界。

厂，繁体字为"厰"，形声字，从广（yǎn），敞声。

厂，甲骨文为"𠂆"，像高悬的石崖，是"厓"的本字（"厓"是"崖"的本字）。造字本义：崖面凸出、崖底可供人居住的石崖。

金文"厂"、篆文"厂"简化字形，依然保留"悬崖"特征。"厂"的"悬崖"本义消失后，篆文"厓"再加"圭"另造"厓"代替。由于"厂"像可供居住的石崖，而"厰"（空间宽敞的开放式建筑）的民间简体写法——将底部"敞"省去后也写成"厂"，后人于是用"厂"合并"厰"。但是在"厂"合并"厰"之后，"厂"不读它原有读音hǎn，转读被合并字"厰"的读音chǎng，这是合并简化过程发生的"变读"现象。

《说文解字》："厂，山石之厓巖，人可居。象形。凡厂之屬皆从厂。厈，籀文从干。""厂"本义为崖面凸出、崖底可供人居住的石崖。后将厂和敞合并为"厰"字，敞，既是声旁也是形旁，表示打开、开放。厰，隶书"**廠**"，从"**广**"从"**敞**"，表示只有三面或两面墙壁的半开放建筑，本义为方便众人做工劳作的空间宽大的开放式建筑。

从字形就可以看出，繁体的"廠"是很宽敞的，厂是生产的场地。"厂"字体现了工作空间的宽大开阔。

工厂的产生是劳动协作的需要，是社会化劳动的产物。上古时期，生产力不发达，生产的产品不但简单而且种类少。所以这时候的生产是以农业和简单的手工业为主，生产的地点是农田或者家中，生产是以家庭为单位组织开展的。那时，不需要把很多劳动力集中在一个屋檐下，共同完成生产，所以还没有真正意义上的"厂"出现。随着生产力的发展，许多复杂的产品需要大量的人力共同协作完成，就需要有一个宽敞的场地，方便大家一起劳作，协同配合，"厂"就应运而生了。

独立的私人手工业工厂，大致产生于春秋时期。到战国时已有很大发展。不仅制陶、漆器、织锦、木器等越来越多的手工业部门开始从农业中分离出来，而且在制盐、冶铁等行业中，出现了较大规模的民营作场。历秦及汉，遂为巨富，尤其是汉初弛山泽之禁，民间的豪强大家"采铁石鼓铸煮盐，一家聚众或至千余人"（《盐铁论·复古》），积财动辄"千万""巨万"。煮盐、冶铁、制陶、造车船、制漆器、酿酒等行业的生产规模和工艺技术都超过前代，"厂"开始出现。

隋唐时期，私人手工业工厂有显著的提升与扩大。唐代的瓷器、铜器、制茶、造纸业等，形成了享有声誉的各地特产，矿冶业分布较为普遍，纺织业成为当时的主要手工业部门，印染方法有新的发明。另外，手工业行业组织也开始产生。时至宋代，独立手工业者的数量较前代增多；矿冶、丝织业等的发展十分显著。其中采矿业中煤炭的开采量增加，并用于冶铁，改进了铁的冶铸技术和质量。江南的丝织业从北宋开始已逐渐超过北方，丝织物品种丰富，制作技术也有提高，某些产品已达到极其精致的程度。烧制瓷器的窑户遍布全国各地，所造瓷器风格各异。制瓷业在当时手工业中占有突出地位。此外，造纸、雕版印刷以及造船业也很发达。唐宋两代，是中国民间手工业工厂的又一个兴盛时期。

由此可见，繁体字的"廠"字，见证我国古代手工业的发展历程。

简体字的"厂"从繁体字的形声字变成象形字，已没有了宽敞开放之意。"厂"下已经空空荡荡，这有两种情况，一种是空卖空，搞诈骗；另一种情况是智慧经济，用创意用理念提供方案，在家里也可以工作，也可以是"厂空空"的。

现代商业社会，厂已经成为一种普遍的生产销售机构，大量的厂，以及厂之上的经营管理机构"公司"诞生了，这其中鱼龙混杂，不乏没有真正生产场地，空卖空买的"皮包公司"。这种厂，没有生产的根基，没有自己的产品，倒买倒卖，空对空，其实是在搞诈骗，这样的"厂"就失去了存在的意义。

现代社会，还有一种"厂"，是真正不需要生产场地的，那就是现在流行的"创意经济"，这样的厂提供创意，提供解决方案，生产的要素不再是场地、机器，而是人头脑中的创意。这样的厂，员工不再需要聚集在一起，而是通过互联网，在家里也可以工作，也可以是"厂空空"。所以，从这种意义上来讲，简体字的"厂"还是有其一定道理的。

自从英国政府1998年正式提出"创意经济"的概念以来，发达国家和地区提出了创意立国或以创意为基础的经济发展模式，发展创意产业已经被提到了战略层面。目前，全球每天文化创意经济创造的产值是220亿美元，并以5%的速度递增。文化创意经济产值占国家经济总量，美国为14%（1996年开始，美国文化创意产业增长率已超过其他所有传统产业，成为美国最大宗的出口产品来源），英国为12%，日本为10%。

只有通过杰出的品牌创意，才可以在信息爆炸的时代吸引消费者的眼球，甚至成为消费者的信仰象征。约翰走路（Johnnier Walker）是销世界200多个国家、190个不同市场的苏格兰威士忌第一品牌，其keep walking的核心理念的灵感来源，出自约翰走路著名的"向前迈进的绅士"图像，其背后所蕴藏的广阔精神意涵——所有的人，不论种族、语言，不管从事何种工作或面对不同环境时，都希望以个人的步伐向前迈进——象征着一种坚毅不拔的生命态度，连结了人类的生命价值及情感，同时更创造了品牌认同。

从现代意义上看，简体字的"厂"字，不但字体变化了，而且也揭示了现代化工业发展的大趋势，好像有一定道理。

"富"自田起

北宋时期有一富甲天下的富商贾员外，全家过着锦衣玉食的生活，其外甥钱某好生羡慕。随投身舅家，想习得快速致富的诀窍。

可是过了三年，贾员外只是安排他打理在乡下的田地。钱某觉得仅仅管理田地没有什么意思，整日闷闷不乐，任由田地荒芜。一日其舅回乡查究原因，钱某抱怨道："太史公有云：'天下熙熙，皆为利来；天下攘攘，皆为利往。'舅公何故吝啬不授商贾致富之道，而命某奔波于乡野之间。"贾员外笑道："莫急、莫急。我们先来看看这个'富'字。'富'字从'田'，'田'代指田地、土地，是为人或一家人赖以生存的基础。你再看看这'田'字，上下左右四'口'井然有序，且合为一个大'口'，即用四人之力获取而作一人用支、辛勤劳作、用心经营，且多入少出，岂非'富'之基、'富'之道也，故曰'富自田起'。"

钱某听了后茅塞顿开。于是，认真管理和经营自家在乡间的田地，数年后粮食堆积如山，随逐渐用积蓄购置田地，经年后终成富甲一方的地主大商。

【卫国之举】

衞

勤于行走 守卫家园

卫

　　"独坐穷山，引虎自卫"这个典故出自罗贯中《三国演义》："此所谓独坐穷山，引虎自卫者也。"比喻不但不能保护自己，反而招来祸患。刘璋是汉朝的皇亲，被封为西川益州牧，管理着今天四川和湖北西部一大片地方。汉末虽然天下大乱，他的地盘却因地势险固，物阜民富，比较安全。汉中太守张鲁和刘璋有杀母之仇，时刻想来进攻他，刘璋深以为忧。这时有人向刘璋建议："您的同族兄弟刘备是个英雄，近在荆州，兵强马壮，不如和他结盟，并请他带兵来帮助我们防备张鲁，岂不是很好？"刘璋非常赞同，决定派人去请刘备。这时，大臣王累反对道："不可，张鲁力量不大，不过是疥癣之疾，用不着害怕他；你把刘备请进来，那是心腹大患。刘备宽以待人，柔能克刚，英雄莫敌，远得人心，近得民望。有诸葛亮为谋士，关羽、张飞等勇将，若召得他来，以部属待他，刘备怎肯伏低做小？若以客礼待他，一国则不容二主。因此，绝对不能召请他来。"但是刘璋为人懦弱，惧怕张鲁，又以为刘备是亲戚，决不会贪图他的地盘，所以不听王累的忠告，把刘备请来了。严颜闻知后，拍胸而感叹说："此所谓独坐穷山，引虎自卫者也。"后来，果真如王累所预料的结果。

卫，会意字，繁体字为"衛"。从行，从韦。

韦，甲骨文"𩏡"，中间是城邑"口"（囗），三面有警哨巡逻"𧽮"，表示三面围绕城邑巡逻"止"严守。

金文"𩏩"承续甲骨文字形"𩏡"。

篆文"韋"将左、中、右结构的甲骨文"𢧢"改成上、中、下结构。隶书"衛"综合甲骨文字形"𣥠"和篆文字形"韋"，写成"衛"。

简体"卫"删减正体楷书"衛"中的字件"行、囗、止"，只保留"韦"上部表示脚趾的"止"，并将趾形的"止"变形成"卫"。

《说文解字》："卫，宿卫也。"指通宵执勤守护。古人称警戒护城为"卫"，如"卫城""卫戍"等，又如宋代张镃《读萧何传有感》："守关忠弗念，置卫防百出。"称警戒河界为"巡"，如宋代苏辙《颍川城东野老》："东流入海还天津，沐浴周遍才逡巡。"称有目标的巡视为"逻"，如宋代司马光《塞上》："分兵逻圁水，纵骑猎鸣沙。"

"衛"，首先指出要有屏障。衛，从口，表示城邑。城邑是方位的基础设施。古时候北方以游牧为主的匈奴骑兵经常进犯骚扰中原，而以农耕为主的中原朝廷军队没有那么多马匹，只能是以步兵为主，面对进犯的匈奴骑兵束手无策，想到了城墙是阻挡骑兵最有效的手段，于是投入倾国的人力财力在中原北面修起了百里城墙以阻挡来自北面的匈奴骑兵，并派兵日夜把守。随着战事向城墙的两侧蔓延，规模不断扩大，这城墙也就越修越长，就成了今天的万里长城。长城在古代是抵御外敌侵略的屏障。除军镇外，长城沿线还根据地形、地势、方向和关隘设置路城，每城设置所需配备的兵力，以得到严密的防守效果，确保防区内的安全。除边疆九镇和路城外，明朝的主要军事防御机构便是"衞"，"衞"之下有"所"，也称卫所。卫所制为明朝最主要的军事制度。卫所分为沿边卫所、沿海卫所、内地卫所、在内卫所。长城沿线的卫所是沿边卫所，由于长城沿线许多地区不设府、州、县，所以宣府镇附近的卫所除了军事功能外还兼理民政，成为行政制度的一部分。"卫""所"多为实土所筑，驻扎的军士三分守城，七分屯耕，以屯养军，军需钱粮基本由军屯收入支给。此外，"卫"下的各"所"还下辖堡、寨、烽火台、烟墩等。

"衞"强调的是不断地巡视。繁体的"衞"，有一个"行"字，绕着一个"韋"字，强调围绕城邑的巡视，卫是防守，不是进攻。中医的"卫气"是指运行于脉外的气，卫有保卫、卫护之义。《黄帝内经》的《卫气行》一文就是介绍卫气在人体内的运行情况，卫气是人体阳气的一部分，因为"行"于人体内，所以具有保卫肌表，抗御外邪的作用为特点。卫气生于水谷，源于脾胃，出于上焦，行于脉外，其性刚悍，不受经脉的约束，气行迅速而滑利；卫气的运行，内而脏腑，外则肌表腠理，无所不到；卫气既能温养脏腑，又有温润肌肤，滋养腠理，启闭汗孔等重要功能。可见，"卫"是我们的身体抵御外来侵袭的重要屏障。

对一个国家来说，对边界的防卫是不可或缺的。这个防卫的任务一般由军队承担。历史上，荷兰一直很重视国土防卫。然而，荷兰内陆目前没有军事威胁，因此荷兰的领土防卫相当薄弱：只有一艘巡航舰，海军陆战队（从2009年起，其与荷兰陆军轮流防卫），一架飞机，和多种其他军队共同保卫领土，执行海岸警卫队的职责。相比而言，荷兰军队的改革和现代化是提高其海外部署能力的主要因素，这是荷兰军队近年来参加一系列远征行动的结果，荷兰在阿富汗部署的远征行动也提高了其海外部署能力。从军事角度来看，"衞"是要有行动，不远征、不落实到行动上，一切都是空话。

"衞"强调的是一种防守、忍让，但并不能一味地退却。

"衞"是指防守。宋代林逋《景行录》有诗曰："以谦接物者强，以善自卫者良。"以谦逊接人待物的会强大，坚守善行保护自己的会更好。地上的狮、虎，空中的鹰、鹫，都只以善战称雄，以逞强行凶统治群众；而天鹅就不是这样，它在水上为王，是凭着一切足以缔造太平世界的美德，如高尚、尊严、仁厚等等。它有威势，有力量，有勇气，但又有不滥用权威的意志，非自卫不用武力的决心；它能战斗，能取胜，却从不攻击别人。人也应是如此，有智慧的人不是不懂自卫和抗争，只是不滥用这种"正当防卫"的权利罢了。"人不犯我，我不犯人；人若犯我，我必犯人"，毛泽东主席教导我们，防守和主动出击应该有机结合，这才是智慧的选择。

甲骨文中"卫"和"韦"是同字，意为保卫。繁简的对比，繁体"衞"字，核心是"行"，强调守护，正如法国思想家、文学家罗曼·罗兰所说："军队得捍卫祖国的土地，思想家则捍卫它的思想。""韦"为"围"的本字，虽然强调了一定的区域，衞是对领土、领地的防守，并付诸行动。而简体的"卫"字，笔画虽然简单明了，但对于保卫什么、如何保卫则没有表达，失去了"衞"的文化内涵。因此，繁简对比，还是繁体所包含的信息丰富一些。

民谣寓言王恭兵败被杀

王恭，字孝伯，东晋大臣、外戚，官至前将军、青兖二州刺史。王恭为东晋显赫的王氏家族的后裔，其姑姑王穆之为哀靖皇后、其妹妹王法慧为孝武定皇后，他镇守京口（今江苏镇江），手握重权，曾先后两度起兵讨伐权臣，但在第二次起兵时因刘牢之叛变而兵败，后被捕并被处死。据传言，在王恭起兵前，京口百姓中间忽然流传着两首民谣，歌曰："黄头小儿欲作贼，阿公在城，下指缚得。"又说："黄头小人欲作乱，赖得金刀作藩捍。""黄头"即"黄"字的上半部分"艹"，亦是"恭"字的上半部分；"小人"是"恭"字的下半部。两首民谣的前半部分都在暗喻王恭欲带兵作乱。"赖得金刀作藩捍"，"金刀"指"刘"（"劉"）；"捍"为捍卫、保护，暗喻需要姓刘的抵挡叛军，拱卫江山社稷。不久后，事情果然像民谣说的那样。也正是基于此民谣，以后的"黄头小人"就作为隐语，指代"恭"这个字。

敵

连根拔起　打击要害

敌

"一日纵敌，数世之患也。"这句话出自《左传·僖公三十三年》。大意是：一天放走了敌人，将会给后世几代人带来祸患。此二句是说，对敌人作斗争要抓住战机，一举歼灭之。战机往往稍纵即逝，所以人们常说"机不可失，时不再来"，对敌斗争尤为如此。因为你不选择最佳的时机打击敌人，敌人就会在他最合适的时机打击你。"当断不断，反受其乱"，说的也是这个意思。这两句话指出要抓住战机，彻底消灭敌人。

敌，繁体字为"敵"，形声字，从攴（pū），商（dí）声。商，既是声旁也是形旁，

"敵"，籀文为"🜔"。左边"啇"为"商"，与"啻"同源，表示最高话语权；右边"🜔"为"攴"，表示持械打击。合起"🜔"来表示拒绝权威，武装对抗。

篆文"䜑"将籀文"䜑"字形中的"寅"写成"雷"，将籀文字形中的"争"写成"寺"。

隶书"敵"将篆文"䜑"字形中的"雷"写成"商"，将篆文字形中的"寺"（"攴"）写成"攵"（攵）。

简体楷书"敌"依据类推简化规则，将正体楷书的"商"（商）简化成"舌"（舌）。

《说文解字》："敵，仇也。从攴啻声。"造字本义：拒绝权威，武装对抗，引申为因利害冲突不能相容的情景。如汉代贾谊《过秦论》："秦人开关延敌。"

繁体字的"敵"强调克敌制胜之法是打击要害。"敵"从商，"商"为树根，打击敌人，要抓住要害，连根拔起，斩草除根，彻底消灭。正如"打蛇要打到七寸"一样，对敌斗争要找到敌人最致命的地方，加以制服。

鄱阳湖之战是元朝末年朱元璋和陈友谅为争夺鄱阳湖水域而进行的一次战略决战，以朱元璋的完胜而告终。这次战役被视为中世纪世界规模最大水战。

此战，朱元璋乘陈友谅军久攻坚城受挫，分兵据守鄱阳湖口，先断其退路；继集中兵力，抓住要害，巧用火攻，歼其主力，斩草除根，陈友谅战死；后水陆截击，全歼陈军于突围之际。创造了中国水战史上以少胜多的著名战例，为统一江南奠定了基础。

当今，对敌斗争，最要害的东西是经济命脉，特别是金融。"商"形似商，商代表商业、利益，树敌往往是由利益引起的，"只有永远的利益，没有永远的朋友"。对敌人的打击最根本、最有效的是利益，当代为"经济制裁"。

1990年8月2日，伊拉克军队入侵科威特，触犯了美国在中东的利益，美国随即宣布对伊拉克实施经济制裁，并主导联合国安理会于同年8月6日通过一项决议，对伊拉克实施包括石油禁运、贸易和投资在内的全面制裁。早在2003年伊拉克战争爆发之前，国际社会就曾不断呼吁尽早取消对伊拉克的制裁，以缓解伊拉克国内因多年制裁而出现的人道主义危机，但由于美国等以伊拉克仍拥有大规模杀伤性武器为由加以反对，制裁一直未能取消。直到2003年5月22日，联合国安理会才通过1483号决议，解除对伊拉克长达13年的经济制裁。

美国主导的国际制裁对伊拉克社会的各个方面都造成严重灾难，首当其冲的是使伊拉克严重依赖石油出口的国民经济陷入瘫痪状态。在1991年海湾战争爆发前，凭借丰富的石油与天然气资源，伊拉克的经济发展在中东地区处于中上水平，人均国内生产总值接近4000美元。海湾战争使伊拉克的基础设施遭到严重破坏，整个国家百废待兴。随着制裁的实施，联合国冻结了伊拉克在海外的全部资产，世界各国停止了与伊拉克的经贸往来，伊拉克无法吸纳足够的资金和先进的技术用于经济重建。由于设备零部件和原材料缺乏，80%的工厂企业停产，大批人员失业，2003年伊拉克战争之前伊拉克国内失业率达60%以上，通货膨胀率高达6000%。美国正是先以经济上搞垮伊拉克，然后从军事上打击对方。可见，是有战略眼光和高明的策略。

简体的"敌"强调的是"舌"，也即口舌之争。首先，成为敌人是因为语言不和。其次，打击敌人用的是语言，是舆论战和信息战。

《三国演义》第93回，有一个"武侯王骂死王朗"的故事：当时，魏军与蜀军在祁山对垒，魏军司徒王朗与孔明对话，孔明的一番责骂，使王朗无地自容。孔明说："吾有一言，诸军静听：昔日桓、灵之世，汉统陵替，宦官酿祸；国乱岁凶，四方扰攘。黄巾之后，董卓、催、汜等接踵而起，迁劫汉帝，残暴生灵。因庙堂之上，朽木为官，殿陛之间，禽兽食禄；狼心狗肺之辈，滚滚当道，奴颜婢膝之徒，纷纷秉政。以致社稷丘墟，苍生涂炭。吾素知汝所行：世居东海之滨，初举孝廉入仕；理合匡君辅国，安汉兴刘；何期反助逆贼，同谋篡位！罪恶深重，天地不容！天下之人，愿食汝肉！今幸天意不绝炎汉，昭烈皇帝继统西川。吾今奉嗣君之旨，兴师讨贼。汝既为谄谀之臣，只可潜身缩首，苟图衣食；安敢在行伍之前，妄称天数耶！皓首匹夫！苍髯老贼！汝即日将归于九泉之下，何面目见二十四帝乎！"

王朗听罢，气满胸膛，大叫一声，撞死于马下。

可见，舌头也是刀子。孔明"轻摇之寸舌，骂死老奸臣"，显示了舌头的厉害。舌头也是"杀人不见血的刀子"。造谣中伤往往也是打击对敌的手段。但对于国与国之间的对垒，"舌"表现为"舆论战"，这是在商战和军事斗争中不可缺少的辅助手段。

1999年3月24日，以美国为首的北约对南联盟实施空袭，各种关于阿族人遭"种族清洗"的消息满天飞，诸如"50万科索沃阿族人失踪""在上百次的科索沃屠杀中有万人被害"，这1万名科索沃人"是被塞族人杀害的"等。但9月23日，赴科索沃实地查证的一个专家小组包括法医发表谈话驳斥了在科索沃种族灭绝的说法，一位医生推论死亡人数最多为2500人。11月中旬，前南问题国际法庭对科索沃等地进行了实地勘察，找到2108具尸体，完全撤消了那份"关于种族灭绝问题"的报告。12月，欧安组织的报告和美国现场记者的报道证实，在北约空袭南联盟之后，才导致了科索沃暴力冲突升级。虽事后经核实，媒体报道与事实差距很大，但先入为主的多渠道舆论宣传，已起到煽动不明真相的人起来反对南联盟、使南联盟政权陷入政治孤立的目的，这就是现代舆论战的效果。

"敌"字的繁简体之间各有侧重，相比之下，繁体包含的内涵更深刻一些。

志公词预言安禄山兵败身亡

安禄山，是唐代藩镇割据势力之一的最初建立者，也是"安史之乱"的祸首之一。安史之乱发生在唐玄宗天宝十四载（755年），但其结局，早在200多年前就被南北朝齐、梁时高僧宝志禅师留下的谶语（志公词）所预测到。谶曰："两角女子绿衣裳，端坐太行邀君王，一止之月必亡。""两角女子"为"安"字，"绿"为"禄"的谐音，"太行"即"山"也，"一止"为"正"，"一止之月"即正月，谶语预示着安禄山反叛，将在正月消亡。据史料记载，安禄山因长得肥硕，后来视力也不好，几近失明，长期依靠心腹小宦官为其穿衣。但安禄山脾气暴躁，常因一点小事就暴打为其穿衣的小宦官，小宦官不堪忍受，怀恨在心。又因安禄山宠爱幼子，二子安庆绪心中怨愤，暗中命令宦官李猪儿在替他穿衣时，以刀刺其腹将安禄山杀死，时值至德二载（757年）之正月。

邊

遥远地方　界限范围

边

　　"寄语边塞人，如何久离别"，诗文出自孟浩然的《同张明府清镜叹》，意为捎句话给远在边疆的亲人，为什么离别了这么久还没有回来呢。边塞，指边疆地区的要塞。边疆这个概念强烈反映了古代中国同四周游牧民族之间的复杂关系。历代统治者对本王朝疆界的划定以及派兵驻守边疆，其目的就是"攘夷"。所以，民族关系的发展始终伴随"战"与"和"。同时，也出现了许多边塞诗词。一般认为，边塞诗初步发展于汉魏六朝时代，隋代开始兴盛，唐即进入发展的黄金时代。据统计，《全唐诗》中所收的边塞诗就达两千余首。其中有些宏伟的篇章不但是文学的宝贵财富，而且极具史料价值。

　　边，繁体字为"邊"，会意字。

　　"邊"，金文为"𨙴"。"辵"为"辵"，表示行进；“**自**”为自，指鼻，代脸部；“**内**”为“穴”，表示山洞；“**方**”为方，指披枷的犯人。合起来“**邊**”表示在罪犯脸上刺字，给犯人披上枷锁，并将其放逐到深山远疆。

篆文“**邊**”承续金文字形。

简体“**边**”将“**鼻**”简化成“力”。

《说文解字》："边，行垂崖也。"意为将犯人发配至远疆。"边"，指远疆、国境地带，如边陲、边境、戍边，又如《礼记·玉藻》的"其在边邑"、《汉书·食货志》的"卒然边境有急"、岑参《轮台歌奉送封大夫出师西征》的"四边伐鼓雪海涌，三军大呼阴山动"；"边"也指事物的外缘，如边岸、边缘、无边无际，又如杜甫《登高》的"无边落木萧萧下，不尽长江滚滚来"；"边"还有侧面、方向之意，如北边、右边、身边，又如《广雅》的"边，方也"、苏轼《念奴娇·赤壁怀古》的"故垒西边"。

"邊"是一个遥远荒凉和艰苦的地方。"邊"从"辶"，指边陲、边疆。"穴"是指山洞。边陲条件艰苦，住的是山洞，且大多是冰天雪地的地方。为了国家的安全，朝廷往往都要派士兵去把守，许多边塞诗都有生动的描绘。唐代诗人郎士元在《送李将军赴定州》中有"春色临关尽，黄云出塞多"的诗句，"黄云"是指沙尘暴，极言边陲的荒凉、戍边环境的艰辛。正如大家所熟知的王之涣在《凉州词》中有"春风不度玉门关"的诗句，岑参有"秋风万里动，日暮黄云高"的诗句。由于边疆自然条件恶劣，是一个艰苦的地方，又由于边塞远离家乡，使戍边将士产生浓浓的乡愁。

王昌龄在《从军行》中写道："琵琶起舞换新声，总是关山旧别情。撩乱边愁听不尽，高高秋月照长城。"这里的"边愁"有对于现实的忧愁、建功立业的渴盼，更有离乡背井抛妇别雏的痛楚、无限的乡愁。

"邊"是一辽阔、壮美的地方。繁体的"邊"从穴，表示界线、范围。大自然的"无边无际"是一种美，草原、大海一望无际，望不到边，使人心旷神怡。唐代的唐彦谦在《春草》写道：

"天北天南绕路边，托根无处不延绵。"无论天北还是天南，春草都绕满了路边，它连绵不断地延伸开去，处处都能够扎根繁衍；"无边绿翠凭羊牧，一马飞歌醉碧宵"，该草原诗勾画了一幅"一川草色青袅袅"的草原景色，"天苍苍，野茫茫，风吹草低见牛羊"，这是一种辽阔之美。

"邊"是一个有界限、主权的地方。繁体的"邊"从方，表示方向、方法。我们要到达边疆，必须有一个正确的方向。"边"字告诉我们，方向正确与否是人能否取得成功的前提，方向就是心中的目标和信念，它是我们翻山越岭的明灯，渡河跨海的罗盘，是我们心中永不枯竭的正能量；而方法正确与否是能否取得成功的关键。方法就是要遵循前进道路上的规律，遇山开路，遇河驾船，不断接近目标。成功，远在天边，又近在眼前，关键在于方向正确，否则，越努力就越走得远。

简体的"边"字，从走从力，尽力在行走，强调了力量，保护边境必须有力量的保障。

繁简的对比，繁体的"邊"界定了边塞的范围，强调了辽阔与壮美，强调了领土与主权，而简体的"边"强调了力量。相比之下，繁体的"邊"蕴含了更为深刻内涵和美感。

蚕为天下虫，鸿是江边鸟

江淹（444—505），字文通，南朝政治家、文学家。据说，江淹年轻时就才思敏捷。一次，江淹和一群文友在江边游玩，偶遇一蚕妇。随即一位颇负盛名的文人给出一个上联："蚕为天下虫"。这个上联将"蚕"字拆为"天"字和"虫"字，别出心裁，一时难倒众多才子。正巧一群鸿雁落到江边，江淹顿时有了灵感，对曰："鸿是江边鸟"。将"鸿"字拆为"江"字和"鸟"字，与将"蚕"拆为"天"和"虫"有异曲同工之妙，不仅反应奇快，而且贴切工巧，众人皆为之叹服。

【卫国之举】

殺

杀

持械攻击　用计杀人

　　"二桃杀三士"是中国古代一则历史故事，最早记载于《晏子春秋》，后演变为成语，表示用计谋杀人。春秋时代齐景公帐下有三员大将：公孙接、田开疆、古冶子，他们战功彪炳，但也因此恃功而骄，晏子为避免造成未来可能的祸害，建议齐景公早日消除祸患。但三人武功高强，用武力解决不当，只有智取。晏子利用他们三人爱面子重义气的特点，设了计谋。晏子让齐景公把三位勇士请来，要赏赐他们三位两颗珍贵的桃子。而三人无法平分两个桃子，晏子便提出协调办法：三人比功劳，功劳大的就可以取一颗桃。公孙接与田开疆都先报出他们自己的功绩，分别各拿了一个桃子。这时，古冶子认为自己功劳更大，气得拔剑指责前二者，而公孙接与田开疆听到古冶子报出自己的功劳之后自觉不如，羞愧之余便将桃子让出并自尽。尽管如此，古冶子对先前羞辱别人以及置两位壮士于死地的丑态感到羞耻，因此也拔剑自刎。就这样，只靠着两颗桃子，兵不血刃地除掉了三个威胁。

杀，繁体字为"殺"，会意字。

甲骨文为"杀"。"乂"为"又"，表示抓、逮；"朩"为"毛"，像动物的尾巴，借代动物。合起来"杀"表示，逮住动物，进行屠宰，剥下皮毛。

金文"杀"承续了甲骨文字形。

篆文"殺"字形复杂化。"乂"（又，抓、逮）；"朮"为"术"，表示剥皮；"殳"为"殳"，表示持械攻击。强调将动物打死后剥皮。

《说文解字》："殺，戮也。"造字本义：逮住动物屠宰，揭下毛皮，如杀生、杀鸡，又如陶潜《桃花源记》："设酒杀鸡作食。""殺"还有拼打、战斗之意，如杀场、杀戮、杀敌致果、杀人盈野，又如《墨子·三辩》："武王胜殷杀纣。"《谷梁传·昭公十三年》："杀其君，虔于乾溪。"《韩非子·外储说右下》："子罕杀宋君而夺政。"

佛家禁止杀生，提倡"好生恶杀"，以示上天有好生之德；《论语·卫灵公》曰："志士仁人，无求生以害仁，有杀身以成仁。"儒家以"仁爱"为道德的最高标准，提倡重义轻身，以达到精神上的永生；而陈寿在其《三国志·魏书·王朗传》写道："人命至重，难生易杀。"人命关天，难生难养，杀之却很容易。因为误判、错判尚可以改判，但一旦误处极刑，想改正也来不及了。故古人有"重刑再覆"之说，就是要重调查、重证据，一审再审，获得确凿罪证后，当杀者再"杀"；而"刑一而正百，杀一而慎万"则强调的是法律应该具有惩前毖后的威慑力量：执法施刑时，应做到处罚一人，能使百人改过自新。杀掉一人能使万人小心谨慎，"杀鸡儆猴"绝不是为刑而刑，为杀而杀；《管子·法禁》记载："法制不议，则民不相私；刑杀不赦，则民不偷于为善；爵禄毋假，则下不乱其上。"法令制度不容非议，民众就不敢相互营私。刑罪不容宽赦，民众就不敢忽视为善。授爵赐禄的大权不借以送人，臣下就不会叛君犯上。管子认为为了维护法制的严肃性和君主的权威性，法令一经颁布，就不允许说三道四私下非议。实行严刑峻法，不容宽贷，"以杀止杀"则能约束人不敢轻易干坏事。这些虽然都是为维护古代封建君权服务的，但于我们如今的"依法治国"仍有可借鉴之处。

　　繁体的"殺"强调了持械攻击。"殺"在"杀"的右边加"殳"，"殳"为兵器，是杀人毁物的工具。古代的"五兵"包括宝剑、戈、弓、弩、殳，其中"殳"居五兵之首。"殳"又叫杵，其实就是大木棒子。"殺"可使生命在片刻之间终结，军事上的战绩无不伴随着残酷的杀戮，当年亚历山大帝国地跨欧、亚、非的辉煌，成吉思汗铁骑饮马多瑙河的豪壮，都是以征服者与被征服者血流成河为代价的，"杀人如蔗""覆军杀将""刳胎杀夭"，真可谓一将功成万骨枯。《孟子·梁惠王上》："杀人以梃与刃，有以异呼？"用兵刃杀人与用竹杖杀人有什么差别吗？从杀的结果看，众生相残在任何时候都是深重的罪孽。古代帝王为生杀予夺，以无数将士的生命为代价发动战争，无论胜负都会因残酷和血腥而不得人心。

　　简体的"杀"省去"殳"，由"乂"和"木"组成。"乂"为修剪杂草的剪刀，寓意修剪、剪掉；"木"为草木、树木，可理解为无还手能力的生命、生灵。"杀"既有用器械如刀枪，也有不用器械的，即"杀人不见刀"。所谓"舌上有龙泉，杀人不见血"，古往今来，不知多少仁人志士死于谗言。"曾参杀人"，奸诈狠毒的小人为了排除异己，往往血口喷人，借他人之手置人于死地，实则阴险至极。

　　古诗词中，"杀"字却道出大自然另一别样的"境"："待到秋来九月八，我花开后百花杀"出自黄巢的《不第后赋菊》，"杀"为凋谢之意；"春能和煦秋摇落，生杀还同造化功"出自徐夤的《风》，春花秋实、为盛为衰，离不开"风"，诗句抓住风的功能咏风，生动具体，简洁有力；"猎猎寒风杀气高，惊沙扑面利如刀"则出自杨思圣的《飘风行》，杀气为寒风肃杀之气。诗文描写塞北寒风充满了肃杀之气，猎猎作响，惊沙骇尘，迎面扑来，尖利得如刀割一般，使人身临其境。

　　繁简的对比，繁体的"殺"字多了"殳"，强调了持械攻击之境，画面感强一些。简体的"杀"，讲的是杀人不用兵器，是用流言蜚语去杀人，抽象一些。但无论是自相残杀，抑或杀人灭口，皆为赶尽杀绝之举，无论"杀"或"殺"，杀人须偿命，断不可为也。

📖 汉字趣闻

一首童谣藏天机：吕布诛董

东汉末年，天下大乱，雄豪并起。董卓废少帝立献帝，残暴荒淫，专断朝政，朝野怨声载道。一日，董卓在长安巡游，夜宿郊外。是夜十余小儿在郊外吟唱童谣，风将歌声送入帐内，歌曰："千里草，何青青！十日卜，不得生。"歌声甚为悲切。董卓问虎贲中郎将李肃："童谣主何吉凶？"李肃答曰："应该是说刘氏天下将灭，董氏兴起的意思。"第二天清晨，董卓摆列仪从入朝时，偶遇一青袍道人，头裹白巾，手执长竿，竿上缚布一丈，布的两头各写着一个"口"字。董卓问李肃："道人何意？"李肃说："不用理他，这个人心里有毛病。"随让将士把该道士赶走。后来，司徒王允设反间计，挑拨董卓大将吕布与董卓的关系，初平三年，在李肃协助下，董卓为其亲信吕布所杀。

事后，许多人才恍然大悟，童谣中千里草为"董"，十日卜为"卓"，外加"不得生"，明显童谣预示着董卓死的意思；青衣道士在布上写两个"口"，暗喻吕布将倒戈，只是当时董卓未悟到其中的意思。其实，按照习惯的做法，凡别字之体，皆从上起，左右离合，很少有从下发端的，"董卓"二字如此这般，天意若曰："卓自下摩上，以臣陵君也。青青者，暴盛之貌也。不得生者，亦旋破亡。"童谣以隐晦的形式表达了对董卓的不满，暗讽董卓残暴，预言其不得人心、必将失败的结局。

裏

衣服内层　居住之地

里

　　"外内表里，自相副称"这句话出自汉代王充《论衡·超奇》。这两句大意是：外表与内里应相符相称，即表里如一，名实相符。这两句原指文章的内容与形式相符。王充说："实诚在胸臆，文墨著竹帛，外内表里，自相副称，意奋而笔纵，故文见而实露也。"我们也可借以称赞人们表里如一、言行一致的美德。

　　里，繁体字为"裏"，异体字为"裡"。汉字简化前，"里"和"裏""裡"的意义并不相同。

　　"裏"，金文为"𧘇"。外面的"𧘇"为"衣"，指衣服，"里"即"里"，指内部、里面。合起来"𧘇"表示衣服的里层。

　　篆文"裏"将金文"裏"的包围结构调整成上中下结构。"裏"为会意字，从衣、从里，里亦声。"衣"为衣服，亦指披在或包在物体外面的东西；"里"在这里指空间、范围。"裹"为"里"在"衣"中，表示衣服内层，引申为在内的或在中间的，与"外"相对。

《说文解字》："裹，衣内也。从衣，里声。"造字本义：衣服的内层，指里面、里层，与"外"相对应。与"裹"有关的成语大多与里面的、内部的之意有关。"表里不一"指表面与内在不一样；"表里一致"形容里外一致，指思想与言行完全一致；"彻里彻外"指从里到外，完完全全；"吃里扒外"比喻受这一方好处，却暗为另一方效劳；"鞭辟入里"形容做学问切实，也形容分析透彻，切中要害；"表里山河"外有大河，内有高山，指有山河天险作为屏障；"互为表里"指互相之间是表与里的关系，相辅相成，相互转化；"里通外国"指暗中勾结外国，阴谋叛国；"里出外进"形容不平整、不整齐；"皮里春秋"指藏在心里不说出来的言论；"字里行间"指文章的某种思想感情没有直接说出而是通过全篇或全段文字透露出来。

"裹"为衣服的内层。"里衣"为内衣、汗衫，指贴身的衣物。"里外发烧"指里外都是毛皮缝制的衣服；《谷梁传·宣公九年》："襦在裹也。"《诗·邶风·绿衣》："绿衣黄里。"意思是绿上衣黄内衣。

"裹"由本义而引申为与"外"相反的方位之词，指里面的、内部的，如"裹裹外外""行家裹手"等；《素问·至真要大论》："裹急暴痛。"《三国演义》："约定今夜放火，裹应外合。"晋代陶渊明《归园田居五首》："久在樊笼裹，复得返自然。"樊笼指关鸟兽的笼子，此处喻仕宦。这两句指脱离官场重归田园，如同长久被关在笼中的鸟兽重返大自然一般，欢快自由，扬眉吐气。此名句表现诗人初近田园时的强烈感受。

"裹"字可以指某个时间段之内。宋代佚名《张协状元》："妾身年少裹，父母俱倾弃。""年少裹"指少年时代。元代马致远《四块玉·叹世》："命里无时莫刚求，随时过遣休生受。""命里"意为天命所定的时间范围内。另外"里"字可附在"这""那""哪"等字后边表示地点、位置、处所。郑德辉《王粲登楼》："我这里凭阑望，母亲那里倚门悲。"

简化前的"里"和"裏"不同，仅作为名词和量词。"里"会意。从土，从田。从"田"，含有区分界域的意思。本义为里弄、街巷；引申出居住之地，家乡、故乡之意。《尚书·大传》曰："八家为邻，三邻为朋，三朋为里。"《汉书·食货志》："在野曰庐，在邑曰里。"左思《蜀都赋》："河洛为王者之里。""乡里"指家乡。"故里"指故乡。

"里"在商周铭文中，又引申用作为量词，如"五十里"；《韩诗外传》："广三百步、长三百步为一里。"这里表示空间的距离，一里等于五百米。《诗·小雅·六月》："于三十里。""里程碑"指设于路边显示里数的标志，用以比喻在历史发展过程中可以作为标志的大事。

"里"还是古代户籍管理的一级组织。"里长"主管一里的人。古时五家为邻，五邻为里。"里尹"里长，里中的长官。"里正图董"为乡长、里长一类的人物。

由以上分析可见，繁体字的"裏"和"里"字含义相去甚远，"裏"指里面，内部之意。而"里"做名字和量词，指居住地、长度单位、古代基层组织之意，各有用途。"裏"简化成"里"后，脱帽，宽衣，里外不分，没有能形象地表现出"衣之内"的含义，所以用来指内部之意，繁体字的"裏"更好一些。

📖 汉字趣闻

江南四大才子对对联成诗

明代江南四大才子唐伯虎、祝枝山、文征明、周文宾经常聚在一起吟诗、拆字、对对联取乐。一天，其他三位来唐伯虎家游玩，正巧赶上唐伯虎在种树。祝枝山开口便道："闲种门中木。"此句中的"闲"字恰为"门"字里面一个"木"字，且十分契合此情此景。唐伯虎听后笑着对曰："思耕心上田。"文征明接道："秋点禾边火。"周文宾对曰："甜生舌后甘。"周文宾话音刚音，祝枝山击掌称妙说道："我们四人的拆字联连起来正好是一首诗啊。"随即，从头朗诵起来："闲种门中禾，思耕心上田，秋点禾边火，甜生舌后甘。"大家听后，齐声称赞。

夾

二人相持 夹缝求生

夹

　　说到"夹"字，我们会想起陕西的一种美食，叫
"肉夹馍"。"肉夹馍"是陕西的著名美食，享誉海内
外，有"东方汉堡"之称，由腊汁肉和烤制的白面馍组
成。腊汁肉是用三十多种调料将肥瘦兼顾的猪腿肉熬
制，火候控制得当，煮出来的腊汁肉色泽红润、气味芬
芳、肉质软糯、糜而不烂；白面馍由小麦面粉制成面
饼，放在柴火炉内烤制，直至馍外观焦黄，条纹清晰，
内部呈层状，饼体发胀，皮酥里嫩为宜。最后将腊汁肉
剁碎，夹在烤好的馍中间，肉与馍合二为一，饼酥肉
香，互为烘托，油而不腻，将各种滋味发挥到极致。因
此，事实上"肉夹馍"应该为"肉夹于馍"，西北人粗
狂、豪放、直爽，不喜欢文绉绉的表达，省去了"于"
字，直接叫"肉夹馍"，叫起来也比较方便。

　　夹，繁体字为"夾"，会意字。

　　甲骨文为"𡚍"，从大（"大"）、从二人
（"从"）。"大"像人伸展开四肢的样子，与"人"
同义，是两人从腋下夹持一个大人之状，会以左右两腋

相持之意。

金文"🖼"、篆文"🖼"承续了甲骨文的字形。

"袷""袷"为"夹"异体字、形声字，"袷"为"夹"声、"袷"为"合"声，都从"衤"（衣），均与衣服、被褥有关，且表示双层、两个夹层、折叠的意思，如"袷裤""袷袄""袷袍""袷裆"。

《说文解字》："持也。从大、侠二人。"造字本义：从左右两方相持，从两旁限制。《尚书·多方》："尔曷不夹介乂我周王，享天之命？"《周礼·梓材》："怀为夹。"《穆王传》："左右夹佩。"

"夹"字，像两个人从左右两边合力将中间的人架起来，表示两旁的意思。陶渊明在《桃花源记》中写道："忽逢桃花林，夹岸数百步，中无杂树，芳草鲜美，落英缤纷。"作者用寥寥数语为我们开启了一个盛开的桃花夹着山溪，浑然天成的质朴自然的化外世界。"夹"强调从两旁钳住，从两边予以限制。王维的《桃源行》："渔舟逐水爱山春，两岸桃花夹古津。"描绘了桃花夹岸映红古渡口的美丽春景。曹植《洛神赋》："鲸鲵踊而夹毂，水禽翔而为卫。"描绘了鲸鲵腾跃在车驾两旁护送洛神归去的情景。曹操的《苦寒行》："熊罴对我蹲，虎豹夹路啼。"表面意思是说，熊罴当路面对我蹲坐，虎豹夹道发威狂嚎叫，形容在弯曲如肠的坂道上行军的艰难和风雪交加军队食宿无依的困境，表达了作者渴望结束战争、实现统一的心情。

"夹"字，像一个人挤在两边中间的样子，强调中间的人为外来掺杂进来的人，引申为"夹杂""掺杂""混合"之意，如"残年日易晚，夹雪雨难晴"。《青青陵上柏》："长衢罗夹巷，王侯多第宅。"意思是大路边列夹杂着小巷子，随处可见王侯贵族宅第，赞叹洛阳的繁华景象。林嗣环《口技》："又夹百千求救声，曳屋许许声，抢夺声，泼水声。"生动刻画出口技人员表演一场突然而至的大火灾的情形，其中夹杂着各种声音，逼真传神，使人们深切地感受到口技这一传统民间艺术的魅力。

"夹"字，像两个人"🖼"夹一个人的两腋"🖼"之下，跟"夹子"的形状类似，表示"夾"为夹东西的器具，如"发夹""画夹""纸夹""夹钳"等，又如"夹讯"指用夹棍逼供审讯、"夹拶"指用夹子夹手指的酷刑。"夾"为夹东西的器具，引申为从两旁钳住，使劲儿"夹"住这一动作，如"夹菜""夹东西"等。

明白了"夹"字的含义后，由"夹"这个字组成的字也就容易理解了。"侠"，是忠义之人，因为"狭路相逢，勇者胜"，"路见不平拔刀相助"；"挟"，"扌"为手，很明显是挟持，如"挟天子以令诸侯，天下莫敢不听"；"峡"，是两山夹水的地方，自认是狭窄，如"长江三峡"；"陕"，同样是指隘狭、狭窄的地方。

简体"夹"字，由草书"夸"演变而来，将二人"从"简化为"丷"，从"大"、从"丷"，就像给人套上枷锁，限制了自由，也表达了"从旁予以挟持和限制"之意。与繁体"夾"字相较，简体"夹"就像两个人被夹得少胳膊少腿，既不美观，也丧失了"夾"字的深刻文化内涵，不如繁体生动、有趣。

📖 汉字趣闻

酒令释字："伞"和"爽"

酒令，是中国民间宴席上的一种助兴的游戏，也是一种风俗。一般是在宴席中推举一人为令官，其他人听令后轮流说出诗词、对联、谚语或其他相应的指定类别的话语，违令者或未能答出者罚酒。

某日，数位友人聚会，席间行酒令。酒令规则要求参与游戏的人，要先说出一个字，这个字中包含大写的'人'字和小写的'人'字，并配上两句谚语加以阐释。甲曰："'伞'（傘）字有五个'人'字，下面排列众小人四人，服侍着上面的一个大人。正所谓'有福之人，人服侍；无福之人，服侍人'。"乙接曰："'爽'字亦有五个人，两旁排列众小人，中间藏着一大人。正所谓'人前莫说人长短，始信人中更有人'。"

車

以轮行驶　车水马龙

车

　　"前车覆，后车诫"这句话出自西汉贾谊《治安策》。这句大意是：前面翻倒的车子，可以引起后面车辆的警戒。此二句以生动的比喻，说明"鉴往可以昭来"的道理。看到前面翻覆的车辆，若再不小心，就很可能重蹈前车之覆辙。不仅行车如此，历史的发展也是如此，历史常常出现惊人的相似之处，就是这个道理。可以此说明过去失败的教训引人警惕，成为后人的经验。

　　"车"繁体字为"車"，象形字。

　　"車"，甲骨文为"　"。像某种器械两边各有一个轮子"　"，中间是"甲"形的箱体"　"，表示保护性的设备，人在箱体中可以避免受到攻击。这是因为最早的"車"是为战争发明的。因此，"　"用来指有轮子、靠牛马驱动的战斗装备。

金文字形多样化，有的金文为"🝆"，也有的为"🝇"，侧重强调车的轭具"▽""🝈"；还有的金文"車"在甲骨文简体字形"⊞⊞"基础上继续简化，以一个轮子代替了两个轮子。

篆文"車"承续金文字形。

简体"车"依据草书字形"车"整体简化而来。只是原本繁体字"車"中用来代指轮子的"田"字消失了。

《说文解字》："车，舆轮之总名。夏后时奚仲所造。象形。凡车之属皆从车。"意思是说"車"为车厢与车轮组合之物，是以其最重要部件来表示。相传中国车的发明者为奚仲。"車"是有轮子的陆上交通工具，其甲骨文是轮、舆、辕、轭、衡俱全的马车之形，甚至连轴头所穿的小铁棍"辖"都被表现出来。

与"車"有关的成语大多与运输、装载有关。"轻车简从"指行装简单，跟随的人少（多指有地位的人）；"骥伏盐车"指才华遭到抑制，处境困厄；"安步当车"以从容的步行代替乘车；"车水马龙"，车像流水，马像游龙，形容车马往来不绝；"宝马香车"形容华丽的车子、珍贵的宝马，指考究的车骑；"闭门造车"，关起门来造车子，比喻脱离实际，只凭主观办事；"弊车羸马"比喻处境贫穷；"车马盈门"指车子充满门庭，比喻宾客很多；"轻车熟路"，赶着装载很轻的车子走熟悉的路，比喻事情又熟悉又容易；"螳臂当车"，螳螂举起前肢企图阻挡车子前进，比喻做力量做不到的事情，必然失败。

"車"是利用轮子进行运输的工具。"車"为象形字，形状即为轮上有装载工具的样子。我国是世界上最早发明和使用车的国家之一，相传黄帝时已知做车。但由于车是一种形制较为复杂的交通工具，所以在生产力低下的远古时期，它的发明，不仅不可能是一人所为，而且也不可能是一日之功，在其创制之前，必然还有一段漫长的萌发和完善过程。轮是车上最重要的部件，"察车自轮始"（《考工记》）；因此，轮转工具的出现和使用是车子问世的先决条件。在我国新石器时代，随着手工业的不断发展，人们创制出许多轮转工具，如纺线用的纺轮，制陶用的陶车和琢玉用的轮形工具等等。有了车轮，车的创制就成为可能的事情了。利用车轮滚动而行，减少了车与地面的摩擦，既省人力，又可多载重物，还可以长途运输。车的问世，标志着古代交通工具的发展进入了一个新的里程。

"车"又引申为用转轮做工的机械。人们造出陆上运输用的车之后，利用车的原理，又造出了用水流带动轮子运转的旧式动力机械即水车。凡"车"都靠车轴、车轮的转动行进，故"车"又泛指通过轴轮转动的工具，如纺车。"车"可谓古代创造很早的大型机器，故"车"又可以指机器。"车间"指企业中有适度的规模，承担一个独立的产品或一个独立部件的生产加工任务的单位。"车床"指主要用车刀对旋转的工件进行车削加工的机床。今天，我们日常生活中所使用的"车"已经很常见，如"单车""汽车""火车"等。

"车"有数量庞大的意思。"车"是运输工具，能够承载较多的货物，因此，又引申出了数量大、数量多的意思。"杯水车薪"是指用一杯水去救一车着了火的柴草，比喻力量太小，解决不了问题。"博览五车"指广泛阅读很多书籍，形容学识渊博。"车载斗量"指用车载，用斗量，形容数量很多。该成语出自《三国志》："如臣之比，车载斗量，不可胜数。"三国时，蜀主刘备称帝，出兵伐吴。吴主孙权派中大夫赵咨出使魏国，向魏文帝曹丕求援。曹丕轻视东吴，对东吴奚落一番，但赵咨不卑不亢的态度，使曹丕十分叹服，不得不改用比较恭敬的口气问："像先生这样有才能的人，东吴有多少？"赵咨答道："聪明而有突出才能的，不下八九十人，像我这样的，那简直是用车装，用斗量，数也数不清！"听到如此得体的外交辞令，魏国朝廷上下都对赵咨肃然起敬。曹丕也连声称赞赵咨说："使于四方，不辱君命，先生当之无愧。"赵咨回到东吴，孙权嘉奖他不辱使命，封他为骑都尉，对他更加赏识重用。

简体字的"车"，简化之后没有了轮子，而轮子是车能够作为运输工具的最重要特征，所以繁简体相比较，还是繁体字的"车"能够更形象地反映出车的形貌和特征。

王安石善与友人作诗猜字谜

王安石（1021—1086），字介甫，号半山，临川人，北宋著名思想家、政治家、文学家、改革家。

王安石有个很好的朋友叫王吉甫，此人不仅诗作得好，还是制谜猜谜的高手。两人经常在一起猜谜为戏。一日，两人聊到兴时，王安石想到一个谜，随口说道："画时圆，写时方，冬时短，夏时长。请打一字。"王吉甫听后，略加思索，已知谜底，但他并没说有直接说出来，随即另作一谜语答道："东海有条鱼，无头又无尾，更除脊梁骨，便是同一谜。"

王安石听后，暗自思忖。"鱼"字"无头又无尾"，即去掉上面的"刀字头"和下面的一横"一"，剩下一个"田"字；然后再去掉"脊梁骨"，即"田"字去掉中间的一竖"丨"，剩下一个"日"字，正是自己所出的谜语的谜底——"日"字。王安石觉得此谜不仅解了他的谜语，且王吉甫所作谜语更胜自己一筹，便连连叫好。

勝

有勇有谋　稳操胜券

胜

　　《老子》曰："天之道，不争而善胜，不言而善应，不召而自来，繟然而善谋。""繟然"意为坦然、舒缓。其大意为：上天从来不争，却能赢来万物的拥戴，所以不争而善胜；上天从来默默无声，却善于使万物顺应它的规律，所以便是最好的回应；上天从来不发号施令，而万物却依附于它的覆盖之下，该来时便悄然而至；上天的行动看似毫无头绪，但散漫之中一切已安排妥当。老子从天道运行规律阐述了守柔不争的理论，不战而屈人之兵，不争而胜，这是制胜之道，也是一种最高的境界。大自然慷慨无私，貌似不争，其实是有为。与其争一丝一毫，不如奉献全部，也许是老子告诉我们的制胜之道。

　　胜，繁体字为"勝"，形声字。

　　金文为"𦝛"。"𦝛"为"朕"，表示船舵；"𠬝"

为力，表示掌舵的能力。合起来""表示掌舵行舟，担当大任，即胜任、禁得起。

篆文""承续金文字形。

隶书""将篆文的""（"舟"）误写成""。

简体字"胜"，取了繁体字的""（"月"，实为"舟"）表义，另加"生"字表音，另造形声字"胜"代替。

《说文解字》："勝，任也。从力，朕声。""胜"为赢、超过之意。如胜败、胜诉、稳操胜算、旗开得胜、胜不骄，败不馁、事实胜于雄辩等，又如《商君书·画策》的"以强胜弱，以众暴寡"、《论语·雍也》的"质胜文则野，文胜质则史"、白居易《忆江南》的"日出江花红胜火，春来江水绿如蓝"等；"胜"也指有能力承担，如不胜感激、不胜酒力，又如《孟子·梁惠王上》的"不违农时，谷不可胜食也"、韩愈《题木居士二首》的"朽蠹不胜刀锯力，匠人虽巧欲何如"。

常言道："胜败乃兵家常事。"古往今来，关于胜败的名言数不胜数。两千多年前的《孙子兵法·谋攻》中提到了打胜仗的五种情况："故知胜有五：知可以战与不可以战者胜；识众寡之用者胜；上下同欲者胜；以虞待不虞者胜；将能而君不御者胜。"孙子告诉我们有五种情况能预见胜利：知道可以打与不可以打的能胜利；懂得兵多怎么打、兵少怎么打的能胜利；上下思想意志齐心的能胜利；以事先有准备对付事先无准备的能胜利；将帅有才干而国君不加牵制的能胜利。所谓"兵有利钝，战无百胜"，世上没有常胜将军，百战百胜的将军也难以识破敌人的诡计，"百胜难虑敌，三折乃良医"，因而不可全盘否定败军之将。"兵强胜人，人强胜天"，人是能够通过自己的努力而制服自然的，"人诚务胜乎天"；但也应谨记夺取胜利容易，巩固胜利成果困难，"战胜易，守胜难"也。

"勝"字揭示了制胜之道。"勝"字从券，主要有两个方面的含义：

一是战胜对手必须做好充分准备，才能稳操胜券。勝，从券，意为要手握胜券。俗话说，不打无准备之战。我们做什么事，都要做好充分的准备，凡是临时抱佛脚的，或匆忙上阵的事，大多做不好，或者有纰漏、有差错、有失误，这种现象是不胜枚举的。北宋末年，战备如同虚设，将不知兵，兵不知战，北宋的骑兵上马必在马上双手扶马鞍，方能行走，更别说拿起武器作战。试想这样的骑兵打起仗来，怎能不败？"不备、不虞（警惕、忧患）不可以师"，有备则无患，这是千古名言。反观动物界，蚂蚁的洞口朝天，一有雨水就会被淹没。可蚂蚁身躯虽小，却能常备不懈，晴天垒巢，用土相堵，每次都能排除灭顶之灾，子孙繁衍众多达数亿万众。未雨绸缪，必能救危。小虫尚且如此，何况于人？明朝"土木堡之变"后，重臣于谦着手整治军队，收敛败军，招募民兵，制造器械盔甲，聚集兵粮。经过一段时间的谋划和准备，北京城城墙加固，兵粮充足，军队士气与日俱增。在瓦剌军到来后，明军一改颓势，主动出击，击败敌军，一雪前耻。因此，胜算在于谋篇布局，所谓"决胜千里，如操左券"，将者，需有枕戈待旦、操券而取之谋，临机制胜、乘利席胜之智，方能柔胜刚克、稳操胜券。

二是制胜必须用尽全力，须智勇双全、能屈能伸、有勇有谋。繁体的"勝"字有"月"有"龹"有"力"。"月"指身体、身躯；"龹"为"拳""卷"，指手臂弯曲或拳头握紧；"力"指心力、智力、体力。大树坚强不屈，百折不挠，是勇；小草依靠大地，屈腰伏身，是智。古之成大事者，无不出智、勇二字。李广老当益壮，北击匈奴，是勇；毛遂锥袋自荐，脱颖而出，是勇；谭嗣同以死明志，唤醒后人，是勇；将士，安邦之剑、定国之盾，不可不勇；士人，出谋划策、游说诸国，不可不勇；君子，革故鼎新、震慑旧俗，不可不勇。勇，是一种意志，一份信念，是一种气场，一份感召，它让你坚持正义，一往无前。但要制胜仅有勇气是不够的，勇以智为基础，不以智为依托是一种鲁莽，智勇互补，才能成为真正的强者。司马光临危不惧，一击中的，是智；孙膑围魏救赵，以逸待劳，是智；诸葛亮口若悬河，舌战群雄，是智；丈夫，救人危难、须堪大任，不可不智；军师，排兵布阵、添兵减灶，不可不智；谋士，算无遗策、才辩无双，不可不智。智，是经历世事波澜之后的泰然自得，它四两拨千斤，于不露声色中瓦解强敌。智者不惑，勇者无惧；勇而无智，一卒之能；智而无勇，则为板石。"勝"者，智勇双全也。

讲制胜之道，人们往往想到的是战胜对方。其实，战胜对方容易，战胜自己则更为艰难。俗语说："自知自明难，知己知彼难。"我们往往可以看清别人，却经常不能看清自己。而要战胜自己的欲望以及习性，没有坚强的意志、毅力往往是做不到的。因此，老子说："胜人者力，胜己者强。"生活中最大的胜利，其实是战胜自己。《韩非子》曰："志之难也，不在胜人，在自胜。"自知难，自胜更难。"自知者英，自胜者雄"，人应知己所长所短，战胜自我，无往而不胜。

简体的"胜"字，从月从生。生，为生存、生命，"胜"字告诉我们，胜以生命的存在为基础，一息尚存，就有机会获胜。生命一旦结束，所有的胜利和追求都无从谈起，所以，人在任何时候都要爱护身体、珍惜生命，以生命的保存、延续作为制胜的前提和基础。作家罗曼·罗兰说过："人生不售来回票，一旦动身，绝不能复返。"沧海一声笑，何其潇洒，可是如果等到一病不起才悔悟健康的重要，那就不是亡羊补牢，而是遥望幽冥，心中凄苦了。笑傲江湖，鲜花万朵，也只能是美好的回忆。阳光明媚的春天，有灼灼其华的桃花；赤日炎炎的夏天，有香远溢清的荷花；硕果累累的秋天，有泥金万点的金菊；寒风凛冽的冬天，有凌霜傲骨的雪梅。世间的美，只因有健康的生命才有心思驻足观赏。生命是我们从事一切行动的基础与保障，没有了生命就没有了一切，"胜"字也无从谈起。因此，人与人的竞争，有时不看一时一事，最终取决于生命的长度，长度也是竞争力。

繁体的"勝"字强调获取"胜利之券"需努力与能力、智慧与勇气；而简体的"胜"字则只强调了活着的意义。看来，真正的制胜是繁简"胜"字的结合，即以生命为基础，以智勇为手段，以稳操胜券为目标，这就是制胜之道。

汉字趣闻

止戈为"武"

潘党，又名叔党，春秋时楚国将军，善射。公元前597年邲之战初起之时，潘党率游阙40乘投入激战。晋师溃败后，楚庄王巡视战场，潘党劝楚庄王把晋国军人的尸体堆积起来，筑成一座大"骨骸台"（叫做"京观"），作为战争胜利的纪念物，留给子孙后代看，并借以炫耀楚国的武力，威慑诸侯。

楚庄王听了后不同意这种做法，还说道："战争不是为了宣扬武功，而是为了禁止强暴，给百姓带来安定的生活。单从文字来看，这个'武'字是就由'止'和'戈'两部分组成，'止戈'方为'武'！武应该具备七种德行，即禁止强暴、消除战争、保持强大、巩固基业、安定百姓、团结民众、增加财富。这七种德行寡人一种也没有，拿什么留给子孙！晋国的士卒为了自己国家执行国君命令而战死，他们也没有什么过错。怎么可以用他们的尸体做京观呢？"于是，楚庄王下令楚国军队在此修建了一座祖先宫室，到黄河边祭祀完河神，很快就班师回国了。后来，"止戈为武"成为对后世君王的一种告诫。

【 超脱之境 】

飞

鸟儿振翅　翱翔天空

　　"毛羽未成，不可以高飞"这句话出自司马迁《史记·苏秦列传》。这两句大意是：假如鸟儿的羽毛还没有长满，就不可能凌空翱翔。司马迁以之比喻早年的苏秦。苏秦早年游说秦国不成，狼狈而归，亲戚反目，夫妻不和，使他深刻领悟到毛羽未丰，不能高飞的道理，从而以锥刺股，发奋苦读，终成合纵抗秦之伟业。此名句也反映了作者司马迁树人育才的基本观点：要想有所作为，必须下功夫刻苦学习，使自己羽毛丰满，否则决不可能高飞远行。这种观点在今天仍有现实意义。

　　"飞"繁体字为"飛"。

　　"飛"，金文为"𩙿"，像鸟儿振动双翅"𠈄"的样子。

　　籀文字形"𩙿"画出翔鸟的完整形象，鸟头鸟身"𠂆"和振动的双翅"非"。

　　篆文"飛"将籀文"𩙿"的鸟头鸟身"𠂆"简化成"𠂆"。有的篆文"𢂇"省去表示鸟头鸟身的"𠂆"，并将左右对称的双翅"非"写成上下重叠的双翅"𢂇"。

隶书"飛"将篆文字形的双翅"飞"写成"毛"，同时又加了一个飞的方向"升"字。

简体楷书"飞"对"飛"进行了大大简化，选用其中的一部分代替。

《说文解字》："飞，鸟翥也。象形。凡飞之属皆从飞。""鸟翥"即鸟类振翅高飞。造字本义：鸟儿振翅翱翔。如唐代张志和《渔歌子》："西塞山前白鹭飞，桃花流水鳜鱼肥。"晋代陶渊明《归去来兮辞》："鸟倦飞而知还。"

和"飛"有关的成语多与"飞翔"之意有关。"飞蛾扑火"指飞蛾扑到火上，比喻自取灭亡；"飞沙走石"指砂土飞扬，小石翻滚，形容风力迅猛；"鸡飞狗跳"指把鸡吓得飞起来，把狗吓得到处乱跳，形容惊慌得乱成一团；"健步如飞"形容步伐矫健，速度很快；"笨鸟先飞"比喻能力差的人怕落后，做事比别人先动手；"不翼而飞"比喻物品忽然丢失，也比喻事情传播得很迅速；"草长莺飞"形容江南暮春的景色；"插翅难飞"指插上翅膀也难飞走，比喻陷入困境，怎么也逃不了；"长目飞耳"指看得远，听得远，比喻消息灵通，知道的事情多；"飞蛾赴火"像蛾子扑火一样，比喻自找死路、自取灭亡；"飞檐走壁"旧小说中形容有武艺的人身体轻捷，能够跳上房檐，越过墙壁；"灰飞烟灭"比喻事物消失净尽。

繁体字的"飛"由两个"飞"和一个"升"组成，"飞"为鸟类翅膀的象形，"升"为升高、升空之意，合起来就为鸟类展开双翅，不断在空中高飞之意。

繁体字的"飛"描绘了"飛"的条件。即飞行需要双翅，这样才能平衡并翱翔于蓝天。无论是鸟儿、风筝，还是现代的飞机，都是依靠两只有力的翅膀来飞行的。

二十世纪最重大的发明之一是飞机。人类自古以来就梦想着能像鸟一样在太空中飞翔。而2000多年前中国人发明的风筝，虽然不能把人带上太空，但它确实可以称为飞机的鼻祖。

二十世纪初美国有一对兄弟为世界的飞机发展做出了重大的贡献，他们就是莱特兄弟。在当时大多数人认为飞机依靠自身动力的飞行完全不可能，而莱特兄弟却不相信这种结论，从1900年至1902年他们兄弟进行1000多次滑翔试飞，终于在1903年制造出了第一架依靠自身动力进行载人飞行的飞机，并且试飞成功。这架飞机叫"飞行者"。它采用了一副前翼和一副主机翼，并且都是双翼的结构，用麻布蒙皮和木支柱联结而成。他们因此于1909年获得美国国会荣誉奖。同年，他们创办了"莱特飞机公司"。这是人类在飞机发展历史上取得的巨大成功。

繁体字的"飛"描绘了飞的形态。"飛"下部为"升"，表明了"飛"是不断升高，向高空升腾的过程，向上升是"飛"的必然结果。

唐朝诗人李白"俱怀逸兴壮思飞，欲上青天揽日月"，宋朝的词人苏东坡"我欲乘风归去，又恐琼楼玉宇，高处不胜寒"，都体现了"飛"的升高状态。《西游记》里孙悟空一个"筋斗云"十万八千里，更是把飞升的想象施展到了极致。

繁体字的"飛"描绘了"飛"的速度。物体的飞翔较之人类走路而言速度较快，所以"飛"常常用来形容疾速的事物。《乐府诗集·木兰诗》描写花木兰替父从军赶奔战场时："万里赴戎机，关山度若飞。"我们平时常说"飞一般的速度"，说明快到了极点会使人有飞的感觉，也就是"飞速"。汉代有一个著名的将军叫李广，他擅长骑术，作战勇敢，绰号"飞将军"。唐代诗人王昌龄在《出塞》中写道："但使龙城飞将在，不教胡马度阴山。"其中，"飞将"指的就是李广。

"飛"由于速度快，故而引申指无根据的、无缘无故，如成语"流言飞语""飞短流长"，意思是无中生有，造谣中伤。《聊斋志异》："造言生事者，飞短流长，所不堪受。"

简体字的"飞"按照字形看，只剩下了一只翅膀，显然难以飞起来，而且也没有了"升"字，即没有了升高之意，所以已经表现不出飞的本质和特点，可以说是折翼之"飛"。虽然笔画简单，写起来方便，但繁简相比，繁体字的"飛"更能够形象地表现出飞的涵义。

汉字趣闻

武皇解"青鹅"诛裴炎

裴炎，字子隆，唐高宗病重时拜为丞相，受遗诏辅佐中宗。因与中宗意见相左，裴炎惧乃与武则天密谋废黜唐中宗改立唐睿宗，后因反对立武氏七庙而得罪武则天，于光宅元年（684 年）被诬以谋反，斩于洛阳都亭。

关于裴炎谋反在《朝野佥载》有这样一个记载：裴炎任中书令时，徐敬业打算谋反，命骆宾王设计拉拢裴炎一起入伙。骆宾王两脚踩在墙壁上，想了大约一顿饭的功夫，写成了一首歌谣："一片火，两片火，绯衣小儿当殿坐。""两片火"为"炎"，"绯衣"为"裴"，暗喻裴炎要改朝换代。骆宾王先是教裴炎家族里的小孩朗读，这样一传十，十传百，京城里的小孩都会唱了。裴炎感到很疑惑，想寻找人破解这首歌谣，最终找到了骆宾王。裴炎用许多财宝、美女、骏马贿赂骆宾王，但骆宾王始终一言不发。裴炎拿出家里的古忠臣烈士图与骆宾王一起赏看，当看到司马懿时，骆宾王突然起身说："此英雄丈夫也。"随即又说古时大臣执政，常会改换社稷，取而代之。裴炎听后十分高兴。骆宾王明知故问道："但不知谣谶何如耳？"裴炎将童谣说与骆宾王，骆宾王立即下座并面向北礼拜道："您就是真龙天子啊！"于是裴炎便与徐敬业等一起合谋，徐敬业从扬州起兵，裴炎作为朝廷中的内应。裴炎非常谨慎，写了给徐敬业的联络信中只有"青鹅"二字。有人向朝廷告发，但朝中官员皆不能破解"青鹅"二字的意思，拿不到裴炎与徐敬业勾结谋反的证据。武则天看后说："这个'青'字，拆开来就是'十二月'；'鹅'（鵝）字，拆开来就是'我自与'，即十二月我自然参与的意思。"于是便以谋反罪把裴炎斩于洛阳都亭。不久，徐敬业兵败被部下所杀。

超脱之境

寧

心静则安　有丁则宁

宁

　　"拨乱反正，以宁天下"这句话出自南朝宋范晔的《后汉书·顺帝记》，意思是治理好乱世，使之恢复正常，使天下安宁。汉光武帝刘秀自地皇三年（22年）南阳发愤起兵，"昆阳之战，威震天下"，不到三年，在部（今河北柏乡县北）称帝，不久，定都洛阳，重建汉室，十余年间，夷灭群雄，"荡涤天下，诛祖暴乱，兴继祖宗"。刘秀中兴汉业，功绩卓著，历代受到赞誉，史称"光武中兴"。南宋诗人陈亮称赞："自古中兴之盛，无过于光武。"明代王夫之认为三代而下，取天下者，唯光武独焉。刘秀"拨乱反正，以宁天下"，由"乱"到"正"，是从"乱世"到"治世"，是从"邪说暴行"到"尧舜之道"，是从"礼乐崩坏"到"王化大行"，也是从"据乱世"到"太平世"。

　　宁，在古文字中有多个不同的字形，比较常见的繁体字为"寜"，"宀""寍""寧"均为异体字。

"寧"，在甲骨文、金文中，结构多样，字形丰富，字件有："宀"（"家"的省略，代指住房）、"皿"（饮食器具）、"丂"（"竽"的省略，代指乐器）、"心"（心境）。

"寧"，甲骨文为"🔱"，"⌒"（"宀"，即家、住房）、"👑"（"皿"，器皿、盛器、饮具）、"丁"（"丂"，即"竽"，代指乐器），合起来"🔱"表示生活在舒适的房屋里并拥有美食和音乐歌舞相伴的心境，即"生活美满，内心安定"。

金文"寧"、篆文"寧"基本承续了甲骨文"🔱"的字形。

隶书"寧"将篆文字形"寧"中的"宀"写成"宀"，将"丁"写成"丁"。古籍多以"寧"代替"宀""寍""寧"和"寧"。《汉字简化方案》用"宁"合并"寍""寧"。

《说文解字》："寧，愿词也。从丂寍声。"造字本义：安居乐业，丰衣足食，娱乐颐养，内心平静，引申为"安宁""平安"。如唐代柳宗元《捕蛇者说》："哗然而骇者，虽鸡狗不得宁焉。"

［超脱之境］

繁体字的"寧"，上为"宀"，中为"心"，下为"皿"和"丁"，意为在屋下畅饮美酒并吹奏乐器，形容富足安乐的情形。古人称娶亲成家宁神度日为"安"，称衣食充足而娱乐养心为"寧"。"安"是"寧"的基础，"寧"是"安"的高级境界。繁体字"寧"的核心在于心，心静方宁，心灵安静是宁的核心。

宁即是静，老子认为"万物生于静归于静"，不论是道家的炼心炼气，儒家的修身养性，还是佛家的"六根清净"，无不以练静为入手。心不能宁静便无所安定，心不能安定便无所守持。

繁体字的"寧"字中有"心"，强调宁静是心神安定。心境宁和并不单指心如止水，还指宁静豁达。即做人要宁静豁达，只有豁达了，做事情才不会畏首畏尾，才会顺从心中所想。

杨绛，中国著名的作家、戏剧家、翻译家，也是著名学者钱锺书先生的夫人。她一生坎坷，经历过20世纪中国的所有战乱、动荡，而且老年时独女、丈夫相继离世，她虽然悲痛，却始终不曾失去平静。她曾说："锺书逃走了，我也想逃走，但是逃到哪里去呢？我压根儿不能逃，得留在人世间，打扫现场，尽我应尽的责任。"送走女儿、丈夫后，杨绛独居北京，潜心整理钱锺书的文稿并陆续发表；坚持写作，发表了《我们仨》《走在人生边上》等著作。她在《一百岁感言》里如是说："我今年一百岁，已经走到了人生的边缘，我无法确知自己还能走多远，寿命是不由自主的，但我很清楚我快'回家'了。我得洗净这一百年沾染的污秽回家。我没有'登泰山而小天下'之感，只在自己的小天地里过平静的生活。细想至此，我心静如水，我该平和地迎接每一天，准备回家。"

虽然与她相敬如宾的丈夫和出色优秀的女儿，早早便离开了这个世界，但在她的文字中，却见不到怨天尤人的字眼，更多的是对生命的感恩，对世间美丽事物与感情的欣赏，她还将800万稿费捐给了母校清华大学。这足以见得杨绛是多么心灵安静的一个人。也正是因为这样，她在失去亲友，年迈独居，也即将离开尘世的年纪里，还能尽情享受生活，感受生命的美好。

简体字的"宁"和繁体字的"寧"下部都为"丁"，即屋下有丁则为"宁"，强调人丁兴旺为安宁的重要表现。古人认为"不孝有三，无后为大"，古人也讲究人丁兴旺，如果没有后代，或者只有单丁相传，都会让人们感到焦虑。因此人要安宁，必须后继有人。

因为"后代"代表的是继承者。这个继承者，不但是血脉的传承，更是家族的传承，有些时候甚至是一门手艺、一种精神的传承。如果没有了继承人，那么先代累积下来的家业、精神、技术，便要全部消失了。

山东潍坊附近的村子有一门叫打绳的手艺。打绳子，就是将黄麻等材料做成坯绳，然后再将几股坯绳放置在自制的工具上，慢慢拧成一条绳。这项打绳子的家庭手工业在该村已经有200年的历史。20世纪50年代，村里家家户户都有打绳子的工具，很多人都会打绳子。据村里的老人说，当时他们村有130多户农民，其中100户从事打绳子的营生。每到了晚上，不少农户全家出动，点着油灯打绳子到半夜，甚至有人为了节省灯油，干脆借着月光打绳子。因此村里晚上往往非常热闹，大街小巷都充满了谈笑声。但随着社会发展以及机械化的普及，手工打绳子已经逐步被人们遗忘。村里不少老人表示，手工打绳子作为众多老手艺中的一种，希望有年轻人将此手艺继承下去。村里的老人说："打绳子这项老手艺是众多老手艺中的一种，虽然逐渐被社会所淘汰，但毕竟是从老一辈那里传下来的。绳子机械化生产并不意味着老手艺的消失，我希望有年轻人来继承这项老手艺，并传承下去。我已经把打绳子的工具留了下来，用来当作历史的见证。"

繁体字的"寧"中有"心"，体现出心静方宁的内涵，而简体字无"心"这一"宁"的重要因素，繁简体相比，繁体字的"寧"更能体现出宁的造字本义。

📖 汉字趣闻

有意破宋，无心宁国

蔡京（1047—1126），字元长，兴化仙游（今属福建）人，北宋权相之一、书法家。北宋末年，曾两度任宋徽宗宰相，他千方百计迎合皇帝，干了许多祸国殃民的事情。百姓对他恨之入骨，把蔡京与当时的童贯、王黼、李彦、朱勔、梁师成合称为"六贼"。

蔡京当权后，为了大量敛财，极力主张铸造大额货币。崇宁二年，蔡京借宋徽宗改年号之机，怂恿皇帝铸造"崇宁通宝"大钱，一枚大钱换先前的小平钱十枚。由于蔡京字写得好，铸钱之初，宋徽宗命蔡京书写钱文。蔡京欣然领命，书以"崇宁通宝"四字，交由铸钱机构铸币。由于老百姓对蔡京本来就心怀不满，再加上铸造大钱后让老百姓手中的旧铜钱无形中变得不值钱了。等到第一批"崇宁通宝"大钱在市面流通不久,百姓中就流传着蔡京"有意破宋,无心宁国"的童谣,大家纷纷弃新币不用。

主管钱局的人问是怎么回事,下属拿着新铸造的"崇宁通宝"指给他看。仔细一看钱币上的钱文才恍然大悟。原来,蔡京把"崇"字上面"山"字头中间的一竖"|"与下面的"示"字的一竖连成一笔;再加上他把下面"宗"字的宝盖头与"示"字的第一横连为一笔,把"宗"字写得像"宋"字;"山"字中间的一竖又从头贯穿到脚,就像要活生生地把"宋"字从中间破开,故曰"有意破宋"。同时,蔡京在书写时又把繁体"寧"(宁)字里的"心"字省略了,写成了"寍"字,故曰"无心宁国"。两句合起来就是,蔡京故意破坏宋朝,有意不让国家安宁。

后来,这件事情传到宋徽宗耳朵里。宋徽宗半信半疑,但为了江山社稷计,只好命人把蔡京书写钱文的那批"崇宁通宝"毁了,另由宋徽宗亲笔书写的"崇宁通宝"代替。

夢

夕阳西下　开启梦境

梦

　　"人生如梦，一樽还酹江月"这句诗出自宋代苏轼
《念奴娇·大江东去》。这两句大意是：人的一生就像
一场梦幻，还是对着天上的明月和东去的长江，洒酒祭
奠，举杯痛饮吧！该词抒发了作者年岁渐老，功名事业
还没有成就的感慨，被称为"古今绝唱"。苏轼以儒家
思想为主导，也受佛道老庄思想的影响。"乌台诗案"
后贬官黄州，深感世事多变，佛家思想有所滋长，庄子
的"浮生若梦"思想也时有流露。"人生如梦，一樽还
酹江月"正是这种思想的表现。人生不过一梦，历史上
失败的人物、成功的英雄莫不如此。因此，何必自作多
情地为人生的成败而伤心？还是不要辜负眼前这美好的
江月，举起酒杯，酹酒痛饮吧。

　　梦，繁体字为"夢"。

夢，甲骨文为"𥄉"。"𥄉"为"爿"，即"床"；"𫟭"为"眉""目"，代指"眼睛"；"𠆢"为"人"，指睡觉的人，合起来"𥄉"表示人躺在床上闭上眼睛入睡，伴随着下意识活动而出现的眼皮跳动现象，即入睡状态中的潜意识活动，也即"梦"。

金文"𥃇"省去甲骨文字形"𥄉"中的"爿"（床），加了"夕"（"夕"，傍晚或太阳落山后的夜晚），同时将甲骨文字形中由"𫟭"（眉）与"𠆢"（人）连在一起的"𫟭"写成了"𥄉"，强调做梦的夜间时段。

篆文"夢"将金文字形"𥃇"中的"𥄉"变形成"𥄉"。

隶书"夢"误将篆文字形"夢"中的"𭉦"（眉、目）形状写成了"艹"。至此"夢"字主要部件丢失，面目全非。

简体"梦"将正体楷书字形中的"艹"（草头）写成"林"，并且省去"𭉦"和"宀"，至此"梦"的"睡觉"线索也完全消失了。

《说文解字》："夢，不明也。从夕，瞢省声。"造字本义：入眠后眼皮跳动，潜意识中有所见闻。

熟睡是人的精神最放松的时刻，潜意识里，神经系统会把梦者念念不忘的挂于心间的事情在大脑中以独特的方式呈现，这就是梦。与"梦"有关的成语有："好梦难圆"比喻好事难以实现；"黄粱一梦"比喻虚幻不能实现的梦想；"梦魂颠倒"比喻心神恍惚，失去常态；"白日做梦"比喻根本不能实现的梦想；"痴人说梦"原指对痴人说梦话而痴人信以为真，比喻凭借荒唐的想象胡言乱语；"春梦无痕"比喻世事变幻，如春夜的梦境一样容易消逝，不留一点痕迹；"大梦初醒"指像做了一场大梦才醒，比喻被错误的东西蒙蔽了许久，开始醒悟过来；"浮生若梦"指把人生当作短暂虚幻的梦境。

繁简体的两个"夢"（"梦"）字的共同点，是指出了睡梦的时间在夜晚。繁简体"夢"（"梦"）都从夕，指太阳下山，要休息了。古人日落而息，梦境由此开始，故从夕。

繁体字的"夢"揭示了做梦的大脑活动的状态。"夢",从 ₩₩,从网,从"冥"字头,从夕。从"₩₩",意为杂乱;"网"代表各种信息交织在一起;"夕"为黄昏。这几个字合起来就是讲,梦是睡眠时身体各种刺激或残留在大脑里的外界刺激引起的思维活动。弗洛伊德写了一本书叫《梦的解析》。他认为,人类做梦的动机常常是寻找欲望的满足。这些欲望平时被某种稽查作用压抑在潜意识中,很难通过正常渠道进入人的意识中。在人类睡眠的时候,稽查作用的工作变得松弛,潜意识得以活动手脚,于是人们会"做梦"。

繁体字的"夢"指的是人的理想和追求。"夢"从"冥",指冥思苦想希望得到的东西。2012年,习近平总书记在参观"复兴之路"的展览时,阐述了"中国梦",使"夢"字成为"年度汉字",迅速走红。在过去的几年里,载人航天梦、航母梦、高速铁路梦……一个个变成了现实。一个个具体的梦、国家的梦、个人的梦,汇成了中国梦的交响曲。"夢"字告诉我们梦的表现,梦想的力量和圆梦的办法。

繁体字的"夢"还描述了做梦的状态。人做梦大致有三种状态。第一种是病梦,因身体某个部位有病,会在梦中表现出来。不同的疾病与不同的梦境有关,而同一疾病的梦境通常比较相似。梦中被追逐,心中恐惧,叫不出来跑不动,惊醒后心有余悸、大汗、心跳加快,这可能是心脏冠状动脉供血不足。梦到水的场景,例如洪水、沼泽、溺水等,预示肝胆系统和肾脏可能有病变。梦境内容的改变,也可提示病情的好转或加重,抑郁症病人梦到欢快的场景,提示病情没有好转。而欢乐梦消失,烦恼梦增加,则是临床症状趋向缓解的先兆。第二种是思梦,因有意的思念或潜意识的思维活动而做梦,这叫"日有所思,夜有所梦"。由于白天在思考写文章,有时梦里会冒出所想的词句来。东汉时期的王符就认为:"人有所思,即梦其到;有忧,即梦其事。"又说:"昼夜所思,夜梦其事。"他还曾举例说:"孔子生于乱世,日思周公之德,夜即梦之。"第三种是征梦,即象征性的预兆之梦。这种征兆之梦，有形象、会意、谐音三种形式表达出来。

简体字的"梦"，上为"林"，下为"夕"，夕阳下的林木，一是说这是适合做梦的地方；另有一说是梦是林林总总的。但把梦作为一种大脑的思维形式、作为一种形态的描述，还是繁体字"夢"更为科学、形象。

汉字趣闻

李公佐巧解梦中言　谢小娥智擒船上盗

谢小娥是唐宪宗时豫章富商谢全的独生女儿。谢全为人忠厚，经营有术，成了豫章城内有名的富户。因每次贩运货物数量都相当庞大，所以成为江湖大盗眼红的对象。一日谢全一家带着十几名随从，从浔阳买了一船贵重的货物运往豫章，不料半路上遇上狂风大雨，耽搁了半天行程，没能按预定的时间到达港湾停歇，夜幕降临，船只好泊在无人的江边。夜深人静时，一群剽悍的水盗涌上了商船，刀叉飞舞，不用多久，奋起反抗的谢全与其女婿段居贞及十几名随从均被强人所杀。随船的谢小娥听到厮杀声慌忙出舱，在一片混乱中，惊恐失措，失足坠入水中得以幸免。

谢小娥从此踏上了艰辛的复仇之路。一日夜里谢小娥梦到其父谢全说："杀我者，车中猴，门东草。"言罢小娥便大哭惊醒；又几日，梦其夫段居贞说："杀我者，禾中走，一日夫。"谢小娥自己反复揣测不得结果，四处寻人解梦。后机缘巧合得遇洪州判官李公佐，李公佐对眼前的小女子深表同情，当下仔细给小娥解释了其中含义："杀你父亲的人名叫'申兰'，杀你丈夫的则叫

'申春'。因为'车（車）中猴'，车（車）字去掉上下各一横，就成了'申'字，而十二生肖中猴亦为'申'，所以这三个字就是'申'字；'门东草'，草下有门（門），门（門）中有东（東），乃是'兰（蘭）'字。'禾中走'意为穿田而过，仍是'申'字；至于'一日夫'，'夫'字上加一横，下面再添'日'字，不就成了'春'字？这样，'申兰'与'申春'的谜底就昭然若揭了！"

于是谢小娥乔装成男子化名谢保，再回到江湖四处漂泊打听。终于得知浔阳郡有一大官人申兰要雇工，后经多方探查果然发现了十年前自家货运的财宝，方才确信申兰、申春是仇人。某夜趁申兰、申春二人大醉，谢小娥手刃申兰。随后召唤邻里说明原委，得到大家支持，众人合力绑缚申春见官，终于大仇得报。

超脱之境

層

重重叠叠　连绵不断

层

　　老子在《道德经》中说："九层之台，起于累土。"意思是说：九层的高台，起于一点一点堆叠起来的土。这两句话揭示了事物变化过程中质与量的关系：土的堆积（即量的变化）达到一定的高度（即量变的一定界限），就构成了九层高台（即引起质的变化："土"变成了"台"）。量变过程达到一定限度引起质的变化，如此循环往复，推动事物进入高级形态。可用于说明质与量的关系，也可用于说明任何事物的成功起始于细微工夫的积累。

　　"层"，繁体字为"層"，形声字。

　　"層"，篆文为"層"。"尸"为"尸"，即"屋"的省略，房子的意思；"曾"为"曾"，原本是指蒸热食物的竹制隔板，代指用隔板将空间阻隔成多个层次。合起来，"層"表示有隔板的"重屋"，即多层楼的房子。

隶书"**層**"基本上承续了篆文字形。

简体"**层**"字依据草书"**層**"中"曾"的字形"**曾**"，将正体楷书"**層**"中的"**曾**"大幅简化为"**云**"。

《说文解字》："层，重屋也。从尸，曾声。""尸"者像屋形，从屋省，意为房屋；"曾"有重的意思，可指中间隔两代的亲属关系，意寓从上向下相隔数量多。刘孝绰《栖隐寺碑》中说："珠殿连云，金层辉景。"讲的是寺殿的壮观。

与"層"有关的成语大多与重叠之意有关。"层出不穷"指接连不断地出现，没有穷尽；"层台累榭"形容建筑物错落有致；"层见错出"指一件件交错出现；"层峦叠嶂"形容山峰多而险峻。"更上一层楼"原意是要想看得更远，就要登得更高，后比喻使已取得的成绩再提高一步；"密密层层"比喻满布得没有空隙；"间见层出"指先后一再出现；"层台叠翠"形容典型的中国传统园林式建筑中的楼台。唐代王之涣《登鹳雀楼》："欲穷千里目，更上一层楼。"想要看到更远的风景，那就再上一层楼吧！后人多用这句诗作勉励语，劝人努力，百尺竿头，更进一步。"十八层地狱"，佛教指死后灵魂受苦的地方。人在生时为非作恶，死后进入十八层地狱，不得翻身。一般以"十八层地狱"比喻悲惨的报应。

繁简体字"層"（层）的共同点为：两者都从尸，"尸"为"屋"的省字，意为房屋，表明两者原意都与房屋有关。"尸"又可指古代代表死者受祭的人，后以神像、牌位替代，具有祖先之意；祖先与现代远隔千百代，曾祖亦与今相隔两代。所以"尸"以重重相因的辈分、世代关系表示相重之意，意为重叠。

繁体字的"層"从尸省，从曾，表示从上到下房屋重叠的样子，具有很强的美学意象，如峰峦叠嶂，给人们以立体感和层次感，不但让人感到壮观，而且绵长。繁体字的"層"字，也揭示了人生的历程。繁体的"曾"为"增"的本字，意为增加。人生很多时候就像高楼一样，随着年龄的增长，阅历、知识、经验也在增长，这是一个自然的过程。但教养和境界并不是自然而然地增长的。

有一天，一对住在80层楼的兄弟外出旅行回家，发现大楼停电了，虽然背着大包的行李，但看来没有什么别的选择，兄弟俩不假思索地决定：爬楼梯上去！于是，兄弟俩背着行李开始爬楼梯。他们一口气爬到了20楼，觉得累了。于是哥哥建议："包太重了，不如这样，我们把包放在这里，等会电来了再坐电梯来拿。"

把行李都留在了20楼，兄弟俩觉着轻松多了，有说有笑地继续往上爬。但是好景不长，到了40楼，电梯还没来电，两人感觉到了极限，累趴下了。一想到还只爬了一半，两人开始互相埋怨，刚才冲动决定爬楼梯，才会落得如此下场。

他们边吵边爬，就这样一路爬到了60楼。到了60楼，兄弟俩反而释然了，因为80楼近在眼前。弟弟对哥说："我们不要吵了，爬完它吧。"于是他们默默地继续爬楼，终于80楼到了，兄弟俩兴奋地来到家门口，预备开门，才发现钥匙放在包里，包被他们留在了20楼。

其实，80层楼代表我们的人生，兄弟俩那两包行李代表我们的理想。20岁前，我们背负理想，踌躇满志，一往无前。20岁之后，开始进入社会，现实磨平了我们的棱角，我们不由自主地想要放弃理想。到了60岁，退休的年纪，对人生才有了淡定的态度。到了80岁，接近生命的尽头，回头一看，才发现我们所有的梦想和追求都留在了20岁的青春岁月。

这个故事告诉我们，一个人有理想和追求并不难，难的是随着年龄的增长，对事业和理想的追求热情、干劲、毅力不减。正如曹操所说的"老骥伏枥，志在千里"。

简化字的"层"为会意字，从尸，从云。冰融成水，水化为云。云性凝聚，漂浮于高空，表示凡以"层"称者，其数量必相对较多，其高度亦相对较高。天空的云彩常常可以看到是重重叠叠的，"层"讲的是云层。"层"字"云"在"尸"下，则可意为房屋高耸入云，可装云于屋内，以此表明屋之高。这样看，简体字的"层"也有其一定造字的道理，但是繁体字的"層"更能表现出重重叠叠，不断升高的意味，所以，繁体字的"層"更加合适一些。

📖 汉字趣闻

无心则好事成"串"，有心则坏事成"患"

明朝永乐十三年（1415年），一秀才在省城赶考，路遇一测字术士。心里一动，想何不请其帮忙测测自己此次考试情况。于是写了一个"串"字，请术士帮忙卜算。术士拿着这个字端详了一会，说道："恭喜、恭喜！你不仅乡试能中，而且会试也能高中。"这位秀才高兴地问道："此话当真？原闻详解。"术士笑道："你看这个'串'字，不就是两个'中'字上下连在一起吗？故预示着你能连中两元。"

正好在旁边围观的一书生也欲赶考，想着他写一个"串"字预示着"连中两元"，那自己也试试，哪怕讨个吉利话也好。于是这位书生大声说道："先生，你也帮我算算。"术士道："请书一字。"书生在纸上写了个"串"字，接着说："我也测测这个'串'字。"术士看了后说道："我看你呢，不仅乡试不能中，而且可能还会身患疾病。"书生不服气地问道："同是一个'串'字，凭什么他能连中两元，我却不行？而且你说我还会患病？"相字的术士笑道："他是无心写的，故按照字形推断，必能应验；而你是有心为之，那么你想想'串'字加上一个'心'字，岂不是'患'字。所以无心为之，天地感应，所求结果必于字象显现；有心为之则不然。"

后来，放榜后果然如相字的术士所料。那位秀才连中两元；而书生则连乡试都未能考中，一气之下还染了疟疾，很久方才痊愈。

開

双手打开 紧闭之门

开

俗话说"万事开头难"，意思是做什么事往往是开始的时候比较困难。但只要我们态度端正、准备充分，把头开好，后面的事情会顺利很多，因此我们也常说"良好的开端是成功的一半"。可见，"开"对于工作和生活意义重大。

开，会意字，繁体为"開"。从门，从开，采用"门"作偏旁，"开"作声旁，合起来的意思是两手打开门闩之意，本意是开门。

金文为"開"，上半部分"門"为门，下半部分"开"为"廾"（双手）拉开"一一"门栓，表示用双手将门栓抽出栓孔。

篆文"開"承续金文字形。

隶书"開"将篆文的"开"（开）连写成"开"（"开"）。"開"为"開"的异体字，均表达了用手开门的意思。

简体"开"省略了繁体外面的"门"。

《说文解字》:"開,张也。从门,从开。"造字本义:抽掉门栓,启动关闭的门。如《易·系辞上》:"夫《易》开物成务,冒天下之道,如斯而已者也。"《道德经》:"善闭,无关楗而不可开。"《资治通鉴》:"开道而求谏,和颜色而受之。"

繁体"開",外面是门,里面是一个人用双手拨开门闩,意思是将闭合的门打开,非常形象地描述了"开"的主体"人","开"的对象"门","开"的动作"手"。"開"首先的意思是打开,如孟浩然的《过故人庄》:"开轩面场圃,把酒话桑麻。"引申为动词,向外张开口子的意思,如李白《望天门山》:"天门中断楚江开,碧水东流至此回。""开"作为一种向外张的动作,引申为启动、发动、开创的意思,如《荀子》:"微子开封于宋。"进一步引申为抽象意义层面的"开",即"开窍""开悟",如"豁然开朗"。因此,"開"的文化意象主要有如下的几个方面:

超脱之境

"開"字打开闭塞的关卡。"開"原意为开门,打开门是为了让内外沟通。人的"脑"也有一个"脑门",只有打开脑门才能为智力"开悟""开窍",增长智慧。当今社会父母往往很重视孩子的教育,这本身并没有什么不对,只是治学并非一件易事,他既需要有"甘坐板凳十年冷"的坚守,更需要"心有灵犀一点通"的悟性,因为老师往往传授的只是知识而非智慧。所以我们常说:"师傅领进门,修行在个人。"治学和人生境界的提升既需要刻苦能力,又离不开"茅塞顿开"的开悟、开窍。"茅塞顿开"一词出自《孟子·尽心下》:"山径之蹊间,介然用之而成路;为间不用,则茅塞之矣。""茅塞顿开"原意为心里好像有茅草堵塞着,现在忽然被打开了,形容闭塞的思路,由于得到了某种事物的启发,忽然想通了,实际上就是"开窍了""悟道了"。"悟"指的人对事物的感知力、思考力、洞察力,要"开悟"就要着力强化"见微知著"的问题意识、"由表及里"的探求意识和"打破常规"的创新意识。为此,在传授知识的过程中，既要有"死记硬背"的策略办法，也要有辩证科学的思维方法，这样才能"脑洞大开"。

"開"字揭示了开拓是事业发展的重要方法。"開"从开，意味着人们为了谋求发展，取得开创性成就，必须依靠双手辛勤劳作、不断探索，因此"开"亦引申为开启、开创的意思。小到一个公司开拓一项新业务、开拓一个新市场，如中国的一些现代化科技创新企业从跟随追逐逐渐变为科技创新的领跑者；大到一个国家开明启智、开疆拓土，开创一个盛世、开创一个新时代，如《后汉书·虞诩传》："先帝开拓土宇，勤劳后定。"历史上著名的盛世有"贞观之治""开元盛世""康乾盛世"等等。我们现在讲中华民族伟大复兴，就是要汇聚起十三亿中国人民的磅礴力量，运用中国智慧，坚定不移走中国道路，不断开拓进取，向世界传递中国声音、提供中国方案，让中华民族以更加昂扬的姿态屹立于世界民族之林。

"開"字揭示了开放是冲破封闭之路。"開"字，意为用"手"打开"大门"，表示开放是国家强盛的必由之路。"开"与"关""闭""合"相对应，表示一种张开的状态和开放的姿态，引申有"开放"的意思。表示不但要出家门，而且要走出国门，在开放中促进中外经济、文化等方面的交融。中华民族曾创造了辉煌灿烂的中华文明，在政治、经济、文化、科技等领域长期遥遥领先于西方诸国。直到近代，之所以落后、被动挨打，其中明中叶以后长期实行的闭关锁国政策是其重要原因之一。十一届三中全会以来，我国社会主义建设之所以取得举世瞩目的成就，对外开放是其重要原因之一。在全球化的今天，各国之间的联系日益密切，国与国之间呈现出你中有我、我中有你的发展态势，任何一个国家再想关起门来搞建设，必然走向封闭僵化、日渐衰落。因此，要建设一个富强民主文明和谐美丽的社会主义现代化强国，我们必须始终不渝走和平发展道路，始终不渝奉行互利共赢的开放战略，携手世界各国人民共同构建人类命运共同体。

简体字楷书"开"依据"開"的草书"开"进行大幅度的简化：将草书字形中的"门"（门）与"开"最上面一横"一"

（门栓）合并，直接去掉了门，成了无门之"开"，无门可开，"开"由此也失去了主体、对象和动作，失去了造字的本义。

繁简对比，繁体的"開"形象地传达了拨开门闩开门之意，而简体的"开"字无"门"，亦无关门之物，与"開"的本义相去甚远，不如繁体字有文化价值内涵。

📖 汉字趣闻

"谜"一样的离合诗

离合诗属于杂体诗的一种，是一种先经分离、再合并字形成新文字的诗。宋代严羽《沧浪诗话·诗体》有云："离合，字相析事成文。"离合方法常见的情形：每两句为一组分离出要合成字的一部分，每四句离合形成一个字，即每组中的次句的第一字与前一句的第一字相分离出一个字，或一个偏旁，或某种笔画，再与后两句分离出的字、偏旁、笔画，合并成另一个字，故称为离合诗。离合诗是一种具有猜谜性质的诗，诗为主，离合为辅，每首离合诗的吟咏都有一个主题，可以和所离合的词语意思相同，也可以另咏他事。如贺道庆有离合诗云："促席宴闲夜，足欢不觉疲。咏歌无余愿，永言终在斯。"诗的大意是，寂静的夜晚诗人与朋友促席畅饮，十分尽兴但并不觉得疲倦，于是纵情放声高歌，似乎此时此刻除了歌唱再也没有别的愿望了，因为所有的心里话都在歌声中。从诗的内容来看是在咏事，但从离合诗所离合的对象来看在咏"信"，前两句"促"离"足"得"亻"，后两句"咏"离"永"得"言"，合之成为一个"信"字。又如石道慧的离合诗："好仇华良夜，子欢我亦欣。昊穹出明月，一坐感良晨。""好"离"子"得"女"，"昊"离"一"余"吴"，合成为一个"娱"字。

合门落闩 玄关妙锁

关

　　"寸关尺"是脉学术语，指寸口脉分三部的名称。《脉经》记载："从鱼际至高骨，却行一寸，其中名曰寸口，从寸至尺，名曰尺泽，故曰尺寸，寸后尺前名曰关。阳出阴入，以关为界。"桡骨茎突处为关，关之前（腕端）为寸，关之后（肘端）为尺。寸关尺三部的脉搏，分别称寸脉、关脉、尺脉。关于三部脉候脏腑常用的划分方法为：左手寸脉候心，关脉候肝，尺脉候肾；右手寸脉候肺，关脉候脾胃，尺脉候命门，总体上遵循了"上寸脉以候上（躯体上部），下尺脉以候下（躯体下部）"的原则。

　　关，繁体字为"關"，会意字。从門，从絲省，毌声。

　　"関"，有的金文为"![]"，"門"为"門"，房间进出的地方，"![]"为两个"十"，是两个"又"即

"廾"的简写，即"双手"，表示双手将敞开的两扇门合上，阻止进出；有的金文为"𨳿"，用"𢐑"（"串"，穿连贯通）代替"廾"（"廾"，双手抓持），表示将一根门栓"丨"穿插进左右两扇门上的栓孔"吕"。

篆文"𨳿"误将金文字形中的"𢐑"写成"𢇁"丝，误将金文字形中的双手形状"廾"写成"廾"。

隶书"𨶰"将篆文字形"𨳿"中的"𢇁"写成"丝"，将"廾"回归表示双手"廾"。造字本义：动词，将门栓插进左右两扇门的两个栓孔，紧闭大门。

简体"关"依据异体字"関"的草书"关"字形整体简化而来。

《说文解字》："关，以木横持门户也。"关，是指将门栓插进栓孔，闭门，如关闭、关窗、关押，又如《周礼·司关》的"关，界上之门也"、叶绍翁《游园不值》的"春色满园关不住"；关，也指控制出入的要害部位，如关隘、关卡、海关、过三关斩五将等，又如《素问·水热穴论》的"肾者，胃之关也"、《南齐书·萧景先传》的"依山筑城，断塞关隘"、《后汉书·张衡传》的"中有都柱，傍行八道，施关发机"。

古籍多以"關"代替"関"。汉语中常将"关"与"闭"连用，"关"（關）与"闭"（閉）近义，但有所不同："关"表示拉上门栓，阻止出入；而"闭"表示不仅栓门，而且在门栓上增加三角支撑，以防暴力从门外强行撞门。"闭"是更彻底的"关"。

关口的布防等级和守御力度，直接关系着战争的胜负乃至国家的存亡。古时攻城略地，首先就要冲破关防。贾谊在《过秦论》中记载："尝以十倍之地，百万之师，叩关而攻秦。"其中的"关"指的是函谷关。我国多数关口都以险要闻名，如雁门关就有"鸿雁南飞至此回""雁门关外绝人家"之险峻，玉门关更有"戍人犹在玉关西""春风不度玉门关""秋风吹不尽，总是玉关情"之苍凉；陆游《书愤》中"楼船夜雪瓜洲渡，铁马秋风大散关"的"大散关"在陕西宝鸡西南，是南宋与金西部的边界；岑参《银山碛西馆》"银山碛口风似箭，铁门关西月如练"中的"铁门关"在新疆焉耆西五十里，地处银山碛西南；王维《送元二使安西》中的名句"劝君更尽一杯酒，西出阳关无故人"中的"阳关"是在河西走廊尽西头，甘肃敦煌县西南，因居玉门关以南而得名；高适的《燕歌行》有诗文曰"摐金伐鼓下榆关，旌旆逶迤碣石间"，"榆关"指的就是山海关；陆游在《夏夜大醉醒后有感》中写道："欲倾天上河汉水，净洗关中胡虏尘。"东自函谷关，西至陇关，二关之间谓"关中"，相当于今陕西省；李涉《再宿武关》"关门不锁寒溪水，一夜潺潺送客愁"中的"武关"，又名南关，在商州（今陕西省商县），为秦时南面的重要关隘；张养浩于《山坡羊·潼关怀古》记载："峰峦如聚，波涛如怒，山河表里潼关路。""潼关"在今陕西省潼关县北，后汉建安中建，历代均为军事要地。潼关一带地势险要，外有黄河，内有华山，故称为"山河表里"。

"關"字是门中两道竖置门闩的形象，"關"字有"門"，两扇门能够开关闭合，是由门闩所控制。如陶渊明《归去来兮辞》中的"园日涉以成趣，门虽设而常关"、曹寅《荷花》中的"湖边不用关门睡，夜夜凉风香满家"。"關"是门合拢的形象，不能随意出入，因此，"關"字也常用来表示将空间隔开的事物，并常有空间意义的延伸：《木兰辞》中的"万里赴戎机，关山度若飞"，描写士兵行军万里参加保卫祖国的战斗，像鸟飞一样地越过了无数关隘和高山，是为"戎马关山""斩关夺隘"；王维《留别邱为》中的"一步一回首，迟迟向近关"，近关指的是靠近国都的关界之门，是为"一曲阳关""阳关三叠"；崔颢的《黄鹤楼》中的名句："日暮乡关何处是，烟波江上使人愁。"日落西山，看不见家乡何在，满江烟波、愁绪满怀，则是为"津关险塞""关山阻隔"。

"關"字门内上有"絲"下有"丱"，意为织绢时以梭子带动纬线穿过经线，含有贯穿、联通之意。因此，"關"不是关门闭户、闭关锁国，而应是打破迷关、参透机关。边关，应是一个国家与外界经济、文化等方面联系的桥梁、沟通的纽带。近代以前，中国和日本先后实行了"闭关锁国"政策。清政府无论从政治、经济还是文化的角度看，都是严格的"闭关"、真正的"锁国"、闭关绝市，而日本除在严格禁止天主教传播方面比中国更严厉之外，在其他方面均相对宽松，是一种有选择的"闭关自守"。正因为如此，后来日本在美国"黑船"的胁迫下被迫开国后，他们对外部的形势才看得更加清楚和全面，对民族危机的认识才更加深刻和清醒，这才使日本走上了明治维新的道路。因此，在历史的紧要关头如何理解"關"字，与国运民命息息相关、生死攸关，一边是"阳关大道"，另一边则是"抱关之怨"。

简体的"关"字，依据草书字形"关"进行大幅度的简化：将草书字形中的"门"（冖）写成两点，将草书字形中的门栓形象"丷"写成"天"（天）。于是正体楷书"關"的"門"被简化成两点"丷"，正体楷书的门栓"䖙"被简化成"天"（天），最后，笔画复杂的"關"被简化成看起来毫不相干的"关"。简化后"关"是"天"上有"两点"，可理解为过关难如登天，所谓"一夫当关，万夫莫开"也。现实生活就像闯关游戏，充满艰难险阻、玄关妙理，过一坎是一关，如若想一步登天，结果必将是摔得体无完肤。人的一生都像一局生存游戏，从开局到结束，精髓在于潜心关注、机关算尽、揎关打节，方能过关斩将、所向披靡。

繁简的对比，繁体的"關"形象地传达了门门关门之意，为防守的关卡、战略的边隘，亦为互相联系的边关、改革开放的门关；而简体的"关"字无"门"亦无关门之物，与"關"的本义相去甚远，实在是"无关痛痒""了不相关"。

汉字趣闻

吕蒙正拆字对遇恩师

吕蒙正（944—1011），字圣功，河南洛阳人，籍贯东莱，北宋初年宰相。据记载，吕蒙正幼时家境贫寒，缺衣少食，但他学习刻苦，聪慧异常。

有一天，私塾先生带领几个学童上山游历。吕蒙正因为没有吃早饭，饥饿难忍，看到路边有一山泉，忙跑过去伏下身子饮水充饥。先生见此，即景出联曰："欠食饮泉，白水岂能度日？"吕蒙正一听，便明了这是一副拆字联。因为"欠"和"食"合起来是一个"饮（飲）"字，"白"和"水"合起来是一个"泉"字。另外，对联中的"白水岂能度日"也表达了私塾先生爱怜之情。吕蒙正想了想，下联对曰："才门闭卡，上下无处逃生。"他将"才"字与"门"字组成一个"闭"字；而"卡"字则正好拆分为"上""下"二字，既巧妙地对出了下联，又委婉地说出了自己的家境。私塾先生见他可怜，又深爱其才，随即把他领到自己家中，让他和自己的儿子一起读书，而且不收学费，免了吕蒙正的后顾之忧。从此，吕蒙正一心一意用功读书，这为他后来考中状元，做宰相打下了坚实基础。